A CASA DAS LEMBRANÇAS PERDIDAS

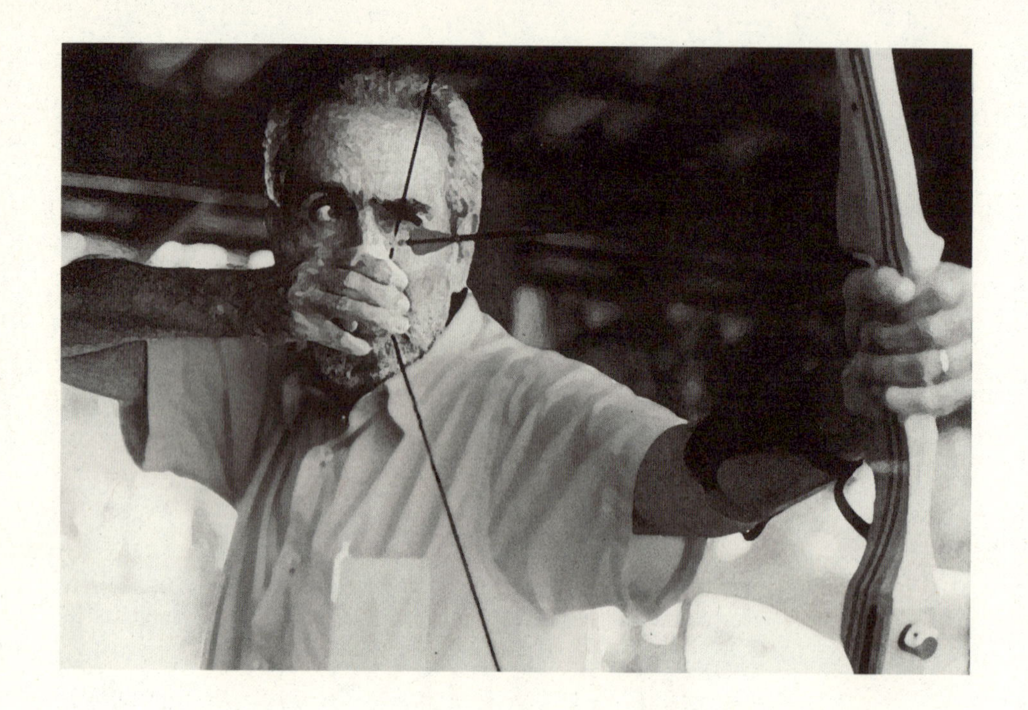

O Arqueiro

Geraldo Jordão Pereira (1938-2008) começou sua carreira aos 17 anos, quando foi trabalhar com seu pai, o célebre editor José Olympio, publicando obras marcantes como *O menino do dedo verde*, de Maurice Druon, e *Minha vida*, de Charles Chaplin.

Em 1976, fundou a Editora Salamandra com o propósito de formar uma nova geração de leitores e acabou criando um dos catálogos infantis mais premiados do Brasil. Em 1992, fugindo de sua linha editorial, lançou *Muitas vidas, muitos mestres*, de Brian Weiss, livro que deu origem à Editora Sextante.

Fã de histórias de suspense, Geraldo descobriu *O Código Da Vinci* antes mesmo de ele ser lançado nos Estados Unidos. A aposta em ficção, que não era o foco da Sextante, foi certeira: o título se transformou em um dos maiores fenômenos editoriais de todos os tempos.

Mas não foi só aos livros que se dedicou. Com seu desejo de ajudar o próximo, Geraldo desenvolveu diversos projetos sociais que se tornaram sua grande paixão.

Com a missão de publicar histórias empolgantes, tornar os livros cada vez mais acessíveis e despertar o amor pela leitura, a Editora Arqueiro é uma homenagem a esta figura extraordinária, capaz de enxergar mais além, mirar nas coisas verdadeiramente importantes e não perder o idealismo e a esperança diante dos desafios e contratempos da vida.

KATE
MORTON

A CASA DAS LEMBRANÇAS PERDIDAS

Título original: *The House at Riverton*

Originalmente publicado pela Allen & Unwin Book Publishers, Austrália.

tradução: Léa Viveiros de Castro
preparo de originais: Beatriz D'Oliveira
revisão: Anna Beatriz Seilhe e Midori Hatai
diagramação: Valéria Teixeira
capa: Eduardo Ruíz | Penguin Random House
imagem de capa: Hulton Deutsch | Getty Images (mulher)
adaptação de capa: Gustavo Cardozo
impressão e acabamento: Associação Religiosa Imprensa da Fé

CIP-BRASIL. CATALOGAÇÃO NA PUBLICAÇÃO
SINDICATO NACIONAL DOS EDITORES DE LIVROS, RJ

M864c
Morton, Kate, 1976-
A casa das lembranças perdidas / Kate Morton ; [tradução Léa Viveiros de Castro]. - 1. ed. - São Paulo : Arqueiro, 2021.
480 p. ; 23 cm.

Tradução de: The house at Riverton
ISBN 978-65-5565-214-7

1. Ficção australiana. I. Castro, Léa Viveiros de. II. Título.

21-73056 CDD: 828.99343
CDU: 82-3(94)

Camila Donis Hartmann - Bibliotecária - CRB-7/6472

Editora Arqueiro Ltda.
Rua Funchal, 538 – conjuntos 52 e 54 – Vila Olímpia
04551-060 – São Paulo – SP
Tel.: (11) 3868-4492 – Fax: (11) 3862-5818
E-mail: atendimento@editoraarqueiro.com.br
www.editoraarqueiro.com.br

Para Davin,

que segura a minha mão na montanha-russa

PREFÁCIO À NOVA EDIÇÃO

Cápsulas do tempo, tapeçarias e a arte do desapego

Em junho de 2017, meu primeiro livro, *A casa das lembranças perdidas*, completou dez anos de publicação. Eu já tinha terminado dois manuscritos quando comecei a redigi-lo, mas esta obra me pareceu diferente desde o começo. Àquela altura, eu já desistira de publicar alguma coisa e escrevia sem expectativas, ignorando questões de gênero literário e de mercado. Além disso, eu estava com um filho pequeno – o primeiro –, e às vezes trabalhava com ele no colo. Eu escrevia pelo amor de contar histórias e de brincar com as palavras e pela alegria de me refugiar no meu mundo imaginário.

Na última década, aprendi que romances são cápsulas do tempo da vida do seu autor. Não poderia ser diferente, pois escrever é uma das maneiras pelas quais um autor lida com o mundo. Eu costumava estranhar essa ideia de que um livro seria diferente dependendo do ano em que fosse escrito. Livros são coisas tão sólidas, com capas duras ou moles, texto impresso e títulos nítidos. Podem ser citados, suas páginas podem ser referenciadas. Representam autoridade, certeza e estabilidade. Mas as histórias não são nada disso. São criaturas vivas, com formas orgânicas, mutantes. Elas cintilam à luz e então desaparecem rapidamente na escuridão; escapam de seus captores, como peixes em um rio gelado e profundo.

A princípio, essa mutabilidade me incomodava. Como leitora, eu estava acostumada a devorar romances finalizados, e então, quando me vi no Meio da Coisa, podendo escolher o que aconteceria em seguida, e a quem, decidir como um acontecimento ia ser descrito ou se, talvez, era melhor que ele ocorresse nos bastidores, foi libertador. Mas também inquietante. Se, enquanto passeava pelo Paddington Antiques Centre com minha mãe, eu visse algo que me inspirasse a criar a fala de um personagem na cena que eu estava escrevendo, eu ficava alegre. Porém, também um tanto desconfiada. Tudo parecia tão arbitrário. Como eu podia confiar que a ideia que tivera naquele dia era a *certa*? E se não fosse? Será que eu teria tido uma ideia diferente, melhor, se em vez de sair eu tivesse passado o dia em casa? E se eu, sem querer, pegasse o atalho errado e conduzisse meu livro na direção contrária da Direção Certa?

Agora eu sei que não existe Direção Certa. Pelo menos, não há como saber como será essa Direção Certa antes que o livro impresso chegue da gráfica, um *fait accompli*. Uma história é feita de milhares de pequenas ideias – fios tecidos para formar o todo –, e a tapeçaria é fabricada no decorrer de um longo período de tempo. Cada imagem, cada centelha, cada fragmento de ideia perpassa a mente do autor, expressando-se nas palavras que estão disponíveis para ele naquele determinado dia. Um escritor pode planejar, é claro, mas antecipar a forma precisa que o romance terá é tão improvável quanto predizer o futuro. O texto escrito a cada dia depende das condições de vida do autor, e a vida deixa suas marcas em todos nós. O autor que termina o livro é um autor diferente daquele que o iniciou, meses ou anos antes.

Ah, como eu amo essa ideia agora! Existem muito mais *possibilidades* quando o final não está definido. E, por mais que o escritor planeje, a execução inevitavelmente gera múltiplas oportunidades. (Complicações também, preciso admitir.) As ideias estão em toda parte e podem ser urdidas e costuradas na história onde e quando forem encontradas. Nesse tipo de processo criativo, há verdade, vitalidade e originalidade, pois somos todos indivíduos, com vidas, pensamentos e influências que se combinam para nos tornar as pessoas que somos. Uma história, portanto, é como a pessoa que a escreveu: diversa, problemática, complexa, dinâmica, viva. A trama presa no texto impresso e limitada entre duas capas é simplesmente a versão mais recente da história no momento em que o prazo se esgota. Em vez de seguir adiante com o autor, a narrativa se torna um livro e fica fixada no tempo.

A casa das lembranças perdidas, como todas as minhas obras, está cheio das inúmeras coisas que amei, senti, vi, pensei e ouvi enquanto o escrevia. Algumas ideias eram novas para mim e outras eu carregava havia anos. Reler a história agora é, para mim, como assistir a um vídeo doméstico que acabei de redescobrir ou folhear um velho álbum de fotografias ou ouvir uma fita cassete gravada anos atrás. Eu vejo as cenas como elas são na superfície – a história das irmãs Hartford e de Grace, um período específico da história da Inglaterra, o declínio elegante e inevitável da Mansão

Riverton –, mas também avisto outras camadas mais profundas. Marcas invisíveis que me levam de volta ao lugar onde eu estava, à pessoa que eu era, quando essas cenas me vieram à mente pela primeira vez.

Quando eu leio o nome "Riverton" nas páginas do meu romance, por exemplo, estou aqui no presente, mas também sentada na minha cama, em 2003, com um caderno no colo, anotando ideias para uma história ainda não escrita. Estou em um momento de folga. Meu bebê está dormindo no quarto ao lado no nosso pequeno chalé de madeira em Paddington, e eu ligo para o Serviço de Saúde Infantil de Riverton, em Queensland, na Austrália, para me informar sobre quando ele deve ser alimentado, colocado para arrotar e para dormir. Enquanto falo com a estranha do outro lado da linha, enquanto sua voz amável me diz que estou fazendo um bom trabalho, que vai ficar tudo bem, que meu filho está ótimo, penso nesse lugar maravilhoso, nesse "Riverton" de onde vêm as informações, e o imagino como uma bela casa de campo no meio de planícies verdejantes; um local onde mulheres amáveis ficam esperando ao lado de telefones antigos, prontas para aplacar os temores de pais nervosos de primeira viagem. *Riverton.* Eu escrevo a palavra no meu caderno enquanto conversamos e, distraidamente, faço um desenho em volta dela. Depois, quando desligo o telefone e volto a planejar a minha história, vejo o desenho e me lembro da minha visão do lugar e sei, de um modo muito óbvio e premonitório, que o solar inglês onde meus personagens moram terá esse lindo nome. (Não importa que o Serviço de Saúde Infantil mais tarde se revele um prédio de tijolos dos anos 1970, localizado não muito longe de onde eu morava.)

Se hoje eu leio um trecho em que a velha Grace é tratada como se fosse invisível, volto à manhã em que vi minha avó materna fazer compras no supermercado perto do apartamento dela, nos arredores de Brisbane. Vejo o frango assado que ela comprou para o nosso almoço e o tablete de manteiga e o pão de fôrma. Vejo o sorriso enigmático da minha avó – tímido e delicado, um sorriso de outra era – enquanto ela espera com a mão estendida, preparada para receber seu troco. Não são muitas compras, mas alimentar familiares em visita é uma extravagância para a vovó. Esse dia é um evento. Noto o cuidado com que o batom foi aplicado e o modo como brilha o tecido perolado do seu melhor vestido. Percebo como ela ficou baixinha e os sapatos desconfortáveis, apertados na altura dos dedos, que ela vai guardar em uma caixa de papelão quando voltarmos para casa. E sinto ainda a mesma irritação que senti quando a moça do caixa empurrou as moedas pelo balcão sem nem olhar na direção da minha avó.

Quando abro o capítulo intitulado "Esperando pelo recital" e leio sobre as crianças Hartford e seu Jogo, me vejo imediatamente de volta a Rosalie Village, no calor do crepúsculo, caminhando com meu marido para ir jantar. O horizonte à nossa frente está listrado de roxo e laranja, e minha mãe ficou em casa tomando conta do nosso bebê. É raro sairmos à noite, e estamos animados. Eu me sinto vibrante de expectativa. Estamos atravessando a rua entre a sorveteria e um restaurante italiano quando me vem subitamente à cabeça a solução para um problema que me preocupava havia semanas. Eu buscava algo para dar vida às crianças na minha história, para criar um vínculo entre elas, para expressar a linguagem secreta que todos os irmãos compartilham. Eu também pensava na minha própria infância – penso muito nisso, desde que me tornei mãe – e em como minhas irmãs e eu parecíamos ter dias tão longos e ensolarados para brincar e inventar coisas; o cuidado com que guardávamos nossos segredos infantis dos adultos ao redor. E, de repente, O Jogo surge pronto e, com ele, uma percepção crucial do relacionamento entre as três crianças Hartford que até então estava faltando. Imaginando os três, meus pensamentos se apegam ao conceito da forma triangular, sua força, e eu me sinto imediatamente de volta a uma escrivaninha em Tamborine Mountain, debruçada sobre um livro escolar, enquanto meu pai engenheiro explica as propriedades matemáticas do triângulo, como ele é importante para construtores de pontes, quanto ele se torna vulnerável e pode desabar se um lado ficar fraco e quebrar. Portanto, duas ideias ao mesmo tempo.

Lendo agora sobre essas irmãs fictícias, Hannah e Emmeline, e sobre o pai delas, orgulhoso e bem-intencionado, também estou em uma cafeteria em Latrobe Terrace, com um estacionamento de concreto em frente e meu filho recém-nascido deitado em seu carrinho ao meu lado. Eu ainda estou aprendendo a ser mãe, a preencher os longos dias sem a universidade e o trabalho. Visualizo meu filhinho de olhos azuis (que agora é um adolescente, com pernas finas e compridas e um rosto mais de homem do que de menino) e o caderno aberto sobre a mesa, a árvore genealógica que estou montando, as ideias que surgem enquanto escrevo, essas pessoas inventadas que para mim são reais e que me fazem companhia durante os dias estranhos. Tenho duas irmãs, assim como minha mãe; já minha avó tinha seis irmãs. Eu quero muito escrever sobre o relacionamento entre irmãos e quero escrever sobre mulheres. Um aspecto da biografia da minha avó me fornece a principal reviravolta do enredo, uma virada na narrativa que enfatiza seu foco feminino e que, por isso, é ainda mais inesperada. Ela morreu depois que comecei a escrever, minha avó reservada e discreta, e acrescentar à história um de seus talentos especiais, uma habilidade que a deixava modestamente orgulhosa, me agrada bastante.

Cada cena, cada página, cada ideia que está no livro poderia contar uma história semelhante. Eu não me lembro de todas. Algumas inspirações são fugazes. Algumas ideias quase não deixam rastros. Entretanto, o fato é que o livro finalizado é uma cápsula do tempo. É uma tapeçaria bordada com linhas especiais, descobertas ao longo do caminho e entrelaçadas para contar uma história que teria sido diferente sem qualquer uma delas. E mais, o importante é justamente essa abertura e essa flexibilidade. A trama é construída quando somos receptivos ao mundo e suas sugestões, observamos as diferentes linhas, onde quer que elas estejam. É impossível saber tudo sobre a narrativa desde o início, assim como é preciso estar aberto a diversas possibilidades para se ter uma vida plena.

E o que eu não sabia no começo, quando estava cheia de preocupações existenciais sobre qual direção da história era a *certa*, era que mesmo que essa direção certa pudesse ser visualizada, no momento em que um livro é comprado numa loja, apanhado em uma biblioteca ou em uma sala de aula e aberto pelo leitor, ele perde mais uma vez sua fixidez. Pois o texto pode ser finalizado para a publicação, mas a história que ele conta permanece aberta à interpretação. Nós todos lemos de forma diferente, segundo nossas experiências de vida. Uma leitora pode não enxergar minhas vivências subjacentes ao texto, mas com certeza acrescentará as dela, convertendo o texto em uma história viva que é única para ela.

E esta é a magia da ficção. Esta é sua beleza. Trata-se de uma conversa entre duas pessoas, um lugar onde duas mentes se encontram no tempo e no espaço. Ela é viva e íntima e me agrada muito saber que um livro contará uma história diferente dependendo do dia em que foi escrito e do dia em que foi lido; que você dará vida novamente à minha história ao torná-la sua.

Kate Morton

PARTE UM

Roteiro cinematográfico

Versão final, novembro de 1998, p. 1-4

A CASA DAS LEMBRANÇAS PERDIDAS

Escrito e dirigido por Ursula Ryan © 1998

MÚSICA: Tema musical. Música nostálgica do tipo popular no período durante e imediatamente posterior à Primeira Guerra Mundial. Embora romântica, a canção tem um tom sinistro.

1. EXT. UMA ESTRADA DO INTERIOR – FIM DO CREPÚSCULO

Uma estrada do interior ladeada por campos verdejantes que se estendem a perder de vista. São oito da noite. O sol de verão ainda paira ao longe no horizonte, relutante em desaparecer de vez. Um automóvel dos anos 1920 segue como um besouro preto e brilhante pela estrada estreita. Ronca por entre os arbustos espinhosos, azuis no crepúsculo, coroados de juncos arqueados que pendem na direção da estrada.

Os faróis acesos tremem enquanto o carro avança rapidamente pela superfície irregular da estrada. Nós nos aproximamos devagar até seguirmos ao lado dele. O último clarão do sol desapareceu e a noite caiu sobre nós. Há uma lua cheia lançando faixas de luz branca sobre o capô escuro do carro.

Avistamos, no interior escuro, o perfil indistinto dos passageiros: um HOMEM e uma MULHER em trajes de festa. O HOMEM está dirigindo. As lantejoulas do vestido da MULHER brilham sob o luar. Ambos estão fumando, as pontas alaranjadas dos cigarros refletindo os faróis. A MULHER joga a cabeça para trás, rindo de alguma coisa que o HOMEM disse, e exibe sob o boá de plumas um pescoço pálido e fino.

O HOMEM e a MULHER chegam diante de um grande portão de ferro que se abre para um túnel de árvores altas e sombrias. O carro passa pelos portões e avança pelo longo corredor de árvores. Nós olhamos pelo para-brisa, até atravessarmos repentinamente a densa folhagem e chegarmos ao nosso destino.

Uma imponente mansão inglesa surge no alto da colina: uma fileira de doze janelas acesas, três águas-furtadas e chaminés pontuando o telhado de ardósia. Em primeiro plano, no centro de um gramado bem tratado, está uma imponente fonte de mármore, iluminada por lanternas acesas: gigantescas formigas e águias e enormes dragões cuspindo fogo, lançando jatos de água a 20 metros de altura.

Mantemos nossa posição, observando o carro percorrer o caminho em curva diante da entrada e parar em frente à casa, onde um jovem CRIADO abre a porta e estende a mão para ajudar a MULHER a sair do carro.

SUBTÍTULO: Mansão Riverton, Inglaterra. Verão, 1924.

2. INT. ALA DOS CRIADOS – NOITE

A ala dos criados da Mansão Riverton é quente e mal iluminada. A atmosfera ali é de grandes preparativos. Estamos na altura dos tornozelos, enquanto criados atarefados cruzam o chão de pedra cinzenta para lá e para cá. Ao fundo, ouvimos rolhas de champanhe pipocando, ordens sendo dadas, empregados sendo repreendidos. Um sino toca. Ainda no nível dos tornozelos, seguimos uma CRIADA dirigindo-se para a escada.

3. INT. ESCADARIA – NOITE

Subimos as escadas mal iluminadas atrás da CRIADA; o tinir das taças nos diz que a bandeja que ela carrega está cheia de taças de champanhe. A cada passo nossa visão se eleva – dos tornozelos finos até a bainha da saia preta, as pontas brancas e em seguida o laço bem dado da fita do avental, os cachos louros na nuca – até, finalmente, vermos pelos olhos dela.

Os ruídos da ala dos criados vão sumindo enquanto a música e as risadas da festa se tornam mais altas. No alto da escada, a porta se abre diante de nós.

4. INT. HALL DE ENTRADA – NOITE

Uma explosão de luz quando entramos no imponente hall de mármore. Um deslumbrante lustre de cristal pende do teto alto. O MORDOMO abre a porta da frente para receber o HOMEM e a MULHER elegantemente vestidos que estavam no carro. Nós não paramos, atravessamos o hall até o fundo, onde ficam as amplas portas francesas que dão no terraço dos fundos.

5. EXT. TERRAÇO DOS FUNDOS – NOITE

As portas se abrem. Música e risos aumentam de volume; estamos no meio de uma festa suntuosa. A atmosfera é de extravagância pós-guerra. Lantejoulas, plumas, sedas para todos os lados. Penduradas sobre o gramado, lanternas chinesas de papel colorido balançam à brisa suave do verão. Uma BANDA DE JAZZ toca e mulheres dançam o charleston. Caminhamos no meio de uma multidão de rostos sorridentes. Eles se viram em nossa direção, aceitando champanhe da bandeja da CRIADA: uma mulher com batom vermelho brilhante; um homem gordo de rosto rosado pela animação e pelo álcool; uma velha magra coberta de joias, com uma piteira longa e fina na mão suspensa no ar, soltando uma espiral de fumaça.

Há uma tremenda EXPLOSÃO e as pessoas olham para cima enquanto belos fogos de artifício iluminam o céu. Há exclamações de prazer e alguns aplausos. Reflexos dos fogos colorem os rostos erguidos, a banda continua tocando e as mulheres dançam cada vez mais depressa.

CORTE PARA:

6. EXT. LAGO – NOITE
A 400 metros de distância, um RAPAZ está parado no escuro, na beira do lago de Riverton. O burburinho da festa soa ao fundo. O RAPAZ olha para o céu. Nós nos aproximamos, observando os reflexos vermelhos dos fogos de artifício em seu belo rosto. Embora elegantemente vestido, há certa selvageria nele. Seu cabelo castanho está despenteado, caindo na testa, quase cobrindo os olhos escuros que examinam intensamente o céu noturno. O RAPAZ baixa o olhar e fita alguém além de nós, obscurecido pela sombra. Seus olhos estão úmidos, sua atitude repentinamente concentrada. O RAPAZ entreabre a boca como quem vai falar, mas não diz nada, apenas suspira.

Há um CLIQUE. Nós olhamos para baixo. O RAPAZ está segurando uma arma em sua mão trêmula. Ergue a arma. A outra mão ainda ao lado do corpo treme e depois enrijece. A arma dispara e cai no chão enlameado. Uma MULHER grita, e a música da festa continua a tocar.

A TELA ESCURECE
SEGUEM OS CRÉDITOS: "A CASA DAS LEMBRANÇAS PERDIDAS"

A CARTA

URSULA RYAN
FOCUS FILM PRODUÇÕES
AV. N. SIERRA BONITA, 1.264/32
WEST HOLLYWOOD, CA
90046 EUA

Sra. Grace Bradley
Casa de Repouso Heathview
Willow Road, 64
Saffron Green
Essex, CB10 1H2, Reino Unido
27 de janeiro de 1999

Cara Sra. Bradley,
Peço que me desculpe por lhe escrever de novo; entretanto, não recebi resposta à minha última carta com o resumo do projeto do filme em que estou trabalhando: *A casa das lembranças perdidas.*

O filme é uma história de amor: um relato do relacionamento do poeta R.S. Hunter com as irmãs Hartford e do suicídio dele em 1924. Embora tenhamos recebido autorização para filmar cenas externas na Mansão Riverton, usaremos sets de filmagem para o interior.

Conseguimos recriar muitos dos cenários a partir de fotografias e descrições, mas eu apreciaria uma avaliação *in loco.* O filme é extremamente importante para mim e não suporto a ideia de prejudicá-lo com incorreções históricas, por menores que sejam. Assim, eu ficaria muito grata se a senhora concordasse em examinar o set.

Encontrei o seu nome (seu nome de solteira) em uma lista no meio de uma pilha de cadernos doados ao Museu de Essex. Eu não teria feito a ligação entre Grace Reeves e a senhora se não tivesse lido também uma entrevista com seu neto, Marcus McCourt, publicada na *The Spectator*, onde ele mencionava brevemente a associação histórica de sua família com a cidadezinha de Saffron Green.

Incluí aqui, para sua apreciação, um artigo recente sobre meus filmes anteriores, publicado no *The Sunday Times*, e um artigo promocional sobre *A casa das lembranças perdidas*, publicado no *LA Weekly*. A senhora pode notar que garantimos ótimos atores para os papéis de Hunter, Emmeline Hartford e Hannah Luxton, entre eles Gwyneth Paltrow, que acabou de receber um Globo de Ouro por seu trabalho em *Shakespeare apaixonado*.

Perdoe-me pela intromissão, mas começaremos a filmar no fim de fevereiro, nos Estúdios Shepperton, ao norte de Londres, e eu adoraria conversar com a senhora. Espero que se interesse em me ajudar neste projeto. Posso ser contatada como Sra. Jan Ryan, em Lancaster Court 5/45, Fulham, Londres SW6.

Atenciosamente,
Ursula Ryan

Despertando fantasmas

Em novembro eu tive um pesadelo.

Era 1924 e eu estava outra vez em Riverton. Todas as portas escancaradas, seda ondeando à brisa do verão. Havia uma orquestra no alto da colina, sob o velho bordo, violinos tocando preguiçosamente em meio ao calor. Risos e cristais ressoavam, e o céu tinha aquele tom de azul que todos pensamos que a guerra destruíra para sempre. Um dos criados, elegante em preto e branco, servia champanhe sobre uma torre de taças, enquanto todo mundo aplaudia, deliciando-se com aquele esplêndido desperdício.

Eu vi a mim mesma, como acontece em sonhos, avançando entre os convidados. Movendo-me lentamente, muito mais do que é possível na vida real, os outros um borrão de seda e lantejoulas.

Eu procurava alguém.

Então a cena mudou e eu estava perto da casa de verão, só que não era a casa de verão de Riverton – não podia ser. Não era a bela e recente construção que Teddy tinha projetado e, sim, um edifício antigo, com hera subindo pelas paredes, entrando pelas janelas, estrangulando as colunas.

Alguém estava me chamando. Uma mulher, uma voz que reconheci, vindo de trás da casa, da beira do lago. Eu desci pela encosta, roçando a mão nos juncos mais altos. Havia uma figura agachada na margem.

Era Hannah, com seu vestido de noiva sujo de lama, manchando as rosas de renda aplicadas. Ela olhou para mim, a parte de seu rosto que emergia da sombra estava pálida. A voz dela me deu calafrios.

– Você chegou tarde demais. – Ela apontou para as minhas mãos. – Você chegou tarde demais.

Eu olhei para as minhas mãos, mãos jovens, cobertas da lama escura do rio, e nelas o corpo frio e rígido de um perdigueiro morto.

Claro que eu sei o que provocou o sonho. Foi a carta da cineasta. Eu não costumo receber muitas correspondências: um ou outro cartão-postal de um amigo fiel viajando de férias; uma carta formal do banco onde tenho poupança; um convite para o batizado de uma criança, cujos pais, fico chocada ao perceber, não são mais crianças.

A carta de Ursula tinha chegado em uma terça-feira de manhã, em meados de novembro, e Sylvia me entregara ao vir arrumar minha cama. Ela erguera as sobrancelhas pintadas e sacudira o envelope.

– Chegou uma carta. Pelo selo, parece ser dos Estados Unidos. Seu neto, talvez? – sugeriu ela em um sussurro rouco. – Foi horrível o que aconteceu. Horrível mesmo. Um rapaz tão simpático como ele.

Enquanto Sylvia balançava a cabeça, eu lhe agradeci pela carta. Gosto de Sylvia. É uma das poucas pessoas capazes de enxergar além das rugas no meu rosto e ver a jovem de 20 anos que mora ali dentro. Mesmo assim, me recuso a ser atraída para uma conversa sobre Marcus.

Pedi que abrisse as cortinas, e ela franziu os lábios por um momento antes de passar para outro de seus temas favoritos: o tempo, a possibilidade de nevar no Natal, a calamidade que isso seria para os residentes que sofriam de artrite. Eu respondi de acordo, mas meu foco estava no envelope no meu colo, admirando a caligrafia elaborada, os selos estrangeiros, as margens amassadas que indicavam longas viagens.

– Quer que eu leia isso para a senhora? – indagou Sylvia, dando um último e esperançoso tapa no travesseiro. – Para não cansar seus olhos?

– Não. Obrigada. Mas você poderia me passar meus óculos?

Depois que ela saiu, prometendo voltar para me ajudar a me vestir ao terminar sua ronda, eu tirei a carta do envelope com as mãos tremendo, como sempre, imaginando se ele finalmente estaria voltando para casa.

Só que a carta não era de Marcus. Era de uma jovem que estava fazendo um filme sobre o passado. Ela queria que eu visse as locações, relembrasse coisas e lugares de antigamente. Como se eu não tivesse passado a vida inteira fingindo esquecer.

Ignorei a carta. Dobrei-a cuidadosa e silenciosamente, enfiei-a dentro de um livro que havia muito desistira de ler. E então suspirei. Não era a primeira vez que me lembravam o que tinha acontecido em Riverton, com Robbie e as irmãs Hartford. Uma vez vi a conclusão de um documentário, na televisão, alguma coisa a que Ruth estava assistindo, sobre poetas do tempo da guerra. Quando o rosto de Robbie apareceu na tela, seu nome exibido na base da tela, eu fiquei arrepiada. Mas nada aconteceu. Ruth não se mexeu, o narrador prosseguiu, e eu continuei secando a louça.

Em outra ocasião, ao ler os jornais, meu olhar foi atraído por um nome familiar escrito em uma chamada no guia de televisão: um programa comemorando os setenta anos dos filmes ingleses. Eu anotei o horário, com o coração agitado, imaginando se teria coragem de assistir. Acabei caindo no sono antes de o programa terminar. Havia muito pouco sobre Emmeline. Umas poucas fotos de publicidade, nenhuma delas retratando sua verdadeira beleza, e um clipe de um dos seus filmes mudos, *O caso Vênus*, em que ela estava estranha: faces encovadas, movimentos desconjuntados como os de uma marionete. Não havia referência aos outros filmes, aqueles que causaram tanto furor. Suponho que não valham uma menção nestes tempos de promiscuidade e permissividade.

Embora eu já tivesse sido confrontada com essas lembranças, a carta de Ursula foi diferente. Era a primeira vez em mais de setenta anos que alguém *me* associava aos acontecimentos, que alguém tinha lembrado que uma jovem chamada Grace Reeves estivera em Riverton naquele verão. Isso fez com que, de certa forma, eu me sentisse vulnerável. Culpada.

Não. Eu estava decidida. Não responderia aquela carta.

E não respondi.

Mas uma coisa estranha começou a acontecer. Lembranças havia muito guardadas nas profundezas escuras da minha mente passaram a escapar pelas frestas. Imagens surgiam intactas, perfeitas, como se naquele meio-tempo não houvesse transcorrido uma vida inteira. E, depois das primeiras gotas de chuva, o dilúvio. Conversas inteiras, palavra por palavra, nuance por nuance; cenas completas, como em um filme.

Eu surpreendi a mim mesma. Embora as traças tenham carcomido minhas lembranças recentes, descubro que o passado distante está nítido e claro. Esses fantasmas aparecem com frequência ultimamente, e fico surpresa ao ver que não me incomodam. Não tanto quanto pensei que incomodariam. Na realidade, os espectros dos quais passei a vida inteira fugindo tornaram-se quase um consolo, algo que recebo com prazer, que aguardo com ansiedade, como um dos seriados de que Sylvia está sempre comentando, correndo no trabalho para poder assistir na sala de estar. Acho que eu tinha esquecido que havia lembranças luminosas no meio das trevas.

Quando a segunda carta chegou, na semana passada, com a mesma letra rabiscada no mesmo papel macio, eu soube que aceitaria examinar as locações. Estava curiosa, uma sensação que não experimentava havia muito. Não existe muita coisa que desperte curiosidade quando se tem 98 anos, mas eu queria conhecer essa Ursula Ryan, que está planejando trazer todos de volta à vida, que é tão apaixonada pela história deles.

Então escrevi para ela, mandei Sylvia pôr a carta no correio e marcamos um encontro.

A sala de visitas

Meu cabelo, que sempre foi louro-claro, agora está branco e bem comprido. Também está ralo e parece que fica mais ralo a cada dia. É minha única vaidade – e Deus é testemunha de que não tenho muito com o que me envaidecer. Não mais. Uso este corte faz tempo, desde 1989. Tenho muita sorte de Sylvia gostar de escová-lo para mim, com delicadeza, e de trançá-lo diariamente. Isso está bem além do seu rol de tarefas, e fico muito agradecida. Preciso me lembrar de dizer isso a ela.

Perdi a oportunidade esta manhã, estava agitada demais. Quando Sylvia trouxe o meu suco, mal consegui tomá-lo. O fio de energia nervosa que me acompanhara a semana inteira virara um nó de madrugada. Ela me ajudou a colocar um novo vestido cor de pêssego – o que Ruth me deu de presente de Natal – e trocou meus chinelos pelo par de sapatos que normalmente fica esquecido no meu guarda-roupa. O couro tinha enrijecido e Sylvia precisou forçá-los para meus pés entrarem, mas é o preço de parecer respeitável. Estou velha demais para aprender novos costumes, e não consigo aprovar a tendência dos mais jovens de usar chinelos fora de casa.

Um pouco de maquiagem deu vida ao meu rosto, mas tive o cuidado de não deixar que Sylvia exagerasse. Fiquei com medo de parecer um manequim de funerária. Não é preciso muito ruge para passar do ponto: sou toda tão pálida, tão pequena.

Com algum esforço, fechei o cordão de ouro ao redor do pescoço, sua elegância do século XIX incompatível com minhas roupas casuais. Eu o ajeitei, espantada com minha ousadia, imaginando o que Ruth diria quando o visse.

Olhei para baixo. O pequeno porta-retratos na minha penteadeira. Uma fotografia do dia do meu casamento. Eu não ligava para aquela foto – o casamento acontecera havia tanto tempo e durara tão pouco, pobre John –, mas é minha concessão a Ruth. Acho que ela aprecia a ideia de que eu sofro por ele.

Sylvia me ajudou a ir para a sala de visitas, onde estavam servindo o café da manhã e onde eu ia esperar por Ruth, que tinha concordado (a contragosto, ela disse) em me levar de carro até os Estúdios Shepperton. Pedi a Sylvia que me deixasse sozinha em uma mesa de canto e pegasse um copo de suco para mim, e então reli a carta de Ursula.

Ruth chegou às oito e meia em ponto. Ela pode achar essa excursão desaconselhável, mas é, e sempre foi, irremediavelmente pontual. Já ouvi dizer que crianças que nascem em tempos de estresse nunca perdem o ar de tristeza, e Ruth, uma filha da Segunda Guerra, confirma a regra. Tão diferente de Sylvia, apenas quinze anos mais moça, que anda de um lado para outro com suas saias justas, ri alto e muda a cor do cabelo cada vez que muda de namorado.

Naquela manhã, Ruth atravessou a sala, bem-vestida, imaculadamente penteada, porém mais dura do que um poste.

– Bom dia, mãe – disse ela, roçando os lábios frios no meu rosto. – Já terminou de tomar café? – Ela olhou para o copo quase vazio na minha frente. – Espero que você tenha comido mais do que isso. Provavelmente vamos pegar trânsito e não vai dar tempo de parar para nada. – Ela consultou o relógio. – Precisa ir ao banheiro?

Eu fiz que não, me perguntando quando me tornei a criança.

– Você está usando o medalhão do papai... faz anos que não o vejo. – Ela estendeu a mão para endireitá-lo, meneando a cabeça em sinal de aprovação. – Ele tinha bom gosto, não tinha?

Eu concordei, emocionada ao ver como pequenas inverdades contadas às crianças são tão implicitamente aceitas. Senti uma onda de afeição por minha filha irritadiça, reprimi depressa a velha culpa materna que sempre vem à tona quando olho seu rosto ansioso.

Ela pegou o meu braço, passou-o pelo dela e pôs a bengala na minha outra mão. Algumas pessoas preferem andadores ou até mesmo aquelas cadeiras motorizadas, mas eu ainda me viro muito bem com minha bengala, e sou uma criatura de hábitos arraigados que não vê motivo para mudar.

Ela é uma boa menina, a minha Ruth – firme e confiável. Tinha se vestido formalmente, como se estivesse indo ao advogado ou ao médico. Eu sabia que seria assim. Ela queria causar uma boa impressão; mostrar à cineasta que não importava o que a mãe tivesse feito no passado, Ruth Bradley McCourt pertencia à respeitável classe média, muito obrigada.

Viajamos em silêncio por algum tempo, então Ruth ligou o rádio. Ela tinha dedos de velha, com as juntas inchadas por onde forçara seus anéis a entrar naquela manhã. É surpreendente ver uma filha envelhecer. Então olhei para as minhas mãos, cruzadas no colo. Mãos outrora tão ocupadas, realizando tarefas simples e complexas; mãos que agora estavam ali, cinzentas, flácidas e inertes. Ruth parou em uma rádio de música clássica. O locutor contou futilmente sobre seu fim de semana, e então começou a tocar Chopin. Uma coincidência, claro, que logo hoje eu ouvisse a valsa em dó sustenido menor.

Ruth estacionou na frente de diversos prédios brancos enormes, quadrados como hangares de avião. Desligou o motor e ficou parada um momento, olhando para a frente.

– Não sei por que você vai fazer isso – disse ela baixinho, os lábios comprimidos. – Você fez tanta coisa na vida... Viajou, estudou, criou uma filha... Por que quer se lembrar do que era antes?

Era uma pergunta retórica, então eu não respondi. Ruth suspirou, saltou do carro e tirou minha bengala da mala. Sem uma palavra, ela me ajudou a descer.

Uma jovem esperava por nós. Um fiapo de garota com longos cabelos louros e uma franja grossa. Seria considerada sem graça, se não tivesse maravilhosos olhos escuros. Pareciam tirados de um quadro a óleo: redondos, profundos e expressivos, da cor de tinta fresca.

Ela se apressou até nós sorrindo e pegou minha mão do braço de Ruth.

– Sra. Bradley, estou tão feliz por ter vindo. Eu sou Ursula.

– Grace – respondi, antes que Ruth pudesse insistir em "doutora". – Me chame de Grace.

– Grace. – Ursula sorriu. – A senhora não imagina como fiquei feliz de receber sua carta. – Ela tinha sotaque inglês, o que me surpreendeu, pois o endereço na carta era dos Estados Unidos. Ela se virou para Ruth. – Muito obrigada por servir de motorista hoje.

Senti Ruth se retesar do meu lado.

– Eu não podia colocar a mamãe em um ônibus, não é?

Ursula riu e fiquei feliz por jovens terem facilidade para tomar antipatia por ironia.

– Bem, vamos entrar, está congelando aqui fora. Desculpe a pressa. Nós começaremos a gravar na semana que vem e estamos atolados tentando apronta tudo. Eu queria que a senhora conhecesse a nossa cenógrafa, mas ela teve que ir a Londres. Talvez, se ainda estiver aqui quando ela voltar... Entre com cuidado, tem um degrau aí na porta.

Ela e Ruth me levaram a um saguão e por um corredor escuro ladeado de portas. Algumas estavam abertas e eu espiei dentro, avistando silhuetas diante de telas brilhantes de computador. Nada parecia com os sets de filmagem em que eu estivera com Emmeline, tantos anos antes.

– Aqui estamos – disse Ursula quando chegamos à última porta. – Entrem, eu vou pedir um chá para nós. – Ela abriu a porta e eu entrei no meu passado.

Era a sala de visitas de Riverton. Até o papel de parede era igual: um art nouveau cor de vinho do Silver Studio chamado "Tulipas Flamejantes", tão novo quanto no dia em que os homens tinham vindo de Londres para instalar. Um sofá de couro estava no centro, ao lado da lareira, coberto de sedas indianas como as que Hannah e o avô de Emmeline, lorde Ashbury, tinham trazido do estrangeiro quando ele era um jovem oficial. O relógio de navio estava no lugar de sempre, sobre a prateleira da lareira ao lado dos candelabros Waterford. Alguém tivera muito trabalho para copiá-lo, mas o relógio se revelava um impostor a cada tique-taque. Mesmo agora, oitenta anos depois, eu me lembro do ruído do relógio da sala de visitas. O modo insistente e calmo com que marcava a passagem do tempo: paciente, exato, frio – como se de alguma forma soubesse, mesmo então, que o tempo não era amigo dos que viviam naquela casa.

Ruth me acompanhou até o sofá e me ajeitou no canto. Percebi uma grande movimentação atrás de mim, pessoas arrastando luzes enormes com várias pernas articuladas, alguém rindo em algum lugar.

Pensei na última vez em que estive na sala de visitas – na verdadeira, não na de fachada –, no dia em que soube que ia deixar Riverton para sempre.

Foi para Teddy que eu contei. Ele não ficou feliz, mas naquela época já tinha perdido sua antiga autoridade, depois de todos os acontecimentos. Tinha a expressão um tanto perplexa de um capitão que sabia que seu navio estava afundando, mas era incapaz de salvá-lo. Ele pediu que eu ficasse, me implorou, por lealdade a Hannah, disse ele, se não a ele. E eu quase fiquei. Quase.

Ruth me cutucou.

– Mamãe? Ursula está falando com você.

– Desculpe, eu não ouvi.

– Mamãe está um pouco surda – avisou Ruth. – É natural, na idade dela. Tentei levá-la para fazer um exame, mas é muito teimosa.

Teimosa, admito. Mas não estou surda e não gosto que as pessoas achem que estou. Enxergo mal sem óculos, me canso facilmente, não tenho mais nenhum dente próprio e sobrevivo graças a um coquetel de pílulas, mas escuto tão bem quanto antes. Porém, com a idade, aprendi a só prestar atenção nas coisas que quero ouvir.

– Eu estava dizendo, Sra. Bradley, Grace, que deve ser estranho voltar. Bem, voltar mais ou menos. Isso deve reavivar muitas lembranças, não é?

– Sim. – Pigarreei. – É verdade.

– Que bom – comentou Ursula, sorrindo. – Tomo isso como um sinal de que acertamos.

– Ah, sim.

– Tem alguma coisa aqui que pareça fora do lugar? Alguma coisa que a gente tenha esquecido?

Tornei a examinar o cenário. Meticuloso em cada detalhe, até no conjunto de brasões montado perto da porta, o do meio um cardo escocês que combinava com a gravação no meu medalhão.

Mesmo assim, *estava* faltando alguma coisa. Apesar da precisão, o cenário parecia estranhamente desprovido de atmosfera. Era como uma peça de museu: interessante, mas sem vida.

Era compreensível, claro. Embora a década de 1920 esteja bem viva em minha memória, os cenógrafos a consideram algo bem antiquado. Um cenário histórico cuja réplica exige tanta pesquisa e atenção a detalhes quanto o pátio de um castelo medieval.

Eu sentia Ursula me observando, aguardando ansiosamente meu pronunciamento.

– Está perfeito – respondi, finalmente. – Tudo em seu lugar.

Então ela disse algo que me surpreendeu:

– Exceto pela família.

– É. Exceto pela família.

Pisquei e, por um momento, pude vê-los: Emmeline estirada no sofá, pernas e cílios muito compridos, Hannah de testa franzida, absorta por um dos livros da biblioteca, Teddy andando de um lado para outro sobre o tapete persa...

– Emmeline parece ter sido muito divertida – disse Ursula.

– Ela era.

– Foi fácil pesquisar sobre ela. Consegui achar o nome dela em quase todas as colunas de fofoca já publicadas. Sem falar nas cartas e nos diários de metade dos melhores partidos da época!

Eu concordei.

– Ela sempre foi popular.

Ursula me olhou por baixo da franja.

– Entender a personalidade de Hannah já não foi tão simples.

Eu pigarreei.

– Não?

– Ela era mais misteriosa. Não que não fosse mencionada nos jornais: ela era. Também tinha a sua cota de admiradores. Mas parece que pouca gente a conhecia de verdade. Eles a admiravam, até mesmo reverenciavam, mas não a *conheciam*.

Pensei em Hannah. Tão linda, inteligente, nostálgica.

– Ela era complexa.

– Sim, foi essa a minha impressão.

Ruth, que estava ouvindo, disse:

– Uma delas se casou com um americano, não foi?

Eu a encarei, espantada. Ruth sempre fizera questão de *não* saber nada sobre os Hartfords.

Ela percebeu o meu olhar.

– Andei lendo um pouco.

Era típico dela se preparar para a nossa visita, por mais desagradável que lhe fosse o assunto.

Ruth desviou novamente sua atenção para Ursula e disse com cautela, com medo de errar:

– Uma delas se casou depois da guerra, eu acho. Qual delas?

– Hannah – falei.

Pronto. Eu tinha conseguido. Tinha pronunciado o nome dela em voz alta.

– E quanto à outra irmã? – continuou Ruth. – Emmeline. Ela chegou a se casar?

– Não – respondi. – Ela só ficou noiva.

– Várias vezes – afirmou Ursula, sorrindo. – Parece que ela não conseguia escolher um homem só.

Ah, mas ela conseguiu. No fim, conseguiu.

– Acho que nunca vamos saber exatamente o que aconteceu naquela noite – comentou Ursula.

– Não. – Meus pés cansados começavam a protestar contra o couro dos sapatos. Ficariam inchados de noite, e Sylvia ia reclamar, e depois insistir em colocá-los de molho. – Acho que não.

Ruth se endireitou na cadeira.

– Sem dúvida *você* deve saber o que aconteceu, Srta. Ryan. Afinal de contas, está fazendo um filme sobre isso.

– Bom, sei o básico. Minha bisavó estava em Riverton naquela noite... o marido dela era parente das irmãs Hartford... e isso se tornou uma espécie de lenda familiar. Minha bisavó contou para a vovó, que contou para a mamãe, e mamãe contou para mim. Diversas vezes, aliás: o caso me deixou impressionada. Sempre soube que um dia eu o transformaria em filme. – Ela sorriu, deu de ombros. – Mas sempre há lacunas na história, não é? Tenho pastas e mais pastas de pesquisa, os relatórios policiais e os jornais estão cheios de fatos, mas é tudo de segunda mão. Altamente censurado, eu acho. Infelizmente, as duas pessoas que testemunharam o suicídio morreram há muitos anos.

– Preciso dizer que o assunto é um tanto mórbido para um filme – comentou Ruth.

– Ah, não, é fascinante – respondeu Ursula. – Um astro em ascensão da poesia inglesa se mata na beira de um lago escuro na noite de uma grande festa. As únicas testemunhas são duas lindas irmãs que nunca mais se falam. Uma era sua noiva, a outra era sua amante, segundo dizem. É incrivelmente romântico.

O nó no meu estômago afrouxou um pouco. Então o segredo deles ainda estava a salvo. Ela não sabia a verdade. Não sei por que eu tinha imaginado outra coisa. E me perguntei que lealdade era aquela que fazia com que eu me importasse com isso. Depois de tantos anos, por que eu ainda me importava com o que as pessoas pensariam?

Mas eu sabia por quê. Eu tinha nascido ali. O Sr. Hamilton tinha me dito no dia em que parti, enquanto eu estava parada no último degrau da entrada de serviço, minha mala de couro arrumada com meus poucos pertences, a Sra. Townsend chorando na cozinha. Ele tinha dito que estava no meu sangue, como tinha estado no de minha mãe e no de meus avós, que eu era uma tola em partir, em jogar fora um bom emprego com uma boa família. Ele tinha condenado a falta de lealdade e de orgulho que se generalizara na nação inglesa, e jurara que não permitiria que aquilo acontecesse em Riverton. A guerra não tinha sido enfrentada e vencida só para perdermos nosso estilo de vida.

Eu senti pena dele: tão rígido, tão certo de que ao largar o emprego eu estava entrando em um caminho de desgraça financeira e moral. Foi só bem mais tarde que comecei a entender quanto ele devia estar amedrontado, como as rápidas mudanças sociais lhe deviam ter parecido impiedosas, rodopiando em torno dele, mordendo seus calcanhares. E quão desesperadamente ele queria se agarrar aos velhos hábitos e certezas.

Mas ele estava certo. Não inteiramente, não a respeito da desgraça – nem minhas finanças nem minha moral ficaram arruinadas quando deixei Riverton –, mas parte de mim nunca saiu daquela casa. Ou melhor, parte daquela casa nunca saiu de mim. Durante muitos anos, o cheiro da cera, o barulho de pneus no cascalho, certo tipo de campainha, me faziam voltar aos 14 anos, cansada depois de um dia de trabalho, tomando chocolate quente junto ao fogo na sala dos empregados, enquanto o Sr. Hamilton lia trechos do *The Times* (aqueles que pareciam apropriados aos nossos ouvidos impressionáveis), Nancy franzia a testa ao ouvir algum comentário irreverente de Alfred, e a Sra. Townsend roncava baixinho na cadeira de balanço, com o tricô caído no seu colo avantajado...

– Aqui estamos – disse Ursula. – Obrigada, Tony.

Um rapaz surgira ao meu lado, carregando uma bandeja com canecas que não combinavam e um velho pote de geleia cheio de açúcar. Ele pousou a bandeja na mesinha lateral e Ursula começou a distribuir as canecas. Ruth me passou uma.

– Mãe, o que foi? – Ela pegou um lenço e esticou a mão para o meu rosto. – Está passando mal?

Senti que meu rosto estava úmido.

Foi efeito do aroma do chá. E de estar ali, naquela sala, sentada naquele sofá. O peso das lembranças distantes. De segredos guardados durante tanto tempo. O choque entre passado e presente.

– Grace? Quer que eu pegue alguma coisa para você? – disse Ursula. – Quer que eu diminua a calefação?

– Vou ter que levá-la para casa – anunciou Ruth. – Eu sabia que não era uma boa ideia. Isto é demais para ela.

Sim, eu queria ir para casa. Estar em casa. Alguém me puxou para ficar de pé, enfiou a bengala na minha mão. Vozes rodopiavam ao meu redor.

– Sinto muito – falei, para ninguém em especial. – Só estou cansada.

Tão cansada. Tanto tempo.

Meus pés estavam doendo: protestando contra o confinamento dos sapatos. Alguém – Ursula, talvez – estendeu a mão para me firmar. Um vento frio bateu no meu rosto úmido.

Então eu estava no carro de Ruth, vendo árvores, casas e placas passando.

– Não se preocupe, mãe, já acabou. A culpa é minha. Eu nunca devia ter concordado em levar você.

Eu pus a mão no braço dela, senti que estava tensa.

– Eu devia ter confiado nos meus instintos – disse ela. – Foi burrice minha.

Fechei os olhos. Fiquei ouvindo o zumbido do radiador, o pulsar dos limpadores de para-brisa, o barulho do tráfego.

– Isso mesmo, descanse um pouco – disse Ruth. – Você está indo para casa. Nunca mais vai ter que voltar.

Eu sorri, quase adormecendo.

É tarde demais, eu estou em casa. Voltei.

The Braintree Daily Herald

17 de janeiro de 1925

VÍTIMA DE ACIDENTE IDENTIFICADA: BELDADE LOCAL MORTA

Foi identificada a vítima do acidente de automóvel na Braintree Road que aconteceu ontem de manhã: trata-se da honorável Srta. Emmeline Hartford, de 21 anos, beldade local e atriz de cinema. A Srta. Hartford estava viajando de Londres a Colchester com três pessoas, quando o automóvel saiu da estrada e bateu em uma árvore.

A Srta. Hartford foi a única a morrer. Os outros passageiros ficaram gravemente feridos e foram levados para o Hospital Ipswich.

O grupo pretendia chegar à Casa Godley, a casa de campo da amiga de infância da Srta. Hartford, Sra. Frances Vickers, no domingo à tarde. A Sra. Vickers alertou a polícia quando o grupo não apareceu.

Uma investigação será realizada para determinar a causa do acidente. Não está claro ainda se o motorista do carro será indiciado. Segundo testemunhas, o acidente foi causado, provavelmente, por excesso de velocidade e gelo na estrada.

A Srta. Hartford deixa uma irmã mais velha, a honorável Sra. Hannah Luxton, casada com o Sr. Theodore Luxton, membro do Partido Conservador por Saffron Green. Nem o Sr. Luxton nem a Sra. Luxton quiseram comentar o acidente, mas os advogados da família, da Gifford & Jones, emitiram um comunicado em nome deles, declarando que os dois estavam em choque e pedindo privacidade.

Esta não é a primeira tragédia que atinge a família em tempos recentes. No verão passado, a Srta. Emmeline Hartford e a Sra. Hannah Luxton infelizmente testemunharam o suicídio de lorde Robert Hunter nos terrenos da propriedade de Riverton. Lorde Hunter era um poeta de certo renome e havia publicado duas coleções de poemas.

O quarto das crianças

A manhã está agradável, já anunciando a primavera, e eu estou sentada no banco de ferro do jardim, debaixo do olmo. Tomar um pouco de ar fresco me faz bem (é o que diz Sylvia), então estou aqui sentada, brincando de esconde-esconde com o tímido sol invernal, as bochechas frias e murchas como um par de pêssegos que ficou tempo demais na geladeira.

Tenho pensado no dia em que comecei a trabalhar em Riverton. Lembro claramente. Todos os anos que passaram desde então se comprimem como uma sanfona e estou de volta a junho de 1914. Eu tenho 14 anos outra vez: tímida, desajeitada, apavorada, subindo lance após lance os degraus de madeira encerada atrás de Nancy. As saias dela farfalham de modo eficiente a cada passo, cada farfalhar uma acusação da minha inexperiência. Eu me esforço para segui-la, com a alça da mala me ferindo os dedos. Perco Nancy de vista quando ela vira para subir mais um lance, confio no farfalhar para me mostrar o caminho...

Quando Nancy chegou ao topo, seguiu por um corredor escuro, de teto baixo, parando, com um estalido dos calcanhares, diante de uma pequena porta. Ela se virou e franziu a testa enquanto eu mancava em sua direção, seus olhos tão negros quanto seus cabelos.

– O que há com você? – perguntou, sem conseguir disfarçar seu sotaque irlandês. – Eu não sabia que era tão lenta. Tenho certeza de que a Sra. Townsend nunca mencionou isso.

– Eu não sou lenta. É a minha mala. Está pesada.

– Bem, nunca vi tanta confusão. Não sei que tipo de arrumadeira vai ser se não consegue carregar uma mala de roupas sem se arrastar. É melhor para você que o Sr. Hamilton não a veja arrastando o aspirador de pó como se fosse um saco de farinha.

Ela abriu a porta. O quarto era pequeno e modesto, e cheirava estranhamente a batata. Mas metade dele – uma cama de ferro, uma cômoda e uma cadeira – ia ser minha.

– Pronto. Aquele é o seu lado – disse ela, indicando a ponta da cama. – Este lado é meu, e agradeceria se você não tocasse em nada. – Ela passou os dedos pelo tampo da sua cômoda, onde havia um crucifixo, uma Bíblia e uma escova de cabelo. – Não pegue nada que não seja seu. Agora arrume suas coisas, vista o uniforme e desça para começar suas tarefas. Nada de perder tempo e, pelo amor de Deus, não saia da sala dos empregados. O almoço é ao meio-dia hoje porque os filhos do patrão vão chegar, e nós já estamos atrasadas com os quartos. A última coisa que eu quero é ficar procurando por você. Espero que não seja preguiçosa.

– Não sou, Nancy – respondi, ainda ofendida com a insinuação de que eu pudesse ser uma ladra.

– Bem, vamos ver. – Ela balançou a cabeça. – Não sei. Eu digo que preciso de outra moça, e o que eles me mandam? Alguém sem experiência, sem referências e, ao que tudo indica, uma preguiçosa.

– Eu não sou...

– Shhh – disse ela, batendo com o pé no chão. – A Sra. Townsend diz que a sua mãe era rápida e competente, e que a maçã não cai muito longe da árvore. Só posso dizer que, para o seu bem, é melhor que isso seja verdade. A patroa não vai tolerar preguiça nem eu.

E, com um último e desaprovador balançar de cabeça, ela deu meia-volta e me deixou sozinha no quartinho escuro no alto da casa. *Farfalhar... farfalhar... farfalhar.*

Prendi a respiração, escutando.

Finalmente, sozinha com os rangidos da casa, fui na ponta dos pés até a porta e a fechei, virando-me para examinar meu novo lar.

Não havia muito o que ver. Passei a mão pelo pé da cama, baixando a cabeça onde o teto inclinava-se seguindo o traçado do telhado. Havia um cobertor cinzento dobrado em cima do colchão, com um dos cantos remendado por mãos habilidosas. Na parede, estava pendurada uma gravura pequena, o único sinal de decoração do quarto: uma cena primitiva de caçada, um veado empalado, com sangue escorrendo de um ferimento no flanco. Desviei rapidamente os olhos do animal moribundo.

Cuidadosa e silenciosamente, eu me sentei, com medo de amassar o lençol. As molas da cama rangeram e eu dei um pulo, assustada, com o rosto ruborizado.

Uma janela estreita lançava um raio de luz empoeirado no quarto. Fiquei de joelhos na cadeira e espiei o lado de fora.

O quarto ficava nos fundos da casa e muito no alto. Eu podia ver além do roseiral, por sobre as treliças, até a fonte no lado sul. Mais adiante, eu sabia, ficava o lago e, do outro lado, a vila e o chalé no qual eu tinha passado os meus primeiros 14 anos de vida. Imaginei mamãe, sentada ao lado da janela da cozinha, onde a luz era melhor, as costas curvadas sobre as roupas que cerzia.

Imaginei como ela estaria se arranjando sozinha. Mamãe tinha piorado ultimamente. Eu a ouvira gemer várias noites seguidas, por causa da dor nas costas. Algumas manhãs, seus dedos estavam tão duros que eu precisava mergulhá-los em água quente e esfregá-los entre os meus para que ela conseguisse sequer pegar um carretel de linha na caixa de costura. A Sra. Rodgers, que morava na vila, tinha combinado de passar por lá diariamente, e o homem dos retalhos passava duas vezes por semana, mas ainda assim ela ficaria um bocado de tempo sozinha. Era pouco provável que pudesse continuar cerzindo sem a minha ajuda. E como conseguiria ganhar dinheiro? Meu magro salário ia ajudar, mas não teria sido melhor se eu tivesse ficado lá com ela?

Entretanto, foi ela quem insistiu para que eu me candidatasse ao emprego. Recusara-se a ouvir meus argumentos contrários à ideia. Apenas balançava a cabeça e dizia que sabia o que era melhor. Ouvira dizer que eles estavam procurando uma moça, e tinha certeza de que eu seria a pessoa certa. Não disse como tinha ficado sabendo. Típico de mamãe e seus segredos.

– Não é longe – disse ela. – Você pode vir para casa e me ajudar nos seus dias de folga.

Meu rosto devia ter revelado minha aflição, porque ela estendeu a mão e o tocou. Um gesto incomum, que eu não estava esperando. A surpresa de suas mãos ásperas, a ponta dos dedos espetados de agulha, fez com que eu me retraísse.

– Ora, ora, menina, você sabia que alguma hora ia ter que arranjar um emprego. É para o seu bem: uma boa oportunidade. Você vai ver. Poucos lugares aceitam uma moça tão jovem. Lorde Ashbury e lady Violet não são más pessoas. E o Sr. Hamilton pode parecer severo, mas é apenas justo. A Sra. Townsend também. Se você trabalhar bastante e for obediente, não terá problemas. – Ela apertou com força a minha bochecha, com os dedos trêmulos. – E, Gracie... Não esqueça o seu lugar. Há muitas garotas que arrumam encrenca quando se esquecem disso.

Eu tinha prometido seguir seus conselhos e, no sábado seguinte, subi a colina que ia dar no imponente solar, usando meu traje de domingo, para ser entrevistada por lady Violet.

Ela me disse que aquela era uma casa tranquila, com pouca gente, só ela e seu marido, lorde Ashbury, que estava sempre ocupado com a propriedade e seus clubes. Seus dois filhos, major Jonathan e Sr. Frederick, eram ambos adultos e moravam nas próprias casas, com suas famílias, embora às vezes fossem visitar, e eu com certeza iria conhecê-los se trabalhasse direito e permanecesse. Como só os dois moravam lá, não precisavam de uma governanta, ela disse, e quem dirigia a casa era o Sr. Hamilton, estando a cozinha a cargo da Sra. Townsend. Se eles ficassem satisfeitos comigo, essa recomendação seria o bastante para eu continuar no emprego.

Ela então se deteve e me olhou atentamente, de um jeito que fez com que eu me sentisse acuada, como um camundongo dentro de um jarro de vidro. Na mesma hora pensei na bainha do meu vestido, marcada pelas frequentes tentativas de adequar seu comprimento à minha altura, no pedacinho da minha meia-calça que roçava no sapato e estava ficando puído, no meu pescoço comprido e nas minhas orelhas grandes.

Então ela piscou e abriu um sorriso contido que transformou seus olhos em dois arcos gelados.

– Bem, você parece limpa, e o Sr. Hamilton me contou que sabe costurar. – Eu assenti e ela se levantou e foi até a escrivaninha, passando a mão de leve pelo alto da poltrona. – Como vai sua mãe? – perguntou, sem se virar. – Você sabia que ela também trabalhou aqui?

Respondi que sabia e que mamãe estava bem, obrigada por perguntar.

Devo ter dito a coisa certa, porque em seguida ela me ofereceu 15 libras por ano para começar no dia seguinte e tocou a sineta para Nancy me levar até a porta.

Eu me afastei da janela, limpei a marca que a minha respiração tinha deixado no vidro e desci da cadeira.

Minha mala estava onde eu a tinha deixado, ao lado da cama que pertencia a Nancy, e a arrastei para perto da cômoda que ia ser minha. Tentei não olhar para o veado ensanguentado, congelado no seu último instante de terror, enquanto arrumava minhas roupas na primeira gaveta: duas saias, duas blusas e um par de meias pretas que mamãe tinha me mandado cerzir para que durassem até o fim do inverno. Então, com um olhar para a porta e o coração acelerado, tirei da mala meu tesouro secreto.

Havia três volumes ao todo, livros de capa verde com letras douradas, já muito manuseados. Eu os guardei no fundo da última gaveta e os cobri com meu xale, tendo o cuidado de escondê-los completamente. O Sr. Hamilton tinha sido claro. Qualquer livro além da Bíblia Sagrada, era considerado uma ofensa e precisava ser submetido à sua aprovação, senão correria o risco de ser confiscado. Eu não era rebelde – na realidade, naquela época até tinha um grande senso de dever –, mas era impensável viver sem Holmes e Watson.

Guardei a mala debaixo da cama.

Havia um uniforme pendurado no gancho atrás da porta – vestido preto, avental branco, touca franzida – e eu o vesti, sentindo-me como uma criança descobrindo o guarda-roupa da mãe. O vestido era áspero e a gola me arranhou o pescoço, moldada por longas horas de uso por alguém bem maior do que eu. Enquanto amarrava o avental, uma pequena traça branca voou à procura de um novo esconderijo nas vigas do teto, e eu tive vontade de me juntar a ela.

A touca era de algodão branco, engomada de modo que a aba ficasse levantada na frente. Usei o espelho sobre a cômoda de Nancy para ver se tinha me vestido direito e para alisar meu cabelo por cima das orelhas, como mamãe tinha me ensinado. A moça no espelho olhou rapidamente para mim, e eu pensei em quanto o seu rosto era sério. É estranho se olhar em repouso. Um momento de descuido, desprovido de artifício, quando a pessoa se esquece de enganar até a si mesma.

Sylvia me trouxe uma xícara fumegante de chá e uma fatia de bolo de limão. Ela se senta ao meu lado no banco de ferro e, dando uma olhada na direção do escritório, tira do bolso um maço de cigarros. (É incrível como a minha aparente necessidade de ar fresco coincide com sua necessidade de fazer uma pausa para fumar.) Ela me oferece um cigarro. Eu recuso, como sempre, e ela diz, como sempre:

– Na sua idade, talvez seja mesmo melhor. Eu fumo o seu para você, tudo bem?

Sylvia está bonita hoje – ela fez alguma coisa diferente com o cabelo – e eu lhe digo isso. Ela assente, sopra fumaça e vira a cabeça, mostrando um longo rabo de cavalo.

– Coloquei um aplique. Fazia tempo que eu queria e então pensei: "Garota, a vida é curta demais para você não ser glamorosa." Parece de verdade, não é?

Eu demoro a responder, então ela toma isso como concordância.

– É porque é mesmo. Cabelo de verdade, do tipo que usam em celebridades. Pegue só aqui.

– Nossa, cabelo de verdade – digo, passando a mão no rabo de cavalo.

– Hoje em dia eles conseguem fazer qualquer coisa. – Ela balança o cigarro e eu noto a marca roxa que seus lábios deixaram no filtro. – É claro que você tem que pagar. Por sorte, eu tinha um dinheiro guardado para qualquer necessidade.

Ela sorri, radiante como uma fruta madura, e eu compreendo o motivo da repaginada. Tiro e queda, um retrato se materializa do bolso da sua blusa.

– Anthony – diz ela, com um sorriso.

Faço questão de colocar os óculos e examinar a imagem de um homem de meia-idade, com um bigode grisalho.

– Ele parece simpático.

– Ah, Grace... – murmura ela com um suspiro de felicidade. – Ele é mesmo. Saímos só algumas vezes para um café, mas estou otimista. É um verdadeiro cavalheiro, sabe? Não é como alguns dos outros vagabundos que já namorei. Ele abre portas, me traz flores, puxa a cadeira para eu me sentar. Um verdadeiro cavalheiro, como antigamente.

A última frase, eu percebo, foi um acréscimo especial para mim. Uma suposição de que os velhos não conseguem deixar de ficar impressionados pelo que é antigo.

– O que ele faz da vida?

– É professor da escola municipal. História e inglês. Ele é muito inteligente. Preocupado com a comunidade também: faz trabalho voluntário para a sociedade histórica local. Ele diz que é um hobby, todas aquelas damas e cavalheiros e duques e duquesas. Ele sabe uma porção de coisas sobre aquela sua família, aquela que morava na casa imponente no alto da colina... – Ela para e olha na direção do escritório, depois revira os olhos. – Céus! É a enfermeira Ratchet. Eu devia estar servindo o chá. Sem dúvida

Bertie Sinclair tornou a reclamar. Na minha opinião, seria bom para ele deixar de comer uns biscoitos de vez em quando. – Ela apaga o cigarro e enfia a guimba na caixa de fósforo. – Bom, o trabalho não pode parar. Quer que eu pegue alguma coisa para você antes de servir os outros, benzinho? Você mal tocou no seu chá.

Eu afirmo que não precisa, e ela atravessa rapidamente o gramado, com os quadris e o rabo de cavalo balançando em harmonia.

É bom ter quem cuide de você, quem lhe sirva o chá. Eu gosto de pensar que fiz por merecer esse pequeno luxo. Deus sabe quantas vezes servi chá para os outros. Às vezes me divirto imaginando como Sylvia teria se dado trabalhando em Riverton. Ela não tem a deferência silenciosa e obediente de uma empregada doméstica. É muito franca; não foi intimidada pelas constantes declarações acerca do seu "lugar", pelas instruções bem-intencionadas para baixar suas expectativas. Não, Nancy não teria encontrado em Sylvia uma aluna tão obediente quanto eu.

Eu sei que não é uma comparação justa. As pessoas mudaram muito. A virada do século nos deixou arrasados e esgotados. Até os jovens e privilegiados usam o cinismo como um distintivo, os olhos vazios e as mentes cheias de coisas que eles nunca quiseram saber.

Essa é uma das razões pelas quais nunca falei dos Hartfords e de Robbie Hunter e do que aconteceu entre eles. Houve ocasiões em que pensei em contar tudo, para me livrar do peso. Para Ruth. Ou mais provavelmente para Marcus. Mas de alguma forma eu sabia, antes mesmo de começar minha história, que não conseguiria fazê-los entender. Por que terminou daquele jeito. Fazê-los ver quanto o mundo mudou.

É claro que os sinais do progresso já tinham chegado naquela época. A Primeira Guerra – a Grande Guerra – mudou tudo, de cima a baixo. Como ficamos chocados quando a nova criadagem começou a chegar (e partir, geralmente) depois da guerra, cheia de ideias sobre salário mínimo e folgas. Antes disso, o mundo parecera, de certa forma, completo, as distinções simples e intrínsecas.

Na primeira manhã que passei em Riverton, o Sr. Hamilton me chamou até a copa, no fundo da sala dos empregados, onde estava curvado passando a ferro o *The Times*. Ele ergueu o corpo e ajeitou os óculos finos e redondos no nariz comprido e adunco. Minha apresentação aos "costumes" era tão importante que a Sra. Townsend tinha tirado uma rara folga da cozinha para assistir. O Sr. Hamilton examinou meu uniforme meticulosamente e então, parecendo satisfeito, começou sua aula sobre as diferenças entre nós e eles.

– Nunca se esqueça de que você tem muita sorte em ser convidada a servir em uma casa importante como esta – disse ele com uma voz séria. – E com a sorte vem a responsabilidade. Sua conduta se reflete diretamente na família, e você tem que fazer justiça a ela: guardar seus segredos e merecer sua confiança. Lembre-se de que o patrão tem sempre razão. Considere-o, e sua família, como um exemplo. Sirva-os silenciosamente... atenciosamente... com gratidão. Você vai saber que fez um bom serviço quando ele não for notado, que *você* teve sucesso quando *você* não for notada. – Ele então ergueu os olhos e examinou o espaço acima da minha cabeça, com o rosto vermelho de emoção. – Mais uma coisa, Grace: nunca se esqueça da honra que eles estão lhe concedendo, permitindo que você trabalhe em sua casa.

Só imagino o que Sylvia teria dito ao ouvir isso. Com certeza não teria recebido o sermão como eu recebi, não teria contraído o rosto de gratidão, nem tido aquela sensação vaga, indefinível, de ter subido um degrau no mundo.

Eu me ajeito no assento e noto que ela esqueceu o retrato: esse novo homem que a corteja com assuntos históricos e que tem como hobby a aristocracia. Conheço o tipo. Fazem álbuns de recortes de jornal e fotografias, desenham complicadas árvores genealógicas de famílias com as quais não têm relação alguma.

Pareço desdenhosa, mas não é o caso. Fico interessada – intrigada, até – no modo como o tempo apaga as vidas reais, deixando apenas impressões vagas. O sangue e o espírito desaparecem, e só nomes e datas permanecem.

Torno a fechar os olhos. O sol se moveu e agora meu rosto está quente.

As pessoas de Riverton já morreram há muito tempo. Enquanto a idade me fez murchar, elas permanecem eternamente jovens, eternamente belas.

Chega. Estou ficando romântica e sentimental. Pois eles não são nem jovens nem belos. Estão mortos. Enterrados. Não são nada. Meros fragmentos na memória daqueles que os conheceram.

Mas, é claro, aqueles que permanecem vivos na lembrança de alguém nunca estão realmente mortos.

A primeira vez que vi Hannah, Emmeline e seu irmão, David, eles estavam discutindo os efeitos da lepra no rosto humano. Já estavam em Riverton havia uma semana – para sua visita anual de verão –, mas até então eu só tinha ouvido algumas risadas, barulhos de pés correndo pelos ossos artríticos da velha casa.

Nancy insistira que eu era inexperiente demais para lidar com gente da sociedade – por mais jovens que fossem – e só tinha me passado tarefas que me deixavam bem longe das visitas. Enquanto os outros empregados preparavam a casa para a chegada dos hóspedes adultos, em quinze dias, eu fiquei encarregada do quarto das crianças.

Estritamente falando, elas eram velhas demais para precisar de um quarto de crianças, disse Nancy, mas era uma tradição, e assim o grande quarto do segundo andar, no fim da ala leste, precisava ser arejado e limpo, e as flores deviam ser substituídas diariamente.

Eu posso descrever o quarto, mas temo que nenhuma descrição consiga capturar o estranho apelo que ele exercia sobre mim. O cômodo era grande, retangular e escuro, e tinha a palidez do abandono. Dava a impressão de ter sido vítima de um feitiço de contos de fada. Ele dormia o sono de cem anos da maldição. O ar era pesado e frio, e na casa de bonecas ao lado da lareira, a mesa de jantar estava posta para uma festa cujos convidados jamais chegariam.

As paredes eram cobertas por um papel que um dia podia ter sido azul de listras brancas, mas que o tempo e a umidade tinham deixado cinzento, manchado e descascado. Cenas desbotadas de Hans Christian Andersen estavam penduradas em uma das paredes: o corajoso soldadinho de chumbo no alto da lareira, a linda moça de sapatinhos vermelhos, a pequena sereia chorando por seu passado perdido. O quarto cheirava a mofo, a fantasmas de crianças e a poeira antiga. Parecia vagamente vivo.

Havia uma lareira cheia de fuligem e uma poltrona de couro em um canto, enormes janelas em arco na parede próxima. Se eu subisse no assento de madeira escura e olhasse para baixo através da janela de vitral, podia avistar um pátio onde dois leões de bronze montavam guarda, vigiando o cemitério no vale abaixo.

Um cavalo de balanço já bem gasto ficava próximo da janela: cinzento e elegante, com bondosos olhos pretos que pareceram gratos pela esfregada que lhe dei. E ao lado dele, em silenciosa comunhão, estava Raverley.

O perdigueiro preto e marrom tinha sido de lorde Ashbury, quando ele era menino; ele tinha morrido depois de prender a perna em uma armadilha. O embalsamador fizera uma boa tentativa de remendar o estrago, mas nenhum forro podia esconder o que havia por baixo. Passei a cobrir Raverley enquanto trabalhava. Com um pano de pó estendido sobre ele, eu quase conseguia fingir que o cão não estava lá, olhando para mim com seus olhos vidrados, a ferida aberta sob o retalho.

Apesar de tudo – de Raverley, do cheiro de decadência, do papel descascado –, o quarto das crianças tornou-se o meu aposento favorito. Dia após dia, como previsto, eu o encontrava vazio, as crianças ocupadas em outro lugar da propriedade. Passei a cumprir minhas tarefas regulares mais depressa para passar uns poucos minutos a mais lá, sozinha. Longe das constantes correções de Nancy, do ar de reprovação do Sr. Hamilton, da camaradagem rude dos outros empregados, que me faziam sentir que eu ainda tinha muito que aprender. Eu parei de ficar apreensiva, tomei a solidão por garantida. Passei a achar que aquele quarto era meu.

E havia os livros, tantos livros, mais do que eu jamais havia visto em um mesmo lugar ao mesmo tempo: aventuras, histórias reais, contos de fadas, reunidos em enormes estantes de cada lado da lareira. Uma vez ousei apanhar um, escolhido apenas por ter uma lombada especialmente bonita. Passei a mão pela capa empoeirada, abri e li o nome cuidadosamente impresso: TIMOTHY HARTFORD. Então virei as páginas, respirei poeira e mofo e fui transportada para outro tempo e lugar.

Eu tinha aprendido a ler na escola da vila, e minha professora, a Srta. Ruby, imagino que satisfeita por encontrar uma aluna tão interessada, começara a me emprestar livros da sua própria coleção: *Jane Eyre*, *Frankenstein*, *O castelo de Otranto*. Quando eu os devolvia, conversávamos sobre nossos trechos favoritos. Foi a Srta. Ruby quem sugeriu que eu me tornasse professora. Mamãe não ficou muito feliz quando contei a ela. Falou que a Srta. Ruby podia enfiar ideias de grandeza na minha cabeça, mas que ideias não punham comida na mesa. Pouco tempo depois, ela me despachou para Riverton, para Nancy e o Sr. Hamilton, e para o quarto das crianças...

E por algum tempo aquele cômodo foi o meu quarto, aqueles livros foram os meus livros.

Certo dia, porém, uma névoa desceu e começou a chover. Eu andava depressa pelo corredor, pensando em dar uma olhada em uma enciclopédia ilustrada para crianças que tinha descoberto na véspera, quando parei de repente. Havia vozes lá dentro.

Eu disse a mim mesma que era o vento, carregando as vozes de outro lugar qualquer da casa. Uma ilusão. Mas quando abri a porta e espiei lá dentro... choque. Havia gente lá. Pessoas jovens que se encaixavam perfeitamente no quarto encantado.

E, naquele instante, sem aviso nem cerimônia, ele deixou de ser meu. Fiquei paralisada, hesitante, sem saber se devia continuar com minhas obrigações ou voltar mais tarde. Tornei a espiar, intimidada pelas risadas deles. Por suas vozes claras e confiantes. Seus cabelos brilhantes e laços de fita mais brilhantes ainda.

Foram as flores que me fizeram decidir. Elas estavam murchando no vaso sobre a lareira. Pétalas haviam caído durante a noite e agora estavam espalhadas, me censurando. Eu não podia me arriscar a deixar que Nancy as visse; ela fora muito clara em relação às minhas obrigações. Tinha se certificado de que eu entendera que, se não obedecesse aos meus superiores, minha mãe ficaria sabendo.

Lembrando-me das instruções do Sr. Hamilton, eu apertei o espanador e a vassoura de encontro ao peito e fui na ponta dos pés até a lareira, tentando ficar invisível. Não precisava ter me preocupado. Eles estavam acostumados a dividir a casa com um exército de pessoas invisíveis e me ignoraram enquanto eu fingia ignorá-los.

Duas meninas e um menino: a mais moça com cerca de 10 anos, o mais velho com menos de 17. Todos os três tinham a compleição típica dos Ashburys – cabelos dourados e olhos azuis como safiras –, legado da mãe de lorde Ashbury, uma dinamarquesa que, segundo Nancy, tinha se casado por amor e sido deserdada, perdendo o dote. (Mas foi ela quem riu por último, disse Nancy, quando o irmão do marido morreu e ela se tornou lady Ashbury do Império Britânico.)

A menina mais alta estava no centro do quarto, segurando um punhado de papéis enquanto descrevia detalhadamente a lepra. A mais nova estava sentada no chão, de pernas cruzadas, observando a irmã com os olhos azuis arregalados, o braço passado distraidamente pelo pescoço de Raverley. Fiquei surpresa, e um tanto horrorizada, ao ver que ele tinha sido arrastado do seu canto e que desfrutava de um raro momento de inclusão. O menino estava ajoelhado no assento da janela, olhando através da neblina na direção do cemitério.

– E aí você se vira para olhar a plateia, Emmeline, e seu rosto está coberto de lepra – disse a menina mais alta alegremente.

– O que é lepra?

– Uma doença de pele – respondeu a outra garota. – Feridas e pus, o de sempre.

– A gente podia fazer o nariz dela apodrecer e cair, Hannah – disse o menino, virando-se e piscando para Emmeline.

– Isso – concordou Hannah, séria. – Ótimo.

– Não – choramingou Emmeline.

– Pelo amor de Deus, Emmeline, deixe de ser criança. Não vai apodrecer e cair de verdade – disse Hannah. – Vamos fazer uma máscara, algo assim, bem horripilante. Vou ver se encontro algum livro de medicina na biblioteca. Quem sabe acho fotos?

– Por que eu tenho que ser a leprosa? – indagou Emmeline.

– Pergunte a Deus – respondeu Hannah. – Foi ele que escreveu assim.

– Mas por que eu tenho que fazer o papel de Miriam? Não posso fazer outro?

– Não há outros papéis – disse Hannah. – David tem que ser Aarão, porque ele é o mais alto, e eu vou representar Deus.

– Eu não posso ser Deus?

– É claro que não. Eu achei que você queria o papel principal.

– Eu queria – murmurou Emmeline. – Eu quero.

– Então pronto. Deus nem aparece na cena – disse Hannah. – Eu tenho que recitar minhas falas de trás de uma cortina.

– Eu podia representar Moisés – sugeriu Emmeline. – Raverley pode ser Miriam.

– Você não vai representar Moisés – retrucou Hannah. – Precisamos de uma Miriam de verdade. Ela é muito mais importante do que Moisés. Ele só tem uma fala. Por isso que Raverley está entrando na peça. Eu posso dizer a fala dele de trás da cortina, posso até cortar Moisés da história.

– Então a gente podia fazer outra cena – disse Emmeline, esperançosa. – Uma com Maria e o menino Jesus?

Hannah fez um muxoxo de desprezo.

Eles estavam ensaiando uma peça. Alfred, o criado, tinha me dito que haveria um recital da família no fim de semana do feriado. Era uma tradição: alguns membros cantavam, outros recitavam poesia, as crianças sempre representavam uma cena do livro favorito da avó.

– Nós escolhemos esta cena porque ela é importante – disse Hannah.

– *Você* escolheu a cena porque ela é importante – retrucou Emmeline.

– Exatamente. É sobre um pai que usa dois pesos e duas medidas: um para os filhos e outro para as filhas.

– Acho isso muito razoável – comentou David ironicamente.

Hannah ignorou-o.

– Tanto Miriam quanto Aarão são culpados da mesma coisa: de falar sobre o casamento do irmão...

– O que eles estavam dizendo? – perguntou Emmeline.

– Não importa, eles estavam apenas...

– Eles estavam falando mal?

– Não, e esse não é o problema. O importante é que Deus decidiu que Miriam devia ser punida com lepra, enquanto Aarão recebe apenas uma repreensão. Isso parece justo, Emme?

– Moisés não se casou com uma mulher africana? – perguntou Emmeline.

Hannah balançou a cabeça, exasperada. Eu notei que ela fazia muito isso. Havia uma energia feroz em seus movimentos, e ela se frustrava facilmente. Emmeline, ao contrário, tinha a postura estudada de uma boneca de carne e osso. Suas feições, parecidas quando analisadas separadamente – narizes perfeitos, intensos olhos azuis, belas bocas –, se manifestavam de forma única no rosto de cada menina. Enquanto Hannah parecia uma rainha das fadas – passional, misteriosa, poderosa –, Emmeline tinha uma beleza mais acessível. Embora ainda fosse uma criança, havia algo no modo como seus lábios ficavam entreabertos em repouso que me fez lembrar uma fotografia glamorosa que eu tinha visto uma vez, caída do bolso de um caixeiro-viajante.

– Hein? Ele casou, não casou? – insistiu Emmeline.

– Sim, Emme – disse David, rindo. – Moisés se casou com uma etíope. Hannah só está frustrada porque não compartilhamos sua paixão pelo sufrágio feminino.

– Hannah! Ele não está falando sério, está? Você não é uma sufragista, é?

– É claro que sou – disse Hannah. – E você também.

Emmeline baixou a voz:

– Papai sabe disso? Ele vai ficar muito zangado.

– Ora, papai é manso como um gatinho.

– Mais para um leão – respondeu Emmeline, os lábios tremendo. – Por favor, não o deixe zangado, Hannah.

– Não se preocupe com isso, Emme – disse David. – O sufrágio está na moda entre as mulheres da sociedade.

Emmeline pareceu hesitante.

– Fanny nunca falou nada disso.

– Toda moça de família importante vai usar um terno a rigor no seu debute este ano – disse David.

Emmeline arregalou os olhos.

Fiquei escutando perto da estante, imaginando o que significaria tudo aquilo. Eu não sabia ao certo o que era sufrágio, mas tinha uma vaga ideia de que podia ser uma espécie de doença, do tipo que a Sra. Nammersmith, da vila, tinha apanhado quando tirou o corpete no desfile de Páscoa e seu marido teve que levá-la para o hospital em Londres.

– Você é um implicante – acusou Hannah. – Só porque papai é injusto e não permite que eu e Emmeline frequentemos a escola, não significa que você pode aproveitar qualquer oportunidade para tentar nos fazer parecer ignorantes.

– Eu não preciso tentar – respondeu David, sentando-se na caixa de brinquedos e afastando dos olhos uma mecha de cabelo. Prendi a respiração: ele era tão louro e bonito quanto as irmãs. – De qualquer maneira, vocês não estão perdendo muita coisa. A escola é superestimada.

– Ah, é? – Hannah ergueu uma sobrancelha, desconfiada. – Você costuma ficar feliz em me dizer exatamente o que eu estou perdendo. Por que essa mudança súbita de opinião? – Ela arregalou os olhos. Duas luas de um azul-gelo. Havia agitação em sua voz. – Não me diga que você fez alguma coisa horrível e foi expulso.

– É claro que não – disse David depressa. – Eu só acho que há mais coisa para se fazer na vida além de estudar. Meu amigo Hunter diz que a vida é a melhor escola...

– Hunter?

– Ele começou em Eton este semestre. O pai dele é uma espécie de cientista. Parece que ele descobriu alguma coisa muito importante, e o rei fez dele um marquês. Ele é meio louco. Robert também, segundo os outros rapazes, mas eu o acho incrível.

– Bem, esse seu amigo tem sorte de poder se dar ao luxo de desprezar sua educação, mas como eu vou me tornar uma dramaturga renomada se papai insiste em me manter ignorante? – Hannah suspirou de frustração. – Eu queria ser um menino.

– Eu odiaria ir para a escola – disse Emmeline. – E odiaria ser um menino. Nada de vestidos, os chapéus mais sem graça, ter que conversar sobre esporte e política o dia inteiro.

– Eu adoraria conversar sobre política – retrucou Hannah. Ela falou com tanta veemência que alguns cachos se libertaram da prisão do seu penteado. – Eu começaria obrigando Herbert Asquith a permitir que as mulheres votassem. Até mesmo as mais jovens.

David sorriu.

– Você poderia ser a primeira dramaturga a se tornar primeira-ministra na Grã-Bretanha.

– Sim – disse Hannah.

– Eu achei que você ia ser arqueóloga – contestou Emmeline. – Como Gertrude Bell.

– Política, arqueóloga. Eu poderia ser as duas coisas. Nós estamos no século XX. – Ela franziu o cenho. – Se ao menos papai me deixasse ter uma educação adequada...

– Você sabe o que papai pensa sobre educação feminina – rebateu David.

Emmeline cantarolou a frase tantas vezes repetida:

– "O caminho sem volta que vai dar no sufrágio feminino." E papai diz que a Srta. Prince nos dá toda a educação de que precisamos.

– Claro que ele diz. Ele quer que ela nos transforme em esposas chatas de homens chatos, falando um francês passável, tocando um piano passável e perdendo educadamente no bridge. Vamos dar menos trabalho desse jeito.

– Papai diz que ninguém gosta de uma mulher que pensa demais – disse Emmeline.

David revirou os olhos.

– Como aquela canadense que o perturbou nas minas de ouro, falando o tempo todo de política. Ela prestou um desserviço a todo mundo.

– *Não quero* que todo mundo goste de mim – declarou Hannah, com uma expressão de rebeldia. – Eu cairia no meu próprio conceito se não houvesse alguém que não gostasse de mim.

– Então pode ficar feliz – disse David. – Sei de fonte segura que *um monte* de amigos nossos não gostam de você.

Hannah franziu a testa, expressão que foi suavizada por um sorriso involuntário.

– Bem, não vou fazer nenhuma das lições idiotas dela hoje. Estou cansada de recitar "A senhora de Shalott" enquanto ela funga no lenço.

– Ela fica chorando porque perdeu o amor da vida dela – disse Emmeline, com um suspiro.

Hannah revirou os olhos.

– É verdade! Eu ouvi vovó contar a lady Clem. Antes de vir morar conosco, a Srta. Prince estava noiva.

– Criou juízo, suponho – disse Hannah.

– Ele se casou com a irmã dela – revelou Emmeline.

Isso calou a boca de Hannah, mas só por um instante.

– Ela devia tê-lo processado por quebra de promessa.

– Foi isso que lady Clem disse, e pior, mas vovó falou que a Srta. Prince não quis causar problemas para ele.

– Então ela é uma tola – sentenciou Hannah. – Está melhor sem ele.

– Como você é romântica – disse David ironicamente. – A pobre dama está perdidamente apaixonada por um homem que não pode ter e você se recusa a ler para ela um poema triste de vez em quando. Crueldade, teu nome é Hannah.

Hannah empinou o queixo.

– Não sou cruel, sou prática. Romance vira a cabeça das pessoas, as deixa tolas.

David exibia o sorriso divertido de um irmão mais velho que acreditava que o tempo iria mudá-la.

– É verdade – insistiu Hannah teimosamente. – A Srta. Prince devia parar de choramingar e começar a encher sua mente, e as nossas, de coisas interessantes. Como a construção das pirâmides, a cidade perdida de Atlântida, as aventuras dos vikings...

Emmeline bocejou e David ergueu as mãos em um gesto de rendição.

– Mas nós estamos perdendo tempo – disse Hannah, tornando a pegar seus papéis. – Vamos seguir da parte em que Miriam fica leprosa.

– Já ensaiamos isso cem vezes – respondeu Emmeline. – Não podemos fazer outra coisa?

– Como o quê?

Emmeline deu de ombros, indecisa.

– Não sei. – Ela olhou de Hannah para David. – Não podemos jogar O Jogo?

Não. Não foi O Jogo naquele dia. Foi simplesmente o jogo. Um jogo. Até onde eu sabia, Emmeline podia estar se referindo a *conkers*, *jacks* ou bola de gude naquela manhã. Foi só algum tempo depois que passou a ser O Jogo na minha mente. Que eu passei a associá-lo a segredos, fantasias e aventuras inimagináveis. Naquela manhã úmida e sem graça, enquanto a chuva batia nas vidraças do quarto das crianças, mal prestei atenção nele.

Escondida atrás da poltrona, varrendo as pétalas murchas, fiquei imaginando como seria ter irmãos. Eu sempre quisera um. Tinha dito isso a mamãe uma vez, perguntado se podia ter uma irmã. Alguém com quem fofocar e tramar, cochichar e sonhar. Mamãe tinha rido, mas não de um jeito alegre, e dissera que não costumava cometer o mesmo erro duas vezes.

Como devia ser, eu imaginei, fazer parte de alguma coisa, encarar o mundo como membro de uma tribo, com aliados naturais? Estava pensando nisso, tirando distraidamente o pó da poltrona, quando algo se mexeu sob o meu espanador. Um cobertor balançou e uma voz feminina resmungou:

– O quê? O que está havendo? Hannah? David?

Ela era o retrato da velhice. Uma anciã, recostada nas almofadas, fora do alcance da vista. Devia ser a babá Brown. Ouvira falar dela em tons baixos e respeitosos, tanto no andar de baixo quanto no de cima: ela cuidara do próprio lorde Ashbury quando ele era criança e era uma instituição familiar, tanto quanto a casa.

Fiquei paralisada com o espanador na mão, sob o olhar de três pares de olhos azuis.

A velha tornou a falar:

– Hannah? O que está havendo?

– Nada, babá Brown – respondeu Hannah, recuperando a fala. – Estamos só ensaiando para o recital. Vamos falar mais baixo.

– Cuidado para o Raverley não ficar muito agitado, preso aqui dentro – disse babá Brown.

– Pode deixar – respondeu Hannah, a voz revelando uma sensibilidade comparável ao seu ardor. – Vamos cuidar para ele ficar quietinho. – Ela se aproximou e ajeitou o cobertor da velhinha. – Pronto, babá Brown, minha querida, pode descansar.

– Bem, só um pouquinho – disse a mulher, com uma voz sonolenta. Ela fechou os olhos e logo depois sua respiração ficou mais profunda e regular.

Eu prendi a respiração, esperando que uma das crianças dissesse alguma coisa. Elas ainda estavam me encarando de olhos arregalados. Um momento passou lentamente, durante o qual eu me imaginei sendo arrastada até diante de Nancy, ou pior, do Sr. Hamilton; chamada a explicar como pude espanar a babá Brown; o aborrecimento no rosto de mamãe quando eu voltasse para casa, despedida sem referências...

Mas eles não ralharam comigo nem me acusaram. Fizeram algo muito mais inesperado. Começaram a rir ao mesmo tempo, às gargalhadas, caindo uns por cima dos outros, como se fossem uma coisa só.

Fiquei parada, olhando e esperando, achando aquela reação mais inquietante do que o silêncio que a precedera. Não consegui controlar o tremor em meus lábios.

Finalmente, a menina mais velha conseguiu falar.

– Eu sou Hannah – disse, enxugando os olhos. – Nós nos conhecemos?

Soltei o ar, fiz uma reverência.

– Não, milady. Eu sou Grace. – Minha voz era um sussurro.

Emmeline riu.

– Ela não é lady. É só senhorita.

Fiz outra reverência. Evitei seu olhar.

– Eu sou Grace, senhorita.

– Você me é familiar – comentou Hannah. – Tem certeza de que não estava aqui na Páscoa?

– Sim, senhorita. Eu acabei de começar. Estou completando um mês.

– Você não parece ter idade para ser uma criada – disse Emmeline.

– Tenho 14 anos, senhorita.

– Eu também – disse Hannah. – E Emmeline tem 11 e David é praticamente um ancião, com 16.

Então David falou:

– E você sempre espana pessoas adormecidas, Grace?

Ao ouvir isso, Emmeline começou a rir de novo.

– Não. Não, senhor. Foi só desta vez.

– Que pena – respondeu David. – Seria muito conveniente nunca mais ter que tomar banho.

Eu estava chocada, com o rosto vermelho. Nunca tinha conhecido um cavalheiro de verdade antes. Não um da minha idade, não do tipo que fazia meu coração bater mais forte com aquela conversa de banho. Estranho. Eu sou uma velha agora, porém, quando penso em David, encontro os ecos daqueles antigos sentimentos. Então ainda não estou morta.

– Não ligue para ele – disse Hannah. – Ele se acha muito engraçado.

– Sim, senhorita.

Ela me olhou intrigada, como se fosse dizer mais alguma coisa. Mas, antes que pudesse abrir a boca, passos rápidos e leves soaram no corredor. Estavam se aproximando. *Tec, tec, tec, tec...*

Emmeline correu para a porta e espiou pelo buraco da fechadura.

– É a Srta. Prince – disse, olhando para Hannah. – Está vindo para cá.

– Rápido! – disse Hannah em um sussurro determinado. – Ou morram de Tennyson.

Com passos apressados e saias farfalhantes, os três desapareceram. A porta se abriu de supetão, deixando entrar uma lufada de ar frio e úmido. E uma figura empertigada apareceu.

Ela examinou o quarto, pousando finalmente o olhar em mim.

– Você – disse ela. – Você viu as crianças? Elas estão atrasadas para as lições. Fiquei esperando dez minutos na biblioteca.

Eu não era mentirosa, e não sei o que me fez fazer aquilo. Mas não pensei duas vezes ao ver a Srta. Prince me olhando por cima dos óculos.

– Não, Srta. Prince – respondi. – Já faz algum tempo que as vi.

– É mesmo?

– Sim, senhorita.

Ela me encarou.

– Eu estava certa de ter ouvido vozes aqui dentro.

– Só a minha, senhorita. Eu estava cantando.

– Cantando?

– Sim, senhorita.

O silêncio pareceu durar para sempre, interrompido apenas quando a Srta. Prince bateu três vezes com seu ponteiro na palma da mão e entrou no quarto; ela começou a caminhar lentamente por toda a sua extensão. *Tec... Tec... Tec... Tec.*

Ela alcançou a casa de bonecas e eu percebi que a ponta da faixa da cintura de Emmeline estava aparecendo. Engoli em seco.

– Eu... Pensando bem, eu as vi mais cedo, senhorita. Pela janela. Na velha casa de barcos. Perto do lago.

– Perto do lago – repetiu a Srta. Prince. Ela havia chegado à janela e estava olhando para o nevoeiro, uma luz esbranquiçada iluminando o seu rosto pálido. – Onde salgueiros branqueiam, álamos tremulam, brisas entardecem e ondulam...

Eu não conhecia Tennyson naquela época, e pensei apenas que ela fizera uma descrição bem bonita do lago.

– Sim, senhorita – confirmei.

Após alguns instantes, ela se virou.

– Vou mandar o jardineiro chamá-los. Como é o nome dele?

– Dudley, senhorita.

– Vou mandar Dudley chamá-los. Não devemos esquecer que a pontualidade é uma virtude sem igual.

– Não, senhorita – falei, fazendo uma reverência.

E ela se retirou friamente, fechando a porta do quarto.

As crianças surgiram como que por um passe de mágica de debaixo de capas antipoeira, de dentro da casa de bonecas, de trás das cortinas.

Hannah sorriu para mim, mas eu não me demorei. Não conseguia entender o que tinha feito. Por que agira daquela forma. Estava confusa, envergonhada, meio inebriada.

Fiz uma reverência e saí depressa, com o rosto ardendo enquanto atravessava o corredor, louca para me ver mais uma vez na segurança da sala dos empregados, longe daquelas estranhas e exóticas crianças adultas e dos sentimentos esquisitos que provocavam em mim.

Esperando pelo recital

Ouvi Nancy me chamando quando desci correndo a escada que dava na sala dos empregados. Parei ao pé dos degraus, deixando meus olhos se adaptarem à pouca luminosidade, depois fui depressa para a cozinha. Um caldeirão de cobre fervia no fogão enorme e o ar estava salgado com o vapor do presunto cozido. Katie, a copeira, esfregava panelas na pia, contemplando a janelinha embaçada. A Sra. Townsend devia estar tirando o seu cochilo da tarde, antes que a patroa tocasse a sineta para pedir o chá. Encontrei Nancy à mesa da sala de jantar dos empregados, cercada de vasos, candelabros, travessas e copos.

– Aí está você, finalmente – disse ela, franzindo tanto a testa que seus olhos tornaram-se duas fendas escuras. – Estava começando a achar que ia ter que sair para te procurar. – Ela indicou a cadeira em frente. – Bem, não fique aí parada, menina. Pegue um pano e venha me ajudar a limpar.

Eu me sentei e escolhi uma jarra de leite que não via a luz do dia desde o verão anterior. Esfreguei as manchas, mas minha mente continuava lá em cima, no quarto das crianças. Podia imaginá-las rindo juntas, brincando, implicando umas com as outras. Eu tinha a sensação de ter aberto um livro lindo, colorido, e de ter me perdido na magia da sua história, só para ser obrigada a largá-lo logo em seguida. Está vendo? Eu já tinha sido enfeitiçada pelas crianças Hartford.

– Cuidado – comentou Nancy, arrancando o pano da minha mão. – Esta é a melhor prata de milorde. É melhor que o Sr. Hamilton não a veja arranhando-a desse jeito. – Ela ergueu o vaso que estava limpando e começou a esfregá-lo com movimentos circulares. – Preste atenção. Está vendo como eu faço? Com delicadeza? Sempre na mesma direção?

Assenti e comecei a limpar a jarra de novo. Eu tinha tantas perguntas acerca dos Hartfords – perguntas que eu tinha certeza de que Nancy poderia responder. Mas relutava em fazê-las. Eu sabia que ela tinha o poder, e suspeitava de que me daria tarefas que me afastassem do quarto das crianças caso achasse que eu estava tendo algum prazer além da satisfação do trabalho bem-feito.

Entretanto, assim como alguém apaixonado atribui valor especial a objetos comuns, eu ansiava por qualquer informação relativa a eles. Pensei nos meus livros, guardados no esconderijo deles no sótão; o modo como Sherlock Holmes conseguia fazer as pessoas dizerem coisas inesperadas por meio de um interrogatório engenhoso. Respirei fundo.

– Nancy...?

– Humm?

– Como é o filho de lorde Ashbury?

Seus olhos escuros brilharam.

– Major Jonathan? Ah, ele é um ótimo...

– Não, não o major Jonathan.

Eu já sabia muito sobre o major Jonathan. Não se passava um dia em Riverton em que não se ouvisse falar no filho mais velho de lorde Ashbury, o mais recente em uma longa linhagem da família a frequentar Eton e depois Sandhurst. Seu retrato estava pendurado ao lado do retrato do pai (e de todos os pais que os antecederam) no alto da escadaria, vigiando o hall lá embaixo: cabeça erguida, medalhas cintilando, frios olhos azuis. Ele era o orgulho de Riverton, tanto no andar de cima quanto no de baixo. Um herói da Guerra dos Bôeres. O próximo lorde Ashbury.

Não. Eu me referia a Frederick, o "pai" de quem eles falavam no quarto das crianças, que parecia inspirar um misto de afeição e medo. O segundo filho de lorde Ashbury, cuja simples menção fazia as amigas de lady Violet balançarem carinhosamente a cabeça e milorde resmungar dentro do cálice de xerez.

Nancy abriu a boca e tornou a fechá-la, como um peixe lançado na margem do lago por uma tempestade.

– Não me faça perguntas e eu não lhe direi mentiras – retrucou ela finalmente, erguendo o vaso contra a luz para examiná-lo.

Eu terminei de limpar a jarra e passei para uma travessa. Nancy era assim, caprichosa ao jeito dela: às vezes incrivelmente franca, outras vezes absurdamente reservada.

Como esperado, depois que o relógio na parede marcou a passagem de cinco minutos, ela cedeu.

– Você deve ter ouvido um dos criados conversando, não é? Alfred, aposto. Eles são uns fofoqueiros. – Ela começou a esfregar outro vaso. Olhou para mim, desconfiada. – Sua mãe nunca lhe falou sobre a família?

Eu fiz que não e Nancy ergueu uma sobrancelha, incrédula, como se fosse quase impossível que as pessoas pudessem falar de outras coisas que não da família de Riverton.

De fato, mamãe fora sempre extremamente reservada acerca da casa. Quando eu era mais jovem, fizera perguntas, louca para ouvir histórias sobre a imponente casa da colina. Havia muitas sobre a mansão na vila, e eu queria ter o que contar às outras crianças. Mas ela balançava a cabeça e me dizia que a curiosidade tinha matado o gato.

Finalmente, Nancy falou:

– O Sr. Frederick... O que eu posso dizer do Sr. Frederick? – Ela voltou a limpar a prata e disse, com um suspiro: – Ele não é mau sujeito. Não se parece nada com o irmão, fique sabendo, não tem nada de herói, mas não é um mau sujeito. Para falar a verdade, quase todo mundo aqui embaixo tem uma queda por ele. Pelo que diz a Sra. Townsend, ele sempre foi um garoto malandro, cheio de histórias e ideias esquisitas. Sempre muito gentil com os empregados.

– É verdade que ele trabalhou com mineração de ouro?

Aquela me parecia uma profissão excitante. De certa forma, parecia correto que as crianças Hartford tivessem um pai interessante. O meu tinha sido sempre uma decepção: uma figura sem rosto que desapareceu antes de eu nascer, reaparecendo apenas nas conversas exaltadas, em voz baixa, entre mamãe e sua irmã.

– Por algum tempo – respondeu Nancy. – Ele fez tantas coisas que eu já perdi a conta. Nunca se fixou em nada, o nosso Frederick. Nunca se apegou a ninguém. Primeiro, foi a plantação de chá no Ceilão, depois a mineração de ouro no Canadá. Então, ele decidiu que ia fazer fortuna publicando jornais. Agora são automóveis, que Deus o guarde.

– Ele vende automóveis?

– Ele os fabrica, ou as pessoas que trabalham para ele fabricam. Ele comprou uma fábrica lá para os lados de Ipswich.

– Ipswich. É lá que ele mora? Ele e a família? – perguntei, desviando a conversa para as crianças.

Ela não mordeu a isca: estava concentrada em seus pensamentos.

– Se Deus quiser, dessa vez ele vai conseguir. Deus sabe que milorde ia gostar de ter um retorno do seu investimento.

Não entendi o que ela estava dizendo, mas, antes que pudesse perguntar, ela continuou:

– Bem, você vai conhecê-lo logo. Ele chega na terça-feira, junto com o major e lady Jemima. – Ela abriu um raro sorriso, mais de aprovação do que de prazer. – A família sempre se reúne para o jantar do meio do verão. É uma tradição do povo daqui.

– Como o recital – ousei comentar, evitando o olhar dela.

– Então alguém já fofocou a respeito do recital, não foi? – indagou Nancy, erguendo a sobrancelha.

Eu ignorei o tom rabugento. Nancy não estava acostumada a participar de fofocas.

– Alfred disse que os empregados são convidados a assistir – respondi.

– Esses criados! – Nancy balançou a cabeça. – Nunca dê ouvidos ao que diz um criado, se você quiser saber a verdade, menina. Convidados, francamente! Os empregados têm *permissão* para ver o recital, o que é muita bondade da parte do patrão. Ele sabe o quanto todos nós amamos a família, como gostamos de ver os jovens crescendo. – Ela dirigiu sua atenção momentaneamente para o vaso que estava limpando e eu prendi a respiração, esperando que continuasse. Após alguns segundos que pareceram séculos, ela prosseguiu: – Este vai ser o quarto ano que eles representam uma cena teatral. Desde que a Srta. Hannah tinha 10 anos e pôs na cabeça que queria ser diretora de teatro. – Nancy balançou a cabeça. – A Srta. Hannah é uma figura. Ela e o pai são iguaizinhos.

– Como assim? – perguntei.

Nancy fez uma pausa, refletindo.

– Os dois têm essa fome de conhecer o mundo – respondeu ela, finalmente. – São cheios de novidades e fantasias, um mais teimoso que o outro.

Ela falou devagar, acentuando cada descrição, como um alerta de que aqueles traços, embora fossem idiossincrasias aceitáveis no andar de cima, não seriam tolerados em gente como eu. Eu já tinha ouvido lições como aquela, da minha mãe, a vida inteira. Assenti sabiamente enquanto ela prosseguia.

– Eles se dão muito bem na maior parte do tempo, mas, quando se desentendem, não há quem não fique sabendo. Ninguém consegue irritar mais o Sr. Frederick do que Hannah. Mesmo quando era novinha, ela sabia como provocá-lo. Ela era uma coisinha feroz, birrenta como ela só. Certa vez, eu lembro que ela estava uma fera com ele por algum motivo e resolveu lhe dar um susto.

– O que foi que ela fez?

– Deixa eu ver... O Sr. David estava na aula de equitação. Foi daí que começou. A Srta. Hannah não gostou nada de ser deixada de fora, então agasalhou a Srta. Emmeline e fugiu da babá Brown. Foram até os confins da propriedade, elas duas, até lá onde os fazendeiros colhem maçãs. – Ela balançou a cabeça. – A Srta. Hannah convenceu a Srta. Emmeline a se esconder no celeiro. Imagino que não tenha sido muito difícil: a Srta. Hannah sabe ser muito persuasiva, além disso, a Srta. Emmeline estava muito contente com todas aquelas maçãs para comer. Então a Srta. Hannah voltou para casa, ofegante como se tivesse corrido a toda, chamando pelo Sr. Frederick. Eu estava pondo a mesa para o almoço, na sala de jantar, e ouvi a Srta. Hannah contar a ele que dois estrangeiros as tinham visto no pomar. Disse que eles tinham comentado que a Srta. Emmeline era muito bonita e prometido levá-la em uma longa viagem pelos mares. A Srta. Hannah disse que não tinha certeza, mas que achava que eram traficantes de mulheres.

Eu engasguei, chocada com a ousadia de Hannah.

– O que aconteceu então?

Nancy, um prodígio de segredos, animou-se com a história.

– Bem, o Sr. Frederick sempre teve medo de traficantes, e primeiro ficou branco, depois vermelho e, antes que se pudesse contar até três, ele pegou a Srta. Hannah no colo e correu na direção do pomar. Bertie Timmins, que estava colhendo maçãs naquele dia, contou que o Sr. Frederick chegou lá em péssimo estado. Começou a berrar para eles formarem uma equipe de busca, que a Srta. Emmeline tinha sido raptada por dois homens de pele escura. Eles procuraram por toda parte, espalhando-se em todas as direções, mas ninguém tinha visto esses homens e uma criança de cabelos louros.

– Como foi que a encontraram?

– Não encontraram. No fim, foi ela que os encontrou. Depois de mais ou menos uma hora, a Srta. Emmeline, cansada de se esconder e enjoada de tanta maçã, saiu do celeiro, sem entender toda aquela confusão. Por que a Srta. Hannah não tinha ido buscá-la...

– O Sr. Frederick ficou muito zangado?

– Ah, se ficou – disse Nancy, polindo com força. – Mas não por muito tempo: ele nunca conseguiu ficar muito tempo zangado com ela. Eles têm uma ligação muito forte, aqueles dois. Ela teria que fazer pior do que isso para brigarem feio. – Ela ergueu o vaso cintilante, depois colocou-o ao lado dos outros itens que já tinham sido polidos. Pôs o pano em cima da mesa e baixou a cabeça, esfregando o pescoço. – Além disso, pelo que eu sei, o Sr. Frederick estava provando do próprio veneno.

– Por quê? O que foi que ele fez?

Nancy deu uma olhada na direção da cozinha, para ter certeza de que Katie não ouviria. Havia uma hierarquia muito severa no andar de baixo de Riverton, refinada e arraigada por séculos de serviço. Eu podia ser a arrumadeira mais humilde, merecedora apenas das tarefas menos importantes, mas Katie, uma copeira, estava abaixo da linha do desprezo. Eu gostaria de poder dizer que essa injustiça sem fundamento me aborrecia; que, se não me revoltava, ao menos estava consciente de como era errado. Mas então estaria atribuindo ao meu eu jovem uma compaixão que não possuía. Na verdade, eu adorava qualquer privilégio que meu posto me concedesse – já havia muita gente acima de mim.

– Ele deu muito trabalho aos pais quando era rapaz, o nosso Frederick – contou Nancy com os lábios apertados. – Ele era tão travesso que lorde Ashbury mandou-o para Radley, só para ele não prejudicar o nome do irmão em Eton. Também não o deixou fazer prova para Sandhurst, quando chegou a hora, embora ele quisesse muito entrar para o Exército.

Eu digeri esta informação enquanto Nancy prosseguia:

– Compreensível, é claro, considerando que o major Jonathan estava indo tão bem no Exército. Não é preciso muito para manchar o bom nome de uma família. Não valia a pena arriscar. – Ela parou de esfregar o pescoço e agarrou um saleiro manchado. – Mas acabou tudo bem. Ele tem seus automóveis e três ótimos filhos. Você vai ver no dia do recital.

– Os filhos do major Jonathan também vão atuar junto com os filhos do Sr. Frederick?

Nancy fechou a cara e baixou a voz.

– Que ideia é essa, menina?

A atmosfera ficou pesada. Eu tinha dito algo errado. Nancy me encarou zangada, obrigando-me a desviar os olhos. A travessa que eu segurava estava brilhando, e nela eu pude ver refletido o meu rosto ficando vermelho.

– O major não tem filhos. Não tem mais – sibilou ela, e arrancou o pano da minha mão; seus dedos longos e finos roçaram nos meus. – Agora ande logo. Estou cansada de tanta conversa.

Nancy esperava que eu soubesse o que tinha acontecido com os filhos do major e não havia nada que eu pudesse dizer ou fazer para convencê-la de que não sabia.

Isso era muito comum em Riverton. Como mamãe tinha trabalhado na casa, muitos anos antes de eu nascer, os outros empregados supunham que eu conhecia intimamente a história da família. Acho que me viam como uma extensão dela; detentora de todo o conhecimento que ela tinha, como se por um estranho processo de osmose. De Riverton, dos Hartfords. Nancy, especialmente, tomava como uma afronta qualquer demonstração de ignorância de minha parte. Claro que eu sabia que a patroa exigia que a cama fosse aquecida em qualquer estação do ano; que ela preferia jantar à meia-luz durante o verão; que ela sempre tomava o chá da manhã usando o jogo de chá de Limoges... Eu estava me fazendo de burra? Ou pior, sendo atrevida?

Nas duas semanas seguintes, evitei Nancy tanto quanto se pode evitar alguém com quem se mora e trabalha. À noite, enquanto ela se preparava para dormir, eu ficava deitada bem quieta virada para a parede, fingindo estar dormindo. Era um alívio quando ela soprava a vela e o quadro do veado moribundo desaparecia na escuridão. Durante o dia, quando nos cruzávamos no corredor, Nancy empinava o nariz desdenhosamente e eu baixava os olhos com ar arrependido.

Felizmente, estávamos bastante ocupadas com os preparativos para receber os convidados adultos de lorde Ashbury. Os quartos de hóspedes da ala oeste tinham de ser abertos e arejados, as cobertas retiradas e a mobília lustrada. Os melhores lençóis precisavam ser retirados de enormes baús no sótão, examinados e depois lavados e passados. A chuva não parava e os varais de roupa nos fundos da casa foram inutilizados, então Nancy me disse para pendurar os lençóis nos varais de chão da rouparia no andar de cima.

E foi lá que aprendi mais sobre O Jogo. Pois, como a chuva não parava e a Srta. Prince continuava determinada a instruí-las acerca de Tennyson, as crianças Hartford buscaram esconderijos cada vez mais fundo da casa. O armário da rouparia, enfiado atrás da chaminé, foi o local mais distante da sala de estudos da biblioteca que eles puderam encontrar. E foi lá que se instalaram.

Eu nunca os vi jogar, quero deixar bem claro. Regra número um: O Jogo é secreto. Mas eu ouvi, uma ou duas vezes, sem conseguir resistir à tentação, e como estava sozinha, espiei dentro da caixa. O que descobri foi o seguinte.

O Jogo era antigo. Eles o vinham jogando havia anos. Não, jogando, não. É o verbo errado. Vivendo; eles vinham vivendo O Jogo havia anos. Pois O Jogo era mais do que o nome sugeria. Era uma fantasia complexa, um mundo alternativo para o qual fugiam.

Não havia fantasias, nem espadas, nem chapéus de plumas. Nada que o caracterizasse como um jogo. Porque isso fazia parte da coisa. Ele era secreto. Seu único acessório era a caixa. Uma caixa preta laqueada trazida da China por um de seus antepassados; um dos espólios de uma viagem de exploração e pilhagem. Era quadrada, do tamanho de uma caixa de chapéu – nem grande nem pequena demais –, e a tampa era enfeitada com pedras semipreciosas, formando um cenário: um rio com uma ponte atravessada, um pequeno templo em uma das margens, um salgueiro-chorão na encosta. Havia três figuras na ponte, e sobre elas voava um pássaro solitário.

Eles guardavam a caixa com todo o cuidado, já que ela continha tudo o que havia de material no Jogo. Pois, embora O Jogo exigisse que corressem, se escondessem e lutassem um bocado, seu verdadeiro prazer estava em outra coisa. Regra número dois: todas as viagens, aventuras, explorações e observações tinham que ser registradas. Eles corriam para dentro de casa, afogueados do perigo, para registrar suas recentes aventuras: mapas e diagramas, códigos e desenhos, peças teatrais e livros.

Os livros eram miniaturas, presos com barbante, escritos em uma caligrafia tão pequena e bem-feita que era preciso olhar bem de perto para decifrar. Eles tinham títulos: *Fugindo de Koshchei, o Imortal*; *Encontro com Balam e seu urso*; *Viagem ao país dos traficantes de mulheres.* Alguns estavam escritos em um código que eu não consegui decifrar, embora a chave, se eu tivesse tido tempo de procurar, sem dúvida estivesse anotada em um pergaminho guardado na caixa.

O Jogo em si era simples. Nada mais que uma invenção de Hannah e David, que, sendo os mais velhos, eram quem instigavam as partidas. Eles decidiam qual lugar merecia ser explorado. Os dois tinham reunido um ministério com nove conselheiros – um grupo eclético que misturava eminentes vitorianos com antigos reis egípcios. Só podia haver nove conselheiros por vez, e quando a história fornecia uma figura nova atraente demais para ser deixada de fora, um membro original morria ou era deposto. (A morte era sempre no cumprimento do dever, registrada solenemente em um dos livrinhos guardados na caixa.)

Além dos conselheiros, cada um tinha o próprio personagem. Hannah era Nefertite e David era Charles Darwin. Emmeline, que só tinha 4 anos quando as regras foram estabelecidas, tinha escolhido a rainha Vitória. Uma escolha boba, na opinião de Hannah e David, compreensível dada a idade da irmã caçula, mas com certeza uma companheira de aventura inadequada. Mesmo assim, Vitória foi incluída no Jogo, normalmente escalada como uma vítima de sequestro cuja captura dava origem a um resgate perigoso. Enquanto os outros dois escreviam seus relatos, Emmeline tinha licença para colorir os diagramas e mapas: azul para o oceano, roxo para o fundo, verde e amarelo para a terra.

De vez em quando, David ficava indisponível – a chuva parava por uma hora e ele saía para jogar bola de gude com os outros rapazes das redondezas ou ia estudar piano. Então Hannah retomava seus elos de lealdade com Emmeline. As duas se escondiam no armário da rouparia com um estoque de cubos de açúcar da despensa da Sra. Townsend e inventavam nomes especiais em uma linguagem secreta para descrever o traidor ausente. Entretanto, por mais que quisessem, nunca jogavam O Jogo sem ele. Seria impensável fazer isso.

Regra número três: só três podem jogar. Nem mais, nem menos. Três. Um número favorecido tanto pela arte quanto pela ciência: cores primárias, pontos necessários para localizar um objeto no espaço, notas para formar um acorde musical. Três pontas do triângulo, a primeira figura geométrica. Um fato irrefutável: duas linhas retas não podem fechar um espaço. As pontas do triângulo podem se mover, alterar sua lealdade, a distância entre as duas desaparece quando elas se afastam da terceira, mas, juntas, sempre definem um triângulo. Independente, real, completo.

As regras do Jogo eu aprendi porque as li. Escritas em uma caligrafia bem-feita, embora infantil, em papel amarelado enfiado sob a tampa da caixa. Eu vou me lembrar delas para sempre. Cada um tinha escrito seu nome sob aquelas regras. *Com a concordância de todos, neste terceiro dia de abril de 1908. David Hartford, Hannah Hartford* e, por último, em uma caligrafia maior e mais abstrata, as iniciais *E. H.* Regras são coisa séria para crianças, e O Jogo exigia um sentimento de dever que os adultos não entenderiam. A menos, claro, que fizessem parte da criadagem, pois, nesse caso, o dever era algo bem familiar.

Então é isso. Era apenas um jogo infantil. E não era o único que eles jogavam. Com o tempo, eles o esqueceram, deixaram-no para trás. Ou assim pensaram. Quando os conheci, O Jogo já estava nas últimas. A história estava prestes a intervir: aventura real, fuga real e idade adulta estavam à espreita, rindo, logo ali, virando a esquina.

Apenas um jogo infantil e, no entanto... o que aconteceu no fim, sem dúvida, não teria acontecido sem ele.

O dia da chegada dos hóspedes amanheceu e eu recebi a permissão especial, desde que minhas tarefas estivessem terminadas, de assistir da sacada do segundo andar. Ao cair da noite, eu me espremi junto ao balaústre, com o rosto apertado entre duas grades, aguardando ansiosamente o ranger dos pneus do carro no cascalho da frente da casa.

A primeira a chegar foi lady Clementine de Welton, uma amiga da família com a nobreza e a melancolia da falecida rainha, e sua pupila, Srta. Frances Dawkins (chamada por todos de Fanny): uma moça magra, falante, cujos pais tinham afundado junto com o *Titanic* e que, aos 17 anos, tinha a fama de estar buscando energicamente um marido. Segundo Nancy, o maior desejo de lady Violet era que Fanny se casasse com o Sr. Frederick, que era viúvo, embora ele não se mostrasse nada entusiasmado com a ideia.

O Sr. Hamilton levou-as à sala de visitas, onde lorde e lady Ashbury aguardavam, e anunciou a sua chegada com toda a pompa. Eu fiquei olhando de trás a entrada delas na sala – primeiro lady Clementine, seguida de perto por Fanny –, o que me fez lembrar a bandeja de copos do Sr. Hamilton, na qual copos redondos de conhaque e taças de champanhe brigavam por espaço.

O Sr. Hamilton retornou ao saguão e estava endireitando os punhos do uniforme – um gesto habitual nele – quando o major e a esposa chegaram. Ela era uma mulher baixa, gorducha, de cabelos castanhos, cujo rosto, embora simpático, era marcado pelo sofrimento. É claro que a descrevo assim olhando em retrospectiva, embora mesmo na época eu tenha imaginado vítima de algum infortúnio. Nancy podia não estar disposta a divulgar o mistério dos filhos do major, mas minha imaginação jovem, saturada de romances góticos, era fértil. Além disso, as nuances da atração entre um homem e uma mulher eram desconhecidas para mim na época, e eu calculei que só uma tragédia poderia explicar por que um homem tão alto e bonito quanto o major tinha se casado com uma mulher tão sem graça. Imaginei que um dia ela devia ter sido bonita, até que alguma tragédia se abateu sobre eles e a privou de todo traço de beleza e juventude que porventura tivesse possuído.

O major, ainda mais severo do que no quadro, perguntou educadamente sobre a saúde do Sr. Hamilton, lançou um olhar de proprietário pelo saguão e conduziu Jemima até a sala de visitas. Quando eles desapareceram atrás da porta, eu vi que a mão dele estava carinhosamente pousada nas costas dela, um gesto que de certa forma contrastava com sua postura severa, e do qual nunca me esqueci.

Minhas pernas já estavam duras de ficar ali agachada quando, finalmente, o automóvel do Sr. Frederick se aproximou da casa. O Sr. Hamilton olhou com um ar de censura para o relógio do saguão, e em seguida abriu a porta da frente.

O Sr. Frederick era mais baixo do que eu esperava, não era alto como o irmão, e, de suas feições, pude ver pouco mais do que um par de óculos. Porque, mesmo depois de tirar o chapéu, ele não ergueu a cabeça. Apenas passou a mão pelo cabelo louro.

Só quando o Sr. Hamilton abriu a porta da sala de visitas e anunciou sua chegada a atenção do Sr. Frederick pareceu voltar-se para o seu objetivo. Ele relanceou os olhos pelo aposento, reparando no mármore, nos retratos, no lar da sua juventude, antes de fitar, finalmente, a sacada onde eu me encontrava. E no breve instante antes de ele ser tragado pela sala barulhenta, seu rosto empalideceu como se ele tivesse visto um fantasma.

A semana passou depressa. Com tantas pessoas a mais na casa, eu estava sempre ocupada arrumando quartos, carregando bandejas de chá, servindo almoços. Isso não me incomodou, porque eu não tinha medo de trabalho – mamãe tinha se encarregado de garantir isso. Além do mais, eu estava aguardando ansiosamente o fim de semana e o recital que ocorreria durante o feriado. Enquanto o resto da criadagem se preocupava com o jantar de gala, eu só conseguia pensar no recital. Mal tinha visto as crianças desde a chegada dos adultos. O nevoeiro sumiu tão subitamente quanto tinha surgido, deixando em seu lugar um ar morno e um céu claro, bonito demais para ser desperdiçado dentro de casa. Todo dia, quando eu descia o corredor a caminho do quarto das crianças, prendia a respiração, cheia de esperança, mas o bom tempo continuou e eles não usaram mais o quarto naquele ano. Levaram seu barulho e suas travessuras e seu Jogo para o ar livre.

E, junto com eles, o encantamento do quarto se foi. O silêncio se transformou em vazio, e a pequena chama de prazer que eu tinha cultivado se apagou. Eu agora cumpria rápido os meus afazeres, arrumava as estantes sem olhar o que continham, não fitava mais os olhos do cavalo; só pensava no que eles estariam fazendo. E, quando terminava, não ficava por ali, saía logo para completar minhas obrigações. Vez ou outra, quando estava retirando uma bandeja de café de um quarto de hóspedes ou esvaziando bacias, o som das risadas ao longe atraía o meu olhar para a janela e eu os avistava a distância, indo na direção do lago, descendo a ladeira da entrada da casa, duelando com galhos compridos.

No andar de baixo, o Sr. Hamilton fazia a criadagem trabalhar sem parar. Servir uma casa cheia de hóspedes era um teste para uma boa equipe, ele dizia, para não falar da prova que significava para a competência de um mordomo. Nenhum pedido era exagerado. Nós tínhamos que trabalhar como uma locomotiva muito bem lubrificada, vencendo cada desafio, excedendo as expectativas do patrão. Aquela precisava ser uma semana de pequenas vitórias, culminando com o jantar de verão.

O fervor do Sr. Hamilton era contagiante; até Nancy se animou e decretou uma trégua, propondo, mal-humorada, que eu a ajudasse a limpar a sala de visitas. Ela me lembrou de que, em ocasiões normais, não seria meu papel limpar as salas principais, mas, em virtude da visita da família do patrão, eu teria o privilégio – sob severa vigilância – de praticar aquelas tarefas avançadas. Assim, eu acrescentei essa dúbia oportunidade à minha carga já pesada de tarefas, e diariamente acompanhava Nancy até a sala de visitas, onde os adultos tomavam chá e debatiam assuntos que me interessavam muito pouco: festas de fim de semana no campo, política europeia e um austríaco infeliz que fora assassinado em um lugar remoto.

O dia do recital (domingo, 2 de agosto de 1914 – eu me lembro da data, não por causa do recital, e sim pelo que aconteceu depois) coincidiu com minha tarde de folga e minha primeira visita a mamãe desde que eu começara a trabalhar em Riverton. Após terminar minhas tarefas matinais, troquei o uniforme por roupas comuns, que pareceram estranhamente duras e esquisitas no meu corpo. Escovei o cabelo – ressequido e marcado pela trança – e em seguida tornei a trançá-lo, prendendo-o em um coque na nuca. *Será que eu estava diferente?*, pensei. Será que mamãe me acharia diferente? Só fazia cinco semanas que eu tinha saído de casa, entretanto, eu me sentia inexplicavelmente mudada.

Ao descer a escada de serviço e entrar na cozinha, encontrei a Sra. Townsend, que me entregou um pacote.

– Leve isso. Só uma coisinha para o chá da sua mãe – disse ela em voz baixa. – Um pouco da minha torta de limão e duas fatias de bolo.

Eu a encarei, surpresa pelo gesto incomum. A Sra. Townsend tinha tanto orgulho de sua restrita economia doméstica quanto de seu belíssimo suflê.

Dei uma olhada na direção da escada e sussurrei:

– Mas a senhora tem certeza de que a patroa...

– Não se preocupe com a patroa. Ela e lady Clementine não vão ser privadas de nada. – Ela passou a mão no avental e endireitou os ombros, o que fez seu peito parecer ainda mais volumoso. – Não se esqueça de dizer à sua mãe que estamos tomando conta de você. – Ela balançou a cabeça. – Uma ótima moça, a sua mãe. Não fez nada que já não tivessem feito mil vezes antes.

Então ela deu meia-volta e desapareceu na cozinha, tão depressa quanto tinha surgido. Deixou-me sozinha no meio do hall, imaginando o que aquele comentário significava.

Fui pensando no assunto durante todo o caminho até a vila. Não era a primeira vez que a Sra. Townsend me surpreendia com uma demonstração de carinho por minha mãe. Minha perplexidade me fazia sentir um pouco culpada, mas suas reminiscências pouco tinham a ver com a mãe que eu conhecia, com seus humores e silêncios.

Ela estava esperando por mim nos degraus da frente. Levantou-se assim que me viu.

– Estava começando a achar que você tinha me esquecido.

– Desculpe, mamãe. Estava ocupada com minhas obrigações.

– Espero que você tenha tido tempo de ir à igreja hoje de manhã.

– Sim, mamãe. A criadagem assiste ao culto na igreja de Riverton.

– Eu sei disso, minha filha. Frequentei o culto naquela igreja muito antes de você nascer. – Ela fez um sinal para as minhas mãos. – O que você tem aí?

Eu lhe entreguei o embrulho.

– Da Sra. Townsend. Ela perguntou por você.

Mamãe espiou dentro do pacote, mordeu a bochecha por dentro.

– Vou ter azia de noite. – Ela tornou a fechar o embrulho, e disse, a contragosto: – Mas foi muita bondade dela. – Ela então abriu a porta para mim. – Entre. Você pode fazer um bule de chá e me contar as novidades.

Não me lembro bem da nossa conversa, pois naquela tarde minha mente não estava com mamãe na sua cozinha apertada e triste, e sim no salão de baile no alto da colina, onde mais cedo eu tinha ajudado Nancy a arrumar as cadeiras em fileiras e a pendurar cortinas douradas na frente do palco.

Enquanto mamãe me colocava para fazer algumas tarefas domésticas, mantive um olho no relógio, atenta aos ponteiros marchando cada vez para mais perto das cinco da tarde, a hora do recital.

Eu já estava atrasada quando nos despedimos. Ao chegar aos portões de Riverton, o sol estava baixo no céu. Subi o caminho estreito que ia dar na casa. Árvores magníficas, o legado dos antepassados de lorde Ashbury, ladeavam o caminho, seus galhos inclinando-se para juntarem-se em arcos, formando um túnel escuro e farfalhante.

Quando irrompi de novo na luz da tarde, o sol estava atrás do telhado e a casa, em eclipse, o céu atrás dela brilhando com uma luz rósea e alaranjada. Atravessei o terreno, passando pela fonte de Eros e Psique, cruzando o jardim de rosas cor-de-rosa de lady Violet, até a entrada de serviço. A sala dos empregados estava vazia e meus sapatos ecoaram quando desobedeci à regra de ouro do Sr. Hamilton e corri pelo corredor de pedra. Entrei na cozinha, passei pela bancada de trabalho da Sra. Townsend, cheia de pães doces e bolos, e subi a escada.

A casa estava envolta em um silêncio arrepiante, todos já na plateia do recital. Quando alcancei a porta dourada do salão de baile, passei a mão pelo cabelo, endireitei a saia e entrei no cômodo penumbroso. Tomei meu lugar junto à parede lateral, ao lado dos outros empregados.

Todas as coisas boas

Eu não imaginara que o salão estaria tão escuro. Era o primeiro recital a que assistia na vida, embora já tivesse visto parte de um espetáculo de marionetes quando mamãe me levou para visitar a irmã dela, Dee, em Brighton. Cortinas pretas tinham sido penduradas nas janelas, e a única iluminação do cômodo vinha de quatro holofotes trazidos do sótão. Eles brilhavam com uma luz amarela na frente do palco, focados para cima, cobrindo os atores com uma luminosidade fantasmagórica.

Fanny estava no palco, cantando as últimas estrofes de "The Wedding Glide", batendo os cílios e fazendo falsetes. Ela alcançou o sol final com um fá estridente, e a plateia aplaudiu educadamente. Ela sorriu e fez uma reverência tímida, sua faceirice um tanto prejudicada pela cortina que se mexia agitadamente atrás dela, com as pessoas e os objetos que pertenciam ao número seguinte.

Enquanto Fanny saía do palco pela direita, Emmeline e David – vestindo togas – entraram pela esquerda. Levavam com eles três longas varas de metal e um lençol, que arrumaram rapidamente, formando uma tenda passável, embora um tanto torta. Eles se ajoelharam lá dentro, mantendo suas poses enquanto a plateia fazia silêncio.

Uma voz veio de trás: "Senhoras e senhores, uma cena do Livro dos Números."

Um murmúrio de aprovação.

A voz: "Imaginem, por favor, em tempos muito antigos, uma família acampada na encosta de uma montanha. Uma irmã e um irmão reunidos para discutir o casamento recente de seu irmão."

Alguns aplausos.

Então Emmeline falou, a voz carregada de presunção:

– Irmão, o que foi que Moisés fez?

– Ele tomou uma esposa – disse David, de um jeito meio irônico.

– Mas ela não é uma de nós – completou Emmeline, olhando para a plateia.

– Não – respondeu David. – Você tem razão, irmã. Porque ela é uma etíope.

Emmeline balançou a cabeça, adotando uma expressão de preocupação exagerada.

– Ele se casou fora do clã. O que será dele?

De repente, uma voz alta e clara ecoou de trás da cortina, amplificada como se estivesse vindo do espaço (provavelmente estava vindo de dentro de uma folha de cartolina enrolada).

– Aarão, Miriam!

Emmeline fez sua melhor cara de atenção temerosa.

– Aqui é Deus. Seu pai. Saiam daí e venham para o tabernáculo da congregação.

Emmeline e David obedeceram, saindo de baixo da tenda e indo para a frente do palco. O brilho cintilante dos holofotes lançou um exército de sombras no lençol atrás deles.

Meus olhos tinham se ajustado à escuridão e consegui identificar certos membros da plateia por suas formas. Na primeira fileira de damas lindamente vestidas, as bochechas caídas de lady Clementine e o chapéu de plumas de lady Violet. Umas duas fileiras atrás, o major e a esposa. Mais perto de onde eu estava, o Sr. Frederick, de cabeça erguida, pernas cruzadas, olhando atentamente para a frente. Estudei o seu perfil. Ele parecia diferente. A luz cintilante dava ao seu rosto uma aparência cadavérica e aos olhos uma aparência vítrea. Seus olhos. Ele não estava usando óculos. Eu nunca o tinha visto sem eles.

O Senhor começou a proclamar sua sentença, e eu tornei a prestar atenção no palco.

– Miriam e Aarão. Vocês não têm medo de criticar o meu servo Moisés?

– Sentimos muito, Pai – disse Emmeline. – Só estávamos...

– Chega! Minha ira foi atiçada contra vocês!

Houve um trovão (um tambor, eu acho) e a plateia levou um susto. Uma nuvem de fumaça saiu de trás da cortina, espalhando-se pelo palco.

Lady Violet soltou uma exclamação e David disse, em um cochicho teatral:

– Está tudo bem, vovó. Faz parte do espetáculo.

Todo mundo riu.

– Minha ira foi atiçada contra vocês! – A voz de Hannah soou feroz, fazendo a plateia se calar. – Filha – disse, e Emmeline virou-se e fitou a nuvem de fumaça que se dissipava. – Você! Está! Leprosa!

Emmeline cobriu o rosto com as mãos.

– Não! – gritou ela, fazendo uma pose dramática antes de se virar para a plateia para mostrar seu estado.

Um susto coletivo; eles tinham resolvido não usar máscara, optando por um punhado de geleia de morango com creme espalhada no rosto, causando um efeito tenebroso.

– Esses danados – cochichou a Sra. Townsend, indignada. – Eles me disseram que queriam a geleia para passar nos bolinhos!

– Filho – disse Hannah após a pausa dramática necessária –, você é culpado do mesmo pecado, mas não consigo ficar zangado com você.

– Obrigado, Pai – disse David.

– Você nunca mais fará comentários sobre o seu irmão?

– Nunca mais, Senhor.

– Então pode ir.

– Por favor, Senhor – pediu David, disfarçando um sorriso ao estender um braço na direção de Emmeline. – Eu imploro, cure a minha irmã.

A plateia ficou em silêncio, aguardando a resposta de Deus.

– Não, acho que não. Ela ficará sete dias banida do acampamento. Só então tornará a ser recebida.

Enquanto Emmeline caía de joelhos e David pousava a mão em seu ombro, Hannah entrou no palco pela esquerda. A plateia arfou em uníssono. Ela estava inteiramente vestida com roupas masculinas: terno, cartola, bengala, relógio na lapela e, na ponta do nariz, os óculos do Sr. Frederick. Ela se dirigiu ao centro do palco, girando a bengala como um dândi. Sua voz, quando falou, era uma excelente imitação da voz do pai.

– Minha filha vai aprender que existe uma regra para meninas e outra para meninos. – Ela respirou fundo, ajeitando o chapéu. – Agir de outra forma é tomar o caminho sem volta que vai dar no sufrágio feminino.

A plateia se manteve em um silêncio carregado de eletricidade, todos boquiabertos.

A criadagem estava igualmente escandalizada. Mesmo na penumbra, percebi a palidez do Sr. Hamilton. Daquela vez, ele não sabia qual era o protocolo, e satisfez seu indômito senso de dever ao servir de apoio para a Sra. Townsend, que, ainda tentando se recuperar do mau uso de sua geleia, tinha perdido a força nos joelhos e caído para o lado.

Meus olhos buscaram o Sr. Frederick. Imóvel em seu assento, ele estava rígido como um poste. Vi quando seus ombros começaram a tremer, e tive medo de que ele estivesse prestes a ter uma daquelas crises de raiva que Nancy mencionara. No palco, as crianças estavam paradas, observando a plateia enquanto eram observados por ela.

Hannah era um modelo de compostura, com a inocência estampada no rosto. Por um momento, seu olhar pareceu cruzar com o meu, e avistei a sombra de um sorriso em seus lábios. Não consegui evitar sorrir de volta, temerosa, parando apenas quando Nancy me olhou de esguelha no escuro e me deu um beliscão.

Hannah, radiante, deu a mão a Emmeline e a David, e os três foram até a frente do palco e se curvaram, agradecendo. Com o gesto, uma gota de geleia com creme caiu do nariz de Emmeline e pousou com um chiado em um holofote próximo.

– Igualzinho – falou uma voz esganiçada na plateia: lady Clementine. – Um sujeito que eu conheço conheceu alguém na Índia que teve lepra. O nariz dele caiu exatamente assim, dentro da tigela de barbear.

Foi demais para o Sr. Frederick. Ele olhou para Hannah e começou a rir. Uma gargalhada como eu nunca tinha ouvido antes: contagiante de tão sincera. Um por um, os outros começaram a rir também, embora, como notei, lady Violet não estivesse entre eles.

Eu também não consegui deixar de rir, um riso de alívio, até que Nancy murmurou, zangada, no meu ouvido:

– Chega, senhorita. Pode vir me ajudar com a ceia.

Eu ia perder o resto do recital, mas já tinha visto tudo o que queria. Quando saímos do salão e atravessamos o corredor, ouvi os aplausos diminuindo, o recital prosseguindo. E me senti tomada de uma estranha energia.

Quando terminamos de carregar a ceia preparada pela Sra. Townsend e as bandejas de café para a sala de visitas, e de afofar as almofadas dos assentos, o recital tinha acabado e os convidados começaram a chegar, de braços dados, em ordem de importância. Primeiro vieram lady Violet e o major Jonathan, depois lorde Ashbury e lady Clementine, em seguida o Sr. Frederick com Jemima e Fanny. Imaginei que as crianças Hartford ainda estivessem no andar de cima.

Enquanto eles se acomodavam, Nancy ajeitou a bandeja de café para que lady Violet pudesse servir. Enquanto os convidados conversavam animadamente em volta dela, lady Violet inclinou-se na direção da poltrona do Sr. Frederick e disse, com um sorriso seco:

– Você mima demais aquelas crianças, Frederick.

O Sr. Frederick apertou os lábios. Deu para perceber que a crítica não era novidade.

Com os olhos no café que estava servindo, lady Violet disse:

– Você pode achar as travessuras deles divertidas agora, mas um dia vai se arrepender da sua indulgência. Deixou que virassem rebeldes, principalmente Hannah. Nada prejudica mais a beleza de uma moça do que a impertinência do intelecto.

Depois de lançar sua injúria, lady Violet endireitou o corpo, assumiu uma expressão de cordialidade e passou uma xícara para lady Clementine.

A conversa tinha se dirigido, previsivelmente, para o conflito na Europa e a possibilidade de que a Grã-Bretanha entrasse em guerra.

– Vai haver guerra. Sempre há – disse lady Clementine casualmente, aceitando a xícara e acomodando melhor suas nádegas na poltrona favorita de lady Violet. Sua voz subiu um tom. – E vamos todos sofrer. Homens, mulheres e crianças. Os alemães não são civilizados como nós. Eles vão saquear o campo, assassinar as crianças em suas camas e escravizar as boas mulheres inglesas para que gerem pequenos alemães para eles. Tomem nota do que estou dizendo, pois raramente me engano. Antes do fim do verão estaremos em guerra.

– Você está exagerando, Clementine – disse lady Violet. – A guerra, se vier, não poderá ser tão ruim assim. Afinal de contas, são tempos modernos.

– Isso mesmo – retorquiu lorde Ashbury. – Serão armamentos do século XX, algo muito diferente. Sem mencionar que não existe um único alemão que seja páreo para um inglês.

– Talvez não fique bem dizer isso, mas eu torço para que haja guerra – disse Fanny, encarapitada em uma ponta da *chaise-longue*, seus cachos balançando animadamente. Ela se virou depressa para lady Clementine. – Não que eu deseje todos esses saques e matanças, é claro, titia, nem a propagação da raça... Eu não gostaria disso. Mas adoro ver os cavalheiros usando uniformes. – Ela lançou um olhar furtivo na direção do major

Jonathan, depois retornou sua atenção para o grupo. – Recebi hoje uma carta da minha amiga Margery... A senhora se lembra da Margery, não é, tia Clem?

Lady Clementine tremelicou as pálpebras.

– Infelizmente. Uma garota tola com maneiras provincianas. – Ela se inclinou para lady Violet. – Criada em Dublin, sabe. Católica irlandesa, ainda por cima.

Eu olhei para Nancy, que estava oferecendo cubos de açúcar, e notei que suas costas enrijeceram. Ela percebeu meu olhar e franziu o cenho.

– Bem, Margery está passando as férias com a família na praia e disse que, quando se encontrou com a mãe na estação, os trens estavam abarrotados de reservistas voltando para os quartéis. Tudo isso é muito empolgante – continuou Fanny.

– Fanny querida, eu acho de mau gosto desejar uma guerra simplesmente por empolgação – disse lady Violet. – Você não concorda, meu caro Jonathan?

O major, parado ao lado da lareira apagada, endireitou o corpo.

– Embora eu não concorde com a motivação de Fanny, devo dizer que compartilho do sentimento dela. Eu, de minha parte, espero ir para a guerra. O continente todo se meteu em uma encrenca *infernal*, perdoem-me a expressão forte, mamãe, lady Clem, mas é verdade. Precisam que a velha Britânia vá lá e dê um jeito nas coisas. Dê uma boa sacudidela naqueles alemães.

Todos na sala aplaudiram, e Jemima agarrou o braço do major, fitando-o com um olhar de adoração, os olhos brilhando.

O velho lorde Ashbury soprou animadamente o seu cachimbo.

– Um pouco de recreação – disse ele, recostando-se na cadeira. – Nada como uma guerra para separar os homens dos meninos.

O Sr. Frederick se mexeu na cadeira, aceitou o café que lady Violet ofereceu e começou a encher o cachimbo de fumo.

– E quanto a você, Frederick? – perguntou Fanny timidamente. – O que vai fazer se a guerra chegar? Não vai parar de fabricar automóveis, vai? Seria uma pena se não houvesse mais esses belos carros só por causa de uma guerra boba. Eu não gostaria de voltar a andar de carruagem.

O Sr. Frederick, constrangido com o flerte de Fanny, arrancou um pedacinho de fumo da perna da calça.

– Eu não me preocuparia com isso. Os automóveis são o veículo do futuro. – Ele encheu o cachimbo e murmurou para si mesmo: – Deus não permita que uma guerra possa causar inconveniências a damas desmioladas que não têm o que fazer.

Naquele momento, a porta se abriu, e Hannah, Emmeline e David entraram, ainda com os rostos afogueados de agitação. As meninas tinham tirado a fantasia e estavam vestidas com roupas iguais, vestidos brancos com gola marinheiro.

– Ótimo espetáculo – cumprimentou-os lorde Ashbury. – Não consegui ouvir uma só palavra, mas foi um ótimo espetáculo.

– Parabéns, crianças – disse lady Violet. – Mas quem sabe vocês deixam a vovó ajudar na seleção, no ano que vem?

– E você, pai? – perguntou Hannah, ansiosa. – Gostou da peça?

O Sr. Frederick evitou o olhar da mãe.

– Vamos discutir as partes mais criativas mais tarde, certo?

– E quanto a você, David? – A voz de Fanny soou acima das outras. – Estávamos falando da guerra. Você vai se alistar, se a Inglaterra entrar na guerra? Acho que seria um soldado muito corajoso.

David aceitou uma xícara de café da mão de lady Violet e se sentou.

– Eu não tinha pensado nisso. – Ele franziu o nariz. – Acho que sim. Dizem que é a única chance que um camarada tem de viver uma grande aventura. – Ele olhou para Hannah com um brilho travesso nos olhos, percebendo a oportunidade de implicar com ela. – Temo que seja exclusivo para rapazes, Hannah.

Fanny caiu na gargalhada, fazendo lady Clementine estremecer.

– Ah, David, que bobagem. Hannah não ia querer ir para a guerra. Que ridículo.

– Eu ia querer, sim – retrucou Hannah impetuosamente.

– Mas, minha querida, você não teria roupas adequadas – disse lady Violet, perplexa.

– Ela poderia usar calças e botas de montaria – comentou Fanny.

– Ou um terno – sugeriu Emmeline. – Como o que usou na peça. Talvez sem o chapéu.

O Sr. Frederick viu o olhar de censura da mãe e pigarreou.

– Embora o dilema de Hannah em relação à indumentária dê margem a especulações, devo lembrar que isso não está em discussão. Nem ela nem

David irão para a guerra. Meninas não lutam e David ainda não terminou seus estudos. Ele vai encontrar outra maneira de servir ao rei e ao seu país. – Ele se virou para David. – Depois que você se formar em Eton e tiver passado por Sandhurst, então será outra questão.

David endureceu o rosto.

– *Se* eu terminar Eton e *se* eu for para Sandhurst.

Fez-se silêncio na sala e alguém pigarreou. O Sr. Frederick bateu com a colher na xícara. Depois de uma pausa prolongada, ele disse:

– David está brincando. Não está, rapaz? – O silêncio se prolongou. – Hein?

David piscou devagar e notei que seu queixo estava tremendo, bem de leve.

– Sim – respondeu, finalmente. – É claro que estou. Só estava tentando alegrar um pouco o ambiente, depois de toda essa conversa sobre guerra. Mas acho que não teve graça. Desculpe, vovó, vovô. – Ele acenou com a cabeça para cada um, e notei que Hannah apertou-lhe a mão.

Lady Violet sorriu.

– Concordo inteiramente com você, David. Não vamos mais falar de uma guerra que talvez nunca chegue. Experimentem mais uma das deliciosas tarteletes da Sra. Townsend.

Ela fez um gesto para Nancy, que tornou a passar a bandeja. Eles ficaram ali sentados por alguns momentos, mordiscando tarteletes, o relógio naval em cima da lareira marcando o tempo até que alguém surgisse com outro assunto tão atraente quanto a guerra. Finalmente, lady Clementine disse:

– Esqueçam as batalhas. As doenças é que matam de verdade, durante a guerra. Os campos de batalha, é claro, são terrenos férteis para todo tipo de peste estrangeira. Vocês vão ver – disse ela, sinistramente. – Quando a guerra chegar, vai trazer junto a varíola.

– *Se* a guerra chegar – completou David.

– Mas como nós vamos ficar sabendo? – perguntou Emmeline, seus olhos azuis arregalados. – Alguém do governo virá avisar?

Lorde Ashbury engoliu uma tartelete inteira.

– Um dos sujeitos lá do clube disse que vai haver um anúncio qualquer dia desses.

– Eu me sinto como uma criança na véspera do Natal – comentou Fanny, entrelaçando os dedos. – Esperando amanhecer, louca para acordar e abrir os presentes.

– Eu não me empolgaria tanto – disse o major. – Se a Inglaterra entrar na guerra, a luta vai terminar em uma questão de meses. No máximo até o Natal.

– Mesmo assim – disse lady Clementine. – A primeira coisa que vou fazer amanhã é escrever para lorde Glifford, informando-o das minhas preferências para o meu enterro. Sugiro que vocês façam o mesmo. Antes que seja tarde demais.

Eu nunca tinha ouvido uma pessoa falar do próprio funeral, muito menos planejá-lo. Mamãe teria dito que isso dava azar e teria feito com que eu jogasse sal por cima do ombro para trazer de volta a sorte. Olhei espantada para lady Clementine. Nancy tinha mencionado sua tendência à morbidez – diziam no andar de baixo que ela tinha olhado a bebê Emmeline recém-nascida no berço e declarado com toda a naturalidade que um bebê tão bonito sem dúvida não iria viver muito. Mesmo assim, eu fiquei chocada.

Os Hartfords, ao contrário, estavam claramente acostumados com seus pronunciamentos catastróficos, porque nenhum deles esboçou qualquer reação.

Hannah arregalou os olhos, fingindo estar ofendida.

– A senhora está querendo dizer que não confia em nós para organizar tudo da melhor maneira possível para a senhora, lady Clementine? – Ela sorriu docemente e segurou a mão da velha senhora. – Eu ficaria honrada em providenciar o enterro que a senhora merece.

– Exato. – Lady Clementine bufou. – Se você não organiza essas coisas pessoalmente, nunca sabe a que mãos a tarefa será confiada. – Ela olhou para Fanny e fungou, fazendo tremer suas largas narinas. – Além disso, sou muito exigente com esses eventos. Venho planejando o meu há anos.

– É mesmo? – perguntou lady Violet, genuinamente interessada.

– Ah, sim – disse lady Clementine. – Essa é uma das cerimônias públicas mais importantes da vida de uma pessoa, e a minha não vai ser nada menos que espetacular.

– Vou aguardar ansiosamente – afirmou Hannah, secamente.

– Acho bom mesmo – retrucou lady Clementine. – Não se pode correr o risco de fazer feio hoje em dia. As pessoas não são tão complacentes quanto costumavam ser, e ninguém quer ser alvo de um necrológio ruim.

– Eu achava que a senhora não aprovava resenhas de jornal, lady Clementine – comentou Hannah, recebendo um olhar de advertência do pai.

– Via de regra, eu não aprovo – disse lady Clementine. Ela apontou o dedo cheio de anéis para Hannah, em seguida para Emmeline, depois para

Fanny. – Fora o casamento, o obituário é a única vez que o nome de uma dama deve aparecer no jornal. – Ela ergueu os olhos para o céu. – E Deus ajude essa dama se o seu funeral for deturpado pela imprensa, porque ela não terá outra chance na temporada seguinte.

Depois do triunfo teatral, só faltava o jantar de gala para que a visita pudesse ser declarada um sucesso estrondoso. Ele seria o clímax das atividades da semana. Uma última extravagância antes que os hóspedes partissem e o sossego voltasse a Riverton. Os convidados do jantar (inclusive, a Sra. Townsend anunciara, lorde Ponsonby, um primo do rei) viriam até de Londres, e Nancy e eu, sob a supervisão atenta do Sr. Hamilton, tínhamos passado a tarde toda arrumando a mesa da sala de jantar.

Pusemos a mesa para vinte pessoas, com Nancy nomeando cada item à medida que o botava na mesa: uma colher de sopa, garfo e faca de peixe, duas facas, dois garfos grandes, quatro taças de vinho de cristal de tamanhos variados. O Sr. Hamilton nos seguia ao redor da mesa, com sua fita métrica e pano, para assegurar que cada lugar estivesse a 30 centímetros do outro, e que seu reflexo distorcido pudesse ser visto em cada colher. No centro da toalha branca de linho, nós espalhamos hera e arrumamos rosas vermelhas ao redor de fruteiras de cristal cheias de frutas brilhantes. A decoração me agradava; era muito bonita e combinava perfeitamente com o melhor jogo de jantar de milady – um presente de casamento, Nancy dissera, de ninguém menos que os Churchills.

Nós posicionamos os cartões, escritos com a bela letra de lady Violet, de acordo com seu cuidadoso planejamento dos lugares. A disposição dos lugares, Nancy disse, era extremamente importante. De fato, segundo ela, o sucesso ou fracasso de um jantar dependia inteiramente da disposição dos convidados em volta da mesa. Era evidente que a reputação de lady Violet de anfitriã "perfeita" e não meramente "boa" vinha da sua habilidade, em primeiro lugar, de convidar as pessoas certas e, em segundo lugar, de dispô-las de forma prudente ao redor da mesa, misturando os engraçados e inteligentes com os chatos, mas importantes.

Sinto dizer que não assisti ao jantar de 1914, porque se limpar a sala de visitas era um privilégio, então servir a mesa era a mais alta das honrarias, e certamente muito acima da minha modesta posição. Naquela ocasião, para tristeza de Nancy, até a ela foi negado esse prazer, porque lorde Ponsonby detestava criadas mulheres servindo a mesa. Nancy se consolou um pouco com a ordem do Sr. Hamilton de que ela permanecesse no andar de cima, escondida no canto da sala de jantar para receber os pratos que ele e Alfred retirassem, mandando-os em seguida para a copa pelo elevador de carga. Isso, Nancy raciocinou, iria ao menos garantir um acesso parcial às fofocas da festa. Ela ouviria as conversas, mesmo sem saber quem estava falando.

Minha tarefa, o Sr. Hamilton disse, era ficar no andar de baixo, junto ao elevador de carga. Obedeci, tentando não ligar para Alfred implicando comigo. Ele estava sempre fazendo piadas: eram bem-intencionadas e os outros criados costumavam rir, mas eu não estava acostumada com tais brincadeiras, era sempre muito calada. Sentia-me intimidada quando voltavam as atenções para mim.

Eu observei maravilhada enquanto pratos e pratos de comidas maravilhosas eram despachados lá para cima – sopa de tartaruga, peixe, miúdos, codorna, aspargos, batatas, tortas de damasco, manjar branco – e desciam, os pratos sujos e as travessas vazias.

Enquanto lá em cima os convidados brilhavam, abaixo da sala de jantar, a cozinha da Sra. Townsend apitava e fumegava como uma daquelas locomotivas novas que tinham começado a passar pela vila. Ela se movimentava pelas bancadas, deslocando o seu corpanzil com uma rapidez extraordinária, avivando o fogo até o suor escorrer pelo rosto afogueado, batendo palmas e criticando, em um espetáculo bem ensaiado de falsa modéstia, a massa dourada e crocante de suas tortas. A única pessoa que parecia imune a toda aquela excitação era a pobre Katie, que tinha a infelicidade estampada no rosto: a primeira metade da noite ela passou descascando um número incontável de batatas; a segunda, esfregando um número incontável de panelas.

Finalmente, quando os bules de café, as jarras de creme e os potes de açúcar cristalizado já tinham sido enviados para cima em uma bandeja de prata, a Sra. Townsend tirou o avental, um sinal para o resto de nós de que o trabalho estava praticamente terminado. Ela o pendurou em um gancho ao lado do fogão e ajeitou os fios grisalhos que tinham se soltado do coque impressionante que usava no alto da cabeça.

– Katie? – chamou, enxugando a testa. – Katie? – Ela balançou a cabeça. – Desisto! Essa garota está sempre no meu caminho, mas eu nunca consigo encontrá-la. – Ela foi até a mesa, sentou-se e deu um suspiro.

Katie apareceu, segurando um pano molhado.

– Sim, Sra. Townsend?

– Katie – ralhou a Sra. Townsend, apontando para o chão. – O que você está pensando, menina?

– Nada, Sra. Townsend.

– Nada mesmo. Você está molhando tudo. – A Sra. Townsend balançou a cabeça e suspirou. – Vá buscar um pano para enxugar isso. O Sr. Hamilton vai torcer o seu pescoço se vir essa bagunça.

– Sim, Sra. Townsend.

– E, quando terminar, pode preparar um chocolate quente para nós.

Katie voltou para a cozinha, quase trombando com Alfred que descia a escada, todo exuberante.

– Opa, cuidado, Katie, você teve sorte de eu não ter tropeçado em você. – Ele entrou, sorrindo, o rosto franco e ansioso como o de um bebê. – Boa noite, senhoras.

A Sra. Townsend tirou os óculos.

– E então, Alfred?

– E então o quê, Sra. Townsend? – disse ele, arregalando os olhos.

– Então? – Ela estalou os dedos. – Não faça suspense.

Eu me sentei no meu lugar, tirando os sapatos e esticando os dedos. Alfred tinha 20 anos – magro, com belas mãos e uma voz simpática – e estava a serviço de lorde e lady Ashbury desde que começara a trabalhar. Acredito que a Sra. Townsend tivesse um carinho especial por ele, embora ela nunca tenha dito nada a respeito e eu nunca tenha tido a ousadia de perguntar.

– Suspense? – disse Alfred. – Não sei do que a senhora está falando, Sra. Townsend.

– Não sabe uma ova. – Ela balançou a cabeça. – Como foi tudo? Eles disseram alguma coisa de interessante?

– Ah, Sra. Townsend, não posso falar nada enquanto o Sr. Hamilton não descer – revelou Alfred. – Não seria correto, seria?

– Escute aqui, rapaz, eu só estou perguntando se os convidados de lorde e lady Ashbury gostaram do jantar. O Sr. Hamilton não vai se importar com isso, vai?

– Não sei dizer, Sra. Townsend. – Alfred piscou para mim, fazendo-me corar. – Embora eu tenha notado que lorde Ponsonby repetiu suas batatas.

A Sra. Townsend sorriu e assentiu.

– A Sra. Davis, que cozinha para lorde e lady Bassingstoke, me contou que lorde Ponsonby gosta muito de batatas à la crème.

– Só gosta? Os outros tiveram sorte de ele ter deixado um pouco para eles.

A Sra. Townsend bufou, mas seus olhos brilhavam.

– Alfred, você não deve dizer uma coisa dessas. Se o Sr. Hamilton ouvisse...

– Se o Sr. Hamilton ouvisse o quê? – Nancy apareceu à porta e foi sentar-se, tirando a touca.

– Eu só estava dizendo à Sra. Townsend quanto as damas e os cavalheiros gostaram do jantar – disse Alfred.

Nancy revirou os olhos.

– Eu nunca vi as travessas voltarem tão vazias; Grace pode confirmar. – Eu assenti e ela continuou: – Quem deve dizer é o Sr. Hamilton, é claro, mas eu acho que a senhora se superou, Sra. Townsend.

A Sra. Townsend alisou a blusa sobre o busto.

– Bem, cada um faz a sua parte – disse ela, vaidosa.

Um barulho de louça atraiu a atenção para a porta. Katie estava chegando, segurando uma bandeja com xícaras. A cada passo, o chocolate derramava por cima das xícaras, acumulando-se nos pires.

– Ai, Katie – disse Nancy quando a bandeja foi colocada com força em cima da mesa. – Você fez uma bagunça. Olhe só o que ela fez, Sra. Townsend.

A Sra. Townsend revirou os olhos.

– Às vezes eu acho que estou perdendo o meu tempo com essa garota.

– Ah, Sra. Townsend... – choramingou Katie. – Eu me esforço ao máximo, de verdade. Eu não tive intenção de...

– Não teve intenção de quê, Katie? – perguntou o Sr. Hamilton, descendo a escada e entrando na sala. – O que foi que você fez agora?

– Nada, Sr. Hamilton, eu só queria trazer o chocolate.

– E você trouxe, bobinha – disse a Sra. Townsend. – Agora volte e termine de lavar aquelas travessas. Veja se não deixou a água esfriar.

Ela balançou a cabeça quando Katie desapareceu no corredor, depois virou-se para o Sr. Hamilton e sorriu.

– Bem, todos já foram, Sr. Hamilton?

– Sim, Sra. Townsend. Acabei de levar os últimos convidados, lorde e lady Denys, até o carro.

– E a família? – perguntou ela.

– As damas foram dormir. Milorde, o major e o Sr. Frederick estão terminando seu vinho do Porto na sala de visitas e vão subir logo.

O Sr. Hamilton descansou as mãos nas costas da cadeira e fez uma pausa, fitando o espaço como sempre fazia quando estava prestes a dar uma informação importante. O resto de nós ficou esperando.

O Sr. Hamilton pigarreou.

– Vocês devem ficar orgulhosos. O jantar foi um grande sucesso e o patrão e a patroa estão muito contentes. – Ele sorriu de um jeito afetado. – Na realidade, o patrão deu sua gentil permissão para abrirmos uma garrafa de champanhe. Um símbolo do seu apreço, ele disse.

Todos aplaudimos, felizes, enquanto o Sr. Hamilton ia buscar uma garrafa na adega e Nancy pegava os copos. Fiquei sentada, bem quieta, com a esperança de me deixarem tomar uma taça. Tudo aquilo era novidade para mim: mamãe e eu nunca tínhamos tido motivos de comemoração.

Quando chegou na última taça, o Sr. Hamilton olhou para mim por cima dos óculos.

– Sim – disse ele, enfim. – Acho que até você pode tomar um pouco de champanhe esta noite, jovem Grace. Não é toda noite que o patrão recebe visitas com tanta pompa.

Eu aceitei a taça com gratidão enquanto o Sr. Hamilton erguia a dele.

– Um brinde a todos que moram e trabalham nesta casa. Que tenhamos uma vida longa e agradável.

Nós erguemos nossas taças e eu me recostei na cadeira, bebendo champanhe e saboreando o gosto forte das bolhas nos meus lábios. Durante toda a minha longa vida, sempre que tive oportunidade de tomar champanhe, recordei aquela noite na sala dos empregados em Riverton. Havia aquela energia peculiar que acompanha um sucesso compartilhado, e o elogio de lorde Ashbury tivera efeito sobre nós, deixando nossos rostos quentes e nossos corações alegres. Alfred sorriu para mim por cima da sua taça e eu sorri timidamente de volta. Fiquei escutando enquanto os outros rememoravam os eventos da noite em detalhes: os diamantes de lady Denys, a visão moderna de lorde Harcourt a respeito do matrimônio, a queda de lorde Ponsonby por batatas à la crème.

Um ruído estridente me tirou daquela contemplação. Todos fizeram silêncio em volta da mesa. Nós nos entreolhamos, espantados, até que o Sr. Hamilton deu um pulo da cadeira.

– Ora. É o telefone – disse ele, e saiu rapidamente da sala.

Lorde Ashbury tinha um dos primeiros telefones domésticos da Inglaterra, um fato que causava muito orgulho a todos que trabalhavam na casa. O aparelho principal ficava guardado na saleta do Sr. Hamilton para que, nas ocasiões empolgantes em que tocasse, ele pudesse atender e transferir a ligação para o andar de cima. Apesar do sistema bem organizado, essas ocasiões eram raras, porque, infelizmente, poucos amigos de lorde e lady Ashbury tinham telefone. Mesmo assim, o aparelho era motivo de uma admiração quase religiosa, e empregados em visita eram sempre levados à saleta para que pudessem observar em primeira mão o objeto sagrado e, forçosamente, apreciar a superioridade da família que morava em Riverton.

Então, não era de espantar que o telefone nos tivesse deixado mudos. O fato de ser tão tarde transformou a surpresa em apreensão. Ficamos ali sentados, imóveis, com os ouvidos atentos, prendendo a respiração.

– Alô? – disse o Sr. Hamilton. – Residência de lorde Ashbury.

Katie apareceu na sala.

– Eu acabei de ouvir um barulho engraçado. Uhh, vocês estão tomando champanhe...

– Shhh – responderam todos ao mesmo tempo. Katie sentou-se e começou a roer as unhas.

Na saleta, ouvimos o Sr. Hamilton dizer:

– Sim, aqui é a casa de lorde Ashbury... Major Hartford? Sim, o major Hartford está aqui visitando os pais... Sim, senhor, agora mesmo. Quem devo anunciar?... Um momento, capitão Brown, eu vou passar a ligação.

– É para o major – murmurou a Sra. Townsend.

E voltamos a escutar. De onde eu estava sentada, podia avistar o perfil do Sr. Hamilton pela porta aberta: pescoço duro, lábios caídos.

– Alô, senhor – disse o Sr. Hamilton. – Sinto muito interromper a sua noite, mas tem uma ligação para o senhor. É o capitão Brown, de Londres, milorde.

O Sr. Hamilton ficou calado, mas permaneceu ao telefone. Ele tinha o hábito de segurar o fone por um momento, para ter certeza de que a pessoa tinha atendido e de que a ligação não caíra.

Enquanto ele esperava, ouvindo, eu vi que apertou o aparelho com força. Seu corpo ficou tenso e sua respiração mais acelerada.

Ele desligou silenciosa e cuidadosamente, e endireitou o paletó. Voltou devagar para o seu lugar na cabeceira da mesa e ficou ali de pé, segurando o espaldar da cadeira. Ele olhou em volta da mesa, para cada um de nós. Finalmente, com ar grave, revelou:

– Nossos piores temores se confirmaram. Desde as onze horas desta noite, a Grã-Bretanha está em guerra. Que Deus nos proteja.

Estou chorando. Depois de todos esses anos comecei a chorar por eles. Lágrimas quentes escorrem dos meus olhos, acompanhando as rugas do meu rosto, até o ar secá-las, grudando-as na minha pele.

Sylvia está aqui comigo de novo. Ela trouxe um lenço de papel e enxuga o meu rosto alegremente. Para ela, essas lágrimas são apenas uma questão de encanamento defeituoso. Mais um sinal inevitável, inofensivo, da minha velhice.

Ela não sabe que eu choro pela mudança dos tempos. Que assim como releio os meus livros favoritos e parte de mim torce por um final diferente, eu alimento a esperança impossível de que a guerra nunca chegue. Que desta vez, de algum modo, ela nos deixe em paz.

Revista Mystery Maker Trade

Edição de inverno, 1998

Notas

ESPOSA DE ESCRITOR MORRE: ROMANCES DO INSPETOR ADAMS INTERROMPIDOS

LONDRES. Fãs que aguardavam ansiosamente os romances do inspetor Adams vão ter que esperar bastante. O escritor Marcus McCourt teria parado de escrever o livro *Morte no caldeirão* após a morte súbita de sua esposa, Rebecca McCourt, em outubro, vítima de um aneurisma.

Não conseguimos contatar McCourt para uma confirmação, mas uma fonte próxima ao casal contou à *MM* que o autor, normalmente acessível, se recusa a comentar a morte da esposa e vem sofrendo um bloqueio criativo desde o acontecimento. A editora inglesa de McCourt, Raymes & Stockwell, não retornou as ligações.

Os cinco primeiros livros do inspetor Adams foram recentemente vendidos para a editora americana Foreman Lewis por um valor não revelado, estimado em milhões. *O crime dirá* sairá pelo selo Hocador e seu lançamento está programado para abril de 1999. O título já está em pré-venda na Amazon.

Rebecca McCourt também era escritora. Seu primeiro romance, *Purgatório*, é a história romanceada da inacabada décima sinfonia de Mahler, e foi pré-selecionado para o Prêmio Orange de Literatura em 1996.

Marcus e Rebecca McCourt tinham se separado recentemente.

Saffron High Street

Vai chover. Minha coluna é muito mais sensível do que qualquer equipamento meteorológico e, na noite passada, fiquei acordada, com os ossos rangendo, relembrando tempos em que eu era mais flexível. Curvei e estiquei o meu velho corpo: o aborrecimento se transformou em frustração, a frustração virou tédio, e o tédio se tornou pânico. Pânico de que a noite nunca terminasse e que eu ficasse presa para sempre em seu túnel longo e solitário.

Mas já chega. Eu me recuso a continuar reclamando das minhas fragilidades. Entedio até a mim mesma. E no fim devo ter adormecido, porque esta manhã acordei, e, até onde sei, uma coisa não pode acontecer sem a outra. Eu ainda estava na cama, com a camisola enrolada na cintura, quando uma garota com as mangas da camisa enroladas e uma trança comprida (embora não tão comprida quanto a minha) entrou no quarto e abriu as cortinas, deixando entrar a luz. A garota não era Sylvia, então eu soube que devia ser domingo.

A moça – Helen, estava escrito no crachá – me levou para o chuveiro, segurando-me pelo braço para me ajudar, unhas cor de cereja enterradas na minha pele branca e flácida. Ela jogou a trança por cima de um dos ombros e começou a ensaboar meu torso e meus membros, esfregando para tirar a película deixada pela noite, cantarolando uma canção que eu não conheço. Quando eu já estava suficientemente limpa, ela me ajudou a sentar no banquinho de plástico e me deixou sozinha sob a água morna do chuveiro. Segurei o suporte inferior com as duas mãos e me curvei para a frente, suspirando enquanto a água aliviava a dor das minhas costas enrijecidas.

Com a ajuda de Helen, eu estava seca, vestida, inteiramente produzida e acomodada na sala de estar às sete e meia. Consegui comer uma torrada dura e tomar uma xícara de chá antes que Ruth chegasse para me levar à igreja.

Eu não sou muito religiosa. Na verdade, houve épocas em que perdi completamente a fé, me revoltei contra um Pai que permitiu que tantos horrores se abatessem sobre seus filhos. Mas fiz as pazes com Deus há muito tempo. A idade é uma grande moderadora. Além disso, Ruth gosta de ir; e é um gesto que está ao meu alcance.

Estamos na Quaresma, o período de meditação e arrependimento que precede a Páscoa, e esta manhã o púlpito da igreja estava coberto por um pano roxo. O sermão foi agradável, teve como tema culpa e perdão. (Adequado, considerando a missão que resolvi realizar.) O padre leu o Evangelho de São João, pedindo à congregação que resistisse aos alarmistas que pregam a perdição do milênio e buscasse a paz interior por meio de Cristo. "Eu sou o caminho, a verdade e a vida", ele leu. E então nos convidou a tomar como exemplo a fé dos apóstolos de Cristo na aurora do primeiro milênio. Com exceção de Judas, é claro: não há muito que tomar de exemplo em um traidor que entregou Cristo por trinta moedas de prata e depois se enforcou.

É nosso hábito, depois da igreja, caminhar a curta distância até a High Street e tomar chá no Maggie's. Sempre vamos ao Maggie's, embora a própria Maggie tenha deixado a cidade com uma mala e o marido de sua melhor amiga, muitos anos atrás. Esta manhã, conforme descíamos a pequena ladeira da Church Street, enquanto Ruth segurava meu braço, notei os primeiros botões de flor brotando nos arbustos de espinheiro que ladeiam o caminho. A roda do tempo girou outra vez e vem chegando a primavera.

Descansamos por um momento no banco de madeira que fica sob o olmo centenário, cujo tronco enorme forma a junção das ruas Church e Saffron High. O sol de inverno brilhava por entre o emaranhado de galhos nus, aquecendo minhas costas. São estranhos esses dias claros e ensolarados do final do inverno, em que se pode sentir frio e calor ao mesmo tempo.

Quando eu era menina, cavalos, carruagens e troles passavam por essas ruas. Automóveis também, depois da guerra: Austins e Tin Lizzies, com seus motoristas de óculos e suas buzinas. As ruas eram empoeiradas, cheias de buracos e esterco de cavalo. Velhas senhoras empurravam carrinhos de bebê com grandes rodas raiadas, e garotinhos de olhos vazios vendiam jornais em caixas de papelão.

A vendedora de sal ficava na esquina, onde agora há um posto de gasolina. Vera Pipp: uma figura magrela, que usava um gorro de pano e mantinha um cachimbo de barro permanentemente pendurado na boca. Eu costumava me esconder atrás da saia de mamãe, observando de olhos arregalados enquanto a Sra. Pipp enchia-lhe o carrinho de mão com grandes placas de sal, com a ajuda de um gancho enorme, e depois usava um serrote e uma faca para cortá-las em pedaços menores. Tive muitos pesadelos com ela, com seu cachimbo de barro e seu gancho brilhante.

Do outro lado da rua ficava a loja de penhores, com as três bolas de latão penduradas na fachada, identificando o estabelecimento para aqueles que não sabiam ler, assim como acontecia por toda a Inglaterra no início do século. Mamãe e eu a visitávamos toda segunda, para penhorar nossas melhores roupas dominicais. Às sextas-feiras, quando recebia o dinheiro da costura, ela me mandava de volta à loja para recuperar as roupas, que usávamos para ir à igreja.

A mercearia era o meu lugar preferido. Agora é uma loja que faz fotocópias, mas no meu tempo ela era administrada por um homem alto e magro com um sotaque carregado e sobrancelhas grossas e por sua esposa gorducha, que se encarregavam de providenciar os pedidos dos fregueses, por mais estranhos que fossem. Mesmo durante a guerra, o Sr. Georgias sempre conseguia arranjar um pacote extra de chá – por um preço justo. Aos meus olhos infantis, a loja era um país das maravilhas. Eu olhava pela vitrine, embevecida com as caixas coloridas de chocolate em pó Horlicks e de biscoitos de gengibre Huntley & Palmer. Extravagâncias que nunca tivemos em casa. Sobre os balcões largos e lisos havia blocos amarelos de manteiga e queijo, caixas de ovos frescos – às vezes ainda mornos – e feijões secos, pesados em uma balança de cobre. Alguns dias – os melhores –, mamãe levava um pote de casa que o Sr. Georgias enchia de melado...

Ruth me deu um tapinha no braço e me ajudou a ficar de pé, e nós continuamos a descer a Saffron High em direção ao toldo desbotado, de lona vermelha e branca, do Maggie's. Pedimos o mesmo de sempre – duas xícaras de chá inglês e um bolinho para compartilhar – e nos sentamos à mesa ao lado da janela.

A moça servindo nossa mesa era nova, tanto no Maggie's quanto na profissão de garçonete – suspeitei pelo modo desajeitado como segurava um pires em cada mão e equilibrava o bolinho no pulso trêmulo.

Ruth a encarou com ar de reprovação, arqueando a sobrancelha para as inevitáveis poças de chá nos pires. Graças a Deus se conteve e não reclamou, seus lábios comprimidos enquanto colocava guardanapos entre os pires e as xícaras para secar o chá derramado.

Tomamos nosso chá no silêncio habitual até que finalmente Ruth deslizou seu prato em minha direção.

– Pode ficar com a minha metade também. Você está muito magra.

Pensei em lembrá-la do conselho da Sra. Simpson, de que riqueza e magreza nunca são demais, mas achei melhor não. Seu senso de humor, que nunca fora seu forte, tinha desaparecido por completo, ultimamente.

Eu estou mesmo magra. Perdi completamente o apetite. Não é que eu não tenha fome, é que não sinto mais gosto de nada. E quando sua última papila gustativa morre, qualquer vontade de comer morre junto. É irônico. Depois de lutar inutilmente na juventude para atingir o ideal da época – braços finos, seios pequenos, palidez extrema –, é assim que sou agora. Entretanto, não tenho a menor ilusão de que o estilo me caia tão bem quanto caía a Coco Chanel. Ruth limpou a boca no guardanapo, caçando uma migalha invisível sobre os lábios, em seguida pigarreou, dobrando o guardanapo ao meio e depois ao meio de novo, enfiando-o debaixo da faca.

– Estou precisando comprar um remédio na farmácia – disse ela. – Você se importa de me esperar aqui?

– Um remédio? Por quê? Qual é o problema?

Ela tem mais de 60 anos, é mãe de um homem já adulto, e meu coração ainda se aperta.

– Nada. Nada de mais. – Ela ficou tensa e disse em voz baixa: – É só uma coisinha para me ajudar a dormir.

Assenti; nós duas sabemos por que ela não dorme. Compartilhamos essa tristeza comportada, esse acordo tácito de não falar desse assunto. Não falar dele.

Ruth se apressou a preencher o silêncio:

– Me espere aqui, eu não demoro. Lá fora o sol está muito quente. – Ela pegou a bolsa e o casaco e se levantou, examinando-me por um segundo. – Você não vai sair daqui, vai?

Fiz que não e ela saiu depressa. Ruth tem pavor que eu desapareça se ela me deixar sozinha. Fico imaginando aonde ela acha que eu estou tão ansiosa para ir.

Pela janela, eu a vejo desaparecer no meio das pessoas que caminham apressadamente. De todos os tamanhos e formas. E que roupas! O que a Sra. Townsend diria?

Uma criança de bochechas coradas passou, toda encasacada, andando com dificuldade atrás da mãe apressada. A criança – ele ou ela, difícil dizer – olhou para mim com grandes olhos redondos, sem aquela compulsão social de sorrir que aflige a maioria dos adultos. De repente eu tive um flash de memória. Eu fui aquela criança um dia, há muito tempo, arrastando-me atrás da minha mãe enquanto ela andava depressa pela rua. A lembrança ficou mais clara. Nós tínhamos passado por esta mesma loja, embora, à época, não fosse um café, e sim um açougue. Peças de carne sobre placas de mármore alinhadas na vitrine, e carcaças de boi balançando sobre o chão coberto de serragem. O Sr. Hobbins, o açougueiro, tinha acenado para mim, e eu me lembro de ter desejado que mamãe parasse, que pudéssemos levar para casa um belo pedaço de presunto para pôr na sopa.

Eu me demorei perto da vitrine, esperançosa, imaginando a sopa – presunto, alho-poró e batata – fervendo sobre nosso fogão a lenha, enchendo a nossa pequena cozinha com seu vapor salgado. A imagem era tão real que eu podia sentir o cheiro da sopa.

Mas mamãe não parou. Nem mesmo hesitou. À medida que o tec-tec dos seus saltos ia se afastando, eu fui tomada de uma vontade avassaladora de assustá-la, de castigá-la por sermos pobres, de fazê-la achar que eu tinha me perdido.

Fiquei onde estava, certa de que logo ela iria perceber que eu tinha desaparecido e voltaria correndo. Talvez, quem sabe, ela ficasse tão aliviada que resolvesse comprar o pernil...

De repente, fui agarrada e arrastada na direção de onde tinha vindo. Levei alguns instantes para perceber o que estava acontecendo, que o botão do meu casaco tinha ficado preso na bolsa de uma senhora bem-vestida, e que eu estava sendo arrastada. Eu me lembro nitidamente da minha mãozinha se erguendo para bater no grande traseiro dela, mas a timidez me fez recolhê-la, enquanto meus pés se esforçavam para acompanhar seu passo. Então a senhora atravessou a rua, e eu junto com ela, e então comecei a chorar. Eu estava perdida, e cada passo me deixava ainda mais perdida. Nunca mais veria mamãe. Eu ficaria à mercê daquela estranha senhora, com suas roupas elegantes.

De repente, do outro lado da rua, avistei mamãe caminhando no meio das outras pessoas. Alívio! Eu quis gritar por ela, mas estava sem fôlego de tanto soluçar. Sacudi os braços, engasgada, as lágrimas escorrendo pelo rosto.

Então mamãe se virou e me viu. Seu rosto congelou, ela pôs a mão no peito, e em segundos estava ao meu lado. A outra senhora, que até então não sabia que estava levando uma passageira clandestina, foi alertada pela confusão atrás dela. Ela se virou e nos viu: minha mãe, alta, com seu rosto tenso e sua saia desbotada, e a garota maltrapilha em prantos. Ela sacudiu a bolsa, depois a agarrou contra o peito, horrorizada.

– Saia daqui! Saia de perto de mim ou vou chamar o guarda.

Algumas pessoas farejaram a confusão e começaram a formar um círculo ao nosso redor. Mamãe pediu desculpas à senhora, que olhou para ela como se estivesse vendo um rato na despensa. Mamãe tentou explicar o que tinha acontecido, mas a mulher continuou a recuar. Eu não tive escolha a não ser acompanhá-la, o que a fez gritar ainda mais alto. Finalmente, apareceu o guarda, que perguntou que confusão era aquela.

– Ela está tentando roubar a minha bolsa – disse a senhora, apontando um dedo trêmulo para mim.

– É mesmo? – indagou o guarda.

Eu balancei a cabeça, ainda sem voz, certa de que seria presa.

Então mamãe explicou o que tinha acontecido, que o meu botão tinha ficado preso na bolsa, e o guarda balançou a cabeça e a senhora franziu a testa, desconfiada. Então eles olharam para a bolsa e viram que o meu botão estava mesmo preso, e o guarda pediu que mamãe me soltasse.

Ela soltou o botão, agradeceu ao guarda, tornou a pedir desculpas à senhora e olhou zangada para mim. Eu esperei para ver se ela ia rir ou chorar. Ela acabou fazendo as duas coisas, mas não naquela hora. Agarrou meu casaco marrom e me levou para longe da multidão que se dispersava, só parando quando viramos a esquina da Railway Street. Quando o trem com destino a Londres saiu da estação, ela se virou para mim e disse:

– Menina levada. Eu achei que tinha te perdido. Você ainda vai me matar, sabia? É isso que você quer? Matar sua própria mãe? – Então ela endireitou o meu casaco, balançou a cabeça e me deu a mão, segurando-a com tanta força que até doeu. – Às vezes eu queria ter te entregado para o Foundling Hospital, no fim das contas, que Deus me perdoe.

Era um refrão comum de quando eu fazia alguma travessura e, sem dúvida, a ameaça revelava um sentimento verdadeiro. Muita gente teria concordado que ela estaria em melhor situação se tivesse me deixado no Foundling. Não havia nada tão certo quanto uma gravidez para fazer uma mulher perder o emprego de doméstica, e a vida de mamãe, desde a minha chegada, tinha sido um calvário.

Eu ouvi a história de como escapei do orfanato Foundling tantas vezes que cheguei a acreditar que a conhecia desde que nasci. A viagem de trem de mamãe até a Russell Square em Londres, comigo embrulhada e enfiada dentro do seu casaco para ficar aquecida, se tornara uma espécie de lenda para nós. A caminhada pela Grenville Street, entrando depois na Guilford Street, com as pessoas balançando a cabeça, sabendo muito bem para onde ela estava indo com aquele pequeno embrulho. Como ela reconheceu o prédio do Foundling pela multidão de outras moças como ela, amontoadas do lado de fora, embalando, perplexas, seus bebês que choramingavam. Então, o mais importante, a voz súbita, clara como o dia (Deus, disse mamãe; idiotice, disse minha tia Dee), dizendo a ela para dar meia-volta, que era seu dever ficar com seu bebezinho. O momento, segundo a tradição familiar, pelo qual eu deveria ser eternamente grata.

Naquela manhã, no dia do botão preso na bolsa, quando mamãe mencionou o Foundling Hospital, eu calei a boca. Não porque estivesse refletindo sobre a sorte que tive em ser poupada daquela prisão, como ela deve ter pensado. Eu estava mesmo era mergulhada em uma das minhas fantasias infantis favoritas. Eu adorava me imaginar no coral do Foundling Hospital, cantando no meio das outras crianças. Eu teria tido um monte de irmãos e irmãs para brincar, não apenas uma mãe cansada e mal-humorada, cujo rosto estava marcado pelas decepções. Uma das quais eu temia que fosse eu.

Uma presença ao meu lado me trouxe de volta à realidade. Eu me virei e olhei para a jovem junto a mim. Levei alguns instantes para reconhecer a garçonete que nos servira chá. Ela estava me olhando, cheia de expectativa.

Eu pisquei para enxergar melhor.

– Acho que minha filha já pagou a conta.

– Ah, já – disse a moça, com um doce sotaque irlandês. – Ela já pagou, sim. Pagou quando fez o pedido. – Mas ela continuou ali.

– Falta alguma coisa? – perguntei.

Ela engoliu em seco.

– É que a Sue, que trabalha na cozinha, disse que a senhora é avó do... quer dizer, ela disse que o seu neto é... é o Marcus McCourt, e eu sou realmente, de verdade, a maior fã dele. Eu amo o inspetor Adams. Já li todos os livros da série.

Marcus. A mariposinha da tristeza bateu asas no meu peito, como sempre faz quando alguém pronuncia o nome dele. Eu sorri para a menina.

– É bom ouvir isso. Meu neto ficaria muito contente.

– Fiquei muito triste quando li sobre a esposa dele.

Eu assenti.

Ela hesitou, e eu me preparei para as perguntas que sabia que viriam, que sempre vinham: ele ainda ia escrever mais livros do inspetor Adams? Seriam publicados em breve? Fiquei surpresa quando a decência ou a timidez venceu a curiosidade.

– Bem... foi um prazer conhecê-la. É melhor eu voltar, senão Sue vai ficar uma fera. – Ela fez menção de se afastar, então se virou de novo para mim. – A senhora vai dizer a ele, não vai? Vai dizer quanto os livros dele significam para mim, para todos os seus fãs?

Eu lhe dei minha palavra, embora não saiba quando poderei cumpri-la. Como a maioria das pessoas de sua geração, ele está correndo o mundo. Ao contrário dos seus contemporâneos, não é aventura que Marcus busca, e sim distração. Meu neto desapareceu em uma nuvem de luto, e eu não sei onde ele está. A última vez que soube dele foi meses atrás. Um cartão-postal da Estátua da Liberdade, com um carimbo do correio da Califórnia, com data do ano passado. A mensagem dizia apenas: *Feliz aniversário, M.*

Não, não é algo tão simples quanto luto. É a culpa que o persegue. A culpa infundada pela morte de Rebecca. Ele se culpa, acredita que, se não a tivesse deixado, as coisas talvez fossem diferentes. Eu me preocupo com ele. Entendo bem a culpa dos sobreviventes de tragédias.

Pela janela, vi Ruth do outro lado da rua; ela ficara conversando com o pastor e a esposa dele e ainda não tinha chegado à farmácia. Com grande esforço, fui chegando até a beirada da cadeira, pendurei a bolsa no braço e agarrei minha bengala. Com as pernas tremendo, fiquei de pé. Eu tinha uma coisa a fazer.

O comerciante, Sr. Butler, tem uma lojinha na rua principal; um toldinho listrado, enfiado entre a padaria e uma loja que vende velas e incenso. Mas atrás da porta de madeira vermelha, com sua aldrava de metal e sua sineta de prata, uma riqueza de artigos desmente a entrada modesta. Chapéus masculinos e gravatas, pastas escolares e malas de couro, caçarolas e bastões de hóquei, tudo isso briga por espaço na lojinha estreita e comprida.

O Sr. Butler é um homem baixo, com cerca de 45 anos, ficando calvo e, notei também, barrigudo. Eu me lembro do pai dele, e do pai do pai dele, embora nunca comente a respeito. Os jovens, eu aprendi, ficam constrangidos com histórias de antigamente. Essa manhã, ele sorriu, me olhando por cima dos óculos, e disse que eu estava com uma aparência muito boa. Quando eu era mais jovem, ainda na casa dos 80, a vaidade me teria feito acreditar. Agora encaro esses comentários como expressões delicadas de surpresa por eu ainda estar viva. Agradeci mesmo assim – o comentário foi bem-intencionado – e perguntei se ele tinha um gravador.

– Quero gravar minhas palavras.

Ele hesitou, provavelmente imaginando o que eu queria tanto contar ao gravador, depois tirou um pequeno objeto preto de dentro do mostruário.

– Este aqui deve servir.

– Bom – respondi, contente. – Parece ser isso mesmo.

Ele deve ter percebido a minha inexperiência, porque começou a explicar.

– É fácil. A senhora aperta este botão, depois fala aqui. – Ele se inclinou para a frente e indicou uma trama de metal na lateral do aparelho. Eu quase senti o gosto de cânfora no seu terno. – Isso aqui é o microfone.

Ruth ainda não tinha voltado da farmácia quando eu retornei ao Maggie's. Para não arriscar mais perguntas por parte da garçonete, me enrolei bem no meu casaco e me acomodei no banco do ponto de ônibus do lado de fora. O esforço tinha me deixado sem fôlego.

Um vento frio soprou um monte de coisas abandonadas: um papel de bala, algumas folhas secas, uma pena de pato marrom e verde. Elas dançaram pela rua, descansando e rodopiando ao sabor do vento. Em determinado momento, a pena saiu dançando nos braços de um parceiro mais vigoroso do que o anterior, que a ergueu e a fez voar por cima dos telhados das lojas até desaparecer.

Eu pensei em Marcus, dançando ao redor do mundo, preso a alguma melodia incontrolável da qual não consegue escapar. Ultimamente, qualquer coisa me faz pensar em Marcus. Nas últimas noites, ele foi uma figura frequente nas minhas lembranças. Espremido, como uma murcha flor de verão, entre imagens de Hannah e Emmeline e Riverton: meu neto. Fora de época e fora de lugar. Em um momento, um garotinho de pele macia e olhos arregalados; no momento seguinte, um homem adulto, arrasado pelo amor e sua perda.

Eu quero voltar a ver seu rosto. Tocá-lo. Seu rosto bonito, familiar, cinzelado, como são todos os rostos, pelas mãos eficientes da história. Colorido pelos antepassados e por um passado do qual ele sabe muito pouco.

Um dia ele vai voltar, não tenho dúvida, pois o lar é um ímã que atrai até mesmo os filhos mais distraídos. Mas não sei se amanhã ou daqui a muitos anos. E não tenho tempo para esperar. Estou na fria sala de espera do tempo, tremendo enquanto fantasmas e vozes se afastam.

Por isso que resolvi gravar uma fita para ele. Talvez mais de uma. Vou contar a ele um segredo, um velho segredo, guardado há muito tempo.

Primeiro pensei em escrever, mas, depois de arrumar uma pilha de papéis amarelados e uma caneta esferográfica preta, meus dedos me falharam. Colaboradores dispostos, mas inúteis, capazes apenas de converter meus pensamentos em garranchos ilegíveis.

Foi Sylvia quem me fez pensar em um gravador. Ela encontrou meus papéis durante um de seus ataques ocasionais de limpeza, cronometrados para evitar as exigências de um paciente inconveniente.

– Andou desenhando? – disse ela, segurando a folha de papel, virando-a de lado e inclinando a cabeça. – Muito moderno. Bonito. O que é?

– Uma carta – respondi.

Então ela me falou de como Bertie Sinclair grava e recebe cartas para ouvir em seu toca-fitas.

– E garanto que ele está bem mais calmo desde que começou a fazer isso. Menos exigente. Quando ele começa a reclamar do lumbago, basta eu ligar o aparelho, colocar uma fita para ele ouvir, e ele fica alegre como um passarinho.

Fiquei sentada no ponto de ônibus, revirando o embrulho nas mãos, animada com as possibilidades. Eu ia começar assim que chegasse em casa.

Ruth acenou para mim do outro lado da rua, abriu um sorriso soturno e começou a atravessar na faixa de pedestres, enfiando na bolsa um pacote da farmácia.

– Mamãe – ralhou ela assim que se aproximou. – O que você está fazendo aqui fora, no frio? – Ela olhou rapidamente para um lado e para o outro. – As pessoas vão pensar que eu fiz você esperar aqui fora.

Ela me deu o braço e me levou de volta pela rua até o carro, meus sapatos de sola macia, silenciosos, ao lado dos seus saltos altos barulhentos.

No caminho de volta para Heathview, fiquei olhando pela janela, enquanto as ruas ladeadas de chalés de pedras cinzentas iam passando. Em uma delas, no meio do caminho, aninhada entre outras duas, idênticas, está a casa em que nasci. Olhei para Ruth, mas, se ela notou, não falou nada. Não havia motivo algum para isso, é claro. Passamos por ali todos os domingos.

À medida que avançávamos pela estrada estreita e a vila se tornava campo, eu prendi a respiração – só um pouco – como sempre faço.

Viramos uma curva logo depois de Bridge Road, e lá estava ela. A entrada de Riverton. Os portões trabalhados, da altura de um poste de luz, que se abriam para o túnel de árvores centenárias. Os portões foram pintados de branco, não são mais prateados como antigamente. Agora há uma placa ao lado das curvas de ferro batido que soletram "Riverton". Ela diz: *Aberto ao público. Março-outubro. Das 10h às 16h. Entrada: adultos – 4 libras, crianças – 2 libras. Proibido ultrapassar.*

O gravador exigiu certa prática. Sylvia, felizmente, me deu uma ajuda. Ela segurou o aparelho diante da minha boca e, a um sinal dela, falei a primeira coisa que me veio à mente.

– Alô... alô. Aqui é Grace Bradley falando... Testando. Um. Dois. Três.

Sylvia afastou o aparelho e sorriu.

– Muito profissional. – Ela apertou um botão e um chiado ecoou. – Estou só rebobinando para podermos ouvir.

Ouviu-se um clique quando a fita chegou ao começo de novo. Ela apertou "play" e nós esperamos.

Era a voz da velhice: fraca, cansada, quase invisível. Um tecido desbotado, esgarçado, com apenas alguns fios inteiros. Apenas um vestígio de mim, da minha voz verdadeira, que eu ouço na minha cabeça e nos meus sonhos.

– Perfeito – disse Sylvia. – Vou te deixar à vontade. Se precisar de mim, é só chamar.

Sylvia fez menção de sair e eu fui tomada, repentinamente, por uma sensação de expectativa nervosa.

– Sylvia...

Ela se virou.

– O que foi, benzinho?

– O que eu falo?

– Bem, eu não sei, não é? – Ela riu. – Finja que ele está aqui sentado com você. E diga a ele o que lhe vier à cabeça.

E foi o que eu fiz, Marcus. Imaginei você na ponta da minha cama, deitado junto aos meus pés como fazia quando era pequeno, e comecei a falar. Contei um pouco do que tenho feito, sobre o filme e Ursula. Falei da sua mãe com cuidado, dizendo apenas que ela sente saudades suas. Que deseja muito vê-lo.

E contei sobre as lembranças que tenho tido. Não todas; eu tenho um objetivo, e não é entediá-lo com histórias do passado. Mas falei sobre a sensação curiosa de que elas estão se tornando mais reais para mim do que minha própria vida. De como entro em devaneios e me desaponto ao abrir os olhos e ver que estou de volta a 1999; de como a textura do tempo está mudando, e estou começando a me sentir em casa no passado e uma visita a este lugar estranho e empalidecido a que chamamos de presente.

É uma sensação engraçada ficar sentada sozinha no quarto conversando com uma caixinha preta. No início eu sussurrava, com medo de que os outros ouvissem. Que a minha voz e seus segredos pudessem flutuar pelo corredor até a sala, como a buzina de um navio perdido em um porto estrangeiro. Mas, quando a enfermeira-chefe entrou com meus comprimidos, seu olhar de surpresa me tranquilizou.

Ela já foi. Eu deixei as pílulas no peitoril da janela ao meu lado. Vou tomá-las depois, por ora eu preciso ter a mente clara.

Estou vendo o sol se pôr no horizonte. Gosto de acompanhar sua trajetória enquanto ele desaparece silenciosamente atrás da faixa de árvores. Hoje eu pisco e perco seu último adeus. Quando abro os olhos, o momento final passou e o arco cintilante desapareceu, deixando o céu vazio: um azul-claro frio, rasgado por listras brancas. Até o horizonte estremece com a súbita penumbra, e ao longe um trem se arrasta no meio da neblina do vale, seus freios elétricos gemendo quando ele entra na vila. Eu olho para o meu relógio de parede. É o trem das seis horas, cheio de gente voltando do trabalho em Chelmsford e Brentwood e até mesmo Londres.

Eu imagino a estação. Não como ela é, talvez, mas como era. O grande relógio redondo pendurado sobre a plataforma, sua face resoluta e seus ponteiros ágeis um lembrete severo de que o tempo e os trens não esperam por ninguém. Ele já deve ter sido substituído por um daqueles com mecanismos digitais. Eu não sei dizer. Já faz muito tempo que não vou à estação.

Eu a vejo como era naquela manhã em que nos despedimos de Alfred, que partia para a guerra. Fileiras de bandeirolas vermelhas e azuis flertando com a brisa, crianças correndo para cima e para baixo, entrando e saindo, soprando apitos de metal e sacudindo bandeiras da Inglaterra. Homens jovens – *tão* jovens – engomados e ansiosos nos seus novos uniformes e botas engraxadas. E, parado no trilho, o trem faiscante, ansioso para partir. Para carregar seus passageiros inocentes para um inferno de lama e morte.

Mas chega disso. Estou me adiantando demais.

"As luzes estão se apagando por toda a Europa.
Não as veremos acesas de novo nesta vida."

Lorde Grey, ministro das Relações Exteriores da Grã-Bretanha
3 de agosto de 1914

No oeste

O ano de 1914 logo se tornou 1915, e a cada dia que passava desaparecia qualquer chance de que no Natal a guerra já tivesse terminado. Um tiro em uma terra distante tinha espalhado tremores pelas planícies da Europa e o gigante rancor, adormecido havia séculos, tinha despertado. O major Hartford foi convocado, despachado junto com outros heróis de campanhas havia muito esquecidas, enquanto lorde Ashbury se mudou para o seu apartamento em Londres e se juntou à Bloomsbury Home Guard, uma organização de defesa composta por voluntários que não podiam servir ao Exército britânico. O Sr. Frederick, impossibilitado de lutar por causa de uma pneumonia que teve no inverno de 1910, trocou os automóveis por aviões de guerra e ganhou uma condecoração do governo por sua valiosa contribuição à indústria bélica. Um frio consolo, segundo Nancy, que entendia dessas coisas, uma vez que o Sr. Frederick sempre sonhara em entrar para o Exército.

A história diz que, ao longo de 1915, a verdadeira natureza da guerra começou a se revelar. Mas a história é um narrador inconfiável e cruel, e sua visão em retrospectiva faz parecer tolos os atores da época. Pois enquanto na França os jovens enfrentavam terrores nunca sonhados, em Riverton, 1915 transcorreu do mesmo modo que 1914. Nós sabíamos, claro, que o Front Ocidental tinha chegado a um impasse – o Sr. Hamilton nos mantinha atualizados com seu zeloso relato das atrocidades que saíam nos jornais – e, sem dúvida, havia pequenas inconveniências que deixavam as pessoas frustradas e reclamando da guerra, mas tudo era abrandado pelo emocionante novo sentido que o conflito proporcionou àqueles cuja vida diária se tornara estagnada. Aqueles que viram na guerra uma chance de provar seu valor.

Lady Violet organizou inúmeros comitês: desde arrumar alojamentos adequados para refugiados belgas até a organização de excursões de automóvel para oficiais convalescentes. Por toda a Inglaterra, jovens mulheres (e alguns dos rapazes mais moços) ajudavam a defesa nacional, empunhando agulhas de tricô contra um mar de problemas, produzindo um dilúvio de cachecóis e meias para os rapazes no front. Fanny, incapaz de tricotar, mas ansiosa para impressionar o Sr. Frederick com seu patriotismo, dedicou-se à coordenação desses trabalhos, providenciando para que as mercadorias tricotadas fossem embaladas e despachadas para a França. Até lady Clementine mostrou um raro espírito comunitário, alojando um dos belgas que passaram pelo crivo de lady Violet: uma senhora idosa que mal falava inglês, mas que disfarçava isso com seus modos finos, a quem lady Clementine passou a interrogar sobre os mais terríveis detalhes da invasão.

À medida que dezembro se aproximava, lady Jemima, Fanny e as crianças Hartford foram chamadas a Riverton, onde lady Violet estava determinada a celebrar um Natal tradicional. Fanny queria ficar em Londres – muito mais empolgante –, mas não podia recusar o chamado de uma mulher com cujo filho tinha esperanças de se casar. (Não importava que tal filho estivesse situado em outro lugar e firmemente disposto contra ela.) A moça não teve escolha a não ser se preparar para passar longas semanas de inverno em Essex. Ela conseguia manter um ar de tédio que só os muito jovens conseguem e passava o tempo todo indo de sala em sala, acomodando-se em belas poses, na esperança de que o Sr. Frederick aparecesse de surpresa em casa.

Jemima perdia na comparação, mais gorda e mais feia do que no ano anterior. Entretanto, havia uma arena na qual derrotava sua oponente: não só ela era casada, mas era casada com um herói. Quando chegavam as correspondências do major, que o Sr. Hamilton lhe entregava solenemente em bandejas de prata, Jemima era posta sob os holofotes. Pegando a carta com um aceno delicado de cabeça, hesitava por um momento, os olhos respeitosamente baixos, como se estivesse se preparando, então abria o envelope e retirava o precioso conteúdo. A carta era lida em tons adequadamente solenes para uma cativada (e cativa) audiência.

Enquanto isso, no andar de cima, o tempo se arrastava para Hannah e Emmeline. Elas já estavam em Riverton havia quinze dias, e com o clima horroroso obrigando-as a ficar dentro de casa e sem aulas para distraí-las (a Srta. Prince estava engajada no esforço de guerra), já não tinham mais o que fazer. Jogaram todos os jogos que conheciam – cama de gato, dados, garimpeiro (que, pelo que pude perceber, exigia que uma arranhasse o braço da outra até que o sangue ou o tédio as fizesse desistir) –, ajudavam a

Sra. Townsend a preparar a ceia de Natal até passarem mal de tanto comer massa roubada, e obrigavam a babá Brown a destrancar o depósito do sótão para poderem andar no meio dos tesouros esquecidos e empoeirados. Mas era O Jogo que elas queriam jogar. (Eu tinha flagrado Hannah fuxicando dentro da caixa chinesa, relendo antigas aventuras, quando pensava que ninguém estava olhando.) E para isso precisavam de David, que só chegaria de Eton em uma semana.

Em uma manhã no fim de novembro, enquanto eu estava na rouparia separando as melhores toalhas de mesa para o Natal, Emmeline entrou de supetão. Ela ficou parada por um momento, olhando em volta, depois caminhou decidida até o armário de casacos. Abriu a porta e uma luz suave se espalhou pelo chão.

– Arrá! – exclamou ela vitoriosamente. – Eu sabia que você estava aqui.

Emmeline estendeu e abriu as mãos, revelando dois confeitos de açúcar, melados nas bordas.

– Foi a Sra. Townsend quem mandou.

Um braço comprido apareceu do fundo escuro do armário e pegou um dos confeitos.

Emmeline lambeu o outro.

– Estou entediada. O que você está fazendo?

– Lendo.

– O que você está lendo?

Silêncio.

Emmeline espiou para dentro do armário, franziu o nariz.

– *Guerra dos mundos*? De novo?

Não obteve resposta.

Emmeline tornou a lamber seu doce com um ar pensativo, examinou-o sob todos os ângulos, tirou um fiapo de linha que tinha ficado grudado na ponta.

– Já sei! – exclamou ela. – Podemos ir para Marte! Quando David chegar.

Silêncio.

– Vai ter marcianos, bons e maus, e muitos perigos.

Como todo irmão caçula, Emmeline tinha dedicado a vida a conhecer as preferências da irmã e do irmão; não precisava olhar para saber que tinha acertado em cheio.

– Vamos submeter a ideia ao conselho – foi a resposta.

Emmeline deu um gritinho de alegria, bateu palmas com as mãos meladas e ergueu o pé calçado de bota para entrar no armário.

– E podemos dizer a David que a ideia foi minha?

– Cuidado com a vela.

– Eu posso colorir o mapa de vermelho em vez de verde, para variar. É verdade que as árvores são vermelhas em Marte?

– É claro que são; assim como a água, o solo, os canais e as crateras.

– Crateras?

– Buracos grandes, profundos e escuros onde os marcianos guardam os filhos.

Um braço apareceu, começando a fechar a porta.

– Como poços? – perguntou Emmeline.

– Só que mais fundos. Mais escuros.

– Por que eles guardam os filhos lá dentro?

– Para que ninguém veja as experiências terríveis que fizeram com eles.

– Que tipos de experiência? – indagou Emmeline, ofegante.

– Você vai descobrir – respondeu Hannah. – Quando David finalmente aparecer.

No andar de baixo, como sempre, nossas vidas eram espelhos turvos das vidas do andar de cima.

Certa noite, quando toda a família já tinha ido para a cama, a criadagem reuniu-se ao redor da lareira da sala dos empregados. O Sr. Hamilton e a Sra. Townsend se postaram um em cada ponta, enquanto Nancy, Katie e eu nos encolhemos no meio, sentadas nas cadeiras de jantar, tricotando cachecóis à luz trêmula do fogo. Um vento frio balançava as vidraças, e rebeldes correntes de ar faziam os potes da Sra. Townsend tiritarem na prateleira da cozinha.

O Sr. Hamilton balançou a cabeça e largou o *The Times*, então tirou os óculos e esfregou os olhos.

– Mais notícias ruins? – A Sra. Townsend ergueu os olhos do cardápio de Natal que estava planejando, com as bochechas vermelhas por causa do fogo.

– As piores, Sra. Townsend. – Ele tornou a colocar os óculos. – Mais perdas em Ypres.

Ele se levantou da cadeira e foi até o aparador, onde tinha aberto um mapa da Europa, cheio de soldadinhos (um velho conjunto de David, eu acho, retirado do sótão) representando diferentes exércitos e diferentes campanhas. Removeu o duque de Wellington de um local na França e o substituiu por dois corsários alemães.

– Eu não gosto nada disto – murmurou ele.

A Sra. Townsend suspirou.

– E eu não gosto nada *disso*. – Ela bateu com a caneta no cardápio. – Como vou preparar a ceia de Natal para a família sem manteiga, sem chá e sem peru?

– Sem peru, Sra. Townsend? – perguntou Katie, espantada.

– Nem uma asa.

– Mas o que a senhora vai servir?

A Sra. Townsend balançou a cabeça.

– Não precisa ficar nervosa. Eu vou dar um jeito, menina. Sempre dou um jeito, não é?

– Sim, Sra. Townsend – disse Katie com um ar grave. – É verdade.

A Sra. Townsend olhou desconfiada para ela, certificou-se de que Katie não fora irônica e tornou a se concentrar no cardápio.

Eu estava tentando focar no meu tricô, mas, quando perdi o terceiro ponto em três fileiras, deixei-o de lado, frustrada, e me levantei. Alguma coisa me incomodara a noite inteira. Algo que eu presenciara na vila e que não tinha entendido direito.

Eu endireitei o avental e me aproximei do Sr. Hamilton, que parecia saber de tudo.

– Sr. Hamilton? – chamei, hesitante.

Ele se virou para mim; espiou por cima dos óculos, com o duque de Wellington ainda preso entre seus dedos compridos e finos.

– O que é, Grace?

Olhei para onde estavam as outras pessoas, conversando animadamente.

– E então, menina? – disse o Sr. Hamilton. – Um gato comeu sua língua?

Limpei a garganta.

– Não, Sr. Hamilton. É só que... Eu queria perguntar uma coisa para o senhor. Uma coisa que eu vi na vila hoje.

– O que foi? Fale, mocinha.

Eu olhei de relance para a porta.

– Onde está Alfred, Sr. Hamilton?

Ele franziu a testa.

– Lá em cima, servindo xerez. Por quê? O que Alfred tem a ver com isso?

– É só que, bem, eu vi Alfred hoje, na vila...

– Sim, ele foi fazer uma compra para mim.

– Eu sei, Sr. Hamilton. Eu o vi. No McWhirter's. E vi quando ele saiu da loja. – Comprimi os lábios. Uma estranha hesitação me fez odiar ter que contar o resto. – Deram uma pena branca para ele, Sr. Hamilton.

– Uma pena branca? – O Sr. Hamilton arregalou os olhos e o duque de Wellington foi atirado, sem cerimônia, em cima da mesa.

Eu assenti, recordando como Alfred mudara de postura, como tinha parado de repente, ficado imóvel, tonto, com a pena na mão, enquanto os transeuntes diminuíam o passo para cochichar uns com os outros. Ele tinha baixado os olhos e se afastado apressadamente, de cabeça baixa e ombros caídos.

– Uma pena branca? – Para minha tristeza, o Sr. Hamilton repetiu isso alto o suficiente para atrair a atenção dos outros.

– O que foi, Sr. Hamilton? – A Sra. Townsend espiou por cima dos óculos.

Ele passou a mão no rosto e balançou a cabeça, incrédulo.

– Deram uma pena branca para Alfred.

– Não – disse a Sra. Townsend, levando ao peito a mão gorducha. – Não é possível. Não uma pena branca. Não para o nosso Alfred.

– Como o senhor sabe? – perguntou Nancy.

– Grace viu – revelou o Sr. Hamilton. – Esta manhã, na vila.

Eu assenti, meu coração começando a bater mais depressa com a sensação desagradável de ter divulgado o segredo de outra pessoa. E sem poder voltar atrás.

– Isso é ridículo – disse o Sr. Hamilton, ajeitando o colete. Ele voltou ao seu lugar e prendeu os óculos nas orelhas. – Alfred não é um covarde. Ele está trabalhando no esforço de guerra todos os dias, ajudando a manter esta casa funcionando. Ele tem um emprego importante com uma família importante.

– Mas não é a mesma coisa que lutar, é, Sr. Hamilton? – indagou Katie.

– É claro que é! – exclamou o Sr. Hamilton. – Cada um de nós tem um papel a desempenhar nesta guerra, Katie. Até você. É nosso dever manter o modo de vida deste nosso belo país para que, quando os soldados voltarem vitoriosos, a sociedade da qual se lembram esteja esperando por eles.

– Então, mesmo lavando panelas, estou ajudando o esforço de guerra? – questionou Katie, maravilhada.

– Não do jeito que você lava – respondeu a Sra. Townsend.

– Está, Katie – disse o Sr. Hamilton. – Cumprindo as suas obrigações e tricotando seus cachecóis, você está fazendo a sua parte. – Ele lançou olhares para Nancy e para mim. – Nós todos estamos.

– Não me parece suficiente, se o senhor quer saber – comentou Nancy, de cabeça baixa.

– O que você disse, Nancy?

Nancy parou de tricotar e descansou as mãos ossudas no colo.

– Bem, vejam Alfred, por exemplo – disse ela cautelosamente. – Ele é um rapaz jovem e saudável. Com certeza seria mais útil ajudando os outros rapazes que estão na França. Qualquer um pode servir xerez.

– Qualquer um pode servir...? – O Sr. Hamilton empalideceu. – Você, mais do que ninguém, devia saber que o serviço doméstico é uma habilidade que nem todos têm, Nancy.

Nancy corou.

– É claro, Sr. Hamilton. Nunca quis dizer o contrário. – Ela esfregou os nós dos dedos. – Eu... eu acho que tenho me sentido um tanto inútil ultimamente.

O Sr. Hamilton estava prestes a discordar quando, de repente, Alfred surgiu na escada e entrou na sala. O Sr. Hamilton se calou, e todos caímos em um silêncio coletivo, conspiratório.

– Alfred, o que houve para você descer a escada correndo desse jeito? – disse a Sra. Townsend finalmente. Ela percorreu a sala com os olhos e me encontrou. – Você deu um susto na pobre da Grace. A menina quase caiu da cadeira.

Eu sorri sem graça para Alfred, porque não tinha levado susto algum. Tinha apenas ficado surpresa, como todo mundo. E com pena dele. Eu nunca devia ter perguntado ao Sr. Hamilton sobre a pena. Estava me afeiçoando a Alfred: ele era bondoso e tinha se esforçado várias vezes para atravessar minha timidez. Comentar pelas suas costas a vergonha que ele tinha passado, de certo modo, o fazia passar por bobo.

– Desculpe, Grace – pediu Alfred. – É só que o Sr. David chegou.

– Como esperado – disse o Sr. Hamilton, consultando o relógio. – Dawkins ia buscá-lo na estação, ele vinha no trem das dez horas. A Sra. Townsend já preparou a ceia dele, pode levá-la lá para cima.

Alfred assentiu, prendendo a respiração.

– Eu sei disso, Sr. Hamilton... – Ele engoliu em seco. – É só que... o Sr. David trouxe alguém com ele. De Eton. Acho que é o filho de lorde Hunter.

Respiro fundo. Uma vez você me disse, Marcus, que há um ponto na maioria das histórias do qual não se pode voltar. Quando todos os personagens centrais já subiram ao palco e a cena está pronta para o drama se desenrolar. O narrador perde o controle da história e os personagens começam a agir de acordo com a própria vontade.

A entrada de Robbie Hunter traz esta história para a beira do desenlace. Será que vou seguir em frente? Talvez ainda não seja tarde demais para desistir. Para guardá-los, delicadamente, entre camadas de papel de seda, nas caixas da minha memória.

Eu sorrio, pois sou tão capaz de interromper esta história quanto de fazer parar a marcha do tempo. Não sou romântica o suficiente para imaginar que a história quer ser contada, mas sou honesta o suficiente para reconhecer que eu quero contá-la.

Então vamos a Robbie Hunter.

Bem cedo na manhã seguinte, o Sr. Hamilton me chamou na sua saleta, fechou a porta com cuidado e me conferiu uma honraria duvidosa. Todo inverno, cada um dos dez mil livros, revistas e manuscritos abrigados na biblioteca de Riverton eram removidos, limpos e recolocados nas estantes. Esse ritual anual era uma tradição desde 1846. A regra fora criada pela mãe de lorde Ashbury. Ela odiava poeira, contou Nancy, e tinha seus motivos para isso. Uma noite, no fim do outono, o irmãozinho de lorde Ashbury, a um mês de completar 3 anos e adorado por todos que o conheciam, adormeceu e nunca mais acordou. Embora nenhum médico a apoiasse, a mãe se convenceu de que seu filho caçula tinha pegado a doença que o matou na poeira velha que pairava no ar. Ela culpou particularmente a biblioteca, pois foi lá que os dois meninos passaram aquele dia fatídico – brincando de faz de conta entre mapas e gráficos que descreviam as viagens de velhos antepassados.

Lady Gytha Ashbury não era brincadeira. Ela controlou seu sofrimento e retomou a coragem e a determinação que a fizeram abandonar sua terra, sua família e seu dote por amor. Declarou guerra imediatamente: reuniu suas tropas e comandou-as para exterminar os insidiosos adversários. Passaram dia e noite limpando, durante uma semana, até que ela finalmente se deu por satisfeita ao ver que o último vestígio de poeira tinha desaparecido. Só então foi que chorou pelo menininho.

Depois disso, todo ano, quando as últimas folhas alaranjadas caíam das árvores lá fora, o ritual era escrupulosamente reencenado. Mesmo depois de sua morte, o hábito permaneceu. E, em 1915, eu fui a encarregada de honrar a memória da antiga lady Ashbury. (Em parte, tenho certeza, como castigo por ter espiado Alfred na vila, no dia anterior. O Sr. Hamilton não ficou feliz que eu tivesse levado o espectro da vergonha para dentro de Riverton.)

– Você vai ser liberada mais cedo das suas obrigações habituais esta semana, Grace – disse ele, com um leve sorriso, de trás da sua mesa. – Toda manhã, você irá diretamente para a biblioteca, onde começará na galeria e trabalhará até chegar às estantes no nível do chão.

Depois ele mandou que eu me equipasse com um par de luvas de algodão, um pano úmido e uma paciência compatível com o tédio da tarefa.

– Lembre-se, Grace – disse ele, com as mãos firmemente pousadas na mesa, os dedos abertos. – Lorde Ashbury leva a poeira muito a sério. Você está assumindo uma grande responsabilidade e deve sentir-se grata por isso...

Seu sermão foi interrompido por uma batida à porta da saleta.

– Entre – ordenou ele, franzindo a testa.

A porta se abriu e Nancy entrou de supetão, seu corpo magro nervoso como o de uma aranha.

– Sr. Hamilton, venha depressa, tem uma coisa lá em cima que precisa de sua atenção imediata.

Ele se levantou na mesma hora, tirou o paletó preto do cabide atrás da porta e subiu apressadamente. Nancy e eu fomos atrás.

Lá, no saguão de entrada, estava Dudley, o jardineiro, passando o seu chapéu de lã de uma mão para outra. A seus pés, ainda cheio de seiva, estava um enorme pinheiro, recém-cortado.

– Sr. Dudley, o que o senhor está fazendo aqui? – indagou o Sr. Hamilton.

– Eu trouxe a árvore de Natal, Sr. Hamilton.

– Estou vendo. Mas o que o *senhor* está fazendo *aqui*? – Ele indicou o saguão imponente, baixando os olhos para contemplar a árvore. – Mais importante, o que é que *isso* está fazendo aqui? É enorme.

– É, é uma beleza – disse Dudley com toda seriedade, olhando para a árvore como se olha para uma amante. – Estou de olho nela há anos, só estava esperando, deixando que alcançasse o ápice. E neste Natal ela está crescida. – Ele olhou solenemente para o Sr. Hamilton. – Um pouco crescida demais.

O Sr. Hamilton virou-se para Nancy.

– O que está acontecendo, pelo amor de Deus?

Nancy estava com os punhos fechados, os lábios apertados de irritação.

– Não cabe, Sr. Hamilton. Ele tentou colocá-la na sala de visitas, onde sempre fica, mas ela teria que ter uns 30 centímetros a menos.

– O senhor não a mediu? – perguntou o Sr. Hamilton ao jardineiro.

– Medi, sim, senhor – respondeu Dudley. – Mas eu nunca fui muito bom em aritmética.

– Então pegue o seu serrote e corte 30 centímetros, homem.

O Sr. Dudley balançou tristemente a cabeça.

– Não posso, senhor. Acho que não tem de onde tirar 30 centímetros. O tronco já está curto demais, e eu não posso cortar do topo, não é? – Ele olhou para nós. – Onde ficaria o lindo anjinho?

Nós ficamos ali parados, refletindo sobre o problema, os segundos se arrastando no saguão de mármore. Todos estávamos cientes de que a família ia aparecer em breve para tomar café. Finalmente, o Sr. Hamilton fez um pronunciamento.

– Suponho que não haja nada a fazer, então. Para não cortar o topo e deixar o anjo sem poleiro nem propósito, vamos ter que quebrar a tradição, só desta vez, e instalar a árvore na biblioteca.

– Na biblioteca, Sr. Hamilton? – indagou Nancy.

– Isso mesmo. Debaixo da abóbada de vidro. – Ele lançou um olhar feroz para Dudley. – Onde ela com certeza vai poder ser erguida em todo o seu esplendor.

E foi assim que, na manhã do dia 1º de dezembro de 1915, enquanto eu me empoleirava no alto da galeria da biblioteca, na pontinha da última prateleira, preparando-me para uma semana de poeira, um pinheiro precoce ergueu-se, glorioso, no centro do cômodo, com seus galhos mais altos apontando em êxtase para o céu. Eu estava no mesmo nível de sua copa, e o cheiro de pinho era forte, impregnando a atmosfera carregada de poeira da biblioteca.

A galeria da biblioteca de Riverton era enorme e se erguia bem acima da sala propriamente dita. Era difícil não me distrair. A relutância em começar rapidamente se combina com a procrastinação, e a visão da sala lá embaixo era formidável. É uma verdade universal que, não importa quanto se conheça um cenário, observá-lo de cima é uma espécie de revelação. Fiquei parada perto do corrimão, espiando para baixo, para além da árvore.

A biblioteca – normalmente tão grande e imponente – parecia um palco de teatro. Itens comuns – o piano de cauda Steinway & Sons, a escrivaninha de carvalho, o globo de lorde Ashbury – ficaram subitamente menores, versões artificiais de si mesmos, e davam a impressão de terem sido arrumados para acomodar um elenco que ainda não tinha entrado em cena.

O lounge, especialmente, tinha um ar teatral de expectativa. O sofá no centro do palco; uma poltrona de cada lado, bonitas com suas capas plissadas; o retângulo de sol invernal que caía sobre o piano e descia até o tapete persa. Acessórios teatrais, todos eles: aguardando pacientemente que os atores tomassem seus lugares. Que tipo de peça encenariam, pensei, em um cenário como aquele? Uma comédia, uma tragédia, uma peça dos tempos modernos?

Eu poderia ter passado o dia procrastinando, não fosse uma voz insistente em meu ouvido, a voz do Sr. Hamilton, lembrando-me da reputação que lorde Ashbury tinha de fazer inspeções aleatórias de poeira. Então, com muita relutância, abandonei esses pensamentos e tirei o primeiro livro. Limpei a poeira dele – frente, contracapa e lombada –, depois tornei a colocá-lo no lugar e retirei o segundo.

No meio da manhã, eu já tinha terminado cinco das dez prateleiras da galeria e estava pronta para iniciar a seguinte. Uma pequena bênção: tendo começado nas prateleiras mais altas, eu tinha finalmente chegado nas mais baixas e poderia trabalhar sentada. Depois de tirar o pó de centenas de livros, minhas mãos tinham adquirido prática, desempenhando a tarefa automaticamente, o que era ótimo, porque minha mente ficara entorpecida.

Eu acabara de tirar o sexto volume da sexta prateleira quando uma nota impertinente de piano, aguda e súbita, quebrou o silêncio da sala. Virei-me involuntariamente, espiando do outro lado da árvore.

Parado junto ao piano, com os dedos roçando silenciosamente a superfície de marfim, estava um jovem que eu nunca tinha visto. Entretanto, eu sabia quem ele era. Era o amigo do Sr. David, de Eton. O filho de lorde Hunter, que tinha chegado durante a noite.

Ele era bonito. Mas que jovem não é? Entretanto, ele tinha algo mais, a beleza da imobilidade. Sozinho na sala, seus olhos escuros e sérios sob sobrancelhas escuras, ele dava a impressão de já ter sofrido profundamente e ainda não ter se recuperado. Era alto e magro, mas sem parecer frágil, e seu cabelo castanho era mais comprido do que se costumava usar, com algumas mechas caindo sobre o colarinho, outras roçando-lhe o rosto.

Eu o vi examinar a biblioteca, devagar, com atenção. Finalmente, seu olhar parou em um quadro. Tela azul desenhada em preto, mostrando a figura agachada de uma mulher, com as costas voltadas para o artista. O quadro estava pendurado em uma parede do fundo, entre duas urnas chinesas em azul e branco.

Ele se aproximou para examiná-lo de perto, e lá ficou. Sua total concentração o tornou fascinante, e meu senso de decoro não foi páreo para a minha curiosidade. Os livros da sexta prateleira ficaram ali, as lombadas cobertas por um ano de poeira, enquanto eu o olhava.

Ele se inclinou para trás, quase imperceptivelmente, depois para a frente de novo, totalmente concentrado. Seus dedos, eu notei, pendiam ao lado do corpo, longos e silenciosos. Inertes.

Ainda estava parado, com a cabeça inclinada, analisando a pintura, quando atrás dele a porta da biblioteca se abriu e Hannah apareceu, segurando a caixa chinesa.

– David! Finalmente! Tivemos uma ótima ideia. Dessa vez nós podemos ir para...

Ela parou, espantada, quando Robbie se virou para encará-la. Ele abriu lentamente um sorriso, e com isso qualquer traço de melancolia desapareceu tão completamente que eu me perguntei se os teria imaginado. Sem o ar de seriedade, seu rosto era jovial, liso, quase bonito.

– Desculpe – disse ela, o rosto corado de surpresa, o cabelo louro escapando da fita. – Pensei que fosse outra pessoa.

Ela pousou a caixa no canto do sofá e ajeitou o avental branco.

– Está desculpada. – Um sorriso, mais fugaz que o anterior, e ele tornou a dirigir sua atenção para o quadro.

Hannah ficou olhando para as costas dele, confusa. Estava esperando, como eu, que ele se virasse. Que estendesse a mão para ela, que se apresentasse, como a educação mandava.

– Imagine transmitir tanto com tão pouco – disse ele, finalmente.

Hannah olhou para o quadro, mas o rapaz estava na frente e ela não pôde dar sua opinião. Ela respirou fundo, confusa.

– É incrível – continuou ele. – Você não acha?

A impertinência do rapaz não deu a ela outra escolha a não ser concordar, e Hannah se juntou a ele perto do quadro.

– Vovô nunca gostou muito dele. – Uma tentativa de soar casual. – Acha que é triste e indecente. Por isso que o esconde aqui.

– Você o acha triste e indecente?

Ela olhou para o quadro, como se pela primeira vez.

– Triste, talvez. Mas não indecente.

Robbie concordou.

– Nada tão honesto poderia ser indecente.

Hannah o olhou de soslaio e fiquei me perguntando quando é que ela ia questionar quem ele era, o que estava fazendo ali, admirando um quadro na biblioteca de seu avô. Ela abriu a boca, mas não encontrou palavras.

– Por que seu avô pendurou o quadro se o acha indecente? – quis saber Robbie.

– Foi um presente – disse Hannah, contente por ele fazer uma pergunta que ela sabia responder. – De um importante conde espanhol que veio aqui para caçar. É espanhol, sabe?

– Sei. Picasso. Já conhecia o trabalho dele.

Hannah ergueu uma sobrancelha e Robbie sorriu.

– Vi em um livro que minha mãe me mostrou. Ela nasceu na Espanha; tinha família lá.

– Espanha – repetiu Hannah, com um ar sonhador. – Você já esteve em Cuenca? Sevilha? Já visitou o Alcázar?

– Não, mas, com todas as histórias que minha mãe conta, sinto como se conhecesse o país. Prometi que visitaríamos o lugar juntos algum dia. Como os pássaros, fugiríamos do inverno inglês.

– Não neste inverno? – indagou Hannah.

Ele olhou para ela, confuso.

– Desculpe, pensei que você soubesse. Minha mãe faleceu.

Senti um nó na garganta, então a porta se abriu e David entrou.

– Estou vendo que vocês já se conheceram – disse ele, sorrindo.

David tinha crescido desde a última vez que eu o vira, ou será que não?

Talvez não fosse nada assim tão óbvio. Talvez fosse seu jeito de andar, sua postura, que o fazia parecer mais velho, mais adulto, menos familiar.

Hannah assentiu, afastou-se um pouco. Olhou para Robbie, mas se tinha a intenção de dizer alguma coisa, de esclarecer as coisas entre eles, o momento passou. A porta tornou a se abrir e Emmeline entrou na sala como um furacão.

– David! Finalmente. Estávamos tão entediadas. Estávamos loucas para jogar O Jogo. Hannah e eu já decidimos onde... – Ela ergueu os olhos e viu Robbie. – Olá! Quem é você?

– Robbie Hunter – apresentou David. – Você já conheceu Hannah; esta é a minha irmã mais nova, Emmeline. Robbie veio de Eton.

– Você vai passar o fim de semana aqui? – perguntou Emmeline, lançando um olhar para Hannah.

– Um pouco mais do que isso, se vocês concordarem – respondeu Robbie.

– Robbie não tinha planos para o Natal – disse David. – Achei que ele podia passá-lo aqui, conosco.

– As férias de Natal *inteiras*? – questionou Hannah.

David assentiu.

– Estamos precisando de companhia, presos aqui. Senão vamos ficar malucos.

Senti a irritação de Hannah de onde eu estava. Suas mãos estavam pousadas na caixa chinesa. Ela pensava no Jogo – regra número três: só três podem jogar. Episódios planejados, aventuras ansiadas, que agora não seriam mais possíveis. Hannah olhou para David de um jeito acusador que ele fingiu não ver.

– Vejam o tamanho dessa árvore – comentou ele com uma animação forçada. – É melhor começarmos a decorá-la, se quisermos terminar antes do Natal.

Suas irmãs permaneceram onde estavam.

– Venha, Emme – chamou David, tirando a caixa de enfeites de cima da mesa e colocando-a no chão, evitando olhar para Hannah. – Mostre a Robbie como se faz.

Emmeline olhou para Hannah. Notei que ela estava dividida. Compartilhava a decepção da irmã, também estava louca para jogar O Jogo. Mas era também a mais jovem dos três, tinha crescido como coadjuvante dos dois irmãos mais velhos. E agora David a tinha escolhido para ajudá-lo.

A oportunidade de formar um par às custas da terceira foi irresistível. A afeição de David, sua companhia, eram coisas preciosas demais para serem recusadas.

Ela olhou rapidamente para Hannah, depois sorriu para David, aceitou o pacote que ele lhe entregou e começou a desembrulhar pingentes de vidro, entregando-os a Robbie para ele pendurar.

Hannah sabia reconhecer uma derrota. Enquanto Emmeline soltava exclamações de prazer ao ver enfeites dos quais não se lembrava, Hannah empertigou os ombros – perdendo com dignidade – e saiu da sala levando a caixa chinesa. David a observou e teve a decência de ficar sem graça. Quando ela voltou, de mãos vazias, Emmeline disse:

– Hannah, você não vai acreditar nisso. Robbie disse que nunca viu um querubim de porcelana de Dresden!

Hannah caminhou empertigada até o tapete e se ajoelhou; David sentou-se ao piano, sacudiu os dedos alguns centímetros acima do teclado e depois os baixou devagar sobre as teclas; o instrumento ganhou vida com alguns acordes suaves. Só quando o piano e seus ouvintes tinham sido amaciados foi que ele começou a tocar. Uma peça de música que eu considero uma das bonitas já escritas. A valsa em dó sustenido menor de Chopin.

Por mais incrível que isso pareça agora, aquele dia na biblioteca foi a primeira vez que eu ouvi música. Quero dizer, música de verdade. Eu tinha algumas vagas lembranças da minha mãe cantando para mim quando eu era muito pequena, antes de suas dores nas costas começarem e as canções cessarem; e o Sr. Connelly, que morava em frente, costumava pegar a flauta e tocar melodias irlandesas sentimentais quando bebia demais no pub, nas noites de sexta-feira. Mas nada daquele tipo.

Encostei o rosto no corrimão e fechei os olhos, deixando-me levar pelas notas tristes, gloriosas. Não sei dizer se ele tocava bem; eu não tinha com quem compará-lo. Para mim foi perfeito, como são todas as boas lembranças.

Enquanto a última nota ainda vibrava no ar ensolarado, ouvi Emmeline dizer:

– Agora me deixe tocar alguma coisa, David; isso não é música de Natal.

Eu abri os olhos e ela começou a tocar uma versão de "O Come All Ye Faithful". Emmeline até tocava bem, mas o encanto tinha sido quebrado.

– Você sabe tocar? – perguntou Robbie, olhando para Hannah, sentada de pernas cruzadas no tapete, quieta demais.

David riu.

– Hannah tem muitas habilidades, mas música não é uma delas. – Ele sorriu. – Embora, quem sabe, depois de todas as aulas secretas que eu soube que você tem tido na vila...

Hannah olhou para Emmeline, que deu de ombros, culpada.

– Contei sem querer.

– Eu prefiro as palavras – disse Hannah calmamente. Ela desembrulhou um conjunto de soldadinhos de chumbo e colocou-os no colo. – Elas costumam atender melhor aos meus pedidos.

– Robbie também escreve – comentou David. – Ele é poeta. E muito bom. Alguns poemas dele foram publicados no *College Chronicle* este ano. – Ele ergueu uma bola de vidro, que lançou faíscas de luz no tapete. – Como era aquela que eu gostei? Aquele sobre o templo em ruínas?

A porta tornou a se abrir, abafando a resposta de Robbie, e Alfred apareceu, carregando uma bandeja cheia de biscoitos de gengibre, balas e cones de papel cheios de nozes.

– Com licença, senhorita – disse Alfred, pondo a bandeja sobre a mesinha. – A Sra. Townsend mandou isto aqui para a árvore.

– Ah, ótimo – comentou Emmeline, interrompendo a música e correndo para pegar uma bala.

Ao se virar para sair, Alfred olhou disfarçadamente para cima e me viu espiando da galeria. Quando os irmãos voltaram sua atenção novamente para a árvore, ele deu a volta e subiu a escada em espiral.

– Como está indo?

– Tudo bem – murmurei, minha voz soando estranha por estar muito tempo calada. Lancei um olhar culpado ao livro que estava no meu colo, ao lugar vazio na prateleira, seis livros depois.

Ele acompanhou meu olhar e ergueu as sobrancelhas.

– Então é bom que eu esteja aqui para ajudar.

– Mas o Sr. Hamilton não vai...

– Ele não sentirá a minha falta por uma meia hora. – Alfred sorriu e apontou para a outra extremidade. – Vou começar de lá e podemos nos encontrar no meio.

Alfred tirou um pano do bolso do paletó e um livro da prateleira, e se sentou no chão. Eu olhei para ele, aparentemente atento ao que estava fazendo, virando o livro metodicamente, tirando toda a poeira, depois o devolvendo à prateleira e pegando outro. Parecia uma criança, que, em um passe de mágica, tinha adquirido o tamanho de um adulto, sentado ali de pernas cruzadas, o cabelo castanho, normalmente tão arrumado, acompanhando o movimento do seu braço.

Ele olhou para o lado e me viu bem na hora que eu estava virando a cabeça. Sua expressão me fez estremecer. Eu fiquei vermelha. Será que ele achou que eu estava olhando para ele? Será que ainda estava olhando para mim? Não ousei verificar para que Alfred não interpretasse mal minha atenção. Mas minha pele ficou arrepiada sob seu olhar imaginário.

Isso já estava acontecendo fazia dias. Havia algo entre nós que eu não sabia descrever direito. A sensação de camaradagem que eu tinha sentido ao lado dele desaparecera, substituída por um mal-estar, uma tendência a desencontros e mal-entendidos. Imaginava se não seria por causa do episódio da pena branca. Talvez ele tivesse me visto xeretando na rua; pior, talvez soubesse que eu contara ao Sr. Hamilton e aos outros lá embaixo.

Eu esfreguei com força o livro que estava no meu colo e fiquei olhando acintosamente para o outro lado, para o palco lá embaixo. Talvez, se o ignorasse, o desconforto passasse tão cegamente quanto o tempo.

Ao olhar de novo para os irmãos, eu me senti perdida; como uma espectadora que tivesse cochilado durante uma apresentação e, ao acordar, tivesse visto que o cenário tinha mudado e o diálogo prosseguido. Prestei atenção nas vozes deles, ecoando pela luz diáfana do inverno, estranhas e distantes.

Emmeline estava mostrando a Robbie a bandeja de doces da Sra. Townsend e os irmãos mais velhos conversavam sobre a guerra.

Hannah ergueu os olhos da estrela de prata que estava prendendo em um galho da árvore de Natal, espantada.

– Quando é que você parte?

– No início do ano que vem – respondeu David, com o rosto vermelho de empolgação.

– Mas quando foi que você...? Há quanto tempo você...?

Ele deu de ombros.

– Estou pensando nisso há séculos. Você me conhece, adoro uma boa aventura.

Hannah fitou o irmão; ficara desapontada com a presença inesperada de Robbie, com a impossibilidade de jogar O Jogo, mas aquela nova traição atingiu muito mais fundo.

– Papai sabe? – indagou ela, friamente.

– Não exatamente – respondeu David.

– Ele não vai permitir que você vá. – A voz dela soou aliviada, segura.

– Ele não terá escolha – retorquiu David. – Só vai saber quando eu estiver são e salvo em solo francês.

– E se ele descobrir? – perguntou Hannah.

– Ele não vai descobrir porque ninguém vai contar. – Ele olhou com firmeza para a irmã. – De qualquer maneira, ele pode argumentar quanto quiser, mas não pode me impedir. Eu não vou deixar. Não vou ficar de fora só porque ele ficou. Eu que cuido da minha vida, e já está na hora de papai entender isso. Só porque ele é infeliz...

– David... – disse Hannah severamente.

– É verdade – insistiu David. – Mesmo que você não queira ver. Ele passou a vida inteira sob as ordens da vovó, casou com uma mulher que não o suportava, todos os seus negócios fracassaram...

– David! – exclamou Hannah, e eu senti sua indignação. Ela olhou para Emmeline, satisfeita que não estivesse perto o suficiente para ouvir. – Você não tem lealdade alguma. Devia ter vergonha.

David encarou Hannah e baixou a voz:

– Eu não vou deixar que ele desconte sua amargura em mim. É patético.

– O que é que vocês dois estão falando? – indagou Emmeline, voltando com um punhado de nozes. Ela franziu a testa. – Não estão brigando, estão?

– É claro que não – disse David, abrindo um sorrisinho enquanto Hannah fechava a cara. – Eu só estou dizendo a Hannah que vou para a França. Para a guerra.

– Que empolgante! Você vai também, Robbie?

Robbie assentiu.

– Eu devia ter imaginado – murmurou Hannah.

David ignorou-a.

– Alguém tem que tomar conta desse cara. – Ele sorriu para Robbie. – Não posso deixar que ele fique com toda a diversão.

Percebi algo no olhar dele quando falou "admiração", talvez? Afeto?

Hannah também notara. Ela comprimiu os lábios. Tinha decidido a quem culpar pela traição de David.

– Robbie vai para a guerra para escapar do pai – explicou David.

– Por quê? – perguntou Emmeline. – O que foi que ele fez?

Robbie deu de ombros.

– A lista é longa e não vale a pena.

– Dê só uma pista – disse Emmeline. – Por favor? – Ela arregalou os olhos. – Já sei! Ele ameaçou cortar você do testamento.

Robbie riu, uma risada seca, sem alegria.

– Improvável. – Ele rolou um pingente de vidro entre os dedos. – Exatamente o oposto.

Emmeline franziu a testa.

– Ele ameaçou *pôr* você no testamento?

– Ele queria que brincássemos de família feliz – respondeu Robbie.

– Você não quer ser feliz? – perguntou Hannah friamente.

– Eu não quero uma família – esclareceu Robbie. – Prefiro ficar sozinho.

Emmeline arregalou os olhos.

– Eu não aguentaria ficar sozinha, sem Hannah e David. E papai, é claro.

– É diferente – murmurou Robbie. – Sua família não fez mal a vocês.

– A sua fez? – perguntou Hannah.

Prendi a respiração. Eu já sabia do pai de Robbie. Na noite da chegada inesperada do rapaz a Riverton, enquanto o Sr. Hamilton e a Sra. Townsend se apressavam em preparar a ceia e um quarto para ele, Nancy tinha contado o que sabia.

Robbie era filho de um lorde que acabara de receber o título de nobreza, lorde Hasting Hunter, um cientista que fez fama e fortuna ao descobrir um novo tipo de vidro que podia ir ao forno. Ele comprou uma mansão nos arredores de Cambridge, reservou uma sala para seus experimentos, e ele e a esposa começaram a levar uma vida de aristocratas rurais. O menino, disse Nancy, era fruto de um caso com a arrumadeira, uma moça espanhola que mal falava inglês. Lorde Hunter tinha se cansado dela à medida que a barriga crescia, mas concordara em assumir a criança e educá-la em troca do silêncio da criada. Só que o silêncio a levou à loucura e, por fim, ao suicídio.

Foi uma vergonha, Nancy disse, balançando a cabeça, uma empregada maltratada, um menino crescendo sem mãe. Quem não teria pena deles? Mesmo assim, segundo Nancy, milady não ia gostar daquele hóspede inesperado. Cada macaco no seu galho.

O que ela quis dizer foi: havia títulos e títulos; aqueles que eram de linhagem e aqueles que brilhavam como um carro novo. Robbie Hunter, filho (ilegítimo ou não) de um lorde que acabara de receber seu título, não estava no nível dos Hartfords, portanto não estava no nosso nível.

– Então? Conte! – pediu Emmeline. – Você tem que contar! O que foi que o seu pai fez de tão terrível?

– O que é isso? A Inquisição? – indagou David, sorrindo, e se virou para Robbie. – Minhas desculpas, Hunter. Elas são duas enxeridas. Não estão acostumadas a ter companhia.

Emmeline sorriu e jogou um monte de papel em cima dele. O papel não acertou o alvo e foi soprado de volta para a pilha que tinha se formado debaixo da árvore.

– Tudo bem – disse Robbie, endireitando o corpo. Ele afastou uma mecha de cabelo dos olhos. – Desde a morte da minha mãe, meu pai tem tentado se aproximar.

– Como assim, se aproximar? – questionou Emmeline, franzindo a testa.

– Depois de me abandonar a uma vida de desonra, ele agora acha que precisa de um herdeiro. Parece que a esposa dele é incapaz de gerar um.

Emmeline olhou de David para Hannah, em busca de tradução.

– Então Robbie vai para a guerra – disse David. – Para ficar livre.

– Sinto muito sobre sua mãe – comentou Hannah, a contragosto.

– Ah, sim – completou Emmeline, seu rosto infantil um modelo de compaixão. – Você deve sentir muita falta dela. Eu sinto da minha mãe e nem cheguei a conhecê-la... Ela morreu quando eu nasci. – A menina suspirou. – E agora você vai para a guerra para fugir do seu pai cruel. Parece um romance.

– Um melodrama – corrigiu Hannah.

– Um romance – insistiu Emmeline. Ela desembrulhou um pacote e um conjunto de velas caiu no seu colo, liberando um perfume de canela e ervas. – Vovó diz que todos os homens têm obrigação de ir para a guerra. Ela diz que os que ficam em casa são uns patifes.

No alto da galeria, eu fiquei arrepiada. Olhei para Alfred, depois virei rapidamente o rosto quando nossos olhares se encontraram. Ele estava com o rosto corado, os olhos expressivos de vergonha. Como naquele dia na vila. Ele se levantou repentinamente e largou o pano de limpeza, mas, quando estendi a mão para devolvê-lo, ele balançou a cabeça, sem me encarar, e murmurou algo sobre o Sr. Hamilton, que devia estar se perguntando onde ele estava. Eu fiquei olhando, impotente, enquanto ele descia apressadamente a escada e saía da biblioteca, sem que as crianças percebessem. Então me censurei pela falta de compostura.

Emmeline virou-se e olhou para Hannah.

– Vovó está desapontada com papai. Ela acha que ele está tirando vantagem de sua posição.

– Ela não tem nada que ficar desapontada – disse Hannah, zangada. – E papai não está tirando vantagem de nada. Ele iria para a guerra na mesma hora, se pudesse.

Um silêncio pesado caiu sobre a sala e eu tomei consciência da minha própria respiração, que tinha se acelerado, em solidariedade a Hannah.

– Não fique zangada comigo – disse Emmeline, aborrecida. – Foi vovó quem falou, não eu.

– Bruxa velha – resmungou Hannah com raiva. – Papai está fazendo o que pode nesta guerra. Não dá para pedir mais que isso.

– Hannah gostaria de ir conosco para o front – disse David a Robbie. – Ela e papai não entendem que a guerra não é lugar para mulheres e velhos com pulmões fracos.

– Isso é bobagem, David – retrucou Hannah.

– O quê? Que a guerra não é para mulheres e velhos ou que você gostaria de ir lutar?

– Você sabe que eu seria tão útil quanto você. Sempre fui boa em tomar decisões estratégicas e...

– Isto é de verdade, Hannah – interrompeu David bruscamente. – É uma guerra: com armas de verdade, balas de verdade e inimigos de verdade. Não é um faz de conta. Não é uma brincadeira de criança.

Eu prendi a respiração. Hannah fez uma expressão de quem tinha levado uma bofetada.

– Você não pode viver em um mundo de fantasia para sempre – continuou David. – Não pode passar o resto da vida criando aventuras, escrevendo sobre coisas que nunca aconteceram, representando um personagem...

– David! – exclamou Emmeline. Ela olhou para Robbie, depois de novo para o irmão. Seu lábio inferior tremia quando disse: – Regra número um: O Jogo é secreto.

David olhou para Emmeline e seu rosto se suavizou.

– Você tem razão. Desculpe, Emme.

– Ele é secreto – murmurou ela. – É importante.

– Claro que é – disse David, bagunçando o cabelo da irmã. – Vamos, não fique chateada. – Ele se inclinou para olhar dentro da caixa de enfeites. – Olhe! Veja o que encontrei. É Mabel! – Ele ergueu um anjo de cristal Nuremberg, com asas de vidro, uma saia dourada amassada e um devoto rosto de cera. – Ela é a sua favorita, certo? Vamos colocá-la no topo?

– Posso fazer isto este ano? – perguntou Emmeline, enxugando os olhos. Por mais chateada que estivesse, ela não ia perder aquela oportunidade.

David olhou para Hannah, que fingia examinar as próprias mãos.

– O que me diz, Hannah? Alguma objeção?

Hannah olhou friamente para ele.

– Por favor? – pediu Emmeline, ficando em pé de um salto, em uma confusão de saias e papel de embrulho. – Vocês dois sempre põem o enfeite do topo, eu nunca tive chance. Não sou mais um bebê.

David fingiu que estava refletindo.

– Quantos anos você tem mesmo?

– Tenho 11 – respondeu Emmeline.

– Hum, 11... – repetiu David. – Praticamente 12.

Emmeline assentiu ansiosamente.

– Está bem – concordou ele enfim, então fez um sinal para Robbie e sorriu. – Você me dá uma ajuda?

Juntos, eles carregaram a escada até a árvore, firmaram a base no meio dos papéis amassados espalhados pelo chão.

Emmeline riu e começou a subir, segurando o anjo.

– Eu pareço o João subindo no pé de feijão.

Ela continuou até alcançar o penúltimo degrau e estendeu a mão que segurava o anjo, tentando alcançar o topo da árvore, que ainda estava longe.

– Puxa – murmurou ela baixinho. Emmeline olhou para baixo, para os três rostos virados para cima. – Quase. Só mais um degrau.

– Cuidado – disse David. – Tem alguma coisa para você se segurar?

Ela ergueu a mão livre e segurou um galho frágil de pinheiro, depois fez o mesmo com a outra. Muito devagar, ela ergueu o pé esquerdo e pousou-o no último degrau.

Eu prendi a respiração quando ela ergueu o direito. Emmeline tinha um sorriso triunfante no rosto ao erguer a mão para colocar Mabel no seu trono, quando de repente nossos olhos se encontraram. O rosto dela, espiando por cima da árvore de Natal, demonstrou surpresa e, em seguida, pânico, quando seu pé escorregou e ela caiu.

Eu abri a boca para gritar, mas era tarde demais. Com um berro que me deixou arrepiada, ela caiu feito uma boneca de pano, uma pilha de saias brancas no meio do papel fino.

A sala pareceu expandir-se. Por um momento, tudo e todos ficaram imóveis, em silêncio. Depois, a inevitável contração. Barulho, movimento, pânico.

David ergueu Emmeline nos braços.

– Emme? Você está bem? Emme? – Ele olhou para o chão onde estava caído o anjo, a asa de cristal vermelha de sangue. – Meu Deus, ela se cortou.

Hannah se ajoelhou.

– Foi no pulso. – Ela olhou ao redor, deu com Robbie. – Vá buscar ajuda!

Eu desci correndo a escada, o coração batendo violentamente.

– Eu vou, senhorita – falei, saindo pela porta.

Disparei pelo corredor, sem conseguir tirar da cabeça o corpo imóvel de Emmeline, culpando a mim mesma. Ela caíra por minha causa. A última coisa que esperava ver ao chegar ao topo da árvore era o meu rosto. Se eu não fosse tão intrometida, se não a tivesse surpreendido...

Na curva da escada, dei um encontrão em Nancy.

– Cuidado – ralhou ela.

– Nancy – falei, sem fôlego. – Socorro. Ela está sangrando.

– Não consigo entender uma palavra do que você está dizendo – respondeu Nancy, zangada. – Quem está sangrando?

– A Srta. Emmeline. Ela caiu... na biblioteca... da escada... O Sr. David e Robert Hunter...

– Eu sabia! – Nancy girou nos calcanhares e correu para a sala dos empregados. – Aquele rapaz! Eu tive um mau pressentimento. Chegando daquele jeito, sem ser esperado. Não se faz isso.

Tentei explicar que Robbie não tivera culpa pelo acidente, mas Nancy não quis ouvir. Ela desceu a escada, entrou na cozinha e tirou do armário a caixa de remédios.

– Na minha experiência, sujeitos como ele sempre causam problemas.

– Mas, Nancy, a culpa não foi dele...

– Não foi? Ele só está aqui há uma noite e veja o que aconteceu.

Eu desisti. Ainda estava sem fôlego de tanto correr, e nada que eu dissesse faria Nancy mudar de opinião.

Ela tirou da caixa antisséptico e ataduras e correu escada cima. Eu segui sua figura magra e habilidosa, apertando o passo para alcançá-la enquanto seus sapatos pretos ecoavam no chão do corredor, com uma batida zangada. Nancy ia dar um jeito; ela sabia consertar as coisas.

Mas, quando chegamos à biblioteca, já era tarde.

Instalada no sofá, com um sorriso corajoso no rosto pálido, estava Emmeline. Seus irmãos estavam sentados junto dela, um de cada lado, David acariciando seu braço bom. O pulso machucado tinha sido enrolado firmemente em um pedaço de pano branco – rasgado do avental dela, notei – e estava pousado em seu colo. Robbie Hunter estava perto, mas à parte.

– Eu estou bem – disse Emmeline, olhando para nós. – O Sr. Hunter cuidou de tudo. – Ela olhou para Robbie com os olhos vermelhos. – Estou muito agradecida.

– Estamos todos agradecidos – disse Hannah, ainda encarando a irmã.

David assentiu.

– Foi impressionante, Hunter. Você devia ser médico.

– Ah, não – disse Robbie calmamente. – Eu não gosto de sangue.

David olhou para os panos sujos de sangue no chão.

– Bom, você disfarçou muito bem. – Ele se virou para Emmeline e acariciou seus cabelos. – Por sorte você não é como nossos primos, Emme... um corte feio como esse.

Mas, se Emmeline ouviu, não deu sinal. Ela estava olhando para Robbie do mesmo jeito que o Sr. Dudley tinha olhado para a sua árvore. Esquecido, a seus pés, o anjo de Natal padecia: rosto estoico, asas de vidro quebradas, saia dourada vermelha de sangue.

The Times
25 de fevereiro de 1916

UM AVIÃO PARA COMBATER ZEPELINS

Proposta do Sr. Hartford
(De nosso correspondente)
Ipswich, 24 de fevereiro

O Sr. Frederick Hartford, que fará um importante discurso no Parlamento amanhã acerca da defesa aérea da Grã-Bretanha, relatou hoje algumas de suas ideias a respeito do tema, em Ipswich, onde está localizada sua fábrica de automóveis.

O Sr. Hartford, irmão do major Jonathan Hartford e filho de lorde Herbert Hartford de Ashbury, acha que os ataques de zepelim devem ser abandonados e substituídos por um novo modelo de avião de um só lugar, leve e rápido, do tipo proposto no início deste mês pelo Sr. Louis Blériot no *Le Petit Journal*.

O Sr. Hartford afirma que não vê futuro na fabricação de zepelins, pois, segundo ele, são desajeitados e vulneráveis, portanto só podem operar à noite. Se o Parlamento se mostrar receptivo, o Sr. Hartford planeja suspender temporariamente sua produção de automóveis em favor dos aviões ligeiros.

Quem também vai se dirigir amanhã ao Parlamento é o financista Sr. Simion Luxton, igualmente interessado na questão da defesa aérea. No último ano, o Sr. Luxton financiou dois pequenos fabricantes britânicos de automóveis e, mais recentemente, uma fábrica de aviões perto de Cambridge. Essas fábricas já iniciaram a produção de aviões destinados à guerra.

O Sr. Hartford e o Sr. Luxton representam a antiga e a nova face da Grã-Bretanha. Enquanto a linhagem Ashbury pode ser traçada até a corte do rei Henrique VII, o Sr. Luxton é neto de um mineiro de Yorkshire, que iniciou o próprio negócio e desde então obteve muito sucesso. Ele é casado com a Sra. Estella Luxton, herdeira americana da fortuna farmacêutica dos Stevensons.

Até a vista

Aquela noite, no sótão, Nancy e eu nos enroscamos uma na outra, em uma tentativa desesperada de escapar do ar gélido. O sol de inverno já tinha se posto havia muito tempo e, do lado de fora, um vento zangado sacudia o telhado e entrava pelas frestas das paredes.

– Dizem que vai nevar antes do fim do ano – murmurou Nancy, puxando o cobertor até o queixo. – E eu estou inclinada a acreditar.

– O vento parece um bebê chorando – comentei.

– Não parece, não – retrucou Nancy. – Pode parecer muita coisa, mas não isso.

E foi naquela noite que ela me contou a história dos filhos do major e de Jemima. Dois meninos cujo sangue não coagulava, que tinham morrido, um depois do outro, e que agora jaziam lado a lado no chão frio do cemitério de Riverton.

O primeiro, Timmy, tinha caído do cavalo em um passeio com o major pela propriedade.

Ele durara quatro dias e quatro noites desde o acidente, Nancy disse, até o choro finalmente parar e sua pequena alma conseguir algum descanso. Ele estava branco como papel quando morreu, todo o seu sangue tinha ido para o ombro inchado, tentando escapar. Eu pensei no livro do quarto das crianças, com sua bela lombada, onde estava escrito Timothy Hartford.

– O choro *dele* era difícil de suportar – confessou Nancy, mexendo o pé e deixando escapar uma lufada de ar frio. – Mas não era nada comparado com o dela.

– De quem? – perguntei baixinho.

– Da mãe. Jemima. Começou quando levaram o pequeno embora e continuou por uma semana. Se você tivesse ouvido... Uma dor de cortar o coração. Ela não comia nem bebia; ficou tão pálida quanto o menino, que sua alma descanse em paz.

Eu estremeci; tentei combinar aquela imagem com a mulher gorda e sem graça que parecia normal demais para sofrer de forma tão espetacular assim.

– Você disse "filhos"? O que aconteceu com os outros?

– Outro – corrigiu Nancy. – Adam. Ele viveu mais do que Timmy, e nós pensamos que tivesse escapado da maldição. Mas não tinha, pobrezinho. Só foi criado com mais vigilância do que o irmão. Sua mãe não deixava que fizesse nada mais agitado do que ler na biblioteca. Ela não queria cometer o mesmo erro duas vezes. – Nancy suspirou e se encolheu mais, para se aquecer. – Ah, mas não há mãe que consiga evitar que o filho faça uma travessura.

– Qual foi a travessura que ele fez? Como ele morreu, Nancy?

– No fim, ele só precisou subir a escada – disse Nancy. – Aconteceu na casa do major, em Buckinghamshire. Eu mesma não vi, mas Sarah, que é arrumadeira lá, viu com os próprios olhos, porque estava tirando o pó do hall. Ela falou que ele estava correndo e escorregou. Só isso. Não deve ter se machucado muito, porque se levantou rapidinho e continuou. Naquela noite, Sarah contou, o joelho dele inchou como um melão maduro, exatamente como o ombro de Timmy, e ele começou a chorar.

– Durou dias? – perguntei. – Como da outra vez?

– Não com Adam. – Nancy baixou a voz. – Sarah disse que o pobre menino gritou de agonia a noite inteira, chamando pela mãe, pedindo que ela fizesse a dor parar. Ninguém naquela casa pregou o olho aquela noite, nem mesmo o Sr. Barker, o cavalariço, que era quase surdo. Ficou todo mundo deitado, ouvindo o sofrimento do menino. O major ficou parado à porta do quarto a noite toda, corajoso como só ele, não derramou uma lágrima. – Nancy parou para tomar fôlego e prosseguiu: – Então, um pouco antes do amanhecer, segundo Sarah, o choro parou de repente e a casa caiu em um silêncio profundo. De manhã, quando Sarah foi levar o café do menino, encontrou Jemima deitada na cama dele e, nos braços dela, com o rosto tranquilo como um anjo de Deus, o filho, parecendo estar dormindo.

– Ela estava chorando, como antes?

– Não dessa vez. Sarah disse que ela parecia quase tão em paz quanto ele. Contente por ele ter parado de sofrer, eu acho. A noite tinha terminado e levado o menino para um lugar melhor, onde não haveria mais sofrimento e tristeza.

Eu fiquei pensando nisso. No choro que parou tão bruscamente. No alívio da mãe.

– Nancy... – falei lentamente. – Você acha que...?

– Eu acho que foi uma bênção aquele menino ter morrido mais depressa que o irmão, é isso que eu acho – disse Nancy.

Então fez-se silêncio, e eu pensei por um instante que ela adormecera, embora sua respiração ainda estivesse leve, o que me fez achar que estivesse fingindo. Puxei o cobertor até o pescoço e fechei os olhos, tentando não pensar em meninos chorando e mães desesperadas.

Eu estava quase pegando no sono quando Nancy cochichou:

– Agora ela está grávida de novo. O bebê vai nascer em agosto. – Então se mostrou religiosa. – Você tem que rezar muito, está ouvindo? Especialmente agora. Ele escuta mais quando está perto do Natal. Reze para ela ter um bebê saudável desta vez. – Nancy virou de bruços e puxou o cobertor junto com ela. – Um que não morra cedo de tanto sangrar.

O Natal chegou e passou, a biblioteca de lorde Ashbury foi declarada livre de poeira, e na manhã do dia 26 eu encarei o frio e fui para Saffron Green fazer compras para a Sra. Townsend. Lady Violet estava planejando um almoço de Ano-Novo, na esperança de conseguir apoio para o seu comitê de refugiados belgas. Nancy a ouviu dizendo que estava gostando da ideia de expandir o comitê para expatriados franceses e portugueses, caso se tornasse necessário.

Segundo a Sra. Townsend, não havia maneira mais segura de impressionar no almoço do que com os doces gregos do Sr. Georgias. Não que qualquer um pudesse consegui-los, ela acrescentou com um ar de superioridade, principalmente naqueles tempos difíceis. De jeito nenhum. Eu deveria ir até o balcão da loja e pedir a encomenda especial da Sra. Townsend de Riverton.

Apesar do frio glacial, fiquei contente de ir até a cidade. Depois de semanas de festividades – Natal e agora Ano-Novo –, era bom sair, ficar sozinha, passar uma manhã longe da fiscalização de Nancy. Porque, depois de vários meses de relativa paz, ela voltara a se interessar pelos meus afazeres: observando, ralhando, corrigindo. Eu tinha a sensação inquietante de estar sendo preparada para alguma mudança próxima.

Além disso, eu tinha uma razão secreta para gostar da ida até a vila. O quarto livro da série de Sherlock Holmes, de Arthur Conan Doyle, fora publicado e eu tinha combinado com o caixeiro-viajante de comprar um exemplar. Levei seis meses para juntar o dinheiro, e seria a primeira vez que eu compraria um exemplar novinho em folha. *O vale do terror*. Só o título me deixava com uma expectativa nervosa.

O caixeiro-viajante, eu sabia, morava com a esposa e seis filhos em uma casa de pedra cinzenta que fazia parte de uma fileira de casas idênticas. A rua ficava em um conjunto habitacional horrível, atrás da estação ferroviária, e o cheiro de carvão queimado enchia o ar. As pedras do calçamento eram pretas, e uma camada de fuligem cobria os postes de luz. Eu bati cautelosamente à porta, depois recuei e esperei. Uma criança de uns 3 anos, com sapatos sujos e um suéter puído, sentou-se no degrau ao meu lado, batendo no cano da calha com um pedaço de pau. Seus joelhos nus estavam cobertos de cascas de ferida, azuis do frio.

Eu tornei a bater, mais forte dessa vez. Finalmente, a porta foi aberta por uma mulher magra como um espeto, com uma barriga enorme por baixo do avental e um bebê de olhos vermelhos no colo. Ela não falou nada, olhou através de mim com olhos mortiços enquanto eu recuperava a voz.

– Olá – cumprimentei com um tom que tinha aprendido com Nancy. – Grace Reeves. Estou procurando pelo Sr. Jones.

Ela continuou calada.

– Sou uma freguesa. – Minha voz falhou um pouco; um tom indesejado de hesitação se infiltrou nela. – Eu vim comprar um livro...

A mulher piscou, um sinal quase imperceptível de reconhecimento. Ela ergueu um pouco mais o bebê sobre o quadril e fez um aceno com a cabeça para um aposento atrás dela.

– Ele está lá nos fundos.

Ela se afastou um pouco e eu passei, indo na única direção que a casa permitia. Do outro lado da porta tinha uma cozinha, cheirando a leite rançoso. Dois garotinhos, sujos e maltrapilhos, estavam sentados à mesa, rolando um par de pedras sobre a superfície arranhada.

O maior dos dois rolou a pedra de encontro à do irmão, depois olhou para mim, seus olhos duas luas cheias no rosto magro.

– Você está procurando o meu pai?

Eu assenti.

– Ele está lá fora, lubrificando a carroça.

Eu devia parecer perdida, porque ele apontou para uma pequena porta de madeira ao lado do fogão.

Assenti, tentando sorrir.

– Vou começar a trabalhar com ele em breve, logo que eu fizer 8 anos – disse o menino, tornando a olhar para a sua pedra, preparando outro arremesso.

– Sortudo – comentou o menino mais novo, com inveja.

O mais velho deu de ombros.

– Alguém precisa cuidar das coisas quando ele não está, e você ainda é muito pequeno.

Fui até a porta e a abri.

Debaixo de um varal cheio de lençóis e camisas amarelados, estava o caixeiro-viajante inclinado, verificando as rodas da sua carroça.

– Que porcaria – disse ele baixinho.

Pigarreei e ele se virou depressa, batendo com a cabeça na alça da carroça.

– Droga. – Ele olhou para mim, um cachimbo pendurado na boca.

Tentei retomar o jeito de Nancy e encontrar minha voz.

– Eu sou Grace. Vim buscar o livro. – Eu esperei. – Sir Arthur Conan Doyle?

Ele se encostou na carroça.

– Eu sei quem você é. – O homem exalou e senti o cheiro adocicado do fumo. Ele limpou as mãos engorduradas na calça e me encarou. – Estou consertando a carroça para ficar mais fácil para o garoto.

– Quando o senhor parte? – perguntei.

Ele olhou para além do varal, carregado de fantasmas amarelados, na direção do céu.

– No mês que vem. Com os fuzileiros navais. – Ele passou a mão suja na testa. – Eu sempre quis ver o mar, desde que era menino.

Ele me encarou e algo em sua expressão, um sentimento de desolação, me fez desviar os olhos. Pela janela da cozinha, eu podia ver a mulher, o bebê e os dois meninos nos observando. O vidro sujo, coberto de fuligem, fazia com que seus rostos parecessem reflexos em um lago sujo.

O caixeiro-viajante acompanhou o meu olhar.

– Um sujeito pode ganhar um bom dinheiro nas Forças Armadas. Se tiver sorte. – Ele largou o pano e se dirigiu para a casa. – Venha. O livro está lá dentro.

Nós fizemos a transação na salinha da frente, e então ele me levou até a porta. Tive o cuidado de não olhar para os lados, de não olhar para os rostinhos famintos que eu sabia que estavam me observando. Quando estava descendo os degraus da frente, ouvi o menino mais velho dizer:

– O que foi que a moça comprou, papai? Ela comprou sabão? Ela cheirava a sabão. Ela era uma bela dama, não era, papai?

Eu caminhei o mais rápido que as minhas pernas permitiram, sem sair correndo. Queria me afastar daquela casa e das crianças que achavam que eu, uma empregada comum, era uma dama importante.

Senti-me aliviada ao entrar na Railway Street e deixar para trás o cheiro opressivo de carvão e pobreza. Eu estava acostumada com uma vida difícil – muitas vezes eu e mamãe passávamos sufoco –, mas Riverton, como estava aprendendo, tinha me transformado. Sem perceber, eu tinha me acostumado ao calor, ao conforto e à abundância; tinha começado a esperar por essas coisas. Enquanto caminhava apressada, atravessando a rua atrás da carroça puxada por um cavalo da Down's Dairies, o rosto ardendo por causa do frio, prometi a mim mesma que nunca perderia aquilo. Nunca perderia o meu emprego, como mamãe perdera.

Pouco antes da interseção da High Street, eu passei por baixo de um toldo que dava em uma entradinha escura e me abriguei junto a uma porta preta com uma placa de metal. Minha respiração formava uma nuvem branca e fria no ar enquanto eu tirava do bolso o livro que comprara e removia as luvas.

Eu mal tinha olhado para o livro na casa do caixeiro-viajante, exceto para me assegurar de que o título era o correto. Ali, contemplei a capa, passei os dedos pela encadernação de couro e pelas letras cursivas gravadas na lombada, *O vale do terror*. Murmurei baixinho as palavras empolgantes, depois levei o livro ao nariz para sentir o cheiro de tinta das suas páginas. O cheiro das possibilidades.

Eu guardei aquele maravilhoso objeto proibido dentro do forro do meu casaco e o apertei de encontro ao peito. Meu primeiro livro novo. Minha primeira coisa nova. Eu agora só tinha que escondê-lo na gaveta do sótão sem despertar as suspeitas do Sr. Hamilton ou confirmar as de Nancy. Tornei a calçar as luvas nos dedos dormentes de frio, espiei a rua gelada e saí, esbarrando em uma jovem que apareceu de repente.

– Ah, perdão! – disse ela, surpresa. – Como eu sou estabanada.

Ergui os olhos e meu rosto ardeu. Era Hannah.

– Espere... – Ela pensou um pouco e disse: – Eu conheço você. Você trabalha para o vovô.

– Sim, senhorita. Eu sou Grace.

– Grace. – Meu nome fluiu de seus lábios.

Eu assenti.

– Sim, senhorita.

Por baixo do casaco, meu coração batia, culpado, contra o livro. Ela tirou um cachecol azul, revelando um pedacinho de pele branca como um lírio.

– Uma vez você nos salvou da morte por poesia romântica.

– Sim, senhorita.

Ela olhou para a rua, onde o vento frio transformava o ar em gelo, e estremeceu involuntariamente.

– É uma manhã inclemente para se sair de casa.

– Sim, senhorita – respondi.

– Eu não devia ter desafiado o tempo – acrescentou Hannah, virando-se de volta para mim, o rosto vermelho de frio –, mas tinha marcado umas aulas extras de música.

– Eu também não, mas vou buscar uma encomenda para a Sra. Townsend. Doces. Para o almoço de Ano-Novo.

Ela olhou para as minhas mãos vazias, depois para a pequena entrada de onde eu tinha vindo.

– Um lugar incomum para se comprar doces.

Acompanhei o olhar dela. A placa de metal na porta preta dizia *Escola de Secretariado da Sra. Dove.* Procurei uma resposta. Qualquer coisa que explicasse minha presença ali. Tudo menos a verdade. Eu não podia arriscar que ela descobrisse a minha compra. O Sr. Hamilton tinha sido claro quanto às regras a respeito de material de leitura. Mas o que eu poderia dizer? Se Hannah contasse a lady Violet que eu estava tendo aulas sem permissão, meu emprego estaria em risco.

Antes que eu pudesse pensar em uma desculpa, Hannah pigarreou e revirou um embrulho marrom que estava carregando.

– Bem – murmurou ela, a palavra pairando no ar entre nós.

Eu esperei, apavorada, pela acusação que viria.

Hannah se remexeu, esticou o pescoço e me encarou com atenção. Ficou assim por alguns instantes e, finalmente, falou:

– Bem, Grace – disse ela com firmeza. – Parece que nós duas temos segredos.

Fiquei tão perplexa a princípio que não respondi. Estava tão nervosa que não tinha reparado que ela também estava. Engoli em seco, apertando o livro que levava escondido.

– Senhorita...

Ela balançou a cabeça, depois me deixou confusa ao agarrar com força a minha mão.

– Eu lhe dou os parabéns, Grace.

– É mesmo?

– Sim – disse ela com ardor. – Pois eu sei o que você está escondendo debaixo do casaco.

– Senhorita...

– Eu sei, porque estou fazendo a mesma coisa. – Ela mostrou o embrulho e conteve um sorriso animado. – Isso aqui não são pautas musicais, Grace.

– Não?

– E eu não estou tendo aulas de música. – Ela arregalou os olhos. – Aulas por prazer. Numa época destas! Você pode imaginar?

Balancei a cabeça, perplexa. Ela se inclinou para a frente, com um ar conspiratório.

– O que você prefere: datilografia ou estenografia?

– Não sei dizer, senhorita.

Ela assentiu.

– Você tem razão, é claro: é bobagem falar em favoritas. As duas têm a mesma importância. – Ela fez uma pausa, sorrindo. – Embora eu admita que estou mais para estenografia. É meio empolgante. É como...

– Como um código secreto? – falei, pensando na caixa chinesa.

– Sim. – Os olhos dela brilharam. – Sim, é exatamente isso. Um código secreto. Um mistério.

– É verdade.

Então ela aprumou o corpo e fez um aceno na direção da porta.

– Bem, eu tenho que entrar. A Srta. Dove deve estar esperando por mim e eu não tenho coragem de me atrasar. Como você sabe, ela é muito exigente com pontualidade.

Eu fiz uma reverência e saí de debaixo do toldo.

– Grace?

Eu me virei, piscando para me proteger da neve que caía.

– Sim, senhorita?

Ela encostou um dedo nos lábios.

– Nós duas temos um segredo agora.

Eu assenti, e nos olhamos por um momento, até que, aparentemente satisfeita, ela sorriu e desapareceu atrás da porta preta da Srta. Dove.

No dia 31 de dezembro, enquanto os últimos momentos de 1915 se esvaíam, a criadagem se reuniu ao redor da mesa da sala de jantar dos empregados para comemorar o Ano-Novo. Lorde Ashbury tinha nos autorizado a abrir uma garrafa de champanhe e duas de cerveja, e a Sra. Townsend preparara uma espécie de ceia com o que conseguira na despensa racionada. Nós fizemos silêncio enquanto o relógio marchava em direção aos últimos momentos, depois demos vivas quando ele marcou o Ano-Novo. Depois que o Sr. Hamilton cantou conosco uma versão animada do "Auld Lang Syne", a conversa se dirigiu, como sempre, para os planos e as promessas de Ano-Novo. Katie tinha acabado de nos informar de sua resolução de nunca mais roubar bolo da despensa, quando Alfred anunciou:

– Eu me alistei – disse ele, olhando diretamente para o Sr. Hamilton. – Vou para a guerra.

Eu prendi a respiração e todo mundo se calou, aguardando a reação do Sr. Hamilton. Finalmente, ele falou, com um sorriso seco:

– Bem, isso foi muito nobre de sua parte, Alfred, e vou falar com o patrão a respeito, mas devo dizer que não creio que ele vá querer dispensar os seus serviços.

Alfred engoliu em seco.

– Obrigado, Sr. Hamilton, mas não será necessário. – Ele tomou fôlego. – Eu mesmo falei com o patrão, quando ele veio de Londres. Ele disse que eu estava fazendo a coisa certa, e me desejou sorte.

O Sr. Hamilton digeriu aquela atitude. Seus olhos faiscaram pelo que considerou uma traição por parte de Alfred.

– É claro. Foi a coisa certa a fazer.

– Vou partir em março – comunicou Alfred. – Primeiro, vão me mandar para o treinamento.

– E depois? – perguntou a Sra. Townsend, recuperando enfim a voz. Suas mãos estavam firmemente plantadas nos seus quadris bem acolchoados.

– Depois... – Ele sorriu, animado. – Depois França, eu acho.

– Bem – disse o Sr. Hamilton friamente, controlando-se. – Isso merece um brinde. – Ele ergueu a taça, e nós o imitamos. – A Alfred. Que ele possa retornar tão feliz e saudável quanto ao partir.

– Saúde! – exclamou a Sra. Townsend, incapaz de disfarçar seu orgulho. – E que volte depressa.

– Calma, Sra. Townsend, nem tão depressa assim – respondeu Alfred, sorrindo. – Quero ter tempo para algumas aventuras.

– Apenas tome muito cuidado, meu filho – recomendou a Sra. Townsend, com os olhos úmidos.

Alfred virou-se para mim enquanto os outros tornavam a encher suas taças.

– Vou fazer a minha parte para defender o país, Grace.

Eu assenti, desejando que ele soubesse que nunca tinha sido um covarde. Que eu nunca pensara isso dele.

– Você vai escrever para mim, não vai, Grace? Promete?

Tornei a assentir.

– É claro que vou.

Ele sorriu e eu senti o rosto quente.

– Enquanto estamos celebrando, eu também tenho novidades – interrompeu Nancy, batendo na taça para obter silêncio.

Katie levou um susto.

– Você não vai se casar, vai, Nancy?

– É claro que não – disse Nancy, zangada.

– Então o que é? – perguntou a Sra. Townsend. – Não me diga que também vai nos deixar. Eu não suportaria.

– Não exatamente – disse Nancy. – Eu me inscrevi para ser da guarda-noturna ferroviária. Na estação de trem da vila. Vi o anúncio enquanto fazia compras, na semana passada. – Ela se virou para o Sr. Hamilton. – A patroa ficou muito contente comigo. Ela disse que pegaria bem para esta casa que a criadagem estivesse fazendo a sua parte.

– Realmente – disse o Sr. Hamilton, suspirando. – Desde que a criadagem ainda consiga fazer o seu trabalho *dentro* da casa. – Ele tirou os óculos e esfregou o longo nariz, com um ar cansado. Tornou a colocá-los e olhou severamente para mim. – É de você que eu tenho pena, garota. Você vai ter em seus ombros um bocado de responsabilidades, com a partida de Alfred e os dois empregos de Nancy. Eu não vou conseguir encontrar mais alguém para ajudar. Não neste momento. Você vai ter que assumir muitas tarefas no andar de cima até as coisas voltarem ao normal. Compreende?

Eu assenti solenemente.

– Sim, Sr. Hamilton.

Também entendi por que Nancy andara tentando me aperfeiçoar. Ela estava me ensinando para que eu pudesse substituí-la e, assim, ficasse mais fácil para ela conseguir permissão para trabalhar fora.

O Sr. Hamilton balançou a cabeça e esfregou as têmporas.

– Você vai ter que servir à mesa, atender a sala de visitas, servir o chá. E vai ter que ajudar as jovens damas, a Srta. Hannah e a Srta. Emmeline, a se vestirem enquanto elas estiverem aqui...

Ele continuou a sua ladainha de tarefas, mas eu não prestei mais atenção. Estava empolgada demais com minhas novas responsabilidades em relação às irmãs Hartford. Depois do meu encontro acidental com Hannah na vila, minha fascinação pelas irmãs, por Hannah principalmente, tinha aumentado. Na minha imaginação, alimentada por tragédias e histórias de mistério, ela era uma heroína: linda, inteligente e corajosa.

Embora naquela época não me tivesse ocorrido pensar nesses termos, eu agora percebo a natureza daquela atração. Nós éramos duas meninas da mesma idade, morando na mesma casa, no mesmo país, e em Hannah eu via inúmeras possibilidades maravilhosas que eu nunca poderia ter.

Com o primeiro turno de Nancy na estação marcado para a sexta-feira seguinte, havia muito pouco tempo para ela me ensinar minhas novas obrigações. Noite após noite, meu sono era interrompido por um tapa no tornozelo, uma cotovelada nas costelas e uma instrução importante demais para correr o risco de ser esquecida até de manhã.

Passei boa parte da noite de quinta-feira acordada, com a cabeça a mil, sem conseguir dormir. Às cinco horas, quando coloquei os pés descalços no chão frio, acendi a minha vela e vesti a meia-calça, o vestido e o avental, meu estômago revirava.

Eu fiz minhas tarefas habituais praticamente voando, depois voltei para a sala dos empregados e esperei. Fiquei sentada à mesa, com os dedos nervosos demais para tricotar, e ouvi o relógio batendo os minutos.

Às nove e meia, quando o Sr. Hamilton acertou o seu relógio de pulso com o da parede e me falou que estava na hora de recolher as bandejas do café e de ajudar as jovens damas a se vestirem, eu estava borbulhando de empolgação.

Os quartos delas ficavam no andar de cima, ao lado do quarto das crianças. Eu bati uma vez, rápida e silenciosamente – uma mera formalidade, segundo Nancy –, depois abri a porta do quarto de Hannah. Foi a primeira vez que eu vi o quarto Shakespeare. Nancy, relutando em me passar o controle, tinha insistido em entregar ela mesma as bandejas de café da manhã antes de sair para a estação.

Estava escuro, um efeito do papel de parede desbotado e da mobília pesada. Os móveis do quarto – cama, mesinha de cabeceira e divã – eram de mogno trabalhado, e um tapete vermelho-escuro ia quase até as paredes. Sobre a cama, estavam pendurados três quadros que homenageavam o nome do quarto; eram todas heroínas do melhor dramaturgo inglês de todos os tempos, segundo Nancy. Tive que confiar na opinião dela, pois nenhuma das três me pareceu muito heroica: a primeira estava ajoelhada no chão, erguendo um frasco; a segunda em uma cadeira, com um homem negro e um homem branco ao longe; a terceira mergulhada até a cintura em um riacho, seu cabelo comprido esvoaçando, enfeitado com flores.

Quando cheguei, Hannah já tinha se levantado e estava na penteadeira, vestindo uma camisola branca de algodão, os pés juntos sobre o tapete, como se estivesse rezando, a cabeça curvada sobre uma carta. Ela estava completamente imóvel. Nancy tinha aberto as cortinas e um raio de sol entrava pela janela e brincava nas tranças louras de Hannah. Ela não notou a minha chegada.

Eu pigarreei e ela ergueu os olhos.

– Grace – disse com naturalidade. – Nancy disse que você vai substituí-la enquanto ela estiver na estação.

– Sim, senhorita.

– Não é demais para você? Fazer o trabalho de Nancy além do seu?

– Não, de jeito algum.

Hannah inclinou-se para a frente e baixou a voz:

– Você deve estar muito ocupada, com as aulas da Srta. Dove, ainda por cima.

Por um momento, fiquei perdida. Quem era a Srta. Dove e por que ela estava me dando aulas? Então lembrei. A escola de secretariado da vila.

– Estou me esforçando, senhorita. – Eu engoli em seco, louca para mudar de assunto. – Posso começar a pentear o seu cabelo?

– Sim – disse Hannah, com um ar de cumplicidade. – Sim, é claro. Você tem razão em não falar sobre isso, Grace. Eu deveria tomar mais cuidado. – Ela tentou evitar um sorriso, quase conseguiu. Depois riu abertamente. – É só que... É um alívio ter com quem compartilhar isso.

Assenti solenemente, mas agitadíssima por dentro.

– Sim, senhorita.

Com um último sorriso conspiratório, ela pôs um dedo nos lábios em sinal de silêncio e voltou a ler a carta. Pelo endereço no canto, pude ver que era do seu pai.

Peguei uma escova de madrepérola e me postei atrás dela. Olhei para o espelho de relance e, vendo que Hannah estava entretida, ousei observá-la. A luz da janela iluminava seu rosto, dando-lhe um aspecto etéreo. Podia traçar as veias delicadas sob sua pele clara, ver seus olhos indo de cá para lá pelas linhas enquanto lia.

Ela se remexeu na cadeira e eu desviei os olhos, soltando suas mechas. Desfiz as tranças com os dedos e comecei a escovar o cabelo.

Hannah dobrou a carta ao meio e a guardou embaixo de uma bombonière de cristal sobre a penteadeira. Olhou para o seu reflexo no espelho, apertou os lábios e se virou para a janela.

– Meu irmão vai para a França – disse ela com amargura. – Para lutar na guerra.

– É mesmo, senhorita?

– Ele e o amigo. Robert Hunter. – Ela mencionou o nome com desagrado e segurou a ponta da carta. – O pobre papai ainda não sabe. Nós não podemos falar para ele.

Eu escovava o cabelo ritmadamente, contando em silêncio cada escovadela. (Nancy tinha dito que eram cem e que ela saberia se eu pulasse alguma.) Então Hannah disse:

– Eu queria ir também.

– Para a guerra?

– Sim. O mundo está mudando, Grace, e eu quero conhecê-lo. – Ela olhou para mim pelo espelho, seus olhos azuis iluminados pelo sol, então falou como se recitasse uma frase decorada: – Eu quero saber como é ser modificada pela vida.

– Modificada, senhorita? – Eu não conseguia compreender como alguém podia desejar algo além do que Deus generosamente oferecia.

– Transformada, Grace. Eu não quero continuar lendo e brincando e fingindo para sempre. Quero viver. Ter alguma experiência incrível bem distante da minha vida normal. – Ela tornou a me encarar, com os olhos brilhando. – Você nunca sentiu isso? Não deseja mais do que a vida lhe deu?

Eu a olhei com uma sensação vaga e gratificante de ter recebido uma confidência; desconcertada pelo fato de que parecia exigir algum sinal de amizade que eu não tinha a menor condição de oferecer. O problema era que eu simplesmente não entendia. Os sentimentos que ela descrevia eram como uma língua estrangeira. A vida tinha sido boa para mim. Como eu podia duvidar disso? O Sr. Hamilton estava sempre me lembrando quanto eu era afortunada por ter aquele emprego. Quando não era ele, era mamãe. Não consegui encontrar um jeito de responder, mas Hannah continuou me encarando, à espera. Eu abri a boca, minha língua se moveu do céu da boca em um clique promissor, mas nenhuma palavra saiu.

Ela suspirou e se empertigou, com um sorriso desapontado nos lábios.

– Não, claro que você não sente. Desculpe perturbar você, Grace.

Ela desviou os olhos e eu me ouvi dizer:

– Eu já pensei algumas vezes que gostaria de ser detetive, senhorita.

– Detetive? – Seus olhos encontraram os meus no espelho. – Quer dizer, como o Sr. Bucket em *A casa soturna*?

– Eu não conheço o Sr. Bucket, senhorita. Estava pensando em Sherlock Holmes.

– É mesmo? Detetive?

Eu assenti.

– Procurando pistas e solucionando crimes?

Eu assenti.

– Bem, então – disse ela, exageradamente contente. – Eu estava enganada. Você me entende. – E com isso ela olhou de novo pela janela, sorrindo de leve.

Eu não sabia ao certo como aquilo tinha acontecido, por que minha resposta impulsiva lhe tinha agradado tanto, mas não importava muito. Tudo o que eu sabia era que a conexão entre nós me aquecia o coração.

Pousei a escova sobre a penteadeira e limpei as mãos no meu avental.

– Nancy disse que a senhorita ia usar o seu traje de passeio hoje.

Eu tirei o conjunto do armário e carreguei-o para a penteadeira. Ergui a saia para ela poder vestir.

Naquele instante, uma porta coberta com papel de parede, ao lado da cabeceira da cama, se abriu, e Emmeline apareceu. Eu a observei atravessar o quarto enquanto permanecia ajoelhada, segurando a saia de Hannah. A beleza de Emmeline era do tipo que camuflava a idade. Alguma coisa em seus grandes olhos azuis, em seus lábios carnudos, até no modo de ela bocejar, dava a impressão de uma maturidade preguiçosa.

– Como vai o seu braço? – perguntou Hannah, apoiando a mão no meu ombro para passar o pé para dentro da saia.

Eu mantive a cabeça baixa, torcendo para o braço de Emmeline não estar doendo muito, torcendo para ela não se lembrar do meu papel em sua queda. Mas se ela me reconheceu, não demonstrou. Ela deu de ombros, esfregou distraidamente o pulso envolto em ataduras.

– Quase não dói. Estou deixando a atadura só para causar efeito.

Hannah se virou para a parede, e eu tirei sua camisola e enfiei o corpete do traje de passeio pela sua cabeça.

– Você provavelmente vai ficar com uma cicatriz.

– Eu sei. – Emmeline sentou-se na beirada da cama de Hannah. – Primeiro eu não queria, mas Robbie disse que seria um ferimento de batalha. Que me destacaria.

– É mesmo? – indagou Hannah friamente.

– Ele falou que as melhores pessoas têm alguma coisa que as destaca.

Eu apertei o corpete de Hannah, abotoando o primeiro botão.

– Ele vai passear conosco esta manhã – avisou Emmeline, balançando as pernas. – Ele perguntou a David se podíamos mostrar o lago para ele.

– Tenho certeza de que vocês vão se divertir muito.

– Mas você não vem? É o primeiro dia de sol em várias semanas. Você disse que ia enlouquecer se tivesse que passar mais tempo dentro de casa.

– Mudei de ideia – retrucou Hannah.

Emmeline ficou alguns segundos calada, depois disse:

– David tinha razão.

Enquanto eu continuava a abotoar, percebi o corpo de Hannah se retesando.

– Como assim?

– Ele disse a Robbie que você era teimosa, que ia ficar trancada o inverno inteiro para evitá-lo.

Hannah apertou os lábios. Por um momento, não soube o que dizer.

– Bem... pode falar para David que ele está enganado. Não estou querendo evitá-lo. Tenho coisas a fazer aqui dentro. Coisas importantes. Coisas que vocês não sabem.

– Como passar o tempo sentada no quarto das crianças relendo o que está na caixa?

– Sua espiãzinha! – exclamou Hannah, indignada. – É muito difícil acreditar que eu quero privacidade? – Ela bufou. – E você está enganada. Eu não vou mexer na caixa. A caixa não está mais aqui.

– Como assim?

– Eu a escondi.

– Onde?

– Eu conto na próxima vez em que formos jogar.

– Mas provavelmente não vamos jogar o inverno todo – disse Emmeline. – Não podemos. Não sem revelar a Robbie.

– Então eu digo no próximo verão – respondeu Hannah. – Você não vai sentir falta dela. Você e David têm muitas outras coisas para fazer, agora que Robbie Hunter está aqui.

– Por que você não gosta dele? – questionou Emmeline.

Fez-se um silêncio esquisito, uma pausa na conversa, durante a qual eu me senti estranhamente exposta, consciente dos meus batimentos cardíacos, da minha respiração.

– Não sei – disse Hannah finalmente. – Desde que ele chegou aqui, as coisas mudaram. Parece que tudo está acabando. Desaparecendo antes mesmo que eu as identifique. – Ela estendeu o braço enquanto eu ajeitava o punho de renda. – Por que você gosta dele?

Emmeline deu de ombros.

– Porque ele é engraçado e inteligente. Porque David gosta muito dele. Porque ele salvou a minha vida.

– Isso é exagero. – Hannah fungou enquanto eu abotoava o último botão do seu corpete, depois se virou para encarar a irmã.

Emmeline tapou a boca com a mão e arregalou os olhos, então começou a rir.

– O que foi? – perguntou Hannah. – Qual é a graça? – Ela olhou para o espelho. – Ah... – E franziu a testa.

Emmeline caiu deitada nos travesseiros de Hannah, ainda rindo.

– Você parece aquele garoto abobalhado da vila. Aquele que a mãe obriga a usar roupas que não dão mais nele.

– Isso é maldade, Emme – comentou Hannah, mas não pôde deixar de rir. Ela se olhou no espelho, girou os ombros, tentando endireitar o corpete. – E não é verdade. Aquele pobre menino nunca pareceu *tão* ridículo assim. – Ela se virou para se ver de lado. – Eu devo ter crescido desde o último inverno.

– Sim – disse Emmeline, olhando para o corpete de Hannah, apertado nos seios. – *Mais crescido*. Que sorte.

– Bem, com certeza eu não posso usar isto.

– Se o papai se interessasse por nós como se interessa pela fábrica, ia perceber que precisamos de roupas novas de vez em quando.

– Ele faz o melhor que pode.

– Imagine se fizesse o pior – respondeu Emmeline. – Se não tivermos cuidado, vamos estrear na temporada com vestidos com gola de marinheiro.

Hannah deu de ombros.

– Eu não ligo a mínima. Um costume fora de moda, idiota. – Ela tornou a se olhar no espelho, puxando o corpete. – Mas vou ter que escrever para o papai e perguntar se podemos comprar roupas novas.

– Sim – disse Emmeline. – E sem aventais. Vestidos direitos, como os de Fanny.

– Bem, eu vou ter que usar um avental hoje. Isto aqui não serve. – Ela ergueu as sobrancelhas para mim. – O que será que Nancy vai dizer quando descobrir que quebramos suas regras?

– Ela não vai ficar contente, senhorita – falei, ousando sorrir de volta enquanto desabotoava seu traje de passeio.

Emmeline ergueu os olhos, inclinou a cabeça e piscou na minha direção.

– Quem é essa?

– Grace – disse Hannah. – Lembra? Ela nos salvou da Srta. Prince no verão passado.

– Nancy está doente?

– Não – respondi. – Ela está na vila, trabalhando na estação. Por causa da guerra.

Hannah ergueu uma sobrancelha.

– Tenho pena do passageiro que perder a passagem.

– Sim, senhorita.

– Grace vai nos vestir quando Nancy estiver na estação – avisou Hannah. – Não vai ser uma mudança agradável ter alguém da nossa idade?

Eu fiz uma reverência e saí do quarto, com o coração feliz. E parte de mim torceu para a guerra não acabar nunca.

Foi em uma fria manhã de março que Alfred partiu para a guerra. O céu estava claro e o ar carregado de promessas. Eu me sentia estranhamente determinada ao caminhar de Riverton até a cidade. Enquanto o Sr. Hamilton e a Sra. Townsend guardavam o forte, Nancy, Katie e eu tínhamos recebido uma licença especial, desde que nossas tarefas tivessem sido realizadas, para acompanhar Alfred até a estação. Era nosso dever, o Sr. Hamilton disse, dar apoio moral aos jovens rapazes britânicos que dedicavam suas vidas ao país.

Mas o apoio moral tinha limites: sob nenhuma circunstância podíamos conversar com os soldados, para quem jovens como nós eram presas fáceis.

Como eu me senti importante, caminhando pela High Street no meu melhor vestido, acompanhada por um soldado do Exército Real. Tenho certeza de que não era só eu que sentia aquela empolgação. Nancy, como percebi, tinha se dado o trabalho de fazer um penteado diferente, seu comprido rabo de cavalo enrolado em uma espécie de coque, parecido com o da patroa. Até Katie tinha tentado amansar seus cachos.

Quando chegamos, a estação estava cheia de soldados e seus acompanhantes. Namorados se abraçavam, mães endireitavam os uniformes novinhos em folha, e pais empertigados disfarçavam o orgulho. O posto de alistamento de Saffron Green, não querendo ficar para trás, tinha organizado uma campanha de alistamento no mês anterior, e cartazes com o dedo apontado de lorde Kitchener ainda podiam ser vistos em cada poste. Eles iam formar um batalhão especial, Alfred contou – os Rapazes de Saffron –, e seguiriam todos juntos. Era melhor conhecer e gostar dos companheiros com quem iria viver e lutar, comentou ele.

O trem brilhava, preto e dourado, pontuando a ocasião, de tempos em tempos, com um pufe impaciente de fumaça. Alfred levou sua bagagem até o meio da plataforma, depois parou.

– Bem, meninas – disse ele, depositando a bagagem no chão e olhando em volta. – Aqui parece um bom lugar.

Nós concordamos, tontas com aquela atmosfera festiva. Em algum lugar na extremidade da plataforma, lá onde estavam reunidos os oficiais, uma banda tocava. Nancy acenou formalmente para um condutor severo, que respondeu com um cumprimento seco de cabeça.

– Alfred, eu tenho uma coisa para você – disse Katie, envergonhada.

– É mesmo, Katie? É muita gentileza sua. – Ele aproximou o rosto do dela.

– Ah, Alfred... – retrucou ela, enrubescendo como um tomate maduro. – Eu não quis dizer um *beijo*.

Alfred piscou para Nancy e para mim.

– Ah, que decepção. Pensei que você fosse me dar uma bela lembrança de casa para quando eu estiver lá longe, do outro lado do oceano.

– Eu vou. – Katie entregou a ele um pano de prato amassado. – Aqui está.

Alfred ergueu uma sobrancelha.

– Um pano de prato? Ora, obrigado, Katie. Com certeza é uma lembrança de casa.

– Não é um pano de prato. Quero dizer, é. Mas é só o embrulho. Olhe dentro.

Alfred abriu o embrulho e viu três fatias do bolo da Sra. Townsend.

– Não tem manteiga nem creme por causa do racionamento – avisou ela. – Mas não está ruim.

– E como é que você sabe? – perguntou Nancy. – A Sra. Townsend não vai ficar contente quando perceber que você andou mexendo de novo na despensa dela.

Katie fez beicinho.

– Eu só queria dar alguma coisa para o Alfred levar.

– Sim. – A expressão de Nancy suavizou-se. – Bom, acho que tudo bem desta vez. Pelo esforço de guerra. – Ela olhou para Alfred. – Grace e eu também temos uma coisa para você, Alfred. Não temos, Grace? Grace?

Na extremidade da plataforma, eu tinha visto dois rostos familiares: Emmeline, parada ao lado de Dawkins, o motorista de lorde Ashbury, no meio de um mar de jovens oficiais usando uniformes elegantes.

– Grace? – Nancy sacudiu o meu braço. – Eu estava falando com Alfred sobre o nosso presente.

– Ah, sim. – Eu enfiei a mão na bolsa e entreguei a Alfred um pacotinho embrulhado em papel-pardo.

Ele o desembrulhou com cuidado, sorrindo ao ver o que continha.

– Eu tricotei as meias e Nancy, o cachecol – falei.

– Parecem ótimos – disse Alfred, examinando os itens. Ele segurou as meias e olhou para mim. – Vou pensar em você, em vocês três, quando estiver quentinho e todos os outros rapazes sentindo frio. Eles vão ter inveja das minhas três garotas: as melhores da Inglaterra.

Ele enfiou os presentes na mala, depois dobrou o papel e o devolveu para mim.

– Tome aqui, Grace. A Sra. Townsend já deve estar uma fera por causa do bolo. Não quero que ela sinta falta do papel de assar também.

Eu assenti, guardei o papel na bolsa; senti os olhos dele sobre mim.

– Você não vai se esquecer de me escrever, vai, Gracie?

Balancei a cabeça, encarando-o.

– Não, Alfred. Eu não vou me esquecer de você.

– É melhor mesmo – respondeu ele, sorrindo. – Ou vai haver confusão quando eu voltar. – Ele ficou sério. – Vou sentir saudades de você. – Então olhou para Nancy e Katie. – De todas vocês.

– Ai, Alfred – murmurou Katie, feliz. – Veja os outros rapazes. Tão elegantes nos uniformes novos. São todos Rapazes de Saffron?

Enquanto Alfred indicava alguns dos outros rapazes que tinha conhecido no posto de alistamento, eu tornei a olhar para a extremidade da plataforma, e vi Emmeline acenar para outro grupo e sair correndo. Dois dos jovens oficiais se viraram para olhá-la, e eu vi seus rostos. David e Robbie Hunter. Onde estava Hannah? Eu me virei para procurar. Ela passara o inverno inteiro evitando os dois, mas não ia deixar de se despedir do irmão, certo?

– ... e aquele é Rufus – disse Alfred, apontando para um soldado magro, de dentes grandes. – O pai dele é trapeiro. Rufus costumava ajudá-lo, mas acha que vai conseguir comer mais no Exército.

– Pode ser – concordou Nancy. – Para um trapeiro. Mas você não pode dizer que Riverton te deixa com fome.

– Ah, não – disse Alfred. – Não tenho queixa alguma nesse departamento. A Sra. Townsend e os patrões nos mantêm bem alimentados. – Ele sorriu e acrescentou: – Mas devo confessar que me canso de ficar só dentro de casa. Estou louco para passar um tempo ao ar livre.

Um avião passou, um Blériot XI-2, segundo Alfred, e a multidão soltou vivas. Uma onda de alegria varreu a plataforma, cobrindo a todos.

O condutor, um distante pontinho preto e branco, apitou, depois anunciou a partida pelo megafone.

– Bem – disse Alfred, com um sorriso. – Está na hora de partir.

Uma figura apareceu na extremidade da estação. Hannah. Ela correu os olhos pela plataforma, acenou ao ver David. Então atravessou a multidão, só parando ao alcançar o irmão. Ela ficou parada um instante, sem dizer nada, depois tirou uma coisa da bolsa e entregou a ele. Eu já sabia o que era. Tinha visto sobre o divã naquela manhã. *Viagem pelo Rubicon*. Era um dos livrinhos do Jogo, uma das aventuras favoritas deles, cuidadosamente descrita, ilustrada e costurada com linha. Ela colocara o livro em um envelope e o amarrara com barbante.

David olhou para o livro e depois para Hannah. Ele o guardou no bolso do paletó, passou a mão sobre ele, depois apertou as duas mãos dela; parecia querer beijá-la, abraçá-la, mas a relação deles não era assim. Então ele não fez nada disso, apenas se inclinou e disse alguma coisa para ela. Ambos olharam na direção de Emmeline, e Hannah assentiu.

Então David se virou e falou alguma coisa para Robbie. Ele tornou a olhar para Hannah, e ela começou a procurar algo na bolsa. Estava procurando alguma coisa para dar a ele, eu percebi. David devia ter dito que Robbie também precisava de um amuleto para lhe dar sorte.

A voz de Alfred, pertinho do meu ouvido, desviou minha atenção.

– Até logo, Gracie – disse ele, com os lábios roçando meu cabelo, próximo ao pescoço. – Obrigado pelas meias.

Eu levei a mão à orelha, ainda quente de suas palavras, enquanto Alfred pendurava a bolsa no ombro e se dirigia para o trem. Ao chegar à porta, ele subiu no vagão e se virou, sorrindo para nós por sobre as cabeças dos outros soldados.

– Desejem-me sorte – pediu ele, e então desapareceu, empurrado pelos outros soldados ansiosos por embarcar.

Eu acenei.

– Boa sorte! – gritei para as costas de estranhos, sentindo subitamente a lacuna que sua partida deixaria em Riverton.

Na primeira classe, David e Robbie embarcaram junto com os outros oficiais. Dawkins foi atrás com as malas de David. Havia menos oficiais do que soldados, e eles encontraram assentos com facilidade, cada um aparecendo em uma janela enquanto Alfred brigava por um espaço, de pé, no seu vagão.

O trem tornou a apitar e expeliu fumaça, enchendo a plataforma de vapor. Seus longos eixos começaram a girar, e a locomotiva avançou lentamente.

Hannah foi andando ao lado do trem, ainda vasculhando a bolsa, aparentemente em vão. Então, enquanto o trem ia ganhando velocidade, ela ergueu os olhos, tirou a fita de cetim branco do cabelo e a entregou para Robbie, que esperava com a mão estendida.

Mais adiante, avistei a figura solitária parada no meio do tumulto: era Emmeline. Ela segurava um lenço branco na mão erguida, mas não o agitava mais. Seus olhos estavam arregalados e seu sorriso tinha sido substituído por uma expressão hesitante.

Ela ficou na ponta dos pés, examinando a multidão. Sem dúvida estava ansiosa para dar adeus a David. E a Robbie Hunter.

Foi então que ela ergueu o rosto, agitada, e eu soube que ela tinha avistado Hannah.

Mas era tarde. Enquanto ela abria caminho no meio da multidão, seus gritos abafados pelo barulho da locomotiva, pelos assobios e vivas, eu vi Hannah, ainda correndo ao lado dos rapazes, com seus longos cabelos soltos, desaparecer junto com o trem atrás de um véu de vapor.

PARTE DOIS

Folheto da *English Heritage*

1999

MANSÃO RIVERTON, SAFFRON GREEN, ESSEX

Uma casa de fazenda do início do período elisabetano, projetada por John Thorpe, a Mansão Riverton foi "gentrificada" no século XVIII pelo oitavo visconde de Ashbury, que a expandiu, transformando-a em uma graciosa mansão. No século XIX, quando se tornou comum passar fins de semana em casas de campo, Riverton foi outra vez reformada pelo arquiteto Thomas Cubitt: um terceiro andar foi construído para incorporar mais acomodações para hóspedes; e, mantendo a preferência vitoriana de que os criados deveriam permanecer sempre invisíveis, foi acrescentado um amontoado de quartos de empregados no sótão, junto com uma escada dos fundos que dava diretamente na cozinha.

As ruínas imponentes dessa mansão um dia grandiosa estão cercadas de jardins maravilhosos, obra de paisagismo de Sir Joseph Paxton. Os jardins compreendem duas enormes fontes de pedra, e a maior delas, representando Eros e Psique, acabou de ser restaurada. Embora agora movida por uma bomba elétrica computadorizada, a fonte originalmente era impulsionada por uma máquina a vapor, que, segundo relatos, fazia o "barulho de um trem expresso" quando ligada, devido aos 130 jatos – escondidos no meio de formigas gigantes, águias, dragões soltando fogo pelas ventas, horrores do submundo, cupidos e deuses – que lançavam água a 30 metros de altura.

Há uma segunda fonte, menor, representando a queda de Ícaro, no fim da Longa Alameda, nos fundos. Depois dessa fonte ficam o lago e o pavilhão de verão, encomendado em 1923 pelo então proprietário de Riverton, o Sr. Theodore Luxton, para substituir a casa de barcos original. O lago se tornou mal afamado neste século como o local do suicídio do poeta Robert S. Hunter, em 1924, na noite do baile anual de verão de Riverton.

As gerações de moradores de Riverton também foram fundamentais na modelagem do jardim. A esposa dinamarquesa de lorde Herbert, lady Gytha Ashbury, criou um pequeno jardim de topiaria cercado de hera, ainda conhecido como Jardim Egeskov (em homenagem ao castelo dinamarquês que pertencia à família de lady Ashbury), e lady Violet, esposa do décimo primeiro lorde Ashbury, acrescentou um jardim de rosas no gramado dos fundos.

Depois de um incêndio devastador em 1938, a Mansão Riverton entrou em longo declínio. A casa foi entregue à English Heritage em 1974 e desde então reconstruída. Os jardins do norte e do sul, inclusive a fonte de Eros e Psique, foram recentemente restaurados como parte do projeto coordenado pela instituição. A fonte de Ícaro e o pavilhão de verão, que são acessados pela Longa Alameda, estão passando por uma restauração.

A igreja de Riverton, situada em um vale pitoresco perto da casa, tem um salão de chá (não gerenciado pela English Heritage) que fica aberto durante os meses de verão, e a Mansão Riverton tem uma maravilhosa loja de suvenires. Favor entrar em contato pelo telefone (01277 876857) para mais detalhes sobre o funcionamento da fonte.

O dia 12 de julho

Eu vou aparecer no filme. Bem, não eu, mas uma jovem vai me interpretar. Não importa quão distante seja a conexão de alguém com uma catástrofe, parece que viver muito faz você se tornar objeto de interesse. Recebi o telefonema dois dias atrás: era Ursula, a cineasta de corpo esbelto e longos cabelos claros, perguntando se eu gostaria de conhecer a atriz que teria a duvidosa honra de desempenhar o papel de "Arrumadeira I", agora renomeada como "Grace".

Elas virão aqui, em Heathview. Não é o melhor local para um encontro, mas eu não tenho nem coragem nem pernas para ir até lá, e não posso fingir que sim. Então estou aqui sentada na cadeira do meu quarto, esperando.

Alguém bate à porta. Eu olho o relógio – nove e meia. Chegaram na hora. Percebo que estou prendendo a respiração e me pergunto por quê.

Então elas entram no quarto, no meu quarto. Sylvia, Ursula e a moça que vai me representar.

– Bom dia, Grace – diz Ursula, sorrindo abaixo da franja loura.

Ela se inclina para beijar o meu rosto, o que me deixa muito surpresa. Minha voz fica presa na garganta.

Ela se senta sobre o cobertor na beirada da minha cama – um ato presunçoso que, para minha surpresa, não me incomoda – e segura a minha mão.

– Grace, esta é Keira Parker. – Ela se vira para sorrir para a moça atrás de mim. – Ela vai representar você no filme.

A garota, Keira, se aproxima. Ela não tem mais do que 17 anos, e eu fico impressionada com sua beleza simétrica. Cabelos louros até os ombros, presos em um rabo de cavalo. Um rosto redondo, lábios grossos cobertos de brilho e olhos azuis sob uma testa lisa. Um rosto feito para vender chocolates.

Eu pigarreio, e me lembro de ser educada.

– Querem se sentar? – Aponto para a cadeira de vinil marrom que Sylvia trouxe mais cedo da sala de estar.

Keira se senta rapidamente, cruza as pernas vestidas de jeans e olha disfarçadamente para a esquerda, para a minha mesinha de cabeceira. O jeans é puído, com fiapos saindo dos bolsos. Roupa rasgada não é mais sinal de pobreza, como Sylvia me informou; é estilo. Keira sorri, impassível, examinando minhas coisas.

– Obrigada por me receber, Grace. – Ela se lembra de dizer.

Eu fico irritada por ela me chamar pelo meu primeiro nome. Mas estou sendo irracional e ralho comigo mesma. Se ela tivesse me chamado pelo sobrenome, eu teria insistido que dispensasse a formalidade.

Percebo que Sylvia ainda está parada perto da porta aberta, tirando o pó do batente, em uma demonstração de dever para disfarçar sua curiosidade. Ela adora artistas de cinema e craques de futebol.

– Sylvia querida, você acha que podemos tomar um chá?

Sylvia olha para mim, seu rosto o retrato da dedicação.

– Chá?

– E talvez uns biscoitos.

– É claro. – Relutantemente, ela guarda o pano de limpeza.

Eu faço um sinal para Ursula.

– Sim, por favor – diz ela. – Puro.

Sylvia dirige-se a Keira.

– E você, Srta. Parker? – Ela soa nervosa, o rosto fica vermelho, e percebo que ela deve conhecer a jovem atriz.

Keira boceja.

– Chá verde com limão.

– Chá verde – repete Sylvia devagar, como se tivesse acabado de descobrir a origem do universo. – Limão. – Ela continua parada na porta.

– Obrigada, Sylvia – digo. – Eu vou querer o de sempre.

– Sim. – Sylvia pisca, o encanto é quebrado e ela finalmente sai. A porta é fechada e eu fico sozinha com minhas duas convidadas.

Eu me arrependo imediatamente de ter mandado Sylvia embora. Sou tomada por uma sensação irracional de que a presença dela poderia impedir o retorno do passado.

Mas ela saiu, e nós três compartilhamos um momento de silêncio. Eu torno a olhar para Keira, estudo o seu rosto, tento reconhecer o meu jovem eu em suas belas feições. De repente, uma música abafada quebra o silêncio.

– Desculpe – diz Ursula, mexendo dentro da bolsa. – Eu ia colocar no silencioso.

Ela tira da bolsa um celular preto e o som fica mais alto, parando no meio de um acorde quando ela aperta um botão. Ela sorri, sem graça.

– Desculpe. – Ursula olha para o visor e uma nuvem cobre o seu rosto. – Vocês me dão licença por um instante?

Keira e eu assentimos, e Ursula sai do quarto, com o telefone no ouvido. A porta é fechada e eu me viro para a minha jovem visitante.

– Bem, acho que devíamos começar.

Ela concorda com um movimento imperceptível de cabeça e retira uma pasta de dentro da bolsa. Keira abre a pasta e pega um maço de papéis presos por um clipe. Posso ver pelo layout que se trata de um roteiro – palavras escritas em letras maiúsculas seguidas por parágrafos maiores em letra comum.

Ela vira algumas páginas e para, apertando os lábios.

– Eu queria saber mais sobre seu relacionamento com a família Hartford. Com as meninas.

Eu assinto. Já imaginava.

– Meu papel não é um dos grandes – diz ela. – Não tenho muitas falas, mas estou em muitas das cenas iniciais. – Keira me olha. – Você sabe. Servindo bebidas, esse tipo de coisa.

Eu torno a assentir.

– Bem, Ursula achou que seria uma boa ideia eu conversar com você sobre as meninas: o que você achava delas? Assim eu teria alguma ideia da minha *motivação*. – Ela enfatiza a última palavra, enunciada como se fosse um termo estrangeiro com que talvez eu não estivesse familiarizada. Ela endireita as costas e sua expressão assume um verniz de firmeza. – Meu papel não é um dos principais, mas ainda assim é importante fazer uma atuação marcante. Nunca se sabe quem vai assistir.

– É claro.

– Nicole Kidman só conseguiu o papel em *Dias de trovão* porque Tom Cruise a viu em um filme australiano.

Percebo que deveria dar importância a esse fato e esses nomes. Eu faço que sim e ela continua:

– É por isso que preciso que você me conte como se sentia. A respeito do seu trabalho e das meninas. – Ela se inclina para a frente, os olhos de um tom frio de azul, como cristal veneziano. – Isso me dá certa vantagem, sabe, você ainda estar... quer dizer, você ainda estar...

– Viva – concluo. – Sim, eu entendo. – Eu quase admiro a franqueza dela. – O que exatamente você gostaria de saber?

Ela sorri; aliviada, eu imagino, por sua gafe ter sido rapidamente disfarçada pelo fluxo da nossa conversa.

– Bem – diz ela, examinando o papel em seu colo. – Primeiro, vou fazer as perguntas bobas.

Meu coração acelera. Fico imaginando o que ela vai perguntar.

– Você gostava de ser uma criada?

Eu solto o ar: mais um arfar do que um suspiro.

– Sim, por um tempo.

Ela parece duvidar.

– É mesmo? Não consigo imaginar gostar de servir pessoas o dia inteiro, todo dia. O que você gostava nesse trabalho?

– Os outros se tornaram uma família para mim. Eu gostava da camaradagem.

– Os outros? – Ela arregalou os olhos avidamente. – Quer dizer, Hannah e Emmeline?

– Não. O resto da criadagem.

– Ah.

Ela fica desapontada. Sem dúvida, tinha vislumbrado um papel maior para si mesma, um roteiro emendado em que Grace, a arrumadeira, não seria mais uma observadora externa, mas um membro secreto do círculo das irmãs Hartford. Ela é jovem, claro, e teve uma vida muito diferente. Não entende que certos limites não podem ser ultrapassados.

– Legal, mas eu não tenho cenas com os outros atores que fazem papel de empregados, então não adianta muito para mim. – Ela percorre a lista de perguntas com a caneta. – Havia alguma coisa de que você *não* gostasse no fato de ser uma criada?

Dia após dia acordando com os passarinhos; o sótão que era um forno no verão e uma geladeira no inverno; mãos vermelhas e em carne viva de lavar roupa; dor nas costas de limpar; um cansaço que ia até os ossos.

– Era cansativo. Os dias eram longos e cheios. Eu não tinha tempo para mim mesma.

– É, é assim que estou representando. Eu quase não preciso fingir. Depois de um dia inteiro de ensaio, meus braços estão doloridos de tanto carregar aquela maldita bandeja de um lado para outro.

– O que doía mais eram os meus pés – digo. – Mas só no começo, e também depois que fiz 16 anos e ganhei sapatos novos.

Ela escreve alguma coisa no verso do roteiro, com uma letra redonda, e assente.

– Ótimo. Eu posso usar isso. – Ela continua a escrever, terminando com um floreio. – Agora as perguntas interessantes. Gostaria de saber sobre Emmeline. Isto é, o que você achava dela.

Eu hesito, considerando por onde começar.

– Temos algumas cenas juntas e eu não sei ao certo o que deveria estar pensando. Transmitindo.

– Que tipo de cenas? – pergunto, curiosa.

– Bem, por exemplo, tem a cena em que ela vê R. S. Hunter pela primeira vez, perto do lago, e escorrega e quase se afoga, e eu tenho que...

– Perto do lago? – Eu fico confusa. – Não foi lá que eles se conheceram. Foi na biblioteca, era inverno, eles estavam...

– Na biblioteca? – Ela franze o narizinho perfeito. – Por isso que o roteirista mudou, então. Não tem nada de dinâmico em uma sala cheia de livros velhos. Funciona muito bem assim, já que foi no lago que ele se matou, e tudo o mais. É como se o fim da história voltasse ao começo. É romântico, como aquele filme do Baz Luhrmann, *Romeu + Julieta*.

Vou ter que acreditar na palavra dela.

– Bem, eu tenho que ir correndo até a casa para pedir ajuda e, quando volto, ele já a tirou da água e a fez voltar a si. A atriz deve representar essa cena de um jeito que Emmeline fica tão distraída olhando para ele que nem nota que foi todo mundo ajudá-la. – Keira faz uma pausa, olha para mim com os olhos arregalados, como se tivesse sido bem clara. – Bem, você não acha que eu deveria... que Grace deveria... ter alguma reação?

Eu demoro a responder e ela se adianta:

– Não de uma forma óbvia. Apenas uma reação sutil. Você sabe... – Ela funga, empina o nariz e suspira. Eu não percebo que os gestos são uma atuação até ela mudar de expressão e tornar a me encarar com aqueles olhos arregalados. – Viu?

Eu hesito, escolhendo as palavras com cuidado.

– Vi... Você é que decide, claro, como vai representar seu personagem. Como vai representar Grace. Mas, se fosse eu, de volta a 1915, não acho que eu teria reagido... – Gesticulo na direção dela, incapaz de expressar em palavras o seu desempenho.

Ela me encara como se eu tivesse perdido alguma informação vital.

– Mas você não acha que é um tanto indelicado não agradecer a Grace por ter ido buscar ajuda? Eu me sinto estúpida de sair correndo e voltar, só para ficar ali parada de novo como um zumbi.

Eu suspiro.

– Talvez você tenha razão, mas era assim que as coisas aconteciam naquela época. Teria sido estranho se ela não se comportasse desse jeito. Entende?

Ela exibe um ar de dúvida.

– Eu não esperava que ela agisse de outra maneira.

– Mas você deve ter *sentido* alguma coisa.

– É claro. – Sou tomada de um súbito desagrado em falar dos mortos. – Eu só não demonstrava.

– Nunca? – Ela nem deseja nem espera uma resposta, e eu fico contente, porque não quero responder. Keira faz um beicinho. – Toda essa relação criada-patroa parece muito ridícula. Uma pessoa obedecendo às ordens de outra.

– Era outro tempo – comento simplesmente.

– É isso que Ursula também diz. – Ela suspira. – Mas não ajuda muito, ajuda? Quer dizer, representar significa reagir. É difícil criar um personagem interessante quando a ordem do diretor de cena é "não reaja". Eu me sinto como uma boneca de papelão, só "sim, senhora", "não, senhora", "três sacos cheios, senhora".

Eu concordo.

– Deve ser difícil.

– Eu fiz um teste para o papel de Emmeline – conta ela em tom confidencial. – Esse papel, *sim*, é um sonho. Uma personagem tão interessante. E tão glamorosa, levando em conta que ela era uma atriz e morreu daquele jeito em um acidente de carro. Você devia ver os figurinos.

Eu já vi os figurinos originais, mas prefiro não comentar nada.

– Mas eles queriam alguém que atraísse mais público. – Keira revira os olhos e examina as próprias unhas. – Eles até gostaram da minha audição, o produtor me chamou para mais dois *call backs*, disse que eu parecia mais com a Emmeline do que a Gwyneth Paltrow. – Ela pronuncia o nome da outra atriz com um desdém que rouba momentaneamente sua beleza. – A única coisa que ela tem a mais que eu é uma indicação ao Oscar, e todo mundo sabe que atores britânicos precisam se esforçar muito mais para ganhar uma estatueta. Ainda mais quem começa em novelas.

Noto sua decepção e não posso culpá-la; houve muitas ocasiões em que eu teria preferido ser Emmeline a ser a arrumadeira.

– Enfim, eu estou fazendo o papel de Grace e tenho que tirar o melhor proveito dele – argumenta ela, insatisfeita. – Além disso, Ursula prometeu que eu seria entrevistada para o DVD de lançamento, já que eu sou a única que tenho a oportunidade de conhecer o meu personagem na vida real.

– Fico feliz em ser útil.

– É – responde ela, sem entender a ironia.

– Você tem mais alguma pergunta?

– Vou ver.

Ela vira uma página e alguma coisa cai, voa até o chão como se fosse uma mariposa gigante, e pousa virada ao contrário. Quando ela se abaixa para pegar, eu vejo que é uma foto, um conjunto de figuras em preto e branco, com rostos sérios. Mesmo daquela distância, a imagem me é familiar. Eu lembro na mesma hora, da mesma forma que um filme assistido há muito tempo, um sonho, um quadro, pode ser lembrado apenas por sua forma.

– Posso ver? – pergunto, estendendo a mão.

Ela me passa a fotografia, depositando-a entre meus dedos retorcidos. Nossas mãos se tocam por um instante, e Keira afasta a dela rapidamente, com medo de se contaminar. Com velhice, talvez.

A fotografia é uma cópia. Sua superfície é lisa, fria e opaca. Eu viro a imagem na direção da janela para que fique contra a luz. Estreito os olhos para ver melhor através dos óculos.

Ali estamos nós. Todos os moradores de Riverton no verão de 1916.

Todo ano uma foto como essa era tirada; lady Violet fazia questão. Eram planejadas anualmente, o fotógrafo vinha de um estúdio em Londres, e o dia era comemorado com pompa e circunstância.

A fotografia resultante, duas fileiras de rostos sérios, olhando fixamente para a câmera encapuzada de preto, era depois entregue em mãos, ficava exposta por algum tempo sobre a lareira da sala de visitas, em seguida era colada na página apropriada do álbum de família dos Hartfords, junto com convites, cardápios e recortes de jornais.

Se fosse a fotografia de qualquer outro ano, talvez eu não soubesse a data.

Mas esta imagem em particular é memorável por causa dos acontecimentos que se seguiram a ela.

O Sr. Frederick está bem no centro, em primeiro plano, sua mãe de um lado, Jemima do outro. Jemima usa com um xale preto sobre os ombros para disfarçar a gravidez avançada. Hannah e Emmeline estão nas duas extremidades, dois parênteses – uma mais alta do que a outra – usando vestidos pretos idênticos. Vestidos novos, mas não do tipo que Emmeline imaginava.

Atrás do Sr. Frederick, no centro de uma fileira obscura, está o Sr. Hamilton, com a Sra. Townsend e Nancy ao lado. Katie e eu estamos atrás das meninas Hartford, com o Sr. Dawkins, o motorista, e o Sr. Dudley nas pontas. As fileiras são distintas. Só a babá Brown ocupa um lugar intermediário, cochilando em uma cadeira de junco do conservatório, nem na frente, nem atrás.

Eu contemplo o meu rosto sério, meu penteado austero que fazia minha cabeça parecer um alfinete, acentuando minhas orelhas grandes demais. Estou bem atrás de Hannah, com seu cabelo louro penteado em ondas, sobressaindo contra o preto do meu vestido.

Nós todos estamos com expressões sérias, um hábito da época, mas particularmente apropriado para esta fotografia. Os criados estão de preto, como sempre, mas a família também. Pois, naquele verão, ela se juntara ao luto generalizado na Inglaterra e no mundo.

Era o dia 12 de julho de 1916, o dia seguinte ao serviço fúnebre conjunto de lorde Ashbury e do major. O dia em que nasceu o bebê de Jemima, e o dia em que a pergunta que não calara foi respondida.

Fez calor demais naquele verão, o mais quente da vida de todos nós. O céu cinzento de inverno, onde a noite fluía para o dia, tinha passado e, em seu lugar, vieram semanas de longos dias de céu azul. O dia amanhecia rápido, límpido, brilhante.

No dia da fotografia, eu acordei mais cedo do que de costume. O sol estava acima das bétulas que margeavam o lago e entrava pela janela do sótão, bem na direção da minha cama e batendo no meu rosto. Eu não me importei. Era agradável, para variar, acordar com luz em vez de começar o trabalho na escuridão fria da casa adormecida. Para uma criada, o sol de verão era um companheiro constante nas atividades do dia.

O fotógrafo chegaria às nove e meia e, quando nos reunimos no gramado da frente, o ar estava sufocante. A família de andorinhas que considerava Riverton a sua casa buscara refúgio sob as calhas do sótão, observando-nos em silêncio e com curiosidade, perdendo a vontade de cantar. Até as árvores da entrada da casa estavam silenciosas. Suas copas folhosas estavam imóveis, como que para conservar energia, até que uma brisa as obrigasse a emitir um farfalhar enfadado.

Com o rosto coberto de suor, o fotógrafo nos arrumou, um por um, a família sentada, o resto de pé atrás. Lá ficamos nós, todos de preto, os olhos fixos na câmera e os pensamentos no cemitério.

Depois, no relativo frescor da sala de pedra dos empregados, o Sr. Hamilton mandou Katie servir limonada enquanto o restante ficava sentado apaticamente em volta da mesa.

– É o fim de uma era, isso é um fato – disse a Sra. Townsend, enxugando os olhos inchados com um lenço.

Ela passara a maior parte do mês de julho chorando, desde a notícia da morte do major, na França, fazendo uma pausa apenas para retomar com mais intensidade quando lorde Ashbury sofreu um derrame fatal na semana seguinte. Àquela altura, as lágrimas nem escorriam mais, seus olhos apenas permaneciam marejados.

– O fim de uma era – repetiu o Sr. Hamilton, sentado em frente a ela. – É isso mesmo, Sra. Townsend.

– Quando eu penso em milorde... – Sua voz falhou e ela balançou a cabeça, descansou os cotovelos na mesa e enterrou o rosto inchado nas mãos.

– O derrame foi repentino – comentou o Sr. Hamilton.

– Derrame! – exclamou a Sra. Townsend, erguendo o rosto. – Eles podem chamar assim, mas ele morreu mesmo foi de tristeza. Ouçam o que estou dizendo. Não suportou perder o filho daquele jeito.

– A senhora tem razão, Sra. Townsend – disse Nancy, amarrando no pescoço o lenço da guarda. – Os dois eram muito unidos, ele e o major.

– O major! – Os olhos da Sra. Townsend encheram-se de lágrimas outra vez e seu lábio inferior tremeu. – Aquele querido rapaz... Pensar que ele morreu daquele jeito. Em algum lamaçal horrível na França...

– O Somme – mencionei, testando a palavra, seu tom de mau augúrio. Pensei na última carta de Alfred, folhas de papel fino e engordurado que cheiravam a lugares distantes. Chegara dois dias antes, enviada da França na semana anterior. A carta tinha um tom leve, mas havia algo ali, nas entrelinhas, que me deixou inquieta. – É lá que Alfred está, Sr. Hamilton? No Somme?

– Eu diria que sim, menina. Pelo que ouvi na vila, acho que foi para lá que mandaram os Rapazes de Saffron.

Katie, que tinha chegado com uma bandeja de limonada, levou um susto.

– Sr. Hamilton, e se Alfred...

– Katie! – Nancy interrompeu-a bruscamente, olhando para mim enquanto a Sra. Townsend cobria a boca com a mão. – Cuidado com a bandeja e feche a matraca.

O Sr. Hamilton apertou os lábios.

– Meninas, não se preocupem com Alfred. Ele está com o moral elevado e em boas mãos. Os comandantes farão o que for melhor. Eles não mandariam Alfred e os rapazes para a frente de batalha se não confiassem em sua capacidade para defender o rei e o país.

– Isso não significa que ele não vá levar um tiro – concluiu Katie, emburrada. – O major levou, e ele é um herói.

– Katie! – O rosto do Sr. Hamilton ficou rubro e a Sra. Townsend ofegou. – Tenha mais respeito. – Ele baixou a voz e disse em um sussurro trêmulo: – Depois de tudo o que a família teve que suportar nestas últimas semanas... – O Sr. Hamilton balançou a cabeça e endireitou os óculos. – Não quero mais saber de você, menina. Vá para a copa e... – Ele se virou para a Sra. Townsend em busca de apoio.

A Sra. Townsend ergueu o rosto inchado e completou, entre soluços:

– E limpe todas as minhas fôrmas e panelas. Até as velhas que eu deixei para o homem das panelas.

Ficamos em silêncio enquanto Katie saía de fininho para a copa. Katie era uma tola, com aquela conversa sobre morte. Alfred sabia cuidar de si mesmo. Estava sempre falando isso em suas cartas, pedindo que eu não me acostumasse com suas tarefas porque ele voltaria logo para retomá-las. Pedindo que eu guardasse o seu lugar. Eu pensei em outra coisa que Alfred havia dito. Algo que tinha me deixado preocupada com relação aos nossos empregos.

– Sr. Hamilton – chamei baixinho. – Não quero faltar com o respeito, mas estava pensando no que tudo isso significa para nós... Quem dará as ordens agora que lorde Ashbury...?

– Deve ser o Sr. Frederick – respondeu Nancy. – Ele é o segundo filho de lorde Ashbury.

– Não – interveio a Sra. Townsend, olhando para o Sr. Hamilton. – Vai ser o filho do major. Quando ele nascer. Ele é o próximo na linha de sucessão.

– Eu diria que vai depender – respondeu o Sr. Hamilton, muito sério.

– De quê? – perguntou Nancy.

O Sr. Hamilton passou os olhos por nós.

– Vai depender se lady Jemima vai ter um menino ou uma menina.

A simples menção do nome dela fez a Sra. Townsend voltar a chorar.

– A pobrezinha... perdeu o marido. E vai ter um bebê. Isso não é justo.

– Imagino que haja outras como ela por toda a Inglaterra – disse Nancy, balançando a cabeça.

– Não é a mesma coisa – rebateu a Sra. Townsend. – Não é a mesma coisa quando acontece com alguém próximo.

A terceira sineta da fileira junto à escada soou e a Sra. Townsend deu um pulo.

– Meu Deus – disse ela, levando a mão ao peito.

– Porta da frente. – O Sr. Hamilton levantou-se e empurrou a cadeira para debaixo da mesa. – Lorde Gifford, sem dúvida. Veio ler o testamento. – Ele vestiu o paletó e endireitou o colarinho, depois olhou para mim por cima dos óculos antes de se dirigir à escada. – Lady Ashbury vai tocar para pedir o chá a qualquer momento, Grace. Depois de fazer isso, não se esqueça de levar uma jarra de limonada lá para fora, para a Srta. Hannah e a Srta. Emmeline.

Enquanto ele subia a escada, a Sra. Townsend deu uma batidinha no peito.

– Meus nervos não são mais os mesmos – comentou ela, triste.

– Esse calor não ajuda – disse Nancy, e olhou o relógio da parede. – Veja só, são apenas dez e meia. Lady Violet só vai pedir o almoço daqui a umas duas horas. Por que a senhora não descansa mais cedo hoje? Grace pode cuidar do chá.

Eu assenti, feliz por ter o que fazer para me distrair um pouco da tristeza que se abatera sobre a casa. Da guerra em si, de Alfred.

A Sra. Townsend olhou de Nancy para mim.

A expressão de Nancy ficou séria, mas sua voz estava mais suave que de costume.

– Venha, Sra. Townsend. Vai se sentir melhor depois de descansar. Vou garantir que tudo esteja encaminhado antes de sair para a estação.

A segunda sineta tocou, chamando da sala de visitas, e a Sra. Townsend deu outro pulo. Ela assentiu, parecendo frustrada e aliviada.

– Tudo bem. – Ela me encarou. – Mas me acorde se precisar de qualquer coisa, ouviu?

Eu subi com a bandeja pela escada escura da ala dos empregados e entrei no hall principal. Fui cercada imediatamente de luz e calor. Embora todas as cortinas da casa estivessem fechadas, por insistência de lady Ashbury em seguir o costume do luto fechado vitoriano, não havia cortinas cobrindo o painel de vidro que ficava sobre a porta da frente, e o sol entrava livremente. O que me lembrou a câmera fotográfica. A sala era um clarão de luz e vida no meio de uma caixa coberta por um pano preto.

Fui até a sala de visitas e abri a porta. O cômodo estava pesado com o ar morno e parado que tinha entrado no início do verão e ficado retido ali pela tristeza da casa. As enormes janelas francesas estavam fechadas, e tanto as pesadas cortinas de brocado quanto as cortinas internas de seda tinham sido fechadas, passando uma aura letárgica. Eu hesitei junto à porta. Havia um clima pesado que me fez odiar ter que entrar, algo que não tinha nada a ver com a escuridão ou o calor.

Quando meus olhos se acostumaram, o cenário sombrio da sala começou a se materializar. Lorde Gifford, um homem de idade avançada e rosto avermelhado, estava sentado na poltrona de lorde Ashbury, com uma pasta de couro preto aberta sobre o colo. Lia em voz alta, apreciando a ressonância de sua voz no ambiente mal iluminado. Na mesa ao lado, um elegante abajur de bronze com uma cúpula florida lançava um círculo de luz suave.

No sofá de couro em frente, Jemima estava sentada ao lado de lady Violet. Ambas viúvas. A mais velha parecia ter diminuído de tamanho desde aquela manhã: uma figura frágil vestida de preto, o rosto oculto por um véu de renda escura. Jemima também trajava preto, o rosto muito pálido. Suas mãos, normalmente gordas, agora pareciam pequenas e frágeis enquanto ela acariciava distraidamente a barriga. Lady Clementine tinha se retirado para o quarto, mas Fanny, ainda correndo atrás de um casamento com o Sr. Frederick, recebera permissão para assistir e estava sentada com um ar de importância do outro lado de lady Violet, com uma expressão forçada de pesar no rosto.

Sobre outra mesa próxima, as flores que eu tinha colhido no jardim aquela manhã, azaleias cor-de-rosa, clematites brancas e galhos de jasmim, pendiam tristes e desanimadas do jarro. O cheiro do jasmim enchia a sala com uma pungência sufocante.

Do outro lado da mesa, o Sr. Frederick estava de pé com a mão apoiada na cornija da lareira, alto e empertigado. À meia-luz, seu rosto parecia de cera, o olhar fixo, a expressão pétrea. O clarão fraco do abajur lançava uma sombra sobre um de seus olhos. O outro estava sombrio, focado. Enquanto eu o observava, percebi que ele também estava me observando.

Ele acenou a mão que descansava sobre a lareira: um gesto sutil que eu não teria percebido se o resto do seu corpo não estivesse tão imóvel. Queria que eu levasse a bandeja até ele. Olhei para lady Violet, insegura não só pela mudança de hábito, mas também pela atenção enervante do Sr. Frederick. Ela não olhou na minha direção, então eu fiz o que ele estava mandando, evitando cuidadosamente o seu olhar. Quando pousei a bandeja sobre a mesa, ele apontou na direção do bule de chá, mandando que eu servisse, depois voltou a olhar para lorde Gifford.

Eu nunca tinha servido o chá antes, não na sala de visitas, não para a patroa. Hesitei, sem saber ao certo como proceder, então peguei a jarra de leite, feliz pela escuridão, enquanto lorde Gifford continuava a falar:

– ... na realidade, fora as exceções já especificadas, todos os bens de lorde Ashbury, junto com seu título, deveriam passar para o seu filho mais velho e herdeiro, major Jonathan Hartford...

Ele fez uma pausa. Jemima reprimiu um soluço, que soou ainda mais triste por ter sido sufocado.

Frederick emitiu um ruído do fundo da garganta. Impaciência, eu deduzi, olhando rápido para ele enquanto despejava leite na última xícara. Ele estava com o queixo empinado em uma atitude severa e autoritária. Soltou o ar: uma expiração longa e medida. Seus dedos tamborilaram na lareira e ele disse:

– Prossiga, lorde Gifford.

Lorde Gifford ajeitou-se na cadeira de lorde Ashbury e o couro suspirou, lamentando a perda do seu dono. Ele pigarreou, ergueu a voz:

– ... como não foram tomadas outras providências depois da notícia da morte do major Hartford, os bens irão, de acordo com as leis da primogenitura, para o filho mais velho do major Hartford. – Ele olhou por cima dos óculos para a barriga de Jemima e continuou: – Se o major Hartford não tiver um filho homem, os bens e o título passarão para o segundo filho de lorde Ashbury, o Sr. Frederick Hartford.

Lorde Gifford ergueu os olhos e seus óculos refletiram a luz do abajur.

– Parece que teremos que esperar.

Ele fez uma pausa e eu aproveitei a oportunidade para servir o chá para as damas. Jemima aceitou sua xícara automaticamente, sem olhar para mim, descansando-a no colo. Lady Violet recusou. Só Fanny pegou a xícara de chá com algum apetite.

– Lorde Gifford, como o senhor prefere seu chá? – perguntou o Sr. Frederick com a voz calma.

– Com leite e sem açúcar – respondeu ele, passando os dedos pelo colarinho, afastando o tecido do pescoço suado.

Ergui cuidadosamente o bule e comecei a servir, tomando cuidado para não me queimar. Entreguei-lhe a xícara e o pires, e ele aceitou sem me encarar.

– Os negócios vão bem, Frederick? – perguntou ele, apertando os lábios antes de tomar o chá.

Com o canto do olho, vi o Sr. Frederick assentir.

– Muito bem, lorde Gifford. Meus homens fizeram a mudança da produção de automóveis para a produção de aviões, e há outro contrato em vista com o Ministério da Guerra.

Lorde Gifford ergueu uma sobrancelha.

– Vamos esperar que aquela companhia americana não se candidate. Dizem que eles produziram aviões suficientes para cada homem, mulher e criança da Inglaterra.

– Não vou negar que eles produziram um bocado de aviões, lorde Gifford, mas eu não voaria em nenhum deles.

– Não?

– Produção em massa – argumentou o Sr. Frederick, à guisa de explicação. – Gente trabalhando depressa demais, tentando acompanhar a linha de produção, sem tempo para fazer as coisas direito.

– O ministério não parece se importar com isso.

– O ministério só está preocupado com o resultado – disse o Sr. Frederick. – Mas isso vai mudar. Quando eles virem a qualidade do que estamos produzindo, não vão mais querer comprar aqueles aviões de lata. – E então ele riu alto demais.

Eu ergui os olhos, sem querer. Tive a impressão de que, para um homem que havia perdido o pai e o irmão em poucos dias, ele estava enfrentando muito bem a situação. Bem demais, eu pensei, e comecei a duvidar da descrição carinhosa que Nancy fizera dele, da devoção de Hannah, pendendo mais para a caracterização que David fizera, de um homem mesquinho e amargo.

– Alguma notícia do jovem David? – questionou lorde Gifford.

Enquanto eu entregava a xícara do Sr. Frederick, ele moveu o braço em um gesto abrupto, derrubando a bebida fumegante no tapete bessarabiano.

– Ah! – exclamei, nervosa. – Perdão, senhor.

Ele me encarou, percebeu algo em minha expressão. Chegou a abrir a boca para falar, então mudou de ideia.

Jemima arfou de repente, e todos olharam para ela. A mulher se empertigou, tocou a lateral do corpo e depois passou as mãos pela barriga retesada.

– O que foi? – indagou lady Violet por baixo do véu de renda.

Jemima não respondeu, ocupada, pelo que pareceu, em comunicar-se silenciosamente com seu bebê. Seu olhar estava perdido, parado, enquanto ela apalpava a barriga.

– Jemima? – chamou lady Violet, a preocupação deixando sua voz ainda mais tensa.

Jemima inclinou a cabeça como se estivesse prestando atenção.

– Ele parou de se mexer – sussurrou ela. Sua respiração estava ofegante. – Ficou chutando esse tempo todo, mas agora parou.

– Você precisa descansar – orientou lady Violet, engolindo em seco. – É esse maldito calor. Esse maldito calor. – Ela olhou ao redor, buscando confirmação. – Isso, e... – Ela balançou a cabeça, apertou os lábios, sem querer, talvez incapaz de pronunciar a última frase. – É só isso. – Ela reuniu toda a sua coragem, endireitou o corpo e disse com firmeza: – Você precisa descansar.

– Não – disse Jemima, o lábio inferior tremendo. – Eu quero ficar aqui. Por Jonathan. E pela senhora.

Lady Violet segurou as mãos dela, retirou-as delicadamente de cima da barriga e apertou-as.

– Eu sei que você quer. – Ela acariciou de leve o cabelo castanho de Jemima. Foi um gesto singelo, mas que me fez lembrar que lady Violet também era mãe. Sem se mover, ela disse: – Grace. Ajude a Sra. Hartford a subir para descansar.

– Sim, milady. – Eu fiz uma reverência e me aproximei de Jemima. Ajudei-a a se levantar, feliz pela oportunidade de deixar a sala e a tristeza nela contida.

Ao sair, com Jemima ao meu lado, percebi o que havia de diferente na sala, além da escuridão e do calor. O relógio da lareira, que normalmente marcava cada segundo com precisão, estava silencioso. Seus ponteiros pretos paralisados, obedecendo às instruções de lady Ashbury de parar todos os relógios do andar de cima às dez para as cinco, a hora exata da morte do marido.

A queda de Ícaro

Depois de deixar Jemima acomodada em seu quarto, voltei à sala dos empregados, onde o Sr. Hamilton examinava as panelas que Katie tinha esfregado. Ele ergueu os olhos da frigideira favorita da Sra. Townsend só para me dizer que as irmãs Hartford estavam na velha casa de barcos perto do lago e que eu deveria levar refrescos para elas. Fiquei contente de ele ainda não ter descoberto sobre o chá derramado. Eu peguei uma jarra de limonada no refrigerador, coloquei-a em uma bandeja junto com dois copos e uma travessa de sanduíches e saí pela porta de serviço.

Fiquei parada no último degrau, piscando até meus olhos se acostumarem à luz forte. Depois de um mês sem chuva, tudo perdera a cor. O sol estava no meio do céu e deixava tudo tão claro, dando ao jardim a aparência enevoada de uma das aquarelas no quarto de vestir de lady Violet. Embora eu estivesse de touca, a linha no centro da minha cabeça, onde eu repartia o cabelo, ficou instantaneamente queimada.

Eu atravessei o Gramado do Teatro, recém-aparado e com o cheiro soporífero de grama seca. Dudley estava agachado ali perto, aparando os canteiros às margens. As lâminas de sua tesoura estavam manchadas de verde, o metal brilhava.

Ele deve ter sentido a minha presença, porque se virou e estreitou os olhos.

– O sol está quente – disse, protegendo os olhos com as mãos.

– Dá para fritar um ovo na calçada – respondi, citando Nancy, imaginando se haveria verdade naquela expressão.

Na beira do gramado, uma escadaria de pedras cinzentas levava ao roseiral de lady Ashbury. Botões cor-de-rosa abraçavam as treliças, e abelhas agitavam-se em volta de seus miolos amarelos.

Passei por baixo da pérgula, abri o portão e comecei a descer a Longa Alameda: uma trilha de pedrinhas cinzentas no meio de um tapete de flores-de-mel brancas. No meio do caminho, a cerca viva de arbustos altos dava lugar a pequenos teixos que ladeavam o Jardim Egeskov. Hesitei quando dois jardins de topiaria apareceram, depois sorri para mim mesma e para o par de patos indignados que tinha saído do lago e me olhava com seus olhinhos pretos e brilhantes.

No fim do Jardim Egeskov ficava o segundo portão, a irmã esquecida (pois sempre existe uma irmã esquecida), vítima das vinhas do jasmineiro. Do outro lado, havia a fonte de Ícaro e, mais adiante, na beira do lago, a casa de barcos.

O fecho do portão estava começando a enferrujar, e eu precisei largar a bandeja para poder abri-lo. Depositei a bandeja no meio de uma plantação de morangos e usei os dedos para abrir o ferrolho. Abri o portão, peguei a bandeja e continuei, passando por uma nuvem de perfume de jasmim, na direção da fonte.

Embora Eros e Psique presidissem, grandes e magníficos, o gramado da frente, um prólogo para a casa imponente, havia algo de maravilhoso – um ar misterioso e melancólico – na pequena fonte, escondida na clareira ensolarada no fundo do jardim do sul.

O tanque redondo de pedras tinha 60 centímetros de altura e 6 metros de diâmetro. Era coberto de ladrilhos azuis, como o colar de safiras que lorde Ashbury tinha trazido para lady Violet depois de servir no Extremo Oriente. Do meio do tanque saía um enorme bloco de mármore marrom-dourado, da altura de dois homens, grosso na base e mais fino na ponta. No meio do bloco, de mármore creme, contrastando com o marrom, a figura em tamanho real de Ícaro tinha sido esculpida em posição reclinada. Suas asas, de mármore claro trabalhado para dar a impressão de penas, estavam amarradas nos braços estendidos e voltadas para trás, por sobre a rocha. Saindo do tanque para cuidar da figura caída, havia três sereias, seus cabelos compridos e cacheados emoldurando rostos angelicais: uma delas tinha uma pequena harpa, outra usava uma grinalda de folhas de hera, e a última estava com as mãos sob o torso de Ícaro, pele branca sob cor de creme, para erguê-lo das profundezas.

Naquele dia de verão, um par de andorinhas-azuis, alheias à beleza da estátua, desceram voando, pousaram sobre o bloco de mármore e tornaram a alçar voo, roçando a superfície do tanque e molhando os bicos. Enquanto eu observava, senti um calor e um forte e súbito desejo de mergulhar a mão na água fresca. Olhei para trás, na direção da casa, distraída demais em sua dor para reparar se uma criada, no fundo do jardim, parasse um momento para se refrescar.

Pousei a bandeja na beira do tanque e apoiei devagar um joelho sobre os ladrilhos, quentes sob minhas meias pretas. Inclinei-me para a frente e estendi a mão, recolhendo-a de novo ao primeiro toque da água beijada pelo sol. Enrolei a manga e me preparei para mergulhar o braço.

Ouvi uma risada, um arpejo musical na imobilidade do verão.

Parei, prestei atenção, inclinei a cabeça e olhei para o outro lado da estátua.

Então eu as vi, Hannah e Emmeline, não na casa de barcos, mas empoleiradas do outro lado da fonte. Meu choque foi duplo: elas tinham tirado seus vestidos pretos de luto e estavam apenas de combinação, corpete e ceroulas debruadas de renda. Suas botas também estavam jogadas no caminho de pedras brancas que rodeava o tanque. Seus cabelos longos brilhavam em cumplicidade com o sol. Eu olhei de novo na direção da casa, espantada com a coragem delas. Imaginando se a minha presença me tornava, de alguma forma, cúmplice das duas. Imaginando se eu temia ou desejava que sim.

Emmeline estava deitada de costas: os pés juntos, as pernas dobradas, os joelhos tão brancos quanto sua combinação, saudando o claro céu azul. Um dos braços estava erguido de modo que sua cabeça descansasse sobre a mão. O outro – de pele macia e clara, estranho ao sol – se estendia sobre a fonte, seu pulso movendo-se preguiçosamente, os dedos roçando a superfície da água. Ondas pequeninas se debatiam.

Hannah estava sentada ao lado, uma perna encolhida sob o corpo, a outra dobrada de modo que o queixo descansava sobre o joelho, seus dedos dos pés flertando com a água. Abraçava a perna com os braços e de uma de suas mãos pendia um pedaço de papel tão fino que era quase transparente sob o clarão do sol.

Eu retirei o braço, desenrolei a manga, me recompus. Com um último olhar de desejo para o lago, peguei a bandeja.

Ao me aproximar, pude ouvi-las conversando.

– ... Eu acho que ele está sendo muito teimoso – disse Emmeline. Havia uma pilha de morangos entre as duas, e ela enfiou um na boca e jogou o galhinho no jardim.

Hannah deu de ombros.

– Papai sempre foi teimoso.

– Mesmo assim. É bobagem recusar. Se David se dá o trabalho de escrever para nós lá da França, o mínimo que papai podia fazer era ler a carta.

Hannah olhou para a estátua e inclinou a cabeça; as ondinhas na água cintilaram refletidas em seu rosto.

– David fez papai de bobo. Ele partiu escondido, exatamente o que papai tinha dito a ele para não fazer.

– Mas isso foi há mais de um ano.

– Papai não perdoa com facilidade. David sabe disso.

– Mas é uma carta tão *engraçada*. Leia de novo a parte que fala do refeitório, do pudim.

– Eu *não* vou ler de novo. Eu não devia ter lido as últimas três vezes. É muito grosseira para os seus jovens ouvidos. – Ela estendeu a carta, que fez sombra no rosto de Emmeline. – Tome. Pode ler sozinha. Tem uma ilustração esclarecedora na segunda página.

Um vento quente soprou e o papel tremulou, permitindo que eu visse as linhas pretas de um desenho no canto superior.

Meus passos ressoaram nas pedras brancas. Emmeline ergueu os olhos e me viu parada atrás de Hannah.

– Ufa, limonada – disse ela, tirando o braço do tanque, esquecendo a carta. – Que bom. Eu estou morrendo de sede.

Hannah se virou, enfiando a carta na cintura.

– Grace – cumprimentou ela, sorrindo.

– Estamos nos escondendo daquele velho babão do lorde Gifford – disse Emmeline, sentando-se de costas para a fonte. – Uhm, este sol está delicioso. Me subiu direto à cabeça.

– E ao rosto – completou Hannah.

Emmeline ergueu o rosto para o sol, fechou os olhos.

– Não faz mal. Eu queria que fosse verão o ano inteiro.

– Lorde Gifford já foi embora, Grace? – perguntou Hannah.

– Não sei ao certo, senhorita. – Depositei a bandeja na beirada da fonte. – Acho que sim. Ele estava na sala de visitas quando eu servi o chá, e milady não falou se ele iria ficar.

– Espero que não – disse Hannah. – Já tem muita coisa desagradável acontecendo no momento para eu ter que aturá-lo tentando olhar meu decote a tarde inteira.

Havia uma mesinha de ferro forjado ao lado de um canteiro de madressilvas cor-de-rosa e amarelas e eu a carreguei até a fonte para colocar os refrescos. Enfiei seus pés curvos entre as pedras e pus a bandeja sobre ela; comecei a servir a limonada.

Hannah rolava um galhinho de morango entre o polegar e o indicador.

– Por acaso você ouviu alguma coisa do que lorde Gifford estava dizendo, Grace?

Eu hesitei. Não devia ficar escutando enquanto servia o chá.

– Sobre os bens do vovô – insistiu ela. – Sobre Riverton.

Hannah não me encarou, e desconfiei que estivesse se sentindo tão sem jeito quanto eu.

Engoli em seco, pousei a jarra.

– Eu... eu não sei, senhorita...

– Ela ouviu! – exclamou Emmeline. – Dá para ver; ela está vermelha. Você ouviu, não foi? – Ela se inclinou para a frente, arregalando os olhos. – Então, conte. O que vai acontecer? Papai vai herdar a casa? Vamos ficar aqui?

– Eu não sei, senhorita – respondi, me retraindo como sempre fazia quando Emmeline se dirigia autoritariamente a mim. – Ninguém sabe.

Emmeline pegou um copo de limonada.

– Alguém deve saber – disse ela com arrogância. – Lorde Gifford, eu imagino. Por que ele viria aqui hoje se não fosse para falar do testamento do vovô?

– O que eu quis dizer, senhorita, é que depende.

– De quê?

– Do bebê de tia Jemima – respondeu Hannah, e olhou para mim. – É isso, não é, Grace?

– Sim, senhorita – confirmei, baixinho. – Pelo menos eu acho que era isso que eles estavam dizendo.

– Do bebê de tia Jemima? – disse Emmeline.

– Se for um menino, então tudo pertence a ele por direito – explicou Hannah, pensativa. – Se não for, papai se torna lorde Ashbury.

Emmeline, que tinha acabado de morder um morango, tapou a boca com a mão e riu.

– Imagine. Papai, senhor do castelo. É *muito* engraçado.

A fita cor de pêssego na cintura da sua combinação tinha ficado presa na beirada da fonte e estava desfiando. Um fio comprido fazia um zigue-zague por sua perna. Eu precisava me lembrar de consertá-la mais tarde.

– Você acha que ele ia querer que nós morássemos aqui?

Sim, pensei esperançosa. Riverton tinha ficado tão silenciosa no último ano. Eu não tinha nada para fazer a não ser tirar o pó de quartos vazios e tentar não me preocupar demais com quem ainda estava lutando.

– Eu não sei – respondeu Hannah. – Espero sinceramente que não. Já é ruim o suficiente ficar presa aqui durante o verão. Os dias são duas vezes mais longos no campo, e não se tem nada para fazer para preenchê-los.

– Aposto que ele ia querer.

– Não – disse Hannah com firmeza. – Papai não aguentaria ficar longe da fábrica.

– Eu não sei. Se tem uma coisa de que papai gosta mais do que dos seus motores idiotas é Riverton. É o seu lugar preferido no mundo. – Ela ergueu os olhos para o céu. – Embora eu não entenda por que alguém gostaria de ficar preso no meio do nada sem ter com quem conversar... – Ela parou de repente. – Hannah, você sabe o que eu acabei de pensar? Se papai se tornar lorde, então também teremos um título de nobreza, não é?

– Acho que sim. Grande coisa.

Emmeline deu um salto e revirou os olhos.

– É mesmo uma grande coisa. – Ela pôs o copo de volta na mesa e subiu na beirada do tanque. – A honorável Emmeline Hartford da Mansão Riverton. Soa muito bem, não acha? – Ela se virou e fez uma reverência para o seu reflexo, bateu as pestanas e estendeu a mão. – Prazer em conhecê-lo, belo senhor. Eu sou a honorável Emmeline Hartford.

Ela riu, encantada com a própria brincadeira, e começou a saltitar pela beirada de ladrilhos, com os dois braços esticados para se equilibrar, repetindo a apresentação entre gargalhadas.

Hannah a observou, confusa.

– Você tem irmãs, Grace?

– Não, senhorita. Nem irmãos.

– É mesmo? – disse ela, como se a existência sem irmãos fosse algo em que nunca houvesse pensado.

– Eu não tive essa sorte. Somos só mamãe e eu.

Ela me encarou, estreitando os olhos por causa do sol.

– Sua mãe. Ela trabalhou aqui.

Foi mais uma afirmação do que uma pergunta.

– Sim, senhorita. Até eu nascer.

– Você se parece muito com ela. Suas feições, quero dizer.

Eu fiquei espantada.

– A senhorita...

– Eu vi o retrato dela. No álbum da vovó. Uma das fotos dos moradores da casa no século passado. – Ela deve ter percebido minha confusão, porque continuou: – Não que eu estivesse procurando por ela; não foi isso, Grace. Estava tentando encontrar um determinado retrato da minha mãe quando vi a foto. A semelhança entre vocês é marcante. O mesmo rosto bonito, os mesmos olhos bondosos.

Eu nunca tinha visto um retrato da mamãe – não de quando ela era jovem –, e a descrição de Hannah foi tão diferente da mãe que eu conhecia que fui tomada de um desejo súbito e irreprimível de ver aquele retrato. Eu sabia onde lady Ashbury guardava o álbum – na gaveta da esquerda da escrivaninha. E eu ficava muitas vezes sozinha limpando a sala de visitas, quando Nancy não estava. Se eu me certificasse de que não houvesse ninguém por perto, e se fosse bem rápida, talvez conseguisse dar uma olhada nele. Eu me perguntei se teria coragem de fazer isso.

– Por que ela não voltou para Riverton? – quis saber Hannah. – Quero dizer, depois que você nasceu?

– Não era possível, senhorita. Não com um bebê.

– Tenho certeza de que vovó já manteve famílias na criadagem antes. – Ela sorriu. – Imagine só: se ela tivesse voltado, teríamos nos conhecido desde crianças. – Hannah olhou na direção da água e franziu a testa. – Talvez ela fosse infeliz aqui e não tenha querido voltar, não?

– Eu não sei – respondi, inexplicavelmente sem graça de estar falando sobre mamãe com Hannah. – Ela não fala muito sobre isso.

– Ela está trabalhando em outro lugar?

– Agora faz serviços de costura, senhorita. Na vila.

– Ela trabalha por conta própria?

– Sim, senhorita. – Eu nunca tinha pensado naqueles termos.

Hannah assentiu.

– Deve ser gratificante.

Eu olhei para ela, sem saber se estava brincando. Mas seu rosto estava sério. Pensativo.

– Não sei – falei, gaguejando. – Eu... eu vou visitá-la esta tarde. Posso perguntar, se a senhorita quiser saber.

Havia uma sombra em seus olhos, como se seus pensamentos estivessem muito longe. Ela me encarou e a sombra desapareceu.

– Não. Não é importante. – Ela brincou com a ponta da carta de David, que ainda estava enfiada na sua combinação. – Você teve notícias de Alfred?

– Sim, senhorita – respondi, contente por ela ter mudado de assunto. Alfred era território mais seguro. Ele fazia parte daquele mundo. – Recebi uma carta dele na semana passada. Vai estar aqui de licença em setembro. Pelo menos é o que esperamos.

– Setembro. Não falta muito. Você vai ficar feliz em vê-lo.

– Ah, sim, vou mesmo.

Hannah sorriu com um ar maroto, e eu enrubesci.

– O que eu quis dizer, senhorita, foi que todos nós do andar de baixo vamos ficar felizes em vê-lo.

– É claro que você vai ficar feliz, Grace. Alfred é um ótimo sujeito.

Meu rosto estava vermelho. Hannah tinha adivinhado corretamente. Embora Alfred ainda escrevesse as cartas endereçando-as a toda a criadagem, elas estavam ficando cada vez mais dirigidas unicamente a mim. Seu conteúdo também estava mudando. A conversa sobre a guerra vinha sendo substituída por assuntos domésticos e outros segredos. A saudade que ele sentia de mim, quanto gostava de mim. O futuro... Eu pisquei.

– E o Sr. David, senhorita? – perguntei. – Ele vai voltar logo?

– Ele acha que em dezembro. – Ela passou os dedos pelo medalhão, olhou para Emmeline e baixou a voz: – Sabe de uma coisa? Tenho a sensação de que vai ser a última vez que ele vai voltar para casa.

– Como assim?

– Agora que ele escapou, Grace, que viu o mundo... Bem, ele tem uma nova vida, não é? Uma vida de verdade. A guerra vai terminar, ele vai ficar em Londres e estudar piano e se tornar um grande músico. Viver uma vida empolgante e cheia de aventura, como nos jogos que costumávamos jogar... – Ela olhou na direção da casa e seu sorriso desapareceu. Então ela suspirou. Um suspiro longo que fez seus ombros murcharem. – Às vezes...

A frase flutuou entre nós: lânguida, pesada, cheia, e eu esperei pela conclusão que não veio. Não encontrei nada para dizer, então fiz o que sabia fazer melhor: fiquei em silêncio e despejei o resto da limonada em seu copo.

Então ela olhou para mim. Estendeu o copo.

– Tome, Grace. Esse copo é para você.

– Ah, não, senhorita. Obrigada. Eu estou bem.

– Bobagem – disse Hannah. – Seu rosto está quase tão vermelho quanto o de Emmeline. Tome. – Ela estendeu o copo com insistência.

Eu olhei para Emmeline, que estava colocando flores cor-de-rosa e amarelas para flutuar do outro lado da fonte.

– De verdade, senhorita, eu...

– Grace – disse ela, fingindo severidade. – Está quente, e eu insisto.

Suspirei e peguei o copo. Estava frio, tentadoramente frio. Eu o ergui até os lábios, só um golinho, talvez...

Uma exclamação empolgada, vinda de trás, fez Hannah se virar. Eu ergui os olhos e tentei enxergar contra a luz. O sol tinha começado a baixar e o ar estava enevoado.

Emmeline estava agachada no meio da estátua, na plataforma perto de Ícaro. Seu cabelo claro estava solto e ondulado, e ela prendera uma flor branca atrás da orelha. A barra molhada da sua combinação estava grudada em suas pernas.

Naquela luz branca e quente, ela parecia fazer parte da estátua. Uma quarta sereia, que tinha ganhado vida. Ela acenou para nós. Para Hannah.

– Venha aqui. Dá para enxergar até o lago.

– Eu já vi – respondeu Hannah. – Fui eu que mostrei para você, lembra?

Ouviu-se um ronco no céu, e um avião passou. Eu não soube que tipo de avião era. Alfred teria sabido.

Hannah ficou olhando até o avião desaparecer, um pontinho no céu ensolarado. Então ela se levantou de repente, com um ar determinado, e foi rapidamente até o banco onde estavam suas roupas. Eu larguei a limonada e fui ajudá-la a colocar o vestido preto.

– O que você está fazendo? – perguntou Emmeline.

– Estou me vestindo.

– Por quê?

– Tenho uma coisa para fazer em casa. – Hannah ficou parada enquanto eu arrumava seu corpete. – Verbos franceses para a Srta. Prince.

– Desde quando? – Emmeline franziu o nariz, desconfiada. – Estamos de férias.

– Eu pedi uns exercícios extras.

– Não pediu, não.

– Pedi, sim.

– Bem, eu também vou – afirmou Emmeline, sem se mover.

– Ótimo – respondeu Hannah calmamente. – E se você ficar entediada, talvez lorde Gifford ainda esteja lá para lhe fazer companhia.

Ela se sentou no banco do jardim e começou a amarrar as botas.

– Anda – disse Emmeline, fazendo beicinho. – Conte o que você vai fazer. Você sabe que eu sei guardar segredo.

– Graças a Deus – disse Hannah, olhando para ela com os olhos arregalados. – Eu não ia querer que ninguém descobrisse que estou estudando verbos franceses.

Emmeline ficou encarando Hannah e batendo com as pernas em uma asa de mármore. Ela inclinou a cabeça.

– Você *jura* que é só isso?

– Eu *juro*. Vou para a casa fazer umas traduções.

Então ela olhou rapidamente para mim, e eu compreendi a sua meia verdade. Ela ia fazer umas traduções, mas de estenografia, não de francês. Eu baixei os olhos, extremamente contente com o meu papel de conspiradora.

Emmeline balançou a cabeça devagar, estreitou os olhos.

– Mentira é um pecado mortal, sabia? – disse, desconfiada.

– Sim, sua carola – respondeu Hannah, rindo.

Emmeline cruzou os braços.

– Tudo bem. Pode guardar seus segredinhos bobos. Eu não ligo.

– Ótimo. Tudo certo, então. – Hannah sorriu para mim e eu retribuí o sorriso. – Obrigada pela limonada, Grace.

E então ela desapareceu, atravessou o portão e seguiu pela Longa Alameda.

– Eu ainda vou descobrir – comentou Emmeline para as costas da irmã. – Sempre descubro.

Não houve resposta e ouvi Emmeline bufar. Quando me virei para encará-la, a flor branca que estivera enfeitando seu cabelo estava rodopiando até o chão. Ela me encarou, irritada.

– Essa limonada é para mim? Estou morrendo de sede.

Minha visita a mamãe naquela tarde foi breve e não teria sido notável se não fosse por uma coisa.

Normalmente, quando eu ia visitá-la, mamãe e eu nos sentávamos na cozinha, onde a luz era melhor para costurar e onde tínhamos passado a maior parte do tempo juntas antes de eu ir para Riverton. Naquele dia, entretanto, quando ela me recebeu na porta, me levou para a salinha de estar que dava para a cozinha. Eu fiquei surpresa, e imaginei quem mais mamãe estaria esperando, pois a sala raramente era usada, sempre reservada para a visita de gente importante como o Dr. Arthur ou o pastor da igreja. Eu me sentei na cadeira ao lado da janela e esperei enquanto ela ia buscar o chá.

Mamãe tinha feito um esforço para deixar a sala apresentável. Eu reconheci os sinais. Um vaso que pertencera à mãe dela, de porcelana branca com tulipas pintadas na frente, estava na mesinha lateral, ostentando orgulhosamente um ramo de margaridas cansadas. E a almofada que ela costumava amassar para apoiar suas costas enquanto trabalhava tinha sido alisada e arrumada no meio do sofá. Parecia estranha ali, contemplando o mundo como se sua única função fosse decorativa.

O cômodo estava especialmente limpo – os anos no serviço de criadagem deram a mamãe padrões elevadíssimos –, mas ainda me pareceu menor e mais sem graça do que eu me lembrava. As paredes amarelas que antes me pareciam alegres estavam desbotadas e envergadas, como se apenas o sofá e as cadeiras as mantivessem de pé. Os quadros pendurados, cenas do mar que inspiraram muitas das minhas fantasias infantis, haviam perdido o encanto e agora me pareciam apenas abatidos, em molduras baratas.

Mamãe trouxe o chá e sentou-se defronte a mim. Eu a observei servi-lo. Só havia duas xícaras. Seríamos só nós duas, afinal. A sala, as flores, a almofada eram para mim.

Aceitei a xícara que ela me oferecia e notei a pequena rachadura na borda. O Sr. Hamilton desaprovaria. Louça lascada não era permitida em Riverton, nem mesmo na sala dos empregados.

Mamãe segurou sua xícara com as duas mãos e eu notei que seus dedos estavam endurecidos, sobrepostos. Ela não teria condições de costurar naquele estado. Eu imaginei havia quanto tempo estaria assim, como estava conseguindo sobreviver. Eu mandava parte do meu salário para ela toda semana, mas certamente não era suficiente. Com muita cautela, toquei no assunto.

– Isso não é da sua conta – respondeu ela. – Estou me arranjando.

– Mamãe, você devia ter me contado. Eu posso mandar mais dinheiro. Não tenho com o que gastar.

Seu rosto magro vacilou entre a defensiva e a derrota. Ela enfim suspirou.

– Você é uma boa menina, Grace. Está fazendo a sua parte. O azar da sua mãe não é preocupação sua.

– É claro que é, mamãe.

– Só tome cuidado para não cometer os mesmos erros que eu.

Eu tomei coragem e perguntei delicadamente:

– Que erros, mamãe?

Ela desviou os olhos e eu esperei, o coração batendo forte, enquanto ela mordia o lábio ressecado. Eu me perguntei se ela finalmente me confiaria os segredos que sempre existiram entre nós...

– Bobagem – disse ela por fim, virando-se para me olhar.

E assim a oportunidade foi perdida mais uma vez. Ela ergueu o queixo e perguntou sobre a casa, a família, como sempre fazia. O que eu esperava? Uma mudança súbita, incrível, de hábitos? Uma efusão de rancores do passado que explicassem a rispidez da minha mãe, que permitisse que chegássemos a um entendimento até então impossível?

Sabe, talvez eu esperasse isso. Era jovem, e essa é minha única desculpa. Mas isto é a história de uma vida, não uma ficção, então não se surpreenda por não ter acontecido. Engoli a minha decepção e contei a ela sobre as mortes, sem conseguir evitar um tom culpado de superioridade ao falar sobre a recente desgraça sofrida pela família. Primeiro o major – o telegrama de tarja preta recebido pelo Sr. Hamilton, os dedos de Jemima tremendo tanto que ela quase não conseguiu abri-lo – e em seguida lorde Ashbury, poucos dias depois.

Ela balançou lentamente a cabeça, um ato que acentuou seu pescoço comprido e fino, e pousou a xícara de chá.

– Eu já tinha ouvido a respeito. Não sabia o que era boato ou não. Você sabe como esta vila gosta de fofocas.

Eu assenti.

– Do que foi que lorde Ashbury morreu, então?

– O Sr. Hamilton disse que foi em parte derrame e em parte o calor.

Mamãe continuou a balançar a cabeça, mordendo o interior da bochecha.

– E o que foi que a Sra. Townsend disse?

– Ela disse que não foi nada disso. Que ele apenas morreu de tristeza. – Baixei a voz, adotando o mesmo tom reverente que a Sra. Townsend tinha usado. – Ela falou que a morte do major partiu o coração de milorde. Que, quando o major levou um tiro, todas as esperanças e os sonhos do pai se esvaíram em sangue junto com ele no solo da França.

Mamãe sorriu, mas não um sorriso feliz. Voltando a balançar lentamente a cabeça, ela olhou para a parede com seus quadros do mar distante.

– Coitadinho do Frederick – comentou ela.

Isso me surpreendeu e, a princípio, achei que tinha ouvido mal ou que ela tivesse cometido um erro, dito o nome errado, porque não fazia sentido. Coitado do lorde Ashbury. De lady Violet. Coitada da Jemima. Mas Frederick?

– Não precisa se preocupar com ele. É provável que ele herde a casa.

– Dinheiro não traz felicidade, menina.

Eu não gostava quando mamãe falava de felicidade. O sentimento soava vazio em sua boca. Mamãe, com seus olhos tristes e sua casa vazia, era a última pessoa no mundo para dar conselhos sobre isso. Eu me senti de certa forma repreendida. Por um erro que não sabia explicar.

– Diga isso a Fanny – respondi, emburrada.

Mamãe franziu a testa, e eu percebi que o nome era desconhecido para ela.

– Ah – murmurei, inexplicavelmente animada. – Eu me esqueci. Você não a conhece. Ela é pupila de lady Clementine. Tem esperança de se casar com o Sr. Frederick.

Mamãe me olhou, incrédula.

– Casar? Com Frederick?

Assenti.

– Fanny passou o ano inteiro se esforçando para isso.

– Ele não pediu a mão dela?

– Não. Mas é só uma questão de tempo.

– Quem foi que disse isso? A Sra. Townsend?

Balancei a cabeça.

– Não. Nancy.

Mamãe se recuperou um pouco, conseguiu dar um sorriso.

– Ela está enganada, essa tal de Nancy. Frederick não se casaria de novo. Não depois de Penelope.

– Nancy nunca erra.

Mamãe cruzou os braços.

– Errou dessa vez.

A certeza dela me irritou, como se soubesse melhor do que eu o que acontecia na casa.

– Até a Sra. Townsend concorda. Ela diz que lady Violet aprova o casamento e que, embora o Sr. Frederick pareça não ligar para o que a mãe diz, ele nunca a contrariou nos assuntos importantes.

– Não – concordou mamãe, seu sorriso desaparecendo. – É, acho que não mesmo. – Ela se virou para olhar pela janela aberta. Para o muro de pedra da casa ao lado. – Eu nunca pensei que ele se casaria de novo.

A voz dela tinha perdido toda a determinação, e eu me senti mal. Envergonhada do meu desejo de colocá-la em seu lugar. Mamãe gostava daquela tal Penelope, da mãe de Hannah e Emmeline. Pelo menos eu achava que sim. O que mais explicaria sua relutância em ver o Sr. Frederick substituir a esposa morta? Ou sua decepção quando eu insisti que era verdade? Eu segurei a mão dela.

– Você tem razão, mamãe. Eu estava falando sem saber. Não tem nada certo.

Ela não respondeu.

Eu me inclinei para mais perto.

– E ninguém pode dizer que o Sr. Frederick gosta de Fanny. Ele olha com mais carinho para os seus cavalos.

Minha brincadeira foi uma tentativa de agradar a ela, e fiquei contente quando mamãe se virou para mim. Surpresa também, porque naquele momento, com a luz do entardecer batendo em seu rosto e tirando reflexos verdes dos seus olhos castanhos, mamãe estava quase bonita. Era uma palavra que eu nunca associara a ela. Asseada e arrumada, talvez, mas nunca bonita.

Pensei nas palavras de Hannah, na conversa sobre o retrato de mamãe, e fiquei ainda mais decidida a vê-lo. Vislumbrar o tipo de pessoa que ela teria sido. A menina que Hannah chamou de bonita e da qual a Sra. Townsend se lembrava com tanto carinho.

– Ele sempre adorou montar – disse ela, pousando a xícara de chá no peitoril da janela.

Então me surpreendeu ao segurar minha mão e acariciar os calos que eu tinha na palma.

– Conte-me sobre suas novas obrigações. Pelo estado da sua mão, você tem trabalhado um bocado por lá.

– Nem tanto – respondi, comovida com sua rara demonstração de afeto. – Não gosto muito de limpar e lavar, mas há outras tarefas que não me desagradam.

– Ah, é? – Ela inclinou a cabeça.

– Nancy anda tão ocupada na estação que eu tenho trabalhado muito mais no andar de cima.

– Você gosta disso, minha filha? – perguntou ela com uma voz suave. – De ficar no andar de cima daquela casa enorme?

Eu assenti.

– E do que é que você gosta lá em cima?

De estar naquelas salas bonitas, cheias de porcelanas delicadas e quadros e tapeçarias. Ouvir Hannah e Emmeline brincando, rindo, sonhando. Eu me lembrei do sentimento que mamãe mencionara, e de repente encontrei uma forma de lhe agradar.

– Eu me sinto feliz. – E então confessei uma coisa que nunca tinha confessado nem para mim mesma: – Um dia espero me tornar uma boa camareira.

Ela olhou para mim, franzindo a testa.

– Tem bastante futuro na profissão de camareira, minha filha – disse ela, com um tom mais agudo na voz. – Mas felicidade... A felicidade se busca em casa. Ela não deve ser colhida no jardim dos outros.

Eu ainda estava pensando no comentário de mamãe no caminho de volta a Riverton, no fim da tarde. Ela quisera me dizer para não esquecer o meu lugar, é claro; eu já tinha ouvido aquele sermão mais de uma vez. Ela queria que eu me lembrasse de que a minha felicidade só poderia estar no carvão da lareira da sala dos empregados, não nas pérolas delicadas do quarto de vestir de uma dama. Mas os Hartfords não eram "os outros". E, se eu extraía um pouco de felicidade da convivência com eles, de ouvir suas conversas, cuidar de seus belos vestidos, que mal havia nisso?

Então pensei que ela estava com inveja. Inveja do meu lugar naquela casa. Ela servira a Penelope, a mãe das meninas, por isso tinha ficado tão desapontada com a minha conversa sobre o Sr. Frederick se casando de novo. E então, me vendo na posição que um dia ela ocupara, mamãe se lembrou de tudo que fora obrigada a abandonar. Entretanto, ela tinha sido obrigada mesmo? Hannah disse que lady Violet já tinha empregado famílias antes. E se mamãe estava com inveja por eu ter tomado o lugar dela, por que insistira tanto para que eu fosse trabalhar em Riverton?

Chutei irritada um montinho de terra remexida pelos cascos de um cavalo. Era impossível. Eu nunca desvendaria os segredos que mamãe erguera entre nós. E se ela mesma não queria explicar, se só me oferecia sermões misteriosos sobre ter azar e sobre me lembrar do meu lugar, como podia esperar que eu lhe atendesse?

Suspirei profundamente. Não atenderia. Mamãe me deixara poucas opções além de trilhar meu próprio caminho, e era o que eu pretendia fazer. E não via problema se isso significasse ter a ambição de ascender mais um cargo.

Eu atravessei a alameda ladeada de árvores, parando por um momento para observar a casa. O sol tinha mudado de posição e Riverton estava sob a sombra. Um enorme besouro preto na colina, atarracada sob o peso do calor e da própria tristeza. Entretanto, ali parada, senti uma sensação reconfortante de segurança. Pela primeira vez na vida eu me senti sólida; em algum ponto entre a vila e Riverton eu tinha perdido a sensação de que, se não me segurasse bem, seria varrida pelo vento.

Entrei no hall de serviço escuro e atravessei o corredor. Meus passos ecoaram no chão de pedra. Quando cheguei à cozinha, estava tudo silencioso. O cheiro de ensopado de carne ainda entranhado nas paredes, mas não havia ninguém ali. Atrás de mim, na sala de jantar, o relógio soava alto. Eu espiei pela porta. A sala também estava vazia. Uma solitária xícara de chá jazia pousada no pires sobre a mesa, mas seu dono não estava à vista. Eu tirei o chapéu, pendurei-o em um gancho da parede e alisei a saia. Suspirei e o som resvalou nas paredes silenciosas. Sorri de leve. Eu nunca tivera o andar de baixo só para mim antes.

Olhei para o relógio. Eu só era esperada dali a meia hora. Tomaria uma xícara de chá. A que eu tomara na casa de mamãe tinha deixado um gosto amargo em minha boca.

O bule de chá na bancada da cozinha ainda estava quente, coberto com sua capa de lã. Eu estava arrumando a xícara quando Nancy apareceu quase voando, arregalando os olhos ao me ver.

– É Jemima – disse ela. – O bebê está vindo.

– Mas ele só deveria nascer em setembro – respondi.

– Bem, ele não sabe disso, sabe? – rebateu ela, jogando uma toalhinha na minha direção. – Leve isto e uma tigela de água quente lá para cima. Não encontrei mais ninguém, e alguém tem que ir chamar o médico.

– Eu não estou de uniforme...

– Não acho que mãe e filho vão se importar com isso – disse Nancy, desaparecendo na copa do Sr. Hamilton para usar o telefone.

– Mas o que eu digo? – perguntei para o cômodo vazio, para mim mesma, para o pano que tinha na mão. – O que eu faço?

Nancy enfiou a cabeça pela porta.

– Bem, eu não sei. Você vai conseguir. – Ela gesticulou. – Diga a ela que está tudo bem. Se Deus quiser, vai mesmo ficar tudo bem.

Eu pendurei a toalha no ombro, enchi uma tigela de água morna e subi, como Nancy tinha mandado. Minhas mãos estavam tremendo e derramei um pouco de água no tapete do corredor, deixando manchas de um vermelho escuro.

Quando cheguei ao quarto de Jemima, hesitei. De trás da porta pesada veio um gemido abafado. Eu respirei fundo, bati e entrei.

O quarto estava escuro, com a exceção de uma pequena fresta entre as cortinas. A faixa de luz estava cheia de poeira suspensa. A cama de dossel era um volume escuro no centro do quarto. Jemima estava deitada, imóvel, respirando com dificuldade.

Eu fui na ponta dos pés até a cama e me agachei ao lado dela. Coloquei a tigela sobre a mesinha de cabeceira.

Jemima gemeu e eu mordi o lábio, sem saber o que fazer.

– Pronto – falei baixinho, como mamãe falava comigo quando eu tive escarlatina. – Calma.

Ela estremeceu, respirou ofegante. Fechou os olhos.

– Está tudo bem – comentei, molhando a toalha na água e a dobrando em quatro para colocá-la sobre sua testa.

– Jonathan... Jonathan... – O nome dele soava belo nos lábios dela.

Não havia nada que eu pudesse dizer, então fiquei calada.

Ela tornou a gemer, a reclamar. Contorceu-se, gemendo contra o travesseiro. Seus dedos buscavam consolo no lençol vazio ao seu lado.

Então ela tornou a ficar imóvel. Sua respiração ficou mais lenta.

Eu tirei o pano de sua testa. Ele estava quente e voltei a molhá-lo na tigela. Torci-o, dobrei-o e coloquei-o de novo em sua testa.

Ela abriu os olhos, piscou, examinou meu rosto no escuro.

– Hannah – disse ela, suspirando.

Eu fiquei espantada com o engano dela. E muito contente. Abri a boca para corrigi-la, mas parei quando ela segurou minha mão.

– Estou tão feliz que seja você. – Ela apertou os meus dedos. – Estou com tanto medo. Não consigo sentir nada.

– Está tudo bem. O bebê está descansando.

Isso pareceu acalmá-la um pouco.

– Sim. É sempre assim, na hora de nascer. Eu só não queria... É muito cedo. – Ela virou a cabeça para o outro lado. Quando tornou a falar, sua voz estava tão baixa que tive que me esforçar para ouvir. – Todo mundo quer que eu tenha um menino, mas eu não posso. Não posso perder mais um.

– A senhora não vai perder – falei, torcendo para ser verdade.

– Há uma maldição na minha família – disse Jemima, com o rosto ainda oculto. – Minha mãe me contou, mas eu não acreditei.

Pensei que ela havia perdido a razão. A dor a dominara, e ela se rendera à superstição.

– Não existe isso de maldição – garanti baixinho.

Ela fez um ruído, uma mistura de riso e soluço.

– Ah, existe, sim. É a mesma que levou o filho da nossa querida rainha. A maldição da hemofilia. – Ela ficou quieta, depois passou a mão pela barriga e se virou para me encarar. Sua voz era pouco mais que um sussurro. – Mas meninas... a doença não pega em meninas.

A porta se abriu e Nancy apareceu. Atrás dela estava um homem magro de meia-idade, com uma expressão de severidade permanente, que imaginei ser o médico, embora não fosse o Dr. Arthur, da vila. Travesseiros foram empilhados, Jemima foi posicionada e um abajur foi aceso. Em algum momento eu percebi que ela havia soltado a minha mão, e fui deixada de lado e expulsa do quarto.

Escureceu, a tarde virou noite, e eu fiquei esperando e torcendo. O tempo se arrastava, embora houvesse muitas tarefas para preenchê-lo. Havia o jantar para servir, camas para serem arrumadas, roupa suja a ser recolhida para lavar no dia seguinte, mas minha mente estava o tempo todo em Jemima.

Finalmente, quando o último lampejo de sol desapareceu no horizonte, Nancy desceu a escada, com tigela e pano na mão.

Tínhamos acabado de jantar e ainda estávamos sentados em volta da mesa.

– E então? – perguntou a Sra. Townsend, apertando ansiosamente um lenço de encontro ao peito.

– Bem, a mãe teve seu bebê às 8h26. Pequeno, mas saudável – disse Nancy.

Eu esperei, nervosa.

– Mas não posso deixar de sentir certa pena dela – continuou Nancy, erguendo as sobrancelhas. – É uma menina.

Eram dez da noite quando fui recolher a bandeja da ceia de Jemima. Ela adormecera, com a pequena Gytha enrolada e aninhada em seus braços. Antes de apagar a luz do abajur, parei um momento para olhar a garotinha: lábios enrugados, uma penugem de cabelo louro-avermelhado, olhos bem fechados. Não era um herdeiro, mas um bebê que iria viver, crescer e amar. Talvez um dia até ter os próprios bebês.

Saí do quarto na ponta dos pés, com a bandeja na mão. Meu candelabro era a única luz no corredor escuro, projetando minha sombra sobre a fileira de retratos pendurados na parede. Enquanto o mais novo membro da família dormia profundamente atrás da porta fechada, uma linhagem de Hartfords fazia uma eterna vigília, olhando silenciosamente para o hall de entrada que um dia pertencera a eles.

Quando cheguei ao saguão, notei uma faixa de luz por baixo da porta da sala de visitas. Com todo o drama daquela noite, o Sr. Hamilton tinha se esquecido de apagar a luz. Fiquei grata por ter sido eu a ver. Apesar da bênção de mais uma neta, lady Violet teria ficado furiosa se descobrisse que suas ordens quanto ao luto tinham sido descumpridas.

Eu abri a porta e parei.

Lá, na cadeira do pai, estava sentado o Sr. Frederick. O novo lorde Ashbury.

Suas pernas compridas estavam cruzadas, sua cabeça curvada sobre uma das mãos, deixando seu rosto escondido.

Em sua mão esquerda, identificável por causa do desenho em tinta preta, estava a carta de David. A carta que Hannah tinha lido na fonte, que tinha feito Emmeline rir tanto.

As costas do Sr. Frederick estavam tremendo, e a princípio pensei que ele também estivesse rindo.

Então ouvi um som que nunca esqueci. Um soluço. Gutural, involuntário, seco. Um lamento de dor.

Fiquei ali mais um instante, sem conseguir me mexer, depois saí, recuando. Fechei a porta atrás de mim para não ser uma espectadora involuntária de sua dor.

Uma batida à porta e eu volto. Estamos em 1999, e eu estou no meu quarto em Heathview, ainda segurando a fotografia, nossos rostos sérios e inocentes. A jovem atriz está sentada na cadeira marrom, examinando as pontas do seu longo cabelo. Quanto tempo eu fiquei ausente? Olho para o relógio. Passa um pouco das dez. Será possível? Será possível que os andares da memória tenham se dissolvido, que antigos fantasmas tenham revivido e que nenhum minuto tenha se passado?

A porta se abre, e Ursula volta, com Sylvia atrás dela, equilibrando três xícaras de chá em uma bandeja de prata. Bem mais elegante do que a habitual, de plástico.

– Peço desculpas – diz Ursula, retomando a sua posição no pé da minha cama. – Não costumo fazer isso. Era urgente.

A princípio não sei ao certo do que ela está falando; então vejo o celular na sua mão.

Sylvia me passa uma xícara de chá, dá a volta na minha cadeira para oferecer outra a Keira.

– Espero que vocês já tenham começado a entrevista – diz Ursula.

Keira sorri, dá de ombros.

– Praticamente terminamos.

– É mesmo? – retruca Ursula, arregalando os olhos por baixo da franja volumosa. – Não acredito que perdi tudo. Eu queria tanto ouvir as lembranças de Grace.

Sylvia põe a mão na minha testa.

– Você está um pouco pálida. Quer um analgésico?

– Estou muito bem – respondo, a voz rouca.

Sylvia ergue uma sobrancelha.

– Estou bem – repito, com toda a firmeza que consigo demonstrar.

Sylvia bufa, depois balança a cabeça, dando de ombros. Por ora. *Você quem sabe*, eu sei que ela está pensando. Posso negar quanto quiser, mas ela não tem dúvida de que vou pedir meu analgésico antes mesmo que minhas visitas cheguem ao estacionamento de Heathview. Provavelmente tem razão.

Keira toma um gole de chá verde, depois pousa a xícara e o pires na minha penteadeira.

– Tem um banheiro por aqui?

Posso sentir os olhos de Sylvia grudados em mim.

– Sylvia, você pode levar Keira ao lavabo do salão?

Ela mal consegue se conter.

– É claro – responde ela, e, embora eu não possa vê-la, sei que está exultante. – É por aqui, Srta. Parker.

Ursula sorri quando a porta é fechada.

– Obrigada por ter recebido Keira. Ela é filha de um amigo do produtor, então preciso demonstrar um interesse especial. – Ela olha para a porta e baixa o tom de voz, escolhendo cuidadosamente as palavras. – Ela é uma boa garota, mas às vezes é um tanto... sem tato.

– Nem notei.

Ursula ri.

– É consequência de ter pais na indústria cinematográfica. Eles crescem vendo os pais sendo adulados por serem ricos, famosos e lindos... Quem pode culpá-los por quererem o mesmo?

– Não tem problema.

– Mesmo assim, eu queria ter estado junto. Para tomar conta...

– Se você não parar de se desculpar, vai me convencer de que fez alguma coisa errada – respondo. – Você parece o meu neto.

Ela fica desconcertada e eu percebo que há algo de novo naqueles olhos escuros. Uma sombra que eu não tinha percebido mais cedo.

– Você resolveu os seus problemas? Pelo telefone?

Ela suspira, assentindo.

– Resolvi.

Ursula hesita e eu fico calada, esperando que continue. Aprendi há muito tempo que o silêncio provoca todo tipo de confidências.

– Eu tenho um filho. Finn. – O nome deixa um sorriso agridoce em seus lábios. – Ele fez 3 anos no sábado passado.

O olhar dela abandona o meu rosto por um instante, pousa na borda de sua xícara, que ela revira nervosamente.

– O pai dele... ele e eu nunca fomos... – Ela batuca na xícara com a unha, torna a olhar para mim. – Somos só eu e Finn. Era a minha mãe ao telefone. Ela está tomando conta dele durante a filmagem. Ele levou um tombo.

– Ele está bem?

– Sim. Torceu o pulso. O médico enfaixou. Ele está bem. – Ela está sorrindo, mas seus olhos se enchem de lágrimas. – Desculpe... Minha nossa... Ele está bem, não sei por que estou chorando.

– Você está preocupada – digo, olhando para ela. – E aliviada.

– É – responde Ursula, subitamente muito jovem e frágil. – E culpada.

– Culpada?

– Sim – confirma ela, mas não explica por quê. Ela tira um lenço de papel da bolsa e enxuga os olhos. – É fácil conversar com você. Você me lembra a minha avó.

– Ela parece ser uma ótima pessoa.

Ursula ri.

– É mesmo. – Ela assoa o nariz no lenço. – Meu Deus, desculpe desabafar desse jeito, Grace.

– Você está se desculpando de novo. Insisto que pare com isso.

Há passos no corredor. Ursula olha para a porta, assoa o nariz.

– Então pelo menos me deixe agradecer. Por nos receber. Por conversar com Keira. Por me ouvir.

– Foi um prazer – respondo, e fico surpresa ao perceber que é verdade. – Não recebo muitas visitas atualmente.

A porta se abre, e Ursula se levanta, depois se inclina e me beija no rosto.

– Vou voltar em breve – diz ela, apertando o meu pulso de forma carinhosa.

E eu fico inexplicavelmente contente.

Roteiro cinematográfico

Versão final, novembro de 1998, p. 43-54

A CASA DAS LEMBRANÇAS PERDIDAS

Escrito e dirigido por Ursula Ryan © 1998

SUBTÍTULO: Arredores de Passchendaele, Bélgica. Outubro de 1917.

45. INT. CASA DE FAZENDA DESERTA – NOITE

A noite cai, junto com uma chuva forte. Três jovens soldados com uniformes sujos buscam refúgio nas ruínas de uma casa de fazenda belga. Eles caminharam o dia todo, depois de se separarem de sua divisão durante uma retirada frenética da linha de frente. Estão cansados e desanimados. A casa de fazenda onde se abrigam é a mesma onde se alojaram trinta dias antes a caminho do front. A família Duchesne fugiu logo depois, quando uma onda inimiga atingiu a vila.

Uma única vela está acesa no chão de madeira, projetando sombras nas paredes da cozinha abandonada. Ecos do passado da casa permanecem: uma panela ao lado da pia, uma corda fina pendurada na frente do fogão, carregada de roupas abandonadas, um brinquedo de madeira.

Um soldado de infantaria australiano chamado FRED está agachado ao lado do buraco na parede onde antes havia uma porta. Ele segura o rifle ao lado do corpo. Ao longe, o barulho de tiros esporádicos. A chuva forte castiga o chão já enlameado, fazendo as valetas transbordarem. Um rato cheira uma mancha escura no uniforme do soldado. É sangue, preto e já apodrecido.

Dentro da cozinha, um oficial está sentado no chão, encostado no pé de uma mesa. DAVID HARTFORD tem uma carta na mão: seu aspecto amarrotado e sujo sugere que ela foi lida muitas vezes. Dormindo ao lado de sua perna esticada está o cão magro que o seguiu o dia inteiro.

O terceiro homem, ROBBIE HUNTER, aparece, vindo de outro cômodo. Ele carrega um gramofone, cobertores e um punhado de discos empoeirados. Deposita sua carga sobre a mesa da cozinha e começa a examinar os armários. No fundo da despensa ele encontra alguma coisa. Ele se vira e nós nos aproximamos lentamente. Ele está mais magro. O cansaço deixou suas feições mais sérias. Há olheiras escuras sob seus olhos, e a chuva e a caminhada emaranharam seu cabelo. Ele está com um cigarro pendurado na boca.

DAVID (sem se virar)
Encontrou alguma coisa?

ROBBIE
Pão... duro como pedra, mas ainda é pão.

DAVID
Mais alguma coisa? Algo para beber?

ROBBIE (hesitando)
Música. Encontrei música.

DAVID se vira, vê o gramofone. É difícil decifrar sua expressão: uma mistura de prazer e tristeza. Nossa visão muda, descendo do rosto dele para o braço e indo até a mão. Uma atadura suja e improvisada cobre os dedos.

DAVID
Bem, então... O que você está esperando?

ROBBIE põe um disco no gramofone e a música cheia de chiados começa a tocar.

MÚSICA: "Clair de Lune", de Debussy.

ROBBIE vai até DAVID, levando os cobertores e o pão. Ele caminha com cuidado e se senta no chão: o desmoronamento da trincheira feriu-o mais do que ele deixa transparecer. DAVID está de olhos fechados.

ROBBIE tira da mochila um canivete e dá início à difícil tarefa de repartir o pão velho. Feito isso, ele coloca um pedaço no chão perto de DAVID. Atira outro pedaço na direção de FRED, que está na porta. FRED tenta mordê-lo, cheio de fome.

ROBBIE, ainda fumando, oferece um pedaço de pão para o cachorro, que cheira o pão, olha para ROBBIE, vira a cabeça. ROBBIE tira os sapatos e em seguida as meias molhadas. Seus pés estão enlameados e cheios de bolhas.

Há uma súbita explosão de tiros. DAVID abre os olhos depressa. Nós vemos, pela porta, os clarões dos tiros no horizonte. O barulho é terrível. As explosões contrastam com a música de Debussy.

Voltando-se de novo para dentro da casa, vemos os rostos dos três homens, olhos arregalados, os reflexos das explosões em suas expressões.

Finalmente, os tiros cessam e a luz brilhante desaparece. Seus rostos estão outra vez na sombra. O disco para de tocar.

FRED (ainda olhando para o campo de batalha ao longe)
Pobres infelizes.

DAVID
Eles devem estar se arrastando sobre a terra de ninguém a esta altura. Os que sobraram. Recolhendo os corpos.

FRED (estremecendo)
Isso me faz me sentir culpado. Por não estar lá ajudando. Mas também grato.

ROBBIE se levanta, vai até a porta.

ROBBIE
Eu fico no seu lugar. Você está cansado.

FRED
Nem mais nem menos do que você. Acho que você não dorme há dias; desde que ele (indicando DAVID) tirou você daquela trincheira. Ainda não sei como você saiu de lá viv...

ROBBIE (depressa)
Eu estou bem.

FRED (dando de ombros)
O posto é todo seu, amigo.

FRED se afasta e se senta no chão ao lado de DAVID. Ele cobre as pernas com um dos cobertores, ainda apertando a arma contra o peito. DAVID tira um baralho da mochila.

DAVID
E aí, Fred? Uma partida rápida antes de você dormir?

FRED
Nunca recuso uma partida. Ajuda a distrair a cabeça.

DAVID entrega o baralho a FRED. Mostra a mão enfaixada.

DAVID
Então dá as cartas.

FRED
E ele?

DAVID
Robbie não joga. Não quer tirar o ás de espadas.

FRED
O que tem o ás de espadas?

DAVID (casualmente)
É a carta da morte.

FRED começa a rir, o trauma das semanas anteriores se manifestando como uma espécie de histeria.

FRED
Filho da mãe supersticioso! O que ele tem contra a morte? O mundo inteiro está morto. Deus está morto. Só restou o cara lá de baixo agora. E nós três.

ROBBIE está sentado na soleira da porta, olhando na direção do front. O cão se aproximou e se deitou ao lado dele.

ROBBIE (para si mesmo, citando William Blake)
"Nós somos do partido do diabo sem saber."

FRED (entreouvindo)
Nós sabemos muito bem! Basta um companheiro pôr os pés nesta terra desolada para saber que o diabo está comandando o espetáculo.

Enquanto DAVID e FRED continuam a jogar cartas, ROBBIE acende outro cigarro e tira do bolso um caderninho e uma caneta. Enquanto escreve, vemos suas lembranças da batalha.

ROBBIE (VOICE-OVER)
O mundo enlouqueceu. O horror se tornou corriqueiro. Homens, mulheres, crianças assassinados diariamente. Deixados onde caíram ou incinerados para que não reste nada. Nem um fio de cabelo, nem um osso, nem a fivela de um cinto... A civilização está sem dúvida morta. Pois como pode existir agora?

Som de roncos. ROBBIE para de escrever. O cão encostou a cabeça na perna de ROBBIE e está dormindo profundamente, as pálpebras tremendo enquanto sonha.

Nós vemos o rosto de ROBBIE, iluminado pela vela, observando o cão. Vagarosamente, cautelosamente, ele estende a mão e a coloca delicadamente sobre o dorso do cachorro. Sua mão está trêmula. Ele sorri de leve.

ROBBIE (VOICE-OVER)
E, no entanto, no meio do horror, os inocentes ainda encontram consolo nos sonhos.

46. EXT. CASA DESERTA – MANHÃ
É de manhã. Um sol fraco surge entre as nuvens. A chuva da noite pinga das árvores ao redor e o chão está coberto de lama. Os pássaros apareceram e cantam, chamando uns aos outros. Os três SOLDADOS estão parados do lado de fora da casa de fazenda, com as mochilas nas costas.

DAVID segura uma bússola na mão que não está enfaixada. Ele olha para cima, aponta na direção da artilharia da noite anterior.

DAVID
Para o leste. Deve ser Passchendaele.

ROBBIE assente, sério. Olha na direção do horizonte.

ROBBIE
Então vamos para o leste.

Eles partem. O cão vai atrás.

Comunicação da morte do capitão David Hartford

Outubro de 1917

Caro lorde Ashbury,

É meu triste dever informá-lo da infeliz notícia da morte trágica do seu filho, David. Compreendo que nestas circunstâncias as palavras pouco valem para mitigar sua dor e sua tristeza, mas, como oficial superior imediato do seu filho, e como alguém que o conhecia e o admirava, quero enviar-lhe minhas sinceras condolências por essa tremenda perda.

Pensei, ainda, em informá-lo a respeito das corajosas circunstâncias da morte do seu filho, na esperança de que saber que ele morreu como um cavalheiro e um soldado possa levar algum consolo ao senhor e à sua família. Na noite em que foi morto, ele comandava um grupo de homens em uma missão vital de reconhecimento para localizar o inimigo.

Fui informado pelos homens que acompanhavam seu filho de que entre três e quatro horas da manhã do dia 12 de outubro, quando estavam retornando da missão, sofreram pesado tiroteio. Foi durante esse ataque que viram, chocados, o capitão David Hartford ser atingido. Ele morreu na hora, e nosso único conforto é o fato de ele não ter sentido dor alguma.

Foi enterrado assim que o dia raiou na parte norte da vila de Passchendaele. O nome dele será longamente lembrado na história gloriosa do Exército Real. O senhor terá orgulho em saber que, por meio da excelente liderança do seu filho em sua última missão, nós conseguimos alcançar um objetivo crítico.

Se houver algo que eu possa fazer pelo senhor, por favor, não hesite em dizer.

Atenciosamente,
Tenente-coronel Lloyd Auden Thomas

A fotografia

É uma bela manhã de março. Os cravos cor-de-rosa sob minha janela desabrocharam, enchendo o ar com seu perfume adocicado. Se eu me debruçar no peitoril e olhar para o canteiro, consigo ver as pétalas brilhando ao sol. Os pessegueiros virão em seguida, depois o jasmineiro. Todo ano é a mesma coisa; e vai continuar assim por muitos anos mais. Muito depois de eu ter tido a chance de me deliciar com eles. Eternamente jovens, eternamente esperançosos, sempre ingênuos.

Estive pensando em mamãe. Na fotografia do álbum de lady Violet. Porque eu a vi, no fim das contas. Poucos meses depois de Hannah tê-la mencionado naquele dia de verão perto da fonte.

Era setembro de 1916. O Sr. Frederick tinha herdado a propriedade do pai, lady Violet (em uma demonstração impecável de etiqueta, disse Nancy) tinha se mudado para a casa de Londres, e as meninas Hartford foram despachadas indefinidamente para ajudá-la a se instalar.

Nós éramos uma equipe pequena na época – Nancy estava mais ocupada do que nunca na vila, e Alfred, cuja licença eu tinha esperado com tanta ansiedade, não pudera ir para casa. Aquilo nos deixou confusos na época: ele estava na Inglaterra, quanto a isso não havia dúvida, suas cartas diziam que ele não estava ferido. Entretanto, ele passaria a licença em um hospital militar. Até o Sr. Hamilton ficou sem entender. Ele pensou muito, sentou-se em sua saleta refletindo sobre a carta de Alfred, e depois, ao sair de lá, esfregou os olhos por baixo dos óculos e fez seu pronunciamento. A única explicação era o envolvimento de Alfred em uma missão secreta sobre a qual ele não podia falar. Parecia uma sugestão razoável, pois o que mais explicaria a internação em um hospital de um homem sem ferimentos?

E assim o assunto foi encerrado. Pouco mais se debateu sobre isto, e no início do outono de 1916, enquanto as folhas caíam e o solo começava a endurecer, me vi sozinha na sala de visitas de Riverton.

Eu tinha limpado e reacendido a lareira e estava terminando de tirar o pó da sala. Passei o pano pelo tampo da escrivaninha, pelas beiradas, depois comecei a limpar os puxadores das gavetas, fazendo o bronze brilhar. Era uma tarefa regular, desempenhada dia sim, dia não, tão certo quanto o dia se seguia à noite, e não sei dizer o que mudou naquela manhã. Quando meus dedos alcançaram a gaveta da esquerda, eles se tornaram mais lentos, depois pararam, recusando-se a voltar à limpeza. Como se percebessem antes de mim o objetivo escuso que bordejava meus pensamentos.

Eu fiquei imóvel por um momento, perplexa, sem conseguir me mexer. Então prestei atenção nos ruídos à minha volta. O vento lá fora, as folhas batendo nas vidraças. O relógio da lareira com seu tique-taque insistente, contando os segundos. Minha respiração acelerada pela expectativa.

Com os dedos tremendo, comecei a abrir a gaveta. Devagar, cautelosamente, agindo e me observando ao mesmo tempo. A gaveta abriu até o meio e se inclinou no trilho, o conteúdo escorregando para a frente.

Eu parei. Escutei. Certifiquei-me de que ainda estava sozinha. Então espiei lá dentro.

Sob um conjunto de canetas e um par de luvas, lá estava ele: o álbum de lady Violet.

Sem tempo para hesitações, com a gaveta já aberta, o sangue pulsando em meus ouvidos, retirei o álbum e o coloquei no chão.

Folheei as páginas – fotografias, convites, cardápios, anotações – examinando as datas: 1896, 1897, 1898...

Então encontrei: a fotografia da família e da criadagem de 1899, sua forma familiar, mas suas proporções diferentes. Duas longas fileiras de criados de rostos sérios complementavam a fileira da frente, da família. Lorde e lady Ashbury, o major de uniforme, o Sr. Frederick – todos muito mais jovens e menos acabados –, Jemima e uma mulher desconhecida que eu supus ser Penelope, a esposa falecida do Sr. Frederick, ambas grávidas. Uma daquelas barrigas era Hannah, eu me dei conta; a outra, um menino condenado cujo sangue um dia iria matá-lo. Uma única criança estava no fim da fileira, perto da babá Brown (já bem velha). Um menininho louro: David. Cheio de vida e de luz; ditosamente ignorante do que o futuro lhe reservava.

Deixei meu olhar passear de rosto em rosto e depois pelas fileiras de criados atrás. Sr. Hamilton, Sra. Townsend, Dudley...

Prendi a respiração. Meus olhos encontraram os de uma jovem arrumadeira. Não havia como não reconhecê-la. Não porque se parecesse com mamãe – longe disso. Mas porque ela se parecia comigo. O cabelo e os olhos eram mais escuros, mas a semelhança era fantástica. O mesmo pescoço comprido, o queixo com uma covinha na ponta, sobrancelhas arqueadas, dando uma permanente impressão de ponderação.

O mais surpreendente de tudo, porém, muito mais do que nossa semelhança: mamãe estava sorrindo. Ah, não de um jeito que desse para perceber, a não ser quem a conhecesse muito bem. Não era um sorriso de alegria ou de etiqueta social. Era um sorrisinho, pouco mais do que um tremor muscular, facilmente confundido com um truque da luz por aqueles que não a conhecessem. Mas eu vi. Mamãe estava sorrindo para si mesma. Sorrindo como alguém que tinha um segredo...

– ... Chegou uma visita inesperada. Estava sentada aqui, admirando os cravos, contando-lhe sobre mamãe, quando alguém bateu à porta. Pensei que fosse Sylvia, para me contar sobre o namorado ou reclamar de um dos outros residentes, mas não é. É Ursula, a cineasta. Eu já falei dela, não falei?

– Espero não estar incomodando – diz ela.

– Não – responde Grace, largando o gravador.

– Não vou me demorar. Eu estava por perto e achei que era bobagem voltar para Londres sem dar um pulo aqui.

– Você foi visitar a casa.

Ela assente.

– Filmamos uma cena nos jardins. A luz estava perfeita.

Pergunto a ela sobre a cena, curiosa em saber qual a parte da história foi reconstituída.

– Foi uma cena de namoro, uma cena romântica. Na verdade, é uma das minhas favoritas. – Ela enrubesce, balança a cabeça e sua franja ondula como uma cortina. – É bobagem. Eu escrevi as falas, as decorei desde quando não passavam de linhas pretas no papel branco, reescrevi uma centena de vezes, mas fiquei comovida ao ouvi-las hoje.

– Você é romântica.

– Acho que sim. – Ela inclina a cabeça. – Ridículo, não é? Eu não conheci o verdadeiro Robbie Hunter; criei uma versão dele a partir de sua poesia, de relatos de outras pessoas. Mas acho... – Ela para, ergue uma sobrancelha em um gesto autodepreciativo. – Acho que estou apaixonada por um personagem que eu mesma criei.

– E como é o seu Robbie?

– Ele é passional. Criativo. Dedicado. – Ursula apoia o queixo na mão e reflete. – Mas acho que o que eu mais admiro nele é sua esperança. Uma esperança frágil. Dizem que ele era um poeta da desilusão, mas não sei. Sempre vi algo de positivo em seus poemas. No modo como ele notava outras perspectivas em meio ao horror que vivenciou. – Ela balança a cabeça, estreitando os olhos em uma expressão de empatia. – Deve ter sido tão difícil. Um rapaz sensível no meio de um conflito tão devastador. É um espanto que qualquer um deles tenha sido capaz de retomar a vida, de continuar de onde tinham parado. Amar de novo.

– Eu fui amada por um jovem assim – declaro. – Ele foi para a guerra e nós trocamos cartas. Foi por meio dessas cartas que compreendi o que sentia por ele. E ele por mim.

– Ele estava mudado quando voltou?

– Ah, sim – respondo baixinho. – Todos voltaram mudados.

– Quando foi que você o perdeu? O seu marido? – pergunta ela com delicadeza.

Levo alguns instantes para entender o que ela quer dizer.

– Ah, não. Ele não era meu marido. Alfred e eu nunca nos casamos.

– Ah, desculpe, eu pensei... – Ela indica o retrato de casamento em cima da minha penteadeira.

Balanço a cabeça.

– Aquele não é Alfred, é John, o pai de Ruth. Ele e eu nos casamos, sim. Deus sabe que não foi uma ótima ideia.

Ursula ergue as sobrancelhas em uma interrogação.

– John era um ótimo dançarino e um ótimo amante, mas não era grande coisa como marido. E eu também não era grande coisa como esposa. Nunca pretendi me casar, sabe? Não estava preparada.

Ursula se levanta, pega o retrato. Passa o polegar distraidamente pela moldura.

– Ele era bonito.

– Era. Acho que a atração foi essa.

– Ele também era arqueólogo?

– Céus, não. John era funcionário público.

– Ah. – Ela larga o retrato. Vira-se para mim. – Pensei que vocês tinham se conhecido no trabalho. Ou então na universidade.

Faço que não. Em 1938, quando John e eu nos conhecemos, eu teria chamado de maluca qualquer pessoa que sugerisse que eu um dia frequentaria uma universidade. Que um dia eu me tornaria uma arqueóloga. Eu estava trabalhando em um restaurante – o Lyons' Corner House –, servindo peixe frito para uma clientela interminável. A Sra. Havers, que gerenciava o lugar, gostou da ideia de contratar alguém que tinha trabalhado como criada. Ela adorava comentar que ninguém sabia polir talheres como as moças que trabalharam como criadas.

– John e eu nos conhecemos por acaso. Em um clube de dança.

Eu aceitei, de má vontade, sair com uma colega do trabalho. Outra garçonete. Patty Everidge: um nome que jamais esqueci. Estranho. Não éramos amigas, apenas colegas, e eu a evitava sempre que podia, embora não fosse fácil. Ela era uma dessas mulheres que não deixavam ninguém em paz. Uma intrometida, eu acho. Tinha que saber da vida de todo mundo. Estava sempre pronta a se meter. Patty deve ter enfiado na cabeça que eu vivia muito sozinha, que não batia papo com as outras moças nas manhãs de segunda-feira, quando tagarelavam sobre o fim de semana, porque começou a me chamar para dançar e não desistiu até eu concordar em me encontrar com ela no Marshall's Club, em uma sexta-feira à noite.

Suspiro.

– A garota com quem eu ia me encontrar não apareceu.

– E John, sim? – indaga Ursula.

– Isso – respondo, recordando o ar enfumaçado, o banquinho do canto onde eu estava desconfortavelmente empoleirada, procurando por Patty no meio da multidão.

Ah, ela pediu mil desculpas quando tornei a vê-la, mas já era tarde. O estrago estava feito.

– Eu conheci John – completo.

– E se apaixonou?

– Eu engravidei.

Ursula fica de queixo caído.

– Percebi quatro meses depois. Nós nos casamos em um mês. As coisas eram assim, naquela época. – Eu me ajeito na cadeira para apoiar as costas na almofada. – Por sorte, a guerra nos envolveu e nos poupou do fingimento.

– Ele foi para a guerra?

– Nós dois fomos. John se alistou e eu fui trabalhar em um hospital de campanha na França.

Ursula parece confusa.

– E Ruth?

– Ela foi entregue a um pastor anglicano idoso e sua esposa. Passou os anos da guerra com eles.

– Esse tempo todo? – questiona Ursula, chocada. – Como você aguentou?

– Ah, eu ia visitá-la quando estava de licença, e recebia cartas com regularidade: fofocas da vila e bobagens do púlpito; descrições meio tristes das crianças locais.

Ela balança a cabeça, as sobrancelhas franzidas, consternada.

– Não consigo imaginar... Tantos anos longe da sua filha.

Não sei ao certo como responder, como explicar. Como uma pessoa confessa que a maternidade não lhe veio naturalmente? Que, desde o início, Ruth me pareceu uma estranha? Que nunca senti o elo inevitável de que falam os livros e que dá origem aos mitos?

Minha empatia se esgotou, eu acho. Com Hannah e as outras pessoas de Riverton. Ah, eu era ótima com estranhos, era capaz de cuidar deles, de apoiá-los, até mesmo de reconfortar sua morte. Só achava difícil estabelecer outros relacionamentos íntimos. Preferia ter conhecidos. Estava totalmente despreparada para as exigências emocionais da maternidade.

Ursula me salva de ter que responder.

– Bom, vocês estavam em guerra – afirma ela com tristeza, e aperta minha mão. – Era preciso fazer sacrifícios.

Eu sorrio, tentando não me sentir falsa. Imagino o que ela pensaria se soubesse que, longe de me arrepender da decisão de despachar Ruth, eu adorei a oportunidade de fugir. Que depois de uma década de empregos tediosos e relacionamentos vazios, incapaz de esquecer o que tinha acontecido em Riverton, eu encontrei na guerra um objetivo de vida.

– Então foi depois da guerra que você resolveu ser arqueóloga?

– Isso – respondo com voz rouca. – Depois da guerra.

– Por que arqueologia?

A resposta a essa pergunta é tão complicada que eu só posso dizer:

– Tive uma epifania.

Ela fica encantada.

– É mesmo? Durante a guerra?

– Havia tanta morte. Tanta destruição. As coisas de certa forma ficaram mais claras.

– Entendi. Posso imaginar.

– Eu me vi refletindo sobre a efemeridade das coisas. Um dia, pensei, as pessoas vão esquecer que tudo isso aconteceu. Esta guerra, estas mortes, esta devastação. Ah, não vai ser rápido, não vai ser em centenas de anos, talvez nem em mil, mas no fim a lembrança vai desaparecer. Vai se perder entre as camadas do passado. A selvageria e os horrores da guerra vão ser substituídos na imaginação popular por outras tragédias vindouras.

Ursula assente.

– É difícil imaginar.

– Mas é certo. As Guerras Púnicas em Cartago, a Guerra do Peloponeso, a Batalha de Artemisium. Todas reduzidas a capítulos em livros de história.

Faço uma pausa. A veemência me cansou, tirou o meu fôlego. Não estou acostumada a falar tanto de uma vez só. Quando falo de novo, minha voz está esganiçada.

– Fiquei obcecada em descobrir o passado. Em enfrentar o passado.

Ursula sorri, com um brilho em seus olhos escuros.

– Sei exatamente o que quer dizer. É por isso que eu faço filmes históricos. Você descobre o passado, e eu tento recriá-lo.

– Verdade – concordo. Não tinha pensado nesses termos.

– Eu admiro você, Grace. Você conquistou tantas coisas na vida.

– Ilusão temporal – respondo, dando de ombros. – Eu tive muito mais tempo, então parece que fiz muito mais coisas.

Ela ri.

– Você está sendo humilde. Não deve ter sido fácil. Uma mulher nos anos 1950, mãe, tentando cursar faculdade... Seu marido ajudou?

– Eu já estava sozinha nessa época.

Ela arregala os olhos.

– Como você conseguiu?

– Passei muito tempo estudando em meio período. Ruth passava o dia na escola e eu tinha uma vizinha muito boa, a Sra. Finbar, que cuidava dela algumas noites, enquanto eu trabalhava. – Hesito. – Tive sorte por não ter precisado pagar os estudos.

– Uma bolsa?

– De certa forma. Eu tinha recebido um dinheiro, inesperadamente.

– Seu marido – diz Ursula, o cenho franzido de compaixão. – Ele morreu na guerra?

– Não, não morreu. Mas nosso casamento, sim.

Ela torna a olhar para o meu retrato de casamento.

– Nós nos divorciamos quando ele voltou para Londres. Os tempos tinham mudado. Todo mundo parecia ter visto e feito muita coisa. Parecia sem sentido continuar casada com alguém que já não amava. Ele se mudou para os Estados Unidos e se casou com a irmã de um soldado que tinha conhecido na França. Pobre sujeito; morreu logo depois em um acidente de carro.

Ela balança a cabeça.

– Sinto muito...

– Não se preocupe. Foi há tanto tempo. Eu mal me lembro dele, para falar a verdade. Apenas memórias dispersas, que mais parecem sonhos. É Ruth que sente saudade dele. Ela nunca me perdoou.

– Ela queria que vocês tivessem ficado juntos.

Eu assinto. Deus sabe que meu fracasso em dar a ela uma figura paterna é uma das velhas mágoas que toldam nosso relacionamento.

Ursula suspira.

– Imagino se Finn vai sentir a mesma coisa.

– Você e o pai dele...?

Ela faz que não.

– Não ia dar certo – responde ela, com tanta firmeza que achei melhor não insistir. – Finn e eu estamos melhor assim.

– Onde ele está? Finn?

– Com a minha mãe. Me falaram que iam tomar um sorvete no parque. – Ela gira o relógio no pulso para ver as horas. – Nossa! Eu não sabia que já era tão tarde. É melhor eu ir, para dar um descanso a ela.

– Tenho certeza de que ela não está precisando. Avós e netos têm uma relação especial. É muito mais simples.

Será que é sempre assim? Talvez seja. Enquanto um filho tira um pedaço do seu coração para usar e abusar, um neto é diferente. Entre avós e netos não existem a culpa e a responsabilidade que sobrecarregam o relacionamento maternal. O caminho fica livre para o amor.

Quando você nasceu, Marcus, eu levei um choque. Que surpresa maravilhosa foram aqueles sentimentos. Partes de mim que estavam fechadas havia décadas, sem as quais eu já estava acostumada a viver, foram subitamente despertadas. Eu adorei você. Eu o reconheci. Eu o amei com uma intensidade quase dolorosa.

À medida que você foi crescendo, foi se tornando meu amigo. Você me seguia pela casa, tomava um lugar no meu escritório e explorava os mapas e desenhos que eu trazia de minhas viagens. Perguntas, tantas perguntas, e eu nunca me cansava de respondê-las. Na realidade, eu me permito a vaidade de achar que sou responsável, em parte, pelo homem culto e educado que você se tornou...

– Estão aqui em algum lugar – diz Ursula, procurando as chaves do carro na bolsa, preparando-se para partir.

Sou tomada por um súbito impulso de fazê-la ficar.

– Sabe, eu tenho um neto, Marcus. Ele escreve romances policiais.

– Eu sei – fala ela, sorrindo e parando de revirar a bolsa. – Eu li os livros dele.

– É mesmo? – indago, satisfeita, como sempre fico.

– Uhum. São muito bons.

– Você pode guardar um segredo? – pergunto.

Ela assente animadamente, se aproximando.

– Eu não li – sussurro – Não até o fim.

Ursula ri.

– Prometo não contar.

– Eu tenho muito orgulho dele, e tentei, tentei mesmo. Eu começo cada livro determinada a ler até o fim, mas, por mais que eu esteja gostando, sempre paro no meio. Eu adoro um bom mistério, Agatha Christie e outros no gênero, mas acho que tenho o estômago fraco. Não aguento as descrições sangrentas que eles fazem hoje em dia.

– E você trabalhou em um hospital de campanha!

– É, talvez seja por isso; guerra é uma coisa, assassinato é outra.

– Talvez o próximo livro...

– Talvez. Embora eu não saiba quando vai acontecer.

– Ele não está escrevendo?

– Ele sofreu uma perda recentemente.

– Eu li sobre a esposa dele. Fiquei muito chocada. Um aneurisma, não foi?

– Foi. Muito súbito.

– Meu pai morreu do mesmo jeito. Eu tinha 14 anos. Estava em um acampamento da escola. – Ela suspira. – Só me contaram quando voltei para casa.

– Que horrível.

– Eu tinha brigado com ele antes de viajar. Algum motivo ridículo. Nem lembro mais. Saí batendo a porta do carro e não olhei para trás.

– Você era muito jovem. Todos os jovens são assim.

– Eu ainda penso nele todo dia. – Ela fecha os olhos, depois torna a abri-los. Afasta as lembranças. – E Marcus? Como ele está?

– Ele ficou arrasado, se culpa muito.

Ela assente, sem se espantar. Parece entender a culpa e suas peculiaridades.

– Eu não sei onde ele está, na verdade – confesso.

Ursula me encara.

– Como assim?

– Ele desapareceu. Nem Ruth nem eu sabemos onde ele está. Já faz quase um ano que partiu.

Ela fica perplexa.

– Mas... ele está bem? Você teve notícias dele? – Seus olhos tentam ler os meus. – Um telefonema? Uma carta?

– Cartões-postais. Ele mandou alguns. Mas sem endereço para resposta. Acho que não quer ser encontrado.

– Ah, Grace... – Ela me olha com seu jeito bondoso. – Eu sinto muito.

– Eu também – respondo.

E é então que conto a ela sobre as fitas. Sobre quanto eu preciso encontrá-lo. Sobre como não sei mais o que fazer.

– Isso é perfeito – diz ela enfaticamente. – Para onde você está mandando as fitas?

– Eu tenho um endereço na Califórnia. Um amigo dele, de anos atrás. Eu mando as fitas para lá, mas não sei se ele recebe...

– Aposto que sim.

São meras palavras, bem-intencionadas, mas eu precisava ouvir mais.

– Você acha?

– Acho – diz ela com firmeza, com uma certeza juvenil. – De verdade. E sei que ele vai voltar. Ele só precisa de espaço e de tempo para perceber que a culpa não foi dele. Que não havia nada que pudesse fazer para mudar o que aconteceu. – Ela se levanta e se inclina sobre a minha cama, pega meu gravador e coloca-o delicadamente sobre o meu colo. – Continue falando com ele, Grace – acrescenta, e então se debruça e me beija no rosto. – Ele vai voltar para casa. Você vai ver.

Pronto. Eu me desviei do objetivo. Estou contando coisas que você já sabe. Puro egoísmo da minha parte. Deus sabe que eu não tenho tempo para essas distrações. A guerra estava consumindo os campos de Flandres, o major e o lorde Ashbury tinham acabado de ser enterrados, e dois anos de matança ainda estavam por vir. Tanta devastação. Rapazes dos confins da Terra dançando a valsa sangrenta da morte. O major, e então David...

Não. Não tenho estômago nem desejo de reviver essas mortes. Basta saber que aconteceram. Vamos voltar a Riverton. Janeiro de 1919. A guerra terminou, e Hannah e Emmeline, que passaram os dois últimos anos em Londres, na casa de lady Violet, acabaram de chegar para morar com o pai. Mas elas estão mudadas: cresceram desde a última vez que nos vimos. Hannah tem 18 anos, está para debutar na sociedade. Emmeline, com 14, está à beira do mundo adulto em que vive impaciente para entrar. Acabaram-se os jogos do passado. Desde a morte de David, O Jogo terminou. (Regra número três: só três podem jogar. Nem mais, nem menos.)

Uma das primeiras coisas que Hannah faz quando volta a Riverton é recuperar a caixa chinesa no sótão. Eu a observo, embora ela não saiba. Eu a sigo quando ela a guarda com cuidado dentro de um saco de pano e a leva para o lago.

Eu me escondo no ponto mais estreito do caminho entre a fonte de Ícaro e o lago e fico observando enquanto ela leva o saco até a velha casa de barcos. Ela fica ali parada por um instante, olha em volta, e me escondo melhor atrás dos arbustos para que ela não me veja.

Ela vai até o pé da colina, fica de costas para o cume, depois alinha os pés, de modo que o calcanhar de uma bota toque no bico da outra. Ela prossegue em direção ao lago, contando três passos antes de parar.

Ela repete o processo três vezes, depois se ajoelha no chão e abre o saco. Tira de dentro uma pequena pá. (Deve tê-la pegado escondida de Dudley.)

Hannah cava. É difícil, no começo, por causa das pedras que cobrem a margem do lago, mas ela alcança a camada de terra e consegue cavar com mais facilidade. Só para quando a pilha de terra ao seu lado tem uns 30 centímetros de altura.

Ela tira a caixa chinesa de dentro do saco e a coloca no buraco. Está prestes a cobri-la de terra quando hesita. Torna a tirar a caixa, abre e retira um dos livrinhos. Ela pega o medalhão que usa pendurado no pescoço e o esconde lá dentro, depois põe a caixa no buraco e termina de enterrá-la.

Então eu a deixo sozinha na margem do lago; o Sr. Hamilton vai sentir a minha falta se eu sumir por muito tempo, e ele não está para brincadeiras. No andar de baixo, a cozinha de Riverton está em intensa atividade. Está sendo preparado o primeiro jantar de gala desde que a guerra começou, e o Sr. Hamilton avisou que os convidados daquela noite são muito importantes para o Futuro da Família.

E eram. Não tínhamos como imaginar quanto.

Banqueiros

– Banqueiros – disse a Sra. Townsend com ar de entendida, olhando de Nancy para o Sr. Hamilton e para mim.

Ela estava apoiada na mesa de pinho, usando seu rolo de mármore para abrir massa. Ela parou e enxugou a testa, deixando um pouco de farinha de trigo grudada nas sobrancelhas.

– E americanos, ainda por cima – acrescentou ela.

– Bem, Sra. Townsend, embora seja verdade que a Sra. Luxton veio da família Stevenson, de Nova York, pode notar que o Sr. Luxton é tão inglês quanto nós – argumentou o Sr. Hamilton, examinando o galheteiro de prata para ver se tinha alguma mancha. – Ele nasceu no norte, segundo o *The Times*. – O Sr. Hamilton espiou por cima dos seus óculos. – Um homem que fez fortuna sozinho, veja bem.

A Sra. Townsend bufou.

– Um homem que fez fortuna sozinho, claro. Aposto que se casar com uma mulher rica não atrapalhou.

– O Sr. Luxton pode ter feito um bom casamento, mas ele contribuiu para aumentar a fortuna – disse o Sr. Hamilton. – Ter um banco é um negócio complicado: saber para quem emprestar e para quem não emprestar dinheiro. Não estou dizendo que eles não levem suas vantagens, mas o negócio é assim mesmo.

A Sra. Townsend fez um muxoxo.

– Vamos torcer para ele concordar em emprestar ao patrão o que ele precisa – comentou Nancy. – Um pouco de dinheiro faria uma boa diferença por aqui, na minha opinião.

O Sr. Hamilton se agitou e me lançou um olhar severo, como se tivesse sido eu a falar. No decorrer da guerra, Nancy passara muito tempo trabalhando fora, e isso a mudara. Continuava eficiente como sempre no cumprimento de suas tarefas, mas, quando nos sentávamos ao redor da mesa dos criados para conversar, ela se sentia mais à vontade em externar sua opinião, normalmente opondo-se ao modo como as coisas eram feitas. Eu, por outro lado, ainda não tinha sido corrompida por forças externas e, como um pastor decidindo abandonar uma ovelha perdida em vez de colocar em risco o rebanho, o Sr. Hamilton resolvera ficar de olho em mim.

– Estou surpreso com você, Nancy – disse ele, olhando para mim. – Você sabe que os negócios do patrão não são da nossa conta.

– Desculpe, Sr. Hamilton – respondeu ela, sem arrependimento na voz. – Só sei que, desde que o Sr. Frederick veio para Riverton, andou fechando um cômodo atrás do outro. Sem falar na mobília da ala oeste, que foi vendida. A escrivaninha de mogno, a cama dinamarquesa de dossel de lady Ashbury. – Ela olhou para mim por cima do pano de limpeza. – Dudley diz que a maioria dos cavalos também está sendo vendida.

– Milorde está apenas sendo prudente – argumentou o Sr. Hamilton, virando-se para Nancy para argumentar melhor. – Os aposentos da ala oeste foram fechados porque, com seu trabalho na estrada de ferro e com a ausência de Alfred, havia trabalho demais para a jovem Grace fazer sozinha. Quanto aos estábulos, para que milorde precisa de tantos cavalos, tendo tantos automóveis?

A pergunta, uma vez lançada, ficou pairando no ar frio do inverno. Ele tirou os óculos, soprou nas lentes e limpou-as com uma teatralidade triunfante.

– Se quer saber, os estábulos serão convertidos em uma oficina nova em folha – disse ele, finalizada a performance, os óculos de volta à ponta do nariz – A maior de todo o condado.

Nancy não se abalou.

– Mesmo assim – comentou ela, baixando a voz. – Eu ouvi boatos na vila...

– Bobagem – replicou o Sr. Hamilton.

– Que tipo de boato? – perguntou a Sra. Townsend, o peito balançando cada vez que ela empurrava o rolo de massa. – Notícias dos negócios do patrão?

Uma sombra surgiu na escada e a figura de uma mulher magra, de meia--idade, parou na porta.

– Srta. Starling... – balbuciou o Sr. Hamilton. – Eu não a tinha visto. Entre, Grace vai lhe servir uma xícara de chá. – Ele se virou para mim, com os lábios apertados como o fecho de uma bolsinha de moedas. – Grace, vá pegar uma xícara de chá para a Srta. Starling – ordenou ele, indicando o fogão.

A Srta. Starling pigarreou antes de entrar. Na ponta dos pés, ela foi até a cadeira mais próxima, com uma bolsinha de couro enfiada debaixo do braço.

Lucy Starling era secretária do Sr. Frederick, contratada originalmente para trabalhar na fábrica em Ipswich. Quando a guerra terminou e a família se mudou definitivamente para Riverton, ela começou a vir da vila, duas vezes por semana, para trabalhar no escritório do Sr. Frederick. Era uma mulher bem comum, com cabelos castanhos sob um discreto chapéu de palha, saias de tons sem graça de marrom e verde, e uma camisa branca e simples. Seu único acessório, um pequeno camafeu cor de creme, parecia intuir o próprio caráter ordinário, pendendo triste e torto, revelando seu humilde fecho de prata.

Ela perdera o noivo no Ypres Salient e seu luto, assim como suas roupas, era discreto, sua dor razoável demais para despertar simpatia. Nancy, que entendia dessas coisas, dizia que era uma pena que a jovem tivesse perdido um homem disposto a se casar com ela, pois um raio não caía duas vezes no mesmo lugar, e, com sua aparência e sua idade, certamente permaneceria solteirona. Além do mais, Nancy acrescentava sabiamente, era melhor prestarmos atenção para que não sumisse nada no andar de cima, já que a Srta. Starling devia estar preocupada em se preparar para a velhice.

As suspeitas de Nancy não foram as únicas que a Srta. Starling despertou. A chegada daquela mulher calada, discreta e, ao que parecia, consciênciosa gerou uma agitação no andar de baixo que agora parece inimaginável.

Era o lugar dela que causava tanta incerteza. Não era correto, a Sra. Townsend dizia, que uma jovem de classe média tomasse certas liberdades na casa, apropriando-se do escritório do patrão, andando por lá com ares de importância, incompatíveis com sua posição. E, embora fosse difícil imaginar que a Srta. Starling, com seu penteado sóbrio, suas roupas feitas em casa e seu sorriso tímido, pudesse ser acusada de ostentar ares de importância, eu compreendia o incômodo da Sra. Townsend. Os limites entre o andar de baixo e o andar de cima, que antes eram bem estabelecidos, tornaram-se mais confusos com a chegada da secretária.

Pois, embora ela não fosse um Deles, também não era uma de Nós.

Sua presença no andar de baixo naquela tarde trouxe um rubor ao rosto do Sr. Hamilton e uma animação nervosa à ponta dos seus dedos, que passaram a alisar agitadamente a lapela. Aquela confusão de papéis preocupava principalmente o Sr. Hamilton, pois ele via naquela pobre e inocente mulher uma adversária. Embora, como mordomo, ele fosse o criado mais importante, responsável pela direção da casa, como secretária pessoal ela tinha acesso aos segredos dos negócios da família.

O Sr. Hamilton tirou do bolso seu relógio de ouro e comparou ostensivamente as horas com o relógio da parede. O objeto tinha sido um presente do antigo lorde Ashbury, e o Sr. Hamilton tinha muito orgulho dele. A peça nunca deixava de acalmá-lo, de ajudá-lo a recobrar a autoridade em situações de estresse ou aborrecimento. Ele passou o dedo sobre o mostrador do relógio.

– Onde está Alfred? – perguntou, por fim.

– Está pondo a mesa, Sr. Hamilton – respondi, aliviada por aquele silêncio tenso ter sido quebrado.

– Ainda? – O Sr. Hamilton fechou o relógio, encontrando um foco para a sua agitação. – Já faz quase quinze minutos que eu o mandei levar os copos de conhaque. Francamente. Aquele rapaz. Eu gostaria de saber o que andaram ensinando a ele no Exército. Desde que voltou, anda distraído demais.

Eu me retraí como se a crítica tivesse sido dirigida a mim.

– É normal nos rapazes que voltaram da guerra – disse Nancy. – Alguns que vejo chegando na estação parecem muito estranhos... – Ela parou, polindo taças de vinho enquanto procurava as palavras certas. – Nervosos e agitados.

– Agitados mesmo – comentou a Sra. Townsend, assentindo. – Ele só precisa de algumas boas refeições. Você também estaria agitado se andasse vivendo da comida do Exército. Imagine só, carne enlatada!

A Srta. Starling limpou a garganta e disse, com uma dicção cuidadosa:

– Estão chamando de trauma pós-guerra, eu acho. – Ela olhou em volta timidamente enquanto o silêncio caía sobre a sala. – Pelo menos, foi o que eu li. Muitos homens estão sofrendo disso. Não adianta ser muito severo com Alfred.

Na cozinha, minha mão tremeu e folhas de chá caíram sobre a mesa.

A Sra. Townsend largou o rolo de massa e suspendeu as mangas até os cotovelos. O sangue lhe subira ao rosto.

– Escute aqui – disse ela, com uma autoridade injustificada, reservada normalmente a policiais e mães. – Não vou tolerar esse tipo de conversa na minha cozinha. Alfred não tem nenhum problema que a minha comida não consiga resolver.

– É claro que não, Sra. Townsend – falei, olhando para a Srta. Starling. – Alfred vai ficar novo em folha depois de comer a sua comida saudável.

– Não se compara com a comida que eu fazia antes, é claro, por causa dos submarinos alemães e agora o racionamento. – A Sra. Townsend olhou para a Srta. Starling e sua voz tremeu. – Mas eu sei do que o jovem Alfred gosta.

– Entendo – concordou a Srta. Starling, com sardas aparecendo quando seu rosto empalideceu. – Eu não quis dizer... – Ela não encontrou as palavras para finalizar a frase. Esboçou um sorriso. – A senhora o conhece melhor, é claro.

A Sra. Townsend assentiu, séria, pontuando o fato com um novo ataque à massa fresca. O clima à mesa ficou mais leve e o Sr. Hamilton se virou para mim, com o estresse da tarde nítido em seu rosto.

– Ande logo, menina – disse ele, cansado. – E quando terminar aí, pode arranjar o que fazer lá em cima. Ajude as senhoritas a se arrumarem para o jantar. Mas não se demore, ouviu? Precisamos ajeitar os cartões dos convidados e as flores.

Quando a guerra terminou, e o Sr. Frederick e as meninas foram morar permanentemente em Riverton, Hannah e Emmeline escolheram quartos novos na ala leste. Elas agora eram moradoras, e não hóspedes, e era adequado, segundo Nancy, que escolhessem quartos novos para deixar isso bem óbvio. O quarto de Emmeline dava para a estátua de Eros e Psique, no gramado da frente, enquanto Hannah preferiu um quarto menor, com uma vista do roseiral e o lago mais adiante. Os dois cômodos eram ligados por uma pequena sala, que sempre fora chamada de "sala bordô", embora eu nunca tenha entendido a razão, já que as paredes tinham um tom azul-claro e as cortinas eram estampadas de flores azuis e cor-de-rosa.

A sala bordô tinha poucas evidências de sua recente reocupação, mantendo as marcas da decoração feita por seus ocupantes anteriores. Ela era confortável, com uma *chaise-longue* cor-de-rosa sob uma das janelas e uma escrivaninha de nogueira sob a outra. Uma poltrona imponente ficava ao lado da porta que dava para o corredor. Sobre uma mesinha de mogno, com um brilho resplandecente que anunciava a sua modernidade, ficava um gramofone. Aquela inovação parecia fazer a velha mobília corar de vergonha.

Enquanto eu caminhava pelo corredor escuro, acordes de uma canção conhecida ecoaram por debaixo da porta fechada, misturando-se com o ar parado e frio que envolvia o assoalho. *If you were the only girl in the world and I were the only boy...*

Era a canção favorita de Emmeline, em permanente rotação desde que elas tinham chegado de Londres. Nós todos a cantávamos na sala dos empregados. Até o Sr. Hamilton tinha sido ouvido assobiando-a sozinho em sua saleta.

Eu bati à porta e entrei, cruzei o tapete já gasto e comecei a separar as montanhas de seda e cetim que cobriam a poltrona. Fiquei contente por ter o que fazer. Embora eu tivesse desejado a volta das meninas, nos dois anos que elas passaram longe a familiaridade que eu sentia em relação a elas desaparecera. Uma revolução silenciosa tinha ocorrido, e as duas meninas de avental e tranças tinham sido substituídas por jovens mulheres. Eu me sentia tímida de novo.

E havia alguma outra coisa, algo vago e desanimador. Onde antes havia três, agora só havia duas. A morte de David tinha desfeito o triângulo, e um espaço antes fechado agora estava aberto. Duas pontas não são confiáveis; sem nada para ancorá-las, elas podem escorregar em direções opostas. Se estiverem presas por um barbante, ele acabará se partindo e as pontas irão separar-se; se for um elástico, elas continuarão se afastando cada vez mais, até que a tensão chegue ao seu limite e elas sejam puxadas de volta com tanta velocidade que não consigam evitar uma colisão.

Hannah estava deitada no divã, com um livro na mão, uma ruga de concentração na testa. Sua mão livre estava tapando o ouvido, em uma tentativa vã de bloquear o som do disco.

O livro era o mais recente romance de James Joyce, *Um retrato do artista quando jovem*. Eu percebi pela lombada, embora mal tivesse que olhar. Ela estava mergulhada nele desde que chegara.

Emmeline estava parada no meio da saleta, diante de um espelho de corpo inteiro, arrastado para lá de um dos quartos. Ela apertava contra o corpo um vestido de tafetá cor-de-rosa com babados na saia que eu ainda não tinha visto. Outro dos presentes da avó, eu pensei, comprado com a amarga convicção de que a falta de homens casadouros iria limitar as perspectivas, favorecendo apenas as moças mais atraentes.

O último clarão do sol invernal entrou pela janela e lançou um brilho dourado no cabelo de Emmeline antes de cair exausto a seus pés, formando uma série de quadrados pálidos. Emmeline, que não prestava atenção nessas sutilezas, se movimentava para a frente e para trás, o tafetá cor-de-rosa farfalhando, enquanto ela cantarolava junto com o disco em uma voz bonita, colorida pelo desejo de sua dona de viver um romance. Quando a última nota desapareceu junto com o último raio de sol, o disco continuou a girar sob a agulha. Emmeline jogou o vestido sobre a poltrona vazia e se virou. Então levantou o braço da vitrola e tornou a pousá-lo no início do disco.

Hannah ergueu os olhos do livro. Seu cabelo comprido tinha desaparecido em Londres – junto com qualquer traço de infância – e agora roçava seus ombros em ondas suaves e douradas.

– De novo não, Emmeline – pediu ela, franzindo a testa. – Toque outra coisa. *Qualquer* coisa.

– Mas este é o meu preferido.

– Desta semana – rebateu Hannah.

Emmeline fez um beicinho exagerado.

– Como você acha que o pobre Stephen se sentiria se soubesse que você não quer ouvir o disco dele? Foi um presente. O mínimo que você pode fazer é apreciá-lo.

– Já o apreciamos o suficiente – respondeu Hannah. Então ela notou minha presença. – Você não concorda, Grace?

Eu fiz uma reverência e senti o rosto ficar vermelho, sem saber o que dizer. Evitei uma resposta acendendo o lampião a gás.

– Se eu tivesse um admirador como Stephen Hardcastle, ouviria o disco dele cem vezes por dia – comentou Emmeline com ar sonhador.

– Stephen Hardcastle não é um admirador – rebateu Hannah, horrorizada com aquela sugestão. – Nós o conhecemos desde criança. Ele é um amigo. É afilhado de lady Clem.

– Afilhado ou não, acho que ele não ia todo dia a Kensington Place quando estava de licença só para ouvir lady Clem se queixar de sua doença mais recente. Você acha?

Hannah se eriçou.

– Como vou saber? Eles são muito próximos.

– Ora, Hannah... Apesar de ler tanto, você às vezes é muito boba. Até *Fanny* percebeu. – Ela girou a manivela do gramofone e baixou o braço, fazendo o disco recomeçar a tocar. Quando a música sentimental soou, ela acrescentou: – Stephen queria que você *se prometesse* a ele.

Hannah dobrou o canto da página que estava lendo e tornou a desdobrar, passando o dedo pela prega.

– Uma promessa de casamento – disse Emmeline, em um tom ansioso.

Eu prendi a respiração; era a primeira vez que ouvia dizer que Hannah tinha sido pedida em casamento.

– Eu não sou idiota – comentou Hannah, ainda olhando para o canto de página entre seus dedos. – Eu sei o que ele queria.

– Então por que você não...

– Eu não ia prometer o que não posso cumprir – interrompeu ela.

– Você é tão cabeça-dura. Que mal faria rir das piadas dele, deixar que ele murmurasse palavras doces no seu ouvido? Você sempre falou tanto da importância do esforço de guerra... Se não fosse tão teimosa, poderia ter dado a ele uma bela recordação na volta para o front.

Hannah colocou um marcador de livro sobre a página que estava lendo e pôs o volume no divã.

– E o que eu teria feito quando ele voltasse? Falado que não era a sério?

A convicção de Emmeline falseou um pouco, depois ela se recuperou.

– Mas aí é que está: Stephen Hardcastle não voltou.

– Ainda pode voltar.

Foi a vez de Emmeline dar de ombros.

– Tudo é possível, eu acho. Mas, se ele voltar, acho que vai estar ocupado demais aproveitando a sorte para se preocupar com você.

Um silêncio caiu entre elas. A própria sala pareceu tomar partido: as paredes e as cortinas do lado de Hannah, o gramofone apoiando Emmeline.

Emmeline puxou o comprido rabo de cavalo por cima do ombro e passou os dedos nas pontas do cabelo. Então pegou a escova que estava no chão ao lado do espelho e começou a escovar o cabelo com movimentos longos e vigorosos. As cerdas farfalhavam. Hannah observou-a por um momento, com o rosto sombreado por uma expressão que não consegui decifrar – exasperação, talvez, ou incredulidade –, antes de retornar sua atenção para Joyce.

Eu ergui o vestido de tafetá rosa da poltrona.

– É este que a senhorita vai usar esta noite? – perguntei baixinho.

Emmeline deu um pulo.

– Ai! Não se aproxime assim de repente. Eu quase morri de susto.

– Desculpe, senhorita. – Senti meu rosto esquentar. Lancei um olhar para Hannah, que parecia não ter ouvido. – É este o vestido que gostaria de usar?

– É, sim. – Emmeline mordeu o lábio. – Pelo menos, acho que sim. – Ela avaliou o vestido, estendeu a mão e tocou o babado. – Hannah, o que você acha? Azul ou rosa?

– Azul.

– É mesmo? – Emmeline virou-se para Hannah, surpresa. – Eu pensei em rosa.

– Rosa, então.

– Você nem está olhando.

Hannah ergueu os olhos, relutante.

– Qualquer um. Nenhum. – Um suspiro frustrado. – Os dois são bonitos.

Emmeline suspirou.

– É melhor você trazer o vestido azul. Preciso dar outra olhada.

Eu fiz uma reverência e entrei no quarto. Quando alcancei o guarda-roupa, ouvi Emmeline dizer:

– É importante, Hannah. Hoje é o meu primeiro jantar de gala e quero parecer sofisticada. Você também deveria querer. Os Luxtons são americanos.

– E daí?

– Não queremos que eles nos achem pouco refinadas.

– Não me importo com o que eles acharem.

– Deveria se importar. Eles são muito importantes para a empresa de papai. – Emmeline baixou a voz e eu tive que ficar imóvel, com o rosto apertado contra os vestidos, para ouvir o que ela estava dizendo. – Eu ouvi papai conversando com a vovó...

– Bisbilhotando, ao que parece – interrompeu Hannah. – E vovó acha que eu é que sou malcriada!

– Tudo bem, então – disse Emmeline, e percebi um traço de desdém em sua voz. – Vou guardar para mim.

– Você não ia conseguir, mesmo que tentasse. Estou vendo no seu rosto, está louca para me contar o que ouviu.

Emmeline fez uma pausa para saborear sua vitória.

– Ah... está bem, vou contar, já que você insiste. – Ela pigarreou, com um jeito arrogante. – Tudo começou porque vovó estava dizendo que a guerra tinha sido uma tragédia para esta família. Que os alemães tinham privado nossa linhagem de sua descendência e que vovô ia se revirar no túmulo se soubesse da nossa situação atual. Papai tentou dizer a ela que as coisas não estavam assim tão desesperadoras, mas vovó não quis nem saber. Ela falou que já tinha idade suficiente para enxergar claramente, e que a situação não podia ser descrita de outra forma senão desesperadora, uma vez que papai era o último da estirpe e não tinha herdeiros. Vovó disse que era uma pena papai não ter feito a coisa certa e se casado com Fanny quando teve chance!

"Papai ficou zangado e disse que, embora tivesse perdido seu herdeiro, ainda tinha a fábrica, e vovó podia parar de se preocupar porque ele ia tomar conta de tudo. Mas vovó não parou de se preocupar. Ela disse que o banco estava começando a fazer perguntas.

"Então papai ficou calado por alguns instantes e *eu* comecei a me preocupar, achando que ele tinha levantado e estava indo para a porta e que eu ia ser descoberta. Quase ri de alívio quando ele tornou a falar e eu percebi que ele ainda estava sentado."

– Certo, e o que foi que ele disse?

Emmeline continuou, cautelosamente otimista de um ator chegando ao fim de uma fala complicada.

– Papai respondeu que, embora fosse verdade que as coisas ficaram difíceis durante a guerra, ele tinha desistido de aviões e estava voltando a fabricar automóveis. O *maldito* banco, palavras dele, o *maldito* banco ia receber seu dinheiro. Ele falou que tinha conhecido um homem no clube. Um homem de finanças. Papai disse que o sujeito, Sr. Simion Luxton, tinha ligações com empresários e com o governo. – Emmeline deu um suspiro de triunfo, depois de recitar corretamente o seu monólogo. – E ficou por isso, eu acho. Papai pareceu envergonhado quando vovó mencionou o banco. Então eu decidi fazer tudo para causar uma boa impressão ao Sr. Luxton, para ajudar papai a manter sua empresa.

– Eu não sabia que você estava tão interessada nisso.

– É claro que estou – rebateu Emmeline, séria. – E não precisa ficar zangada comigo só porque eu sei mais do que você desta vez.

Uma pausa, e Hannah falou:

– E sua súbita e ardente devoção aos negócios de papai não tem nada a ver com aquele sujeito, o filho, cuja foto Fanny estava admirando no jornal?

– *Theodore* Luxton? Ele estará no jantar? Eu não fazia ideia – comentou Emmeline, mas sua voz ficou mais alegre.

– Você é jovem demais. Ele tem pelo menos 30 anos.

– Eu tenho quase 15, e todo mundo diz que pareço mais velha.

Hannah revirou os olhos.

– Eu não sou jovem demais para me apaixonar – afirmou Emmeline. – Julieta só tinha 14 anos.

– E veja o que aconteceu com ela.

– Aquilo foi só um mal-entendido. Se ela e Romeu tivessem se casado, e aqueles pais idiotas tivessem parado de atrapalhar, tenho certeza de que teriam vivido felizes para sempre. – Ela suspirou. – Eu não vejo a hora de me casar.

– Casamento não é só ter um homem bonito com quem dançar. É muito mais do que isso.

A música do gramofone tinha terminado, mas o disco continuava a girar sob a agulha.

– O quê, por exemplo?

Meu rosto ficou quente contra a seda dos vestidos de Emmeline.

– Coisas particulares – disse Hannah. – *Intimidades.*

– Ah – murmurou Emmeline baixinho. – *Intimidades.* Coitadinha da Fanny.

Houve um silêncio no qual nós todas refletimos sobre a desventura da coitadinha da Fanny: recém-casada e em lua de mel com um estranho.

Eu não era mais completamente inexperiente a respeito desses horrores. Alguns meses antes, na vila, Billy, o filho demente do peixeiro, tinha me seguido até uma travessa e me encurralado em um canto, tentando levantar a minha saia. A princípio eu fiquei alarmada, então me lembrei do pacote de peixe dentro da sacola, levantei-o bem alto e bati com ele na cabeça de Billy. Ele me soltou, mas não antes de enfiar os dedos nas minhas partes íntimas. A lembrança me fez tremer até chegar em casa e levei alguns dias até conseguir fechar os olhos sem reviver a experiência, imaginando o que poderia ter acontecido se eu não tivesse reagido.

– Hannah – disse Emmeline. – O que são exatamente *intimidades*?

– Eu... Bem... São demonstrações de amor – explicou Hannah, com naturalidade. – Muito agradáveis, eu acho, com um homem por quem você esteja apaixonada; extremamente desagradáveis com qualquer outra pessoa.

– Eu sei, eu sei. Mas o que são *exatamente*?

Outro silêncio.

– Você também não sabe – disse Emmeline. – Dá para ver na sua cara.

– Bem, não exatamente...

– Vou perguntar a Fanny quando ela voltar. A essa altura ela já vai saber.

Eu passei os dedos pela fileira de belos tecidos no guarda-roupa de Emmeline, à procura do vestido azul, imaginando se era verdade o que Hannah tinha dito. Pensei nas poucas vezes em que Alfred tinha chegado bem perto de mim, na sala dos empregados, na sensação estranha, mas não desagradável, que eu tinha sentido...

– De qualquer modo, eu não disse que queria me casar *imediatamente* – falou Emmeline. – Eu só comentei que Theodore Luxton é muito bonito.

– Muito rico, você quer dizer – implicou Hannah.

– Dá no mesmo.

– Você tem sorte de papai ter deixado que você jantasse lá embaixo. Eu nunca teria tido permissão para isso aos 14 anos.

– Quase 15.

– Acho que ele precisou arredondar o número de pessoas.

– Sim. Graças a Deus Fanny concordou em se casar com aquele chato, e graças a Deus ele resolveu que deviam passar a lua de mel na Itália. Se estivessem aqui, eu ia ter que jantar com a babá Brown no quarto das crianças.

– Pois eu ia preferir a companhia de babá Brown à dos americanos.

– Bobagem – disse Emmeline.

– Eu ficaria lendo o meu livro.

– Mentirosa. Você separou o seu vestido de cetim cor de marfim, o que Fanny insistiu que você não usasse quando conhecemos aquele noivo chato dela. Você não o usaria se não estivesse tão empolgada quanto eu.

Fez-se um silêncio.

– Ah! – exclamou Emmeline. – Eu tenho razão! Você está rindo!

– Tudo bem, eu estou empolgada para o jantar – admitiu Hannah, e então acrescentou depressa: – Mas não porque quero impressionar uns americanos ricos que nem conheço.

– Ah, não?

– Não.

O assoalho rangeu quando uma das meninas atravessou a sala e o disco, que ainda girava no gramofone, foi retirado.

– Então por quê? Com certeza não é pelo cardápio racionado da Sra. Townsend.

Houve uma pausa, durante a qual eu fiquei imóvel, esperando, ouvindo. Quando Hannah falou, sua voz estava calma, mas tinha um traço de animação:

– Esta noite eu vou pedir ao papai que me deixe voltar para Londres.

Em meio aos vestidos do guarda-roupa, eu ofeguei. Elas mal tinham chegado; era impensável que Hannah pudesse partir tão depressa.

– Para a casa de vovó?

– Não. Para morar sozinha. Em um apartamento.

– Um *apartamento*? E por que você quer morar em um apartamento?

– Você vai rir... Eu quero trabalhar em um escritório.

Emmeline não riu.

– Para fazer que tipo de trabalho?

– Trabalho de escritório. Datilografia, estenografia, arquivamento.

– Mas você não sabe esteno... – Emmeline se interrompeu, compreendendo. – Você sabe estenografia. Aqueles papéis que encontrei na semana passada não eram hieróglifos egípcios de verdade...

– Não.

– Você andou aprendendo estenografia. Em segredo. – Emmeline soava indignada. – Com a Srta. Prince?

– Meu Deus, não. A Srta. Prince nunca nos ensinou nada de útil.

– Então onde?

– Na escola de secretariado da vila.

– Quando?

– Eu comecei há muito tempo, logo depois que a guerra começou. Estava me sentindo inútil e me pareceu uma maneira de ajudar no esforço de guerra. Achei que, quando fôssemos morar com a vovó, eu fosse poder trabalhar. Tem tantos escritórios em Londres. Mas... não deu certo. Quando eu conseguia escapar da vovó para procurar emprego, eles não me aceitavam. Diziam que eu era jovem demais. Agora que já tenho 18 anos, acho que posso conseguir um. Já pratiquei tanto que fiquei muito rápida.

– Quem mais sabe?

– Ninguém. Só você.

Escondida no meio dos vestidos, enquanto Hannah continuava a exaltar as virtudes do seu treinamento, eu perdi alguma coisa. Uma pequena confidência, tão apreciada, foi deixada de lado. Eu a senti escapar, flutuar no meio das sedas e cetins, até pousar na poeira silenciosa do chão escuro do guarda-roupa e eu não conseguir mais enxergá-la.

– E então? – Hannah continuou. – Você não acha isso empolgante?

Emmeline bufou.

– Eu acho desonesto, isso sim. E bobo. E o papai também vai achar. Esforço de guerra é uma coisa, mas isso... isso é *ridículo*, e é melhor você tirar a ideia da cabeça. Papai jamais permitirá.

– É por isso que eu vou contar a ele no jantar. É a oportunidade perfeita. Ele vai ter que concordar, com outras pessoas em volta. Ainda mais americanos com suas ideias modernas.

– Não acredito que você vai mesmo fazer isso. – Emmeline estava ficando furiosa.

– Não sei por que está tão aborrecida.

– Porque... não é... não tem... – Emmeline procurou uma defesa adequada. – Porque você vai ser a anfitriã esta noite e, em vez de cuidar para que tudo corra bem, vai envergonhar o papai. Vai criar uma situação constrangedora na frente dos Luxtons.

– Eu não vou criar situação nenhuma.

– Você sempre diz isso e depois cria. Por que não pode apenas ser...

– Normal?

– Você enlouqueceu de vez. Quem quer trabalhar em um escritório?

– Eu quero ver o mundo. Viajar.

– Para Londres?

– É o primeiro passo – disse Hannah. – Eu quero ser independente. Conhecer pessoas interessantes.

– Mais interessantes do que eu, você quer dizer.

– Não seja boba. Eu quero dizer pessoas novas, que tenham coisas inteligentes a dizer. Coisas que eu nunca tenha ouvido. Eu quero ser livre, Emme. Aberta a qualquer aventura.

Eu olhei o relógio de parede do quarto de Emmeline. Quatro da tarde. O Sr. Hamilton ficaria uma fera se eu não descesse logo. Mas eu tinha que ouvir mais, saber que aventuras eram aquelas que interessavam tanto a Hannah. Dividida entre o desejo e a obrigação, eu cedi. Fechei o guarda-roupa, pendurei no braço o vestido azul e parei à porta.

Emmeline ainda estava sentada no chão, com a escova de cabelo na mão.

– Por que você não vai visitar os amigos do papai em algum lugar? Eu poderia ir também. Os Rothermeres, em Edimburgo...

– E aguentar lady Rothermere atrás de mim o tempo todo? Ou pior, me obrigando a sair com aquelas filhas horrorosas dela? – O rosto de Hannah era o retrato do desprezo. – Isso não é independência.

– E trabalhar em um escritório é?

– Talvez não, mas eu vou precisar de dinheiro. Não vou mendigar nem roubar, e não consigo pensar em ninguém que possa me emprestar.

– E quanto a papai?

– Você ouviu a vovó. Algumas pessoas ganharam dinheiro com a guerra, mas papai não.

– Bem, eu acho que é uma péssima ideia – disse Emmeline. – Não... não é adequado. Papai jamais permitiria... e vovó... – Emmeline respirou fundo, depois soltou tanto o ar que seus ombros murcharam. Quando tornou a falar, sua voz soou jovem e frágil. – Eu não quero que você me deixe. – Ela olhou para Hannah. – Primeiro David e agora você.

O nome do irmão foi um golpe para Hannah. Não era segredo que ela sofrera terrivelmente com a morte dele. A família ainda estava em Londres quando a temida carta com tarja preta chegou, mas as notícias corriam logo pelos alojamentos dos empregados na época, e nós todos soubemos da profunda depressão da Srta. Hannah. Sua recusa em se alimentar foi motivo de muita preocupação e fez a Sra. Townsend assar várias tortas de framboesa, o sabor favorito de Hannah desde criança, para mandar para Londres.

Ignorante do efeito que a menção ao nome de David causara ou perfeitamente consciente disto, Emmeline prosseguiu:

– O que vou fazer, sozinha nesta casa enorme?

– Você não vai estar sozinha – argumentou Hannah calmamente. – Papai estará aqui também.

– Grande coisa. Você sabe que papai não se importa comigo.

– Papai gosta muito de você, Emme – disse Hannah com firmeza. – De todos nós.

Emmeline olhou por cima do ombro e eu me encolhi contra o batente da porta.

– Mas ele não *gosta* de mim. Como pessoa. Como ele gosta de você.

Hannah abriu a boca, mas Emmeline continuou depressa:

– Não precisa fingir. Eu vejo como ele olha para mim quando acha que não estou reparando. Como se estivesse intrigado, como se não soubesse exatamente quem eu sou. – Seus olhos brilharam, mas ela não chorou. Sua voz era um sussurro. – É porque ele me culpa pela morte de mamãe.

– Isso não é verdade. – O rosto de Hannah tinha ficado rosado. – Não diga uma coisa dessas. Ninguém culpa você pela morte de mamãe.

– Papai culpa.

– Não culpa, não.

– Eu ouvi vovó dizer a lady Clem que papai nunca mais foi o mesmo depois da tragédia que aconteceu com mamãe. – Então Emmeline falou com uma firmeza que me surpreendeu: – Eu não quero que você me deixe.

Ela se levantou do chão e foi se sentar ao lado de Hannah, segurando sua mão. Um gesto pouco característico, que pareceu deixar Hannah tão surpresa quanto eu.

– Por favor – implorou, e então começou a chorar.

Elas ficaram ali no divã, Emmeline soluçando, aquela última palavra pairando entre as duas. A expressão de Hannah tinha aquela teimosia que lhe era tão peculiar, mas, por trás do rosto altivo, da boca voluntariosa, eu notei outra coisa. Um aspecto novo, que não podia ser apenas resultado de seu amadurecimento...

E então eu compreendi. Ela era a mais velha agora e tinha herdado a responsabilidade implacável e indesejada que o papel exigia.

Hannah virou-se para Emmeline e fez um ar forçado de alegria.

– Não fique assim – disse ela, dando um tapinha na mão de Emmeline. – Ou vai ficar com os olhos vermelhos para o jantar.

Olhei de novo para o relógio: 16h15. O Sr. Hamilton devia estar furioso. Eu não podia fazer mais nada...

Tornei a entrar na saleta, com o vestido azul pendurado no braço.

– Seu vestido, senhorita – falei para Emmeline.

Ela não respondeu. Eu fingi não notar que seu rosto estava molhado de lágrimas. Fiquei olhando para o vestido, ajeitei um pedacinho de renda.

– Use o cor-de-rosa, Emme – sugeriu Hannah amavelmente. – Ele fica melhor em você.

Emmeline continuou imóvel.

Eu olhei para Hannah, para que ela me guiasse, e Hannah assentiu.

– O cor-de-rosa.

– E a senhorita? – perguntei.

Ela escolheu o de cetim cor de marfim, como Emmeline dissera.

– Você vai estar no jantar, Grace? – indagou Hannah enquanto eu tirava do guarda-roupa o belo vestido de cetim e o corpete.

– Acho que não. Alfred está de volta. Ele vai ajudar o Sr. Hamilton e Nancy a servir a mesa.

– Ah, certo. – Ela pegou o livro, fechou-o, passou os dedos de leve pela lombada. Quando falou, foi com cuidado: – Eu estava para perguntar, Grace. Como está o Alfred?

– Ele está bem, senhorita. Teve um resfriado quando voltou, mas a Sra. Townsend tratou dele com limão e cevada e ele ficou bom.

– Ela não quer saber como ele está *fisicamente* – interveio Emmeline, inesperadamente. – Ela quer saber como ele está de cabeça.

– De cabeça? – Eu olhei para Hannah, que estava franzindo a testa para Emmeline.

– Bem, é verdade. – Emmeline virou-se para mim, os olhos vermelhos. – Quando serviu o chá ontem à tarde, ele se comportou de um modo muito estranho. Estava oferecendo uma bandeja de doces, como sempre, e de repente a bandeja começou a tremer. – Ela riu; um som oco, artificial. – O braço dele estava tremendo, e eu esperei que parasse para pegar uma torta de limão, mas ele não *conseguia* parar. Então a bandeja escorregou e derramou uma avalanche de bolos no meu vestido mais bonito. Primeiro, eu fiquei zangada com essa falta de cuidado, ele podia ter arruinado o meu vestido, mas, quando ficou ali parado com uma expressão muito estranha no rosto, senti medo. Achei que ele tinha enlouquecido. – Ela deu de ombros. – Alfred acabou se recuperando e limpou a bagunça. Mas o estrago estava feito. Ele teve sorte de ter acontecido comigo. Papai não teria sido tão complacente. Vai virar uma fera se acontecer algo parecido esta noite. – Ela olhou diretamente para mim, seus olhos azuis gelados. – Você acha que isso é possível?

– Não sei dizer, senhorita. – Eu estava perdida. Era a primeira vez que ouvia falar da ocorrência. – Quer dizer, acho que não. Tenho certeza de que Alfred está bem.

– É claro que sim – disse Hannah depressa. – Foi um acidente, só isso. Voltar para casa, depois de passar tanto tempo longe, requer uma adaptação. E aquelas bandejas parecem ser muito pesadas, ainda mais com a Sra. Townsend enchendo-as de coisas. Tenho certeza de que ela está querendo nos engordar. – Ela sorriu, mas sua testa continuava franzida.

– Sim, senhorita.

Hannah encerrou o assunto com um movimento de cabeça.

– Agora vamos colocar esses vestidos para representar o papel de filhas obedientes para os americanos amigos de papai, e acabar logo com isso.

O jantar

Eu atravessei o corredor e desci a escada pensando no relato de Emmeline. No entanto, por mais que eu revirasse o evento em minha mente, chegava sempre à mesma conclusão. Alguma coisa estava errada. Alfred nunca tinha sido desajeitado. Durante todo o tempo em que eu trabalhava em Riverton, só o vira se atrapalhar em seus deveres em duas ocasiões. Uma vez, na pressa, ele usara a bandeja de servir bebidas para entregar as cartas; e em outra situação, enfraquecido por uma gripe, tropeçara na escada de serviço. Mas aquilo era diferente. Derrubar uma bandeja inteira? Quase inimaginável.

Entretanto, o episódio não podia ser uma invenção – por que Emmeline inventaria uma coisa daquelas? Não, devia mesmo ter acontecido, e o motivo provavelmente era o que Hannah mencionara. Um acidente, um momento de distração quando o sol bateu na vidraça, um espasmo no pulso, e a bandeja escorregou. Ninguém estava livre de uma coisa assim, especialmente, como Hannah observou, alguém que tinha passado alguns anos longe e estava sem prática.

Mas, embora eu quisesse acreditar na explicação, não conseguia. Pois, em um cantinho da minha mente, um conjunto de incidentes... não, nem chegava a isso... um conjunto de observações esparsas estava se formando. Respostas exageradas a perguntas bem-intencionadas sobre sua saúde; reações extremas a qualquer crítica; uma carranca contrastando com seu antigo bom humor. Na realidade, havia uma espécie de irritabilidade confusa em tudo o que Alfred fazia.

Para dizer a verdade, eu tinha percebido tudo aquilo desde a noite em que ele chegou. Tínhamos planejado uma festinha: a Sra. Townsend preparara uma ceia especial e o Sr. Hamilton recebera permissão para abrir uma garrafa de vinho da adega. Tínhamos passado grande parte da tarde arrumando a mesa na sala dos empregados, rindo enquanto ajeitávamos tudo do jeito que Alfred gostava. Estávamos um tanto bêbados de felicidade aquela noite, eu acho, principalmente eu.

Quando chegou a hora esperada, nós nos posicionamos em uma atitude de falsa naturalidade. Trocávamos olhares de expectativa enquanto esperávamos, prestando atenção nos ruídos do lado de fora. Finalmente, o rangido do cascalho, vozes, uma porta de carro sendo fechada. Passos se aproximando. O Sr. Hamilton se levantou, ajeitou o paletó e ficou parado ao lado da porta. Um momento de expectativa silenciosa enquanto esperávamos a batida de Alfred na porta, e então a passagem se abriu e ele apareceu.

Não foi nada dramático: Alfred não se entusiasmou nem se assustou. Ele deixou que eu pegasse seu chapéu e então ficou parado, sem jeito, na porta, como se estivesse com medo de entrar. Abriu um sorriso forçado. A Sra. Townsend o abraçou, arrastando-o para dentro, como se ele fosse um rolo resistente de carpete. Ela o conduziu até o lugar de honra, à direita do Sr. Hamilton, e falamos todos ao mesmo tempo, rindo, relatando eventos dos últimos dois anos. Todos, exceto Alfred. Ah, ele se esforçou. Assentia, respondia às perguntas, conseguiu até sorrir algumas vezes. Mas eram reações de um estranho, de um dos belgas de lady Violet, tentando agradar a uma plateia determinada a deixá-los à vontade.

Eu não fui a única a notar. Vi o tremor das sobrancelhas do Sr. Hamilton, a expressão preocupada de Nancy. Mas nunca conversamos sobre isso, nunca tocamos no assunto, exceto no dia em que os Luxtons foram jantar, no dia em que a Srta. Starling expressou suas opiniões indesejadas. A festinha e as outras situações que eu observara desde a sua chegada ficaram adormecidas. Preferimos fazer vista grossa e nos tornamos cúmplices em um pacto silencioso de não notar que as coisas tinham mudado. Os tempos tinham mudado, e Alfred também.

– Grace! – O Sr. Hamilton ergueu os olhos da bancada quando eu cheguei ao pé da escada. – São quatro e meia e não há um cartão de marcação na mesa de jantar. Como você acha que os convidados importantes do patrão vão se arranjar sem cartões para marcar os lugares?

Imaginei que eles encontrariam um lugar muito mais do seu agrado do que o determinado pelos anfitriões. Mas eu não era Nancy, não tinha aprendido a arte de me defender, então disse:

– Não muito bem, Sr. Hamilton.

– Não mesmo. – Ele me deu uma pilha de cartões e um mapa dobrado da mesa. – E, Grace, se por acaso você vir o Alfred, não deixe de pedir que ele venha até aqui. Ele ainda não limpou nem o bule de café.

Na ausência de uma anfitriã adequada, Hannah, um tanto a contragosto, foi obrigada a definir os lugares na mesa. Ela rabiscou um mapa em um pedaço de papel pautado que tinha sido arrancado de um caderno.

Os cartões em si eram muito simples: preto no branco com o brasão dos Ashburys gravado no canto superior esquerdo. Eles não tinham a elegância dos cartões de lady Ashbury, mas cumpririam o objetivo, combinando com a mesa relativamente austera que o Sr. Frederick preferia. Na verdade, para tristeza do Sr. Hamilton, o Sr. Frederick tinha escolhido jantar *en famille* (em vez do jantar formal *à la russe* a que estávamos acostumados), e ele próprio ia trinchar o faisão. Embora a Sra. Townsend tenha ficado horrorizada, Nancy, depois de ter passado tanto tempo fora da casa, aprovou a escolha, observando que a decisão do patrão tinha sido, com certeza, calculada para agradar aos convidados.

Não me cabia opinar, mas eu preferia aquela maneira mais moderna de arrumar a mesa. Sem o enorme centro de mesa que parecia uma árvore, cheio de bandejas de doces e frutas em arranjos elaborados, a mesa tinha uma simplicidade elegante que me agradava. O branco da toalha engomada, a prata do faqueiro e o brilho das taças e dos copos.

Olhei mais de perto. A borda da taça de champanhe do Sr. Frederick estava com uma marca de dedo. Eu soprei sobre a marca e a esfreguei rapidamente com a ponta do meu avental. Estava tão atenta ao que estava fazendo que dei um pulo quando a porta da sala se abriu de repente.

– Alfred! Você me deu um susto! Quase deixei cair a taça!

– Você não deveria estar tocando nelas – disse Alfred, com uma ruga na testa. – As taças estão sob minha responsabilidade.

– Tinha uma mancha. Você sabe como o Sr. Hamilton é. Ele teria arrancado suas tripas para usar como ligas. E o Sr. Hamilton de ligas é algo que nunca espero ver!

Minha tentativa de humor fracassou completamente. Em algum lugar nas trincheiras da França, a gargalhada de Alfred tinha morrido; ele agora só conseguia fazer caretas.

– Eu ia limpá-las mais tarde.

– Bem, agora não vai mais precisar.

– Você não precisa fazer isso – disse ele em um tom de voz modulado.

– Fazer o quê?
– Checar o meu trabalho, me seguindo como uma sombra.
– Eu não estou fazendo isso. Só estava dispondo os cartões de marcação e vi uma marca de dedo.
– E eu disse que ia limpar mais tarde.
– Está bem – respondi calmamente, pondo a taça no lugar. – Vou colocar de volta.
Alfred resmungou alguma coisa e tirou um pano do bolso. Eu ajeitei os cartões, embora já estivessem no lugar, e fingi que não estava olhando para ele.
Seus ombros estavam curvados, o direito tão erguido que o virava de costas para mim. Era um sinal de que queria ficar sozinho, mas a maldição das boas intenções não me deixava em paz. Talvez, se conseguisse saber o que o estava incomodando, pudesse ajudá-lo. Quem melhor do que eu? Pois sem dúvida eu não tinha imaginado a proximidade que crescera entre nós enquanto ele estava ausente. Eu sabia que não: Alfred deixara isso claro em suas cartas. Eu pigarreei e falei baixinho:
– Eu sei o que aconteceu ontem.
Ele não deu sinal algum de ter ouvido, continuou atento à taça que estava limpando.
Um pouco mais alto:
– Eu sei o que aconteceu ontem. Na sala de visitas.
Ele parou, com a taça na mão. Ficou imóvel. As palavras pairaram como neblina entre nós e eu tive um desejo súbito de retirar o que tinha dito.
A voz dele soou mortalmente calma.
– A senhoritazinha andou contando mentiras, não foi?
– Não...
– Aposto que ela deu boas risadas.
– Não, não – falei depressa. – Nada disso. Ela estava preocupada com você. – Eu engoli em seco e ousei dizer: – *Eu* estou preocupada com você.
Ele ergueu a cabeça abruptamente, me olhando através da mecha de cabelo que a esfregação tinha bagunçado. Sua boca estava marcada por vincos de raiva.
– Preocupada comigo?
Seu tom estranho, esganiçado, me deixou desconfiada, mas eu queria consertar as coisas.

– É que você nunca tinha derrubado uma bandeja, e também não contou nada... Achei que podia ter ficado com medo de o Sr. Hamilton descobrir. Ele não ia ficar zangado, Alfred. Eu tenho certeza. Todo mundo erra de vez em quando.

Ele olhou para mim, e por um momento pensei que fosse rir. Em vez disso, suas feições se contorceram em uma careta de desprezo.

– Garota tola. Você acha que eu me importo por ter derrubado uns bolos?

– Alfred...

– Você acha que eu não sei cumprir a minha obrigação? Depois de tudo por que eu passei?

– Eu não disse isso...

– Mas é o que está pensando, não é? Eu noto vocês todos me olhando, me vigiando, esperando que eu cometa um erro. Bem, podem parar de se preocupar. Não há nada errado comigo, está ouvindo? Nada!

Meus olhos estavam ardendo, seu tom amargo me deixou arrepiada.

– Eu só queria ajudar... – murmurei.

– Ajudar? – Ele riu com amargura. – E o que faz você pensar que pode me ajudar?

– Ora, Alfred... – falei, insegura, sem saber o que ele estava querendo dizer. – Você e eu... nós... é como você disse... nas suas cartas...

– Esqueça o que eu disse.

– Mas, Alfred...

– Fique longe de mim, Grace – rebateu ele friamente, voltando a olhar para as taças. – Nunca pedi a sua ajuda. Não preciso dela nem a quero. Ande, saia daqui e me deixe trabalhar.

Meu rosto ardeu: de desilusão, do calor da discussão, mas principalmente de vergonha. Eu tinha imaginado uma proximidade que não existia. Por Deus, nos meus momentos mais íntimos eu tinha até começado a imaginar um futuro com Alfred. Namoro, casamento, talvez até uma família. E então percebi que eu tinha confundido ausência com sentimentos mais fortes...

Passei o início da noite no andar de baixo. Se a Sra. Townsend estranhou minha súbita vontade de aprender as minúcias de assar um faisão, achou melhor não perguntar. Eu bati e desossei, e até ajudei com o recheio. Qualquer coisa para não ter que voltar para cima, onde Alfred estava trabalhando.

Minha estratégia funcionou até o Sr. Hamilton enfiar uma bandeja de coquetéis na minha mão.

– Sr. Hamilton, eu estou ajudando a Sra. Townsend com a comida – argumentei, desconsolada.

– E eu estou dizendo para você levar os coquetéis – respondeu o Sr. Hamilton, minha ousadia fazendo seus olhos faiscarem por trás dos óculos.

– Mas Alfred...

– Alfred está ocupado ajeitando a sala de jantar. Rápido, menina. Não deixe o patrão esperando.

Era um jantar pequeno, só seis pessoas ao todo, entretanto a sala parecia estar cheia de gente. Vozes altas e um calor sufocante. O Sr. Frederick, ansioso em causar uma boa impressão, insistira em aquecimento extra, e o Sr. Hamilton tinha alugado dois aquecedores a óleo. Um perfume feminino particularmente forte tinha florescido naquela estufa e ameaçava sufocar a sala e seus ocupantes.

Eu vi o Sr. Frederick primeiro, usando seu smoking, parecendo quase tão bonito quanto o major tinha sido, embora mais magro e menos empertigado. Ele estava junto à escrivaninha de mogno, conversando com um homem gordo e de cabelos grisalhos rodeando seu crânio lustroso como uma grinalda.

O homem gordo apontou para um vaso de porcelana sobre a escrivaninha.

– Eu vi um desses para leilão – comentou ele com um difuso sotaque do Norte. – Idêntico. – Ele se inclinou para perto. – Vale um bom dinheiro, meu velho.

– Não sei dizer, meu bisavô trouxe do Extremo Oriente. Está aí desde então – respondeu o Sr. Frederick distraidamente.

– Está ouvindo, Estella? – indagou Simion Luxton para a esposa, que estava sentada no sofá, do outro lado da sala, entre Emmeline e Hannah. – Frederick disse que o vaso está na família há gerações. Ele o usa como peso de papéis.

Estella Luxton sorriu com paciência para o marido e um tipo de comunicação muda se passou entre eles, nascida de anos de convivência. Naquele olhar eu percebi que aquele era um casamento de conveniência. Uma relação simbiótica, cuja utilidade tinha sobrevivido à paixão.

Cumprida a obrigação para com o marido, Estella voltou sua atenção para Emmeline, em quem ela encontrara uma pessoa tão entusiasmada pela alta sociedade quanto ela. O cabelo que faltava ao marido sobrava em Estella. O dela, cinzento, estava preso em um coque apertado e elaborado, de estilo curiosamente americano. Ele me lembrou uma fotografia que o Sr. Hamilton tinha pregado no quadro de avisos do andar de baixo, de um arranha-céu de Nova York coberto de andaimes: complexo e impressionante, mas nada atraente. Ela sorriu com algo que Emmeline disse, e eu fiquei perplexa com seus dentes incrivelmente brancos.

Eu ladeei a sala, depositei a bandeja de coquetéis no aparador debaixo da janela e fiz uma reverência. O jovem Sr. Luxton estava sentado na poltrona, ouvindo distraidamente Emmeline e Estella falando com entusiasmo sobre a temporada no campo.

Theodore – Teddy, como passamos a chamá-lo – era bonito como todos os homens ricos daquela época. Feições comuns, realçadas pela confiança, criavam uma fachada de charme e elegância, dando um brilho especial aos olhos.

Ele tinha cabelo escuro, quase tão preto quanto seu smoking Saville Row, e usava um bigode elegante, que o deixava com um ar de ator de cinema. *Parecido com Douglas Fairbanks*, pensei de repente, e senti meu rosto corar. Tinha um sorriso aberto e franco, os dentes ainda mais claros do que os da mãe. Devia ser alguma coisa na água dos Estados Unidos, concluí, porque eles todos tinham dentes brancos como o colar de pérolas de Hannah, que ela usava por cima da corrente de ouro com o medalhão.

Quando Estella iniciou uma descrição detalhada do baile mais recente de lady Belmont, em um sotaque metálico que eu nunca tinha ouvido, o olhar de Teddy começou a vagar pela sala. Notando a falta de ocupação do convidado, o Sr. Frederick fez um sinal tenso para Hannah, que limpou a garganta e disse, sem muito ânimo:

– Sua travessia foi agradável?

– Muito – respondeu ele, com um sorriso simpático. – Embora mamãe e papai não pensem o mesmo. Nenhum deles gosta do mar. Os dois ficaram enjoados assim que saímos de Nova York e só melhoraram quando chegamos a Bristol.

Hannah tomou um gole do seu coquetel, depois fez mais uma tentativa educada de conversa.

– Quanto tempo o senhor vai ficar na Inglaterra?

– Vai ser uma visita curta. Vou partir para o continente na semana que vem. Egito.

– Egito – repetiu Hannah, arregalando os olhos.

Teddy riu.

– Sim. Eu tenho negócios lá.

– O senhor vai ver as pirâmides?

– Desta vez não, infelizmente. Só vou ficar alguns dias no Cairo e depois vou para Florença.

– Lugar horrível – disse Simion, da poltrona onde estava sentado. – Cheio de pombos e asiáticos. Não se compara à velha Inglaterra.

O Sr. Hamilton indicou o copo de Simion, quase vazio, apesar de ter sido completado havia pouco tempo. Eu levei o jarro de coquetel até ele.

Senti os olhos de Simion em mim enquanto enchia seu copo.

– Há certos prazeres que só existem neste país. – Ele se inclinou ligeiramente e seu braço quente roçou a minha coxa. – Por mais que eu tente, não os encontro em nenhum outro lugar.

Eu tive que me concentrar para manter uma expressão neutra e não servir depressa demais. Passou-se uma eternidade antes que o copo estivesse finalmente cheio e eu pudesse sair de perto dele. Quando rodeei o sofá, vi Hannah olhando de cara fechada para onde eu tinha estado.

– Meu marido realmente adora a Inglaterra – confirmou Estella.

– Caça, tiro e golfe. Ninguém faz isso melhor do que os ingleses. – Simion deu um gole no seu coquetel e se recostou na poltrona. – Mas o melhor de tudo é a mentalidade dos ingleses. Existem dois tipos de pessoas na Inglaterra: as que nasceram para dar ordens e as que nasceram para obedecer. – O olhar dele encontrou o meu, do outro lado da sala.

Hannah fechou ainda mais a cara.

– Isso facilita as coisas – continuou Simion. – Mas não é assim nos Estados Unidos, infelizmente. O rapaz que engraxa o seu sapato na esquina pode estar sonhando em abrir a própria empresa. Não há nada que deixe um homem mais nervoso do que uma população inteira de trabalhadores cheios de... *ambições* irracionais. – Ele cuspiu a palavra com todo o desprezo.

– Imagine um trabalhador que espera obter da vida mais do que o fedor dos pés de outros homens – comentou Hannah.

– Abominável! – respondeu Simion, sem entender a ironia.

– Eles deviam compreender melhor as coisas – retomou ela, subindo um pouco o tom da voz. – Apenas os afortunados têm o direito de ter ambições.

O Sr. Frederick lançou-lhe um olhar de advertência.

– Eles nos poupariam muitos problemas se compreendessem – disse Simion. – Basta olhar para os bolcheviques para ver como essas pessoas podem se tornar perigosas quando começam a ter ideias que não combinam com sua posição.

– Um homem não deve tentar melhorar de vida? – perguntou Hannah.

O Sr. Luxton mais jovem, Teddy, continuou olhando para Hannah, com um leve sorriso nos lábios.

– Ah, papai aprova o desenvolvimento pessoal, não é, papai? Quando eu era pequeno, não ouvia outro assunto.

– Meu avô saiu das minas graças à sua determinação – afirmou Simion. – Veja agora a família Luxton.

– Uma transformação admirável. – Hannah sorriu. – Só não deve ser empreendida por todo mundo, certo, Sr. Luxton?

– Isso mesmo, isso mesmo.

O Sr. Frederick, louco para abandonar o tema perigoso, pigarreou impacientemente e olhou para o Sr. Hamilton.

O Sr. Hamilton acenou de leve e se inclinou para Hannah.

– O jantar está servido, senhorita.

Ele olhou para mim e fez sinal para eu voltar para baixo.

– Bem... – disse Hannah, enquanto eu saía da sala discretamente. – Vamos jantar?

O peixe seguiu-se à sopa de ervilhas, o faisão veio depois do peixe e tudo estava indo bem. Nancy aparecia de vez em quando lá embaixo, fornecendo informações bem-vindas sobre o decorrer da noite. Embora trabalhando em uma velocidade fantástica, a Sra. Townsend nunca estava ocupada demais para uma atualização do desempenho de Hannah como anfitriã. Ela assentiu quando Nancy anunciou que, embora a Srta. Hannah estivesse se saindo bem, seus modos ainda não eram tão encantadores quanto os da avó.

– É claro que não – disse a Sra. Townsend, com a testa coberta de suor. – Ser anfitriã faz parte da *natureza* de lady Violet. Ela não conseguiria dar uma festa imperfeita, mesmo se tentasse. A Srta. Hannah vai melhorar com a prática. Talvez nunca seja uma anfitriã *perfeita*, mas com certeza vai ser boa. Está no sangue.

– A senhora provavelmente tem razão, Sra. Townsend – respondeu Nancy.

– É claro que tenho. Essa menina vai ser ótima, desde que não se deixe levar por... *ideias modernas*.

– Que tipo de ideias modernas? – perguntei.

– Ela sempre foi uma criança inteligente – explicou a Sra. Townsend, suspirando. – E todos aqueles livros ficam colocando ideias na cabeça da menina.

– Que tipo de ideias modernas?– indaguei novamente.

– O casamento vai dar um jeito nisso, anote o que eu digo – disse a Sra. Townsend para Nancy.

– Tenho certeza de que a senhora tem razão.

– Que tipo de ideias modernas? – repeti, impaciente.

– Há certas mocinhas que não sabem o que querem até encontrarem um marido adequado – comentou a Sra. Townsend.

Eu não aguentava mais.

– A Srta. Hannah não vai se casar. Nunca. Eu a ouvi dizer isso. Ela vai viajar pelo mundo e viver uma vida de aventuras.

Nancy ofegou e a Sra. Townsend arregalou os olhos para mim.

– O que você está dizendo, sua boba? – ralhou a Sra. Townsend, pondo a mão com firmeza na minha testa. – Você enlouqueceu, para dizer uma bobagem dessas? Está parecendo Katie. É claro que a Srta. Hannah vai se casar. É o desejo de toda debutante: um casamento bom e rápido. Além disso, ela tem este dever agora que o pobre Sr. David...

– Nancy – chamou o Sr. Hamilton, descendo a escada correndo. – Onde está o champanhe?

– Está comigo, Sr. Hamilton. – A voz de Katie soou antes que ela aparecesse, saída da adega, com as garrafas enfiadas debaixo dos braços, sorrindo satisfeita. – As outras estavam ocupadas demais discutindo, mas eu fui buscar.

– Bem, depressa, menina – mandou o Sr. Hamilton. – Os convidados do patrão vão ficar com sede. – Ele se virou para a cozinha e nos olhou de cara feia. – Não é do seu feitio descuidar do seu trabalho, Nancy.

– Aqui está, Sr. Hamilton – disse Katie.

– Pode subir, Nancy – ordenou ele, zangado. – Agora que estou aqui, eu mesmo levo as garrafas.

Nancy olhou zangada para mim e subiu.

– Não posso crer, Sra. Townsend – disse o Sr. Hamilton. – Prender Nancy aqui discutindo. A senhora sabe que precisamos de toda ajuda possível esta noite. Posso perguntar o que havia de tão importante para exigir uma conversa urgente?

– Não era nada, Sr. Hamilton – respondeu a Sra. Townsend, recusando--se a me encarar. – Não era nenhuma discussão, só um assunto entre mim, Nancy e Grace.

– Elas estavam falando sobre a Srta. Hannah – contou Katie. – Eu ouvi...

– Quieta, Katie – ralhou o Sr. Hamilton.

– Mas eu...

– Katie! – exclamou a Sra. Townsend. – Chega! E pelo amor de Deus, largue essas garrafas para o Sr. Hamilton poder levá-las lá para o patrão.

Katie depositou as garrafas na mesa da cozinha. O Sr. Hamilton começou a abrir a primeira. Apesar da sua habilidade, a rolha estava presa, recusando-se a sair até que, quando ele menos esperava...

Bang!

A rolha saltou da garrafa, quebrou o globo de luz em mil pedaços e caiu na panela de calda de caramelo da Sra. Townsend. O champanhe liberado molhou o rosto e o cabelo do Sr. Hamilton com uma efervescência triunfante.

– Katie, que estupidez! – berrou a Sra. Townsend. – Você sacudiu as garrafas!

– Desculpe – disse Katie, começando a rir como fazia quando ficava nervosa. – Eu só estava tentando me apressar, como o Sr. Hamilton mandou.

– Mais pressa, menos velocidade, Katie – disse o Sr. Hamilton, sua advertência séria amenizada pelo champanhe que lhe escorria pelo rosto.

– Pronto, Sr. Hamilton. – A Sra. Townsend usou o canto do avental para enxugar o nariz dele. – Deixe-me secá-lo.

– A senhora passou farinha no rosto dele! – disse Katie, rindo.

– Katie! – exclamou o Sr. Hamilton, zangado, limpando o rosto com um lenço que tinha aparecido no meio da confusão. – Você é mesmo uma *tola*. Não tem um pingo de juízo, depois de todos os anos que passou aqui. Às vezes eu me pergunto por que a mantemos...

Eu ouvi Alfred chegando, antes de vê-lo. Uma respiração ofegante sobrepondo-se às vozes do Sr. Hamilton ralhando com Katie, da Sra. Townsend querendo consertar as coisas, de Katie protestando.

Depois ele me contou que tinha descido para ver o que estava retardando o Sr. Hamilton, mas, naquela hora, Alfred ficou ali parado, imóvel, pálido, uma estátua de mármore, ou um fantasma...

Quando meus olhos encontraram os dele, o encanto se quebrou, e ele deu meia-volta e desapareceu no corredor, seus passos ecoando nas pedras, saindo pela porta e desaparecendo na escuridão.

Todo mundo ficou olhando, em silêncio. O Sr. Hamilton fez menção de segui-lo, mas seu dever era para com o patrão. Ele limpou o rosto com o lenço e se virou para nós, com os lábios apertados em uma expressão de resignação.

– Grace – disse ele, quando eu me preparava para ir atrás de Alfred. – Ponha o seu avental formal. Preciso de você lá em cima.

Na sala de jantar, tomei meu lugar entre o aparador e a cadeira Luís XIV. Na parede oposta, Nancy ergueu as sobrancelhas. Sem poder contar o que tinha acontecido no andar de baixo, sem saber como explicar, dei de ombros ligeiramente e desviei os olhos. Fiquei imaginando onde estaria Alfred e se algum dia ele voltaria ao normal.

Todos estavam acabando de comer o faisão e o ar vibrava com o ruído dos talheres sobre a fina porcelana.

– Bem, isso estava... delicioso – elogiou Estella.

Eu observei seu perfil, como seu maxilar formava cada palavra, tirando delas qualquer vitalidade antes de expeli-las através dos lábios carmim. Eu me lembro especificamente de sua boca, pois ela era a única usando maquiagem. Para a infelicidade de Emmeline, o Sr. Frederick tinha ideias bastante firmes sobre maquiagem e as pessoas que a usavam.

Estella abrira um vale entre os montinhos de restos de faisão, e ali descansou os talheres. Deixou marcas de beijos cor de cereja no guardanapo de linho branco, que eu ia ter que esfregar mais tarde, depois sorriu para o Sr. Frederick.

– Deve ser difícil, com o racionamento.

Nancy ergueu as sobrancelhas. Era inconcebível um convidado fazer comentários a respeito da comida. De fato, uma afirmação tão direta beirava a descortesia, pois soara como uma surpresa. Nós teríamos que tomar cuidado quando fôssemos relatar o fato à Sra. Townsend.

O Sr. Frederick, tão estarrecido quanto nós, fez um discurso constrangido sobre o talento sem paralelos da Sra. Townsend como cozinheira de comida racionada, e Estella aproveitou a ocasião para examinar a sala. Seu olhar pousou primeiro nas cornijas de gesso que ligavam a parede ao teto, depois deslizou para o friso William Morris no rodapé, antes de descansar, finalmente, no brasão da família Ashbury, preso na parede. O tempo todo, sua língua trabalhava metodicamente dentro da boca, tentando tirar um resto teimoso e desagradável de comida de seus dentes cintilantes.

Conversar não era o forte do Sr. Frederick, e sua narração se transformou em uma ilha isolada da qual ele não conseguia escapar. Ele começou a divagar. Percorreu a mesa com os olhos, mas Estella, Simion, Teddy e Emmeline estavam distraídos. Finalmente, encontrou uma aliada em Hannah. Eles trocaram um olhar e, enquanto ele deixava morrer sua descrição sem sentido dos bolinhos sem manteiga da Sra. Townsend, ela pigarreou.

– A senhora mencionou uma filha, Sra. Luxton – comentou Hannah. – Ela não veio nesta viagem?

– Não, não veio – respondeu Estella depressa, voltando a prestar atenção nos seus companheiros de mesa.

Simion ergueu os olhos do seu faisão e grunhiu.

– Deborah não tem viajado conosco ultimamente. Ela tem compromissos em casa. Compromissos de *trabalho* – acrescentou ele, com um tom agressivo.

Isso despertou o interesse de Hannah.

– Ela trabalha?

– Algum emprego em editoração. – Simion engoliu uma garfada de faisão. – Não sei os detalhes.

– Deborah é colunista de moda do *Women's Style* – respondeu Estella. – Ela escreve um pequeno artigo por mês.

– Ridículo. – Simion estremeceu e conteve um soluço antes de se tornar um arroto. – Uma bobagem sobre sapatos e vestidos e outras extravagâncias.

– Ora, papai – disse Teddy, sorrindo. – A coluna de Deb é muito popular. Ela tem influenciado o modo de vestir das damas da sociedade de Nova York.

– Bobagem! Você tem sorte de suas filhas não o fazerem passar por essas coisas, Frederick. – Simion afastou o prato sujo de molho. – Trabalho, veja bem. As moças inglesas são mais sensatas.

Era a oportunidade perfeita, e Hannah sabia disso. Eu prendi a respiração, imaginando se o seu desejo por aventura ia falar mais alto. Torcendo para que não. Para ela atender ao pedido de Emmeline e ficar em Riverton. Com Alfred daquele jeito, eu não conseguia suportar a ideia de que Hannah também desaparecesse.

Ela e Emmeline trocaram um olhar e, antes que Hannah tivesse chance de falar, a irmã mais nova se apressou, naquela voz límpida e musical que as moças eram incentivadas a cultivar:

– *Eu* com certeza jamais faria isso. Trabalhar não é muito respeitável, é, papai?

– Eu preferiria arrancar meu coração do peito a ver uma das minhas filhas trabalhando – respondeu o Sr. Frederick, com firmeza.

Hannah apertou os lábios.

– Isso quase me partiu o coração – disse Simion, e olhou para Emmeline. – Se ao menos minha Deborah tivesse a sua sensatez...

Emmeline sorriu, seu rosto brilhando com uma maturidade precoce que eu quase fiquei envergonhada de testemunhar.

– Ora, Simion – interveio Estella. – Você sabe que Deborah não teria aceitado o emprego se você não tivesse permitido. – Ela sorriu. – Ele nunca consegue dizer não a ela.

Simion resmungou, mas não negou.

– Mamãe tem razão, pai – disse Teddy. – Trabalhar está na moda entre os jovens da alta sociedade de Nova York. Deborah é jovem e ainda não se casou. Ela vai sossegar quando chegar a hora.

– Eu sempre preferi etiqueta à inteligência – disse Simion. – Mas essa é a sociedade moderna. Todos querem ser considerados inteligentes. A culpa é da guerra. – Ele enfiou os polegares na apertada cintura da calça, escondido de todos, mas dentro do meu ângulo de visão, e deu à barriga um pouco de espaço para respirar. – Meu único consolo é que ela ganha um bom dinheiro. – Ao pensar no seu tópico favorito, ele se animou um pouco. – Aliás, Frederick, o que você acha das multas que estão falando em cobrar da coitada da Alemanha?

Enquanto a conversa prosseguia, Emmeline olhou disfarçadamente para a irmã. Hannah tinha o queixo erguido, os olhos acompanhando a conversa, seu rosto um modelo de tranquilidade, e eu me perguntei se ela considerara mesmo pedir ao pai. Talvez o apelo que Emmeline fizera mais cedo a tivesse feito mudar de ideia. Talvez eu tivesse imaginado seu leve estremecimento quando a oportunidade passou, sumindo como fumaça pela chaminé.

– Dá uma certa pena dos alemães – afirmou Simion. – Há muito que se admirar naquele povo. São excelentes empregados, não acha, Frederick?

– Eu não emprego alemães na minha fábrica.

– Isso é um erro. Você não vai encontrar raça mais trabalhadora. Mal-humorados, é verdade, mas meticulosos.

– Estou muito satisfeito com os meus homens daqui.

– Seu nacionalismo é admirável, Frederick. Mas não às custas do seu negócio, imagino?

– Meu filho foi morto por uma bala alemã – disse o Sr. Frederick, sua mão espalmada, tensa, sobre a mesa.

A observação foi como um vácuo que sugou toda a cordialidade. O Sr. Hamilton me lançou um olhar e fez um sinal para que eu e Nancy começássemos a recolher os pratos para distrair a atenção. Estávamos rodeando a mesa quando Teddy limpou a garganta e disse:

– Nossos sinceros sentimentos, lorde Ashbury. Nós soubemos do seu filho. De David. Ouvimos dizer no clube, em Londres, que ele era um bom homem.

– Menino.

– Como assim?

– Meu filho era um menino.

– Sim. – Teddy se corrigiu. – Um ótimo menino.

Estella estendeu a mão por cima da mesa e a pousou sobre o pulso do Sr. Frederick.

– Não sei como você suportou, Frederick. Não sei o que eu faria se perdesse o meu Teddy. Agradeço a Deus todos os dias por ele ter decidido participar da guerra de casa mesmo. Ele e seus amigos políticos.

Ela olhou para o marido, que teve pelo menos a decência de parecer um tanto embaraçado.

– Estamos em débito – disse ele. – Rapazes como o seu David sacrificaram suas vidas. Cabe a nós provar que não morreram em vão. Progredir nos negócios e devolver a esta terra maravilhosa o lugar que ela merece.

Os olhos claros do Sr. Frederick pousaram em Simion e, pela primeira vez, percebi um lampejo de desagrado.

– Verdade.

Eu coloquei os pratos no elevador e puxei a corda para mandá-los para baixo, depois me debrucei no poço, prestando atenção para ver se ouvia a voz de Alfred lá embaixo. Esperava que já tivesse voltado de onde quer que tivesse ido com tanta pressa. Pela abertura, veio o ruído distante dos pratos sendo retirados, a voz de Katie e a reprimenda da Sra. Townsend. Finalmente, com um puxão, as cordas começaram a se mover e o elevador voltou, carregado de frutas, manjar e calda de caramelo – sem a rolha.

– Hoje em dia, os negócios exigem economia de escala – disse Simion, autoritariamente. – Quanto mais você produz, mais tem dinheiro para produzir.

O Sr. Frederick concordou:

– Eu tenho ótimos operários. São homens excelentes. Se treinarmos os outros...

– Perda de tempo. Perda de dinheiro. – Simion bateu na mesa com uma veemência que me fez dar um pulo, quase derramando a calda de caramelo que estava despejando em seu prato. – Mecanização! Esse é o futuro.

– Linhas de montagem?

Simion deu uma piscadela.

– Acelerar os homens vagarosos, frear os apressados.

– Acho que não vendo o suficiente para garantir linhas de montagem – informou o Sr. Frederick. – Poucas pessoas na Inglaterra têm dinheiro para comprar os meus carros.

– Essa é precisamente a questão – respondeu Simion. O entusiasmo e a bebida tinham deixado seu rosto vermelho. – Linhas de montagem baixam os preços. Você vai vender mais.

– Linhas de montagem não baixam os preços das peças – retrucou o Sr. Frederick.

– Use peças diferentes.

– Eu uso as melhores.

O Sr. Luxton começou a rir, e parecia que não ia mais parar.

– Eu gosto de você, Frederick – comentou ele finalmente. – Você é um idealista. Um *perfeccionista*. – Ele pronunciou a última palavra com a satisfação de um estrangeiro que conseguira se lembrar de uma palavra difícil. – Mas quer fazer carros ou ganhar dinheiro? – questionou ele, inclinado para a frente, sério, com os cotovelos na mesa e um dedo gordo apontado para o anfitrião.

O Sr. Frederick ficou atônito.

– Não sei se...

– Acho que meu pai está sugerindo que o senhor tem uma escolha – interveio Teddy calmamente. Até então ele acompanhara a conversa com um interesse reservado, mas então disse, quase se justificando: – Existem dois mercados para os seus automóveis. Um pequeno grupo que pode comprar o que há de melhor...

– Ou o mercado efervescente de consumidores de classe média – interveio Simion. – A fábrica é sua; a decisão é sua. Mas, do ponto de vista de um banqueiro... – Ele voltou a se recostar, desabotoou um botão do smoking e respirou satisfeito. – Eu sei qual mercado eu miraria.

– A classe média – murmurou o Sr. Frederick, franzindo ligeiramente a testa, como se tivesse percebido pela primeira vez que aquele grupo existia fora das doutrinas da teoria social.

– A classe média – confirmou Simion. – Ela está crescendo, e não está sendo aproveitada. Se não encontrarmos meios de tirar o dinheiro dela, a classe média vai achar meios de tirar o nosso. – Ele balançou a cabeça. – Como se os trabalhadores já não fossem problema suficiente.

Frederick franziu a testa, confuso.

– Sindicatos – disse Simion com uma careta. – Assassinos de empresas. Eles não vão sossegar enquanto não tiverem se apoderado dos meios de produção e expulsado homens como você.

– Papai faz uma descrição exagerada – comentou Teddy, com um sorriso tímido.

– Eu falo exatamente o que penso – retorquiu Simion.

– E você? – disse Frederick para Teddy. – Você não vê os sindicatos como uma ameaça?

– Acho que podemos lidar com eles.

– Bobagem. – Simion tomou um gole de vinho. – Teddy é um moderado.

– Papai, por favor, eu sou conservador.

– Com ideias esquisitas.

– Apenas proponho que todos os lados sejam ouvidos...

– Ele vai aprender com o tempo – retrucou Simion, acenando a cabeça para o Sr. Frederick. – Quando tiver as mãos mordidas pelos tolos que alimenta.

Ele largou o copo e prosseguiu com o discurso.

– Acho que você não percebe quanto está vulnerável, Frederick. Se acontecer algum imprevisto. Eu estava falando com Ford outro dia, Henry Ford... – Ele fez uma pausa, não sei se por motivos éticos ou oratórios, e fez sinal para eu lhe levar um cinzeiro. – Vou dizer apenas que, neste contexto econômico, você precisa desviar o seu negócio para caminhos mais lucrativos. E depressa. – Seus olhos faiscaram. – Se as coisas virarem para o lado da Rússia... e existem certos indícios... só uma margem saudável de lucro irá deixá-lo bem com o seu banqueiro. Por mais simpático que ele seja, o saldo não pode estar no vermelho.

Simion tirou um charuto da caixa de prata que o Sr. Hamilton ofereceu.

– E você precisa se proteger, não é? Você e suas lindas filhas. Se não tomar conta delas, quem vai tomar? – Ele sorriu para Hannah e Emmeline, depois acrescentou: – Sem mencionar esta casa imponente. Há quanto tempo você disse que ela está na família?

– Eu não cheguei a dizer – respondeu o Sr. Frederick, e se sua voz revelou um traço de preocupação que ele se apressou em apagar. – Trezentos anos.

– Isso é fantástico – comentou Estella, na hora certa. – Eu *adoro* a história da Inglaterra. Suas famílias antigas são tão fascinantes. Um dos meus passatempos favoritos é ler sobre isso.

Simion suspirou com impaciência, louco para voltar aos negócios. Estella, com a prática de muitos anos de casamento, aproveitou a deixa.

– Acho que nós, garotas, podemos ir para a sala de visitas enquanto os homens continuam a conversar. Vocês podem me contar a história da linhagem da família Ashbury.

Hannah fez um ar educado de concordância, mas eu notei a sua impaciência. Ela estava dividida entre a vontade de ficar e ouvir mais e o dever de anfitriã de levar as damas para a sala de visitas e aguardar os homens.

– Sim, é claro – disse ela. – Embora não haja muito que possamos dizer que a senhora não possa ler no guia de etiqueta *Debrett*.

Os homens se levantaram. Simion tomou a mão de Hannah, enquanto Frederick acompanhava Estella. Simion reparou na silhueta jovem da moça, sem disfarçar sua admiração grosseira. Ele beijou-lhe a mão com lábios úmidos. Hannah conseguiu disfarçar o nojo e seguiu Emmeline e Estella. Então, ao se aproximar da porta, nossos olhos se encontraram. Na mesma hora sua fachada de adulta desapareceu, e ela me deu a língua e revirou os olhos, antes de sair da sala.

Enquanto os homens retomavam seus lugares e voltavam a falar de negócios, o Sr. Hamilton se aproximou de mim.

– Você já pode ir, Grace – murmurou ele. – Nancy e eu vamos terminar aqui. E vá procurar Alfred. Não podemos permitir que um convidado do patrão olhe pela janela e veja um empregado perambulando lá fora.

Parada no patamar de pedra no topo da escada dos fundos, eu examinei a escuridão. A lua lançava um clarão branco, pintando a grama de prateado e transformando em esqueletos os galhos das árvores. As roseiras, gloriosas durante o dia, à noite não passavam de um conjunto de velhas magras e solitárias.

Finalmente, na escada de pedra dos fundos do jardim, vi uma silhueta escura que não pertencia à vegetação.

Tomei coragem e mergulhei na escuridão.

O vento ficava mais frio e cortante a cada passo.

Cheguei ao alto da escadaria e parei ao lado dele, mas Alfred não deu sinal algum de ter percebido a minha presença.

– O Sr. Hamilton me mandou aqui – falei, com cautela. – Não precisa pensar que estou seguindo você.

Não houve resposta.

– E não precisa me ignorar. Se não quiser entrar, é só dizer que eu vou embora.

Ele continuou a fitar as árvores altas da Longa Alameda.

– Alfred! – Minha voz estava falhando de frio.

– Vocês todos acham que eu sou o mesmo Alfred que partiu para a França – disse ele baixinho. – As pessoas parecem me reconhecer, então devo estar mais ou menos com a mesma aparência, mas eu sou uma pessoa diferente, Grace.

Fiquei desconcertada. Eu estava preparada para outro ataque, para ouvi-lo pedir que eu o deixasse em paz. A voz dele se transformou em um sussurro e tive que me agachar para conseguir ouvir. Ele estava com o lábio tremendo, não sei se do frio ou por outra razão.

– Eu fico revendo, Grace. Durante o dia não é tão ruim, mas a noite inteira eu fico vendo e os ouvindo de novo. Na sala de visitas, na cozinha, nas ruas da vila. Eles chamam meu nome. Mas quando eu me viro... eles não estão... eles estão todos...

Eu me sentei. A noite fria tinha congelado os degraus de pedra e minhas pernas ficaram dormentes.

– Está tão frio. Vamos para dentro, eu preparo uma xícara de chocolate quente para você.

Ele pareceu não ter ouvido, continuou fitando a escuridão.

– Alfred? – Meus dedos roçaram sua mão e, impulsivamente, eu a segurei.

– Não.

Alfred se encolheu como se eu tivesse batido nele, e eu apertei minhas mãos junto ao corpo. Meu rosto ardeu como se eu tivesse levado uma bofetada.

– Não – murmurou ele.

Os olhos de Alfred estavam cerrados, e eu fiquei observando seu rosto, imaginando o que ele enxergava, de olhos fechados, que fazia suas pálpebras se mexerem tão nervosamente sob o luar.

Então ele se virou para mim e eu levei um susto. Devia ser apenas um truque da noite, mas eu nunca tinha visto olhos como os dele. Buracos escuros, profundos, que, de alguma forma, pareciam vazios. Ele me encarou com aqueles olhos perdidos e deu a impressão de estar procurando alguma coisa. Uma resposta para uma pergunta que não fizera.

– Eu achei que quando voltasse... – disse ele com a voz baixa, e as palavras flutuaram na noite, incompletas. – Eu queria tanto ver você... Os médicos falaram que se eu me mantivesse ocupado... – Sua garganta fez um som estranho. Um estalido.

A armadura do seu rosto se desfez, se esfacelou como um saco de papel, e ele começou a chorar. Alfred cobriu o rosto com as mãos em uma tentativa inútil de se esconder.

– Não, não, não... Não olhe... Por favor, Gracie, por favor... – Ele chorou desconsoladamente. – Eu sou um covarde...

– Você não é covarde – respondi com firmeza.

– Por que não consigo tirar isso da cabeça? Eu só quero tirar isso da cabeça. – Ele bateu com as mãos nas têmporas com uma ferocidade que me assustou.

– Alfred! Pare com isso.

Tentei segurar as mãos dele, mas Alfred não as tirava do rosto. Eu esperei, vendo seu corpo tremer, maldizendo minha falta de jeito. Finalmente, ele pareceu se acalmar um pouco.

– Me conte o que você vê – pedi.

Ele se virou para mim, mas não falou nada, e por um momento percebi como ele devia me ver. O abismo que havia entre a experiência dele e a minha. E soube então que ele não ia me contar o que via. Compreendi que certas imagens, certos sons, não podiam ser compartilhados e não podiam ser esquecidos. Que aquilo se repetiria sem parar na cabeça dele até que, pouco a pouco, se enterrasse entre as camadas da memória e pudesse, por um tempo, ser esquecido.

Então não perguntei de novo. Pus a mão no rosto dele e guiei delicadamente sua cabeça para o meu ombro. Fiquei ali sentada, imóvel, enquanto o corpo de Alfred tremia junto ao meu.

E ficamos assim, juntos, sentados na escada.

Um marido adequado

Hannah e Teddy se casaram no primeiro sábado de maio de 1919. Foi uma cerimônia bonita na igrejinha de Riverton. Os Luxtons teriam preferido Londres, para que mais pessoas do seu rol de amigos importantes pudessem comparecer, mas o Sr. Frederick foi insistente, e ele já tinha sofrido tantos golpes nos meses anteriores que ninguém teve coragem de discutir. Então assim foi. Ela se casou na igrejinha do vale, como seus pais e seus avós antes dela.

Choveu – muitos filhos, disse a Sra. Townsend; lágrimas de ex-namorados, murmurou Nancy –, e as fotos do casamento ficaram pontilhadas de guarda-chuvas pretos. Mais tarde, quando Hannah e Teddy foram morar na casa de Grosvenor Square, uma foto foi colocada sobre a escrivaninha da sala matinal. Os seis lado a lado: Hannah e Teddy no meio, Simion e Estella sorrindo de um lado, o Sr. Frederick e Emmeline com os rostos sérios do outro.

Você deve estar surpreso, pois como algo assim aconteceu? Hannah estava tão decidida a não se casar, tão cheia de ambições diferentes. E Teddy era inteligente, simpático até, mas sem dúvida não era o homem capaz de arrebatar o coração de uma moça como ela...

Mas não foi tão complicado. Essas coisas raramente são. Foi apenas um alinhamento dos astros; aqueles que não se alinharam sozinhos foram empurrados à força.

Na manhã seguinte ao jantar de gala, os Luxtons partiram para Londres. Eles tinham compromissos de negócios, e nós todos presumimos – se é que pensamos a respeito – que nunca mais os veríamos.

Nosso foco já estava no grande evento a seguir. Pois na semana seguinte um grupo de mulheres indomáveis chegou a Riverton, encarregado da difícil tarefa de supervisionar a estreia de Hannah na sociedade. Janeiro era o auge dos bailes nas casas de campo, e a humilhação de deixar as coisas para a última hora, de ser forçada a compartilhar a data com outro baile maior, era inimaginável. Assim, o dia já tinha sido escolhido – 20 de janeiro – e os convites já tinham sido enviados havia muito tempo.

Uma manhã, no início do ano, eu estava servindo chá para lady Clementine e a viúva lady Ashbury. Elas estavam na sala de visitas, sentadas lado a lado no sofá, com agendas abertas no colo.

– Seria bom ter uns cinquenta – afirmou lady Violet. – Não há nada pior do que um baile vazio.

– Exceto um cheio demais – respondeu lady Clementine, descontente. – Não que isso seja um problema hoje em dia.

Lady Violet examinou a lista de convidados com uma expressão de abatimento.

– Minha querida, o que vamos fazer a respeito da escassez?

– A Sra. Townsend vai dar um jeito – respondeu lady Clementine. – Ela sempre dá.

– Não estou me referindo à comida, Clem, e sim aos homens. Onde vamos encontrar mais homens?

Lady Clementine inclinou-se para observar a lista de convidados e balançou a cabeça, zangada.

– É um crime, isso, sim. Uma terrível inconveniência. As melhores sementes da Inglaterra apodrecendo nos confins dos campos de batalha da França, enquanto as moças ficam abandonadas, sem ter nem um par para dançar. É uma conspiração, escute o que eu digo. Uma conspiração *alemã*. – Ela arregalou os olhos diante da possibilidade. – Para evitar que a elite da Inglaterra se reproduza!

– Sem dúvida você conhece alguém que possamos convidar, Clem. Você é uma casamenteira e tanto.

– Eu tive sorte de encontrar aquele tolo para Fanny – disse lady Clementine, esfregando a papada. – É uma pena que Frederick não tenha se interessado por ela. As coisas teriam sido bem mais simples. Em vez disso, tive que raspar o tacho.

– Minha neta não vai ter um marido raspado do tacho. O futuro desta família depende do casamento dela. – Ela deu um suspiro desgostoso, que se transformou em tosse, fazendo seu corpo magro tremer.

– Hannah vai ter mais sorte do que a pobre Fanny – garantiu lady Clementine. – Ao contrário da minha pupila, sua neta foi abençoada com inteligência, beleza e charme.

– E nenhuma inclinação para usá-los – completou lady Violet. – Frederick mimou demais aquelas crianças. Elas tiveram muita liberdade e pouca disciplina. Hannah principalmente. Aquela menina é cheia de ideias escandalosas de independência.

– Independência... – disse lady Clementine com desaprovação.

– Ah, ela não tem pressa alguma de se casar. Foi o que me contou quando estava em Londres.

– É mesmo?

– Ela me olhou bem nos olhos, com uma cortesia enlouquecedora, e me disse que não se importava nem um pouco de esperar, se fosse dar muito trabalho apresentá-la à sociedade.

– Que ousadia!

– E falou que seria um desperdício um baile para ela, já que não tinha intenção de frequentar a sociedade nem quando fosse maior de idade. Revelou que acha a sociedade... – Lady Violet fechou os olhos. – Ela acha a sociedade sem graça e inútil!

Lady Clementine ofegou.

– Não é possível.

– Foi o que ela disse.

– O que ela quer fazer, então? Ficar aqui na casa do pai e virar uma solteirona?

Elas não podiam conceber que houvesse outras opções. Lady Violet balançou a cabeça, com os ombros curvados, e lady Clementine, percebendo a necessidade de melhorar o ânimo dela, deu uma batidinha em sua mão.

– Não se preocupe, sua neta ainda é jovem, querida Violet. Tem muito tempo para mudar de ideia. – Ela inclinou a cabeça. – Eu lembro que você também teve umas ideias de liberdade na idade dela. E superou essa fase. Hannah também vai superar.

– Ela *tem* que superar – afirmou lady Violet severamente.

Lady Clementine percebeu o desespero na voz da amiga.

– Não existe nenhum motivo em *especial* para ela se casar tão depressa... existe? – Ela estreitou os olhos.

Lady Violet suspirou.

– Existe! – concluiu lady Clementine, arregalando os olhos.

– É o Frederick. Aqueles malditos automóveis. O banco me mandou uma carta esta semana. Ele está de novo atrasado nos pagamentos.

– E você só soube disso agora? – perguntou lady Clementine avidamente. – Que coisa!

– Acho que ele teve medo de me contar. Ele sabe minha opinião. Hipotecou o nosso futuro por causa da fábrica. Vendeu até a propriedade de Yorkshire para pagar os impostos relativos à herança.

Lady Clementine balançou a cabeça.

– Era preferível que ele tivesse vendido aquela fábrica. Ele recebeu algumas ofertas, sabe?

– Recentemente?

– Infelizmente, não. – Lady Violet suspirou. – Frederick é um filho maravilhoso, mas, como empresário, não posso dizer o mesmo. Agora eu acho que está depositando todas as suas esperanças em conseguir um empréstimo de algum sindicato com o qual o Sr. Luxton está envolvido. – Ela balançou a cabeça. – Ele tem tido um fracasso atrás do outro, Clem. Não pensa nas obrigações da sua posição. – Ela descansou as pontas dos dedos nas têmporas e tornou a suspirar. – Não posso culpá-lo. Esta posição não era para ser dele. – E então veio o lamento habitual: – Se ao menos Jonathan estivesse aqui...

– Calma – pediu lady Clem. – Frederick vai ser bem-sucedido. Automóveis estão na moda. Todo mundo está dirigindo hoje em dia. Outro dia eu quase fui atropelada ao atravessar a rua, em Kensington Place.

– Clem! Você se machucou?

– Não *desta* vez, mas tenho certeza de que não vou ter tanta sorte na próxima. – Ela ergueu uma sobrancelha. – Uma morte horrível, posso assegurar. Conversei muito com o Dr. Carmichael sobre os tipos de ferimento que se pode sofrer.

– Terrível – murmurou lady Violet, balançando a cabeça distraidamente. – Eu não me preocuparia tanto com Hannah se ao menos Frederick se casasse de novo.

– Você acha provável? – perguntou lady Clementine.

– Acho difícil. Como você sabe, ele demonstra pouco interesse em ter outra esposa. Nunca demonstrou muito interesse pela primeira esposa, se quer saber. Estava ocupado demais com... – ela olhou para mim e eu ajeitei depressa a toalha da mesa – ... com aquele outro assunto abominável.

– Lady Violet balançou a cabeça e apertou os lábios. – Não. Não haverá mais filhos homens, e não adianta ter esperanças de que isso aconteça.

– O que nos deixa com Hannah. – Lady Clementine tomou um gole de chá.

– Pois é. – Lady Violet suspirou, irritada, e alisou o cetim verde da saia. – Desculpe, Clem. Foi a gripe que me deixou abatida. Não consigo me livrar dessa sensação de angústia ultimamente. Eu não sou uma pessoa supersticiosa, você sabe disso, mas estou com a sensação... – Ela olhou para lady Clementine. – Você vai rir, mas estou com a sensação de que vai acontecer alguma desgraça.

– É mesmo? – Aquele era o assunto favorito de lady Clementine.

– Não é nada específico. Só um pressentimento. – Ela cobriu os ombros com o xale e eu notei quanto estava frágil. – Mesmo assim, não vou ficar parada vendo esta família se desintegrar. Quero ver Hannah casada, e bem casada, nem que seja a última coisa que eu faça. De preferência, *antes* de eu partir com Jemima para os Estados Unidos.

– Nova York. Eu tinha esquecido que você ia viajar. O irmão de Jemima foi gentil em acolhê-las.

– Sim, mas vou sentir saudades. A pequena Gytha é tão parecida com Jonathan.

– Nunca gostei muito de bebês – disse lady Clementine. – Com tanto choro e vômitos.

Ela estremeceu de tal forma que sua papada balançou, depois alisou a página da agenda e bateu com a caneta no papel em branco.

– Quanto tempo nós temos, então, para arranjar um marido adequado?

– Um mês. Embarcamos no dia 4 de fevereiro.

Lady Clementine anotou a data na agenda e, de repente, exclamou:

– Ora! Sabe, Violet, eu tive uma boa ideia! Você disse que Hannah quer ser independente...

Lady Violet confirmou, com uma expressão de desgosto.

– Sim.

– E se alguém conversasse com ela...? Mostrasse a ela que o casamento pode ser o caminho para a independência...?

– Ela é tão teimosa quanto o pai. Acho que não vai ouvir.

– Não vai ouvir a mim ou a você, talvez. Mas eu sei de alguém que ela talvez escute. – Lady Clementine apertou os lábios. – Sim... Com um pouco de orientação, até *ela* pode ser capaz de conseguir.

Alguns dias depois, enquanto o marido visitava, satisfeito, a garagem do Sr. Frederick, Fanny juntou-se a Hannah e Emmeline na sala bordô. Emmeline, empolgada com o baile que se aproximava, tinha convencido Fanny a ajudá-la a praticar passos de dança. Uma valsa estava tocando no gramofone, e as duas valsavam pela sala, rindo e brincando. Eu tive que tomar cuidado para não esbarrar nelas enquanto arrumava o cômodo.

Hannah estava sentada à escrivaninha, escrevendo em seu caderno, sem prestar atenção na confusão atrás dela. Depois do jantar com os Luxtons, quando ficou claro que seu sonho de arranjar emprego dependia de um consentimento paterno que não aconteceria, ela entrara em um estado de meditação. Permaneceu alheia a todos os preparativos para o baile.

Depois de passar uma semana calada e pensativa, ela entrou em outra fase. Voltou a praticar estenografia, traduzindo furiosamente qualquer livro que estivesse à mão, escondendo o que estava fazendo quando alguém se aproximava. Aqueles períodos de atividade eram sempre seguidos de apatia. Ela largava a caneta, afastava os livros com um suspiro e ficava sentada, inerte, esperando a hora de alguma refeição, a chegada de uma carta ou o momento de se vestir de novo.

É claro que sua mente nunca ficava parada. Ela dava a impressão de estar tentando resolver a charada da sua vida. Desejava ardentemente independência e aventura, entretanto, era uma prisioneira – uma prisioneira bem tratada, mas ainda uma prisioneira. Independência exigia dinheiro. O pai não tinha dinheiro para lhe dar e tampouco permitia que ela trabalhasse.

Por que ela não desafiava as vontades dele? Poderia sair de casa, fugir, se juntar a um circo itinerante? Simples: existiam regras para esse tipo de coisa, e as regras eram obedecidas. Dez anos depois – talvez até mesmo dois – as coisas mudariam. As convenções ruiriam sob o peso de pés dançantes. Mas, naquela época, ela estava presa. Então ficava empoleirada em sua gaiola de ouro, como o rouxinol da história de Andersen, triste demais para cantar. Entediada até a próxima maré de atividade febril.

Naquela manhã, na sala bordô, ela estava agitada; sentada à escrivaninha, de costas para Fanny e Emmeline, traduzindo a Enciclopédia Britânica para estenografia. Estava tão concentrada em sua atividade que nem se mexeu quando Fanny exclamou:

– Ai! Você é um elefante!

Fanny foi mancando até a poltrona enquanto Emmeline se jogava no sofá, às gargalhadas. Ela tirou o sapato e se inclinou para examinar o dedo.

– Acho que vai inchar – disse Fanny com petulância.

Emmeline continuou a rir.

– Provavelmente não vou conseguir usar meus sapatos mais bonitos no baile!

Cada protesto fazia Emmeline rir ainda mais.

– Bem, você destruiu o meu dedo – concluiu Fanny, indignada. – Pelo menos podia pedir desculpas.

Emmeline tentou parar de rir.

– Desculpe – falou, e mordeu o lábio, contendo o riso. – Mas não tenho culpa se você coloca os pés no caminho. Talvez se eles não fossem tão grandes... – E ela começou a rir de novo.

– Fique sabendo que o Sr. Collier, da Harrods, diz que eu tenho pés lindos – contestou Fanny, ressentida.

– É claro. Ele deve cobrar o dobro do que cobra para as outras damas para fazer seus sapatos.

– Ora...! Sua ingrata...

– Que é isso, Fanny – disse Emmeline, parando de rir. – Eu só estou brincando. É claro que sinto muito por ter pisado no seu dedo.

Fanny resmungou.

– Vamos tentar a valsa de novo. Eu prometo que vou prestar mais atenção desta vez.

– Não quero mais – respondeu Fanny com um ar aborrecido. – Preciso descansar o meu dedo. Não ficaria surpresa se ele estivesse quebrado.

– Não pode ser tão sério assim. Eu pisei nele de leve. Deixe-me dar uma olhada.

Fanny encolheu a perna sob o corpo, impedindo que Emmeline visse o seu pé.

– Acho que você já fez mais do que suficiente.

Emmeline tamborilou com os dedos no braço da cadeira.

– E como vou praticar os passos de dança?

– Não precisa se preocupar; seu tio-avô Bernard é cego demais para notar, e o primo Jeremy vai estar muito ocupado aborrecendo você com aquela conversa interminável sobre a guerra para se importar com isso.

– Nada disso. Eu não pretendo dançar com nenhum tio-avô – retrucou Emmeline.

– Acho que você não vai ter muita escolha – desafiou Fanny.

Emmeline ergueu as sobrancelhas com um ar arrogante.

– Vamos ver.

– Por quê? – indagou Fanny, franzindo a testa. – O que você quer dizer com isso?

Emmeline abriu um largo sorriso.

– Vovó convenceu papai a convidar os Luxtons.

– Theodore Luxton? – Fanny ficou vermelha. – Ele vem?

– Não é empolgante? – Emmeline agarrou as mãos de Fanny. – Papai achou que não ficava bem convidar conhecidos de trabalho para o baile de Hannah, mas vovó insistiu.

– Puxa – disse Fanny, toda agitada. – Isso é empolgante mesmo. Gente sofisticada, para variar. – Ela deu um risinho, dando tapinhas nas próprias bochechas. – Theodore Luxton!

– Agora você entende por que eu preciso aprender a dançar.

– Você devia ter pensado nisso antes de esmagar o meu pé.

Emmeline franziu a testa.

– Se ao menos papai nos deixasse ter aulas na escola Vacani... Ninguém vai dançar comigo se eu não souber os passos direito.

Fanny esboçou um leve sorriso.

– Você não é uma exímia dançarina, Emmeline, mas não precisa se preocupar. Não vão faltar pares para você no baile.

– Ah, é? – disse Emmeline, com aquela objetividade de alguém acostumada a receber elogios.

Fanny esfregou o dedo do pé.

– *Todos* os cavalheiros presentes têm que convidar as moças da casa para dançar. Até os elefantes.

Emmeline fechou a cara. Animada com seu pequeno triunfo, Fanny continuou:

– Eu me lembro do meu baile de debutante como se fosse hoje – disse ela, com a nostalgia de uma mulher com o dobro de sua idade.

– Acho que, com sua graça e seu charme, você teve uma fila de cavalheiros esperando para dançar com você – falou Emmeline, revirando os olhos.

– Que nada. Nunca vi tantos velhos esperando para pisar nos meus pés e depois poder voltar para cochilar ao lado das esposas. Fiquei muito desapontada. Todos os homens jovens e bonitos estavam na guerra. Graças a Deus, a bronquite de Godfrey o impediu de ir ou jamais teríamos nos conhecido.

– Foi amor à primeira vista?

Fanny empinou o nariz.

– É claro que não! Godfrey passou muito mal e ficou a maior parte da noite no banheiro. Só dançamos uma vez, que eu me lembre. Foi a quadrilha; ele foi ficando cada vez mais verde a cada rodada e acabou pedindo licença e desaparecendo. Eu fiquei uma fera na hora. Fui abandonada, muito envergonhada. Não tornei a vê-lo durante meses. E só nos casamos um ano depois. – Ela suspirou e balançou a cabeça. – O ano mais longo da minha vida.

– Por quê?

Fanny ponderou um pouco.

– Eu pensava que depois do meu baile de debutante a vida seria diferente.

– E não foi?

– Foi, mas não como eu pensava. Foi horrível. Oficialmente, eu era uma adulta, mas ainda não podia fazer nada nem ir a lugar algum sem que lady Clementine ou alguma outra velha se metesse na minha vida. Nunca fui tão feliz quanto no dia em que Godfrey me pediu em casamento. Foi uma bênção.

Emmeline, que não conseguia ver como Godfrey Vickers – gordo, careca e sempre doente – podia ser uma bênção para alguém, franziu o nariz.

– É mesmo?

Fanny olhou sutilmente para as costas de Hannah.

– As pessoas tratam você de outra forma quando se é casada. Basta eu ser apresentada como "Senhora" Vickers que todos percebem que não sou uma garota tola, e sim uma mulher casada, capaz de pensar como uma adulta.

Hannah, aparentemente indiferente, continuou a trabalhar a toda.

– Eu já contei sobre a minha lua de mel? – perguntou Fanny, olhando de novo para Emmeline.

– Só umas mil vezes.

Isso não impediu Fanny de continuar:

– Florença é a cidade estrangeira mais romântica que eu já conheci.

– É a única cidade estrangeira que você conhece.

– Toda noite, depois do jantar, Godfrey e eu passeávamos pela margem do rio Arno. Ele me comprou um lindo colar em uma lojinha da ponte Vecchio. Eu me senti uma pessoa diferente na Itália. Transformada. Um dia subimos o Forte Belvedere e avistamos toda a Toscana. Foi tão bonito, deu até vontade de chorar. E as galerias de arte! Havia tanta coisa para ver. Godfrey prometeu que vamos voltar lá assim que possível. – Ela lançou um olhar na direção da escrivaninha, onde Hannah continuava escrevendo. – E as *pessoas* que a gente encontra quando viaja... são fascinantes. Um sujeito no trem estava indo para o Cairo. Você nunca vai adivinhar o que ele ia fazer lá: procurar tesouros enterrados! Eu nem pude acreditar quando ele contou. Aparentemente, os antigos costumavam ser enterrados com suas joias. Não imagino o motivo. Parece um tremendo desperdício. O Dr. Humphreys disse que tinha algo a ver com religião. Ele contou histórias fascinantes, até nos convidou para visitar o sítio arqueológico, se fôssemos para aqueles lados! – Hannah tinha parado de escrever. Fanny disfarçou um sorriso de vitória. – Godfrey ficou um pouco desconfiado, pensou que o sujeito estava nos enganando, mas eu o achei muito interessante.

– Ele era bonito? – quis saber Emmeline.

– Ah, era! Ele... – Ela parou, recompôs-se e voltou ao script. – Eu vivi mais aventuras em dois meses de casada do que em toda a minha vida. – Ela olhou para Hannah por baixo dos cílios e descartou seu coringa. – É engraçado. Antes de me casar, eu pensava que ter um marido fosse uma prisão. Agora acho o contrário. Nunca me senti tão... tão independente. As pessoas a respeitam muito mais. Ninguém pisca quando eu resolvo sair para dar um passeio. Na verdade, provavelmente vão pedir que eu sirva de companhia para você e Hannah até que estejam casadas também. – Ela fez um ar importante. – Vocês têm sorte de ter alguém como eu, em vez de uma pessoa velha e chata.

Emmeline ergueu as sobrancelhas, mas Fanny não viu. Ela estava vigiando Hannah, que tinha largado a caneta.

Os olhos de Fanny brilharam de satisfação.

– Bem, gostei muito da companhia de vocês, mas agora eu já vou – disse ela, calçando o sapato com cuidado por causa do dedo machucado. – Meu marido deve ter voltado do passeio e estou louca por uma... conversa *adulta*.

Ela sorriu docemente e saiu da sala, de cabeça erguida. A pose foi um tanto prejudicada por ela estar mancando um pouco.

Enquanto Emmeline punha outro disco e saía dançando pela sala, Hannah permaneceu sentada, ainda de costas. Estava com as mãos cruzadas, o queixo pousado sobre elas, e olhava pela janela, para a paisagem do lado de fora. Enquanto eu espanava a cornija atrás dela, podia ver, pela imagem refletida do vidro, que estava muito pensativa.

Os hóspedes chegaram na semana seguinte. Como era de costume, eles começaram a desfrutar imediatamente das atividades que seus anfitriões tinham organizado. Alguns passeavam pela propriedade, outros jogavam bridge na biblioteca, e os mais ativos lutavam esgrima no ginásio.

Depois do seu esforço hercúleo para organizar o evento, a saúde de lady Violet piorou e ela ficou de cama. Lady Clementine foi procurar outras companhias. Atraída pelo brilho das espadas, ocupou uma poltrona de couro de onde podia ver as lutas de esgrima. Quando eu servi o chá da tarde, ela estava em um animado *tête-à-tête* com Simion Luxton.

– Seu filho luta esgrima muito bem – comentou lady Clementine, indicando um dos esgrimistas mascarados. – Para um americano.

– Ele pode falar como um americano, lady Clementine, mas eu lhe asseguro que Teddy é inglês dos pés à cabeça.

– É mesmo – disse lady Clementine.

– Ele luta esgrima como um inglês – observou Simion estrondosamente. – Com uma simplicidade enganadora. O mesmo estilo que vai fazê-lo entrar no Parlamento nas próximas eleições.

– Eu ouvi falar da indicação dele. O senhor deve estar muito contente.

Simion estava ainda mais arrogante do que de costume.

– Meu filho tem um excelente futuro.

– Sem dúvida ele representa quase tudo que nós, conservadores, buscamos em um membro do Parlamento. No mais recente chá de Mulheres Conservadoras, discutíamos a falta de homens bons e consistentes para lidar com gente como Lloyd George. – Ela olhou com um ar de aprovação para Teddy. – Seu filho pode ser esta pessoa, e eu vou ficar muito feliz em apoiá-lo se minha opinião se confirmar. – Ela tomou um gole de chá. – É claro que existe o problema da esposa.

– Não há problema algum aí – disse Simion. – Teddy não é casado.

– É exatamente o que estou dizendo, Sr. Luxton.

Simion franziu a testa.

– Outras damas da sociedade não são tão liberais quanto eu. Elas veem isso como um sinal de fraqueza de caráter. Os valores familiares são muito importantes para nós. Um homem de certa idade sem uma esposa... as pessoas começam a imaginar coisas.

– Ele apenas ainda não encontrou a moça certa.

– É claro, Sr. Luxton. O senhor e eu sabemos disso. Mas as outras damas... Elas olham para o seu filho e veem um homem bonito, com tanta coisa a oferecer, mas sem uma esposa. O senhor não pode culpá-las por ficarem se perguntando o motivo. – Ela ergueu uma sobrancelha significativamente.

Simion ficou vermelho.

– Meu filho não é... Nenhum Luxton jamais foi acusado de ser...

– É claro que não – interrompeu lady Clementine com delicadeza. – E esta não é a minha opinião, o senhor entende? Só estou passando adiante os pensamentos de algumas de nossas damas da sociedade. Elas gostam de saber que um homem é um homem. Não um esteta. – Ela sorriu de leve e ajeitou os óculos. – Mas isso não é o principal problema, e há tempo. Ele ainda é jovem. Ele tem uns 25 anos?

– Não, 31 – respondeu Simion.

– Ah... Então não é tão jovem assim. Deixe para lá.

Lady Clementine sabia quando deixar o silêncio falar por ela e voltou sua atenção para a competição.

– Pode ficar sossegada, lady Clementine. Não há nada errado com Teddy – garantiu Simion. – Ele é muito popular com as damas. Vai poder escolher sua noiva quando estiver preparado.

– Fico feliz em ouvir isso, Sr. Luxton. – Lady Clementine continuou a assistir à esgrima, tomou um gole de chá. – Só espero, para o bem dele, que seja logo. E que ele escolha o tipo certo de moça.

Simion ergueu uma sobrancelha, interrogativamente.

– Nós, ingleses, somos muito nacionalistas. Seu filho tem muita coisa que o recomenda, mas algumas pessoas, sobretudo no Partido Conservador, podem achar que ele é um tanto *novo*. Espero que, quando ele se casar, escolha uma esposa que leve para o casamento mais do que sua honrada presença.

– O que pode ser mais importante do que a honra de uma noiva, lady Clementine?

– Seu nome, sua família, sua educação. – Lady Clementine viu o oponente de Teddy acertá-lo e ganhar a luta. – Por mais que essas coisas sejam negligenciadas no Novo Mundo, aqui na Inglaterra são muito importantes.

– Além da pureza da moça, é claro – completou Simion.

– É claro.

– E respeito.

– Certamente – respondeu lady Clementine, com menos convicção.

– Nenhuma dessas moças modernas para o meu filho, lady Clementine – disse Simion, passando a língua nos lábios. – Nós, os homens da família Luxton, gostamos que nossas esposas saibam quem é que manda.

– Eu compreendo, Sr. Luxton.

Simion aplaudiu o fim da luta.

– Se ao menos alguém soubesse onde encontrar uma moça assim...

Lady Clementine manteve os olhos na quadra.

– O senhor não acha que quase sempre as coisas que procuramos estão debaixo do nosso nariz?

– Eu acho, lady Clementine – disse Simion, com um sorriso contido. – Acho mesmo.

Eu não fui chamada para servir o jantar e não vi nem Teddy nem o pai pelo resto daquela sexta-feira. Nancy disse que os dois estavam mergulhados em uma conversa acalorada no corredor do andar de cima, naquela noite, mas ela não sabia do que estavam falando. No sábado de manhã, quando fui checar a lareira da sala de visitas, Teddy mantinha seu habitual ar amável. Ele estava sentado na poltrona, lendo o jornal, disfarçando o riso enquanto lady Clementine reclamava do arranjo de flores. O buquê acabara de chegar de Braintree, resplandecente de rosas, e lady Clementine tinha encomendado dálias. Ela não estava satisfeita.

– Você! – disse ela para mim, empunhando uma rosa. – Vá procurar a Srta. Hartford. Ela tem que ver isto.

– Acho que a Srta. Hartford está se preparando para sair a cavalo, lady Clementine – respondi.

– Não me importa se ela está planejando ir para o Concurso Nacional de Equitação. O arranjo de flores precisa da atenção dela.

Assim, enquanto as outras jovens tomavam café na cama, pensando no baile da noite, Hannah foi chamada à sala de visitas. Eu a tinha ajudado a vestir a roupa de montaria meia hora antes, e ela parecia uma raposa encurralada, louca para fugir. Enquanto lady Clementine vociferava, Hannah, para quem não fazia diferença se eram dálias ou rosas, só conseguia assentir e lançar olhares furtivos para o relógio.

– Mas o que vamos fazer? – disse lady Clementine, por fim. – É tarde demais para encomendar outro.

Hannah apertou os lábios, piscou para voltar a prestar atenção.

– Acho que vamos ter que nos contentar com o que temos – respondeu, com uma bravura fingida.

– Mas você consegue tolerar isto?

Hannah fingiu resignação.

– Consigo, se for preciso. – Ela esperou alguns segundos e disse, alegremente: – Agora, se não houver mais nada...

– Vamos até lá em cima – interrompeu lady Clementine. – Vou mostrar como elas ficam horríveis no salão de baile. Você não vai acreditar...

Enquanto a mulher continuava a criticar o arranjo de rosas, Teddy pigarreou, dobrou o jornal e o colocou na mesinha ao lado da poltrona.

– Está um dia tão bonito, acho que vou dar um passeio a cavalo para conhecer melhor a propriedade.

Lady Clementine parou no meio de uma frase e uma luz se acendeu em seus olhos.

– Um passeio a cavalo – disse ela, sem pestanejar. – Que ótima ideia, Sr. Luxton. Hannah, não é uma ótima ideia?

Hannah ergueu os olhos, surpresa, enquanto Teddy sorria para ela com um ar conspirador.

– Sua companhia seria um prazer.

Antes que ela pudesse responder, lady Clementine interveio:

– Sim... Esplêndido. Ficaremos felizes em acompanhá-lo, Sr. Luxton. Se o senhor não se importar, é claro.

– Ficarei feliz em ter duas guias tão adoráveis.

Lady Clementine virou-se para mim, com um ar de empolgação.

– Você, menina, diga à Sra. Townsend para preparar um lanche. – Ela tornou a encarar Teddy e disse, com um sorriso: – Eu adoro montar a cavalo.

Foi uma procissão estranha que se dirigiu aos estábulos – mais estranha ainda, segundo Dudley, depois que estavam todos montados. Ele tinha morrido de rir, contou, ao vê-los desaparecer no bosque, lady Clementine montada na velha égua do Sr. Frederick, que tinha as ancas ainda mais largas do que as de sua amazona.

Eles passearam por duas horas e, quando voltaram para o almoço, Teddy estava encharcado, Hannah extremamente calada e lady Clementine, toda prosa. O que aconteceu durante o passeio foi a própria Hannah que me contou, mas só muitos meses depois.

Do estábulo, eles cruzaram o prado a oeste, depois seguiram o rio, guiando os cavalos sob as copas das bétulas que ladeavam a margem cheia de juncos. A pradaria dos dois lados do rio estava coberta pelo gelo de inverno e não havia sinal das corças que passavam os verões pastando ali.

Eles cavalgaram em silêncio por algum tempo: Hannah na frente, Teddy logo atrás, lady Clementine no fim da fila. Galhinhos congelados quebravam sob os cascos dos cavalos, e o rio de águas frias corria a caminho do Tâmisa.

Finalmente, Teddy emparelhou seu cavalo com o de Hannah e disse, em uma voz alegre:

– É sem dúvida um prazer estar aqui, Srta. Hartford. Quero agradecer por seu gentil convite.

Hannah, que estava saboreando o silêncio, disse:

– É à minha avó que o senhor deve agradecer, Sr. Luxton. Porque eu me envolvi muito pouco no assunto.

– Ah... Entendo. Preciso me lembrar de agradecer a ela.

Com pena de Teddy, que, afinal de contas, estava puxando conversa, Hannah disse:

– O que o senhor faz da vida?

Ele respondeu depressa, aliviado, talvez:

– Sou um colecionador.

– O que coleciona?

– Belos objetos.

– Pensei que trabalhasse com seu pai.

Teddy espanou uma folha que tinha caído no seu ombro.

– Meu pai e eu não temos as mesmas opiniões em relação a negócios, Srta. Hartford. Ele não vê valor em nada que não esteja diretamente ligado à geração de riqueza.

– E o senhor?

– Eu busco outro tipo de riqueza. Uma riqueza de experiências. O século é jovem e eu também. Há muito que ver e fazer para eu me prender a negócios.

Hannah o encarou.

– Papai disse que o senhor ia entrar para a política. Sem dúvida isso irá atrapalhar os seus planos, não?

Ele balançou a cabeça.

– A política me dá mais motivos para ampliar meus horizontes. Os melhores líderes são aqueles que trazem perspectiva à sua função, não acha?

Eles continuaram cavalgando até as campinas nos limites da propriedade, parando de vez em quando para esperar a retardatária. Quando chegaram finalmente ao velho caramanchão de mármore, tanto lady Clementine quanto sua égua ficaram aliviadas em poder descansar as costas. Teddy ajudou-a a entrar enquanto Hannah arrumava os despojos da cesta de piquenique da Sra. Townsend.

Depois que esvaziaram a garrafa térmica de chá e comeram as fatias de bolo, Hannah disse:

– Acho que vou dar um passeio até a ponte.

– Ponte? – indagou Teddy.

– Ali, depois daquelas árvores – explicou Hannah, levantando-se. – Onde o lago fica mais estreito e se junta ao rio.

– A senhorita se importa que eu a acompanhe?

– De jeito algum – respondeu Hannah, embora se importasse.

Lady Clementine, dividida entre seu dever de acompanhante e seu dever para com suas nádegas doloridas, enfim disse:

– Vou ficar aqui e tomar conta dos cavalos. Mas não demorem, senão vou ficar preocupada. Há muitos perigos na floresta, vocês sabem.

Hannah sorriu de leve para Teddy e saiu caminhando na direção da ponte. Teddy foi atrás, alcançou-a e caminhou ao lado dela, mantendo uma distância apropriada.

– Sinto muito, Sr. Luxton, que lady Clementine o tenha forçado a aceitar nossa companhia esta manhã.

– De jeito algum. Eu aprecio a companhia. – Ele olhou para ela. – Mais de uns do que de outros.

Hannah continuou olhando para a frente.

– Quando eu era mais moça, meu irmão, minha irmã e eu vínhamos brincar na beira do lago. Na casa de barcos e na ponte. – Ela olhou de soslaio para ele. – É uma ponte mágica, sabe?

– Uma ponte mágica? – Teddy ergueu a sobrancelha.

– O senhor vai entender quando a vir.

– E do que vocês brincavam nessa ponte mágica?

– Nós nos revezávamos atravessando-a correndo. Sei que parece tolo, mas ela não é uma ponte mágica qualquer. Esta aqui é governada por um demônio do lago particularmente mau e vingativo.

– É mesmo? – disse Teddy, sorrindo.

– Quase sempre nós conseguíamos atravessar, mas às vezes ele acordava.

– E o que acontecia, então?

– Ora, aí acontecia um duelo mortal. – Ela sorriu. – Mortal para ele, é claro. Nós éramos excelentes espadachins. Felizmente, ele era imortal ou a brincadeira não teria graça.

Eles fizeram uma curva e a frágil ponte surgiu adiante, cruzando um trecho estreito do rio. Embora o mês estivesse frio, a água ainda não tinha congelado.

– Lá está ela – comentou Hannah, sem fôlego.

A ponte, que tinha caído em desuso muito tempo antes, substituída por uma mais larga, mais perto da cidade, que os automóveis podiam atravessar, perdera quase toda a pintura e estava coberta de musgo. As margens do rio desciam suavemente até a beira da água, e flores silvestres floresciam ali no verão.

– Será que o demônio do lago está aqui hoje? – perguntou Teddy.

Hannah sorriu.

– Não se preocupe. Se ele aparecer, sei como enfrentá-lo.

– A senhorita já travou a sua cota de batalhas?

– Travei e venci – respondeu Hannah. – Brincávamos aqui sempre que possível, mas nem sempre enfrentávamos o demônio do lago. Às vezes escrevíamos cartas. Transformávamos as cartas em barcos e as jogávamos na água.

– Por quê?

– Para que levassem nossos desejos até Londres.

– É claro. – Teddy sorriu. – Para quem a senhorita escrevia?

Hannah alisou a grama com o pé.

– O senhor vai achar tolice.

– Vamos ver.

Ela olhou para ele, esboçou um sorriso.

– Eu escrevia para Jane Digby. Sempre.

Teddy franziu a testa.

– O senhor conhece lady Jane, aquela que fugiu para as Arábias, viveu uma vida de explorações e conquistas.

– Ah – disse Teddy, lembrando. – A notória fugitiva. E o que a senhorita lhe dizia?

– Eu costumava pedir que ela viesse me salvar. Oferecia meus serviços de escrava devotada, desde que me levasse com ela em sua próxima aventura.

– Mas com certeza, quando a senhorita era pequena, ela já estava...

– Morta? Sim. É claro. Havia muito tempo. Mas eu não sabia disso. – Hannah olhou para ele de soslaio. – É claro que, se ela estivesse viva, teria sido um plano perfeito.

– Sem dúvida – respondeu ele com uma seriedade bem-humorada. – Ela teria vindo imediatamente e levado a senhorita para as Arábias.

– Disfarçada de sheik beduíno, como eu sempre imaginei.

– Seu pai não teria se importado nem um pouco.

Hannah riu.

– Desconfio que ele teria se importado um bocado. E se importou.

Teddy ergueu uma sobrancelha.

– Como assim?

– Um dos camponeses encontrou uma carta e a devolveu para papai, certa vez. O camponês não sabia ler, mas eu tinha desenhado o brasão da família, então ele pensou que era importante. Acho que esperava ganhar uma recompensa pelo trabalho.

– Estou achando que ele não ganhou nada.

– Não mesmo. Papai ficou furioso. Não sei se o que o incomodou mais foi o meu desejo de me juntar a uma companhia tão escandalosa ou se foi a impertinência da minha carta. Acho que sua preocupação maior era que vovó encontrasse uma delas. Ela sempre me achou uma criança atrevida.

– O que uns chamam de atrevida, outros chamam de impetuosa.

Ele olhou sério para ela. Com intenção, pensou Hannah, embora não soubesse ao certo que tipo de intenção. Ela ficou enrubescida e desviou o olhar. Seus dedos buscaram os talos altos de junco que cresciam na margem do rio. Ela puxou um e, tomada de uma estranha energia, correu para a ponte. Atirou o caniço no rio e correu para o outro lado para vê-lo emergir.

– Leve meus desejos para Londres! – gritou ela, antes que o talo desaparecesse em uma curva do rio.

– O que a senhorita desejou? – perguntou Teddy.

Ela sorriu para ele e se inclinou para a frente, e nesse momento o destino interveio. O fecho do seu medalhão, muito gasto, se abriu, soltando a corrente, que escorregou pelo seu pescoço e caiu na água. Hannah só se deu conta tarde demais. Quando viu, o medalhão estava afundando.

Ela atravessou a ponte correndo e desceu pela margem do rio.

– O que foi? – perguntou Teddy, espantado.

– Meu medalhão. Ele caiu... – Ela começou a desamarrar os sapatos. – Meu irmão...

– A senhorita viu para onde foi?

– Caiu bem no meio do rio – disse Hannah, andando sobre o musgo escorregadio até a beira da água, a bainha da sua saia arrastando na lama.

– Espere – disse Teddy, livrando-se do paletó, atirando-o na margem do rio e descalçando as botas.

Embora estreito naquele trecho, o rio era fundo, e logo ele estava mergulhado até as coxas. Lady Clementine, naquele meio-tempo, tinha reconsiderado suas prioridades e avançado lentamente à procura de seus jovens acompanhantes. Ela os alcançou bem na hora em que Teddy mergulhou.

– O que está acontecendo aqui? – exclamou ela. – Está frio demais para um mergulho. Você vai pegar um resfriado. – Uma agitação colorira suas bochechas.

Hannah, apavorada, nem respondeu. Correu de volta até a ponte, procurando desesperadamente enxergar o medalhão para poder orientar Teddy.

Ele mergulhou diversas vezes enquanto ela examinava a água, e, quando Hannah já estava perdendo as esperanças, ele emergiu com o medalhão brilhando entre seus dedos.

Foi um feito tão heroico, tão incomum para Teddy, um homem mais inclinado à prudência do que à valentia, apesar de suas melhores intenções. Ao longo dos anos, quando a história do noivado deles era contada em reuniões sociais, assumia uma qualidade mítica, mesmo quando era Teddy quem a relatava. Como se ele, tanto quanto seus convidados sorridentes, fosse incapaz de acreditar que aquilo tinha mesmo acontecido. Mas aconteceu. No instante certo, e diante da pessoa certa, sobre a qual o incidente teria um efeito fatídico.

Quando Hannah me contou o acontecido, ela disse que, ao vê-lo parado ali, encharcado, tremendo, segurando o medalhão, tomou consciência da sua presença de uma maneira avassaladora. A pele molhada, a camisa grudada nos braços, os olhos escuros encarando-a com um ar triunfante. Ela nunca tinha sentido aquilo antes – como poderia, e por quem? Ela desejou que ele a abraçasse com a mesma força com que estava segurando o medalhão.

Claro que ele não fez nada disso; apenas sorriu orgulhosamente e lhe entregou a joia. Ela a aceitou, cheia de gratidão, e se virou quando Teddy começou a vestir a roupa seca por cima da molhada.

Àquela altura, porém, a semente já tinha sido plantada.

O baile e depois

O baile de Hannah foi esplêndido. Os músicos e o champanhe chegaram corretamente, e Dudley saqueou a estufa para melhorar os arranjos florais. As lareiras de cada lado do salão foram abastecidas para garantir o aquecimento naquela noite de inverno.

O próprio salão estava lindo e bem iluminado. Os candelabros de cristal faiscavam, os ladrilhos brancos e pretos brilhavam e os convidados cintilavam. Agrupadas no meio do salão estavam 25 moças risonhas, todas felizes em seus vestidos delicados e luvas brancas, orgulhosas de suas belas joias de família. No centro delas estava Emmeline. Embora fosse mais moça do que a maioria das participantes, lady Violet lhe dera permissão especial para comparecer, desde que não monopolizasse os solteiros promissores e prejudicasse as chances das moças mais velhas. Um batalhão de acompanhantes com xales de pele enfileirava-se junto às paredes, sentadas em cadeiras douradas, com bolsas de água quente por baixo das mantas. As veteranas eram identificadas pelos livros e tricôs que tinham levado para passar o tempo.

Os homens formavam um grupo mais heterogêneo, quase uma guarda particular cumprindo o seu dever. Os poucos que podiam ser chamados de "jovens" compreendiam dois irmãos galeses, recrutados por um primo de lady Violet, e o filho de um nobre local, prematuramente calvo, que logo se percebeu não ter gosto por mulheres. Além desse grupo de cavalheiros provincianos, Teddy, com seu cabelo preto, seu bigode de artista de cinema e seu terno americano, parecia extremamente agradável.

Enquanto o cheiro de fumaça das lareiras enchia o salão e uma ária irlandesa dava lugar a uma valsa vienense, os homens mais velhos faziam seu trabalho, conduzindo as moças ao redor do salão. Com lady Violet confinada à cama, com febre alta, lady Clementine assumiu o papel de supervisora e ficou atenta quando um rapaz de rosto espinhento correu para convidar Hannah para dançar.

Teddy, que também tinha se aproximado, dirigiu seu sorriso largo e branco para Emmeline. Ela aceitou, radiante. Ignorando a cara de reprovação de lady Clementine, ela fez uma reverência, fechando rapidamente os olhos para tornar a abri-los de uma forma um tanto exagerada. Dançar ela não sabia, mas o dinheiro que o Sr. Frederick tinha sido convencido a pagar pelas aulas particulares de etiqueta fora bem aplicado. Quando eles foram para a pista, eu notei como ela ficou grudada em Teddy, atenta a cada palavra dele, rindo quando ele fazia alguma brincadeira.

A noite prosseguiu, e o salão ficou mais quente a cada dança. O leve cheiro de suor se misturava ao odor de fumaça das lareiras e, quando a Sra. Townsend me mandou subir com as xícaras de *consommé*, os penteados elegantes estavam começando a se desmanchar e os rostos a corar. Aparentemente, os convidados se divertiam, exceto o marido de Fanny, para quem a festa tinha sido exaustiva, tendo ido cedo para a cama, com enxaqueca.

Quando Nancy me mandou dizer a Dudley que precisávamos de mais lenha, foi um alívio escapar do calor enjoativo do salão. Ao longo do hall e pelas escadas abaixo, grupinhos de moças riam e cochichavam diante de suas tigelas de sopa. Eu saí pela porta dos fundos e já estava no meio do jardim quando notei uma figura solitária, parada no escuro.

Era Hannah, imóvel como uma estátua, contemplando o céu noturno. Seus ombros nus, pálidos e delicados sob o luar, confundiam-se com o cetim branco do seu vestido e com a seda da sua estola. Seu cabelo louro, quase prateado naquele momento, coroava sua cabeça, com alguns cachos soltos acariciando-lhe a nuca. Suas mãos, cobertas pelas luvas brancas, pendiam nas laterais do corpo.

Ela devia estar com frio, ali parada no meio da noite de inverno, tendo apenas uma estola de seda para se aquecer. Precisava de um casaco – ou pelo menos de uma tigela de sopa. Eu resolvi buscar as duas coisas, mas, antes que pudesse me mover, outra figura surgiu da escuridão. A princípio achei que fosse o Sr. Frederick, mas, quando ele saiu da sombra, vi que era Teddy. Ele se aproximou dela e disse algo que eu não consegui ouvir. Hannah se virou. O luar bateu no rosto dela, acariciou seus lábios entreabertos.

Ela estremeceu de leve e por um momento pensei que Teddy fosse tirar o paletó e colocá-lo sobre os ombros dela, como os heróis faziam nos romances que Emmeline gostava de ler. Mas ele não fez isso; tornou a dizer alguma coisa, algo que a fez olhar de novo para o céu. Ele segurou a mão dela delicadamente e acariciou seus dedos, depois a ergueu devagar em direção à boca, inclinando a cabeça para pousar os lábios na faixa de pele entre a luva e a estola.

Hannah observou a cabeça dele curvando-se para depositar o beijo, mas não afastou o braço. Eu vi que estava arfando.

Então estremeci, imaginando se os lábios dele eram quentes, se seu bigode espetava.

Após um longo intervalo, ele ergueu a cabeça e olhou para ela, ainda segurando sua mão. Falou algo e ela assentiu levemente.

Então ele se afastou.

Hannah o observou e, apenas quando Teddy saiu de vista, ergueu a outra mão para tocar onde ele beijara.

De madrugada, terminado o baile, eu ajudei Hannah a se deitar. Emmeline já estava dormindo, sonhando com sedas e cetins e valsas, mas Hannah ficou sentada em silêncio na frente da penteadeira enquanto eu tirava suas luvas, botão a botão. Quando alcancei as pérolas em seu pulso, ela puxou a mão e disse:

– Eu quero contar uma coisa para você, Grace.

– Sim, senhorita?

– Eu não contei para mais ninguém. – Ela hesitou, olhou na direção da porta fechada e baixou a voz. – Você tem que prometer que não vai contar. Nem para Nancy, nem para Alfred, nem para ninguém.

– Eu sei guardar segredo, senhorita.

– É claro que sim. Você já guardou segredos meus antes. – Ela respirou fundo. – O Sr. Luxton me pediu em casamento. – Ela me encarou com ar de dúvida. – Disse que está apaixonado por mim.

Eu não soube o que responder. Fingir surpresa seria falsidade. Voltei a pegar a mão dela. Dessa vez não houve resistência e eu continuei o que estava fazendo.

– Que notícia boa, senhorita.

– Sim – respondeu ela, mordendo o interior da bochecha. – Acho que sim.

Ela olhou para mim e tive a impressão de que eu tinha falhado em algum tipo de teste. Eu desviei os olhos, tirei a luva de sua mão como se fosse uma segunda pele e comecei a desabotoar a outra. Ela observou meus dedos em silêncio. Um nervo pulsava sob a pele de seu pulso.

– Eu ainda não dei a minha resposta.

Ela continuou a me observar, esperando, e mesmo assim me recusei a encará-la.

– Sim, senhorita.

Hannah se olhou no espelho enquanto eu tirava sua luva.

– Ele diz que me ama. Dá para acreditar?

Eu não respondi, e ela não esperava uma resposta. Então me disse que eu podia ir, que ia se arrumar sozinha para dormir.

Quando saí, Hannah ainda estava sentada diante do espelho. Olhando para si mesma como se pela primeira vez, como se tentando decorar as próprias feições com medo de que, quando se visse de novo no espelho, elas tivessem mudado.

Enquanto Hannah ficava sentada à penteadeira, refletindo sobre o acontecimento inesperado, lá embaixo no escritório o Sr. Frederick estava enfrentando outro tipo de choque. Em uma demonstração de completa insensibilidade, Simion Luxton tinha desferido o seu golpe. (As engrenagens dos negócios não podiam parar porque as senhoritas estavam ocupadas debutando, podiam?)

Enquanto os pares dançavam no salão, ele tinha dito ao Sr. Frederick que o sindicato se recusara a financiar a fábrica, que passava por dificuldades. Eles não a consideravam um bom investimento. Ainda era um bom pedaço de terra, Simion o tranquilizou, e ele encontraria um comprador para ela, com rapidez e boas vantagens financeiras, se Frederick quisesse ser poupado da vergonha de ter sua hipoteca executada pelo banco. (Ora, por coincidência, ele conhecia um americano que estava procurando terras naquela área para construir uma réplica do Jardim de Versalhes. Um presente para sua nova esposa.)

Foi o criado de Simion, depois de ter tomado diversos conhaques na sala dos empregados, que nos relatou tudo isso. Apesar de termos ficado surpresos e preocupados, não havia nada que pudéssemos fazer além de seguir cumprindo nossas tarefas. A casa estava cheia de hóspedes, que tinham viajado de longe no meio do inverno, e estavam decididos a se divertir. Portanto, continuamos a cumprir nossas obrigações, servindo chá, arrumando quartos e preparando refeições.

O Sr. Frederick, entretanto, não se sentiu na obrigação de continuar a agir normalmente e, enquanto seus convidados comiam sua comida, liam seus livros e desfrutavam de sua generosidade, ele permaneceu fechado em seu escritório. Só quando o último carro partiu foi que ele saiu e começou a perambulação que se tornaria um hábito até sua morte: silencioso, fantasmagórico, os músculos do rosto tensos com as quantias e os cenários que deviam atormentá-lo.

Lorde Gifford começou a fazer visitas regulares, e a Srta. Starling foi chamada para localizar algumas cartas oficiais nos arquivos. Ela passava o dia inteiro fechada no escritório do Sr. Frederick, saindo horas depois, com suas roupas escuras, o rosto pálido, para almoçar conosco no andar de baixo. Ficávamos ao mesmo tempo impressionados e aborrecidos com sua discrição, nunca revelando uma só palavra do que acontecia por trás daquela porta fechada.

Lady Violet, ainda de cama, foi poupada da notícia. O médico disse que não havia mais nada que pudesse fazer por ela e, se déssemos valor às nossas vidas, deveríamos nos manter afastados, pois não era uma gripe comum o que a acometia, mas um tipo particularmente virulento. Era uma crueldade, o médico resmungou, que, para milhões de pessoas que haviam sobrevivido a quatro anos de guerra, a morte viesse junto com a paz.

Diante da gravidade do estado da amiga, o gosto que lady Clementine tinha por desgraça e morte foi de certa forma abrandado, bem como seu medo. Ela ignorou o aviso do médico e sentava-se em uma poltrona ao lado da cama de lady Violet para conversar sobre os acontecimentos fora daquele quarto escuro e quente. Ela falou do sucesso do baile, do vestido horroroso de lady Pamela Wroth e depois declarou que tinha motivos para acreditar que Hannah em breve estaria noiva do Sr. Theodore Luxton, herdeiro da imensa fortuna da família.

Não sei se lady Clementine sabia mais do que demonstrava ou se simplesmente quis agradar à amiga em uma hora de necessidade, mas o fato foi que ela mostrou ter o dom da profecia. Pois na manhã seguinte o noivado foi anunciado. E, quando lady Violet sucumbiu à gripe, a morte levou nos braços uma mulher feliz.

Já outras pessoas não consideraram a notícia tão boa. Desde que o noivado fora anunciado, e as preparações para o baile deram lugar aos preparativos de casamento, Emmeline passou a andar pisando duro, fazendo cara feia. Era nítido o seu ciúme. De quem, eu não tinha certeza.

Certa manhã de fevereiro, quando eu estava ajudando Hannah a procurar o vestido de noiva da mãe, Emmeline apareceu na porta da rouparia. Sem dizer nada, ela parou ao lado de Hannah, vendo-nos desembrulhar o vestido de cetim e renda, envolto em fino papel branco.

– Antiquado – opinou Emmeline. – Eu nunca usaria um vestido desses.

– Então que bom que você não precisa usá-lo – respondeu Hannah, sorrindo para mim.

Emmeline resmungou.

– Veja, Grace, acho que o véu está aqui no fundo. – Hannah se inclinou para dentro do grande armário de cedro. – Você está vendo? Bem ali no fundo?

– Sim, senhorita – respondi, estendendo a mão para apanhá-lo.

Hannah segurou uma das pontas, e nós o desenrolamos.

– Típico da minha mãe usar um véu comprido e pesado.

Era lindo: de renda de Bruxelas com pérolas pequeninas enfeitando as bordas. Eu o ergui, para melhor admirá-lo.

– Você vai ter sorte se conseguir atravessar a igreja sem tropeçar – comentou Emmeline. – Essas pérolas não vão deixar você enxergar nada.

– Eu vou dar um jeito – disse Hannah, estendendo a mão para acariciar o pulso de Emmeline. – Tendo você como dama de honra.

Emmeline ficou desconcertada, suspirou.

– Eu não queria que você se casasse. Vai mudar tudo.

– Eu sei. Você vai poder ouvir o disco que quiser no gramofone, sem ninguém para mandar você parar.

– Não brinque – retrucou Emmeline, zangada. – Você prometeu que não ia embora.

Eu pus o véu na cabeça de Hannah, com cuidado para não puxar seu cabelo.

– Eu disse que não ia arranjar um emprego, e não arranjei. Eu nunca falei que não ia me casar.

– Falou, sim.

– Quando?

– Sempre, você sempre falou que não ia se casar.

– Isso foi antes.

– Antes de quê?

Hannah não respondeu.

– Emme, você pode pegar meu medalhão? Eu não quero que o fecho se prenda no véu.

Emmeline tirou o medalhão do pescoço da irmã.

– Por que Teddy? Por que você tem que se casar com Teddy?

– Eu não *tenho* que me casar com Teddy, eu *quero* me casar com Teddy.

– Você não o ama – afirmou Emmeline.

A hesitação foi breve, a resposta improvisada.

– É claro que amo.

– Como Romeu e Julieta?

– Não, mas...

– Então você não deveria se casar com ele. Deveria deixá-lo para alguém que o ama de verdade.

– Ninguém ama como Romeu e Julieta – retrucou Hannah. – Eles são personagens fictícios.

Emmeline passou o dedo pela superfície trabalhada do medalhão.

– Eu amaria.

– Então eu tenho pena de você – respondeu Hannah, tentando levar na brincadeira. – Veja o que aconteceu com eles!

Eu me afastei para poder arrumar a grinalda.

– Está linda, senhorita – elogiei.

– David não aprovaria – disse Emmeline de repente, balançando o medalhão como se fosse um pêndulo. – Eu não acho que ele teria gostado de Teddy.

Hannah ficou tensa ao ouvir o nome do irmão.

– Não seja infantil, Emmeline. – Ela estendeu a mão para pegar a joia e errou. – E pare com isso, você vai quebrar.

– Você está fugindo – concluiu Emmeline em um tom afiado.

– Não estou, não.

– David acharia que está. Ele diria que você está me abandonando.

– Quem é ele para dizer isso? – respondeu Hannah, baixinho. Como eu estava perto, arrumando o véu em seu rosto, pude ver seus olhos marejados.

Emmeline não disse nada, continuou a balançar o medalhão, formando oitos no ar.

Houve um silêncio tenso, durante o qual eu estiquei o véu e notei um furinho que precisaria ser consertado.

– Você tem razão – disse Hannah, finalmente. – Eu estou fugindo. Como vai acontecer com você, assim que puder. Às vezes, quando caminho pela propriedade, quase posso sentir as raízes se enrolando nos meus pés, me prendendo aqui. Se eu não for logo embora, minha vida estará terminada e serei apenas mais um nome na sepultura da família.

Esses sentimentos eram um tanto macabros para Hannah, e eu percebi quanto ela estava infeliz.

– Teddy é minha oportunidade. De ver o mundo, de viajar, de conhecer pessoas interessantes.

Emmeline ficou com os olhos cheios de lágrimas.

– Eu sabia que você não o amava.

– Mas eu gosto dele; vou amá-lo.

– *Gosta* dele?

– É o suficiente para mim. Eu sou diferente de você, Emme. Não consigo me divertir com quem não gosto. Acho a maioria das pessoas da sociedade muito chata. Se eu não me casar, minha vida vai ser uma coisa ou outra: uma eternidade de dias solitários na casa de papai ou uma sucessão de festas chatas, com acompanhantes chatas, até eu ter idade para me tornar uma acompanhante também. É como Fanny disse...

– Fanny inventa as coisas.

– Não isto. – Hannah se manteve firme. – O casamento vai ser o começo da minha aventura.

Emmeline tinha baixado os olhos e estava balançando distraidamente o medalhão de Hannah. Então começou a abri-lo.

Hannah estendeu a mão para apanhá-lo no momento em que seu tesouro caiu lá de dentro. Nós todas ficamos paralisadas quando o livrinho, com a capa desbotada, caiu no chão: *Batalha com os jacobitas.*

Fez-se silêncio. Então Emmeline falou, quase em um sussurro:

– Você disse que não tinha mais nenhum.

Ela jogou o medalhão no chão e saiu correndo do cômodo, batendo a porta. Hannah, ainda usando o véu da mãe, abaixou-se e o pegou. Alisou o livrinho e tornou a guardá-lo dentro do medalhão, fechando-o cuidadosamente. Mas ele não queria fechar. A dobradiça tinha se quebrado.

– Acho que já está bom de experimentar o véu – disse Hannah. – Pode levar para o guarda-roupa agora, Grace.

Emmeline não foi o único membro da família Hartford para quem o noivado não trouxe alegria. À medida que transcorriam os preparativos para o casamento, com a criadagem mergulhada em costuras, decorações e assados, o Sr. Frederick continuava muito calado, sentado sozinho no escritório, com uma expressão preocupada. Ele também parecia mais magro. A perda da fábrica e a morte da mãe tinham cobrado o seu preço. Assim como a decisão de Hannah de se casar com Teddy.

Na véspera do casamento, à noite, enquanto eu estava recolhendo a bandeja da ceia de Hannah, ele entrou no quarto dela. Sentou-se na cadeira ao lado da penteadeira e depois quase imediatamente se pôs de pé, indo até a janela e olhando para o gramado dos fundos. Hannah estava deitada, com uma camisola branca e engomada, o cabelo solto, parecendo de seda. Ela contemplou o pai e seu rosto ficou sério ao ver o corpo magro, os ombros curvados, o cabelo que ficara grisalho em um intervalo de poucos meses.

– Eu não me surpreenderia se chovesse amanhã – comentou ele, ainda olhando pela janela.

– Sempre gostei de chuva.

O Sr. Frederick não respondeu. Eu terminei de colocar os pratos na bandeja.

– Deseja mais alguma coisa, senhorita?

Ela havia esquecido que eu estava ali. Virou-se para mim.

– Não, obrigada. – Em um gesto impulsivo, ela segurou minha mão. – Vou sentir saudades suas, Grace, quando for embora.

– Sim, senhorita. – Eu fiz uma reverência, o rosto vermelho de emoção. – Eu também vou sentir saudades. – Fiz uma reverência para as costas do Sr. Frederick. – Boa noite, senhor.

Ele não pareceu ter ouvido.

Eu imaginei o que o teria levado ao quarto de Hannah. O que ele teria a dizer que não podia ter sido dito durante o jantar ou depois, na sala de visitas. Eu saí do quarto, fechei a porta e então, tenho vergonha de dizer, coloquei a bandeja no chão do corredor e cheguei bem perto da porta.

Houve um longo silêncio, e comecei a temer que as portas fossem grossas demais e a voz do Sr. Frederick muito baixa. Então eu o ouvi limpar a garganta. Ele falou depressa, em um tom de voz baixo:

– Eu esperava perder Emmeline assim que ela atingisse a maioridade, mas você?

– Você não está me perdendo, papai.

– Estou, sim – disse ele, subindo o tom de voz. – David, minha fábrica e agora você. Todas as coisas que me eram mais caras... – Ele se controlou e, quando tornou a falar, a voz era tão tensa que quase não saía. – Não sou cego para o meu papel em tudo isso.

– Como assim?

Houve uma pausa e as molas da cama rangeram. A voz do Sr. Frederick, quando ele tornou a falar, tinha mudado de posição e imaginei que ele estivesse sentado ao pé da cama de Hannah.

– Você não vai fazer isso – determinou ele. Um rangido. Estava de pé de novo. – Não suporto a ideia de que você vá morar com aquela gente. Eles venderam a minha fábrica à minha revelia.

– Papai, não havia outros compradores. Os que Simion encontrou pagaram um bom preço. Imagine a humilhação se o banco executasse a dívida... Eles o salvaram disso.

– Salvaram? Eles me roubaram descaradamente. Podiam ter me ajudado. Eu ainda podia estar com a fábrica. E agora você está se juntando a eles. Isso me deixa... Não, está fora de questão. Eu devia ter negado mais cedo, antes de sair do meu controle.

– Papai...

– Eu não impedi a tempo que David partisse, mas não vou cometer o mesmo erro agora.

– Papai...

– Eu não vou deixar você...

– Papai – disse Hannah, e havia firmeza em sua voz. – Eu tomei minha decisão.

– Volte atrás! – berrou ele.

– Não.

Eu tive medo por ela. As crises de raiva do Sr. Frederick eram famosas em Riverton. Ele tinha recusado qualquer contato com David quando ele ousou enganá-lo. O que faria agora, diante da rebeldia de Hannah?

A voz dele tremia de raiva.

– Você diria não ao seu pai?

– Sim, se achasse que ele estivesse errado.

– Você é de uma teimosia imbecil.

– Sou igual ao senhor.

– Para o seu azar, menina. Sua força de vontade sempre me inclinou à indulgência, mas desta vez não vou tolerar.

– A decisão não é sua, papai.

– Você é minha filha e vai fazer o que eu mandar. – Ele parou e, quando tornou a falar, foi com uma nota de desespero na voz: – Eu ordeno que você não se case com ele.

– Papai...

– Se você se casar com ele – o volume subiu assustadoramente –, não será mais bem-vinda aqui.

Eu fiquei horrorizada, do outro lado da porta. Embora compreendesse os sentimentos do Sr. Frederick, compartilhasse do seu desejo de manter Hannah em Riverton, eu sabia que ameaças nunca tinham sido a melhor maneira de fazer Hannah mudar de ideia.

E, quando ela respondeu, sua voz tinha um tom férreo de determinação:

– Boa noite, papai.

– Sua tola – disse ele, no tom perplexo de alguém que não conseguia acreditar que tinha perdido o jogo. – Criança tola e teimosa.

Os passos dele se aproximaram da porta e eu me apressei em pegar a bandeja. Já estava me afastando da porta quando Hannah disse:

– Vou levar minha criada comigo quando partir. – Meu coração deu um salto enquanto ela acrescentava: – Nancy pode cuidar de Emmeline.

Fiquei tão surpresa, tão contente, que mal ouvi a resposta do Sr. Frederick.

– Pode ficar com ela. – Ele abriu a porta com tanta fúria que eu quase deixei cair a bandeja enquanto corria na direção da escada. – Deus sabe que eu não preciso dela aqui.

Por que Hannah se casou com Teddy? Não porque o amava, mas porque estava pronta para amá-lo. Ela era jovem e inexperiente – não tinha termos de comparação para os seus sentimentos.

Qualquer que fosse o caso, para quem estava de fora, os dois formavam um belo par. Simion e Estella Luxton estavam em êxtase, assim como toda a criadagem. Até eu fiquei feliz, depois que soube que os acompanharia. Pois lady Violet e lady Clementine tinham razão, não tinham? Apesar de toda a teimosia juvenil, Hannah teria que se casar com alguém, e Teddy era um bom partido.

Eles se casaram em um sábado chuvoso de maio, em 1919, e uma semana depois partimos para Londres. Hannah e Teddy foram no carro da frente, e eu dividi o segundo carro com o criado de Teddy e as malas de Hannah.

O Sr. Frederick ficou parado na escadaria, rígido e pálido. De onde eu estava sentada, invisível no segundo carro, pude observar bem o rosto dele pela primeira vez. Era um rosto bonito, tipicamente inglês, mas o sofrimento o havia desprovido de expressão.

À esquerda dele estava a criadagem enfileirada, em ordem descendente de importância. Até a babá Brown tinha sido exumada do quarto das crianças e estava parada ao lado do Sr. Hamilton, com metade da altura dele, chorando silenciosamente com um lenço branco na mão.

Só Emmeline estava ausente, tendo se recusado a vê-los partir. Mas eu a vi, pouco antes de irmos embora: seu rosto pálido por trás de uma das vidraças góticas da janela do quarto das crianças. Pelo menos pensei vê-la. Pode ter sido um truque de luz. Um dos meninos fantasmas que passavam a eternidade no quarto das crianças.

Eu já tinha me despedido. Da criadagem, e de Alfred. Desde a noite na escadaria do jardim, vínhamos tentando consertar as coisas. Éramos cerimoniosos um com o outro, Alfred me tratava com uma cautela educada, quase tão distante quanto sua irritação. Mesmo assim, eu tinha prometido escrever. E arrancara dele a promessa de fazer o mesmo.

E eu visitara mamãe no fim de semana anterior ao casamento. Ela me dera um embrulho com diversas coisas: um xale que tricotara anos antes e um pote cheio de agulhas e linhas para que eu pudesse continuar costurando. Quando eu agradeci, ela deu de ombros e disse que não precisava mais daquilo; não ia mais costurar porque seus dedos estavam inutilizados. Naquela última visita, ela me fez perguntas sobre o casamento, sobre a fábrica do Sr. Frederick e sobre a morte de lady Violet. Ela me surpreendeu ao receber com indiferença a morte de sua antiga patroa. Eu sabia que mamãe tinha gostado do seu trabalho na mansão, entretanto, quando falei dos últimos dias de lady Violet, ela não demonstrou tristeza, não relembrou momentos felizes. Apenas balançou lentamente a cabeça e seu rosto estampou uma expressão apática.

Mas, como eu já estava com a cabeça em Londres, não fiz perguntas.

O soar triste de tambores ao longe. Você ouve também ou sou apenas eu?

Você tem sido paciente. E não vai ter que esperar muito mais. Pois Robbie Hunter está prestes a retornar ao mundo de Hannah. Você sabia que ele voltaria, é claro, pois ele tem um papel a desempenhar. Isto não é um conto de fadas, não é um romance. O casamento não marca o final feliz desta história. É apenas outro começo, o início de um novo capítulo.

Em um canto cinzento de Londres, Robbie Hunter desperta. Afasta seus pesadelos e tira do bolso um pequeno embrulho. Um embrulho que está em seu bolso desde os últimos dias da guerra e que ele prometeu a um amigo moribundo que entregaria.

PARTE TRÊS

The Times

6 de junho de 1919

O MERCADO IMOBILIÁRIO

PROPRIEDADE DE LORDE SUTHERLAND

Como brevemente anunciado ontem no *The Times*, a principal transação esta semana foi a venda da Casa Haberdeen, a residência ancestral de lorde Sutherland, por parte dos Srs. Mabbett e Edge. A casa, que fica no número 17 da Grosvenor Square, foi vendida ao Sr. Simion Luxton, banqueiro, e será ocupada por Theodore Luxton e sua nova esposa, a honorável Hannah Hartford, filha de lorde Ashbury.

Theodore Luxton e Hannah Hartford casaram-se, em maio, na propriedade da família da noiva, a Mansão Riverton, nos arredores da cidade de Saffron Green, e estão agora passando a lua de mel na França. Eles vão morar na Casa Haberdeen, que passará a se chamar Casa Luxton, quando retornarem à Inglaterra no próximo mês.

Theodore Luxton é o candidato do Partido Conservador à cadeira de Marsden, em East London. A vaga será disputada em uma eleição especial em novembro.

Caçando borboletas

Fomos levados à feira da primavera em um micro-ônibus. Oito ao todo: seis residentes, Sylvia e uma enfermeira de cujo nome eu não me lembro – uma moça com uma trança rala caindo pelas costas até a cintura. Acho que pensam que um passeio nos faz bem. Embora eu não saiba qual é a vantagem de trocar uma casa confortável por um lugar enlameado, com barraquinhas vendendo bolos, brinquedos e sabonetes, teria ficado feliz no meu quarto, longe da confusão.

Um palco improvisado foi erguido atrás da prefeitura, como é feito todo ano, e há fileiras de cadeiras de plástico brancas diante dele. Os outros residentes e a enfermeira da trança rala estão sentados lá, assistindo a um homem tirar infinitas bolas de pingue-pongue de um balde de metal, mas eu prefiro ficar aqui no banquinho de ferro perto do memorial. Estou me sentindo esquisita hoje. Deve ser o calor. Quando acordei, meu travesseiro estava úmido e eu não consegui me livrar desta sensação estranha de perplexidade a manhã inteira. Meus pensamentos estão patinando. Chegam rapidamente, completos, depois escorregam para longe antes que eu consiga agarrá-los. É como caçar uma borboleta. É perturbador, me deixa irritada.

Uma xícara de chá vai melhorar as coisas.

Para onde foi Sylvia? Ela me falou? Ela estava aqui agora mesmo, fumando um cigarro. Conversando de novo sobre o namorado e seus planos de morarem juntos. Houve uma época em que considerei esses arranjos fora do casamento impróprios, mas o tempo modifica nossos pontos de vista sobre quase tudo.

Meus pés estão cozinhando. Penso em colocá-los na sombra, mas um masoquismo irresistível me leva a deixá-los onde estão. Sylvia vai ver as manchas vermelhas mais tarde e perceber que me deixou muito tempo sozinha.

De onde estou sentada, avisto o cemitério. O lado oeste, com sua fileira de papoulas, as folhas balançando levemente neste arremedo de brisa. Mais adiante, do outro lado da elevação, estão os túmulos, entre eles o da minha mãe.

Nós a enterramos já faz muito tempo. Em um dia de inverno de 1922, quando a terra estava dura de gelo e minha saia fria enroscava nas pernas, e uma figura, um homem, estava parado na colina, quase irreconhecível. Ela carregou seus segredos com ela, para o túmulo, mas eu acabei descobrindo tudo. Sei bastante coisa sobre segredos; fiz deles a minha vida. Talvez pensasse que, quanto mais segredos descobrisse, mais fácil seria esconder os meus.

Estou com calor. Está quente demais para abril. Sem dúvida, a culpa é do aquecimento global. Aquecimento global, derretimento das calotas polares, buraco de ozônio, alimentos modificados geneticamente. Alguma outra doença da década de 1990. O mundo se tornou um lugar hostil. Nem a água da chuva é segura hoje em dia.

É isso que está corroendo o monumento de guerra. Um dos lados do rosto de pedra do soldado foi destruído, a bochecha está cheia de buracos, o nariz foi devorado pelo tempo. Como uma fruta que ficou muito tempo no lixo e foi roída por ratos.

Ele entende de dever. Apesar de suas feridas, está em posição de sentido no alto do monumento há oitenta anos, vigiando as planícies do outro lado da cidade, seu olhar vazio passando por cima da Bridge Street, na direção do estacionamento do novo shopping; uma terra feita para heróis. Ele tem quase a mesma idade que eu. Será que está cansado?

Ele e seu pilar estão cobertos de musgo; plantas microscópicas vivem nos nomes gravados dos mortos. O nome de David está ali, no topo, junto com o dos outros oficiais; além do de Rufus Smith, filho do trapeiro, soterrado por uma trincheira na Bélgica. Mais abaixo, Raymond Jones, o vendedor ambulante da vila, quando eu era menina. Aqueles garotinhos, filhos dele, já devem ser homens-feitos agora. Velhos, embora mais moços do que eu. Talvez estejam mortos.

Não surpreende que ele esteja desmoronando. É pedir demais a um único homem aguentar o peso de tanta tragédia, ser testemunha de tantas mortes.

Mas ele não está sozinho: existe um igual a ele em cada cidade da Inglaterra. São as cicatrizes da Nação; uma erupção de feridas galantes espalhadas pelo país em 1919, um dilúvio de medidas curativas. Nós tínhamos uma fé tão extravagante na época: acreditávamos na Liga das Nações, na possibilidade de um mundo civilizado. Diante de uma esperança tão determinada, os poetas da desilusão estavam perdidos. Para cada T. S. Eliot, para cada R. S. Hunter, havia cinquenta rapazes brilhantes adotando os sonhos de Tennyson do parlamento dos homens, da federação mundial.

Isso não durou, é claro. Não tinha como durar. A desilusão era inevitável; depois dos anos 1920, veio a depressão da década de 1930 e em seguida outra guerra. E as coisas mudaram muito depois. Não surgiram novos memoriais triunfantes, desafiadores e esperançosos da nuvem em forma de cogumelo da Segunda Guerra Mundial. A esperança morreu nas câmaras de gás da Polônia. Uma nova geração de feridos de guerra foi enviada para casa e um segundo conjunto de nomes foi gravado nas bases das estátuas existentes; os filhos abaixo dos pais. E, na mente de todo o mundo, a certeza de que, um dia, mais rapazes iriam perecer.

As guerras tornam a história enganadoramente simples. Fornecem momentos de mudança muito claros, distinções muito fáceis: antes e depois, vencedor e vencido, certo e errado. A história verdadeira, o passado, não é assim. Não é plano nem linear. Não tem contornos. É escorregadio como um líquido; é infinito e desconhecido como o espaço. E é mutável: quando você pensa que enxerga um padrão, a perspectiva muda, outra versão é apresentada, uma lembrança há muito esquecida vem à tona.

Eu tenho tentado me fixar nos momentos decisivos da história de Hannah e Teddy; todos os pensamentos, atualmente, me levam a Hannah. Olhando para trás, parece muito claro: houve alguns acontecimentos no primeiro ano de casamento deles que lançaram a base do que estava por vir. Eu não consegui enxergá-los na época. Na vida real, os momentos decisivos são matreiros. Eles passam sem rótulos e sem chamar atenção. Oportunidades são perdidas, catástrofes são comemoradas levianamente. Os momentos decisivos só são revelados mais tarde, por historiadores que tentam ordenar uma vida feita de instantes emaranhados.

Não sei como o casamento deles será retratado no filme. O que Ursula vai decidir que os levou à infelicidade? A chegada de Deborah a Nova York?

O fato de Teddy ter perdido a eleição? A falta de um herdeiro? Será que ela vai concordar que os sinais estavam lá desde a lua de mel – as fissuras do futuro visíveis mesmo sob as suaves luzes de Paris, como pequenos defeitos nos tecidos diáfanos dos anos 1920: tecidos belos, banais, tão frágeis que não tinham como durar?

No verão de 1919, Paris deleitava-se com o otimismo do Tratado de Versalhes. À noite, eu ajudava Hannah a se despir, a tirar mais um vestido verde-claro ou cor-de-rosa ou branco (Teddy gostava de uísque sem gelo e de mulheres puras), enquanto ela me contava sobre os lugares que tinham visitado, as coisas que havia visto. Eles subiram a Torre Eiffel, passearam pelos Champs-Élysées, jantaram em restaurantes famosos. Mas foi uma coisa maior, e menor, que atraiu Hannah.

– Os desenhos, Grace – disse ela certa noite enquanto eu a despia. – Quem diria que eu ia adorar tanto os desenhos?

Desenhos, artefatos, pessoas, cheiros. Ela estava faminta por novas experiências. Precisava recuperar o tempo perdido, os anos que ela considerava desperdiçados, esperando a vida começar. Havia tantas pessoas com quem conversar: gente rica que eles encontravam em restaurantes, políticos que tinham colaborado na redação do Tratado, artistas de rua.

Teddy não era cego às reações dela, à sua tendência ao exagero, à sua inclinação ao entusiasmo desenfreado, mas atribuía isso à sua juventude. Era um estado de espírito, ao mesmo tempo encantador e desconcertante, que ela iria superar com o tempo. Não que ele desejasse isso, não naquela época; naquele estágio, ele ainda estava apaixonado. Prometeu a Hannah uma viagem à Itália no ano seguinte, para ver Pompeia, a Uffizi, o Coliseu; não havia quase nada que ele não prometesse. Pois ela era um espelho no qual ele se via refletido, não mais como o filho de seu pai – sólido, convencional, desinteressante –, mas como o marido de uma mulher charmosa, imprevisível.

De sua parte, Hannah não falava muito em Teddy. Ele era um adjunto. Um acessório que tornava possível a aventura em que ela estava mergulhada. Ah, ela gostava dele, achava-o divertido às vezes (embora quando nem ele tinha essa intenção), bem-intencionado e uma companhia agradável. Os interesses dele eram menos variados do que os dela, sua inteligência menos aguda, mas ela aprendeu a acariciar-lhe o ego quando necessário e a buscar estímulo intelectual em outros lugares. E se não estava apaixonada, que importância tinha isso? Ela não percebeu a ausência do amor naquele momento. Quem precisava de amor com tantas outras coisas à disposição?

Certa manhã, já no fim da lua de mel, Teddy acordou com enxaqueca. Teria outras no período em que convivi com ele; não eram frequentes, mas eram fortes, sequelas de uma doença da infância. Ele se deitava no quarto escuro e silencioso e bebia pequenas quantidades de água. Hannah ficou nervosa naquela primeira vez; ela fora poupada, quase a vida toda, dos dissabores da doença.

Ela se ofereceu para fazer-lhe companhia, mas Teddy era um homem sensato, que não gostava de tirar proveito do sacrifício dos outros. Disse que ela não podia fazer nada e que seria um crime não aproveitar seus últimos dias em Paris.

Eu fui requisitada para acompanhá-la; Teddy achava que não ficava bem uma dama ser vista sozinha na rua, mesmo que fosse casada. Hannah não queria fazer compras e estava cansada de ficar dentro de casa. Ela queria explorar, descobrir a sua Paris. Saímos para caminhar. Ela não tinha mapa, escolhia a direção que mais lhe agradava.

– Vamos, Grace – chamou várias vezes. – Vamos ver o que tem por aqui.

Finalmente, chegamos a um beco, mais escuro e mais estreito do que os que tínhamos atravessado antes. Um caminho apertado entre duas fileiras de prédios cujos topos se encontravam para formar um túnel fechado. Ouvia-se uma música vinda da praça adiante. Havia um cheiro, vagamente familiar, de algo comestível ou talvez de algo morto. E havia movimento. Gente. Vozes. Hannah ficou parada na entrada, pensando, e em seguida entrou no beco. Só me restava segui-la.

Era uma colônia de artistas. Agora sei disso. Depois de passar pelos anos 1960, de visitar o distrito de Haight-Ashbury, em São Francisco, e a Carnaby Street, em Londres, identifico facilmente o estilo boêmio, os aparatos da pobreza artística. Mas na época era tudo novidade. O único lugar que eu conhecia era Saffron Green, e não havia nada de artístico na pobreza de lá. Percorremos o beco, passamos por pequenas tendas e portas abertas, com lençóis pendurados para dividir os espaços, fumaça escapando de pauzinhos que liberavam um cheiro almiscarado. Uma criança de enormes olhos dourados espiava, tranquila, por trás de cortinas.

Um homem, sentado em almofadas douradas e vermelhas, tocava um clarinete, embora eu não soubesse o nome do instrumento na época, um comprido tubo de madeira preto com chaves e cavilhas de metal brilhante. Na minha mente, eu o chamei de cobra. O instrumento produzia música à medida que os dedos do homem o apertavam: música que eu não sabia identificar, que me deixou vagamente inquieta, que de certa forma parecia descrever coisas íntimas, perigosas. Era jazz, na verdade, e eu iria ouvir muito aquele gênero nas décadas seguintes.

Havia mesas ao longo do beco, com homens sentados, lendo, conversando ou discutindo. Eles tomavam café e bebidas coloridas e misteriosas – bebidas alcoólicas, eu tinha certeza – que vinham em estranhas garrafas. Eles olharam quando nós passamos, interessados, desinteressados, era difícil dizer. Tentei não encará-los; desejei silenciosamente que Hannah mudasse de ideia, desse meia-volta e nos fizesse retornar à luz e à segurança. Mas, enquanto minhas narinas se enchiam de uma fumaça estranha, meus ouvidos de uma música desconhecida, Hannah parecia flutuar. Sua atenção estava em outro lugar. Ao longo do beco, havia quadros pendurados, bem diferentes dos de Riverton. Eram desenhados a carvão. Rostos, membros, olhos nos fitando por entre os tijolos.

Hannah parou diante de um quadro grande, o único mostrando uma pessoa inteira. Era uma mulher sentada em uma cadeira. Não em uma poltrona nem em um divã ou um sofá. Em uma cadeira simples, de madeira, com pernas pesadas. Seus joelhos estavam afastados, e ela olhava para a frente. Estava nua e era negra, luminosa, desenhada a carvão. Seu rosto se destacava. Olhos grandes, maxilares salientes, lábios grossos. O cabelo estava preso em um nó. Como uma rainha guerreira.

Eu fiquei chocada com o desenho e achei que Hannah também tinha ficado. Mas ela sentiu algo diferente. Estendeu a mão e tocou o quadro; passou os dedos pelo contorno do rosto da mulher. Inclinou a cabeça.

Um homem apareceu ao lado dela.

– A senhora gosta? – perguntou ele, com um sotaque pesado e pálpebras mais pesadas ainda.

Eu não gostei do jeito como ele olhou para Hannah. Ele sabia que ela tinha dinheiro. Podia ver isso por suas roupas.

Hannah piscou como se tivesse despertado de um feitiço.

– Ah, gosto, sim – disse ela baixinho.

– Gostaria de comprar?

Hannah comprimiu os lábios e eu soube o que ela estava pensando. Apesar do amor que dizia ter pela arte, Teddy não aprovaria. E ela tinha razão. Havia alguma coisa naquela mulher, naquele quadro, algo perigoso. Subversivo. Mas Hannah queria o quadro. Ele a fazia se lembrar, é claro, do passado. Do Jogo. Nefertite. Um papel que ela desempenhara com todo o vigor da infância. Ela assentiu. Ah, sim, ela o queria.

Eu senti um arrepio de medo. O rosto do homem permaneceu impassível. Ele chamou alguém. Como não houve resposta, fez sinal para Hannah segui-lo. Pareciam ter esquecido a minha presença, mas eu a segui de perto enquanto ela o acompanhava até uma pequena porta vermelha. O homem abriu a passagem para um ateliê de artista, pouco mais que um buraco escuro. As paredes eram de um verde desbotado, o papel de parede descascado. O chão – o que dava para ver por baixo das centenas de folhas soltas de papel rabiscadas com carvão – era de pedra. Havia um colchão em um canto, coberto de almofadas desbotadas e uma colcha, e envolto de garrafas vazias de bebida.

Lá dentro estava a mulher do quadro. Para meu horror, ela estava nua. Olhou para nós com um interesse que logo desapareceu, mas não falou nada. Ela se levantou, mais alta do que nós, mais alta do que o homem, e foi até a mesa. Havia algo em seus movimentos, uma liberdade, um descaso pelo fato de estarmos olhando para ela, de podermos ver seus seios, um maior do que o outro, que me deixou nervosa. Aquelas pessoas não eram como nós. Como eu. Ela acendeu um cigarro e fumou enquanto nós esperávamos. Eu desviei os olhos. Hannah não.

– A madame quer comprar o seu retrato – disse o homem em um inglês precário.

A mulher olhou para Hannah, depois falou alguma coisa em uma língua que eu não conhecia. Não era francês. Era uma língua mais desconhecida.

O homem riu e replicou para Hannah:

– Ele não está à venda. – Então estendeu a mão e segurou o queixo dela. Eu fiquei assustada. Até Hannah se encolheu enquanto ele a segurava com firmeza, virava seu rosto de um lado para outro, e depois a soltava. – Só para troca.

– Troca? – indagou Hannah.

– O seu retrato – respondeu o homem, com um sotaque pesado. Ele deu de ombros. – A senhora leva o dela e deixa o seu.

Que ideia! Um retrato de Hannah – Deus sabe em que estado de nudez – pendurado ali naquele beco francês para todo mundo ver! Era inimaginável.

– Temos que ir, senhora – falei, com uma firmeza que me surpreendeu. – O Sr. Luxton está nos esperando.

Meu tom deve ter surpreendido Hannah também, porque, para meu alívio, ela concordou:

– Sim. Você tem razão, Grace.

Ela foi comigo até a porta, mas enquanto eu a esperava passar na frente, ela se virou para o homem e disse baixinho:

– Amanhã. Eu volto amanhã.

Não conversamos na volta. Hannah caminhava rapidamente, o rosto decidido. Naquela noite eu fiquei deitada, sem conseguir dormir, nervosa e assustada, imaginando como poderia impedi-la, certa de que precisava fazer isso. Havia algo naquele desenho que me perturbava; algo que vi no rosto de Hannah enquanto ela o observava. Uma chama reacendida.

Deitada na cama naquela noite, os sons da rua revestiram-se de uma malevolência que não existia antes. Vozes estrangeiras, música estrangeira, uma gargalhada de mulher em um apartamento próximo. Eu queria voltar para a Inglaterra, para onde as regras eram evidentes e todo mundo conhecia o seu lugar. Não existia, é claro, essa Inglaterra, mas a noite tem o dom de provocar exageros.

Na manhã seguinte, as coisas acabaram se resolvendo sozinhas. Quando fui vestir Hannah, Teddy já estava acordado, sentado na poltrona. Sua cabeça ainda doía, ele disse, mas que tipo de marido seria se deixasse sua bela esposa sozinha no último dia da lua de mel? Ele sugeriu sair para fazer compras.

– É nosso último dia. Eu quero que você escolha algumas lembranças. Algo que a faça se lembrar de Paris.

Quando eles voltaram, eu notei, o desenho não estava entre as coisas que Hannah me mandou empacotar para despachar para a Inglaterra. Não sei se Teddy se recusou e ela cedeu ou se ela nem pediu, mas fiquei contente.

Teddy tinha comprado uma estola de pele para ela: de mink, com patinhas ligeiras e olhos pretos e embotados.

E então voltamos para a Inglaterra.

Chegamos a Londres no dia 19 de julho de 1919, o Dia da Paz. O motorista nos levou por entre carros e ônibus e carruagens, pelas ruas apinhadas de gente sacudindo bandeiras e flâmulas. A tinta ainda estava úmida no Tratado, nas sanções que levariam ao descontentamento e à cisão responsáveis pela guerra mundial seguinte, mas o povo não sabia disso. Ainda não. As pessoas estavam felizes porque não ouviam mais o barulho de tiros do outro lado do Canal. Porque não havia mais rapazes morrendo pelas mãos de outros rapazes nas planícies da França.

O carro me deixou na casa de Londres, junto com as malas, e então prosseguiu. Simion e Estella estavam esperando os recém-casados para o chá. Hannah teria preferido ir direto para casa, mas Teddy insistiu. Ele disfarçou um sorriso. Estava tramando alguma coisa.

Um criado apareceu, pegou uma mala em cada mão e tornou a entrar em casa. Ele deixou no chão a maleta de mão de Hannah. Eu fiquei surpresa. Não previra que já houvesse outros criados e imaginei quem o teria contratado.

Fiquei parada, respirando a atmosfera da rua. Gasolina misturada com o cheiro doce de estrume de cavalo. Inclinei a cabeça para trás para enxergar os seis andares da casa imponente. Era de tijolos marrons com colunas brancas de cada lado da entrada, e ficava no meio de uma fileira de casas idênticas. Em uma das colunas brancas ficava o número da casa, em preto: 17. Grosvenor Square, 17. Minha nova casa, onde eu seria uma camareira de verdade.

A entrada de serviço era uma escadaria que corria paralela à rua, da calçada até o porão, e era ladeada por um corrimão preto de ferro forjado. Eu peguei a mala de mão de Hannah e comecei a descer.

A porta estava fechada, mas vozes abafadas, nitidamente zangadas, vinham lá de dentro. Pela janela do porão, vi as costas de uma moça cuja postura ("saliente", diria a Sra. Townsend), junto com os cachos louros que escapavam da touca, dava a impressão de juventude. Ela estava discutindo com um homem baixo e gordo, cujo pescoço estava vermelho de indignação.

Ela finalizou enfaticamente o que estava dizendo jogando uma sacola por cima do ombro e caminhando na direção da porta. Antes que eu pudesse me mexer, ela já a tinha aberto e estávamos cara a cara, como reflexos distorcidos em um espelho de parque de diversões. Ela reagiu primeiro: uma gargalhada que fez chover saliva no meu pescoço.

– E eu achei que arrumadeiras fossem difíceis de encontrar! Bem, o cargo é todo seu. Nem em sonhos eu vou esfregar a sujeira dos outros para ganhar salário mínimo!

Ela passou por mim e subiu a escada arrastando a mala. No alto, virou-se e gritou:

– Diga adeus, Izzy Batterfield. *Bonjour, mademoiselle Isabella!*

E, com uma última gargalhada, um puxão teatral na saia, ela se foi. Antes que eu pudesse responder. Explicar que eu era uma camareira, e não uma arrumadeira.

Eu bati à porta, que ainda estava entreaberta. Não houve resposta e eu entrei. A casa tinha o cheiro inconfundível de cera de polimento e de batata, mas havia alguma outra coisa, algum outro cheiro, que, embora não fosse desagradável, fazia tudo parecer estranho.

O homem estava à mesa, com uma mulher magra atrás, com as mãos pousadas nos ombros dele; mãos nodosas, pele vermelha e rachada ao redor das unhas. Eles se viraram na minha direção ao mesmo tempo. A mulher tinha uma verruga preta sob o olho esquerdo.

– Boa tarde. Eu...

– Boa, hein? – interrompeu o homem. – Acabei de perder a terceira arrumadeira em três semanas, temos uma festa que vai começar daqui a duas horas e você quer que eu acredite que esta é uma boa tarde?

– Calma – disse a mulher, franzindo os lábios. – Ela era uma encrenqueira, essa Izzy. Pois sim que ela vai fazer carreira como vidente. Se ela tem o dom, eu sou a Rainha de Sabá. Ela vai terminar seus dias nas mãos de algum cliente descontente. Você vai ver se eu não tenho razão!

Algo em seu tom, no sorriso cruel em seus lábios, na satisfação em sua voz, me fez estremecer. Senti um desejo louco de dar meia-volta e sair pela mesma porta por onde tinha entrado, mas me lembrei do conselho do Sr. Hamilton de que eu devia me impor desde o começo. Eu pigarreei e me apresentei, com toda a pose que consegui:

– Meu nome é Grace Reeves.

Eles me olharam com um ar confuso.

– Sou a camareira da patroa.

A mulher se empertigou, estreitou os olhos e disse:

– A patroa nunca mencionou uma nova camareira.

Eu fiquei desconcertada.

– Não? – falei, gaguejando sem querer. – Eu... eu tenho certeza de que ela mandou instruções de Paris. Eu mesma despachei a carta.

– Paris? – Eles se entreolharam.

Então o homem pareceu lembrar-se de alguma coisa. Ele balançou a cabeça várias vezes e tirou a mão da mulher do ombro dele.

– É claro. Estávamos esperando a senhorita. Eu sou o Sr. Boyle, mordomo aqui da Casa 17, e esta é a Sra. Tibbit.

Eu assenti, ainda confusa.

– Muito prazer em conhecê-los. – Eles continuaram a me olhar de um jeito que me fez pensar se seriam dois imbecis. – Estou um tanto cansada da viagem – falei bem devagar. – Os senhores poderiam chamar uma criada para me levar até meu quarto?

A Sra. Tibbit fungou, e a pele em volta de sua verruga estremeceu.

– Não há mais criadas. Por enquanto. A patroa... quer dizer, a Sra. *Estella* Luxton... ainda não conseguiu nenhuma que quisesse ficar aqui.

– É – confirmou o Sr. Boyle, com os lábios apertados, brancos como o seu rosto. – E temos uma festa marcada para esta noite. E nada pode dar errado. A Srta. Deborah não admite imperfeições.

Srta. Deborah? Quem era a Srta. Deborah? Eu franzi a testa.

– A *minha* patroa, a *nova* Sra. Luxton, não mencionou festa alguma.

– Não, ela não poderia mencionar mesmo – disse a Sra. Tibbit. – É uma surpresa, uma festa de boas-vindas para o Sr. e a Sra. Luxton que estão voltando da lua de mel. A Srta. Deborah e a mãe dela vêm planejando há semanas.

A festa já estava animada quando o carro de Teddy e Hannah chegou. O Sr. Boyle tinha dado instruções para eu recebê-los e levá-los até o salão. Isso normalmente seria obrigação do mordomo, ele disse, mas a Srta. Deborah tinha dado ordens que exigiam a presença dele em outro lugar.

Eu abri a porta e eles entraram, Teddy sorridente, Hannah cansada, como seria de esperar depois de uma visita a Simion e Estella.

– Eu daria tudo por uma xícara de chá – disse ela.

– Ainda não, querida – respondeu Teddy. Ele me entregou seu casaco e deu um beijo apressado no rosto de Hannah, que se retraiu um pouco, como sempre fazia. – Primeiro eu tenho uma surpresa para você – acrescentou, sorrindo e esfregando as mãos.

Hannah o observou sair, depois ergueu os olhos para examinar o hall de entrada: suas paredes recém-pintadas de amarelo, o lustre moderno, um bocado feio, pendurado sobre a escadaria, os vasos de palmeiras inclinadas sob o peso de fios de luz.

– Grace – chamou ela, erguendo as sobrancelhas –, o que está acontecendo?

Eu dei de ombros e estava prestes a explicar quando Teddy tornou a aparecer e deu o braço a ela.

– Por aqui, querida – disse ele, conduzindo-a na direção do salão.

Quando a porta se abriu, Hannah arregalou os olhos ao ver que o salão estava cheio de gente desconhecida. Então um clarão de luz e, ao olhar para o lustre, senti um movimento na escadaria atrás. As pessoas murmuraram em tons apreciativos; no meio da escada estava uma mulher magra, de cabelos escuros e cacheados emoldurando um rosto anguloso. Não era bonito, mas havia algo nele que chamava atenção; uma ilusão de beleza que eu iria aprender a reconhecer como uma marca das pessoas chiques. Ela era alta e magra e estava parada de um jeito que eu nunca tinha visto antes: inclinada para a frente de modo que seu vestido de seda parecia cair de seus ombros, deslizando pelas costas curvadas. A postura era ao mesmo tempo autoritária e natural, indiferente e estudada. Ela trazia uma pelagem clara pendurada no braço, que a princípio pensei ser uma estola, até que um latido me fez perceber que se tratava de um cachorrinho, tão branco quanto o melhor avental da Sra. Townsend.

Eu não reconheci a mulher, mas soube imediatamente quem devia ser. Ela fez uma pausa e logo em seguida deslizou pelos últimos degraus da escada, o mar de convidados abrindo espaço para ela passar, como se fosse uma coreografia ensaiada.

– Deb! – exclamou Teddy quando ela se aproximou, um largo sorriso em seu rosto simpático e bonito. Ele tomou as mãos dela, inclinou-se e depositou um beijo em seu rosto.

A mulher esticou os lábios em um sorriso.

– Seja bem-vindo de volta, Teddinho. – As palavras dela eram alegres, seu sotaque de Nova York, vulgar. Não havia entonação no seu jeito de falar. Um tom nivelado que fazia o ordinário parecer extraordinário, e vice-versa. – Que casa fabulosa! E eu reuni a juventude mais animada de Londres para aquecê-la. – Ela acenou com os longos dedos para uma mulher bem-vestida para a qual olhou por cima do ombro de Hannah.

– Você está surpresa, querida? – perguntou Teddy, virando-se para Hannah. – Mamãe e eu combinamos a festa, e a querida Deb adora organizá-las.

– Surpresa – disse Hannah, olhando rapidamente para mim. – Isso é pouco para descrever como me sinto.

Deborah sorriu, aquele sorriso lupino, tão típico dela, e tocou o pulso de Hannah com uma mão comprida e branca que dava a impressão de ser de cera.

– Finalmente nos conhecemos. Sei que vamos ser ótimas amigas.

O ano de 1920 começou mal: Teddy perdera a eleição. Ele não teve culpa, o momento é que foi errado. A situação foi mal interpretada, mal gerenciada. A culpa foi das classes trabalhadoras e de seus jornaizinhos maldosos. Campanhas sujas feitas contra seus superiores. Os trabalhadores ganharam asas depois da guerra; esperavam demais. Iam acabar iguais aos irlandeses, se não tomassem cuidado, ou aos russos. Não tinha importância. Haveria outra oportunidade; encontrariam um assento mais seguro para ele. No ano seguinte, Simion prometeu, se Teddy abandonasse as ideias tolas que confundiram os eleitores conservadores, ele estaria no Parlamento.

Estella achava que Hannah deveria ter um bebê. Seria bom para Teddy. Seria bom que seus futuros eleitores o vissem como um homem de família. Eles estavam casados, ela gostava de dizer, e em todo casamento havia um momento em que um homem merecia ter um herdeiro.

Teddy foi trabalhar com o pai. Todo mundo concordou que foi melhor assim. Depois da derrota na eleição, ele assumiu ares de quem tinha sobrevivido a um trauma, a um choque; o mesmo ar que Alfred desenvolvera logo depois da guerra.

Homens como Teddy não estavam acostumados a perder, mas os Luxtons não tinham o hábito de lamentar; os pais de Teddy começaram a passar um bocado de tempo na Casa 17, onde Simion contava histórias sobre o próprio pai, para mostrar que a viagem até o topo não era para fracos e fracassados. A viagem de Teddy e Hannah para a Itália foi adiada; não seria bom para a imagem dele se fosse visto fugindo do país, segundo Simion. A impressão de sucesso atrai o sucesso. Além disso, Pompeia continuaria lá.

Enquanto isso, eu estava fazendo o possível para me adaptar à vida em Londres. Aprendi logo minhas novas obrigações. O Sr. Hamilton tinha me dado inúmeras instruções antes de eu deixar Riverton – desde obrigações objetivas, como cuidar do guarda-roupa de Hannah, até ajudá-la a resguardar sua reputação –, e nisso eu me sentia segura. Na minha esfera doméstica, porém, estava perdida. À deriva em um mar de estranheza. Porque, se a Sra. Tibbit e o Sr. Boyle não eram exatamente perversos, eram com certeza falsos. Tinham um jeito de se comunicar, um prazer na companhia um do outro, que era totalmente excludente. Além disso, a Sra. Tibbit, especialmente, parecia extrair alegria dessa exclusão. A felicidade dela se alimentava do descontentamento dos outros, e ela não tinha escrúpulo algum em provocar a infelicidade de alguma pobre alma quando sentia necessidade. Aprendi logo que o modo de sobreviver na Casa 17 era ficar calada e estar sempre em guarda.

Em certa manhã chuvosa, encontrei Hannah sozinha na sala de visitas. Teddy tinha acabado de sair para o escritório no centro da cidade e ela estava observando a rua. Automóveis, bicicletas, pessoas apressadas andando de um lado para outro.

– A senhora quer seu chá? – perguntei.

Nenhuma resposta.

– Ou talvez quer que o motorista traga o carro?

Eu cheguei mais perto e percebi que Hannah não tinha ouvido. Ela estava mergulhada em seus pensamentos e pude adivinhá-los sem dificuldades.

Ela estava entediada, seu rosto tinha uma expressão que eu identifiquei dos longos dias em Riverton quando ela ficava parada na janela do quarto das crianças, com a caixa chinesa na mão, esperando a chegada de David, louca para jogar O Jogo.

Eu pigarreei, e ela ergueu os olhos. Quando me viu, ficou mais animada.

– Olá, Grace.

Então tornei a perguntar se ela gostaria de tomar seu chá.

– Na sala matinal – respondeu ela. – Mas diga para a Sra. Tibbit que não precisa mandar bolinhos. Não estou com fome. Não gosto de comer sozinha.

– E depois? Quer que chame o carro?

Hannah revirou os olhos.

– Se eu tiver que dar outra volta no parque, vou enlouquecer. Não entendo como as outras esposas aguentam. Será que elas não têm nada melhor a fazer além de andar em círculos de carro todo dia?

– Gostaria de tentar costura, então?

Eu sabia que não. O temperamento de Hannah não era adequado para costurar. Isso exigia uma paciência que ela não tinha.

– Eu vou ler, Grace. Tenho um livro aqui comigo. – Ela ergueu seu exemplar já bem gasto de *Jane Eyre*.

– De novo?

Ela deu de ombros e sorriu.

– De novo.

Não sei por que isso me perturbou tanto. Fez soar um alarme que eu não soube explicar.

Teddy trabalhava muito e Hannah se esforçava. Ela comparecia às festas dele, conversava com as esposas dos colegas de trabalho e com as mães dos políticos. A conversa entre os homens era sempre a mesma: dinheiro, negócios, a ameaça das classes inferiores. Simion, como todos os homens de seu tipo, desconfiava profundamente daqueles que chamava de "boêmios". Teddy, apesar de suas boas intenções, estava seguindo seus passos.

Hannah teria preferido conversar sobre política de verdade com os homens. Às vezes, depois que ela e Teddy haviam se retirado para seus aposentos contíguos e eu estava escovando seus cabelos, Hannah perguntava a ele o que fulano tinha dito sobre a declaração da lei marcial na Irlanda, e Teddy olhava para ela, com um ar divertido e cansado, e pedia que não cansasse sua bela cabeça com aquilo. Era assunto dele.

– Mas eu quero saber. Estou interessada.

E Teddy balançava a cabeça.

– Política é um jogo masculino.

– Me deixe jogar – dizia Hannah.

– Você está jogando. Nós somos um time, você e eu. Seu trabalho é cuidar das esposas.

– Mas isso é chato. Elas são chatas. Eu quero conversar sobre coisas importantes. Não sei por que não posso.

– Ora, querida. Porque essas são as regras. Eu não as fiz, mas tenho que segui-las. – Então ele sorria e dava um tapinha no ombro dela. – Não é tão ruim assim, é? Pelo menos você tem mamãe para ajudar, e Deb. Ela é divertida, não é?

Hannah só pôde concordar, mal-humorada. Era verdade: Deborah estava sempre por perto para ajudar. E continuaria a estar, agora que tinha resolvido não voltar para Nova York. Uma revista de Londres tinha lhe oferecido um emprego para escrever sobre moda, e como ela poderia resistir? Uma cidade nova, cheia de damas para enfeitar e dominar? Ela ia ficar com Hannah e Teddy até encontrar um lugar decente para morar. Afinal, como Estella tinha dito, não havia por que se apressar. A Casa 17 era grande, cheia de quartos vazios à disposição. Especialmente enquanto não houvesse crianças.

Em novembro daquele ano, Emmeline foi passar seu 16º aniversário em Londres. Era sua primeira visita desde o casamento da irmã, e Hannah estava ansiosa por isso. Ela ficou a manhã esperando na sala de visitas, correndo para a janela toda vez que um carro diminuía a velocidade lá fora, voltando desapontada para o sofá quando via que era alarme falso.

No fim, ela ficou tão irritada que não viu o carro chegar. Só percebeu que Emmeline estava ali quando Boyle bateu à porta e anunciou sua presença.

– Srta. Emmeline para vê-la, madame.

Hannah deu um grito e ficou de pé de um pulo quando Boyle deixou que Emmeline entrasse.

– Finalmente! – disse ela, abraçando com força a irmã. – Achei que você não ia chegar nunca. – Ela deu um passo para trás e se virou para mim. – Veja, Grace, ela não está linda?

Emmeline abriu um meio sorriso, depois tornou a fazer um beicinho amuado. Apesar da expressão, ou talvez por causa dela, estava linda. Tinha crescido e emagrecido, e seu rosto ganhara novos ângulos que chamavam atenção para seus lábios cheios e seus olhos grandes e redondos. Ela já aprendera aquela atitude de desdém que se ajustava perfeitamente à sua idade e à época.

– Venha, sente-se – disse Hannah, levando Emmeline até o sofá. – Vou pedir o chá.

Emmeline sentou-se em um canto do sofá e, quando Hannah se virou, alisou a saia. Ela estava usando um vestido simples da temporada anterior; alguém tinha tentado reformá-lo no estilo mais solto que estava na moda, mas ele ainda tinha as marcas da sua estrutura original. Quando Hannah tornou a olhar para ela, Emmeline parou de ajeitar o vestido e lançou um olhar indiferente pela sala.

Hannah riu.

– Ah, isto é a última moda; Elsie de Wolfe escolheu tudo. É horroroso, não é?

Emmeline ergueu uma sobrancelha e assentiu vagarosamente. Hannah sentou-se ao lado da irmã.

– É tão bom ver você. Podemos fazer o que você quiser esta semana. Chá e bolo de amêndoas no Gunter's, podemos ver um show.

Emmeline deu de ombros, mas pude ver que estava alisando novamente a saia.

– Nós podemos visitar o museu – sugeriu Hannah. – Ou dar uma olhada no Selfridge's.

Ela hesitou. Emmeline assentia sem muita convicção. Hannah riu, meio sem graça.

– Olhe só como eu não paro de falar. Você acabou de chegar e eu já estou fazendo planos para a semana. Mal a deixei falar. Nem perguntei como você está.

Emmeline olhou para Hannah.

– Gostei do seu vestido – disse ela finalmente, depois apertou os lábios como se tivesse quebrado uma promessa.

Foi a vez de Hannah dar de ombros desdenhosamente.

– Ah, eu tenho um guarda-roupa cheio. Teddy me traz vestidos toda vez que viaja para o exterior. Ele acha que um vestido novo substitui a viagem em si. Por que uma mulher viajaria, a não ser para comprar vestidos? Então eu tenho um guarda-roupa cheio e não tenho onde... – Ela parou, percebeu a situação e disfarçou um sorriso. – Vestido demais para uma pessoa só. – Ela olhou para Emmeline com um ar casual. – Você gostaria de dar uma olhada neles? Ver se gosta de algum? Estaria me fazendo um favor, me ajudando a abrir espaço no armário.

Emmeline ergueu depressa os olhos, sem conseguir disfarçar sua empolgação.

– Acho que sim. Se for ajudar.

Hannah deixou Emmeline acrescentar dez vestidos parisienses à sua bagagem, e eu comecei a reformar melhor as roupas que ela trouxera. Senti uma súbita saudade de Riverton quando vi os pontos malfeitos de Nancy. Torci para que ela não visse como uma afronta pessoal os consertos que eu estava fazendo.

As coisas entre as irmãs melhoraram depois disso: a expressão de desagrado sumiu do rosto de Emmeline, e no fim da semana tudo já estava como antes. Elas tinham voltado à velha amizade, cada uma mais aliviada que a outra por esta volta ao *status quo*. Eu também fiquei aliviada: Hannah andava muito deprimida naqueles tempos. Eu esperava que seu bom humor continuasse depois da visita.

No último dia da estadia de Emmeline, ela e Hannah sentaram-se cada uma em uma ponta da sala matinal, esperando o carro que vinha de Riverton. Deborah, a caminho de uma reunião de pauta, estava na escrivaninha, de costas, escrevendo apressadamente um bilhete de pêsames para uma amiga enlutada.

Emmeline recostou-se no sofá e suspirou.

– Eu seria capaz de tomar chá no Gunter's todo dia e jamais me cansar do bolo de amêndoas.

– Você se cansaria assim que perdesse essa cinturinha fina – disse Deborah, arranhando o papel com sua caneta.

Emmeline bateu os cílios para Hannah, que tentou não rir.

– Tem certeza de que não quer que eu fique? Não haveria problema algum.

– Duvido que papai deixasse.

– Ora, ele não ia ligar a mínima. – Ela inclinou a cabeça. – Eu poderia morar confortavelmente no armário de casacos, sabe? Você nem ia saber que eu estava aqui.

Hannah pareceu refletir sobre o assunto.

– Você vai ficar entediada sem mim – disse Emmeline.

– Eu sei – disse Hannah, suspirando. – Como vou conseguir arranjar alguma coisa para me distrair?

Emmeline riu e atirou uma almofada na irmã, que Hannah agarrou e ficou ajeitando as franjas por alguns segundos. Ainda olhando para a almofada, ela disse:

– Quanto a papai, Emme... Ele está...? *Como* ele está?

Eu sabia que as relações estremecidas entre ela e o Sr. Frederick eram uma fonte constante de arrependimento para Hannah. Em mais de uma ocasião, eu havia encontrado uma carta inacabada em sua escrivaninha, mas ela nunca enviou nenhuma.

– Ele é o mesmo de sempre – respondeu Emmeline, dando de ombros.

– Ah – disse Hannah, desanimada. – Ótimo. Eu não tive notícias dele.

– Não – respondeu Emmeline, bocejando. – Bem, você sabe como o papai é quando toma uma decisão.

– Eu sei, mas mesmo assim achei... – Ela parou e as duas ficaram em silêncio.

Embora Deborah estivesse de costas, pude ver que tinha as orelhas em pé, louca por uma fofoca. Hannah também deve ter notado, porque mudou de assunto, com uma animação forçada.

– Não sei se mencionei, Emme... mas pensei em arranjar um trabalho depois que você for embora.

– Trabalho? – disse Emmeline. – Em uma loja de vestidos?

Foi a vez de Deborah rir. Ela fechou o envelope e se virou na cadeira. Parou de rir quando viu a cara de Hannah.

– Você está falando sério?

– Ah, Hannah geralmente fala sério – disse Emmeline.

– Quando estávamos na Oxford Street, outro dia, e você estava no cabeleireiro, eu vi uma pequena gráfica, a Blaxland's, com uma placa na janela – falou Hannah à irmã. – Eles estavam procurando editores. Eu adoro ler, me interesso por política, minha gramática e minha ortografia são acima da média...

– Não seja ridícula, querida – disse Deborah, entregando-me a carta que tinha acabado de escrever. – Providencie para que seja despachada esta manhã. – Ela se virou para Hannah. – Eles nunca a contratariam.

– Eles já me contrataram – retorquiu Hannah. – Eu me candidatei na mesma hora. O dono disse que estava precisando urgentemente de alguém.

Deborah respirou fundo, deu um sorriso discreto.

– Mas você deve compreender que isso está fora de questão.

– Que questão? – perguntou Emmeline, fingindo não entender.

– Uma questão de integridade – respondeu Deborah.

– Eu não percebi que havia uma questão de integridade – retrucou Emmeline, e começou a rir. – Qual é a resposta?

Deborah respirou fundo, suas narinas contraídas.

– Blaxland? Eles não são os editores responsáveis por todos aqueles panfletos maldosos que os soldados estão distribuindo nas esquinas? – Ela estreitou os olhos. – Meu irmão teria um ataque.

– Acho que não – disse Hannah. – Teddy já expressou simpatia pelos desempregados.

Deborah arregalou os olhos: a surpresa de um predador interessado brevemente em sua presa.

– Você entendeu mal, querida. Teddinho sabe que não pode afastar seus futuros eleitores. Além disso – ela parou triunfante na frente do espelho da lareira e enfiou um alfinete no chapéu –, com ou sem simpatia, acho que ele não ia gostar de saber que você se juntou às pessoas que publicaram aqueles artigos imundos que o fizeram perder a eleição.

Hannah murchou na mesma hora – ela não tinha se dado conta. Olhou para Emmeline, que deu de ombros, com empatia. Deborah, observando as reações delas pelo espelho, reprimiu um sorriso e se virou para olhar a cunhada, dizendo, com um ar de censura:

– Mas, querida, quanta deslealdade!

Hannah soltou o ar devagar. Deborah balançou a cabeça.

– Teddinho vai ficar arrasado quando souber. Arrasado.

– Então não conte a ele – disse Hannah.

– Você me conhece, *eu* sou a discrição em pessoa. Só que você está se esquecendo das centenas de outras pessoas que não têm meus escrúpulos.

Elas vão adorar contar isto a ele quando virem seu nome, o nome *dele*, naquela propaganda.

– Eu vou dizer que não posso aceitar o emprego – comentou Hannah baixinho, largando a almofada. – Mas pretendo procurar outra coisa. Algo mais apropriado.

– Minha querida – rebateu Deborah, rindo. – Tire isso da cabeça. Não existem empregos apropriados para você. Quer dizer, o que iam pensar? A esposa de Teddy trabalhando? O que as pessoas iam falar?

– Você trabalha – argumentou Emmeline, encarando-a de um jeito astuto.

– Ah, mas é diferente, querida – respondeu Deborah sem nem piscar. – Eu ainda não encontrei o meu Teddy. E largaria tudo isso em um segundo pelo homem certo.

– Eu preciso fazer alguma coisa – disse Hannah. – Outra coisa além de ficar aqui sentada o dia inteiro, esperando para ver se aparece alguém.

– Ora, é claro – concordou Deborah, pegando a bolsa em cima da escrivaninha. – Ninguém gosta de ficar à toa. – Ela ergueu uma sobrancelha. – Mas eu achava que havia muito mais a fazer aqui do que ficar sentada esperando. Uma casa não funciona sozinha, sabia?

– Não, e eu gostaria de assumir parte da direção dela...

– É melhor focar no que você sabe – cortou Deborah, dirigindo-se para a porta. – É o que eu sempre digo.

Ela parou, segurando a porta aberta, depois se virou, abrindo lentamente um sorriso.

– Já sei. Não sei por que não pensei nisso antes. – Ela apertou os lábios. – Vou falar com mamãe. Você pode entrar para o grupo das Mulheres Conservadoras. Elas estão procurando voluntárias para o baile de gala que vem aí. Você pode ajudar a escrever os cartões e a pintar os enfeites, explorar o seu lado artístico.

Hannah e Emmeline trocaram um olhar quando Boyle chegou à porta.

– O carro está aqui para apanhar a Srta. Emmeline – avisou ele. – Posso chamar um táxi para a senhorita, Srta. Deborah?

– Não, obrigada, Boyle – disse Deborah alegremente. – Estou precisando de ar fresco.

Boyle assentiu e foi ajudar a colocar a bagagem de Emmeline no carro.

– Que ideia genial! – exclamou Deborah, sorrindo para Hannah. – Teddy vai ficar tão contente, você e mamãe passando tempo juntas! – Ela inclinou a cabeça e baixou a voz. – E assim ele nunca vai precisar saber daquele fato infeliz.

Caindo na toca do coelho

Não vou esperar por Sylvia. Estou cansada de esperar. Vou buscar minha xícara de chá. Uma música alta e barulhenta sai dos alto-falantes no palco improvisado, e um grupo de seis meninas está dançando. Elas estão vestidas de Lycra vermelha e preta – pouco mais do que maiôs – e botas pretas até os joelhos. Os saltos são altos, e eu não entendo como conseguem dançar com eles, então me lembro das dançarinas da minha juventude. O Hammersmith Palais, a Original Dixieland Band, Emmeline dançando o charleston.

Eu me agarro nos braços da cadeira, faço tanta força que afundo os cotovelos nas costelas e dou um impulso, abraçando o corrimão. Fico um instante parada, depois transfiro meu peso para a bengala e espero a paisagem parar de girar. Bendito calor. Apalpo o chão cuidadosamente com a bengala. A chuva recente deixou o solo macio e eu tenho medo de ficar atolada. Uso as marcas deixadas pelas pegadas de outras pessoas. É um processo lento, mas caminho com segurança...

– Saiba o seu futuro... Leia a sua mão...

Não suporto videntes. Um dia me contaram que a minha linha da vida era curta; eu só me livrei da vaga sensação de mau pressentimento quando já estava com mais de 60 anos.

Continuo andando, sem parar para olhar. Estou resignada com o meu futuro. É o passado que me perturba.

Hannah consultou a vidente no início de 1921. Era uma manhã de quarta-feira; Hannah sempre recebia visitas em casa nesse dia e nesse horário. Deborah tinha ido se encontrar com lady Lucy Duff-Gordon, no Savoy Grill, e Teddy estava no trabalho com o pai. Teddy já tinha superado o trauma àquela altura; tinha a aparência de alguém que despertara de um sonho estranho e percebera que ainda era a mesma pessoa. Certa noite, ele contou a Hannah, no jantar, que tinha ficado surpreso com as oportunidades oferecidas pelo setor bancário. Não só para ganhar dinheiro, ele esclareceu depressa, mas também para alimentar seus interesses culturais. Prometeu a ela que, em breve, quando chegasse o momento, ia pedir ao pai para criar uma fundação para ajudar pintores novatos. Ou escultores. Ou algum outro tipo de artista. Hannah comentou que isso era maravilhoso e tornou a se concentrar na comida enquanto ele falava de um novo cliente. Ela estava se acostumando com o abismo entre as intenções de Teddy e suas ações.

Um desfile de mulheres elegantes tinha acabado de deixar a Casa 17 quando comecei a retirar as xícaras. (Tínhamos acabado de perder a quinta copeira e ainda não conseguíramos outra.) Apenas Hannah, Fanny e lady Clementine continuavam sentadas nos sofás, terminando o chá. Hannah batia de leve com a colher no pires, distraída. Ela estava louca para que as outras partissem, embora eu não soubesse ainda por quê.

– Minha querida, você *realmente* devia pensar em começar uma família – aconselhou lady Clementine, olhando para Hannah por cima da xícara vazia. Depois trocou um olhar com Fanny, que se empertigou orgulhosamente. Ela estava esperando o segundo filho. – Filhos fazem bem ao casamento. Não é verdade, Fanny?

Fanny assentiu, mas não pôde falar porque estava com a boca cheia de bolo.

– Uma mulher casada há tanto tempo, sem filhos... – prosseguiu lady Clementine, sombriamente. – As pessoas começam a comentar.

– A senhora tem toda a razão – disse Hannah. – Mas não há o que comentar.

Ela falou com tanta vivacidade que eu estremeci. As pessoas ficariam chocadas com o conflito por baixo daquele verniz. As discussões azedas que a recusa de Hannah em ceder estavam provocando.

Lady Clementine trocou outro olhar com Fanny, que ergueu as sobrancelhas.

– Não há nada errado, há? Lá embaixo?

Meu primeiro pensamento foi que ela estava se referindo à nossa falta de copeiras; só percebi o que Fanny estava querendo dizer quando ela engoliu o bolo e acrescentou nervosamente:

– Existem médicos para isso. Médicos de *senhoras*.

Não havia muito que Hannah pudesse argumentar quanto a isso. Bem, havia, é claro. Ela poderia ter dito a elas para cuidarem da própria vida, e antes talvez ela tivesse, mas o tempo a havia suavizado. Então ela não disse nada. Apenas sorriu e esperou que fossem embora.

Depois que elas saíram, Hannah atirou-se no sofá.

– Finalmente. Pensei que elas não iriam embora nunca. – Ela me viu colocar as últimas xícaras na bandeja. – Sinto muito que você tenha que fazer isso, Grace.

– Não há problema, senhora. Tenho certeza de que não vai ser por muito tempo.

– Mesmo assim. Você é uma camareira. Vou falar com Boyle para arranjar uma substituta.

Eu continuei a arrumar as colheres. Hannah ainda estava me encarando.

– Você pode guardar um segredo, Grace?

– A senhora sabe que sim.

Ela tirou da cintura um pedaço dobrado de jornal e o abriu.

– Encontrei isto na última folha do jornal de Boyle. – Ela me entregou o papel.

Vidente. Renomada médium. Comunica-se com os mortos. Conheça o seu futuro.

Eu devolvi o papel depressa e limpei as mãos no avental. Tinha ouvido comentários sobre aquilo no andar de baixo. Era a nova moda, nascida do luto e do sofrimento generalizados. Naquela época, todo mundo queria uma palavra de consolo dos entes perdidos.

– Tenho uma hora marcada hoje à tarde – disse Hannah.

Eu não soube o que responder. Preferia que ela não tivesse me contado. Suspirei.

– Se a senhora me permite dizer, não gosto de sessões espíritas e coisas do tipo.

– É mesmo, Grace? – indagou Hannah, surpresa. – Pensei que você fosse mais aberta a novas ideias. Sir Arthur Conan Doyle acredita, sabe? Ele se comunica regularmente com seu filho Kingsley. Chega até a promover sessões em sua casa.

Ela não sabia que eu não era mais devota de Sherlock Holmes; que, em Londres, eu tinha descoberto Agatha Christie.

– Não é isso – falei depressa. – Não é que eu não acredite.

– Não?

– Não, madame, eu acredito, sim. Aí é que está o problema. Isso não é natural. Os mortos. É perigoso mexer com eles.

Ela ergueu as sobrancelhas, pensando.

– Perigoso...

Aquele era o enfoque errado. Ao falar em perigo, eu tinha tornado a questão ainda mais atraente.

– Eu vou com a senhora.

Hannah não esperava por isso, e não soube ao certo se ficava aborrecida ou comovida. No fim, manifestou os dois sentimentos.

– Não – retrucou com certa severidade. – Não é necessário. Eu vou ficar muito bem sozinha. – Então sua voz suavizou-se. – É a sua tarde de folga, não é? Você deve ter planejado algo divertido para fazer. Algo mais interessante do que me acompanhar.

Eu não respondi. Meus planos eram secretos. Depois de uma longa troca de cartas, Alfred tinha finalmente sugerido me fazer uma visita em Londres. Os meses longe de Riverton tinham me deixado mais solitária do que eu esperava. Apesar dos ensinamentos do Sr. Hamilton, percebi que havia certas pressões no fato de ser uma camareira que eu não tinha previsto, especialmente pelo fato de Hannah não parecer tão feliz quanto se esperaria de uma jovem esposa. E a tendência da Sra. Tibbit de causar encrenca fazia com que eu nunca pudesse baixar a guarda, nem por um instante, para desfrutar de certa camaradagem. Era a primeira vez na vida que eu me sentia tão isolada. E, embora estivesse cansada de me iludir com as atenções de Alfred (eu já tinha feito isso antes), estava louca para vê-lo.

Mesmo assim, segui Hannah naquela tarde. Meu encontro com Alfred seria só à noite; se me apressasse, daria tempo de me certificar de que ela havia chegado e partido sã e salva. Já tinha ouvido muitas histórias sobre médiuns, e achava melhor me precaver. A prima da Sra. Tibbit tinha sido possuída, ela contara, e o Sr. Boyle conhecia um homem cuja esposa fora extorquida e tivera a garganta cortada.

Mais do que isso, embora eu não soubesse exatamente o que pensava de médiuns, eu entendia o tipo de gente que era atraído por eles. Só pessoas infelizes no presente buscam conhecer o futuro.

Havia um denso nevoeiro nas ruas, cinzento e pesado. Eu segui Hannah ao longo de Aldwych como um detetive, tomando cuidado para não ficar muito para trás, para que ela não desaparecesse no meio da névoa. Na esquina, um homem de sobretudo tocava uma gaita. Eles estavam em toda parte, aqueles soldados desempregados, em todos os becos, sob cada ponte, na frente de toda estação de trem. Hannah tirou uma moeda do bolso e jogou na caneca do homem antes de prosseguir.

Viramos na Kean Street, e Hannah parou na frente de uma elegante casa eduardiana. O local parecia bastante respeitável, mas, como mamãe gostava de dizer, as aparências enganam. Eu a vi consultar o anúncio de novo e em seguida tocar a campainha. A porta foi rapidamente aberta e ela desapareceu lá dentro.

Eu fiquei do lado de fora, imaginando a que andar ela estava sendo levada. Ao terceiro, com certeza. Havia algo no clarão da lâmpada que amarelava as franjas das cortinas fechadas. Eu me sentei e esperei perto de um homem de uma perna só que vendia macaquinhos de brinquedo que corriam para cima e para baixo em um pedaço de corda.

Esperei mais de uma hora. Quando ela apareceu, o degrau de cimento em que eu estava sentada tinha congelado minhas pernas e quase não consegui me levantar. Eu me agachei, rezando para ela não me ver. Hannah não me viu; não estava olhando. Permaneceu parada no último degrau da escada, deslumbrada. Tinha uma expressão vazia, atônita quase, e parecia grudada no chão. Meu primeiro pensamento foi que a médium a tinha enfeitiçado, usando um daqueles relógios das fotografias para hipnotizá-la. Meu pé estava dormente e eu não consegui correr até ela. Já ia chamá-la quando ela respirou fundo e começou a caminhar apressadamente de volta para casa.

Eu me atrasei para o meu encontro com Alfred naquela noite. Não muito, mas o bastante para ele ficar preocupado e ofendido.

– Grace.

Nós nos cumprimentamos desajeitadamente. Ele estendeu a mão ao mesmo tempo que eu. Nossos pulsos bateram, e Alfred segurou meu cotovelo por engano. Eu sorri nervosamente, recolhi a mão e a enfiei debaixo do xale.

– Desculpe pelo atraso, Alfred. Eu fui fazer uma coisa para a patroa.

– Ela não sabe que é a sua tarde de folga? – perguntou ele.

Alfred era mais alto do que eu me lembrava, e seu rosto estava mais marcado, mas mesmo assim o achei muito bonito.

– Sim, mas...

– Você devia ter dito a ela para dar um jeito sozinha.

O desprezo dele não me surpreendeu. As frustrações de Alfred com o serviço doméstico só aumentavam. Em suas cartas, a distância tinha revelado algo que eu não vira antes: um traço de insatisfação percorria suas descrições da vida diária. E, ultimamente, suas perguntas sobre Londres eram pontilhadas de citações de livros que ele andava lendo sobre classes sociais, trabalhadores e sindicatos.

– Você não é uma escrava. Podia ter dito não a ela.

– Eu sei. E não pensei que fosse... Levou mais tempo do que imaginei.

– Bem, a culpa não é sua – disse ele, já com uma expressão mais suave, parecendo o Alfred de antigamente. – Vamos aproveitar o tempo até sermos obrigados a voltar para a escravidão, certo? Que tal comer alguma coisa antes do cinema?

Eu me senti nas nuvens caminhando ao lado dele. Adulta e atrevida, andando pela cidade com um homem como Alfred. Eu queria que ele me desse o braço. Que as pessoas nos tomassem por marido e esposa.

– Eu visitei sua mãe – contou ele, interrompendo meus pensamentos. – Como você pediu.

– Ah, Alfred. Obrigada. Ela não estava muito mal, estava?

– Não muito, Grace. – Ele hesitou um momento e desviou os olhos. – Mas também não estava muito bem, para ser honesto. Estava com uma tosse feia. E tem sentido muita dor nas costas, segundo ela. – Ele enfiou as mãos nos bolsos. – Artrite, não é?

Eu assenti.

– Apareceu de repente, quando eu era menina. Piorou bem depressa. No inverno é pior.

– Eu tive uma tia com essa mesma doença. Envelhece a pessoa antes do tempo. – Ele balançou a cabeça. – Muito azar.

Caminhamos um pouco em silêncio.

– Alfred, quanto a mamãe... Ela pareceu... Ela tinha o suficiente, Alfred? Quer dizer, carvão, coisas assim?

– Ah, sim. Nenhum problema quanto a isso. Uma bela pilha de carvão. – Ele se inclinou e esbarrou de leve no meu ombro. – E a Sra. Townsend está sempre mandando um pacote de doces para ela.

– Que Deus a abençoe – falei, com os olhos cheios de lágrimas de gratidão.

– E a você também, Alfred. Por visitá-la. Eu sei que ela gosta, mesmo que não confesse nem para si mesma.

Ele deu de ombros.

– Não faço isso por sua mãe, Gracie, faço por você.

Uma onda de prazer deixou o meu rosto ruborizado. Eu toquei minha bochecha para sentir o calor.

– E os outros, como vão? – perguntei timidamente. – Lá em Saffron? Está todo mundo bem?

Houve uma pausa enquanto ele absorvia a mudança de assunto.

– Estão todos bem, na medida do possível. No andar de baixo, é claro. No andar de cima é bem diferente.

– O Sr. Frederick?

A última carta de Nancy sugeria que as coisas não iam bem para ele. Alfred balançou a cabeça.

– Ficou muito melancólico depois que vocês partiram. Deve ter uma quedinha por você, hein? – Ele me cutucou e eu não pude deixar de sorrir.

– Ele sente saudades de Hannah – comentei.

– Mas não admite.

– Ela é igualzinha.

Eu contei a ele sobre as cartas inacabadas que tinha visto. Um rascunho atrás do outro, mas ela nunca mandava nenhuma.

Ele assobiou e balançou a cabeça.

– E dizem que nós devemos aprender com nossos patrões. Na minha opinião, eles têm muito que aprender conosco.

Eu continuei andando, pensando na tristeza do Sr. Frederick.

– Você acha que ele e Hannah vão fazer as pazes...?

Alfred deu de ombros.

– Não sei se é tão simples assim, para dizer a verdade. Ah, ele tem saudades de Hannah, sem dúvida. Mas há outras coisas também.

Eu o encarei.

– São os carros também. É como se ele não tivesse mais objetivo na vida, agora que perdeu a fábrica. Passa o tempo todo vagando pela propriedade. Leva a arma e diz que está procurando caçadores ilegais. Dudley diz que é só na cabeça dele, que não tem caçador algum, mas ele continua procurando. – Alfred fitou o nevoeiro. – Eu entendo. Um homem precisa se sentir útil.

– Emmeline não o ajuda?

Alfred deu de ombros.

– Está ficando uma mocinha, se quer saber. É ela que dirige a casa, com o patrão desse jeito. Ele não parece ligar para o que ela faz. Mal repara na presença dela, na maior parte do tempo. – Ele chutou uma pedra e a viu desaparecer no esgoto. – Não, aquele lugar não é mais o mesmo. Desde que vocês partiram.

Eu estava saboreando esse comentário, quando ele enfiou a mão no bolso e disse:

– Ah, por falar em Riverton, você nunca vai adivinhar quem foi que eu vi. Agora mesmo, quando estava esperando por você.

– Quem?

– A Srta. Starling. Lucy Starling. A secretária do Sr. Frederick.

Uma pontada de ciúme; o tom familiar como ele mencionou o nome dela. Lucy. Um nome misterioso, traiçoeiro, que farfalhava como seda.

– A Srta. Starling? Aqui em Londres?

– Ela contou que agora mora aqui, em um apartamento na Hartley Street, logo depois da esquina.

– O que é que ela está fazendo aqui?

– Trabalhando. Depois que a fábrica do Sr. Frederick fechou, ela teve que procurar outro emprego e tem muito mais emprego em Londres. – Ele me entregou um pedaço de papel. Branco, quente, com um canto amassado de ficar no bolso dele. – Eu anotei o endereço dela, disse que ia entregar a você. – Alfred me olhou e sorriu de um jeito que me fez ficar vermelha de novo. – Vou ficar mais tranquilo sabendo que você tem uma amiga em Londres.

Estou fraca. Meus pensamentos vagueiam. De um lado para outro, pelas marés da história.

O salão comunitário. Talvez Sylvia esteja lá. Deve haver chá lá dentro. As assistentes devem estar instaladas na pequena copa-cozinha, vendendo bolos e salgados, e chá aguado com pauzinhos em vez de colheres. Eu me dirijo à pequena escada de concreto. Com toda a firmeza possível.

Piso no degrau, calculo mal e bato com o tornozelo na beirada. Alguém segura o meu braço quando falseio. Um rapaz de pele escura, cabelo verde e uma argola no nariz.

– A senhora está bem? – pergunta ele, com uma voz suave e gentil.

Eu não consigo tirar os olhos da argola em seu nariz, não consigo encontrar as palavras.

– A senhora está branca como papel. Está sozinha aqui? Tem alguém que eu possa chamar?

– Aí está você! – É uma mulher. Alguém que eu conheço. – Andando sozinha por aí! Pensei que tinha te perdido. – Ela cacareja como uma galinha velha, põe as mãos na cintura, parecendo abanar as asas. – O que você acha que está fazendo, criatura?

– Eu a encontrei aqui – diz Cabelo Verde. – Ela quase caiu ao subir a escada.

– É mesmo, sua levada? – rebate Sylvia. – Basta eu dar as costas por um minuto! Assim eu vou ter um ataque do coração. Não sei o que você estava pensando.

Eu começo a explicar, mas paro. Percebo que não lembro. Tenho a forte sensação de que estava procurando alguma coisa, que queria alguma coisa.

– Vamos – incentiva ela, com as duas mãos nos meus ombros, guiando-me para longe do salão. – Anthony está louco para conhecer você.

A tenda é grande e branca, com uma aba suspensa para permitir a entrada. Uma faixa pintada, pendurada sobre a passagem, diz: *Sociedade Histórica de Saffron Green*. Sylvia me leva para dentro, onde está quente e cheira a grama recém-cortada. Um tubo de luz fluorescente foi preso no teto, e faz um zumbido enquanto lança sua luz anestésica sobre as mesas e cadeiras de plástico.

– Lá está ele – murmura Sylvia, indicando um homem com uma aparência tão comum que o torna vagamente familiar. Cabelo e bigode grisalhos, rosto vermelho. Está conversando com uma matrona usando um vestido antiquado. Sylvia se inclina para mim. – Eu disse que ele era gente boa, não disse?

Eu estou com calor e meus pés doem. Estou confusa. Não sei de onde vem o pedido petulante:

– Eu quero uma xícara de chá.

Sylvia me encara, disfarça o espanto.

– É claro que sim, meu bem. Vou buscar seu chá, e depois tenho uma coisa especial para você. Venha se sentar.

Ela me acomoda ao lado de um quadro de cortiça coberto de fotografias, e depois desaparece.

A fotografia é uma arte irônica, cruel. Momentos capturados no passado e arrastados para o futuro; momentos que deviam ter desaparecido; que só deviam existir na lembrança, vislumbrados através do nevoeiro dos acontecimentos que vieram depois. As fotografias nos obrigam a ver as pessoas como eram antes de o futuro mudá-las, antes de saberem qual seria seu fim.

À primeira vista, as fotos são um conjunto de rostos e saias brancas no meio de um mar amarronzado, mas o reconhecimento coloca algumas em foco enquanto outras desaparecem. A primeira é a casa de verão, a que Teddy projetou e mandou construir quando eles foram morar lá, em 1924. A foto foi tirada naquele ano, julgando pelas pessoas em primeiro plano. Teddy está perto da escadaria inacabada, encostado em uma das colunas de mármore da entrada. Há uma manta de piquenique sobre a grama. Hannah e Emmeline estão sentadas nela, uma ao lado da outra. Ambas com a mesma expressão distante nos olhos. Deborah está em pé na frente do retrato, o corpo alto elegantemente inclinado para trás, o cabelo escuro caindo sobre um dos olhos. Ela tem um cigarro na mão. A fumaça dá a impressão de névoa na foto. Se eu não soubesse, pensaria que havia uma quinta pessoa na imagem, escondida atrás da névoa. Mas não há, é claro. Não há fotos de Robbie em Riverton. Ele só foi lá duas vezes.

A segunda fotografia não tem ninguém. É de Riverton, ou do que restou da casa depois do incêndio que a devastou antes da Segunda Guerra. Toda a ala oeste desapareceu como se uma pá gigante tivesse descido do céu e arrancado o quarto das crianças, a sala de jantar, a sala de visitas, os quartos da família. As outras áreas estão carbonizadas. Dizem que soltou fumaça durante várias semanas, que o cheiro de fuligem pairou sobre a vila por meses. Eu não sei dizer. Nessa época, a guerra estava começando, Ruth tinha nascido e eu estava no limiar de uma nova vida.

A terceira fotografia eu evitei reconhecer, evitei situar seu lugar na história. Consigo identificar as pessoas facilmente; o fato de estarem vestidas para uma festa. Havia tantas festas naquela época, as pessoas estavam sempre se arrumando e posando para fotografias. Elas poderiam estar indo para qualquer lugar. Mas não estavam. Eu sei onde elas estão, e sei o que vai acontecer. Eu me lembro muito bem de como estavam vestidas. Eu me lembro do sangue, do desenho que fez no vestido claro dela, como um jarro de tinta vermelha atirado de uma grande altura. Nunca consegui remover inteiramente a mancha; não teria feito muita diferença se eu tivesse conseguido. Eu devia ter simplesmente jogado fora o vestido. Ela nunca mais tornou a olhar para ele, e com certeza nunca mais o usou.

Nessa foto, eles não sabem; estão sorrindo. Hannah, Emmeline e Teddy. Sorrindo para a câmera. Foi antes. Eu olho para o rosto de Hannah, procurando alguma pista, algum conhecimento da fatalidade que está prestes a acontecer. Mas é claro que não encontro. O que vejo nos olhos dela é expectativa. Talvez eu esteja só imaginando, porque sei como ela se sentia.

Tem alguém atrás de mim. Uma mulher. Ela se inclina para olhar para a mesma fotografia.

– Elas são inestimáveis, não são? Todos esses trajes ridículos que usavam... Outro mundo.

Só eu percebo a sombra no rosto deles. O conhecimento do que está por vir percorre minha pele. Não, não é o conhecimento; minha perna está gotejando onde eu bati, um líquido pegajoso escorre até o meu sapato.

Alguém bate no meu ombro.

– Dra. Bradley? – Um homem se inclina na minha direção, seu rosto sorridente próximo ao meu. Ele segura a minha mão. – Grace? Posso chamá-la assim? É um prazer conhecê-la. Sylvia me falou tanto da senhora. É realmente um prazer.

Quem é este homem, falando tão alto, tão devagar? Sacudindo a minha mão com tanto ardor? O que foi que Sylvia contou a ele sobre mim? E por quê?

– ... Sou professor de inglês, mas história é a minha paixão. Eu me considero um estudioso da história local.

Sylvia aparece na entrada da tenda, com um copinho de plástico na mão.

– Aqui está.

Chá. Exatamente o que eu queria. Eu tomo um gole. Está morno; não confiam mais que eu segure líquidos quentes. Já cochilei de repente várias vezes.

Sylvia se senta em outra cadeira.

– Anthony já contou sobre os depoimentos? – Ela bate as pestanas cheias de rímel para o homem. – Você já contou a ela sobre os depoimentos?

– Ainda não tinha chegado lá.

– Anthony está gravando em videoteipe uma coleção de depoimentos de moradores locais sobre a história de Saffron Green. É para a Sociedade Histórica. – Ela olha para mim, abre um sorriso. – Ele tem uma bolsa de custeio para isso e tudo o mais. Acabou de gravar o depoimento da Sra. Baker.

Com a ajuda de Anthony, Sylvia continua a explicar; só capto alguns trechos: história oral, significado cultural, cápsula do tempo do milênio, pessoas daqui a cem anos...

Antigamente, as pessoas guardavam suas histórias para si. Não imaginavam que pudessem interessar aos outros. Agora todo mundo está escrevendo suas memórias, competindo para ver quem teve a pior infância, o pai mais violento. Quatro anos atrás, um estudante de uma escola técnica próxima a Heathview veio aqui fazer entrevistas; um rapaz sério com acne e o hábito de roer as cutículas enquanto ouvia. Ele trouxe um gravador pequeno e um microfone, além de uma pasta de papelão com uma folha de papel com perguntas escritas à mão. Foi de aposento em aposento, perguntando se as pessoas se importariam de responder a algumas perguntas. Ele encontrou bastante gente querendo contar sua história. Mavis Buddling, por exemplo, passou um bom tempo contando histórias de um marido heroico que ela nunca teve.

Acho que eu deveria ficar contente. Na minha segunda vida, depois de Riverton, depois da Segunda Guerra, eu passei muito tempo cavando por aí, descobrindo a história dos outros. Buscando evidências, desencavando ossos. Como teria sido mais fácil se todo mundo tivesse um registro da sua história pessoal... mas só consigo pensar em um milhão de vídeos de velhos ruminando sobre o preço dos ovos trinta anos atrás. Estarão todos eles em uma sala qualquer, em um enorme abrigo subterrâneo, com prateleiras do chão até o teto, as fitas todas enfileiradas, as paredes ecoando com lembranças triviais que ninguém tem tempo de ouvir?

Só existe uma pessoa que eu quero que ouça a minha história. Uma pessoa para quem eu a estou gravando. Só espero que valha a pena. Ursula tem razão quando diz que Marcus vai ouvir e entender. Que a minha própria culpa e a história da sua origem irão de alguma forma libertá-lo.

A luz é muito forte. Eu me sinto como uma ave em um forno. Quente, depenada e vigiada. Por que concordei com isto? Será que eu concordei com isto?

– Você pode falar alguma coisa para eu testar o volume? – Anthony está agachado atrás de uma coisa preta. Uma câmera de vídeo, eu suponho.

– O que eu devo falar? – Uma voz que não é minha.

– Mais uma vez.

– Acho que não sei mesmo o que falar.

– Ótimo. – Anthony se afasta da câmera. – Está funcionando.

Eu sinto o cheiro da lona da tenda, assando ao sol do meio-dia.

– Eu estava ansioso para conversar com a senhora – diz ele, sorrindo. – Sylvia me contou que trabalhou na mansão.

– Sim.

– Não precisa se inclinar na direção do microfone. Ele pega muito bem o que a senhora diz desse jeito mesmo.

Eu não tinha percebido que estava inclinada, e endireito o corpo contra o encosto com a sensação de que fui repreendida.

– A senhora trabalhou em Riverton.

É uma afirmação, não precisa de resposta, entretanto não consigo controlar o impulso de confirmar, de especificar.

– Eu comecei em 1914, como arrumadeira.

Ele fica envergonhado, não sei se por ele ou por mim.

– Sim, bem... – continua Anthony rapidamente. – Trabalhou para Theodore Luxton? – Ele o cita com certo nervosismo, como se, ao invocar o espectro de Teddy, pudesse ser manchado por sua infâmia.

– Trabalhei.

– Excelente! A senhora o via muito?

O que ele quer saber é se eu ouvia muito. Será que posso contar a ele o que se passava atrás de portas fechadas? Acho que vou desapontá-lo.

– Não muito. Eu era camareira da esposa dele na época.

– Deve ter participado um bocado dos acontecimentos relativos ao caso de Theodore.

– Não, na verdade não.

– Mas eu soube que os alojamentos dos empregados eram o centro dos boatos. A senhora devia estar ciente do que estava acontecendo, não?

– Não.

Muita coisa se soube depois, é claro. Eu li a respeito, como todo mundo, nos jornais. Visitas à Alemanha, encontros com Hitler. Nunca acreditei nas acusações mais graves. Eles foram culpados de pouco mais do que uma admiração pela mobilização das classes trabalhadoras conseguida por Hitler, por sua capacidade em desenvolver a indústria. Sem ligar para o fato de que isso foi conseguido às custas de trabalho escravo. Poucas pessoas sabiam disso na época. A história ainda não tinha provado que ele era louco.

– O encontro de 1936 com o embaixador alemão?

– Eu não trabalhava mais em Riverton nessa época. Saí de lá dez anos antes.

Ele para; está desapontado, como eu sabia que ficaria. Sua linha de interrogatório foi cortada. Então ele recupera parte do entusiasmo.

– Em 1926?

– Não, em 1925.

– Então a senhora estava lá quando aquele cara, aquele poeta... como é mesmo o nome dele?... se matou.

A luz está me deixando com calor. Estou cansada. Meu coração está descompassado; uma artéria tão desgastada que um pedaço se soltou e está vagando, perdido, na minha corrente sanguínea.

– Estava. – Ouço a minha voz dizendo.

É algum consolo.

– Tudo bem. Podemos falar sobre isso, então?

Eu ouço o meu coração. Está batendo devagar, relutantemente.

– Grace?

– Ela está muito pálida.

Minha cabeça está leve. Muito cansada.

– Dra. Bradley?

– Grace? Grace!

Soprando como vento por um túnel, um vento zangado que arrasta uma tempestade de verão, soprando na minha direção, cada vez mais depressa. É o meu passado, e está vindo me buscar. Ele está em toda parte; nos meus ouvidos, atrás dos meus olhos, pressionando minhas costelas...

– Tem algum médico aqui? Alguém chame uma ambulância!

Libertação. Desintegração. Um milhão de partículas mínimas caindo através do funil do tempo.

– Grace? Ela está bem. Você vai ficar bem, Grace, está me ouvindo?

Cascos de cavalos em ruas de pedras, automóveis com nomes estrangeiros, entregadores de bicicleta, babás empurrando carrinhos, cordas de pular, amarelinha, Greta Garbo, a Original Dixieland Jazz Band, Bee Jackson, o charleston, Chanel Número 5, *O misterioso caso de Styles*, F. Scott Fitzgerald...

– Grace!

Meu nome?

– Grace?

Sylvia? Hannah?

– Ela desmaiou. Estava sentada aqui e...

– Afaste-se, por favor. Vamos levá-la. – Uma nova voz.

Uma porta batendo.

Uma sirene.

Movimento.

– Grace... É Sylvia. Aguente firme, está ouvindo? Eu estou com você... levando você para casa... Apenas segure firme...

Segurar? O quê? Ah... a carta, é claro. Está na minha mão. Hannah está esperando que eu leve a carta para ela. A rua está coberta de gelo e a neve está começando a cair.

Nas profundezas

O inverno é frio, e eu estou correndo. Posso sentir o sangue, denso e quente em minhas veias, pulsando rapidamente sob a pele fria do meu rosto. O ar gelado faz minha face pinicar e ressecar, como se tivesse ficado pequena demais para a moldura dos ossos. Toda esticada, como Nancy diria.

A carta está bem segura entre meus dedos. Ela é pequena, o envelope tem uma manchinha onde o polegar do remetente esfregou a tinta úmida, e ainda está quente da impressão.

A carta é de um investigador. Um detetive de verdade com uma agência na Surrey Street, uma secretária na porta e uma máquina de escrever na escrivaninha. Eu fui enviada para buscá-la pessoalmente porque ela contém – se tivermos sorte – informações escandalosas demais para serem enviadas pelo correio ou ditas ao telefone. A carta, nós esperamos, diz onde está Emmeline, que desapareceu. Isso ameaça virar um escândalo; eu sou uma das poucas pessoas que sabem.

Telefonaram de Riverton há três dias. Emmeline estava passando o fim de semana com amigos da família em uma propriedade em Oxfordshire. Ela fugiu quando eles saíram para a igreja, na cidade. Havia um carro esperando por ela. Estava tudo planejado. Há boatos de que tem um homem envolvido.

Eu estou feliz com a carta – sei quanto é importante encontrarmos Emmeline –, mas estou empolgada por outro motivo também. Vou ver Alfred esta noite. Vai ser a primeira vez desde aquela noite de nevoeiro, muitos meses atrás. Quando ele me deu o endereço de Lucy Starling, quando disse que gostava de mim e, tarde da noite, me levou até em casa. Temos trocado cartas desde então, cada vez com mais frequência (e mais carinho), e agora, finalmente, vamos nos encontrar de novo. Um compromisso de verdade. Alfred virá a Londres. Ele economizou dinheiro do salário e comprou dois ingressos para *Princesa Ida*. É um espetáculo teatral. Será o meu primeiro. Passei várias vezes pelos cartazes de shows ao caminhar pelo Haymarket, fazendo algumas coisas para Hannah, ou em minhas tardes de folga, mas nunca assisti a nenhum.

Isto é segredo. Eu não contei a Hannah – ela já está com muita coisa na cabeça – nem aos outros empregados da Casa 17. A grosseira da Sra. Tibbit acabou por montar uma equipe de pessoas irônicas que fazem troça de tudo. Certa vez, quando a Sra. Tibbit me viu lendo uma carta (da Sra. Townsend, felizmente, não de Alfred!), ela insistiu em lê-la também. Disse que era sua obrigação assegurar que os criados abaixo dela (abaixo dela!) não se comportassem de forma incorreta, não tivessem relacionamentos inadequados. O patrão não aprovaria isso.

Ela tem certa razão. Teddy anda muito severo com a criadagem. Está com problemas no trabalho e, embora não seja mal-humorado por natureza, até o mais calmo dos homens é capaz de ficar zangado quando provocado. Ele passou a se preocupar com germes e questões de higiene, mandou comprar frascos de antisséptico bucal para a criadagem, e insiste que o usemos; este foi um dos hábitos do pai que ele adotou.

É por isso que os outros criados não podem saber sobre Emmeline. Um deles certamente iria fofocar, ganhando pontos por ter sido o informante.

Quando chego à Casa 17, entro apressada pela escada de serviço para não atrair a atenção da Sra. Tibbit.

Hannah está no quarto, esperando por mim. Ela está pálida desde que recebeu o telefonema do Sr. Hamilton na semana anterior. Eu entrego a carta e ela a abre imediatamente. Lê o que está escrito. Suspira aliviada.

– Eles a encontraram – revela, sem erguer os olhos. – Graças a Deus. Ela está bem.

Ela continua a ler; respira fundo, balança a cabeça.

– Ah, Emmeline... – sussurra ela. – Emmeline.

Hannah acaba de ler, larga a carta e olha para mim, então aperta os lábios e balança a cabeça.

– Preciso ir buscá-la imediatamente, antes que seja tarde demais.

Ela guarda a carta no envelope agitadamente, amassando o papel. Nos últimos tempos, desde que foi ver a médium, ela anda assim, nervosa e preocupada.

– Agora, madame?

– Imediatamente. Já se passaram três dias.

– A senhora quer que eu peça que o motorista traga o carro?

– Não – diz Hannah depressa. – Não. Não posso correr o risco de alguém descobrir. – Ela está se referindo a Teddy e à família dele. – Eu mesma vou dirigir.

– Como assim, madame?

– Bem, não faça esse ar de espanto, Grace. Meu pai fabricava automóveis. Não é nada difícil.

– Quer que eu apanhe suas luvas e seu cachecol?

Ela assente.

– Para você também.

– Para mim?

– Você vai comigo, não vai? – pergunta Hannah, arregalando os olhos. – Nós temos mais chance de resgatá-la assim.

Nós. Uma das palavras mais doces. É claro que eu vou com ela. Ela precisa de mim. Vou voltar a tempo de me encontrar com Alfred.

Ele é um cineasta, um francês, e tem o dobro da idade dela. Pior ainda, é casado. Hannah me conta isso no caminho. Estamos indo para o estúdio de filmagem dele, no norte de Londres. O investigador disse que é lá que Emmeline está.

Quando chegamos ao endereço, Hannah para o carro e nós ficamos ali sentadas por um momento, olhando pela janela. É uma parte de Londres que nunca vimos. As casas são baixas e estreitas e feitas de tijolo. Há gente na rua, jogando, ao que parece. O Rolls-Royce de Teddy é muito chamativo. Hannah abre a carta do investigador e torna a verificar o endereço. Ela se vira para mim, ergue as sobrancelhas e assente.

É pouco mais que uma casa. Hannah bate à porta e uma mulher atende. Ela tem cabelo louro, cheio de rolos, e está usando um roupão de seda creme, bem sujo.

– Bom dia – cumprimenta Hannah. – Meu nome é Hannah Luxton. *Sra.* Hannah Luxton.

A mulher se remexe, e um joelho aparece na abertura do roupão. Ela arregala os olhos.

– Claro, benzinho – diz ela com um sotaque parecido com o da amiga texana de Deborah. – Como quiser. Você está aqui para a audição?

Hannah faz uma expressão confusa.

– Eu estou procurando a minha irmã. Emmeline Hartford?

A mulher franze a testa.

– Um pouco mais baixa do que eu, cabelo claro, olhos azuis? – Ela tira da bolsa um retrato e mostra à mulher.

– Ah, sim, sim – confirma ela, devolvendo a foto. – É a Baby mesmo.

Hannah suspira de alívio.

– Ela está aqui? Ela está bem?

– Claro – responde a mulher.

– Graças a Deus. Bem, eu gostaria de falar com ela.

– Desculpe, docinho. Não dá. Baby está no meio de uma cena.

– Cena?

– Ela está gravando uma cena. Philippe não gosta de ser interrompido depois que começa a gravar. – A mulher se remexe de novo, e o joelho esquerdo substitui o direito, espiando pela abertura do roupão. Ela inclina a cabeça. – Vocês podem esperar lá dentro, se quiserem.

Hannah olha para mim. Eu dou de ombros, impotente, e seguimos a mulher para dentro da casa.

Atravessamos o hall, subimos a escada e entramos em um quarto com uma cama desarrumada no centro. As cortinas estão fechadas, de modo que não há luz natural. Há três abajures acesos, cada um coberto por uma echarpe de seda vermelha.

Sobre uma cadeira encostada na parede está uma mala que identificamos como sendo de Emmeline. Sobre uma das mesinhas de cabeceira há um cachimbo.

– Ah, Emmeline... – murmura Hannah, deixando a frase no ar.

– A senhora quer um copo d'água? – pergunto.

Ela assente.

– Sim...

Eu não estou disposta a descer e procurar uma cozinha. A mulher que nos recebeu desapareceu, e eu não sei o que pode haver por trás daquelas portas fechadas. No corredor, encontro um pequeno banheiro. A bancada está cheia de pincéis e lápis de maquiagem, pós e cílios postiços. O único copo que vejo é uma caneca cheia de círculos concêntricos por dentro. Eu tento lavá-la, mas as manchas não saem. Eu volto de mãos vazias.

– Desculpe, madame...

Ela olha para mim. Respira fundo.

– Grace, não quero chocar você, mas acho que Emmeline está vivendo com um homem.

– Sim – digo, tomando cuidado para não demonstrar meu pavor. – Parece que sim.

A porta se abre e nós nos viramos depressa. Emmeline está parada na soleira. Eu fico perplexa. Seu cabelo louro está preso no alto da cabeça, com cachos emoldurando seu rosto, e longos cílios pretos deixam seus olhos enormes. Seus lábios estão pintados de vermelho, e ela está usando um roupão de seda igual ao da mulher que nos atendeu. Mesmo assim, de alguma forma, ela parece mais jovem do que é. É seu rosto, sua expressão. Ela não tem o ardil de um adulto: está realmente chocada de nos ver e não consegue disfarçar.

– O que vocês estão fazendo aqui?

– Graças a Deus! – exclama Hannah, suspirando aliviada, correndo para Emmeline.

– O que vocês estão fazendo aqui? – repete Emmeline. A essa altura ela já recobrou a pose, baixando os olhos e fazendo beicinho.

– Viemos buscar você – anuncia Hannah. – Vá se vestir para irmos embora.

Emmeline caminha devagar até a penteadeira e se senta no banquinho. Tira um cigarro de um maço amarfanhado e o acende. Depois de soltar uma baforada de fumaça, ela diz:

– Não vou a lugar algum. Você não pode me obrigar.

Hannah a agarra pelo braço e a põe de pé.

– Vai, sim, e eu posso, sim. Nós vamos para casa.

– *Esta* é a minha casa agora – retruca Emmeline, soltando o braço. – Eu sou uma atriz. Vou ser uma estrela de cinema. Philippe diz que eu tenho potencial.

– Claro que ele diz – rebate Hannah, zangada. – Grace, arrume a bagagem de Emmeline enquanto eu a ajudo a se vestir.

Hannah abre o roupão de Emmeline e nós duas ficamos sem fala. Por baixo, ela está usando uma camisola transparente. Os mamilos rosados aparecem por baixo da renda preta.

– Emmeline! – exclama Hannah, enquanto eu me viro depressa para fazer a mala. – Que tipo de filme você está fazendo?

– Uma história de amor – responde Emmeline, fechando o roupão e dando uma tragada no cigarro.

Hannah cobre a boca com as mãos e olha para mim – olhos azuis arregalados, uma mistura de horror, preocupação e raiva. É muito pior do que tínhamos imaginado. Ficamos as duas sem fala. Eu entrego a ela um vestido de Emmeline, que Hannah passa para a irmã.

– Vista-se. Vista-se já.

Há um barulho do lado de fora, passos pesados na escada, e de repente aparece um homem na porta; um homem baixo, de bigode, forte e moreno, com um ar arrogante. Ele parece um grande lagarto, bem-alimentado e queimado de sol, e veste um terno e um colete em dourado e bronze, que espelham a opulência decadente da casa. Um cigarro solta fumaça em seus lábios arroxeados.

– Philippe – diz Emmeline, triunfante, afastando-se de Hannah.

– O que é isso? – Ele tem um forte sotaque francês. – O que você pensa que está fazendo? – pergunta a Hannah, segurando o braço de Emmeline com ar de proprietário.

– Vou levá-la para casa.

– E quem é você? – indaga Philippe, olhando Hannah de cima a baixo.

– A irmã dela.

A resposta parece lhe agradar. Ele se senta na beirada da cama e puxa Emmeline para perto, sem tirar os olhos de Hannah.

– Por que a pressa? A irmã mais velha não quer se juntar a Baby em algumas cenas?

Hannah respira fundo para se acalmar.

– É claro que não. Nós vamos embora já.

– Eu não vou – retruca Emmeline.

Philippe dá de ombros de um jeito bem francês.

– Parece que ela não quer ir.

– Ela não tem escolha – devolve Hannah, e olha para mim. – Você terminou de arrumar as malas, Grace?

– Estou quase acabando.

Só então Philippe percebe a minha presença.

– Uma terceira irmã? – Ele ergue uma sobrancelha e eu me encolho sob aquele olhar, sentindo-me como se estivesse nua.

Emmeline ri.

– Ora, Philippe, não brinque. Essa é apenas Grace, a camareira de Hannah.

Embora eu me sinta envaidecida com o erro, fico satisfeita quando Emmeline puxa a manga de seu casaco e atrai sua atenção de volta.

– Conte a ela – diz Emmeline. – Conte a ela sobre nós.

Ela sorri para Hannah com o entusiasmo inconsequente de uma garota de 17 anos.

– Nós fugimos, vamos nos casar.

– E o que a sua esposa acha disto, monsieur? – pergunta Hannah.

– Ele não é casado – diz Emmeline. – Ainda não.

– Que vergonha, monsieur – repreende Hannah, com a voz trêmula. – Minha irmã só tem 17 anos.

Como se puxado por uma mola, o braço de Philippe se afasta do ombro de Emmeline.

– É idade suficiente para se apaixonar – argumenta Emmeline. – Vamos nos casar quando eu completar 18, não é, Philly?

Philippe sorri, constrangido, esfrega as mãos nas pernas da calça e se levanta.

– Não vamos? – repete Emmeline, sua voz subindo um tom. – Como combinamos? Diga a ela.

Hannah joga o vestido no colo de Emmeline.

– Sim, monsieur, diga.

Um dos abajures pisca e a lâmpada apaga. Philippe dá de ombros.

– Eu... ah... eu...

– Pare com isso, Hannah – diz Emmeline, com a voz tremendo. – Você vai estragar tudo.

– Eu vou levar minha irmã para casa. E, se o senhor dificultar as coisas, meu marido vai tomar providências para que nunca mais faça filme algum. Ele tem amigos na polícia e no governo. Tenho certeza de que ficarão interessados em saber sobre os filmes que o senhor está fazendo.

Philippe fica muito amável depois disso; ele vai buscar as coisas de Emmeline no banheiro e guarda na mala, embora não com o cuidado que eu gostaria. Ele leva as malas até o carro e, enquanto Emmeline chora e diz quanto o ama e implora para ele dizer a Hannah que os dois vão se casar, Philippe fica calado. Finalmente, ele olha para Hannah, assustado com as coisas que Emmeline está dizendo e com os problemas que o marido de Hannah pode causar a ele, e diz:

– Eu não sei do que ela está falando. Ela é maluca, me contou que tinha 21 anos.

Emmeline chora até em casa, lágrimas quentes de raiva. Eu duvido que ela tenha ouvido o sermão de Hannah sobre responsabilidade e reputação, e sobre como fugir de casa não é a solução.

– Ele me ama. – É tudo o que ela diz quando Hannah termina, com lágrimas escorrendo dos olhos vermelhos. – Nós vamos nos casar.

Hannah suspira.

– Pare com isso, Emmeline, por favor.

– Estamos apaixonados. Philippe vai vir atrás de mim.

– Duvido muito.

– Por que você tinha que vir e estragar tudo?

– Estragar tudo? Eu salvei você. Tem sorte de eu ter chegado lá antes de se encrencar de vez. Ele já é casado, mentiu para você, para obrigá-la a trabalhar naqueles filmes nojentos.

Emmeline olha para Hannah com o lábio inferior tremendo.

– Você não suporta saber que estou feliz, que estou apaixonada. Que algo de maravilhoso me aconteceu, finalmente. Que alguém gosta muito de *mim*.

Hannah não responde. Chegamos à Casa 17, e o motorista se aproxima para estacionar o carro.

Emmeline cruza os braços e funga.

– Você pode ter estragado essa gravação, mas eu ainda vou ser atriz. Philippe vai esperar por mim, e os outros filmes ainda serão exibidos.

– Há outros? – Hannah me olha pelo retrovisor, e eu sei em que está pensando. Terá que contar a Teddy. Apenas ele será capaz de garantir que tais filmes nunca sejam vistos.

Enquanto Hannah e Emmeline entram em casa, eu desço correndo a escada de serviço. Não tenho relógio, mas sei que já devem ser quase cinco horas. O show começa às cinco e meia. Eu entro correndo, mas quem está me esperando é a Sra. Tibbit, e não Alfred.

– Alfred? – chamo, sem fôlego.

– Simpático, ele – responde ela, com um sorriso matreiro no rosto. – Pena que teve que ir tão cedo.

Eu sinto um peso no coração e olho para o relógio.

– Há quanto tempo ele saiu?

– Ah, já faz algum tempo – diz ela, voltando para a cozinha. – Ficou aqui sentado um pouco, vendo as horas passarem. Até eu pôr fim ao seu sofrimento.

– Como assim?

– Eu disse que ele estava perdendo tempo. Que você tinha saído em uma de suas missões *secretas* para a patroa e que não tinha hora para voltar.

Estou correndo de novo. Pela Regent Street, na direção de Piccadilly. Se eu for depressa, talvez consiga alcançá-lo. Enquanto corro, vou maldizendo aquela bruxa da Sra. Tibbit. Por que ela disse a Alfred que eu não ia voltar? E ainda por cima contou a ele que eu tinha saído com Hannah no meu dia de folga! Como se soubesse a maneira de me ferir mais fundo. Eu o conheço o suficiente para saber o que Alfred está pensando. Ultimamente, suas cartas andam cheias de frustração com a "exploração feudal de escravos e servos" e de chamados a "despertar o gigante adormecido do proletariado". Ele já estava chateado que eu não considerasse meu trabalho uma exploração. Hannah precisa de mim, eu dizia nas cartas, e gosto do trabalho: como posso vê-lo como exploração?

Na entrada de Piccadilly, o barulho e a confusão aumentam. Os relógios Saqui & Lawrence estão marcando cinco e meia – fim de expediente –, e a praça está apinhada de gente e automóveis. Cavalheiros e negociantes, damas e entregadores brigam por espaço. Eu me espremo entre um ônibus e um táxi, e quase sou atropelada por uma carroça carregada de sacas.

Eu corro pelo Haymarket, pulando por cima de uma bengala, invocando a ira do seu dono. Sigo junto aos prédios, onde a calçada é mais vazia, até chegar, sem fôlego, ao Teatro de Sua Majestade. Encosto-me na parede de pedra, bem debaixo do programa, examinando os rostos sorridentes que passam, esperando avistar aquela fisionomia conhecida. Um cavalheiro magro e uma dama mais magra ainda sobem apressadamente a escada do teatro. Ele apresenta dois ingressos e eles entram. Ao longe, um relógio – Big Ben? – marca o quarto de hora. Será que Alfred ainda vai chegar? Será que mudou de ideia? Ou eu estou muito atrasada e ele já entrou?

Eu espero para ouvir o Big Ben marcar a hora e mais quinze minutos, só por segurança. Ninguém entrou nem saiu do teatro depois do par de perdigueiros bem-vestidos. Eu agora estou sentada na escada. Recuperei o fôlego e estou conformada. Não vou ver Alfred esta noite.

Quando um gari me lança um sorriso lânguido, vejo que está na hora de ir embora. Aperto o xale ao redor dos ombros, endireito o chapéu e volto para a Casa 17. Vou escrever para Alfred. Vou explicar o que aconteceu. Sobre Hannah e a Sra. Tibbit; sou até capaz de contar toda a verdade a ele, sobre Emmeline e Philippe e o quase escândalo. Apesar de suas ideias sobre exploração e sociedades feudais, Alfred com certeza vai entender. Não é?

Hannah contou a Teddy sobre Emmeline, e ele está indignado. Foi no pior momento possível, diz: ele e o pai estão prestes a assinar uma fusão com o Briggs Bank. Formarão uma das maiores instituições bancárias de Londres. Do mundo. Se o escândalo for divulgado, vai arruiná-lo, arruinar a todos.

Hannah torna a pedir desculpas, diz a Teddy que Emmeline é jovem, ingênua e tola. Que ela vai crescer e superar.

Teddy resmunga. Ele anda resmungando um bocado ultimamente. Passa a mão pelo cabelo, que está ficando grisalho. Emmeline não teve orientação, argumenta ele; o problema é esse. Criaturas que crescem sem noção de limites ficam rebeldes.

Hannah lembra a ele que Emmeline está crescendo no mesmo lugar em que ela cresceu, mas Teddy apenas ergue uma sobrancelha.

Ele bufa. Não tem tempo para conversar; precisa ir ao clube. Ele faz Hannah anotar o endereço do cineasta e pede que ela não esconda nada dele no futuro. Que não há espaço para segredos entre marido e mulher.

Na manhã seguinte, quando estou arrumando a penteadeira de Hannah, encontro um bilhete com o meu nome no alto. Ela o deixou para mim; deve ter posto lá depois que a ajudei a se vestir. Eu o abro com os dedos trêmulos. Por quê? Não é medo nem qualquer das emoções que fazem uma pessoa tremer. É expectativa, empolgação, surpresa.

Mas, quando abro o bilhete, ele não está escrito em inglês. Tem uma série de curvas e linhas e pontos desenhada cuidadosamente na folha. É estenografia, eu me dou conta. Identifico os sinais por causa dos livros que achei, anos antes, em Riverton, quando estava limpando o quarto de Hannah. Ela me deixou um bilhete em uma linguagem secreta, uma linguagem que eu não sei ler.

Eu guardo o bilhete o dia todo enquanto estou limpando, costurando e remendando. Mas não consigo me concentrar no trabalho. Minha mente está ocupada imaginando o que ele diz, como posso descobrir. Procuro livros que me ajudem a decodificá-lo – será que Hannah os trouxe de Riverton? –, mas não encontro nenhum.

Alguns dias depois, enquanto estou recolhendo a bandeja de chá, Hannah se inclina para mim e pergunta:

– Você pegou o bilhete?

Respondo que sim e meu estômago fica apertado quando ela diz:

– Nosso segredo.

Hannah sorri. O primeiro sorriso que vejo em algum tempo.

Então eu sei que é importante, um segredo, e eu sou a única pessoa a quem ela o confiou. Ou eu confesso ou descubro um meio de ler o que está escrito.

Dias depois, eu tenho uma ideia. Tiro de debaixo da cama *O retorno de Sherlock Holmes* e o abro em um trecho bem marcado. Ali, entre duas das minhas histórias favoritas, fica o meu lugar secreto especial. Do meio de várias cartas de Alfred, eu retiro um pedacinho de papel guardado ali por mais de um ano. Tenho sorte de ainda tê-lo; não o guardei por causa do endereço, e sim porque foi escrito pela mão dele. Eu costumava pegá-lo regularmente; olhá-lo, cheirá-lo, recordar o dia em que Alfred o deu para mim, mas faz vários meses que não toco no papel, desde que Alfred passou a me escrever cartas mais afetuosas. No pedacinho de papel, o endereço de Lucy Starling.

Eu nunca a visitei, nunca precisei. Meu emprego me mantém ocupada e, quando tenho algum tempo livre, aproveito para ler ou escrever para Alfred. Além disso, outra coisa me impediu de procurá-la. Uma pontinha de ciúme, ridícula mas poderosa, foi despertada quando Alfred mencionou o nome dela com tanta naturalidade, aquela noite.

Ao chegar ao apartamento, sou tomada de dúvidas. Será que estou fazendo a coisa certa? Será que ela ainda mora ali? Será que eu devia ter usado um vestido melhor? Toco a campainha e uma senhora idosa atende. Fico aliviada e desapontada ao mesmo tempo.

– Desculpe, estava procurando outra pessoa.

– Sim? – diz a senhora.

– Uma velha amiga.

– Nome?

– Srta. Starling – respondo, não que seja da conta dela. – Lucy Starling.

Já estou acenando e me virando para ir embora quando ela responde, com certa malícia:

– Primeiro andar. Segunda porta à esquerda.

A senhoria me observa subir a escada acarpetada. Estou de costas, mas ainda sinto seus olhos em mim. Ou talvez não; talvez eu apenas tenha lido muitos livros de mistério.

Caminho cuidadosamente pelo corredor. Está escuro. A única janela, acima da escada, está cheia de poeira da rua. Segunda à esquerda. Eu bato à porta. Ouço um ruído lá dentro e percebo que ela está em casa. Respiro fundo.

A porta se abre. É ela. Exatamente como eu lembrava.

Ela me olha por alguns segundos.

– Oi? Eu a conheço?

A senhoria ainda está vigiando. Ela subiu alguns degraus para me manter sob sua vista. Eu olho rapidamente para ela e depois para a Srta. Starling.

– Meu nome é Grace. Grace Reeves. Eu conheci a senhorita na Mansão Riverton.

Seu rosto se ilumina.

– Grace. É claro. Que bom ver você – diz ela, com aquele tom de voz que a diferenciava tanto da criadagem, em Riverton. Ela sorri e me convida a entrar.

Eu não planejei nada. A ideia de visitá-la me veio de repente.

A Srta. Starling para na pequena sala, esperando que eu me sente para ela poder se sentar também.

Ela me oferece uma xícara de chá e parece indelicado recusar. Quando ela desaparece no que imagino ser uma quitinete, eu examino a sala. É mais clara do que o corredor, e suas janelas, bem como o apartamento, estão escrupulosamente limpas. Ela tirou o melhor proveito que pôde de uma situação modesta.

Lucy volta com uma bandeja. Bule, açucareiro, duas xícaras.

– Que bela surpresa! – No seu olhar, uma pergunta que ela é educada demais para fazer.

– Eu vim pedir um favor – digo.

Ela assente.

– O que é?

– A senhorita sabe estenografia?

– É claro – diz ela, franzindo de leve a testa. – Pitman's e Gregg's.

É a minha última oportunidade de recuar, de ir embora. Eu poderia dizer que cometi um erro, largar a xícara e me dirigir até a porta. Descer a escada correndo, sair para a rua e não voltar mais. Mas então eu nunca saberia. E preciso saber.

– A senhorita pode ler uma coisa para mim? Pode me dizer o que está escrito?

– É claro.

Eu lhe entrego o bilhete. Prendo a respiração, torcendo para ter tomado a decisão certa.

Seus olhos claros examinam o papel, linha por linha, muito devagar para a minha ansiedade. Finalmente, ela limpa a garganta.

– Está escrito: "Obrigada por sua ajuda no caso desagradável do filme. Eu não teria conseguido sem você. T. não ficou nada feliz... Sei que você pode imaginar. Eu não contei tudo a ele, não contei nada sobre nossa visita àquele lugar horrível. Ele não gosta de segredos. Eu sei que posso contar com você, minha fiel Grace, que considero mais uma irmã do que uma criada." – Ela olha para mim. – Isso faz sentido para você?

Eu assinto, incapaz de falar. Mais uma irmã. Uma irmã. De repente, estou em dois lugares ao mesmo tempo: ali na modesta sala de estar de Lucy Starling e, muito tempo atrás, no quarto das crianças em Riverton, contemplando com inveja duas meninas com os mesmos penteados e laços de fita. Trocando segredos.

A Srta. Starling devolve o bilhete, mas não tece mais comentário algum a respeito do que leu. Eu percebo de repente que ele pode ter despertado suspeitas, com sua menção a casos desagradáveis e segredos.

– Faz parte de um jogo – esclareço depressa, depois mais devagar, deliciando-me com a mentira. – Um jogo que jogamos às vezes.

– Que divertido – diz a Srta. Starling, sorrindo tranquilamente. Ela é secretária, está acostumada a ouvir e esquecer as confidências dos outros.

Terminamos o chá conversando sobre Londres e os velhos tempos em Riverton. Fico surpresa ao ouvir que a Srta. Starling sempre ficava nervosa quando tinha que ir ao andar de baixo. Que ela achava o Sr. Hamilton mais imponente do que o Sr. Frederick. Nós duas rimos quando eu digo a ela que nós também ficávamos nervosos.

– Por minha causa? – indaga ela, enxugando o canto dos olhos com um lenço. – Isso é muito engraçado.

Quando me levanto para ir embora, ela me convida para voltar e eu digo que voltarei. E tenho mesmo a intenção. Eu me pergunto por que não fiz isso antes: ela é uma pessoa simpática, e nenhuma de nós tem outros contatos em Londres. Ela me acompanha até a porta e nos despedimos.

Quando me viro para sair, vejo algo na mesinha. Olho mais de perto.

Um programa de teatro.

Eu não daria maior importância a ele, mas o título era familiar.

– *Princesa Ida?*

– Sim. – Ela olha para a mesa. – Eu assisti na semana passada.

– Ah, é?

– Foi muito divertido. Você precisa ir, se tiver tempo.

– Sim. Eu tinha planejado ir.

– Pensando bem, foi uma coincidência você ter vindo aqui hoje.

– Coincidência? – Fico gelada por dentro.

– Você nunca vai adivinhar com quem eu fui ao teatro.

Ah, mas acho que vou.

– Alfred Steeple. Você se lembra de Alfred? Lá de Riverton?

– Lembro.

– Foi muito inesperado. Ele tinha um ingresso sobrando. Alguém desmarcou com ele de última hora. Alfred disse que estava pronto para ir sozinho, então lembrou que eu estava em Londres. Nós nos encontramos por acaso há mais de um ano e ele ainda se lembrava do meu endereço. Então fomos juntos; era uma pena desperdiçar um ingresso, você sabe quanto eles são caros hoje em dia.

Será que é imaginação minha o tom rosado que se espalha pelo rosto pálido, sardento, deixando-a sem jeito como uma menininha, apesar de ser pelo menos dez anos mais velha do que eu?

Eu disfarço e me despeço enquanto ela fecha a porta atrás de mim. Ao longe, um carro buzina.

Alfred, o meu Alfred, levou outra mulher ao teatro. Riu com ela, pagou seu jantar, levou-a para casa.

Eu desço a escada.

Enquanto eu estava procurando por ele, percorrendo as ruas, ele estava ali, convidando a Srta. Starling para acompanhá-lo. Dando-lhe o ingresso que tinha comprado para mim.

Eu paro, me encosto na parede. Fecho os olhos e aperto os punhos. Não consigo tirar a imagem da cabeça: os dois de braços dados, sorrindo enquanto recordam os eventos da noite. Como eu tinha sonhado que nós dois faríamos. É insuportável.

Um ruído ali pertinho. Eu abro os olhos. A senhoria está parada ao pé da escada, com a mão nodosa no corrimão, olhando-me por trás dos óculos. Em seu rosto maldoso eu vejo uma expressão de inexplicável satisfação. É claro que ele foi com ela, sua expressão diz, o que ele ia querer com uma moça como você, quando pode ter alguém como Lucy Starling? Você está querendo demais. Devia ter escutado sua mãe e ficado no seu lugar.

Eu tenho vontade de bater naquele rosto cruel.

Desço correndo o resto da escada, passo pela velha e saio para a rua.

E juro nunca mais tornar a ver Lucy Starling.

Hannah e Teddy estão discutindo a respeito da guerra. Parece que todo mundo em Londres está discutindo a respeito da guerra, ultimamente. Já se passou bastante tempo e, embora a dor não tenha se curado, nunca vá se curar, a distância está permitindo que as pessoas tenham uma visão mais crítica.

Hannah está fazendo papoulas com um fino papel vermelho e arame preto, e eu estou ajudando. Mas minha mente não está no trabalho. Continuo pensando em Alfred e Lucy Starling. Estou confusa e zangada, mas principalmente magoada por ele ter transferido sua afeição com tanta facilidade. Escrevi outra carta para Alfred, mas ainda não obtive resposta. Enquanto isso, sinto-me estranhamente vazia; à noite, no quarto escuro, tenho chorado bastante. De dia é mais fácil, eu consigo controlar as emoções, vestir minha máscara de criada e tentar ser a melhor camareira possível. E preciso ser. Porque, sem Alfred, Hannah é tudo que tenho.

As papoulas são a nova causa de Hannah. São uma referência às papoulas dos campos de Flandres, segundo ela. Às papoulas de um poema escrito por um oficial médico canadense que não sobreviveu à guerra. É como vamos recordar os mortos na guerra este ano.

Teddy acha desnecessário. Ele pensa que os que morreram na guerra fizeram um sacrifício nobre, mas que está na hora de seguir adiante.

– Não foi um sacrifício, foi um desperdício – argumenta Hannah, terminando mais uma flor. – Suas vidas foram desperdiçadas. Aqueles que morreram e aqueles que voltaram: os mortos-vivos, que ficam sentados nas esquinas com garrafas de bebida e chapéus de mendigos.

– Sacrifício, desperdício, a mesma coisa – retruca Teddy. – Você está sendo pedante.

Hannah diz que ele está sendo obtuso. Ela não ergue os olhos quando diz que ele também deveria usar uma papoula. Talvez isso acabasse com o problema no andar de baixo.

Tem havido problemas, nos últimos tempos. Começaram depois que Lloyd George deu um título de nobreza a Simion por serviços prestados durante a guerra. Alguns dos criados estiveram lá, ou perderam pais e irmãos, e não têm muito apreço pela atuação de Simion durante o conflito. Eles não têm simpatia alguma por pessoas como Simion e Teddy, que consideram ter ganhado dinheiro às custas da morte de outras pessoas.

Teddy não responde, não completamente. Ele resmunga alguma coisa sobre as pessoas serem ingratas e deverem ficar contentes de terem um emprego, mas pega uma papoula, girando-a pela haste de arame. Então fica calado, fingindo que está atento ao que lê no jornal. Hannah e eu continuamos a enrolar papel vermelho, a prender as pétalas nas hastes.

Teddy dobra o jornal e o joga em cima da mesinha ao lado. Fica de pé e ajeita o paletó. Avisa que vai para o clube. Aproxima-se de Hannah e enfia-lhe a papoula no cabelo. Diz que ela pode usá-la por ele, que a papoula fica melhor nela. Teddy se inclina e beija seu rosto, depois atravessa a sala. Ao chegar à porta, ele hesita, como se tivesse se lembrado de alguma coisa, e se vira.

– Só existe uma maneira de esquecer a guerra. Substituir as vidas perdidas por vidas novas.

É a vez de Hannah ficar calada. Ela enrijece o corpo, mas de forma quase imperceptível. Não olha para mim. Apenas levanta a mão e tira a papoula de Teddy do cabelo.

Hannah ainda não cedeu. É uma discussão constante entre o casal, piorada pelo incentivo severo de Estella. Eu e ela não tocamos no assunto, e não sei como Hannah se sente. No começo, me perguntei se ela estava tomando algum remédio preventivo, mas nunca encontrei pistas disso. Talvez ela apenas seja uma daquelas mulheres com pouca predisposição à gravidez. As sortudas, como dizia minha mãe.

No outono de 1921, eu sou abordada. Uma amiga de Estella, lady Pemberton-Brown, se aproxima durante um fim de semana no campo e me oferece um emprego. Ela começa elogiando a minha costura, depois diz que é difícil encontrar uma boa camareira e que ela gostaria muito que eu fosse trabalhar para ela.

Fico envaidecida: é a primeira vez que alguém quer os meus serviços. Os Pemberton-Browns moram em Glenfield Hall e são uma das famílias mais antigas e importantes da Inglaterra. O Sr. Hamilton costumava nos contar histórias sobre Glenfield, pois a casa era o termo de comparação para todo mordomo inglês.

Eu agradeço as suas palavras gentis, mas esclareço que não posso deixar o meu emprego. Ela pede que eu considere a oferta, que podemos conversar de novo no dia seguinte, caso eu mude de ideia.

E conversamos. Ela sorri e me elogia muito.

Eu volto a recusar. Com mais firmeza dessa vez. Digo a ela que conheço o meu lugar, sei a quem devo obrigações.

Semanas depois, quando estamos de volta à Casa 17, Hannah descobre sobre lady Pemberton-Brown. Ela me chama à sala de visitas uma manhã e, assim que entro, percebo que não está satisfeita, embora eu ainda não saiba o motivo. Ela está andando de um lado para outro.

– Você pode imaginar, Grace, o que é descobrir no meio de um almoço, com sete outras mulheres querendo me fazer de tola, que alguém tentou roubar a minha camareira?

Eu sou pega de surpresa.

– Estar sentada no meio de um grupo de mulheres e ouvi-las falar sobre isso, rindo, fingindo surpresa por eu não saber. Por uma coisa dessas ter acontecido bem debaixo do meu nariz. Por que você não me contou?

– Desculpe, madame...

– É bom mesmo se desculpar. Eu preciso poder confiar em você, Grace. Achei que podia, depois de tanto tempo, depois de tudo o que passamos juntas...

Eu ainda não tive notícias de Alfred. O cansaço e a preocupação transparecem na minha voz.

– Eu recusei a proposta de lady Pemberton-Brown, madame. Não pensei em mencionar isso porque nunca pensei em aceitar.

Hannah para, olha para mim, suspira. Ela se senta na beirada do sofá e balança a cabeça. Sorri de leve.

– Ah, Grace, eu sinto muito. Não sei por que falei assim com você.

Ela está mais pálida do que de costume, apoia a testa em uma das mãos e não diz nada por algum tempo. Quando ergue a cabeça, olha para mim e fala em uma voz baixa e trêmula:

– É tão diferente do que eu tinha imaginado, Grace.

Ela parece tão frágil que me arrependo imediatamente de ter falado com ela com tanta severidade.

– O quê, madame?

– Tudo. – Ela faz um gesto cansado. – Isto. Esta sala. Esta casa. Londres. Minha vida. – Hannah me encara. – Eu me sinto tão despreparada. Às vezes tento repassar tudo e descobrir quando fiz a primeira escolha errada. – Ela olha distraidamente pela janela. – Eu sinto como se a verdadeira Hannah Hartford tivesse fugido para viver sua vida real e me deixado aqui no lugar dela. – Após alguns instantes, ela torna a olhar para mim. – Você se lembra de quando fui àquela médium, no início deste ano?

– Sim, madame. – Um tremor de medo.

– Ela acabou não me revelando nada.

Alívio, mas por pouco tempo.

– Ela não conseguiu. Não quis. Ela até pretendia; me fez sentar, tirar uma carta. Mas, quando eu lhe dei a carta, ela a enfiou de volta no baralho, embaralhou e me fez tirar outra. Eu vi pelo seu rosto que foi a mesma carta, e soube qual carta era. A carta da morte. – Hannah se levanta e caminha pela sala. – Ela não quis me contar, a princípio. Tentou ler a palma da minha mão, mas também desistiu. Falou que não sabia o significado, que estava enevoado, que sua visão estava turva, mas ela afirmou que uma coisa era certa. – Hannah se vira e olha para mim. – Disse que a morte estava me rondando e que eu devia tomar cuidado. Morte passada ou morte futura, ela não sabia dizer, mas que havia uma escuridão.

Preciso reunir toda minha convicção para pedir que ela não fique nervosa com isso, que é só uma forma de tirar mais dinheiro dela, de garantir que ela voltará para outras leituras. Afinal, não existe ninguém em Londres que não tenha perdido algum ente querido, e são essas pessoas que buscam o serviço de uma médium. Mas Hannah balança impacientemente a cabeça.

– Eu sei o que ela quis dizer. Percebi sozinha. Tenho lido a respeito. Era uma morte metafórica. Às vezes as cartas falam por metáforas. Sou eu. Eu estou morta por dentro; já faz tempo que sinto isso. Como se eu tivesse morrido e tudo o que está acontecendo fosse o sonho estranho e terrível de outra pessoa.

Eu não sei o que dizer. Digo que ela não está morta. Que tudo é real.

Hannah sorri tristemente.

– Ah, então é pior. Se esta é a vida real, eu não tenho nada.

Pela primeira vez eu sei a coisa perfeita a dizer. *"Mais uma irmã do que uma criada."*

– A senhora tem a mim.

Ela me encara e segura a minha mão. Aperta com força.

– Não me abandone, Grace, por favor, não me abandone.

– De jeito nenhum, madame – digo, comovida. – Nunca.

– Você jura?

– Juro.

E mantive minha palavra. Para o bem e para o mal.

Ressurreição

Escuridão. Imobilidade. Sombras. Aqui não é Londres; não é a sala íntima da Casa 17 de Grosvenor Square. Hannah desapareceu. Por ora.

– Bem-vinda de volta. – Uma voz na escuridão, alguém debruçado sobre mim.

Eu pisco uma vez. Depois outra, devagar.

Eu conheço a voz. É Sylvia, e de repente estou velha e cansada.

– Você passou muito tempo dormindo. Deu um bom susto na gente. Como está se sentindo?

Deslocada. Abandonada. Fora de época.

– Quer um copo d'água?

Devo ter assentido, porque há um canudo em minha boca. Eu sugo. Água tépida. Familiar.

Sinto-me estranhamente triste. Não, não estranhamente. Estou triste porque a balança se moveu, e eu sei o que vem por aí.

É sábado de novo. Já se passou uma semana desde a feira da primavera. Desde o meu episódio, como ficou conhecido. Eu estou no meu quarto, na minha cama. As cortinas estão abertas e o sol se reflete na lareira. É de manhã, e pássaros cantam. Estou esperando uma visita. Sylvia esteve aqui e me arrumou. Estou recostada em um monte de travesseiros e o lençol foi dobrado de modo a formar uma larga faixa sob as minhas mãos. Sylvia fez questão de me deixar apresentável. Coitadinha, até escovou meus cabelos. E desta vez eu me lembrei de agradecer.

Alguém bate à porta.

Ursula espia pela fresta, vê que estou acordada e sorri. Seu cabelo está preso para trás hoje, revelando o seu rosto pequeno e redondo, pelo qual sou estranhamente atraída.

Ela se aproxima da cama e inclina a cabeça, me observando com seus grandes olhos escuros; olhos que pertencem a uma pintura a óleo.

– Como você está? – pergunta ela, como todo mundo.

– Muito melhor. Obrigada por vir.

Ela balança rapidamente a cabeça; não seja boba, diz seu gesto.

– Eu teria vindo antes, mas só soube ontem, quando liguei para cá.

– Foi melhor não ter vindo. Eu estava bem vigiada. Minha filha se instalou aqui desde que passei mal. Eu dei um susto e tanto nela.

– Eu sei. Eu a vi ali no salão. – Ursula sorri conspiratoriamente. – Ela me pediu que não a agitasse muito.

– Nem pensar.

Ela se senta na cadeira ao lado dos meus travesseiros, põe a bolsa no chão.

– O filme – digo. – Como está o filme?

– Está quase pronto. Terminamos a edição final e estamos finalizando a trilha sonora.

– Trilha sonora – repito. É claro que vai ter uma trilha sonora. Tragédias devem ter sempre um fundo musical. – De que tipo?

– Há algumas canções dos anos 1920. Canções dançantes, principalmente, e um pouco de piano. Triste, lindo, romântico, estilo Tori Amos.

Eu devo ter parecido confusa, porque ela continua, desencavando músicos do meu tempo.

– Tem Debussy, Prokofiev.

– Chopin?

Ela ergue as sobrancelhas.

– Chopin? Não. Deveria ter? – Ursula faz uma cara desapontada. – Não vai me contar agora que uma das meninas era louca por Chopin, vai?

– Não. O irmão delas, David, que tocava Chopin.

– Ah, ainda bem. Ele não é um personagem tão importante. Morreu cedo demais para afetar os acontecimentos.

Isso é discutível, mas eu não rebato.

– Como ficou? – pergunto. – É um bom filme?

Ursula morde o lábio, suspira.

– Acho que sim. Espero que sim. Talvez me falte o distanciamento necessário para opinar.

– Ficou como você imaginava?

Ela reflete.

– Sim e não. É difícil explicar. – Ela torna a suspirar. – Antes de começar, quando estava tudo na minha cabeça, o projeto tinha um potencial ilimitado. Agora que está no filme, parece cercado de limitações.

– Acho que a maioria das coisas é assim.

Ela assente.

– Mas eu me sinto tão responsável por eles, pela história deles. Queria que fosse perfeita.

– Nada é perfeito.

– Não. – Ela sorri. – Às vezes eu acho que sou a pessoa errada para contar essa história. E se eu tiver me enganado? O que é que eu sei de fato?

– Lytton Strachey dizia que a ignorância era o primeiro requisito de um historiador.

Ursula franze a testa.

– A ignorância clarifica – explico. – Ela escolhe e omite com plácida perfeição.

– Verdades demais atrapalham uma boa história, é isso que você está dizendo?

– Algo assim.

– Mas a verdade não é o mais importante? Ainda mais em um retrato biográfico?

– O que é a verdade? – pergunto, e daria de ombros se tivesse forças.

– É o que realmente aconteceu. – Ela olha para mim como se eu tivesse finalmente ficado gagá. – Você sabe disso. Passou anos escavando o passado. Buscando a verdade.

– Pois é, e me pergunto se algum dia a encontrei.

Estou escorregando nos travesseiros. Ursula percebe e me ergue delicadamente pelos braços. Eu continuo, antes que ela possa discutir mais sobre semântica:

– Eu queria ser detetive. Quando era jovem.

– É mesmo? Detetive de polícia? O que a fez mudar de ideia?

– Policiais me deixam nervosa.

Ela ri.

– Isso teria sido um problema.

– Em vez disso, me tornei arqueóloga. Não é tão diferente assim, pensando bem.

– Só que as vítimas morreram há mais tempo.

– Exatamente. Foi Agatha Christie quem me deu a ideia. Ou um de seus personagens. Ele disse para Hercule Poirot: "O senhor teria sido um bom arqueólogo, Sr. Poirot. O senhor tem o dom de recriar o passado." Eu li isto durante a guerra. A Segunda Guerra. Já tinha parado de ler histórias de mistério nessa época, mas uma das outras enfermeiras me emprestou o livro, e é difícil abandonar velhos hábitos.

Ursula sorri e solta uma exclamação:

– Ah! Isso me faz lembrar uma coisa. Eu trouxe algo para você.

Ela tira da bolsa uma caixinha retangular do tamanho de um livro, mas que range.

– É uma fita. De Agatha Christie. – Ela dá de ombros, envergonhada. – Eu não sabia que você tinha se cansado de mistérios.

– Esqueça isso. Foi um cansaço temporário, uma tentativa tola de me livrar do meu eu jovem. Eu o retomei assim que a guerra terminou.

Ela aponta para o gravador na mesinha de cabeceira.

– Posso colocar a fita antes de ir embora?

– Pode, por favor.

Ela tira a embalagem, pega a fita e abre o gravador.

– Já tem uma fita aqui dentro. – Ela me mostra o gravador. É a fita que estou gravando para Marcus. – É para ele? Para o seu neto?

Eu assinto.

– Pode deixá-la em cima da mesa, por favor; vou precisar dela mais tarde.

E vou mesmo. Meu tempo está acabando, posso sentir, e estou determinada a concluí-la antes de partir.

– Teve alguma notícia dele? – pergunta Ursula.

– Ainda não.

– Vai ter – garante ela com firmeza. – Tenho certeza.

Estou cansada demais para acreditar, mas concordo assim mesmo; a convicção dela á fervorosa. Ursula põe a fita de Agatha no lugar e devolve o gravador para a mesinha.

– Pronto.

Ela pendura a bolsa no ombro. Está de partida. Eu estendo a mão quando ela se vira e agarro a dela. Tão macia.

– Quero pedir uma coisa. Um favor, antes que Ruth...

– É claro. Qualquer coisa. – Ela está curiosa, percebeu a urgência em minha voz. – O que é?

– Riverton. Eu quero ver Riverton. Quero que você me leve lá.

Ursula aperta os lábios e franze a testa. Eu a coloquei em uma situação difícil.

– Por favor.

– Não sei, Grace. O que Ruth diria?

– Ela diria não. Por isso não pedi a ela.

Ursula encara a parede. Eu a deixei nervosa.

– Talvez eu pudesse trazer algumas das cenas que filmamos lá para você assistir. Eu posso gravá-las.

– Não – respondo com firmeza. – Eu preciso voltar. – Ela continua sem me encarar. – Logo. Eu preciso ir logo.

Ursula me olha, e eu sei que ela vai dizer sim antes mesmo de responder. Eu agradeço com um movimento de cabeça, depois aponto para a fita que Ursula trouxe.

– Eu a conheci, sabia? Agatha Christie.

Foi no fim de 1922. Teddy e Hannah estavam dando um jantar na Casa 17. Teddy e o pai tinham negócios com Archibald Christie, alguma coisa a ver com uma invenção que ele estava interessado em desenvolver.

Eles receberam muitas visitas naqueles primeiros anos da década. Mas eu me lembro especialmente daquele jantar, por diversas razões. Uma delas foi a presença da própria Agatha Christie. Ela só tinha publicado um livro, na época, *O misterioso caso de Styles*, mas Hercule Poirot já substituíra Sherlock Holmes na minha imaginação. Holmes era um companheiro da infância, Poirot era parte do meu novo mundo.

Emmeline também estava presente. Fazia um mês que estava em Londres. Tinha então 18 anos e comemorara a sua estreia na vida social na Casa 17. Ninguém falava em arranjar-lhe um marido, como haviam feito com Hannah. Só tinham se passado quatro anos desde o baile em Riverton, mas os tempos mudaram. As moças mudaram. Haviam se libertado dos corpetes e se entregado à tirania das "dietas". Tinham pernas finas, peitos achatados e cabelos lisos. Não cochichavam mais por trás das mãos nem lançavam olhares tímidos. Elas contavam piadas e bebiam, fumavam e praguejavam com os rapazes. As cinturas tinham baixado, os tecidos eram diáfanos e a moral mais diáfana ainda.

Talvez isso explicasse a conversa estranha daquela noite no jantar ou talvez tenha sido a própria Sra. Christie. Para não falar da quantidade de artigos recentes no jornal sobre o assunto.

– Os dois vão ser enforcados – disse Teddy, animadamente. – Edith Thompson e Freddy Bywaters. Igual àquele outro sujeito que matou a esposa. No início do ano, no País de Gales. Como era o nome dele? Um rapaz do Exército, não era, coronel?

– Major Herbert Rowse Armstrong – respondeu o coronel Christie.

Emmeline estremeceu teatralmente.

– Imagine matar a própria esposa, alguém que você deveria amar.

– A maioria dos assassinatos é cometido por pessoas que dizem amar a outra – respondeu a Sra. Christie secamente.

– As pessoas estão ficando mais violentas – comentou Teddy, acendendo um charuto. – Basta abrir o jornal para ver. Apesar da proibição de pistolas.

– Estamos na Inglaterra, Sr. Luxton – ponderou o coronel Christie. – O país da caça à raposa. Obter armas de fogo não é difícil.

– Eu tenho um amigo que sempre carrega um revólver – contou Emmeline, casualmente.

– Não tem, não – retrucou Hannah, balançando a cabeça e olhando para a Sra. Christie. – Acho que minha irmã tem visto filmes americanos demais.

– Tenho, sim – insistiu Emmeline. – Esse amigo, que não vou dizer o nome, falou que é tão fácil quanto comprar um maço de cigarros. Ele se ofereceu para me conseguir um, se eu quisesse.

– Harry Bentley, eu aposto – disse Teddy.

– Harry? – indagou Emmeline, arregalando os olhos com os cílios cheios de rímel. – Harry não faria mal a uma mosca! Seu irmão Tom, talvez.

– Você conhece muita gente que não presta – repreendeu Teddy. – Será que preciso lembrá-la que pistolas são ilegais, além de muito perigosas?

Emmeline deu de ombros.

– Eu sei atirar desde pequena. Todas as mulheres da nossa família sabem. Vovó nos teria deserdado se não soubéssemos. Pode perguntar a Hannah: ela tentou escapar da caçada um ano, disse à vovó que não era certo matar animais indefesos. Vovó ficou uma fera, não foi, Hannah?

Hannah ergueu uma sobrancelha e tomou um gole de vinho enquanto Emmeline continuava:

– Ela disse: "Bobagem. Você é uma Hartford. Atirar está no seu sangue."

– Que seja – rebateu Teddy. – Nesta casa eu não quero pistola nenhuma. Posso imaginar o que os meus eleitores diriam se eu tivesse armas ilegais.

Emmeline revirou os olhos, e Hannah corrigiu:

– Futuros eleitores.

– Calma, Teddy – disse Emmeline. – Você não vai precisar se preocupar com armas de fogo se continuar assim. Vai acabar tendo um ataque cardíaco. Eu não falei que ia comprar uma pistola, só estava comentando que uma moça tem que tomar muito cuidado hoje em dia. Com todos esses maridos matando as esposas e as esposas matando os maridos... A senhora não concorda, Sra. Christie?

Agatha Christie tinha assistido à discussão com um ar de ironia.

– Eu não tenho muita simpatia por armas de fogo – observou ela. – Gosto mais de venenos.

– Isso é meio preocupante, Archie – brincou Teddy, em uma rara demonstração de humor. – Ter uma esposa que gosta de venenos.

Archibald Christie abriu um sorrisinho.

– Apenas mais um dos adoráveis passatempos da minha esposa.

Marido e esposa se encaram à mesa.

– Não é mais adorável do que o seu passatempo repugnante – respondeu a Sra. Christie. – E faz bem menos sujeira.

Mais tarde, naquela mesma noite, depois que os Christies se retiraram, eu tirei meu exemplar de *O misterioso caso de Styles* de debaixo da cama. Tinha sido um presente de Alfred, e eu estava tão absorta relendo sua dedicatória que mal percebi o telefone tocando. O Sr. Boyle deve ter atendido e transferido a ligação para Hannah. Eu não dei importância ao assunto. Só quando o Sr. Boyle bateu à porta do meu quarto e anunciou que a patroa queria me ver foi que comecei a ficar preocupada.

Hannah ainda estava usando seu vestido de seda perolado. Fluido como água. Seu cabelo louro caía em ondas ao redor do rosto e uma fileira de diamantes coroava sua cabeça. Ela estava de costas para mim e se virou quando entrei.

– Grace – disse ela, segurando minhas mãos. O gesto me preocupou. Era pessoal demais. Alguma coisa tinha acontecido.

– O que houve, madame?

– Sente-se, por favor.

Ela me guiou para o sofá e então olhou para mim de um jeito preocupado.

– O que houve?

– Era a sua tia ao telefone.

Então eu soube.

– Mamãe – falei.

– Sinto muito, Grace. – Hannah balançou a cabeça devagar. – Sua mãe sofreu uma queda. O médico não pôde fazer nada.

Hannah conseguiu um transporte para me levar a Saffron Green. Na tarde seguinte, o carro chegou e eu fui acomodada no banco traseiro. Foi muita gentileza dela, e muito mais do que eu esperava; eu estava disposta a tomar o trem. Bobagem, Hannah disse, ela só sentia por não poder ir comigo, já que Teddy receberia um cliente para jantar.

Eu fiquei olhando pela janela enquanto o motorista descia uma rua após outra, e Londres foi ficando menos imponente, mais velha e difusa, até desaparecer atrás de nós. A paisagem do campo voava, e quanto mais nos dirigíamos para leste, mais frio ficava. As janelas ficaram manchadas de chuvisco, deixando a paisagem borrada; o inverno tinha tirado toda a vitalidade do mundo. Campinas cobertas de neve dissolviam-se no céu alaranjado, dando lugar, aos poucos, à velha floresta de Essex, toda marrom-acinzentada e verde.

Saímos da estrada principal e entramos no caminho para Saffron, passando pelos charcos frios e solitários. Juncos prateados balançavam em riachos congelados e barbas-de-velho pendiam como renda das árvores nuas. Eu contei as curvas e, por algum motivo, prendi a respiração, só soltando o ar depois que tínhamos passado da bifurcação que levava a Riverton. O motorista entrou na vila e me levou até o chalé de pedras cinzentas da Market Street, apertado, como sempre estivera, entre suas duas casas gêmeas. O motorista abriu a porta para mim e pôs minha pequena mala sobre a calçada molhada.

– Chegamos.

Eu agradeci a ele.

– Venho buscá-la daqui a cinco dias, como a patroa mandou.

Eu vi o carro descer a rua, virar na Saffron High Street, e senti uma vontade enorme de chamá-lo de volta e implorar que não me deixasse ali. Mas era tarde demais para isso. Eu fiquei parada sob a luz fraca do crepúsculo, contemplando a casa onde tinha passado os primeiros catorze anos da minha vida, o lugar onde minha mãe tinha vivido e morrido. E não senti nada.

Eu não tinha sentido nada desde que Hannah me contara o que acontecera. Durante toda a viagem de volta a Saffron, eu tentei recordar. Minha mãe, meu passado, meu eu. Para onde vão as lembranças da infância? Devem existir tantas. Experiências novas e cintilantes. Talvez crianças se entreguem tanto ao momento que não tenham tempo nem disposição para gravar imagens para a posteridade.

As luzes da rua se acenderam – amarelas e enevoadas no ar frio –, e começou a cair uma neve fininha. Meu rosto já estava dormente e vi os flocos na luz do poste antes de senti-los na pele.

Peguei minha mala, a chave, e estava subindo a escada quando a porta se abriu. Minha tia Dee, irmã da minha mãe, apareceu. Segurava um lampião que lançava sombras em seu rosto, fazendo-a parecer mais velha e mais acabada do que era.

– Aí está você. Entre.

Ela me levou primeiro para a sala. Contou que estava usando a minha antiga cama, então eu teria que dormir no sofá. Eu encostei minha mala na parede e ela bufou, na defensiva.

– Preparei uma sopa. Pode não ser o que você está acostumada a comer na sua elegante casa de Londres, mas sempre serviu para gente como eu.

– Sopa está ótimo – respondi.

Nós comemos silenciosamente na mesa de mamãe. Titia sentou-se à cabeceira com o calor do fogão atrás dela e eu me sentei na cadeira de mamãe, perto da janela. A neve estava caindo mais pesada, batendo na vidraça. O único outro barulho era o das nossas colheres raspando no prato e do fogo crepitando no fogão a lenha.

– Você deve querer ver sua mãe – disse minha tia quando terminamos de comer.

Mamãe estava deitada no colchão, com o cabelo solto. Eu estava acostumada a vê-la com o cabelo preso; ele era muito mais comprido e mais fino do que o meu. Alguém – minha tia? – tinha puxado um cobertor até seu queixo, como se ela estivesse dormindo. Minha mãe parecia mais cinzenta, mais velha, mais encolhida do que eu me lembrava. E achatada. Os anos de uso haviam marcado o colchão fino. Era difícil perceber o contorno do corpo sob o cobertor. Até dava para imaginar que não havia um corpo, que ela estava se desintegrando, pedaço por pedaço.

Descemos e minha tia preparou um chá. Nós o tomamos na sala e falamos muito pouco. Depois eu disse que estava cansada da viagem e comecei a fazer minha cama no sofá. Estendi o lençol e o cobertor que minha tia deixara ali para mim, mas, quando procurei a almofada de mamãe, ela não estava no lugar de sempre. Minha tia estava observando.

– Se você está procurando a almofada, eu joguei fora. Estava imunda. Rasgada. Encontrei um buraco no fundo. E ela era costureira! – Seu tom era de censura. – Eu queria saber o que ela estava fazendo com o dinheiro que eu mandava para ela!

E saiu da sala. Foi para a cama no quarto ao lado do da irmã morta. As tábuas do assoalho rangeram no andar de cima, as molas da cama gemeram, e então fez-se silêncio.

Eu fiquei deitada no escuro, mas não consegui dormir. Fiquei imaginando minha tia olhando criticamente as coisas da minha mãe; minha mãe que foi pega de surpresa, sem poder se preparar, usar sua melhor decoração. Eu devia ter sido a primeira a chegar. Teria arrumado tudo, não teria deixado minha mãe fazer feio. Finalmente, chorei.

Nós a enterramos no cemitério, perto da área de exposições. Éramos um grupo pequeno, mas respeitável. A Sra. Rodgers da vila, a dona da loja de roupas para quem mamãe fazia trabalhos de costura, o Dr. Arthur. Foi um dia cinzento, como dias do tipo deveriam sempre ser. A neve tinha parado, mas o ar estava gelado, e sabíamos que voltaria a nevar em breve. O vigário leu rapidamente um trecho da Bíblia, com um olho no céu – se para o Senhor ou para o tempo, eu não sei dizer. Ele falou sobre dever e compromisso e o rumo que isso dá à vida de uma pessoa.

Não me lembro dos detalhes, pois estava distraída. Ainda tentava recordar a mãe da minha infância. Engraçado. Agora que estou velha, as lembranças vêm sem esforço: mamãe me mostrando como limpar janelas sem deixar manchas; mamãe cozinhando presunto no Natal, seu cabelo pegajoso de vapor; mamãe fazendo careta para alguma fofoca da Sra. Rodgers sobre o Sr. Rodgers. Mas na época, não. Só via o rosto cinzento e fundo da noite anterior.

Um vento frio fazia a saia bater nas minhas pernas. Eu olhei para o céu escuro e notei a figura na colina, perto do velho carvalho. Era um homem, um cavalheiro; notei isso muito bem. Ele usava um longo casaco preto e um chapéu-coco. Carregava uma bengala, ou talvez fosse um guarda-chuva. Eu não dei muita importância, a princípio; achei que fosse alguém visitando outro túmulo. Na hora eu não pensei se era estranho que um cavalheiro, que com certeza tinha o próprio cemitério dentro de sua propriedade, estivesse no meio dos túmulos da cidade.

Quando o vigário lançou o primeiro punhado de terra sobre o caixão de mamãe, eu tornei a olhar para a árvore. O cavalheiro ainda estava lá. Olhando para nós, percebi. A neve começou a cair, e o homem olhou para cima, de modo que seu rosto ficou contra a luz.

Era o Sr. Frederick. Mas ele estava diferente. Como a vítima de uma maldição de conto de fadas, ele ficara subitamente velho.

O vigário terminou apressadamente a cerimônia, e o coveiro mandou que o túmulo fosse coberto rapidamente por causa do tempo.

Minha tia estava ao meu lado.

– Que ousadia a dele – disse ela, e a princípio eu achei que estivesse se referindo ao coveiro ou então ao vigário. Mas, quando acompanhei seu olhar, vi que encarava o Sr. Frederick. Fiquei imaginando como ela o conhecia e concluí que mamãe devia ter falado sobre ele durante uma de suas visitas. – Que ousadia. Aparecer aqui. – Ela balançou a cabeça e comprimiu os lábios.

Suas palavras não faziam sentido, mas, quando me virei para perguntar, ela já tinha se afastado e estava sorrindo para o vigário, agradecendo-lhe pela cerimônia. Achei que ela culpasse a família Hartford pelos problemas de saúde de mamãe, mas a acusação era injusta. Embora fosse verdade que os anos de trabalho tivessem prejudicado suas costas, foram a artrite e a gravidez que a arrasaram de fato.

De repente, esqueci minha tia. Parado ao lado do vigário, com um chapéu preto na mão, estava Alfred.

Seus olhos encontraram os meus, do outro lado do túmulo, e ele ergueu a mão.

Eu hesitei e cumprimentei-o com um movimento brusco de cabeça que fez meus dentes baterem.

Ele começou a andar na minha direção. Eu fiquei olhando, com medo de desviar a vista e ele desaparecer.

– Como você está? – perguntou ele ao se aproximar.

Eu tornei a balançar a cabeça. Não consegui fazer outra coisa. Na minha mente, um turbilhão de palavras girava tão depressa que eu não conseguia expressá-las. Semanas esperando uma carta dele; mágoa, perplexidade, tristeza; noites sem dormir compondo roteiros imaginários de encontros e explicações. E agora, finalmente...

– Você está bem? – perguntou ele, estendendo a mão na direção da minha, depois se arrependendo e retirando-a para a aba do chapéu.

– Estou – consegui responder, a mão que ele não tocara parecendo pesada. – Obrigada por vir.

– É claro que eu viria.

– Não precisava ter se incomodado.

– Não foi incômodo algum, Grace – respondeu ele, passando os dedos pela aba do chapéu.

Essas últimas palavras flutuaram solitárias entre nós. Meu nome, familiar e seco nos lábios dele. Deixei minha atenção desviar-se para o túmulo de mamãe; observei o trabalho apressado do coveiro. Alfred acompanhou o meu olhar.

– Sinto muito por sua mãe.

– Eu sei – respondi depressa. – Sei que você sente.

– Ela era uma batalhadora.

– Era, sim – confirmei.

– Eu estive com ela na semana passada...

Olhei para ele.

– É mesmo?

– Levei um pouco de carvão que o Sr. Hamilton disse que estava sobrando.

– É mesmo, Alfred? – falei, agradecida.

– Tem feito muito frio à noite. Não me agradava pensar que a sua mãe estivesse passando frio.

Senti uma enorme gratidão; estivera temendo que mamãe tinha morrido por falta de aquecimento.

Uma mão agarrou o meu pulso com firmeza. Minha tia estava ao meu lado.

– Está terminado. E foi uma bela cerimônia. Acho que ela não teria do que reclamar – disse ela, na defensiva, como se eu fosse discordar. – Não havia mais nada a fazer, tenho certeza.

Alfred estava nos observando.

– Alfred, esta é a minha tia Dee, irmã de mamãe.

Minha tia estreitou os olhos ao encará-lo; uma suspeita sem fundamento que era própria dela.

– Encantada. – Ela se virou para mim. – Vamos, senhorita – ordenou, pondo o chapéu e ajeitando o xale. – O senhorio vai chegar amanhã cedo e a casa tem que estar imaculadamente limpa.

Eu olhei para Alfred, maldizendo o muro de dúvidas que ainda havia entre nós.

– Bem, acho melhor nós...

– Na verdade, eu queria... – disse Alfred, depressa. – Quer dizer, a Sra. Townsend achou que você gostaria de ir até a casa tomar uma xícara de chá.

Ele olhou para a minha tia, que o encarou de volta, zangada.

– E o que Grace ganha com isso?

Alfred deu de ombros, se remexeu um pouco, seus olhos fixos em mim.

– Rever a velha criadagem. Papear um pouco. Em homenagem aos velhos tempos?

– Acho que não – respondeu minha tia.

– Sim – rebati com firmeza, tomando coragem. – Eu gostaria de ir.

– Ótimo – disse Alfred, com uma voz aliviada.

– Bem, faça como quiser – retrucou minha tia. – Para mim tanto faz. – Ela torceu o nariz. – Mas não demore. Não pense que vou limpar tudo sozinha.

Alfred e eu atravessamos a vila lado a lado; flocos de neve, leves demais para cair, flutuavam na brisa. Por algum tempo, caminhamos sem dizer nada, nossos passos abafados pela terra úmida da rua, sinetas tocando quando uma pessoa entrava ou saía de uma loja, um automóvel ou outro passando.

Quando nos aproximamos da Bridge Road, começamos a falar de mamãe: contei o que aconteceu no dia do botão que ficou preso na bolsa; a ida ao show de marionetes tanto tempo antes; contei a ele que tinha escapado por pouco do Orfanato Foundling.

Alfred balançou a cabeça.

– Sua mãe foi muito corajosa, na minha opinião. Não deve ter sido fácil para ela, sozinha.

– Ela nunca se cansava de me dizer isso – comentei, com mais amargura do que desejava.

– Uma pena o que houve com seu pai – falou ele, quando passamos pela rua de mamãe e entramos em campo aberto. – Ter que deixá-la daquele jeito.

A princípio eu pensei que não tivesse ouvido direito.

– Meu o quê?

– Seu pai. Uma pena as coisas não terem dado certo para os dois.

Minha voz tremeu, por mais que eu tentasse controlá-la.

– O que você sabe sobre o meu pai?

Ele deu de ombros.

– Só o que a sua mãe me contou. Ela disse que era jovem e o amava, mas que no fim foi impossível. Algo a ver com a família dele, seus compromissos. Ela não foi muito clara.

– Quando foi que ela contou isso? – perguntei em um fio de voz.

– O quê?

– A respeito dele. Do meu pai.

Eu estremeci sob o xale, apertei-o mais ao redor dos ombros.

– Eu passei a visitá-la recentemente. Ela estava muito sozinha, com você morando em Londres. Eu não me incomodava de fazer companhia a ela, de vez em quando. Conversar sobre uma coisa e outra.

– Ela contou mais alguma coisa?

Seria possível que, depois de guardar segredos de mim durante a vida toda, mamãe tivesse se aberto com tanta facilidade no fim?

– Não – disse Alfred. – Quase nada. Nada mais sobre o seu pai. Para ser franco, era eu que falava... Ela gostava mais de ouvir, você não acha?

Eu não sabia ao certo o que achava. O dia tinha sido muito perturbador. Enterrar mamãe, a inesperada chegada de Alfred, saber que ele e mamãe se encontravam regularmente, que tinham conversado sobre o meu pai. Um assunto que nunca foi mencionado entre nós. Apertei o passo quando passamos pelos portões de Riverton, como se quisesse me libertar daquele dia.

Eu podia ouvir Alfred tentando me acompanhar. Pequenos galhos estalavam sob meus pés, as árvores pareciam estar nos espiando.

– Eu quis escrever, Grace – revelou ele. – Responder às suas cartas. – Alfred me alcançou. – Eu tentei várias vezes.

– E por que não escreveu? – perguntei, continuando a andar.

– Não consegui encontrar as palavras certas. Você sabe como está a minha cabeça. Desde a guerra... – Ele ergueu a mão e bateu de leve na testa. – Tem coisas que eu não consigo mais fazer. Não como antes. Palavras e cartas são uma delas. – Ele estava andando depressa para me acompanhar, e acrescentou, sem fôlego: – Além disso, havia coisas que eu precisava dizer que só podem ser ditas pessoalmente.

O ar estava deixando meu rosto gelado. Passei a andar mais devagar.

– Por que você não esperou por mim? – perguntei baixinho. – No dia do teatro?

– Eu esperei, Grace.

– Mas, quando voltei, tinha acabado de dar cinco horas.

Ele suspirou.

– Eu saí às dez para as cinco. Nós nos desencontramos por pouco. – Alfred balançou a cabeça. – Eu teria esperado mais tempo, mas a Sra. Tibbit disse que você devia ter esquecido. Que você tinha saído para fazer um serviço e que levaria horas para voltar.

– Isso não era verdade!

– Por que ela inventaria uma coisa dessas? – perguntou Alfred, confuso.

Eu dei de ombros.

– Ela é assim.

Tínhamos chegado ao alto do caminho. Lá, sobre o penhasco, estava Riverton, grande e escura, com as sombras da noite começando a envolvê-la. Paramos sem perceber, ficamos ali um instante antes de prosseguir, rodeando a fonte e nos dirigindo para a entrada de serviço.

– Eu fui atrás de você – falei ao entrarmos no roseiral.

– Não foi – disse ele, olhando para mim. – Foi mesmo?

Eu assenti.

– Esperei no teatro até o último momento. Achei que poderia te alcançar.

– Ah, Grace... – murmurou Alfred, parando no começo da escadaria. – Sinto tanto.

Eu também parei.

– Eu não devia ter dado atenção à Sra. Tibbit – disse ele.

– Você não tinha como saber.

– Mas eu devia ter confiado em você. É só que... – Ele olhou para a porta fechada da entrada de serviço, comprimiu os lábios, suspirou. – Eu estava com a cabeça cheia, Grace. Tinha uma coisa importante para conversar com você. Para perguntar a você. Eu estava muito nervoso naquele dia. – Alfred balançou a cabeça. – Quando achei que você tinha me esquecido ali, fiquei tão aborrecido que não aguentei. Saí de lá o mais rápido que pude. Entrei na primeira rua e continuei andando.

– Mas e Lucy... – falei baixinho, os olhos nos dedos das minhas luvas, vendo os flocos de neve desaparecendo ao tocá-los. – Lucy Starling...

Ele suspirou, desviou o olhar.

– Eu levei Lucy Starling para lhe causar ciúmes, Gracie. Isso eu confesso. Foi injusto, eu sei, injusto com você e com Lucy. – Alfred estendeu a mão e ergueu o meu queixo para me olhar nos olhos. – Fiz isso porque estava decepcionado. Durante todo o caminho de Saffron até lá, eu imaginei o nosso encontro, ensaiei o que ia dizer quando nos víssemos.

Seus olhos me observavam com ansiedade. Um músculo tremia em seu maxilar.

– O que você ia dizer? – perguntei.

Ele sorriu nervosamente.

Um barulho e a porta da entrada de serviço foi aberta. A Sra. Townsend surgiu, seu corpanzil iluminado por trás, seu rosto corado do fogo da lareira.

– O que vocês estão fazendo aí fora no frio? – indagou ela, e se virou para falar com os outros. – Eles estão aqui fora no frio! Eu não falei que eram eles? – Ela olhou para nós. – Eu disse para o Sr. Hamilton: "Sr. Hamilton, eu estou ouvindo vozes lá fora." "A senhora está imaginando coisas, Sra. Townsend", ele disse. "Por que eles ficariam lá fora no frio quando poderiam estar aqui no conforto?" "Eu não sei, Sr. Hamilton", eu respondi, "mas, a menos que meus ouvidos estejam enganados, eles estão lá fora." E eu tinha razão. – A Sra. Townsend gritou lá para dentro: – Eu tinha razão, Sr. Hamilton! – Então ela estendeu o braço e fez sinal para nós entrarmos. – Bem, entrem, vocês vão morrer de frio aí fora.

A escolha

Eu tinha esquecido quanto era escuro no andar de baixo de Riverton. Como o teto era baixo e o chão de mármore, frio. Também tinha esquecido como o vento entrava pela lareira, assobiando através do reboco das paredes de pedra. Não era como a Casa 17, onde tínhamos o mais moderno sistema de isolamento e aquecimento.

– Pobrezinha – disse a Sra. Townsend, puxando-me para um abraço, apertando minha cabeça contra o seu peito quente do fogo. (Uma pena que nenhuma criança teve aquele colo de mãe. Mas na época era assim, como mamãe sabia muito bem: a família era a primeira coisa que um empregado doméstico tinha que sacrificar.) – Sente-se aqui. Nancy? Uma xícara de chá para Grace.

Eu fiquei surpresa.

– Onde está Katie?

Eles trocaram olhares.

– O que foi? – perguntei. Nada de terrível, com certeza. Alfred teria dito...

– Ela se casou – contou Nancy, com um ar de censura, antes de entrar na cozinha.

Meu queixo caiu.

A Sra. Townsend baixou a voz e falou rapidamente:

– Um sujeito do Norte que trabalha nas minas. Conheceu-o na vila, quando foi fazer uma compra para mim, aquela garota tola. Aconteceu muito depressa. Você não vai ficar surpresa em saber que ela está esperando um bebê. – Ela ajeitou o avental, satisfeita com o efeito que a notícia me causou, e olhou na direção da cozinha. – Mas não fale sobre isso com Nancy. Ela está verde de inveja, por mais que diga que não!

Eu assenti, estarrecida. A pequena Katie, casada? E esperando bebê?

Enquanto eu tentava digerir a notícia espantosa, a Sra. Townsend continuou a me cercar de atenções, insistindo para eu me sentar mais perto do fogo, dizendo que eu estava magra e pálida demais e que ia precisar do seu pudim de Natal para melhorar. Quando ela foi buscar um prato para mim, eu senti o peso da atenção que recebia. Tirei Katie da cabeça e perguntei sobre as coisas em Riverton.

Todos ficaram calados, trocaram olhares entre si, até que o Sr. Hamilton finalmente falou:

– Bem, Grace, as coisas não estão como eram no seu tempo.

Eu perguntei o que ele queria dizer com isso, e ele endireitou o paletó.

– Está muito mais calmo atualmente. O ritmo é mais lento.

– Uma cidade-fantasma – disse Alfred, parado perto da porta. Ele parecia agitado desde que tínhamos entrado. – O homem lá de cima vagando pela propriedade como se fosse um morto-vivo.

– Alfred! – ralhou o Sr. Hamilton, embora com menos vigor do que eu teria esperado. – Você está exagerando.

– Não estou, não. Ora, Sr. Hamilton, Grace é uma de nós. Ela pode saber a verdade. – Ele olhou para mim. – É como eu disse a você em Londres. Depois que a Srta. Hannah partiu daquele jeito, milorde nunca mais foi o mesmo.

– Ele ficou chateado, sim, mas não só por causa da partida da Srta. Hannah e da briga entre os dois – explicou Nancy. – Teve também a perda da fábrica, naquelas circunstâncias. E a morte da mãe. – Ela se inclinou para mim. – Se você visse lá em cima... Nós fazemos o possível, mas não é fácil. Ele não deixa chamar ninguém para fazer consertos, diz que o barulho dos martelos e das escadas sendo arrastadas pelo chão o deixa maluco. Tivemos que fechar outros cômodos. Ele avisou que não ia mais receber visitas, então não valia a pena gastar dinheiro e energia para mantê-los. Uma vez me pegou tentando tirar o pó da biblioteca e quase me matou. – Ela olhou para o Sr. Hamilton e continuou: – Nem limpamos mais os livros.

– É porque não tem uma patroa para dirigir a casa – disse a Sra. Townsend, voltando com um prato de pudim, lambendo uma pontinha de creme do dedo. – Isso sempre acontece quando não há uma patroa.

– Ele passa a maior parte do tempo vagando pela propriedade, perseguindo ladrões imaginários – continuou Nancy. – E, quando está dentro de casa, fica na sala de armas, limpando seus rifles. É assustador, se quer saber.

– Ora, Nancy – repreendeu o Sr. Hamilton, um tanto derrotado. – Não cabe a nós questionar o patrão. – Ele tirou os óculos para esfregar os olhos.

– Sim, Sr. Hamilton – concordou ela. Então olhou para mim e disse depressa: – Você precisava vê-lo, Grace. Não ia reconhecê-lo. Ele está tão velho.

– Eu o vi – falei, então.

– Onde? – perguntou o Sr. Hamilton, um tanto alarmado. Ele tornou a colocar os óculos. – Não pela propriedade, eu espero... Ele não estava andando perto demais do lago, estava?

– Ah, não, Sr. Hamilton. Nada disso. Eu o vi na vila. No cemitério. No enterro de mamãe.

– Ele foi ao enterro? – indagou Nancy, com os olhos arregalados.

– Ele estava no alto da colina, mas estava olhando para nós.

O Sr. Hamilton buscou confirmação. Alfred deu de ombros, balançou a cabeça.

– Eu não notei.

– Bem, ele estava lá – falei com firmeza. – Eu sei o que vi.

– Acho que ele devia estar dando um passeio – sugeriu o Sr. Hamilton, sem convicção. – Tomando um pouco de ar.

– Ele não estava andando – respondi, incerta. – Estava parado, olhando para o túmulo.

O Sr. Hamilton trocou um olhar com a Sra. Townsend.

– Bem, ele sempre gostou da sua mãe, quando ela trabalhava aqui.

– Gostou – repetiu a Sra. Townsend, erguendo as sobrancelhas. – É assim que você chama?

Eu olhei para eles. Havia algo em suas expressões que não consegui compreender. Um conhecimento que eu não compartilhava.

– E você, Grace? – disse o Sr. Hamilton de repente. – Chega de falar em nós. Conte-nos sobre Londres. Como vai o jovem Sr. Luxton?

Eu mal ouvi as perguntas dele. Algo estava se construindo em minha mente. Cochichos, olhares, insinuações que pairavam soltas estavam se juntando. Formando um quadro. Quase.

– E então, Grace? – disse a Sra. Townsend, impaciente. – O gato comeu a sua língua? Como vai a Srta. Hannah?

– Desculpe, Sra. Townsend. Eu estava distraída.

Todos estavam me olhando ansiosamente, então contei a eles que Hannah estava bem. Pareceu a coisa certa a dizer. Por onde eu começaria, se respondesse outra coisa? Pelas discussões com Teddy, a visita à médium, aquela história assustadora de já estar morta? Então eu falei da bela casa, dos vestidos de Hannah e dos convidados elegantes que eles recebiam.

– E as suas obrigações? – perguntou o Sr. Hamilton. – O ritmo em Londres é bem diferente. Muitas festas? Suponho que haja uma criadagem numerosa.

Eu disse a ele que a criadagem era numerosa, mas não tão competente quanto a de Riverton, e ele pareceu satisfeito. Também contei a eles sobre a tentativa de lady Pemberton-Brown de me contratar.

– Imagino que você tenha respondido à altura – comentou o Sr. Hamilton. – Com educação, mas com firmeza, como eu sempre ensinei, não?

– Sim, Sr. Hamilton – respondi. – É claro que sim.

– Muito bem – elogiou ele, sorrindo como um pai orgulhoso. – Glenfield Hall, hein? Você deve estar famosa, se gente de Glenfield Hall está tentando roubar você. Mesmo assim, fez a coisa certa. Na nossa área de trabalho, o mais importante é a lealdade.

Todos nós concordamos. Todos, menos Alfred, eu notei.

O Sr. Hamilton também notou.

– Alfred já lhe contou os planos dele? – indagou ele, erguendo uma sobrancelha grisalha.

– Que planos? – Eu olhei para Alfred.

– Eu estava tentando contar – disse ele, indo sentar-se ao meu lado. – Eu estou indo embora, Grace. Chega de "sim, senhor" para mim.

Minha primeira impressão foi de que ele ia deixar a Inglaterra de novo. Logo quando estávamos nos acertando.

Alfred riu da minha expressão.

– Eu não vou para longe. Só estou deixando o emprego. Um amigo meu, da guerra... Nós vamos abrir um negócio juntos.

– Alfred... – Eu não sabia o que dizer. Estava aliviada, mas também preocupada por ele. Largar o emprego? A segurança de Riverton? – Que tipo de negócio?

– Elétrico. Meu amigo é muito jeitoso. Ele vai me ensinar a instalar campainhas e coisas assim. Enquanto isso, eu vou ficar gerenciando a loja. Vou trabalhar duro e guardar dinheiro, Grace. Já tenho um pouco guardado. Um dia vou ter o meu próprio negócio, vou ser o meu próprio patrão. Você vai ver.

Depois, Alfred me levou de volta à vila. A noite estava caindo rapidamente, e nós andamos depressa para não congelar. Embora eu estivesse feliz com a sua companhia, aliviada por termos nos entendido, falei pouco.

Tinha a cabeça cheia, juntando fragmentos, pedaços de informações, tentando entender o quadro geral. Alfred, por sua vez, parecia contente de caminhar em silêncio; no fim das contas, ele também tinha a cabeça cheia, embora com coisas completamente diferentes.

Eu estava pensando em mamãe. Na amargura que ela sempre carregou; sua convicção, quase expectativa, de que sua vida era azarada. Essa era a mãe de quem eu me lembrava. Entretanto, já fazia tempo que eu sabia que ela nem sempre fora assim. A Sra. Townsend se lembrava dela com afeto; o Sr. Frederick, tão difícil de agradar, gostara dela.

Então o que tinha acontecido para transformar a jovem arrumadeira com seu sorriso secreto? A resposta, eu estava começando a suspeitar, era a chave para revelar os muitos mistérios de mamãe. E a solução estava próxima. Estava escondida nos recantos da minha mente. Eu sabia que estava lá, podia senti-la, vislumbrar seu contorno, mas toda vez que me aproximava, que tentava agarrá-la, ela escapava.

Que tinha a ver com meu nascimento, eu tinha certeza: mamãe fora clara quanto a isso. E eu tinha certeza de que aquele pai fantasma tivera seu papel: o homem de quem ela falou com Alfred, mas nunca comigo. O homem que ela amou, mas perdeu. Que motivos Alfred citara? A família dele? Seus compromissos?

– Grace.

Minha tia o conhecia, mas seus lábios estavam tão selados quanto os de mamãe. Mesmo assim, eu sabia muito bem o que ela pensava dele. Discussões sussurradas entre as duas marcaram a minha infância: tia Dee censurando mamãe por suas escolhas erradas, dizendo que ela havia feito a própria cama e agora ia ter que se deitar nela; mamãe chorando e tia Dee batendo no ombro dela para confortá-la: "Foi melhor assim", "Não tinha como dar certo", "Você se livrou daquele lugar". Aquele lugar, eu sabia, mesmo sendo muito pequena, era a imponente casa na colina. E eu também sabia que o desprezo que tia Dee sentia por meu pai era igual ao que ela sentia por Riverton. As duas grandes catástrofes na vida de mamãe, ela gostava de dizer.

– Grace.

Um desprezo que tinha se estendido ao Sr. Frederick, ao que parecia. "Que ousadia a dele", dissera ela ao vê-lo no enterro. "Aparecer aqui." Eu imaginei como minha tia o conhecia, e o que o Sr. Frederick podia ter feito para deixá-la tão zangada.

Também imaginei o que ele estaria fazendo lá. Gostar de uma criada era uma coisa, mas aparecer no cemitério... assistir ao enterro de uma de suas antigas arrumadeiras...

– Grace. – A voz de Alfred chegou de longe, de fora do emaranhado de pensamentos que enchiam minha cabeça. Eu olhei distraidamente para ele. – Estou querendo lhe perguntar uma coisa o dia inteiro. Tenho medo de perder a coragem se não fizer isso agora.

E mamãe também gostava do Sr. Frederick. "Coitadinho do Frederick", ela dissera quando o pai e o irmão dele morreram. Não teve pena de lady Violet ou de Jemima. Sua simpatia tinha ido direta e exclusivamente para Frederick. Mas isso era compreensível, não era? O Sr. Frederick devia ser jovem quando mamãe trabalhou na casa; era natural que sua simpatia fosse para o membro da família mais próximo dela em idade. Assim como minha simpatia ia para Hannah. Além disso, mamãe parecia gostar da esposa de Frederick, Penelope. "Frederick não se casaria de novo", ela dissera quando eu contei que Fanny estava atrás dele. Sua certeza, seu desânimo quando insisti que era verdade: sem dúvida isso só podia ser explicado por sua proximidade com a antiga patroa.

– Eu não sou bom com as palavras, Grace, você sabe disso – começou Alfred. – Então vou falar francamente. Você sabe que eu vou abrir um negócio em breve...

Assenti, mas minha mente estava longe. Eu estava quase agarrando aquela verdade esquiva. Podia vislumbrar o seu contorno, saindo das sombras...

– Mas isso é só o primeiro passo. Eu vou economizar muito e, um dia, não muito distante, vou ter um negócio com o nome "Alfred Steeple" gravado na porta, você vai ver.

... e indo para a luz. Seria possível que a tristeza de mamãe não fosse resultante de sua afeição pela antiga patroa? Mas porque o homem que ela havia amado – que ainda amava – estava planejando se casar de novo? Então mamãe e o Sr. Frederick...? Muitos anos atrás, quando ela trabalhava em Riverton...?

– Eu esperei muito, Grace, porque queria ter algo a lhe oferecer. Algo mais do que tenho agora...

Não era possível. Teria sido um escândalo. As pessoas teriam sabido. Eu teria sabido. Não teria?

Lembranças, trechos de conversas voltaram à minha mente. Foi a isso que lady Violet se referiu quando mencionou o tal "assunto abominável" com lady Clementine? As pessoas souberam? Houve um escândalo em Saffron, 22 anos antes, quando uma mulher local foi mandada embora da mansão, desonrada, grávida do filho da patroa?

Nesse caso, por que lady Violet tinha me contratado para trabalhar lá? Eu só poderia despertar lembranças desagradáveis do que tinha acontecido.

A menos que o meu emprego fosse uma espécie de recompensa. O preço pelo silêncio de mamãe. Era por isso que ela tinha tanta certeza de que eu seria contratada?

E então, de repente, eu soube. O quadro se formou diante dos meus olhos. Como eu não tinha enxergado? A amargura de mamãe, o fato de o Sr. Frederick não se casar de novo. Tudo fazia sentido. Ele também tinha amado mamãe. Por isso tinha ido ao enterro. Por isso tinha olhado para mim com uma expressão tão estranha: como se tivesse visto um fantasma. Por isso tinha ficado contente de se ver livre de mim, dito a Hannah que não me queria lá.

– Grace, eu não sei... – Alfred segurou minha mão.

Hannah. Eu tive outra revelação.

Fiquei sem ar. Isso explicava tanta coisa: o sentimento de solidariedade – de fraternidade, é claro – que tínhamos uma pela outra.

As mãos de Alfred apertaram as minhas, impedindo-me de cair.

– O que é isso, Gracie...? – disse ele, sorrindo nervosamente. – Não vá desmaiar.

Minhas pernas cederam: eu tive a sensação de estar me dissolvendo em um milhão de partículas, de estar caindo como areia de um balde.

Será que Hannah sabia? Era por isso que ela insistira que eu fosse com ela para Londres? Que tinha se voltado para mim quando se sentiu abandonada por todos? Que tinha implorado para eu nunca abandoná-la? Que tinha me feito prometer?

– Grace? – chamou Alfred, sustentando-me com o braço. – Você está bem?

Eu assenti, tentei falar. Não consegui.

– Ótimo. Porque eu não disse tudo ainda. Mas acho que você já adivinhou.

Adivinhei? Sobre mamãe e Frederick? Sobre Hannah? Não. Alfred estava dizendo alguma coisa? O que era mesmo? Seu negócio, o amigo do tempo da guerra...

– Gracie – disse Alfred, segurando minhas mãos. Ele sorriu para mim, engoliu em seco. – Você me daria a honra de ser minha esposa?

Um clarão. Eu pisquei. Não consegui responder. Um turbilhão de pensamentos, de sentimentos. Alfred tinha me pedido em casamento. Alfred, que eu adorava, estava parado diante de mim, esperando minha resposta. Minha língua formou palavras, mas meus lábios não obedeceram.

– Grace? – chamou ele, os olhos arregalados, cheios de apreensão.

Eu sorri, depois comecei a rir. Não conseguia parar. Estava chorando também, lágrimas frias escorriam pelo meu rosto. Acho que era histeria: tanta coisa tinha acontecido nos últimos minutos, tanta coisa que eu precisava digerir. O choque de compreender que eu tinha um parentesco com o Sr. Frederick, com Hannah. A surpresa e o prazer do pedido de Alfred.

– Gracie? – Alfred estava me olhando, inseguro. – Isso quer dizer que você aceita se casar comigo?

Casar com ele. Eu. Era o meu sonho secreto, mas, agora que estava acontecendo, eu me sentia despreparada. Já fazia muito tempo que havia considerado aquilo uma fantasia. Que deixara de imaginar que pudesse acontecer de verdade. Que alguém me pediria em casamento um dia. Que Alfred me pediria em casamento.

Consegui parar de rir e assentir.

– Sim – falei, pouco mais que um sussurro. Fechei os olhos, minha cabeça rodou. Um pouco mais alto: – Sim.

Alfred assobiou e eu abri os olhos. Ele estava sorrindo, radiante de alívio. Um homem e uma mulher andando do outro lado da rua se viraram para nos observar, e Alfred gritou para eles:

– Ela disse sim! – E então tornou a se virar para mim, tentando parar de sorrir para poder falar. Agarrou-me pelos braços. Ele estava tremendo. – Eu tinha esperança de que você aceitasse.

Eu assenti, sorri. Tanta coisa estava acontecendo.

– Grace – disse ele baixinho. – Será... Será que eu posso beijar você?

Eu devo ter consentido, porque ele me segurou pela nuca com uma das mãos e se inclinou para me beijar. O contato estranho e prazeroso dos lábios de Alfred. Frio, macio, íntimo.

O tempo parou.

Alfred se afastou, sorriu para mim, tão jovem, tão bonito à luz do crepúsculo.

Então ele me deu o braço pela primeira vez, e caminhamos juntos pela rua. Não falamos nada, apenas caminhamos juntos, em silêncio. O braço dele, pressionado ao tecido da minha blusa e à minha pele, me fez estremecer. Seu calor, seu peso, uma promessa.

Alfred acariciou o meu pulso com os dedos enluvados e eu fiquei arrepiada. Estava com os nervos à flor da pele: como se alguém tivesse removido uma camada da minha pele, permitindo que eu sentisse as coisas mais profundamente, mais livremente. Eu me aproximei mais dele. Pensar que em um dia tanta coisa tinha mudado... Eu descobrira o segredo de mamãe, tinha compreendido qual era o meu elo com Hannah, Alfred me pedira em casamento. Eu quase contei a ele o que tinha deduzido sobre mamãe e o Sr. Frederick, mas as palavras não saíram da minha boca. Teria tempo de sobra para isso. A ideia ainda era muito recente: eu queria saborear mais um pouco o segredo de mamãe. E queria saborear minha própria felicidade. Então fiquei calada e continuamos andando, de braços dados.

Momentos preciosos, perfeitos, que eu rememorei muitas vezes no decorrer da vida. Às vezes, na minha mente, nós chegamos em casa. Entramos e fazemos um brinde à nossa saúde, e nos casamos logo depois. E vivemos felizes para sempre, até ficarmos bem velhinhos.

Mas não foi isso que aconteceu, como você bem sabe.

Vamos voltar a fita. Estávamos na metade do caminho, na frente da casa do Sr. Connelly, com uma flauta tocando, quando Alfred disse:

– Você pode pedir demissão assim que chegar a Londres.

Eu olhei espantada para ele.

– Pedir demissão?

– Para a Sra. Luxton. – Ele sorriu para mim. – Não vai precisar continuar a vesti-la depois que nos casarmos. Vamos nos mudar para Ipswich imediatamente. Você pode trabalhar comigo, se quiser. Nas finanças. Ou pode costurar, se preferir.

Pedir demissão? Deixar Hannah?

– Alfred, eu não posso largar o meu emprego.

– É claro que pode. – Ele estava sorrindo. – Eu estou largando o meu.

– Mas é diferente... – Eu procurei palavras que pudessem explicar. – Eu sou uma camareira. Hannah precisa de mim.

– Ela não precisa de *você*, ela precisa de uma escrava para cuidar das luvas dela. – O tom dele suavizou-se. – Você é boa demais para isso, Grace. Merece coisa melhor. Ser dona da própria vida.

Eu quis explicar a ele. Que Hannah arrumaria outra camareira, com certeza, mas que eu era mais do que isso. Que nós tínhamos um elo. Uma ligação. Desde aquele dia no quarto das crianças, quando eu tinha 14 anos e imaginei como seria ter uma irmã. Quando menti para a Srta. Prince por Hannah, tão instintivamente que me assustei.

Explicar que eu tinha feito uma promessa a ela. Quando Hannah me pediu que nunca a deixasse, eu tinha dado a minha palavra.

Que nós éramos irmãs. Irmãs secretas.

– Além disso, vamos morar em Ipswich – disse ele. – Você não pode continuar trabalhando em Londres, não é? – Ele deu um tapinha bem-humorado no meu braço.

Eu olhei para ele. Um rosto tão sincero. Tão seguro. Sem qualquer dúvida. E senti meus argumentos se desintegrando, desmoronando, antes mesmo de apresentá-los. Não havia palavras que pudessem fazê-lo entender em um momento o que eu tinha levado anos para perceber.

E eu soube que nunca poderia ter os dois, Alfred e Hannah. Que teria que fazer uma escolha.

Eu descruzei nossos braços, disse a ele que sentia muito. Falei que tinha cometido um erro. Um erro terrível.

E então saí correndo. Saí correndo e não olhei para trás, embora eu soubesse que ele estava parado, imóvel, sob a luz amarela do poste. Que ele ficou me olhando descer a rua, esperar minha tia abrir a porta e entrar desesperada em casa. E fechar a porta para o nosso futuro.

A viagem de volta a Londres foi terrível. Foi longa e fria e as estradas estavam escorregadias por causa da neve. O pior de tudo foi a companhia. Eu estava presa comigo mesma dentro do carro, travando uma discussão inútil. Passei a viagem inteira me dizendo que tinha feito a escolha certa, a única escolha possível, ficar ao lado de Hannah como tinha prometido. E, quando o carro parou na frente da Casa 17, eu já tinha convencido a mim mesma disso.

Também estava convencida de que Hannah sabia da nossa ligação. Que tinha adivinhado, tinha ouvido as pessoas comentando ou sido informada.

Pois certamente isso explicava por que ela sempre recorrera a mim, sempre me tratara como sua confidente. Desde aquela manhã em que dei com ela no hall gelado da Escola de Secretariado da Sra. Dove.

Então agora nós duas sabíamos.

E o segredo ia permanecer não dito entre nós.

Um elo silencioso de dedicação e devoção.

Fiquei aliviada por não ter contado a Alfred. Ele não teria entendido minha decisão de não falar nada. Teria insistido para eu contar a Hannah: teria até exigido algum tipo de compensação financeira. Embora bondoso e atencioso, ele não teria percebido a importância de manter o *status quo*. Não teria entendido que ninguém mais podia saber. E se Teddy descobrisse? Ou a família dele? Hannah sofreria, eu poderia ser mandada embora.

Não, era melhor assim. Não havia outra escolha. Aquele era o único jeito de agir.

PARTE QUATRO

A história de Hannah

Agora está na hora de falar de coisas que eu não vi. Deixar de lado Grace e seus problemas e pôr o foco em Hannah. Pois, enquanto estive fora, alguma coisa aconteceu. Percebi assim que pus os olhos nela. Algo tinha mudado. Hannah estava diferente. Mais alegre. Misteriosa. Contente.

Só fiquei sabendo o que tinha ocorrido na Casa 17, assim como muito do que aconteceu naquele último ano, aos poucos. Eu tinha minhas suspeitas, é claro, mas não vi nem ouvi nada. Só Hannah sabia exatamente o que acontecera, e ela nunca foi de fazer confissões. Não era o seu estilo; ela sempre preferiu os segredos. Mas, depois dos terríveis acontecimentos de 1924, quando ficamos trancadas juntas em Riverton, ela se tornou mais sociável. E eu sempre fui uma boa ouvinte. Foi isso que ela me contou.

I

Foi na segunda-feira seguinte à morte da minha mãe. Eu tinha partido para Saffron Green, Teddy e Deborah estavam no trabalho, e Emmeline almoçava com amigos. Hannah estava sozinha na sala. Ela pretendia escrever cartas, mas sua caixa de papéis de carta ficou esquecida no sofá. Ela não sentia disposição para escrever agradecimentos para as esposas dos clientes de Teddy, por isso contemplava a rua, tentando adivinhar a vida dos transeuntes. Bastante envolvida neste jogo, ela não o viu dirigir-se à porta da frente. Não o ouviu tocar a campainha. Só soube quando Boyle apareceu na porta da sala.

– Tem um cavalheiro querendo falar com a senhora, madame.

– Um cavalheiro, Boyle? – repetiu ela distraidamente, observando uma garotinha se soltar da babá e correr para o parque gelado.

Há quanto tempo não corria? Não corria tão depressa que o vento batia em seu rosto, o coração disparado, quase sem conseguir respirar?

– Ele disse que veio devolver uma coisa que pertence à senhora.

Era tudo tão entediante.

– Ele não pode deixar com você, Boyle?

– Ele diz que não, madame. Precisa entregar pessoalmente.

– Eu não dei por falta de nada. – Hannah desviou os olhos relutantemente da garotinha e saiu da janela. – É melhor mandá-lo entrar.

O Sr. Boyle hesitou. Pareceu estar prestes a dizer algo.

– Mais alguma coisa? – quis saber Hannah.

– Não, madame. Só que esse cavalheiro... Eu não acho que ele seja bem um cavalheiro, madame.

– Como assim?

– Ele não parece muito respeitável.

Hannah ergueu as sobrancelhas.

– Ele não está despido, está?

– Não, ele está vestido.

– Ele disse coisas obscenas?

– Não, ele é educado.

Hannah ficou preocupada.

– Não é um francês, baixo e de bigode?

– Não, madame, de jeito algum.

– Então me diga, Boyle. Em que consiste esta desconfiança sua?

Boyle franziu a testa.

– Não sei dizer, foi só uma sensação que eu tive.

Hannah fingiu levar em consideração a opinião de Boyle, mas seu interesse fora despertado.

– Se o cavalheiro diz que tem algo que me pertence, é melhor que ele devolva. Se ele mostrar algum sinal de falta de respeitabilidade, Boyle, eu toco a campainha e chamo você.

Ela não o reconheceu imediatamente. Afinal, só estivera com ele por pouco tempo; um inverno, quase dez anos antes. E ele tinha mudado. Quando o conheceu, em Riverton, ele era um garoto. Pele clara e lisa, grandes olhos castanhos e modos gentis. E era calmo, ela se lembrava. Foi uma das coisas que a enfureceram. O autocontrole dele. O modo como entrou em suas vidas, sem avisar, levou-a a dizer coisas que ela não devia ter dito e conseguiu, com tanta facilidade, afastar delas o irmão.

O homem parado diante dela na sala era alto, vestia um terno preto e uma camisa branca. Suas roupas eram bastante comuns, mas ele as usava de um jeito diferente de Teddy e dos outros homens de negócios que Hannah conhecia. Tinha um rosto marcante, mas magro: ossos salientes e olheiras escuras. Ela entendeu a que Boyle se referira, mas tampouco conseguia explicar.

– Bom dia – cumprimentou-o.

O rapaz a encarou, dando a impressão de olhar dentro dela. Ela já tinha sido encarada por homens antes, mas algo no olhar dele a fez ficar vermelha. E, quando ela ficou vermelha, ele sorriu.

– Você não mudou nada.

Foi então que Hannah o reconheceu. Pela voz.

– Robbie Hunter – disse, espantada.

Ela tornou a examiná-lo, agora que sabia quem ele era. O mesmo cabelo preto, os mesmos olhos escuros. A mesma boca sensual, sempre um tanto irônica. Como ela não vira tudo aquilo antes? Ela se controlou e acrescentou:

– Foi muita gentileza sua vir aqui.

Assim que falou isso, arrependeu-se da formalidade das palavras. Robbie sorriu, um sorriso um tanto irônico, segundo Hannah.

– Não quer se sentar? – Ela indicou a poltrona de Teddy, e Robbie sentou-se educadamente, como um colegial obedecendo a uma ordem que não valia a pena discutir. Mais uma vez ela teve uma sensação incômoda da própria superficialidade.

Ele continuava a encará-la.

Hannah tateou o cabelo, para ver se os grampos estavam no lugar, alisou as pontas junto ao pescoço e sorriu educadamente.

– Há alguma coisa errada, Sr. Hunter? Algo que eu precise arrumar?

– Não – respondeu ele. – Eu tinha uma imagem na cabeça esse tempo todo... Você não mudou nada.

– Eu mudei, Sr. Hunter, pode ter certeza – disse ela com toda a leveza que pôde. – Eu tinha 15 anos quando nos vimos pela última vez.

– Você era mesmo tão jovem?

Lá estava a falta de respeitabilidade de novo. E não vinha das suas palavras – afinal, ele tinha feito uma observação perfeitamente natural. Estava no modo de expressá-las. Como se ele lhes conferisse um duplo sentido que Hannah não conseguia entender.

– Vou pedir um chá – comentou ela, e arrependeu-se imediatamente. Agora ele ia ficar.

Hannah se levantou e apertou o botão da campainha, depois foi até a lareira, arrumando os objetos e se acalmando, até Boyle aparecer na porta.

– O Sr. Hunter vai tomar um chá comigo – avisou Hannah.

Boyle olhou desconfiado para Robbie.

– Ele foi amigo do meu irmão durante a guerra – acrescentou Hannah.

– Ah – murmurou Boyle. – Sim, madame. Vou dizer à Sra. Tibbit para preparar chá para dois.

Como ele soou respeitoso. Como a sua deferência a fez parecer convencional.

Robbie estava olhando ao redor, examinando a sala. A mobília art déco que Elsie de Wolfe tinha escolhido ("a última moda") e da qual Hannah nunca fora fã. Seu olhar foi do espelho octogonal sobre a lareira até as cortinas de losangos dourados e marrons.

– Moderno, não? – indagou Hannah, tentando ser irreverente. – Eu nunca sei se gosto, mas acho que a modernidade é para isso mesmo.

Robbie não pareceu ter ouvido.

– David falava muito em você – disse ele. – Eu tenho a sensação de conhecê-la. Você, Emmeline e Riverton.

Hannah afundou em uma cadeira ao ouvir o nome de David. Ela aprendera a não pensar nele, a não abrir a caixa das lembranças dolorosas. Entretanto, ali estava a única pessoa com quem ela podia falar sobre ele.

– Sim, conte-me sobre David, Sr. Hunter. – Ela se preparou. – Ele... ele... – Hannah comprimiu os lábios, olhou para Robbie. – Eu sempre torci para que ele tivesse me perdoado.

– Perdoado?

– Eu fui tão impertinente naquele último inverno, antes de ele partir... Não estávamos esperando pelo senhor. Estávamos acostumadas a ter David só para nós. Acho que eu era muito teimosa. Passei o tempo todo ignorando o senhor, desejando que não estivesse lá.

Ele deu de ombros.

– Eu não notei.

Hannah abriu um sorriso triste.

– Então acho que perdi meu tempo.

A porta se abriu e Boyle apareceu com a bandeja de chá. Ele a colocou na mesa ao lado de Hannah e recuou.

– Sr. Hunter – disse Hannah, sabendo que Boyle estava ali, vigiando Robbie –, Boyle comentou que o senhor queria me devolver uma coisa.

– Sim – confirmou Robbie, enfiando a mão no bolso.

Hannah fez um sinal para Boyle, para indicar que estava tudo bem, que sua presença não era necessária. Depois que ele saiu, Robbie tirou do bolso um pedaço de pano. Estava rasgado, esfiapado, e Hannah imaginou como ele podia achar que aquilo lhe pertencia. Quando reparou melhor, viu que era um velho pedaço de fita, outrora branca, agora marrom. Ele a desdobrou, com os dedos trêmulos, e estendeu-a para ela.

Hannah perdeu o fôlego. Uma vez desenrolada, a fita revelou um livrinho.

Ela o tirou de sua mortalha. Virou-o ao contrário para ver a capa, embora soubesse muito bem o título: *Viagem através do Rubicon.*

– Eu dei isto a David. Para dar sorte.

Robbie assentiu.

Hannah o encarou.

– Por que você pegou isso?

– Eu não peguei.

– David jamais o teria dado a ninguém.

– Não, ele não me deu, eu fui apenas o mensageiro. Ele queria que fosse devolvido; a última coisa que ele falou foi "Leve isto para Nefertite". E eu trouxe.

Hannah desviou os olhos. O nome. Seu nome secreto. Ele não a conhecia o suficiente. Ela apertou o livrinho entre os dedos, fechou a tampa das lembranças de quando era corajosa, selvagem e cheia de planos, ergueu a cabeça e olhou para ele.

– Vamos falar de outras coisas.

Robbie concordou com um leve movimento de cabeça e tornou a guardar a fita no bolso.

– Do que as pessoas falam quando se encontram de novo desse jeito?

– Elas perguntam como a outra tem passado – respondeu Hannah, guardando o livrinho na escrivaninha. – O que fizeram da vida.

– Bem, então... O que você tem feito, Hannah? Posso ver muito bem o que você fez da vida.

Hannah encheu uma xícara de chá e ofereceu a ele. A xícara oscilou no pires em sua mão.

– Eu me casei. Com um cavalheiro chamado Theodore Luxton, talvez o senhor já tenha ouvido falar nele. Ele e o pai são banqueiros.

Robbie a estava observando, mas não deu indicação alguma de conhecer Teddy.

– Eu moro em Londres, como o senhor sabe – continuou Hannah, tentando sorrir. – Uma cidade maravilhosa, não acha? Tanta coisa para ver e para fazer. Tanta gente interessante... – Ela parou. Robbie a estava perturbando, olhando para ela com a mesma intensidade desconcertante de tantos anos antes, na biblioteca. – Sr. Hunter – começou ela com certa impaciência. – Eu gostaria que o senhor parasse com isso. É impossível...

– Você tem razão – interrompeu ele baixinho. – Você mudou. Seu rosto está triste.

Ela quis responder, dizer que ele estava enganado. Que a tristeza que via era uma consequência das lembranças despertadas sobre o irmão morto. Mas algo na voz de Robbie a impediu. Algo a fez se sentir transparente, insegura, vulnerável. Como se ele a conhecesse melhor do que ela conhecia a si mesma. Ela não gostou disso, mas soube que não adiantaria negar.

– Bem, Sr. Hunter – disse ela, se levantando. – Agradeço por ter vindo, por ter me procurado para devolver o livro.

Robbie entendeu e se levantou também.

– Eu prometi que o devolveria.

– Vou chamar Boyle para acompanhá-lo até a porta.

– Não é preciso. Eu sei o caminho.

Ele abriu a porta e deu com Emmeline entrando em um turbilhão de seda cor-de-rosa e cabelos louros. Seu rosto brilhava com a alegria de ser jovem e bem relacionada em uma cidade e em uma época que pertencia aos jovens e bem relacionados. Ela se atirou no sofá e cruzou as pernas. Hannah sentiu-se velha de repente, e estranhamente desbotada. Como uma pintura em aquarela deixada na chuva, suas cores dissolvidas.

– Nossa, estou exausta – disse Emmeline. – Ainda tem chá?

Ela ergueu os olhos e viu Robbie.

– Você se lembra do Sr. Hunter, não é, Emmeline? – perguntou Hannah.

Emmeline pensou um pouco, depois se inclinou para a frente e apoiou o queixo na palma da mão, piscando os olhos azuis enquanto examinava o rosto dele.

– O amigo de David – esclareceu Hannah. – De Riverton.

– Robbie Hunter – reconheceu Emmeline, sorrindo devagar, encantada, descansando a mão no colo. – É claro que sim. Segundo me lembro, você me deve um vestido. Talvez dessa vez possa resistir ao impulso de rasgá-lo.

Por insistência de Emmeline, Robbie ficou para jantar. Era impensável, ela disse, que ele fosse embora quando mal acabara de chegar. Então Robbie juntou-se a Teddy, Emmeline e Hannah na sala de jantar da Casa 17 naquela noite.

Hannah sentou-se de um lado da mesa, Deborah e Emmeline do outro, Teddy numa cabeceira e Robbie na outra. *Eles formam um par bem engraçado*, Hannah pensou: Robbie, o jovem boêmio, e Teddy, depois de quatro anos trabalhando com o pai, uma caricatura da riqueza e da influência. Ele ainda era um homem bonito – Hannah tinha visto algumas esposas de colegas dele lançando-lhe olhares, totalmente inúteis –, mas seu rosto estava mais rechonchudo e o cabelo mais grisalho. Suas bochechas também tinham adquirido o tom corado da vida abastada. Ele se recostou na cadeira.

– Então, o que faz para ganhar a vida, Sr. Hunter? Minha esposa contou que o senhor não é empresário. – A existência de uma alternativa não lhe passava mais pela cabeça.

– Eu sou escritor – disse Robbie.

– Escritor? O senhor escreve para o *The Times*?

– Já escrevi – respondeu Robbie –, entre outros. Agora eu escrevo para mim mesmo. – Ele sorriu. – Pensei tolamente que eu seria mais fácil de agradar.

– Que sorte ter tempo para se dedicar ao lazer – disse Deborah. – Eu não me reconheceria se não estivesse correndo de um lado para outro.

Ela iniciou um monólogo sobre o trabalho que tivera com a organização de um recente desfile de moda, e sorriu para Robbie com um ar conquistador.

Deborah estava flertando, Hannah percebeu. Ela olhou para Robbie. Sim, ele era bonito, de um jeito lânguido, sensual: de forma alguma o tipo habitual de Deborah.

– Livros, não é? – disse Teddy.

– Poesia – explicou Robbie.

Teddy ergueu teatralmente as sobrancelhas.

– "Que tédio parar, enferrujar por falta de polimento em vez de brilhar de uso."

Hannah estremeceu ao ouvir a citação malfeita de Tennyson.

Robbie olhou para ela e sorriu.

– "Como se respirar fosse viver."

– Eu sempre gostei de Shakespeare – comentou Teddy. – Seus versos parecem com os dele?

– Creio que a comparação não me é favorável – disse Robbie. – Mas insisto mesmo assim. É melhor morrer em combate do que murchar em desespero.

– Isso mesmo – concordou Teddy.

Enquanto Hannah observava Robbie, algo que ela vislumbrara entrou em foco. De repente, ela soube quem ele era. Arfou.

– O senhor é R. S. Hunter.

– Quem? – perguntou Teddy, olhando de Hannah para Robbie, depois para Deborah, buscando um esclarecimento. Deborah deu de ombros afetadamente.

– R. S. Hunter – repetiu Hannah, ainda olhando para Robbie. Ela riu. Não conseguiu evitar. – Eu tenho os seus poemas reunidos.

– Primeiro ou segundo volume? – quis saber Robbie.

– *Progresso e desintegração* – informou Hannah. Ela não sabia que havia outro.

– Ah... – murmurou Deborah, arregalando os olhos. – Sim, eu vi um artigo no jornal. O senhor ganhou aquele prêmio.

– *Progresso* é o segundo – explicou Robbie, olhando para Hannah.

– Eu gostaria de ler o primeiro – disse Hannah. – Diga-me o título, Sr. Hunter, para eu poder comprá-lo.

– Pode ficar com o meu exemplar. Eu já li. Cá entre nós, eu acho o autor um chato.

Deborah deu um sorriso e surgiu em seus olhos um brilho familiar. Estava calculando o valor de Robbie, catalogando a lista de pessoas que poderia impressionar se o fizesse comparecer a uma de suas *soirées*. Pelo modo como ela comprimiu os lábios vermelhos, o valor dele era alto. Hannah sentiu um estranho sentimento de posse.

– *Progresso e desintegração?* – indagou Teddy, piscando para Robbie. – O senhor não é um socialista, é, Sr. Hunter?

Robbie sorriu.

– Não, senhor. Não tenho posses para redistribuir nem o desejo de adquiri-las.

Teddy riu.

– Ora, Sr. Hunter – disse Deborah. – Desconfio que o senhor esteja se divertindo às nossas custas.

– Eu estou me divertindo. Espero que não seja às suas custas.

Deborah sorriu de um jeito que considerava sedutor.

– Um passarinho me contou que o senhor não é o pobretão que está dizendo.

Hannah olhou para Emmeline, dando uma risadinha; não foi difícil deduzir a identidade do passarinho de Deborah.

– O que isso significa, Deborah? – perguntou Teddy. – Fale de uma vez.

– Nosso convidado está brincando conosco – revelou Deborah, com uma voz triunfante. – Porque ele não é *Sr.* Hunter, ele é *lorde* Hunter.

Teddy ergueu as sobrancelhas.

– É mesmo?

Robbie girou a taça de vinho entre os dedos.

– É verdade que o meu pai era lorde Hunter, mas eu não costumo usar o título.

Teddy lançou um olhar a Robbie por cima do prato de rosbife. Negar um título era algo que ele não conseguia entender. Ele e o pai tinham se esforçado muito para conseguir que Lloyd George lhes concedesse um título de nobreza.

– O senhor tem certeza de que não é socialista?

– Chega de política – interrompeu Emmeline de repente, revirando os olhos. – É claro que ele não é socialista. Robbie é um de nós, e não o convidamos para matá-lo de tédio. – Ela o encarou, apoiou o queixo na mão. – Conte-nos onde você esteve, Robbie.

– Mais recentemente? Na Espanha.

Espanha, Hannah repetiu para si mesma. *Que maravilha.*

– Que primitivo – comentou Deborah, rindo. – E o que o senhor foi fazer lá?

– Cumprir uma promessa feita há muito tempo.

– Madri? – perguntou Teddy.

– Por um tempo – disse Robbie. – A caminho de Segóvia.

Teddy franziu a testa.

– O que tem em Segóvia?

– Eu visitei o Alcázar.

Hannah ficou arrepiada.

– Aquele velho forte empoeirado? – indagou Deborah, rindo. – Parece um lugar horrível.

– Ah, não – disse Robbie. – É extraordinário. Mágico. É como entrar em um mundo diferente.

– Então conte.

Robbie hesitou, procurando as palavras certas.

– Às vezes eu sentia que podia enxergar o passado. Quando chegava a noite e eu ficava sozinho, quase conseguia ouvir os sussurros dos mortos. Velhos segredos pairando no ar.

– Que macabro – avaliou Deborah.

– Por que o senhor voltou? – quis saber Hannah.

– Sim – reiterou Teddy. – O que o trouxe de volta a Londres, Sr. Hunter?

Robbie olhou para Hannah, sorriu, e virou-se para Teddy.

– A Providência, eu acho.

– Tantas viagens – disse Deborah, retomando o flerte. – O senhor deve ter sangue cigano.

Robbie sorriu, mas não respondeu.

– Ou então nosso convidado tem a consciência pesada – arriscou Deborah, inclinando-se na direção de Robbie e baixando a voz. – É isso, Sr. Hunter? O senhor está fugindo?

– Só de mim mesmo, Srta. Luxton – respondeu ele.

– O senhor vai sossegar quando ficar mais velho – decretou Teddy. – Eu também gostava de viajar. Queria conhecer o mundo, colecionar objetos e experiências. – Pelo modo como ele passou as mãos sobre a toalha da mesa, dos dois lados do prato, Hannah percebeu que ia começar um sermão. – Um homem acumula responsabilidades à medida que envelhece. Fica mais acomodado. Diferenças que o entusiasmavam quando mais jovem começam a irritar. Veja Paris, por exemplo; eu estive lá recentemente. Eu adorava Paris, mas a cidade está decadente. Não tem respeito pelas tradições. O modo como as mulheres se vestem!

– Teddy querido... – Deborah riu. – Nada chique.

– Eu sei que você gosta dos franceses e seus tecidos, Deb, e para vocês, mulheres solteiras, tudo é muito divertido. Mas eu jamais permitiria que minha esposa se vestisse daquele jeito!

Hannah não conseguiu encarar Robbie. Ficou olhando para o prato, mexeu na comida e depois largou o garfo.

– Viajar sem dúvida abre nossos olhos para culturas diferentes – comentou Robbie. – Eu encontrei uma tribo no Extremo Oriente em que os homens gravavam desenhos no rosto de suas esposas.

Emmeline arfou.

– Com uma faca?

Teddy engoliu um pedaço de carne sem mastigar, fascinado.

– Por quê?

– Esposas são consideradas meros objetos de diversão e exibição – explicou Robbie. – Os maridos acham que têm o direito divino de decorá-las como quiserem.

– Bárbaros – disse Teddy, balançando a cabeça, e fez sinal para Boyle servir-lhe mais vinho. – E não sabem por que precisam de nós para civilizá-los.

Hannah não tornou a ver Robbie por várias semanas. Achou que ele tivesse esquecido sua promessa de lhe emprestar seu livro de poesia. Suspeitava que fosse típico dele usar seu encanto para ser convidado para jantar, fazer promessas vazias e depois desaparecer sem cumpri-las. Ela não estava ofendida, apenas desapontada por ter se deixado enganar. Não ia mais pensar nisso.

Entretanto, quinze dias depois, quando estava andando pelo corredor H-J da pequena livraria em Drury Lane, e seus olhos avistaram, por acaso, um exemplar do primeiro livro dele, ela o comprou. Tinha apreciado os poemas, afinal, muito antes de saber que ele era um homem que não cumpria o que prometia.

Então seu pai morreu, e ela não pensou mais em Robbie Hunter. Quando soube de sua morte, Hannah sentiu como se tivesse perdido sua âncora, como se tivesse sido arrastada das águas calmas e estivesse à mercê de correntezas desconhecidas e perigosas. A ideia era ridícula, é claro. Fazia muito tempo que não via o pai: ele se recusara a vê-la depois do casamento, e ela não tinha conseguido convencê-lo do contrário. Entretanto, apesar de tudo, enquanto o pai ainda vivia, ela estava ligada a alguma coisa, a alguém grande e forte. Agora, não mais. Sentiu-se abandonada por ele: costumavam brigar, isso fazia parte de seu relacionamento peculiar, mas ela sempre soube que ele nutria um carinho especial por ela. E agora, sem uma palavra, ele partira. Ela começou a sonhar à noite com águas escuras, navios naufragando, ondas enormes. E, de dia, pensava cada vez mais na visão da médium de escuridão e morte.

Talvez as coisas mudassem quando a irmã fosse morar definitivamente na Casa 17, ela disse a si mesma. Porque ficou decidido que, depois da morte do pai, Hannah se tornaria uma espécie de tutora de Emmeline. Era melhor ficarem de olho nela, Teddy disse, depois daquele episódio infeliz com o cineasta. Quanto mais Hannah pensava a respeito, mais se entusiasmava com a ideia. Ela teria uma aliada na casa. Alguém que a compreendia. Elas ficariam acordadas até tarde, rindo e conversando, compartilhando segredos, como costumavam fazer quando eram mais jovens.

Mas, quando Emmeline chegou a Londres, tinha outros planos. Ela sempre gostara da cidade, e se atirou na vida social que adorava. Ia a festas todas as noites – "Festas brancas", "Festas no circo", "Festas debaixo d'água" –, Hannah até perdia a conta. Ela bebia e fumava demais, e considerava a noite um fracasso quando não via seu nome nas colunas sociais no dia seguinte.

Certa tarde, Hannah encontrou Emmeline recebendo um grupo de amigos na sala íntima. Eles tinham empurrado a mobília para junto das paredes e o caro tapete Berlin estava enrolado perto da lareira. Uma moça que Hannah não conhecia, usando um vestido de gaze verde, estava sentada no rolo de tapete fumando de forma indolente, deixando a cinza cair no chão, e observando Emmeline tentar ensinar a um rapaz com cara de bebê os passos do foxtrote.

– Não, não – disse Emmeline, rindo. – Você tem que contar quatro movimentos, Harry querido. Não três. Aqui, segure minha mão, eu vou mostrar. – Ela tornou a pôr o disco na vitrola. – Pronto?

Hannah avançou pelos cantos da sala. Estava tão surpresa com a naturalidade com que Emmeline e os amigos tinham tomado posse do cômodo (era a sala dela, afinal de contas) que esqueceu o que tinha ido fazer lá. Ela foi até a escrivaninha e fingiu estar procurando alguma coisa quando Harry se atirou no sofá e disse:

– Chega. Você vai me matar, Emme.

Emmeline atirou-se ao seu lado, colocando o braço ao redor dos ombros dele.

– Como quiser, querido, mas não espere que eu dance com você na festa de Clarissa se não aprender os passos. O foxtrote está na moda, e eu pretendo dançá-lo a noite inteira!

A noite inteira mesmo, pensou Hannah. Cada vez mais, as noites de Emmeline só estavam terminando de manhã. Não contentes em atravessar a noite dançando no Claridge's, bebendo uma mistura de conhaque e Cointreau chamada *Side-cars*, ela e os amigos passaram a continuar a festa na casa de alguém. Quase sempre, alguém que eles não conheciam. Chamavam isso de "invasão": rodavam Mayfair vestidos a rigor até encontrarem uma festa para ir. Até os criados estavam começando a fofocar. A nova arrumadeira limpava o hall certo dia quando Emmeline chegou às cinco e meia da manhã. Ela teve sorte de Teddy não ficar sabendo. De Hannah não tê-lo deixado saber.

– Jane disse que Clarissa está falando sério desta vez – disse a moça de vestido cor de jade.

– Você acha que ela vai mesmo fazer isso? – perguntou Harry.

– Vamos ver hoje à noite – sugeriu Emmeline. – Clarissa está ameaçando cachear o cabelo há meses. – Ela riu. – Vai ser uma tola se fizer isso: com aquele rosto, ela vai parecer um sargento alemão.

– Você vai tomar gim? – indagou Harry.

Emmeline deu de ombros.

– Ou vinho. Não importa. Clarissa pretende juntar tudo para as pessoas poderem mergulhar os copos.

Uma festa da garrafa, pensou Hannah. Ela já ouvira falar disso. Teddy gostava de ler notícias de jornal para ela quando estavam tomando café. Ele baixava o jornal para chamar-lhe a atenção, balançava a cabeça com um ar de censura e dizia:

– Ouça só isto. Mais uma daquelas festas. Desta vez em Mayfair.

Então ele lia o artigo, palavra por palavra, sentindo um enorme prazer, Hannah achava, em descrever os penetras, a decoração indecente, as batidas policiais. Por que os jovens não podiam se comportar como eles se comportavam quando eram jovens?, ele questionava. Dar bailes com ceias, criados servindo vinho, cartões de dança.

Hannah ficou tão horrorizada com a insinuação de Teddy de que ela não era mais jovem que, embora achasse o comportamento de Emmeline um pouco desrespeitoso, nunca disse nada.

E passou a cuidar para que Teddy não soubesse que Emmeline frequentava aquelas festas. E muito menos que ajudava a organizá-las. Hannah se aperfeiçoou em inventar desculpas para as atividades noturnas da irmã.

Mas naquela noite, quando subiu a escada para o escritório de Teddy, munida de uma desculpa engenhosa sobre a dedicação de Emmeline à sua amiga lady Clarissa, ele não estava sozinho. Hannah ouviu vozes. As vozes de Teddy e de Simion. Ela já ia dar meia-volta, deixar para falar com ele mais tarde, quando ouviu o nome do pai. Prendeu a respiração e, pé ante pé, foi até a porta.

– Não se pode deixar de ter pena dele – disse Teddy. – Não importa o que você pense do homem. Morrer daquele jeito, em um acidente de caça, um homem do campo como ele...

Simion pigarreou.

– Bem, Teddy, cá entre nós, parece que não foi bem assim. – Uma pausa significativa. Uma voz abafada, palavras que Hannah não conseguiu entender.

Teddy arfou de repente.

– Suicídio?

Mentira, pensou Hannah, nervosa. *Mentira deslavada.*

– Parece que sim – comentou Simion. – Lorde Gifford me contou que um dos criados, aquele sujeito idoso, Hamilton, encontrou-o no terreno. A criadagem fez o que pôde para encobrir os detalhes... como eu falei, nada se compara a um criado inglês em matéria de discrição... mas lorde Gifford disse que cabia a ele proteger a reputação da família e que precisava conhecer os fatos para fazer isso.

Hannah ouviu barulho de copos, do xerez sendo servido.

– E o que foi que Gifford contou? – perguntou Teddy. – O que o fez pensar que a coisa foi... intencional?

Simion suspirou filosoficamente.

– O homem andava deprimido. Nem todos aguentam as agruras do mundo dos negócios. Ele tinha se tornado rabugento, estava sempre mexendo em armas. Os criados tinham passado a segui-lo quando ele saía de casa, só por precaução... – Ele riscou um fósforo e o odor do charuto chegou até Hannah. – Vamos dizer que, pelo que eu entendi, esse "acidente" já era esperado.

Houve uma pausa na conversa enquanto os dois homens refletiam sobre o assunto. Hannah prendeu a respiração, atenta ao som de passos.

Depois de alguns momentos de silêncio, Simion prosseguiu com energia renovada.

– Só que lorde Gifford deu um jeito, ninguém vai saber a diferença, e não há motivos para não tirar proveito disso. – A cadeira rangeu quando ele se ajeitou nela. – Eu estive pensando, já está na hora de você fazer outra tentativa na política. Os negócios nunca estiveram melhores, você não se meteu em encrencas, ganhou reputação entre os conservadores de ser um homem sensato. Por que não buscar uma indicação para o assento de Saffron?

A voz de Teddy ganhou o brilho da esperança.

– Você quer dizer morar em Riverton?

– A casa é sua agora, e as pessoas do campo adoram o senhor do castelo.

– Papai, você é um gênio – disse Teddy, sem fôlego. – Vou ligar imediatamente para lorde Gifford, ver se ele fala com os outros em meu favor. – Ele pegou o telefone. – Não está muito tarde, está?

– Nunca é muito tarde para tratar de negócios – retrucou Simion. – Ou de política.

Então Hannah se afastou. Já tinha ouvido o bastante.

Ela não falou com Teddy naquela noite. De qualquer forma, Emmeline chegou em casa umas duas horas antes do habitual. Hannah ainda estava acordada na cama quando Emmeline passou cambaleando pelo corredor. Ela virou de lado e fechou bem os olhos, tentando não pensar mais no que Simion tinha dito, sobre o pai e o modo como ele tinha morrido. Sobre sua grande infelicidade. Sua solidão. A sombra que havia tomado conta dele. E ela se recusou a pensar nas cartas de desculpas que nunca tinha conseguido terminar.

Sozinha em seu quarto, com os roncos satisfeitos de Teddy ecoando do quarto ao lado, os ruídos da noite londrina abafados pela janela, ela sonhou com águas turvas, navios abandonados e sirenes ecoando em praias vazias.

II

Robbie voltou. Ele não deu explicação alguma para o seu sumiço, simplesmente se sentou na poltrona de Teddy, como se não tivesse passado tempo algum, e presenteou Hannah com seu primeiro livro de poesia. Ela ia dizer que já tinha um exemplar quando ele tirou outro livro do bolso do paletó.

– Para você – disse ele, entregando a ela.

O coração de Hannah deu um pulo quando ela viu o título. Era *Ulisses*, de James Joyce, e estava proibido em toda parte.

– Onde você...?

– Um amigo em Paris.

Hannah passou as pontas dos dedos sobre a palavra *Ulisses*. O livro era sobre um casal, ela sabia, e seu relacionamento físico moribundo. Ela havia lido, ou melhor, Teddy lera para ela trechos publicados no jornal. Ele os julgara nojentos, e ela havia concordado. Na verdade, ela os tinha achado estranhamente comoventes. Mas podia imaginar o que Teddy diria se ela confessasse isso. Teria achado que Hannah estava doente, teria mandado que consultasse um médico. E talvez ela estivesse mesmo doente.

Mas, embora empolgada com a possibilidade de ler o romance, ela não soube o que pensar do fato de Robbie tê-la presenteado. Será que achava que ela era o tipo de mulher para quem aqueles assuntos eram banais? Pior: será que ele estava fazendo uma piada? Será que ele a achava uma mulher pudica? Ela já ia perguntar quando Robbie disse, com muita simplicidade e delicadeza:

– Sinto muito pelo que houve com seu pai.

E, antes que ela pudesse dizer qualquer coisa sobre *Ulisses*, percebeu que estava chorando.

Ninguém deu importância às visitas de Robbie. No início. Com certeza não houve insinuação alguma de que houvesse algo impróprio entre eles. Hannah teria sido a primeira a negar, se houvesse. Todo mundo sabia que Robbie fora amigo do irmão dela, estivera com ele na hora da sua morte. Se ele parecia um tanto diferente, não muito respeitável, como ela sabia que Boyle continuava afirmando, isso era atribuído facilmente ao terrível mistério da guerra.

As visitas de Robbie não eram regulares, sua chegada nunca era planejada, mas Hannah começou a esperar por elas com ansiedade. Às vezes estava sozinha, às vezes Emmeline ou Deborah estavam com ela; não fazia diferença. Para Hannah, Robbie tornou-se uma tábua de salvação. Eles conversavam sobre livros e viagens. Ideias absurdas e lugares longínquos. Ele parecia saber muito sobre ela. Era quase como ter David de volta. Ela percebeu que ansiava por sua companhia, ficava nervosa no intervalo entre as visitas, entediada com qualquer outra atividade.

Talvez, se Hannah estivesse menos preocupada, tivesse notado que não era a única que gostava das visitas de Robbie. Ou observado que Deborah estava passando mais tempo em casa. Mas não notou.

Foi uma surpresa quando, certa manhã, na sala de visitas, Deborah largou suas palavras cruzadas e disse:

– Vou dar uma festa para lançar um novo perfume Chanel na semana que vem, Sr. Hunter, e sabe de uma coisa? Estive tão ocupada organizando a festa que não tive tempo de pensar em um acompanhante. – Ela sorriu, dentes muito brancos e lábios vermelhos.

– Duvido que seja uma dificuldade – disse Robbie. – Deve haver um monte de sujeitos querendo navegar nas ondas douradas da sociedade.

– É claro – concordou Deborah, entendendo mal a ironia de Robbie. – Mesmo assim, está muito em cima da hora.

– Lorde Woodall certamente iria com você – sugeriu Hannah.

– Lorde Woodall está viajando – rebateu Deborah depressa. Ela sorriu para Robbie. – E eu não posso ir sozinha.

– Ir desacompanhada é mais divertido, segundo Emmeline – comentou Hannah.

Deborah não pareceu ter ouvido. Ela piscou para Robbie.

– A menos... – Ela balançou a cabeça com uma timidez atípica. – Não, é claro que não.

Robbie não disse nada.

Deborah comprimiu os lábios.

– A menos que o senhor me acompanhe, Sr. Hunter...

Hannah prendeu a respiração.

– Eu? – disse Robbie, rindo. – Acho que não.

– Por que não? Nós nos divertiríamos muito.

– Eu não entendo nada de moda – retrucou Robbie. – Seria um peixe fora d'água.

– Eu sou uma ótima nadadora – respondeu Deborah. – Vou mantê-lo na superfície.

– Mesmo assim. Não.

Não foi a primeira vez que Hannah sentiu o ar preso na garganta. Ele tinha uma falta de cerimônia completamente diferente da vulgaridade afetada dos amigos de Emmeline. A dele era autêntica e, Hannah pensou, impressionante.

– Eu insisto que você reconsidere – disse Deborah, uma nota de ansiedade teimosa em sua voz. – Todo mundo importante vai estar lá.

– Eu não gosto da alta sociedade – comentou Robbie. Ele agora estava entediado. – Gente demais gastando dinheiro demais para impressionar gente estúpida demais para perceber.

Deborah abriu a boca e tornou a fechá-la.

Hannah tentou não sorrir.

– Se você tem certeza... – murmurou Deborah.

– Certeza absoluta – afirmou Robbie alegremente. – Mas obrigado pelo convite mesmo assim.

Deborah ajeitou o jornal no colo e fingiu voltar a fazer as palavras cruzadas. Robbie ergueu as sobrancelhas para Hannah e depois sugou as bochechas, como um peixe. Hannah não conseguiu conter o riso.

A cunhada ergueu os olhos e os encarou. Hannah reconheceu aquela expressão: Deborah a tinha herdado, juntamente com a paixão da conquista, de Simion. Ela apertou os lábios, sentindo o gosto amargo da derrota.

– O senhor é bom com palavras, Sr. Hunter – disse ela com frieza. – Qual é a palavra de nove letras começada por "g" que significa um erro de julgamento?

No jantar, alguns dias depois, Deborah vingou-se da grosseria de Robbie.

– Eu notei que o Sr. Hunter esteve aqui hoje, de novo – informou ela, cortando uma fatia de torta.

– Ele trouxe um livro que achou que iria me interessar – respondeu Hannah.

Deborah olhou para Teddy, que estava sentado na cabeceira, dissecando seu peixe.

– Acho que as visitas do Sr. Hunter podem estar deixando a criadagem preocupada.

Hannah largou os talheres.

– Não sei por que motivo.

– Não – disse Deborah, empertigando-se. – Achei mesmo que você não entenderia. Você nunca assumiu responsabilidade alguma com relação à criadagem. – Ela falou devagar, pronunciando bem cada palavra. – Os criados são como crianças, Hannah querida. Eles gostam de uma boa rotina, acham quase impossível funcionar sem isso. Cabe a nós, seus superiores, dar uma rotina a eles. – Ela inclinou a cabeça. – Como você sabe, as visitas do Sr. Hunter são imprevisíveis. Como ele mesmo admite, não entende nada acerca de convenções sociais. Nem mesmo telefona antes para avisar. A Sra. Tibbit tem um trabalhão para preparar chá para dois quando preparou só para um. Não é justo. Você não concorda, Teddy?

– O quê? – Ele ergueu os olhos do peixe.

– Eu só estava dizendo como é lamentável que a criadagem esteja tão agitada ultimamente.

– A criadagem está agitada? – espantou-se Teddy. Ele tinha um pavor herdado do pai de que a classe trabalhadora um dia se revoltasse.

– Eu vou conversar com o Sr. Hunter – disse Hannah depressa. – Vou pedir a ele que telefone antes, daqui em diante.

Deborah pareceu refletir.

– Não. Acho que está um pouco tarde para isso. Talvez fosse melhor que ele parasse com essas visitas.

– Um tanto radical isso, não acha, Deb? – indagou Teddy, e Hannah sentiu uma onda de afeição por ele. – O Sr. Hunter sempre me pareceu bastante inofensivo. Boêmio, é verdade, mas inofensivo. Se ele avisar antes, tenho certeza de que a criadagem...

– Há outras questões a considerar – insistiu Deborah. – Não queremos que as pessoas pensem mal, não é, Teddy?

– Pensem mal? – repetiu Teddy, franzindo a testa. Então começou a rir. – Ora, Deb, você está dizendo que alguém pode achar que Hannah e o Sr. Hunter... Que a minha esposa e um sujeito como ele...?

Hannah fechou os olhos devagar.

– É claro que não – disse Deborah. – Mas as pessoas adoram fofocar, e isso não é bom para os negócios. Nem para a política.

– Política?

– Mamãe me contou que você vai tentar outra vez – falou Deborah. – Como as pessoas podem confiar que você vai controlar seu eleitorado se acharem que não consegue controlar sua própria *esposa*? – Ela enfiou uma garfada de comida na boca, evitando tocar os cantos dos lábios pintados de batom.

Teddy ficou nervoso.

– Eu não tinha pensado nisso.

– Nem deveria – interveio Hannah, baixinho. – O Sr. Hunter era muito amigo do meu irmão. Ele vem aqui para conversarmos sobre David.

– Eu sei disso, minha querida – disse Teddy com um sorriso constrangido, dando de ombros. – Mesmo assim, Deb tem razão. Você entende, não é mesmo? Não podemos dar às pessoas a ideia errada.

Deborah grudou em Hannah depois disso. Tendo sido rejeitada por Robbie, ela queria ter certeza de que ele recebesse a ordem; e, mais importante, que soubesse de onde ela viera. Assim, quando Robbie apareceu de novo, tornou a encontrar Deborah no sofá da sala de visitas ao lado de Hannah.

– Boa tarde, Sr. Hunter – cumprimentou Deborah, sorrindo enquanto desfazia os nós do pelo do seu cãozinho maltês, Bunty. – Que prazer em vê-lo. Como vai?

Robbie assentiu.

– E a senhorita?

– Ah, eu vou muito bem – respondeu Deborah.

Robbie sorriu para Hannah.

– O que você achou?

Hannah comprimiu os lábios. O exemplar de *The Waste Land* estava ao lado dela, que o devolveu para ele.

– Gostei muito, Sr. Hunter. Fiquei muito comovida.

Ele sorriu.

– Eu sabia.

Hannah encarou Deborah, que lhe lançou um olhar significativo.

– Sr. Hunter, precisamos discutir uma coisa – disse Hannah, nervosa, e apontou para a poltrona de Teddy.

Robbie sentou-se, fitou-a com seus olhos escuros.

– Meu marido... – começou Hannah, mas não soube como prosseguir. – Meu marido...

Ela olhou para Deborah, que pigarreou e fingiu estar prestando atenção no pelo sedoso de Bunty. Hannah fitou-a por alguns instantes, hipnotizada pelos dedos longos e finos da cunhada, por suas unhas pontudas...

Robbie acompanhou o olhar dela.

– Seu marido, Sra. Luxton?

– Meu marido prefere que o senhor não venha mais aqui sem uma justificativa – disse Hannah baixinho.

Deborah tirou Bunty do colo, limpou o vestido.

– O senhor entende, não é?

Boyle entrou carregando a bandeja do chá, colocou-a na mesa, acenou para Deborah e saiu.

– O senhor vai ficar para o chá, não vai? – indagou Deborah com uma voz doce que deixou Hannah arrepiada. – Uma última vez? – Ela serviu o chá e entregou uma xícara a Robbie.

Com Deborah conduzindo a conversa, eles só falaram, constrangidos, sobre o colapso do governo de coalizão e sobre o assassinato de Michael Collins. Hannah mal conseguia prestar atenção. Tudo o que queria eram alguns minutos a sós com Robbie para se explicar. Ela também sabia que Deborah jamais permitiria isso.

Ela estava pensando na questão, se teria a oportunidade de falar de novo com ele, percebendo quanto tinha passado a contar com sua companhia, quando a porta se abriu e Emmeline entrou, chegando de um almoço com amigos.

Emmeline estava particularmente bonita naquele dia: tinha penteado o cabelo louro em ondas e usava uma echarpe nova de um tom moderno – amarelo-queimado – que contrastava com sua pele. Ela entrou de supetão, como era de hábito, fazendo Bunty correr para se esconder debaixo da poltrona, e se atirou em um canto do sofá, pondo as duas mãos dramaticamente sobre a barriga.

– Puxa – disse ela, sem reparar na tensão que havia na sala. – Estou tão empanturrada quanto um ganso de Natal. Acho que nunca mais vou conseguir comer nada. – Ela inclinou a cabeça de lado. – Quais são as novidades, Robbie? – perguntou, mas não esperou resposta. Arregalou os olhos de repente e disse: – Ah, você nunca vai adivinhar quem foi que eu encontrei outro dia na festa de lady Sybil Colefax. Eu estava conversando com o querido lorde Berners... ele estava me contando sobre o pequeno piano que tinha instalado em seu Rolls-Royce... quando entraram os Sitwells! Todos os três. Eles são muito mais engraçados pessoalmente. O querido Sachy com suas piadas inteligentes, e Osbert com aqueles poeminhas com finais engraçados...

– Epigramas – murmurou Robbie.

– Ele é tão inteligente quanto Oscar Wilde – continuou Emmeline. – Mas foi Edith quem mais me impressionou. Ela recitou um de seus poemas e fez todo mundo chorar. Bem, você conhece lady Colefax... adora se gabar de conhecer gente inteligente... e eu não me aguentei, Robbie querido, disse que conhecia você, e eles quase morreram. Acho que não acreditaram em mim, eles pensam que eu invento coisas, não sei por quê, mas, veja, você tem que ir à festa hoje à noite para provar que eles estavam errados.

Ela parou para tomar fôlego e, com um movimento rápido, tirou um cigarro da bolsa e acendeu-o. Soltou uma nuvem de fumaça.

– Diga que vai, Robbie. Uma coisa é as pessoas duvidarem de você quando está mentindo, outra coisa é duvidarem quando você está dizendo a verdade.

Robbie pensou um pouco.

– A que horas você quer que eu venha buscá-la?

Hannah ficou confusa. Esperava que ele fosse recusar, como sempre fazia quando Emmeline o convidava para alguma coisa. Julgara que Robbie tivesse a mesma opinião que ela sobre os amigos de Emmeline. Talvez seu desprezo não se estendesse a lorde Berners e lady Sybil. Talvez o fascínio dos Sitwells fosse irresistível.

– Seis horas – disse Emmeline, com um sorriso largo. – Que empolgação!

Robbie chegou às cinco e meia. Era uma ironia, Hannah pensou, que alguém com o hábito de chegar sem avisar se mostrasse tão educado ao marcar encontros com alguém ainda menos confiável do que ele.

Emmeline ainda estava se arrumando, então Robbie sentou-se na sala de visitas com Hannah. Ela ficou contente de finalmente ter a oportunidade de explicar o comportamento de Deborah, o modo como ela tinha incitado Teddy a elaborar seu decreto. Robbie respondeu que ela esquecesse, que ele já tinha adivinhado o que acontecera. Então conversaram sobre outras coisas e o tempo deve ter voado, porque de repente Emmeline surgiu, pronta para sair. Robbie se despediu de Hannah, e ele e Emmeline desapareceram na noite.

Durante algum tempo as coisas continuaram assim: Hannah via Robbie quando ele ia buscar Emmeline, e Deborah não podia fazer nada para impedir. Certa vez, quando ela tentou de novo proibir a entrada dele, Teddy deu de ombros e disse que era correto a dona da casa receber as pessoas que iam visitar sua irmã mais nova. O sujeito iria ficar sentado sozinho na sala de visitas?

Hannah tentou contentar-se com aqueles poucos momentos preciosos, mas se viu pensando em Robbie nos intervalos. Ele nunca tinha dito nada sobre o que fazia quando não estavam juntos. Ela não sabia nem onde ele morava. Então começou a imaginar; ela sempre tivera muita imaginação.

Conseguiu, convenientemente, ignorar o fato de que ele estava passando muito tempo com Emmeline. Que importância isso tinha? Emmeline tinha um grupo enorme de amigos. Robbie era apenas mais um.

Então, certa manhã, quando ela estava sentada à mesa, tomando café com Teddy, ele bateu com a mão no jornal aberto à sua frente e disse:

– Olhe só essa sua irmã, hein?

Hannah se preparou, imaginando qual confusão Emmeline tinha arrumado naquela vez. Pegou o jornal que Teddy lhe entregou.

Era só uma pequena foto. Robbie e Emmeline saindo de uma casa de festas. Emmeline saíra bem, Hannah teve que admitir, o queixo erguido, rindo enquanto puxava Robbie pelo braço. O rosto dele estava menos visível; Robbie estava na sombra, tinha se desviado no momento certo.

Teddy pegou de volta o jornal e leu o texto que acompanhava a imagem:

– "A Srta. Emmeline Hartford, uma das jovens mais charmosas da sociedade, retratada com um homem moreno, desconhecido. O homem misterioso parece ser o poeta R. S. Hunter. Uma fonte diz que a Srta. Hartford mencionou que um anúncio de noivado é esperado para breve."

Ele largou o jornal, enfiou uma garfada de ovos na boca.

– Espertinha, não acha? Não pensei que Emmeline fosse capaz de guardar segredo – disse Teddy. – Podia ser pior. Ela podia ter escolhido aquele Harry Bentley. – Ele passou o polegar em um canto do bigode, limpou um restinho de ovo. – Mas você vai conversar com ele, não é? Para ter certeza de que está tudo certo. Eu não quero escândalos na família.

Quando Robbie chegou para buscar Emmeline, na noite seguinte, Hannah recebeu-o como sempre. Eles conversaram um pouco, até que ela não aguentou mais.

– Sr. Hunter, eu preciso perguntar – disse ela, indo até a lareira. – O senhor tem alguma coisa para me dizer?

Ele se recostou na poltrona e sorriu para ela.

– Tenho. E achei que estava dizendo.

– Alguma outra coisa, Sr. Hunter?

O sorriso dele murchou.

– Acho que não estou entendendo.

– Alguma coisa que o senhor queira me perguntar?

– Talvez fosse melhor você me dizer o que acha que eu deveria estar dizendo – sugeriu Robbie.

Hannah suspirou. Ela pegou o jornal que estava em cima da mesa e entregou a ele.

Ele leu e devolveu a ela.

– E daí?

– Sr. Hunter – começou Hannah em um tom de voz baixo. Não queria que os criados ouvissem, caso estivessem no hall de entrada. – Eu sou a tutora da minha irmã. Se o senhor quiser noivar com ela, seria mais apropriado discutir suas intenções primeiro comigo.

Robbie sorriu, viu que Hannah não estava achando graça e ficou sério de novo.

– Vou me lembrar disso, Sra. Luxton.

Ela o encarou.

– E então, Sr. Hunter?

– E então, Sra. Luxton?

– O senhor gostaria de me perguntar alguma coisa?

– Não – disse Robbie, rindo. – Eu não tenho intenção alguma de me casar com Emmeline. Nem agora nem nunca. Mas obrigado por perguntar.

– Ah – murmurou Hannah. – Emmeline sabe disso?

Robbie deu de ombros.

– Não sei por que ela entenderia diferente. Eu nunca dei motivo para ela pensar outra coisa.

– Minha irmã é romântica – contou Hannah. – Ela se afeiçoa com facilidade às pessoas.

– Então ela vai ter que se desafeiçoar.

Hannah sentiu pena de Emmeline, mas sentiu outra coisa também. E odiou a si mesma quando percebeu que era alívio.

– O que foi? – indagou Robbie.

Ele estava muito perto dela. Hannah não tinha percebido sua aproximação.

– Eu estou preocupada com Emmeline – disse Hannah, afastando-se um pouco, batendo com a perna no sofá. – Ela acha que você sente outra coisa por ela.

– O que eu posso fazer? – perguntou Robbie. – Eu já disse a ela que não sinto.

– Você tem que parar de vê-la – comentou Hannah baixinho. – Diga a ela que não está interessado em festas. Não deve ser muito difícil. Afinal, você mesmo disse que não tem muito assunto com os amigos dela.

– Não tenho mesmo.

– Então, se não sente nada por Emmeline, seja honesto com ela. Por favor, Sr. Hunter. Pare com isso. Senão ela vai sofrer, e eu não posso deixar que isso aconteça.

Robbie a encarou, estendeu a mão e ajeitou muito delicadamente uma mecha do cabelo de Hannah que tinha se soltado. Ela ficou paralisada, não conseguia ver mais nada a não ser ele. Seus olhos escuros, o calor de sua pele, seus lábios macios.

– Eu faria isso. Agora mesmo. – Ele estava muito perto. Hannah sentiu o hálito dele em seu pescoço. Robbie falou baixinho: – Mas como eu poderia ver você?

As coisas mudaram depois disso. Claro que mudaram. Tinham que mudar. Algo implícito tinha se tornado explícito. Para Hannah, a escuridão tinha começado a recuar. Ela estava se apaixonando por ele, é claro, embora não tenha percebido de cara. Nunca tinha se apaixonado, não tinha parâmetro em que se apoiar. Sentira-se atraída por algumas pessoas, sentira aquele impulso súbito, inexplicável, como acontecera um dia com Teddy. Mas havia uma diferença entre apreciar a companhia de alguém, achar a pessoa atraente, e se apaixonar perdidamente.

Os encontros ocasionais pelos quais ela antes ansiava, roubados enquanto Robbie esperava por Emmeline, não eram mais suficientes. Hannah queria vê-lo em outro lugar, a sós, em um lugar onde pudessem conversar livremente. Onde não houvesse o risco constante de que outra pessoa pudesse aparecer.

A oportunidade chegou em uma noite no início de 1923. Teddy estava nos Estados Unidos a negócios, Deborah tinha ido passar o fim de semana no campo, e Emmeline fora com amigos a uma das leituras da poesia de Robbie. Hannah tomou uma decisão.

Ela comeu sozinha na sala de jantar, em seguida foi para a sala íntima tomar o café, depois se retirou para o quarto. Quando fui ajudá-la a se vestir para dormir, ela estava no banheiro, sentada na borda da elegante banheira vitoriana. Usava uma delicada combinação de cetim; Teddy a trouxera de uma de suas viagens ao continente. Nas mãos, ela segurava alguma coisa preta.

– Quer tomar um banho, madame? – perguntei. Era incomum, mas não seria a primeira vez que ela tomava banho depois do jantar.

– Não – disse Hannah.

– Quer que eu traga a sua camisola?

– Não. Eu não vou me deitar, Grace. Vou sair.

Eu fiquei confusa.

– Como assim, madame?

– Eu vou sair. E preciso da sua ajuda.

Ela não queria que os outros criados soubessem. Eles eram espiões, me disse, e não queria que Teddy nem Deborah – tampouco Emmeline, aliás – soubessem que ela saíra de casa aquela noite.

Fiquei preocupada pelo fato de ela sair sozinha à noite, escondida de Teddy. E imaginei aonde ela iria, se me contaria. Apesar de preocupada, concordei em ajudar. Claro. Foi o que ela me pediu.

Nenhuma de nós falou nada enquanto eu a ajudava a colocar o vestido que ela já tinha escolhido: azul-claro com uma franja que chegava aos joelhos. Ela se sentou defronte ao espelho enquanto eu prendia seu cabelo. Mexendo no vestido, torcendo a corrente do pescoço, mordendo o lábio. Então ela me entregou uma peruca: preta e curta, que Emmeline tinha usado meses antes em uma festa à fantasia. Eu fiquei surpresa – Hannah não tinha o hábito de usar perucas –, mas a prendi em sua cabeça, depois dei um passo para trás para observar. Ela parecia outra pessoa. Parecia Louise Brooks.

Ela pegou um frasco de perfume – outro presente de Teddy –, Chanel Número 5, trazido de Paris no ano anterior, mas mudou de ideia. Largou o frasco e se olhou no espelho. Foi então que eu vi o papel na sua escrivaninha: *Leitura de Robbie*, estava escrito. *The Stray Cat, Soho, sábado, 22h.* Ela pegou o papel e o guardou na bolsa. Então, pelo espelho, nossos olhos se encontraram. Ela não disse nada; nem precisava. Eu me perguntei como não tinha adivinhado. Quem mais poderia deixá-la tão agitada? Tão nervosa? Tão cheia de expectativa?

Eu fui na frente, para me certificar de que os criados estivessem todos no andar de baixo. Então falei ao Sr. Boyle que tinha notado uma mancha na vidraça do vestíbulo. Não era verdade, mas não podia deixar que algum criado me ouvisse abrir a porta da frente à toa.

Tornei a subir e fiz sinal a Hannah de que o caminho estava livre. Abri a porta da frente e ela saiu. Paramos do lado de fora, ela se virou para mim e sorriu.

– Tome cuidado, madame – falei, controlando o nervosismo.

Ela assentiu.

– Obrigada, Grace. Por tudo.

E desapareceu na escuridão, silenciosamente, com os sapatos na mão para não fazer o menor ruído.

Hannah pegou um táxi na esquina e deu ao motorista o endereço do clube onde Robbie estava fazendo a leitura. Estava tão empolgada que mal conseguia respirar. Precisou bater com os pés no chão do táxi para convencer a si mesma de que aquilo estava mesmo acontecendo.

O endereço fora fácil de conseguir. Emmeline tinha um diário onde prendia panfletos, anúncios e convites, e Hannah não demorou muito a encontrá-lo. Ela nem precisava ter tido esse trabalho. Assim que mencionou o nome do clube para o motorista, ele não precisou de mais informação alguma. O The Stray Cat era um dos clubes mais conhecidos do Soho, um lugar de encontro de artistas, traficantes de drogas, magnatas e jovens membros da aristocracia, entediados e desocupados, querendo libertar-se dos grilhões de suas famílias.

Ele parou o táxi e pediu que ela tivesse cuidado, balançando a cabeça enquanto ela pagava. Hannah se virou para agradecer, e ficou olhando o nome do clube refletido no táxi preto que desaparecia na noite.

Hannah nunca tinha ido a um lugar como aquele. Ficou contemplando a fachada de tijolos, o letreiro iluminado e a multidão de gente alegre reunida na calçada. Então era àquilo que Emmeline se referia quando falava dos clubes. Era ali que ela e os amigos iam se divertir à noite. Hannah estremeceu sob a echarpe, baixou a cabeça e entrou, recusando a oferta do recepcionista de guardar seu agasalho.

Lá dentro era pequeno, do tamanho de uma sala, e estava quente, apinhado de gente. O ar enfumaçado cheirava a gim. Ela ficou perto da entrada, ao lado de uma coluna, e examinou o local, procurando Robbie.

Ele já estava no palco, se é que podia ser chamado de palco. Um lugar vazio entre o piano e o bar. Estava sentado em um banquinho, com um cigarro na boca, fumando preguiçosamente. Seu paletó estava pendurado no encosto de uma cadeira próxima, e ele usava só a calça preta do terno e uma camisa branca. O colarinho estava aberto e o cabelo, despenteado. Folheava um caderno. Na frente dele, a plateia estava espalhada em mesas. Outros estavam sentados nos banquinhos do bar ou agrupados nos cantos da sala.

Então Hannah avistou Emmeline, sentada a uma mesa, rodeada de amigos. Fanny estava com ela, a matrona do grupo. (A vida de casada tinha se mostrado uma decepção para Fanny. Com os filhos nas mãos de uma governanta chata e um marido que passava o tempo todo imaginando novas doenças, não havia muito que fazer. Quem podia culpá-la por buscar diversão ao lado de amigos mais jovens?) Eles a toleravam, Emmeline tinha contado a Hannah, porque ela era muito autêntica em sua busca por diversão; e, além disso, era mais velha e conseguia tirá-los de todo tipo de encrencas. Era especialmente boa em conversar com a polícia quando eles eram pegos em batidas de madrugada. Todos estavam tomando coquetéis em taças de martíni, e um deles espalhou uma carreira de pó branco sobre a mesa. Normalmente, Hannah teria ficado preocupada com Emmeline, mas naquela noite ela estava de bem com o mundo.

Hannah se escondeu melhor junto à pilastra, mas não precisava ter se preocupado. Eles estavam tão distraídos uns com os outros que nem tinham tempo de olhar para o resto das pessoas. O sujeito com o pó branco cochichou alguma coisa para Emmeline, e ela riu alto, jogando a cabeça para trás.

As mãos de Robbie estavam tremendo. Hannah podia ver o caderno balançando. Ele pôs o cigarro em um cinzeiro em cima do bar e começou, sem introdução. Um poema sobre história, mistério e memória: "Lembranças perdidas". Era um dos favoritos dela.

Hannah observou-o; era a primeira oportunidade que tinha de olhar direito para ele, de deixar seus olhos percorrerem o rosto de Robbie, seu corpo, sem que ele soubesse. E ela escutou. As palavras a tinham emocionado quando ela leu o poema, mas ouvi-lo declamar era como enxergar seu coração.

Ele terminou e a plateia aplaudiu, e alguém riu e Robbie ergueu os olhos. Na direção dela. Ele não expressou reação, mas Hannah soube que ele a tinha visto e reconhecido, apesar do disfarce.

Por um momento, eles ficaram sozinhos.

Robbie olhou de volta para o caderno, virou algumas páginas, hesitou um pouco, começou a ler outro poema.

E então falou só para ela. Um poema atrás do outro. Sobre saber e não saber, verdade e sofrimento, amor e desejo. Hannah fechou os olhos e, a cada palavra que ele pronunciava, sentia a escuridão desaparecendo.

Então Robbie terminou, e a plateia aplaudiu. A equipe do bar entrou em ação, preparando coquetéis e servindo bebidas, e os músicos tomaram seus lugares e começaram a tocar jazz. Algumas das pessoas sorridentes e embriagadas improvisaram uma pista de dança entre as mesas. Hannah viu Emmeline acenar para Robbie, fazer um sinal para que se juntasse a eles na mesa. Robbie acenou de volta e apontou para o relógio. Emmeline fez um beicinho, um gesto exagerado, depois deu adeus quando um dos amigos a puxou para dançar.

Robbie acendeu outro cigarro, vestiu o paletó e guardou o caderno no bolso interno do paletó. Ele disse alguma coisa para um homem que estava atrás do bar e atravessou a sala na direção de Hannah.

Naquele momento, quando o tempo desacelerou e ela o viu se aproximando, Hannah ficou tonta. Sentiu uma vertigem. Como se estivesse parada no topo de um rochedo enorme, sob um vento muito forte, sem poder fazer nada a não ser cair.

Sem uma palavra, Robbie pegou sua mão e a levou para fora.

Eram três da manhã quando Hannah desceu silenciosamente a escada de serviço da Casa 17. Eu estava esperando por ela, como tinha prometido, com o estômago embrulhado de nervoso. Ela chegou mais tarde do que eu previra, e a escuridão e a inquietação tinham enchido a minha cabeça de cenas tenebrosas.

– Graças a Deus – disse Hannah, passando pela porta que eu tinha aberto. – Fiquei com medo de você esquecer.

– É claro que não, madame – respondi, ofendida.

Hannah entrou e caminhou pé ante pé pelo hall, com os sapatos na mão. Ela começou a subir a escada para o segundo andar quando percebeu que eu estava atrás dela.

– Não precisa me ajudar a trocar de roupa, Grace. Já está muito tarde. Além disso, quero ficar sozinha.

Eu parei onde estava, com minha camisola branca, parecendo uma criança perdida.

– Madame...

Hannah se virou.

– Sim?

– A senhora se divertiu?

Hannah sorriu.

– Ah, Grace... Esta noite a minha vida começou.

III

Os dois sempre se encontravam na casa dele. Hannah já tinha imaginado a casa de Robbie, mas nunca chegara perto da verdade. Ele era dono de um barco chamado *Sweet Dulcie*, que ficava atracado às margens do Tâmisa, geralmente perto da ponte de Chelsea. Ele o tinha comprado na França, contou a ela, depois da guerra, e velejara de volta a Londres. Era um barquinho robusto e, apesar das aparências, perfeitamente capaz de uma viagem em alto-mar.

O interior era surpreendentemente arrumado: paredes com painéis de madeira, uma quitinete com panelas de cobre e uma área de estar com uma cama de armar sob janelas cobertas por cortinas. Havia até um banheiro e um chuveiro. O fato de ele morar em um lugar tão fora do comum, tão diferente de tudo o que ela já tinha visto, só deixava a aventura mais excitante. Havia algo de delicioso naqueles momentos de intimidade em um lugar tão secreto.

Era fácil combinar os encontros. Robbie ia buscar Emmeline e, enquanto esperava, passava um bilhete para Hannah com uma data e um horário e a ponte onde ele estaria atracado. Ela lia o bilhete, assentia, e eles se encontravam. Às vezes era impossível – Teddy precisava da presença dela em um evento ou Estella a indicava como voluntária em algum comitê. Nessas ocasiões, ela não tinha como avisá-lo. E ficava triste ao pensar que Robbie a esperava em vão.

Na maioria das vezes, porém, ela conseguia ir. Dizia que ia se encontrar com uma amiga para almoçar ou ia fazer compras, e desaparecia. Nunca se demorava demais. Era muito cuidadosa quanto a isso. Passar mais do que uma manhã ou uma tarde fora poderia despertar suspeitas. O amor ilícito torna as pessoas dissimuladas, e Hannah logo se acostumou: passou a raciocinar rapidamente quando era vista em algum lugar inesperado por alguém inesperado. Certo dia, deu com lady Clementine em Oxford Circus. A mulher perguntou onde estava seu motorista, e Hannah respondeu que tinha ido a pé. O tempo estava tão bonito que ela sentiu vontade de dar um passeio. Mas lady Clementine não tinha nascido ontem. Ela estreitou os olhos e balançou a cabeça, dizendo a Hannah para tomar cuidado, que a rua tinha olhos e ouvidos.

A rua talvez, mas não o rio. Pelo menos, não o tipo de olhos e ouvidos que Hannah precisava temer. O Tâmisa era diferente, na época. Um rio agitado, cheio de barulho e de tráfego: barcos de carvão a caminho das fábricas, barcas transportando mercadorias, barcos de pesca levando peixes para o mercado; e, ao longo dos canais, enormes e dóceis cavalos puxando chalupas pintadas, tentando ignorar o voo rasante das gaivotas.

Hannah adorava o rio. Não podia acreditar que, morando em Londres havia tanto tempo, nunca tinha descoberto o coração da cidade. Já tinha passado pelas pontes, é claro, pelo menos por algumas; no carro, com um motorista ao volante. Mas não tinha prestado atenção na agitação lá embaixo. Se já pensara no rio Tâmisa, fora apenas como um obstáculo a ser cruzado para se chegar à ópera, às galerias de arte, ao museu.

Assim eles se encontravam. Ela saía da Casa 17 e ia para a ponte que ele indicara no bilhete. Às vezes era em uma região familiar, em outras Robbie a levava a uma parte desconhecida de Londres. Ela encontrava a ponte, descia até a margem e procurava o barquinho azul no rio.

Robbie estava sempre esperando. Quando Hannah se aproximava, ele estendia a mão e a ajudava a subir a bordo. Eles iam para a cabine, longe do mundo agitado e barulhento, e entravam no próprio mundo.

Às vezes não entravam tão depressa. Robbie a abraçava e a beijava antes que Hannah pudesse falar.

– Esperei tanto tempo... – dizia ele, a testa encostada na dela. – Pensei que você não fosse chegar nunca.

E então eles seguiam para a cabine.

Às vezes, depois, eles ficavam deitados juntos, embalados pelo balanço do barco. Contando suas vidas um ao outro. Eles falavam, como amantes costumam fazer, de poesia, música e dos lugares que Robbie visitara e que Hannah ansiava por conhecer.

Em uma tarde de inverno, quando o sol já estava se pondo no céu, eles subiram a escadinha estreita até o convés e entraram na cabine de comando. Tinha baixado um nevoeiro e, junto com ele, a dádiva da privacidade. Ao longe, do outro lado do rio, alguma coisa estava queimando. Eles sentiam o cheiro da fumaça dali e, enquanto olhavam, as chamas foram ficando cada vez mais altas e fortes.

– Deve ser uma barca – disse Robbie, e então algo explodiu e ele se encolheu. Uma chuva de fagulhas encheu o ar.

Hannah ficou olhando uma nuvem de luz dourada penetrando no nevoeiro.

– É assustador, mas tão bonito.

É como uma das pinturas de Turner, pensou ela.

Robbie pareceu ler seu pensamento.

– Whistler morou no Tâmisa – disse ele. – Adorava pintar esse nevoeiro inconstante, os efeitos de luz. Monet também passou um tempo aqui.

– Então você está em boa companhia – concluiu Hannah, sorrindo.

– A pessoa que me vendeu o *Dulcie* também pintava – disse Robbie.

– É mesmo? Como é o nome dele? Será que eu conheço seu trabalho?

– O nome dela é Marie Seurat.

Hannah sentiu uma pontinha de inveja, pensando na mulher que tinha morado no próprio barco, ganhado a vida como pintora, conhecido Robbie quando ela própria não o conhecia.

– Você a amava? – perguntou, preparando-se para a resposta.

– Eu gostava muito dela, mas infelizmente Marie era muito ligada à sua amante, Georgette. – Ele riu ao ver a cara de Hannah. – Paris é um lugar muito diferente.

– Eu adoraria voltar lá – disse Hannah.

– Nós voltaremos – prometeu Robbie, segurando sua mão. – Um dia, nós voltaremos.

Quando o inverno deu lugar à primavera e eles continuaram a se encontrar, Hannah e Robbie começaram a brincar de faz de conta. Um dia, ela estava lhe preparando um chá enquanto Robbie a observava, entretido, avaliando as folhas e comentando se elas ainda prestariam estando tão secas e quebradiças.

– Se vivêssemos juntos, acho que eu me tornaria mais caseira. Gosto da ideia de fazer bolos – disse Hannah.

Robbie ergueu as sobrancelhas: tinha visto o que ela fazia com uma torrada.

– E você escreveria lindos poemas o dia todo, sentado aqui sob a janela, e os leria para mim. Comeríamos ostras e maçãs e tomaríamos vinho.

– E navegaríamos para a Espanha para fugir dos invernos – completou ele.

– Isso. E eu me tornaria toureira. Uma toureira mascarada. A maior da Espanha.

Ela depositou sua xícara de chá fraco, com as folhas nadando no topo, na pequena estante ao lado da cama e se sentou junto a ele.

– Pessoas em toda parte iriam tentar adivinhar minha identidade.

– Mas continuaria sendo o nosso segredo – disse Robbie.

– Sim – respondeu Hannah. – Continuaria sendo o nosso segredo.

Em um dia chuvoso de abril, eles estavam deitados abraçados ouvindo a água bater suavemente contra o casco do barco. Hannah observava o relógio da parede, controlando o horário para não se atrasar. Finalmente, quando o ponteiro dos minutos alcançou a hora, ela se levantou, apanhou o par de meias ao pé da cama e começou a calçá-las. Robbie passou os dedos pela base da sua coluna.

– Não vá – pediu ele.

Ela começou a calçar a meia direita.

– Fique.

Hannah já estava de pé, enfiando a combinação pela cabeça, ajeitando-a ao redor dos quadris.

– Você sabe que eu queria. Ficaria para sempre, se pudesse.

– No nosso mundo secreto.

– Isso. – Ela sorriu, ajoelhou-se na beira da cama e acariciou o rosto dele. – Eu gosto disso. Do nosso mundo. Um mundo secreto. Eu amo segredos.

– Ela suspirou; já vinha pensando naquilo havia algum tempo. Não sabia por que queria tanto compartilhar com ele. – Quando éramos crianças, costumávamos jogar um jogo.

– Eu sei – disse Robbie. – David me contou sobre O Jogo.

– Contou?

Robbie assentiu.

– Mas O Jogo é secreto – retrucou Hannah automaticamente. – Por que ele contou a você?

– Você também estava prestes a me contar.

– Sim, mas é diferente. Você e eu... É diferente.

– Então me conte sobre O Jogo – pediu Robbie. – Esqueça que eu já sei.

Ela olhou para o relógio.

– Eu preciso mesmo ir.

– Fale bem depressa.

– Está certo. Bem depressa.

E ela contou. Contou a ele sobre Nefertite e Charles Darwin, e Emmeline como rainha Vitória, e sobre as aventuras que eles tiveram, cada uma mais extraordinária do que a outra.

– Você devia ter sido escritora – disse ele, acariciando-lhe o braço.

– Devia – respondeu Hannah com seriedade. – Eu podia ter realizado minhas fugas e minhas aventuras por meio da escrita.

– Não é tarde para isso. Você poderia começar a escrever agora.

Ela sorriu.

– Agora eu não preciso mais. Você é a minha fuga.

Às vezes Robbie comprava vinho e eles bebiam em velhos copos de vidro. Comiam pão e queijo, e ouviam música romântica no pequeno gramofone que ele tinha trazido da França. Às vezes, quando as cortinas de renda estavam fechadas, eles dançavam. Sem se importar com o espaço apertado do barco.

Em uma dessas tardes, Robbie adormeceu. Hannah tomou o resto do vinho, ficou um tempo deitada ao lado dele, tentando combinar suas respirações, e entrando finalmente no ritmo. Mas não conseguia dormir: a novidade de estar deitada ao lado dele era muito grande. Robbie ainda era uma novidade muito grande. Ela se ajoelhou no chão e observou o rosto dele. Nunca o tinha visto dormindo.

Ele estava sonhando. Ela via os músculos de seu rosto ficando tensos com o que ele via por trás dos olhos fechados. Suas pálpebras começaram a tremer. Ela achou que devia acordá-lo. Não gostava de vê-lo assim, com o rosto bonito todo contorcido.

Então ele começou a gritar, e Hannah teve medo que alguém ouvisse na margem do rio. Que fossem socorrê-lo. Poderiam chamar alguém. A polícia, ou pior.

Ela pôs a mão no braço dele, passou os dedos de leve pela cicatriz familiar. Robbie continuou dormindo, continuou gritando. Hannah o sacudiu de leve, chamou-o.

– Robbie? Você está sonhando, meu amor.

Ele abriu os olhos, escuros e arregalados, e, quando Hannah deu por si, estava caída no chão com Robbie sobre ela, as mãos dele ao redor do seu pescoço. Ele a estava estrangulando, ela mal podia respirar. Tentou dizer o nome dele, pedir que parasse, mas não conseguiu. Tudo durou só um instante, então ele voltou a si e viu que era ela. Viu o que estava fazendo. Recuou. Ficou em pé de um salto.

Então Hannah se sentou no chão e recuou até encostar na parede. Olhou para ele, chocada, imaginando o que havia acontecido. Quem ele tinha pensado que ela fosse.

Robbie estava contra a parede oposta, o rosto entre as mãos, os ombros curvados.

– Você está bem? – perguntou ele, sem encará-la.

Hannah assentiu, imaginando se era verdade.

– Estou – respondeu ela, finalmente.

Então ele se aproximou e se ajoelhou ao lado dela. Hannah deve ter se encolhido, porque Robbie a segurou pelos ombros e disse:

– Eu não vou machucá-la. – Ele ergueu o queixo dela para ver seu pescoço. – Meu Deus.

– Está tudo bem – disse ela, com mais firmeza dessa vez. – Você está...?

Ele levou um dedo aos lábios dela, sua respiração ainda acelerada. Robbie balançou a cabeça, e ela percebeu que ele queria explicar. Mas não conseguia.

Ele tocou o rosto dela, e Hannah se inclinou contra o toque, olhando-o nos olhos. Olhos tão escuros, cheios de segredos que ele não compartilhava.

Hannah queria conhecer todos, fazer com que Robbie confiasse todos a ela. E quando ele beijou seu pescoço, bem de leve, ela amoleceu, como sempre.

Ela precisou usar cachecóis durante uma semana. Mas não se importou. De certa forma, ficou contente de carregar a marca dele. Isso tornava os intervalos entre os encontros mais suportáveis. Era um lembrete secreto de que ele realmente existia, de que *eles* existiam. Do seu mundo secreto. Às vezes ela olhava a marca no espelho como uma noiva olha para o anel de noivado. Para lembrar. Sabia que Robbie ficaria horrorizado se ela lhe contasse isso.

Casos de amor, no início, só se preocupam com o presente. Mas existe uma hora em que um evento, uma troca, algum outro fator desconhecido trazem o passado e o futuro de volta à cena. Para Hannah, foi isso. Havia outras facetas nele. Coisas que ela não sabia. Estivera tão maravilhada com Robbie que não conseguira enxergar além da sua felicidade imediata. Quanto mais pensava sobre aquele aspecto dele, o qual conhecia tão pouco, mais frustrada ficava. E mais determinada a saber tudo.

Em uma tarde fria de setembro, estavam sentados juntos na cama, olhando para a margem do rio. Havia pessoas andando de um lado para outro, e eles estavam inventando nomes e vidas para elas. Caíram em silêncio por algum tempo, apenas as observando de seu lugar secreto, quando Robbie pulou da cama.

Hannah ficou onde estava, virou-se para olhar para ele se sentando na cadeira da cozinha, com uma perna encolhida sob o corpo, a cabeça inclinada sobre o caderno. Estava tentando escrever um poema. Tinha tentado o dia todo. Estava distraído, não conseguira jogar o Jogo deles com entusiasmo. Hannah não se importou. De certa forma que não conseguia explicar, a distração dele o tornava ainda mais atraente.

Ela ficou deitada na cama, vendo os dedos dele segurando o lápis, desenhando as letras, parando, hesitando, riscando e recomeçando. Ele atirou o caderno e o lápis na mesa e esfregou os olhos.

Ela não falou nada. Já estava acostumada. Não era a primeira vez que o via assim. Sabia que ele estava frustrado por não conseguir encontrar as palavras certas. Pior, estava assustado. Robbie não lhe contara, mas ela sabia. Tinha observado e lido a respeito: na biblioteca e em jornais e revistas.

Era um traço do que os médicos chamavam de estresse pós-traumático. A inconfiabilidade da memória, o amortecimento do cérebro, causados por experiências traumáticas.

Ela queria muito ajudar, fazê-lo esquecer. Faria qualquer coisa para acabar com o medo que Robbie tinha de estar enlouquecendo. Ele tirou a mão dos olhos e tornou a pegar o papel e o lápis. Recomeçou a escrever, parou, riscou o que tinha escrito.

Hannah rolou para ficar de bruços e ficou olhando as pessoas andando lá fora.

E então o inverno chegou outra vez. Ele acomodou o pequeno aquecedor do barco contra a parede da cozinha. Os dois se sentaram no chão, vendo as chamas tremulando e crepitando na grelha. Estavam aquecidos e embriagados de vinho e do calor do corpo um do outro.

Hannah tomou um gole de vinho e indagou:

– Por que você não fala sobre a guerra?

Robbie não respondeu; em vez disso, acendeu um cigarro.

Hannah lera textos de Freud sobre recalque e pensava que, se conseguisse que Robbie falasse sobre o assunto, talvez o curasse. Ela prendeu a respiração, imaginando se teria coragem de perguntar.

– É porque você matou alguém?

Ele olhou para o perfil dela, deu uma tragada no cigarro, soltou a fumaça e balançou a cabeça. Então começou a rir baixinho, sem humor algum. Estendeu a mão e tocou-lhe delicadamente o rosto.

– É isso? – murmurou ela, ainda sem encará-lo.

Robbie não respondeu, e ela tomou outro rumo.

– Com quem é que você sonha?

Ele afastou a mão.

– Você sabe a resposta. Eu só sonho com você.

– Espero que não – disse Hannah. – Seus sonhos não são muito agradáveis.

Ele deu outra tragada no cigarro, soltou a fumaça.

– Não me pergunte.

– É estresse pós-traumático, não é? – disse ela, virando-se para ele. – Tenho lido sobre isso.

Seus olhos se encontraram. Os dele tão escuros. Como tinta fresca; cheios de segredos.

– Estresse pós-traumático – repetiu Robbie. – Eu sempre imaginei quem inventou esse nome. Acho que precisavam de um nome bonito para descrever o indescritível para as belas damas que ficaram em casa.

– Belas damas como eu, você quer dizer – disse Hannah, irritada.

Não estava com disposição para ser enrolada, e começou a vestir a combinação e a calçar as meias. Robbie suspirou. Ela sabia que ele não queria que ela fosse embora daquele jeito. Zangada com ele.

– Você já leu Darwin? – perguntou ele.

– Charles Darwin? – disse ela, virando-se para ele. – É claro. Mas o que Charles Darwin tem a ver com...

– Adaptação. Sobrevivência é uma questão de adaptação. Alguns são melhores nisso do que outros.

– Adaptação a quê?

– À guerra. A pensar rápido. Às novas regras do jogo.

Hannah refletiu sobre isso. Um barco grande passou, fazendo o *Dulcie* balançar.

– Eu estou vivo porque outro infeliz não está – concluiu Robbie, as chamas se refletindo em seu rosto.

Então ela entendeu.

Hannah examinou os próprios sentimentos.

– Estou feliz por você estar vivo – disse ela, mas sentiu um arrepio que veio lá do fundo. E quando os dedos de Robbie acariciaram seu pulso, ela afastou a mão inconscientemente.

– É por isso que ninguém fala desse assunto – respondeu ele. – As pessoas sabem que, se falarem, os outros vão vê-las de verdade. Demônios andando entre pessoas normais, como se ainda pertencessem a este mundo. Como se não fossem monstros assassinos que voltaram de uma carnificina.

– Não diga isso. Você não é um assassino.

– Eu sou um matador.

– É diferente. Era uma guerra. Você agiu em defesa própria. Em defesa de outros.

Ele deu de ombros.

– Ainda assim foi uma bala enfiada no cérebro de algum sujeito.

– Pare com isso – murmurou ela. – Eu não gosto quando você fala desse jeito.

– Então não devia ter perguntado.

Ela não gostava. Não gostava de pensar nele daquele jeito, mas viu que não conseguia parar. Que alguém que ela conhecia – alguém que conhecia intimamente, cujas mãos tinham percorrido carinhosamente o seu corpo, alguém em quem confiava implicitamente – tinha matado... Bem, isso mudava as coisas. Isso *o* mudava. Não para pior. Ela não o amava menos. Mas o via de outra forma. Ele tinha matado um homem. Homens. Inúmeros homens anônimos.

Estava pensando nisso certa tarde, ao vê-lo andar pelo barco. Ele estava de calça, mas sua camisa estava pendurada em uma cadeira. Hannah olhava seus braços magros e musculosos, seus ombros nus, suas mãos belas e brutais, quando aconteceu.

Passos no convés.

Os dois ficaram paralisados, olharam um para o outro; Robbie deu de ombros.

Alguém bateu à porta. Ouviu-se uma voz:

– Olá, Robbie? Abra. Sou eu.

A voz de Emmeline.

Hannah saiu da cama e rapidamente juntou suas roupas.

Robbie pôs um dedo nos lábios e foi pé ante pé até a porta.

– Eu sei que você está aí – disse Emmeline. – Um velho simpático me contou que viu você chegar e que não saiu a tarde inteira. Deixe-me entrar, está frio aqui fora.

Robbie fez sinal para Hannah se esconder no banheiro.

Hannah assentiu, atravessou a cabine na ponta dos pés, fechou a porta atrás dela. Seu coração estava disparado. Ela conseguiu enfiar o vestido e se ajoelhou para espiar pelo buraco da fechadura.

Robbie abriu a porta.

– Como você soube onde me encontrar?

– Aposto que você está feliz em me ver – disse Emmeline, baixando a cabeça e entrando na cabine. Hannah notou que ela estava usando seu vestido amarelo novo. – Desmond contou a Freddy, Freddy contou a Jane. Você sabe como são os jovens. – Ela fez uma pausa e examinou tudo. – Que lugar mais perfeito, Robbie! Um esconderijo adorável. Você precisa dar uma festa... Uma festa muito *íntima*. – Emmeline ergueu as sobrancelhas quando viu os lençóis desarrumados e se voltou para Robbie, sorrindo enquanto avaliava o seu grau de nudez. – Interrompi alguma coisa?

Hannah prendeu a respiração.

– Eu estava dormindo – disse Robbie.

– Às quinze para as quatro?

Ele deu de ombros, vestiu a camisa.

– Eu sempre me perguntei o que você fazia o dia inteiro. Pensei que estivesse ocupado escrevendo poemas.

– Eu estava. Estou. – Ele esfregou o pescoço, bufou zangado. – O que você quer?

Hannah se retraiu ao ouvir o tom severo da voz dele. Foi a menção que Emmeline fez à poesia: fazia semanas que Robbie não escrevia. Emmeline não pareceu notar a indelicadeza.

– Eu queria saber se você vai hoje. À casa de Desmond.

– Eu já disse que não.

– Eu sei o que você disse, mas achei que podia ter mudado de ideia.

– Não mudei.

Houve um silêncio. Robbie olhou de relance para a porta e Emmeline olhou esperançosa para a cabine.

– Talvez eu pudesse...

– Você precisa ir – disse Robbie depressa. – Eu estou trabalhando.

– Mas eu posso ajudar. – Ela usou a bolsa para erguer a ponta de um prato sujo. – Posso lavar a louça ou...

– Eu disse que não.

Robbie abriu a porta. Hannah viu Emmeline forçar um sorriso.

– Eu estava brincando, querido. Você não achou que eu não tinha nada melhor a fazer em uma tarde tão bonita do que limpar a casa, achou?

Robbie não falou nada.

Emmeline se dirigiu para a porta. Endireitou a gola do vestido.

– Você vai amanhã à casa de Freddy?

Ele fez que sim.

– Você me busca às seis?

– Sim – disse Robbie, e fechou a porta atrás dela.

Então Hannah saiu do banheiro, sentindo-se suja. Como um rato saindo do buraco.

– Talvez a gente devesse dar um tempo? – disse ela. – Uma semana, mais ou menos?

– Não – respondeu Robbie. – Eu já pedi a Emmeline que não aparecesse por aqui. Vou avisar de novo. Vou fazer com que ela entenda.

Hannah assentiu, se perguntando por que estava se sentindo tão culpada. Ela tornou a afirmar para si mesma que não tinha outro jeito. Que Emmeline não sairia magoada. Robbie tinha explicado a ela que seus sentimentos não eram românticos, e disse que Emmeline apenas rira e perguntara por que ele imaginara que ela pensava outra coisa. Mesmo assim. Alguma coisa na voz de Emmeline, um nervosismo por baixo da falsa naturalidade. E o vestido amarelo. O favorito dela...

Hannah olhou para o relógio da parede. Ainda faltava meia hora para ir embora.

– É melhor eu ir – disse ela.

– Não. Fique.

– Eu tenho...

– Pelo menos alguns minutos. Dê tempo para Emmeline se afastar.

Hannah concordou e Robbie se aproximou dela, passou a mão pelo seu rosto, segurou-a pela nuca e a puxou para si.

Um beijo súbito, afiado, que a pegou desprevenida e afastou completamente todas as dúvidas.

Certa tarde úmida de dezembro, eles estavam sentados na cabine de comando. O barco estava atracado perto da ponte Battersea, onde os salgueiros se inclinavam sobre o Tâmisa.

Hannah soltou o ar devagar; andara esperando o momento certo para contar a ele.

– Não vou poder encontrar você por duas semanas. Por causa do Teddy. Ele vai receber uns hóspedes dos Estados Unidos e eu vou ter que bancar a boa esposa. Passear com as pessoas, distraí-las.

– Odeio imaginar você fazendo isso – respondeu Robbie. – Bajulando-o.

– Eu não vou bajulá-lo. Teddy até estranharia.

– Você entendeu – disse Robbie.

Hannah assentiu; claro que entendera.

– Eu também odeio. Faria qualquer coisa para não ter que deixar você.

– Qualquer coisa?

– Quase tudo. – Ela estremeceu quando uma rajada de chuva soprou na cabine. – Combine de visitar Emmeline na semana que vem; diga quando e onde poderemos nos encontrar depois do Ano-Novo.

Robbie estendeu a mão para fechar a janela.

– Eu quero parar de ver Emmeline.

– Não – disse Hannah. – Ainda não. Como vamos nos encontrar? Como eu vou saber onde?

– Isso não seria um problema se você morasse comigo. Sempre saberíamos onde nos encontrar. Nunca nos perderíamos um do outro.

– Eu sei, eu sei. – Ela segurou a mão dele. – Mas até lá... Como você pode pensar em parar de vê-la?

Robbie afastou a mão, a janela estava emperrada, não se mexia.

– Você tinha razão. Ela está ficando muito apegada.

– Deixe disso – disse Hannah –, você está se molhando.

Finalmente, a janela cedeu e se fechou com um estrondo. Robbie tornou a sentar-se, o cabelo pingando.

– Apegada demais.

– Emmeline é exagerada – comentou Hannah, tirando uma toalha do armário e secando o rosto dele. – É o jeito dela. Por quê? O que aconteceu?

Robbie balançou a cabeça com impaciência.

– O que foi? – perguntou Hannah.

– Nada – retrucou Robbie. – Você tem razão. Não deve ser nada.

– Eu sei que não é nada – respondeu Hannah com firmeza.

E ela acreditava mesmo nisso, naquele momento, mas teria dito mesmo se não acreditasse. O amor é assim: insistente, seguro, persuasivo. Ele faz calar todas as dúvidas.

A chuva ficou mais forte.

– Você está gelado – constatou Hannah, cobrindo os ombros dele com a toalha. Então se ajoelhou e enxugou os braços dele. – Vai pegar um resfriado. – Ela não o encarou ao dizer: – Teddy quer que nos mudemos de volta para Riverton.

– Quando?

– Em março. Ele vai reformar a mansão, construir uma nova casa de verão. Só fala nisso ultimamente – contou Hannah friamente. – Ele se acha o próprio cavalheiro rural.

– Por que você não me contou isso antes?

– Eu não queria pensar nisso. Fico torcendo para ele mudar de ideia – disse ela, infeliz, e o abraçou com força. – Você precisa manter contato com Emmeline. Eu não posso convidar você para ficar lá, mas ela pode. Na certa, ela vai levar amigos para os fins de semana, para festas.

Ele concordou, mas não a encarou.

– Por favor – pediu Hannah. – Faça isso por mim. Eu preciso saber que você vai.

– E nós vamos nos tornar um desses casais que se encontram no campo?

– Vamos.

– Vamos jogar os mesmos jogos que inúmeros casais antes de nós. Encontros furtivos durante a noite, fingir que mal nos conhecemos durante o dia?

– Sim – sussurrou ela.

– Esse não é o nosso jogo.

– Eu sei.

– Não é o bastante.

– Eu sei – repetiu ela.

– Está bem – respondeu Robbie. – Mas só por você.

O ano de 1924 chegou e, certa noite, quando Teddy viajava a negócios e Deborah e Emmeline estavam ocupadas com seus amigos, eles combinaram de se encontrar. O barco estava atracado em uma parte de Londres em que Hannah jamais tinha ido. Quando o táxi se embrenhou pelo East End, ela olhou pela janela. A noite tinha caído e não havia muito que ver: prédios cinzentos; charretes com lanternas penduradas no alto; uma ou outra criança de rosto vermelho e roupa de lã correndo, jogando bola de gude, apontando para o táxi. Então, ao descer uma rua, o choque de luzes coloridas, gente, música.

Hannah inclinou-se para a frente e perguntou ao motorista:

– O que é isso? O que está acontecendo aqui?

– Festa de Ano-Novo – respondeu ele. – Uns arruaceiros. Estamos no meio do inverno; eles deviam estar dentro de casa.

Hannah observou, fascinada, enquanto o táxi se arrastava pela rua na direção do rio. As lâmpadas tinham sido penduradas entre os edifícios, e ziguezagueavam pelo caminho. Um grupo de homens tocando violino e acordeão tinha atraído uma multidão que batia palmas e ria. Crianças se misturavam aos adultos, arrastando serpentinas e soprando apitos; homens e mulheres rodeavam enormes tambores de metal, comendo castanhas e bebendo cerveja. O motorista de táxi teve que tocar a buzina e gritar para eles saírem da frente.

– São todos uns loucos – disse ele quando o táxi chegou ao fim da rua e virou a esquina. – Completamente doidos.

Hannah teve a impressão de ter passado por uma espécie de terra encantada. Quando o táxi finalmente parou no cais, ela correu à procura de Robbie, que estava esperando por ela.

Robbie resistiu, mas Hannah implorou, e finalmente o convenceu a acompanhá-la à festa. Eles saíam tão pouco, ela disse, e quando teriam outra oportunidade de ir a uma festa juntos? Ninguém ali os reconheceria. Era seguro.

Ela o guiou de memória, achando que não ia acertar o caminho. Achando que a festa teria desaparecido como um portal encantado em um conto de fadas. Mas logo ouviu o som dos violinos, os apitos das crianças, os gritos joviais, e viu que a festa era logo adiante.

Momentos depois eles entraram naquela terra fantástica, começaram a passear pela rua. O vento frio trouxe o cheiro das castanhas assadas, do suor e da animação. Havia gente debruçada nas janelas, chamando quem estava embaixo, cantando, brindando o novo ano, se despedindo do velho. Hannah observava tudo com os olhos arregalados, agarrada ao braço de Robbie, apontando para uma coisa e outra, rindo, encantada com as pessoas que tinham começado a dançar em uma pista improvisada.

Eles pararam para assistir, juntaram-se à multidão cada vez maior, encontraram lugar para sentar em uma prancha de madeira apoiada em latas. Uma mulher gorda de rosto vermelho e espesso cabelo escuro cacheado sentou-se em um banquinho ao lado dos violinistas, cantando e batendo com um pandeiro nas coxas robustas. Vivas da plateia, gritos de entusiasmo, saias girando.

Hannah estava fascinada. Nunca tinha visto uma orgia daquelas. Já fora a muitas festas, mas, em comparação com aquilo, elas pareciam tão orquestradas. Tão comportadas. Ela batia palmas, ria, apertava a mão de Robbie.

– Eles são maravilhosos – comentou ela, sem conseguir tirar os olhos dos casais. Homens e mulheres de todos os tipos e tamanhos, de braços dados, dançando. – Eles não são maravilhosos?

Então Robbie disse em seu ouvido:

– Eu estou com sede. Vamos achar algo para beber.

Ela mal escutou, balançou a cabeça. Viu que estava prendendo a respiração.

– Não. Não, vai você. Eu quero assistir.

Ele hesitou.

– Não quero deixar você sozinha.

– Não tem problema.

Hannah mal percebeu quando ele soltou a mão dela. Não teve tempo de vê-lo sair, tinha muita coisa para assistir. Ouvir. Sentir.

Depois ela se perguntou se deveria ter notado alguma coisa na voz dele. Se deveria ter percebido que o barulho, a confusão, a multidão em volta o estavam deixando sem ar. Mas ela não percebeu. Estava fascinada.

O lugar de Robbie foi logo tomado, outra coxa encostou na dela. Hannah olhou para o lado. Um homem baixo e forte, de costeletas vermelhas, chapéu de feltro marrom.

O homem a encarou, inclinou-se e apontou para a pista de dança.

– Vamos dançar?

O hálito dele cheirava a fumo. Seus olhos eram claros, azuis, grudados nela.

– Ah... não. – Ela sorriu. – Obrigada. Eu estou acompanhada.

Hannah olhou por cima do ombro, procurando por Robbie. Achou tê-lo visto do outro lado da rua, parado ao lado de um barril de assar castanhas.

– Ele não vai demorar.

O homem inclinou a cabeça.

– Vamos. Só uma dança. Para nos aquecer.

Hannah tornou a olhar para trás. Nem sinal de Robbie. Ele tinha dito para onde ia? Quanto tempo ia demorar?

– E então? – insistiu o homem.

Ela se virou para ele. Havia música em toda parte. Isso a fez se lembrar de uma rua que tinha visto em Paris, anos antes, durante sua lua de mel. Ela mordeu o lábio. Que mal faria uma dança? Por que não aproveitar a oportunidade?

– Está bem – concordou ela, segurando a mão do homem e sorrindo nervosamente. – Só não tenho certeza se vou saber dançar.

O homem riu, puxou-a pela mão e a levou até o meio da multidão.

E então ela estava dançando. De algum modo, conduzida por ele, acertou os passos. Eles dançaram e giraram, arrastados na corrente dos outros casais. Violinos tocavam, botas batiam no chão, mãos batiam palmas. O homem deu o braço a ela, cotovelo com cotovelo, e eles giraram. Hannah gargalhou. Nunca tinha sentido tanta liberdade. Ergueu o rosto para o céu; fechou os olhos, sentiu o ar frio da noite beijando suas pálpebras quentes, seu rosto quente. Tornou a abrir os olhos, procurou Robbie. Queria dançar com ele. Ser abraçada por ele. Ela contemplou o mar de rostos – será que eram tantos assim antes? –, mas estava rodando depressa demais. Havia um borrão de olhos e bocas e palavras.

– Eu... – Ela estava sem fôlego, pôs a mão na garganta. – Tenho que parar agora. Meu amigo vai voltar. – Ela bateu no ombro do homem, mas ele continuou rodando. – Chega. Obrigada.

Por um momento, achou que ele não fosse parar, que fosse continuar a rodar, sem soltá-la nunca. Mas então ela sentiu o impulso diminuir, uma tontura, e eles estavam perto do banco outra vez.

O lugar agora estava cheio de outros espectadores. Ainda nenhum sinal de Robbie.

– Onde está o seu amigo? – perguntou o homem. Ele tinha perdido o chapéu na dança, passou a mão pela cabeleira ruiva.

– Ele já vem – respondeu Hannah, examinando os rostos desconhecidos, piscando para ver se a tontura passava. – Logo, logo.

– Não vale a pena ficar sentada esperando – comentou o homem. – Vai pegar um resfriado.

– Não – disse Hannah. – Obrigada, mas eu vou esperar aqui.

O homem a segurou pelo pulso.

– Vamos. Venha me fazer companhia.

– Não – disse Hannah, desta vez com firmeza. – Já chega.

O homem a soltou, deu de ombros, passou os dedos pelas costeletas e pelo pescoço, depois virou-se para ir embora.

De repente, um vulto na escuridão. Uma sombra. Em cima deles.

Robbie.

Uma cotovelada em seu ombro e ela estava caindo.

Um grito. Dele? Do homem? Dela?

Hannah caiu sobre uma muralha de espectadores.

A banda continuou a tocar; as palmas e as botas batendo no chão.

Caída no chão, ela olhou para cima. Robbie estava sobre o homem. Punho batendo. Batendo. Sem parar.

Pânico. Calor. Medo.

– Robbie! Robbie, pare!

Ela abriu caminho pela multidão, agarrando-se onde podia.

A música tinha parado e as pessoas tinham se amontoado para ver a briga. Ela passou no meio delas, foi até a frente, agarrou a camisa de Robbie.

– Robbie!

Ele a empurrou. Virou-se brevemente para ela. Olhos vazios, que não a enxergavam.

O homem deu um soco no rosto de Robbie. E ficou por cima.

Sangue.

Hannah gritou:

– Não! Solte ele. Por favor, solte. – Ela estava chorando. – Alguém ajude!

Ela nunca soube direito como terminou. Nunca soube o nome do homem que surgiu para ajudá-la, ajudar Robbie. Que tirou o homem de cima dele; que arrastou Robbie até o muro. Foi buscar copos de água, depois de uísque. Pediu que ela levasse seu amigo para casa e o colocasse na cama.

Quem quer que fosse, não tinha ficado surpreso com os acontecimentos. Tinha rido e dito a eles que não seria uma noite de sábado – nem de sexta-feira ou de quinta, aliás – se não houvesse alguma briga. Então ele deu de ombros, disse que Red Wycliffe não era um mau sujeito – tinha estado na guerra, só isso, e não era o mesmo desde então. Depois os mandou para casa, Robbie apoiado em Hannah.

Eles não atraíram um único olhar enquanto se afastavam, deixando a festa, a alegria, as palmas para trás.

Mais tarde, de volta ao barco, ela lavou o rosto dele. Robbie ficou sentado em um banquinho de madeira enquanto ela se ajoelhava em frente. Ele não tinha dito quase nada depois que saíram da festa e Hannah não quis perguntar. O que deu nele, por que ele tinha atacado, onde tinha estado. Imaginou que Robbie estivesse se fazendo essas mesmas perguntas, e tinha razão.

– O que será que aconteceu? – indagou ele por fim. – O que será que aconteceu?

– Shh – disse ela, apertando a toalha molhada contra o rosto dele. – Já acabou.

Robbie balançou a cabeça. Fechou os olhos. Por baixo das pálpebras cerradas, seus pensamentos voavam. Hannah mal escutou quando ele disse:

– Eu o teria matado. Que Deus me ajude, eu o teria matado.

Eles não tornaram a sair. Não depois disso. Hannah se culpava, se repreendia por não ter dado ouvidos a ele, por ter insistido que fossem. As luzes, o barulho, a multidão. Ela lera sobre estresse pós-traumático: devia ter sabido. Resolveu cuidar melhor de Robbie no futuro. Lembrar-se de tudo por que ele tinha passado. Tratá-lo com carinho. E nunca mais mencionar o fato. Estava terminado. Não ia acontecer de novo. Ela se encarregaria disso.

Uma semana depois, eles estavam deitados juntos, jogando seu jogo, imaginando que moravam em uma cidadezinha isolada no topo do Himalaia, quando Robbie disse:

– Estou cansado desse jogo.

Hannah virou-se para ele.

– O que você gostaria de fazer?

– Eu quero que seja real.

– Eu também – concordou Hannah. – Imagine se...

– Não – cortou Robbie. – Por que não podemos tornar real?

– Querido – disse Hannah carinhosamente, passando um dedo pelo rosto dele, pela cicatriz recente. – Não sei se você se esqueceu, mas eu já sou casada.

Ela tentava tratar o assunto com leveza. Fazê-lo rir. Mas ele não riu.

– As pessoas se divorciam.

Hannah imaginou quem seriam essas pessoas.

– Sim, mas...

– Poderíamos velejar para algum lugar, bem longe daqui, longe de todo mundo que conhecemos. Você não quer?

– Você sabe que eu quero – disse Hannah.

– Com a nova lei, você só terá que provar adultério.

Hannah assentiu.

– Mas Teddy não cometeu adultério.

– Certamente, neste tempo todo que nós...

– Ele não é assim – interveio Hannah. – Nunca foi muito interessado. – Ela passou um dedo pelos lábios dele. – Nem no começo do casamento. Só depois que encontrei você foi que percebi... – Ela parou e se inclinou para beijá-lo. – Foi que eu percebi.

– Ele é um tolo – disse Robbie, encarando-a intensamente, então passou a mão de leve pelo braço dela, do ombro até o pulso. – Deixe-o.

– O quê?

– Não vá para Riverton.

Ele se sentou e segurou os pulsos dela. Meu Deus, como ele era bonito.

– Fuja comigo.

– Você não está falando sério – retrucou Hannah, incerta. – Está brincando.

– Nunca falei mais sério na minha vida.

– Simplesmente desaparecer?

– Simplesmente desaparecer.

Ela ficou calada por alguns instantes, refletindo.

– Eu não posso. Você sabe disso.

– Por quê?

Ele soltou seus pulsos, saiu da cama e acendeu um cigarro.

– Por diversas razões... – Ela pensou um pouco. – Emmeline...

– Foda-se Emmeline.

Hannah estremeceu.

– Ela precisa de mim.

– Eu preciso de você.

E precisava mesmo. Ela sabia disso. Uma necessidade ao mesmo tempo assustadora e embriagante.

– Ela vai ficar bem – garantiu Robbie. – Ela é mais forte do que você pensa.

Ele estava sentado à mesa, fumando. Parecia mais magro do que antes. Estava mais magro. Ela imaginou como não tinha notado antes.

– Teddy me encontraria. A família dele me encontraria.

– Eu não permitiria.

– Você não os conhece. Eles não suportariam o escândalo.

– Nós iríamos para algum lugar onde eles não conseguissem nos encontrar. O mundo é muito grande.

Robbie parecia tão frágil ali sentado. Sozinho. Ela era tudo o que ele tinha. Hannah se aproximou dele, abraçou-o de modo que ele descansasse a cabeça em sua barriga.

– Eu não posso viver sem você – disse ele. – Prefiro morrer.

Robbie falou isso com tanta naturalidade que Hannah estremeceu, e ficou zangada consigo mesma pelo prazer que sentiu ao ouvir.

– Não diga isso.

– Eu preciso ficar com você – respondeu Robbie.

– Deixe-me pensar no assunto – falou Hannah.

Tinha aprendido que, quando Robbie ficava daquele jeito, era melhor não contrariá-lo.

E assim Hannah deixou que ele planejasse. A grande fuga. Robbie tinha parado de escrever poesia, só usava o caderno para rabiscar planos de fuga. Ela até ajudava às vezes. Era um jogo, dizia a si mesma, como os outros que eles costumavam jogar. Isso o deixava feliz; além disso, ela mesma às vezes se empolgava com os planos. Com os lugares distantes onde poderiam viver, que poderiam conhecer, com as aventuras que viveriam. Um jogo. O jogo deles em seu mundo secreto.

Ela não sabia, não tinha como saber, aonde tudo aquilo ia dar.

Se soubesse, me contou mais tarde, ela o teria beijado pela última vez e fugido o mais depressa possível.

O começo do fim

Nem é preciso dizer: mais cedo ou mais tarde os segredos acabam revelados. Hannah e Robbie conseguiram guardar o deles por muito tempo: durante todo o ano de 1923 e início de 1924. Mas, como acontece com todos os casos de amor impossíveis, este estava destinado a acabar.

No andar de baixo, os criados tinham começado a comentar. Foi a nova camareira de Deborah, Caroline, quem acendeu o pavio. Ela era uma garota bisbilhoteira, vinda da casa da notória lady Penthrop (que tinha a fama de ter se envolvido com metade dos lordes solteiros de Londres). Tinha sido dispensada com ótimas referências, conseguidas junto com uma bela soma depois de ter apanhado a patroa em atitudes bastante comprometedoras. Ironicamente, ela não precisaria ter tido este trabalho: não necessitou de referências para ser contratada por nós. Sua reputação a precedeu, e foi mais a sua qualidade como bisbilhoteira do que como camareira que fez Deborah contratá-la.

Sempre existem sinais, para quem sabe como procurar, e ela sabia muito bem. Pedacinhos de papel com endereços desconhecidos retirados do fogo antes de queimar, marcas de bilhetes ardentes deixadas em blocos de papel, sacolas de compras que continham pouco mais do que velhas notas amassadas. E não foi difícil conseguir que os outros criados falassem. Depois que ela invocou o fantasma do Divórcio, que lembrou a eles que se houvesse um escândalo provavelmente ficariam desempregados, todos se tornaram muito solícitos.

Ela não teve a ousadia de me procurar, mas, no fim, nem foi preciso. Deborah descobriu o segredo de Hannah. Eu culpo a mim mesma por isso: devia ter sido mais atenta. Se não estivesse com a cabeça em outras coisas, teria notado o que Caroline estava tramando, teria avisado a Hannah. Mas nessa época eu não estava sendo uma boa camareira, descuidei muito das minhas responsabilidades para com Hannah. Eu estava desatenta, tinha sofrido uma grande decepção. Tinha recebido notícias de Riverton sobre Alfred.

Então, a primeira vez que ouvimos falar no assunto foi na noite da ópera, quando Deborah foi ao quarto de Hannah. Eu tinha ajudado Hannah a colocar um vestido claro de seda francesa, nem branco nem cor-de-rosa, e estava arrumando seu cabelo em cachos ao redor do rosto quando alguém bateu à porta.

– Estou quase pronta, Teddy – disse Hannah, revirando os olhos para mim pelo espelho.

Teddy era religiosamente pontual. Eu enfiei um grampo em um cacho particularmente rebelde. A porta se abriu e Deborah deslizou para dentro do quarto, chamativa em um vestido vermelho. Ela se sentou na beira da cama de Hannah e cruzou as pernas, em um farfalhar de seda vermelha.

Hannah olhou para mim. Uma visita de Deborah era um acontecimento raro.

– Ansiosa para ver *Tosca*? – perguntou Hannah.

– Imensamente – respondeu Deborah. – Eu adoro Puccini.

Ela tirou um estojo de pó compacto da bolsa, fez um biquinho e limpou as manchas de batom dos cantos.

– Mas é tão triste, os amantes separados daquele jeito...

– Não há muitos finais felizes na ópera – disse Hannah.

– Não. Nem na vida, eu acho.

Hannah comprimiu os lábios. Esperou.

– Você entende que não me interessa saber com quem você está dormindo quando o idiota do meu irmão dá as costas, não é? – acusou Deborah, alisando as sobrancelhas no espelhinho.

Hannah tornou a me olhar pelo espelho. O choque me fez deixar cair o grampo.

– O que me preocupa são os negócios do meu pai.

– Eu não sabia que tinha qualquer coisa a ver com os negócios dele – comentou Hannah. Apesar do tom casual, eu percebi que sua respiração tinha ficado rápida e superficial.

– Não banque a tola – disse Deborah, fechando o estojo de pó compacto. – Você sabe o papel que representa em tudo isso. As pessoas confiam em nós porque representamos o melhor de dois mundos. Uma forma moderna de fazer negócios com a segurança de um antigo nome de família por trás. Progresso e tradição, lado a lado.

– Tradição progressista? Eu sempre suspeitei que eu e Teddy formássemos um casal um tanto paradoxal.

– Não banque a esperta. Você e os seus tiram proveito da união de nossas famílias tanto quanto nós. Depois da bagunça que foi a herança do seu pai...

– Meu pai fez o melhor que pôde – disse Hannah, seu rosto vermelho.

Deborah ergueu as sobrancelhas.

– Você acha mesmo? Levando sua empresa à falência?

– Papai perdeu a empresa por causa da guerra. Ele teve azar.

– É claro. Uma coisa terrível, a guerra. Tanta gente azarada. E o seu pai, um homem tão decente. Tão determinado a persistir, a dar outro rumo ao seu negócio. Ele era um sonhador. Não um realista, como você. – Deborah riu e se aproximou das costas de Hannah, obrigando-me a me afastar. Ela se inclinou sobre o ombro de Hannah e se dirigiu ao reflexo dela no espelho. – Não é segredo que ele não queria que você se casasse com Teddy. Você sabia que ele procurou o meu pai uma vez? Ah, sim. Disse a ele que sabia o que ele estava tramando e que podia desistir, que você jamais concordaria. – Ela endireitou o corpo, sorriu triunfante quando Hannah desviou os olhos. – Mas você concordou. Porque você é uma garota esperta. Partiu o coração do seu pai, mas sabia tão bem quanto ele que não tinha escolha. E você tinha razão. Onde você estaria agora se não tivesse se casado com o meu irmão? – Ela fez uma pausa, ergueu uma sobrancelha. – Com aquele seu poeta?

Parada perto do guarda-roupa, sem ter como chegar à porta, eu desejei estar em outro lugar. Vi que Hannah tinha empalidecido. Seu corpo estava rígido como se preparado para receber um golpe, sem saber de onde.

– E quanto à sua irmã? – disse Deborah. – E quanto à pequena Emmeline?

– Emmeline não tem nada a ver com isto – interveio Hannah com a voz trêmula.

– Eu não concordo. Onde ela estaria se não fosse pela minha família? Uma órfã cujo pai perdeu a fortuna da família e enfiou uma bala na cabeça. Cuja irmã está tendo um caso com um de seus namorados. Ora, e seria ainda pior se um daqueles filmes indecentes reaparecesse!

Hannah se empertigou.

– Ah, sim, eu sei dos filmes. Você não acha que meu irmão guarda segredos de mim, acha? – Ela sorriu e suas narinas inflaram. – Ele não faria isso. Nós somos uma família.

– O que você quer, Deborah?

Ela sorriu levemente.

– Eu só queria que você entendesse quanto nós todos temos a perder com um escândalo. Que isso tem que parar.

– E se não parar?

Deborah suspirou, pegou a bolsa de Hannah que estava em cima da cama.

– Se você não parar de se encontrar com ele por vontade própria, eu vou tomar providências para que isso aconteça. – Ela fechou a bolsa e a entregou a Hannah. – Homens como ele, de temperamento artístico, afetados pela guerra, desaparecem o tempo todo, pobrezinhos. Ninguém dá importância. – Ela endireitou o vestido e se encaminhou para a porta. – Você se livra dele. Ou eu me livro.

E foi assim que o *Sweet Dulcie* deixou de ser um lugar seguro. Robbie, é claro, não tinha ideia, só ficou sabendo quando Hannah me mandou entregar uma carta a ele: uma explicação e um local onde poderiam se encontrar pela última vez.

Ele ficou desapontado ao me ver, em vez de Hannah, e não ficou nada satisfeito. Pegou a carta, olhou em volta para ver se eu estava sozinha, então começou a ler. Seu cabelo estava despenteado e a barba por fazer. Seu rosto estava pálido, e seus lábios se moviam devagar, lendo as palavras de Hannah. Ele cheirava a alguém que não vinha tomando banho.

Eu nunca tinha visto um homem em um estado tão natural, não sabia para onde olhar. Eu me concentrei no rio atrás dele. Quando terminou de ler a carta, Robbie me encarou, e eu vi como os olhos dele eram escuros, e como estavam desesperados. Eu pisquei, desviei os olhos, saí assim que ele disse que iria encontrá-la.

Eles se encontraram pela última vez naquele inverno no salão egípcio do Museu Britânico. Foi uma manhã chuvosa de março de 1924. E, enquanto eu fingia ler artigos sobre Howard Carter, Hannah e Robbie sentaram-se em extremidades opostas de um banco diante da exposição de Tutancâmon, parecendo dois estranhos cujo único interesse em comum era a egiptologia.

Alguns dias depois, a pedido de Hannah, eu estava ajudando Emmeline a fazer as malas para se mudar para a casa de Fanny. Emmeline tinha ocupado dois quartos na Casa 17 e, sem ajuda, ela não ia conseguir se arrumar a tempo. Eu estava tirando os acessórios de inverno das prateleiras dos ursinhos de pelúcia que ela ganhara de seus admiradores quando Hannah entrou para ver como estávamos progredindo.

– Você devia estar ajudando, Emmeline – disse Hannah. – E não deixando Grace fazer tudo.

O tom de voz de Hannah era tenso, como andava desde aquele dia no Museu Britânico, mas Emmeline não notou. Ela estava ocupada demais folheando seu diário. Passara a tarde inteira fazendo isso, sentada no chão de pernas cruzadas, examinando velhos tíquetes e desenhos, retratos e anotações.

– Ouça só isto, de Harry. "Venha à casa de Desmond, senão seremos só nós três: Dessy, este seu criado e Clarissa." Ele não é um escândalo? Pobre Clarissa, ela não devia ter encrespado o cabelo.

Hannah sentou-se na beirada da cama.

– Vou sentir saudades de você.

– Eu sei – falou Emmeline, alisando uma página amassada do diário. – Mas entende que não posso ir para Riverton com vocês? Eu morreria de tédio.

– Eu sei.

– Não que vá ser chato para você, querida – disse Emmeline de repente, percebendo que podia ter sido indelicada. – Você sabe que não foi isso que eu quis dizer. – Ela sorriu. – É engraçado, não é, como as coisas mudam?

Hannah ergueu as sobrancelhas.

– O que eu quero dizer é que, quando éramos pequenas, era sempre você que queria ir embora. Lembra como queria trabalhar em um escritório? – Emmeline riu. – Você chegou a pedir permissão ao papai para isso, afinal?

Hannah balançou a cabeça.

– Imagino o que ele teria achado – disse Emmeline. – Pobre papai. Eu me lembro de como ele ficou zangado quando você se casou com Teddy e me deixou com ele. Não consigo me lembrar por quê. – Ela suspirou, contente. – Mas deu tudo certo, não foi?

Hannah comprimiu os lábios, buscando as palavras certas.

– Você está feliz em Londres, não está?
– E precisa perguntar? – disse Emmeline. – Aqui é maravilhoso.
– Ótimo. – Hannah se levantou para sair, hesitou, tornou a sentar. – E você sabe que, se acontecer alguma coisa comigo...
– Ser abduzida por marcianos do planeta vermelho? – zombou Emmeline.
– Eu não estou brincando, Emme.
Emmeline ergueu os olhos para o céu.
– Claro que não. Você passou a semana toda com cara de enterro.
– Lady Clementine e Fanny vão sempre ajudá-la. Você sabe disso, não sabe?
– Sim, sim. Você já falou tudo isso antes.
– Eu sei. É só que deixar você sozinha em Londres...
– Você não está me deixando. Eu estou ficando. E não vou ficar sozinha, vou morar com Fanny. – Emmeline fez um aceno. – Vou ficar bem.
– Eu sei – disse Hannah. Nossos olhos se encontraram e ela desviou depressa. – Então vou deixar vocês trabalhando, certo?
Hannah já estava quase na porta quando Emmeline comentou:
– Não tenho visto Robbie ultimamente.
Hannah ficou tensa, mas não olhou para trás.
– É, agora que você mencionou, faz vários dias que ele não aparece.
– Eu fui procurá-lo, mas o barquinho dele não está mais lá. Deborah falou que ele partiu.
– É mesmo? – comentou Hannah, as costas rígidas. – Para onde ele foi?
– Ela não disse. – Emmeline franziu a testa. – Disse que talvez você soubesse.
– Como eu poderia saber? – indagou Hannah, virando-se, evitando meus olhos. – Não se preocupe com isso. Ele deve estar escrevendo poemas em algum lugar.
– Ele não teria partido assim. Teria me contado.
– Não necessariamente – disse Hannah. – Ele é assim mesmo, você não acha? Imprevisível. Pouco confiável. – Ela deu de ombros. – Aliás, que importância tem isso?
– Pode não ter importância para você, mas tem para mim. Eu o amo.
– Ah, Emme, não – sussurrou Hannah. – Você não o ama.
– Amo, sim – respondeu Emmeline. – Sempre amei. Desde que ele esteve em Riverton pela primeira vez e cuidou do meu braço.

– Você tinha 11 anos.

– É claro, e na época foi só uma paixonite de adolescente – revelou Emmeline. – Mas foi o começo. Desde então passei a comparar todos os homens que conhecia com Robbie.

Hannah comprimiu os lábios.

– E quanto ao cineasta? E quanto a Harry Bentley ou a outra meia dúzia de rapazes pelos quais você se apaixonou só este ano? Você noivou com pelo menos dois deles.

– Robbie é diferente – respondeu Emmeline calmamente.

– E o que ele acha disso? – perguntou Hannah, sem ousar olhar para a irmã. – Ele lhe deu motivos para acreditar que sente o mesmo por você?

– Tenho certeza de que sente. Ele nunca perdia a chance de sair comigo. Eu sei que não é porque ele gosta dos meus amigos. Robbie nunca escondeu que acha todos eles um bando de garotos mimados e ociosos. – Ela assentiu com firmeza. – Tenho certeza de que sim. E eu o amo.

– Não – disse Hannah, com uma intensidade que surpreendeu Emmeline. – Ele não serve para você.

– Como você sabe? Você mal o conhece.

– Conheço o tipo. A culpa é da guerra. Ela mudou os rapazes. Destruiu-os.

Eu pensei em Alfred, na noite sob as estrelas na escadaria de Riverton, quando tinha visto os fantasmas que o assombravam. Então me obriguei a tirá-lo da cabeça.

– Eu não me importo – retrucou Emmeline, teimosa. – Acho isso romântico. Eu gostaria de cuidar dele. De consertá-lo.

– Homens como Robbie são perigosos. Não podem ser consertados. Eles são como são. – Ela suspirou, frustrada. – Você tem tantos outros pretendentes. Não pode amar um deles?

Emmeline fez que não teimosamente.

– Eu sei que pode. Promete que vai tentar?

– Eu não quero.

– Mas precisa.

Emmeline desviou os olhos, e então eu vi algo em sua expressão: uma dureza, firmeza.

– Não é da sua conta, Hannah. Tenho 20 anos. Eu não preciso da sua ajuda para tomar decisões. Você se casou na minha idade de agora e Deus sabe que não consultou ninguém a respeito.

– Não é a mesma coisa.

– Eu não preciso de uma irmã mais velha me vigiando o tempo todo. Não mais. – Emmeline suspirou e se virou para encará-la. Sua voz ficou mais suave: – Vamos combinar que de agora em diante deixamos cada uma viver sua vida como quiser. O que me diz?

Hannah não teve muito que dizer. Ela assentiu e fechou a porta ao sair.

Na véspera da nossa partida para Riverton, eu empacotei os últimos vestidos de Hannah. Ela estava sentada no parapeito da janela, observando o parque enquanto a luz do dia ia desaparecendo. As luzes da rua estavam se acendendo quando ela se virou para mim e disse:

– Você já se apaixonou, Grace?

A pergunta me surpreendeu. Pelo momento em que foi feita.

– Eu... eu não sei dizer, madame.

Arrumei seu casaco de cauda de raposa ao longo da base do baú.

– Ah, você saberia se já tivesse se apaixonado.

Eu evitei o olhar dela. Tentei fingir indiferença; torci para que mudasse de assunto.

– Nesse caso, acho que não, madame.

– Provavelmente uma sorte. – Hannah se virou de volta para a janela. – O verdadeiro amor é como uma doença.

– Uma doença? – Eu me sentia mesmo doente de vez em quando.

– Eu nunca tinha entendido. Em livros e peças. Poemas. Nunca entendi o que levava pessoas inteligentes, racionais, a fazer coisas tão extravagantes e irracionais.

– E agora, madame?

– Sim – disse ela baixinho. – Agora eu entendo. É uma doença. Você a pega quando menos espera. Não se conhece a cura. E, às vezes, em casos mais graves, ela é fatal.

Eu fechei os olhos. Fiquei tonta.

– Decerto não é fatal...

– Não, você deve ter razão, Grace. Eu exagerei. – Ela se virou para mim e sorriu. – Está vendo? Sou um desses casos. Estou me comportando como a heroína de um romance barato. – Ela ficou calada, mas devia ter continuado a pensar sobre o assunto, porque, após algum tempo, inclinou a cabeça e disse: – Sabe, Grace, eu sempre achei que você e Alfred...

– Ah, não, madame – interrompi depressa. Depressa demais. – Alfred e eu nunca fomos mais do que amigos. – Senti minha pele toda formigando.

– É mesmo? – Ela parou. – Não sei o que me fez pensar que havia algo mais.

– Não sei dizer, madame.

Ela me observou dobrando suas sedas e sorriu.

– Deixei você envergonhada.

– De jeito algum. É só que... – Eu procurei alguma coisa para mudar de assunto. – Estava pensando em uma carta recente que recebi. Notícias de Riverton. É uma coincidência que a senhora tenha falado em Alfred.

– Ah, é?

– Sim, madame. – Eu não conseguia parar. – A senhora se lembra da Srta. Starling, que trabalhou para o seu pai?

Hannah franziu a testa.

– Aquela moça magra, de cabelo castanho? Que costumava andar pela casa na ponta dos pés com uma pasta de couro?

– Sim, madame, ela mesma. – Eu já estava fora de controle a essa altura, fingindo uma completa naturalidade. – Ela e Alfred se casaram. No mês passado. Estão morando em Ipswich agora, trabalhando em uma empresa de eletricidade. – Eu fechei o baú e balancei a cabeça, mantendo os olhos baixos. – Agora, se a senhora me der licença, acho que o Sr. Boyle precisa de mim lá embaixo.

Fechei a porta e fiquei sozinha. Tapei a boca com a mão. Fechei os olhos. Senti meus ombros tremendo, os soluços em minha garganta.

Meus ossos pareceram perder a força e eu desabei. Encostei o ombro na parede, desejando ser tragada pelo chão, pelas paredes, pelo ar.

Fiquei ali, imóvel. Pensei vagamente na hipótese de ser encontrada por Teddy ou Deborah naquele corredor escuro, quando um deles resolvesse ir se deitar. O Sr. Boyle sendo chamado para me recolher. E não senti nada. Não senti vergonha. Pois de que adiantava aquilo tudo? Nada mais me importava.

Então um barulho lá embaixo. Pratos e talheres caindo.

Respirei fundo. Abri os olhos. Voltei ao presente, me recuperei.

É claro que importava. Hannah importava. Agora, mais do que nunca, ela precisava de mim. A mudança de volta a Riverton, o fato de ter perdido Robbie.

Suspirei, trêmula. Eu me empertiguei, engoli em seco. Forcei minha garganta a relaxar.

Não adiantaria nada me entregar à autocomiseração, ficar tão atolada em minha dor a ponto de me distrair das minhas obrigações.

Eu me afastei da parede, alisei a saia e ajeitei os punhos da camisa. Enxuguei os olhos.

Eu era uma camareira. Não uma arrumadeira qualquer. Confiavam em mim. Não deveria ter esses episódios de descaso.

Respirei fundo. Bem fundo. Assenti para mim mesma e caminhei com passos largos e decididos pelo corredor.

E, enquanto subia a escada para o meu quarto, fechei a porta tenebrosa da minha mente através da qual eu tinha vislumbrado brevemente o marido, o lar, os filhos que poderia ter tido.

Revendo Riverton

Ursula veio, como prometeu. Estamos percorrendo a estrada sinuosa em direção à vila de Saffron Green. A qualquer momento vamos fazer uma curva e haverá uma placa nos dando as boas-vindas a Riverton. Eu observo o rosto de Ursula enquanto ela dirige; ela sorri para mim, depois torna a prestar atenção na estrada. Pôs de lado as dúvidas que tinha quanto à sensatez do nosso passeio. Sylvia não ficou satisfeita, mas concordou em não contar à superiora e em despistar Ruth, se preciso. Acho que está bem claro que agora vivo minhas últimas chances. É tarde demais para me preocupar em me cuidar para o futuro.

Os portões de metal estão abertos. Ursula entra com o carro e nós subimos até a casa. Está escuro, o túnel de árvores está estranhamente parado, estranhamente silencioso, como sempre foi, esperando alguma coisa acontecer. Viramos a última curva e a casa aparece adiante. Exatamente como era tantos anos antes: no meu primeiro dia em Riverton, aos 14 anos de idade e tão imatura; no dia do recital, voltando correndo da casa de mamãe, cheia de expectativa; na noite do pedido de casamento de Alfred; na manhã de 1924 em que nós voltamos de Londres para Riverton. Hoje estou voltando para casa, de certa forma.

Agora existe uma área cimentada onde estacionar, entre a entrada e a fonte de Eros e Psique. Ursula abaixa o vidro quando nos aproximamos da cabine. Ela conversa com o guarda, que faz sinal para entrarmos. Por causa da minha óbvia fragilidade, ela recebe uma licença especial para me deixar mais perto da entrada antes de procurar uma vaga no estacionamento. Ela percorre o caminho em curva – de asfalto agora, não mais de cascalho – e para o carro na porta. Há um portão de ferro ao lado do pórtico, e Ursula me leva até lá, me deixa instalada e volta para o estacionamento.

Eu fico ali sentada, pensando no Sr. Hamilton, imaginando quantas vezes ele atendeu a porta em Riverton antes do seu ataque cardíaco na primavera de 1934. É quando acontece.

– Que bom ver você de volta, jovem Grace.

Eu estreito os olhos na direção do sol aquoso (ou são os meus olhos que estão marejados?) e lá está ele, no último degrau.

– Sr. Hamilton – murmuro.

Estou tendo uma alucinação, é claro, mas não posso ignorar um antigo colega, mesmo que ele esteja morto há mais de sessenta anos.

– Eu e a Sra. Townsend nos perguntamos quando a veríamos de novo.

– É mesmo?

A Sra. Townsend morreu logo depois dele: teve um derrame enquanto dormia.

– Ah, sim. Sempre ficamos felizes quando os jovens voltam. Nós nos sentimos um pouco solitários, sozinhos aqui. Nenhuma família para servir. Só barulho, marteladas e botas sujas. – Ele balançou a cabeça e olhou para cima a fim de contemplar o arco do pórtico. – Ah, este velho lugar assistiu a muitas mudanças. Espere só até ver o que fizeram com a minha saleta. – Ele sorri para mim. – Conte-me, Grace, como estão as coisas com você?

– Estou cansada. Estou cansada, Sr. Hamilton.

– Eu sei que está, menina. Não falta muito.

– O que disse? – Ursula está ao meu lado, guardando o tíquete do estacionamento na bolsa. – Você está cansada? – Ela franze a testa, preocupada. – Vou tentar alugar uma cadeira de rodas. Eles instalaram elevadores durante a reforma.

Eu digo a ela que talvez seja melhor, e então torno a olhar para o Sr. Hamilton. Ele sumiu.

No hall, uma mulher alegre vestida como uma esposa de um latifundiário dos anos 1940 nos recebe e anuncia que o preço da entrada inclui o tour que ela está prestes a começar. Antes de podermos recusar, somos levadas até um grupo de seis outros visitantes: um casal de londrinos a passeio, um estudante pesquisando para um trabalho de história e uma família de quatro turistas americanos – os adultos e o filho com tênis de corrida iguais e camisetas que dizem *Eu escapei da torre!*, a filha adolescente, pálida e circunspecta, toda vestida de preto. Nossa guia – Beryl, ela se apresenta, apontando para o crachá – morou a vida inteira em Saffron Green e nós podemos perguntar qualquer coisa a ela.

O tour começa no andar de baixo, o centro de qualquer casa de campo inglesa, diz Beryl com um sorriso e uma piscadela. Ursula e eu tomamos o elevador instalado onde costumava ficar o armário de casacos. Quando chegamos ao andar de baixo, o grupo já está reunido em volta da mesa de cozinha da Sra. Townsend, rindo enquanto Beryl lê uma lista de pratos ingleses tradicionais do século XIX.

A sala dos empregados está bem parecida com o que era, mas tem algo de diferente. É a luz, eu percebo. A eletricidade emudeceu os espaços sombrios, murmurantes. Ficamos muito tempo sem eletricidade em Riverton. Mesmo quando Teddy a instalou, em meados dos anos 1920, a luz não era assim. Eu sinto falta do escuro, mas acho que não conseguiram manter a iluminação como era, mesmo que para efeito histórico. Existem leis sobre esse tipo de coisa agora. Saúde e segurança. Risco de acidentes. Ninguém quer ser processado porque um visitante tropeça em uma escada mal iluminada.

– Sigam-me – diz Beryl. – Vamos usar a saída de serviço para a varanda dos fundos, mas não se preocupem, não vou fazer vocês vestirem uniformes!

Estamos no gramado que fica acima do roseiral de lady Ashbury. Não mudou muito, embora rampas tenham sido construídas entre os platôs. Eles têm uma equipe de jardineiros, diz Beryl. Há muito de que cuidar: os jardins, os gramados, as fontes, outros prédios da propriedade. A casa de verão.

A casa de verão foi uma das primeiras mudanças que Teddy realizou quando herdou Riverton, em 1923. Era um crime, disse ele, que um lago tão lindo, a joia da propriedade, tivesse ficado tão abandonado. Ele imaginava passeios de barco no verão, festas de observação planetária à noite. Pôs seus planos em ação imediatamente e, quando chegamos de Londres em abril de 1924, estava quase tudo pronto, e os únicos problemas que atrasaram um pouco a obra foram um carregamento de pedra italiana e um pouco de chuva de primavera.

Estava chovendo naquela manhã em que chegamos. Uma chuva forte e renitente que começou quando nos aproximamos de Essex e não parou mais.

Os brejos estavam cheios, a floresta alagada, e quando os carros subiram o caminho enlameado de Riverton, a casa não apareceu. Pelo menos não de início. Ela estava tão encoberta pelo nevoeiro que surgiu aos poucos, como se fosse um fantasma. Quando nos aproximamos, eu limpei o vidro do carro com a palma da mão e olhei através da neblina para a janela do quarto das crianças. Tive uma sensação estranha de que, dentro daquela casa escura, a Grace de cinco anos antes estava ocupada arrumando a sala de jantar, vestindo Hannah e Emmeline, recebendo as últimas instruções de Nancy. Aqui e lá, agora e então, simultaneamente, ao capricho do tempo.

O primeiro automóvel parou, e o Sr. Hamilton apareceu no pórtico da frente, com o guarda-chuva preto na mão, para ajudar Hannah e Teddy a saltarem. O segundo carro foi até a entrada de serviço e parou. Eu prendi minha capa no chapéu, me despedi do motorista e corri até a porta.

Talvez tenha sido culpa da chuva. Talvez, se o dia estivesse claro, o céu estivesse azul e o sol entrasse sorrindo pelas janelas, a decadência da casa não tivesse sido tão chocante. Pois, embora o Sr. Hamilton e sua equipe tivessem feito o máximo – tinham passado 24 horas limpando –, a mansão estava em péssimas condições. Era impossível consertar em tão pouco tempo o que anos de abandono por parte do Sr. Frederick tinham causado.

Foi Hannah quem ficou mais abalada. Vendo a casa naquele estado, ela pensou na solidão dos últimos anos de vida do pai. Acho que também reavivou a velha culpa: seu fracasso em restabelecer as relações com ele.

– Pensar que ele viveu assim... – disse ela naquela primeira noite, enquanto eu a ajudava a se preparar para dormir. – E eu em Londres sem saber. Ah, Emmeline fazia piadas, mas eu não imaginei nem por um minuto... – Ela balançou a cabeça. – Pensar que o pobre papai estava tão infeliz, Grace... – Ela ficou calada por alguns momentos, depois disse: – Isso mostra o que acontece quando uma pessoa não é fiel à sua natureza, não é?

– Sim, madame – respondi, sem saber que não estávamos mais falando do pai.

Teddy, embora surpreso com a extensão da decadência de Riverton, não ficou aflito. Ele já tinha mesmo planejado uma reforma completa.

– Vai ser bom trazer esta velha casa para o século XX, hein? – disse ele, sorrindo com benevolência para Hannah.

Eles já estavam de volta havia uma semana. A chuva tinha passado, e ele estava em um canto do quarto dela, examinando o cômodo banhado de sol. Hannah e eu estávamos sentadas na *chaise-longue*, examinando seus vestidos.

– Como quiser. – Foi sua resposta lacônica.

Teddy olhou para ela, seu rosto o retrato da perplexidade: não era empolgante restaurar a propriedade da família dela? Não era verdade que todas as mulheres adoravam a oportunidade de estampar seu toque feminino em uma casa?

– Não vou poupar despesas – completou ele.

Hannah ergueu os olhos e sorriu pacientemente, como se estivesse tratando com um vendedor ansioso em agradar.

– O que você achar melhor.

Teddy, tenho certeza, teria gostado que ela partilhasse do entusiasmo dele pelo projeto de reforma: recebendo decoradores, discutindo as vantagens de um tecido sobre outro, deliciando-se com a aquisição de uma estante idêntica à que o rei tinha em seu próprio hall. Mas ele não insistiu. Já estava acostumado a se equivocar em relação à esposa. Ele balançou a cabeça, passou a mão no cabelo dela e abandonou o assunto.

Embora não estivesse interessada na reforma, Hannah mostrou-se bem mais animada depois que voltamos para Riverton. Eu pensei que fosse ficar devastada com o fato de deixar Londres e Robbie, tinha me preparado para o pior. Mas estava enganada. Ela estava mais alegre do que o habitual. Enquanto a reforma da casa era feita, ela passava muito tempo do lado de fora. Passeava pela propriedade, dando longas caminhadas e voltando para o almoço com grama na saia e bochechas rosadas.

Pensei que ela havia desistido de Robbie. Que resolvera viver sem seu amor. Você vai me achar ingênua, mas foi o que pensei. Eu só tinha a minha própria experiência para me guiar. Eu havia desistido de Alfred, voltado para Riverton e me acostumado à ausência dele e supus que Hannah tivesse feito o mesmo. Que ela também tivesse decidido que seu dever era outro.

Um dia, fui procurá-la; Teddy tinha obtido a indicação do Partido Conservador para o assento de Saffron, e lorde Gifford tinha organizado um almoço. Ele ia chegar em trinta minutos e Hannah ainda estava dando um de seus passeios. Eu a encontrei, finalmente, no roseiral. Estava sentada na escada de pedra sob o caramanchão – a mesma em que Alfred se sentara naquela noite, tantos anos antes.

– Ainda bem, madame – falei, sem fôlego, me aproximando. – Lorde Gifford vai chegar a qualquer momento e a senhora não está vestida.

Hannah sorriu por cima do ombro.

– Eu podia jurar que estava usando meu vestido verde.

– A senhora sabe o que eu quero dizer. Não está vestida para o almoço.

– Eu sei. – Ela esticou os braços e girou os punhos. – Está um dia tão bonito. É uma pena ficar sentada lá dentro. Será que conseguimos convencer o Teddy a almoçar na varanda?

– Não sei, madame. Não acho que o Sr. Luxton vá gostar disso. A senhora sabe como ele é com insetos.

Ela riu.

– Você tem razão, é claro. Bem, foi só uma ideia.

Ela se levantou, pegou o bloco e a caneta. Em cima, havia um envelope sem selo.

– A senhora quer que eu peça ao Sr. Hamilton para pôr essa carta no correio?

– Não – disse ela, sorrindo e apertando o bloco de encontro ao peito. – Não, obrigada, Grace. Eu vou até a cidade esta tarde e a coloco no correio pessoalmente.

Então você entende por que eu achei que ela estava feliz. E ela estava. Estava, sim. Mas não porque tinha desistido de Robbie. Eu estava enganada quanto a isso. E com certeza não porque tivesse redescoberto seu velho sentimento por Teddy. E não por estar de volta à casa da sua família. Não. Ela estava feliz por outro motivo. Hannah tinha um segredo.

Beryl nos conduz pela Longa Alameda. A cadeira de rodas vai sacolejando, mas Ursula é cuidadosa. Quando alcançamos o segundo portão, há uma placa pendurada. Beryl explica que aquele trecho do jardim está fechado para reforma. Estão trabalhando na casa de verão, então não vamos poder ver de perto hoje. Podemos ir até a fonte de Ícaro, mas não podemos avançar. Ela abre o portão e entramos em fila.

A festa foi ideia de Deborah. Era bom lembrar às pessoas que, só porque Teddy e Hannah não estavam mais em Londres, não significava que tinham se retirado do cenário social. Teddy achou a ideia esplêndida. As reformas principais estavam quase prontas, e era uma excelente oportunidade de mostrá-las. Hannah, surpreendentemente, concordou. Não só concordou como ajudou a organizá-la. Teddy, surpreso mas feliz, teve a sensatez de não fazer perguntas. Deborah, que não estava acostumada a dividir o planejamento, ficou menos contente.

– Você não vai querer se incomodar com todos os detalhes... – disse ela, quando se sentaram certa manhã para tomar chá.

Hannah sorriu.

– Pelo contrário. Tenho várias ideias. O que você acha de lanternas chinesas?

Foi por sugestão de Hannah que a festa deixou de ser uma reunião para poucos convidados e passou a ser uma festança espetacular. Ela fez a lista de convidados e sugeriu que montassem uma pista de dança para a ocasião. O baile do verão tinha sido uma tradição em Riverton, ela contou a Teddy, por que não ressuscitá-lo?

Teddy ficou encantado. Ver sua esposa e sua irmã trabalhando juntas era o seu maior sonho. Ele deu carta branca à esposa, e ela aproveitou. Hannah tinha suas razões. Agora eu sei. É muito mais fácil passar despercebida no meio de uma multidão animada do que em uma reunião com pouca gente.

Ursula me empurra vagarosamente ao redor da fonte de Ícaro. Ela foi limpa. Os ladrilhos azuis e o mármore estão brilhando como nunca, mas Ícaro e suas três sereias ainda estão congelados em sua cena de resgate aquático. Eu pisco e os dois fantasmas, vestindo combinações brancas, deitados na beirada da fonte, desaparecem.

– Eu sou o rei do mundo! – grita o menino americano, que subiu na cabeça da sereia com a harpa e está parado com os braços abertos.

Beryl se obriga a relaxar a testa franzida e força um sorriso.

– Desça daí agora, rapaz. A fonte foi feita para olhar, não para escalar. – Ela aponta para o caminho que vai dar no lago. – Dê um passeio até lá. Você não vai poder passar do bloqueio, mas pode avistar nosso famoso lago.

O rapaz pula da fonte e aterrissa com um estrondo a meus pés. Ele me lança um olhar de desprezo e desafio, depois sai correndo. Seus pais e sua irmã vão atrás.

O caminho é estreito demais para a cadeira de rodas, mas eu preciso ver. É o mesmo caminho que eu percorri naquela noite. Peço que Ursula me ajude a ir caminhando. Ela me encara com certa dúvida.

– Tem certeza?

Eu faço que sim.

Ela empurra a cadeira até o início do caminho e eu me apoio nela quando Ursula me puxa para ficar de pé. Ficamos um instante paradas enquanto ela recobra o equilíbrio, depois começamos a andar devagarzinho. Pedrinhas sob meus sapatos, longas hastes de capim roçando a minha saia, libélulas esvoaçando no ar quente.

Nós paramos quando a família americana volta em fila na direção da fonte. Eles estão lamentando o processo de restauração.

– Tudo na Europa está debaixo de andaimes – reclama a mãe.

– Eles deviam nos devolver o dinheiro – comenta o pai.

– Eu só fiz esta viagem para ver onde ele morreu – diz a garota de botas pretas.

Ursula sorri ironicamente para mim e nós prosseguimos. O barulho dos martelos vai ficando mais alto. Por fim, depois de várias pausas, chegamos à barricada onde o caminho termina. Ela está no mesmo lugar da outra barricada, tantos anos antes.

Eu me apoio nela e contemplo o lago. Lá está ele, ligeiramente encrespado, ao longe. A casa de verão está oculta, mas o barulho da construção é bem claro. Ele me faz lembrar 1924, quando os construtores se apressavam para terminá-la para a festa. Em vão, afinal. As pedras tinham sido retidas por causa de uma disputa no embarque em Calais e, para tristeza de Teddy, não chegaram a tempo. Ele queria que o seu novo telescópio estivesse instalado para que os convidados pudessem ir até o lago contemplar as estrelas. Foi Hannah quem o consolou.

– Não faz mal... – disse ela. – É melhor esperar até a casa estar pronta. Você pode dar outra festa, então. Uma festa de observação.

Note que ela disse "você", e não "nós". Ela já tinha deixado de se ver no futuro de Teddy.

– Pode ser – respondeu Teddy, soando como um garotinho petulante.

– Talvez seja melhor assim – continuou Hannah, inclinando a cabeça. – De fato, talvez não seja má ideia colocar uma barricada no caminho que vai dar no lago. Para impedir que as pessoas se aproximem. Pode ser perigoso.

Teddy franziu a testa.

– Perigoso?

– Você sabe como são os operários – disse Hannah. – Podem ter deixado alguma parte inacabada. É melhor esperar até você ter tempo de dar uma boa olhada.

Ah, sim, o amor pode deixar as pessoas dissimuladas. Ela convenceu Teddy com muita facilidade. Levantou o fantasma de processos legais e péssima publicidade. Teddy e o Sr. Boyle providenciaram tabuletas e barricadas para evitar que os convidados fossem até o lago. Ele daria outra festa em agosto, para comemorar seu aniversário. Um almoço na casa de verão, com barcos e jogos e toldos de lona listrada. Igual ao quadro daquele pintor francês, ele disse, como era mesmo o nome dele?

Ele nunca deu essa festa, é claro. Em agosto de 1924, ninguém, exceto Emmeline, sequer pensaria em dar uma festa. Mas ela estava em plena exuberância social nessa época, creio que em uma reação a todo aquele horror e sangue.

O sangue. Tanto sangue. Quem poderia imaginar que haveria tanto sangue? Eu posso avistar daqui o local na margem do lago. Onde eles estavam. Onde ele estava, logo antes de...

Sinto uma tontura, minhas pernas fraquejam. Ursula me segura, me mantém firme.

– Você está bem? – pergunta, com um olhar de preocupação. – Está muito pálida.

Meus pensamentos se dispersam. Estou com calor. Tonta.

– Quer entrar um pouco?

Concordo com um movimento de cabeça.

Ursula me conduz de volta, me ajuda a sentar na cadeira de rodas e explica a Beryl que precisa me levar para dentro da casa.

É o calor, diz Beryl, a mãe dela é igual. Um calor tão fora de época. Ela se inclina para mim e sorri de modo que seus olhos se fecham.

– É isso, não é, meu bem? É o calor.

Eu concordo. Não adianta discutir. Como explicar que não é o calor que me oprime, e sim o peso da velha culpa?

Ursula me leva para a sala de visitas. Não entramos, não podemos. Amarraram uma corda vermelha a 1 metro da porta. Acho que não querem que as pessoas fiquem andando por lá, passando os dedos sujos no encosto do sofá. Ursula estaciona a cadeira junto à parede e se senta ao lado, em um banco instalado para visitantes.

Os turistas passam, apontando para a elegante arrumação da mesa, soltando exclamações de admiração para a pele de tigre no encosto do sofá. Nenhum deles parece notar que a sala está cheia de fantasmas.

Foi na sala de visitas que a polícia fez suas entrevistas. Pobre Teddy. Ele estava tão abalado.

– Ele era um poeta – disse ele à pólícia, com um cobertor em volta dos ombros, ainda usando seu smoking. – Conheceu minha esposa quando eram jovens. Um rapaz simpático: artista, mas inofensivo. Ele andava mais com minha cunhada e o grupo dela.

A polícia entrevistou todo mundo naquela noite. Todo mundo, exceto Hannah e Emmeline. Teddy cuidou disso. Já era horrível demais elas terem visto uma coisa daquelas, ele contou aos policiais, não precisam reviver tudo. A influência da família Luxton era tanta, eu acho, que os policiais concordaram.

Para eles, não fazia muita diferença. Já era tarde e eles estavam loucos para voltar para suas esposas e suas camas quentes. Tinham ouvido tudo de que precisavam. Não era uma história incomum. A própria Deborah concluíra: havia rapazes por toda Londres, no mundo todo, com dificuldade para se ajustar a uma vida normal depois de tudo o que tinham visto e feito na guerra. O fato de ele ser poeta deixou tudo ainda mais previsível. Os tipos artísticos eram inclinados a atos extravagantes, a comportamentos emotivos.

O grupo do tour nos alcançou. Beryl nos chama para nos reunirmos e nos leva para a biblioteca.

– Um dos poucos cômodos que não foram destruídos no incêndio de 1938 – diz ela, caminhando decididamente pelo corredor. – Uma bênção, podem ter certeza. A família Hartford tinha uma coleção inestimável de livros antigos. Mais de nove mil volumes.

Eu posso garantir que é verdade.

Nosso grupo diverso entra na sala atrás de Beryl e se espalha. Todos esticam o pescoço para observar o teto abobadado de vidro e as estantes de livros que vão até lá em cima. O Picasso de Robbie não está mais lá. Deve estar em alguma galeria. Já se foram os dias em que cada mansão inglesa tinha obras dos grandes mestres penduradas livremente nas paredes.

Foi aqui que Hannah passou a maior parte do seu tempo depois que Robbie morreu: dias inteiros enroscada em uma cadeira na biblioteca silenciosa. Ela não lia, só ficava sentada. Revivendo o passado recente. Durante algum tempo, eu fui a única pessoa que ela concordava em ver. Ela falava obsessiva, compulsivamente, de Robbie, repetindo para mim os detalhes do seu caso de amor. Cada relato terminava com o mesmo lamento.

– Eu o amava, sabe, Grace? – dizia ela, em uma voz tão baixa que eu quase não ouvia.

– Eu sei que sim, madame.

– Eu só não consegui... – Ela então me encarava com olhos baços. – Mas não foi o bastante.

Teddy aceitou o seu isolamento, de início – parecia uma consequência natural de ter visto o que ela viu –, mas, à medida que as semanas se passaram, ele não entendia por que Hannah não reagia com a fleuma característica dos ingleses.

Todo mundo tinha uma opinião sobre como ela deveria se comportar, sobre o que deveria ser feito para restaurar o seu ânimo. Uma noite, houve uma mesa-redonda para discutir o assunto, depois do jantar.

– Ela precisa de um novo hobby – disse Deborah, acendendo um cigarro. – Não duvido que seja um choque ver um homem se matar, mas a vida continua.

– Que tipo de hobby? – perguntou Teddy, franzindo a testa.

– Eu estava pensando em mah-jong – disse Deborah, batendo o cigarro em um cinzeiro. – Um bom jogo de mah-jong consegue nos distrair de qualquer coisa.

Estella, que tinha ficado em Riverton para "cumprir sua obrigação", concordou que Hannah precisava de distração, mas tinha ideias próprias quanto a isso: ela precisava de um bebê. Que mulher não precisava? Teddy não poderia tomar providências quanto a isso?

Teddy disse que ia fazer o que pudesse. E, confundindo a apatia de Hannah com consentimento, ele fez.

Para alegria de Estella, três meses depois, o médico declarou que Hannah estava grávida. Longe de distraí-la, entretanto, isso a deixou ainda mais alheia a tudo. Ela me contava cada vez menos sobre seu caso com Robbie e, no fim, parou de me chamar à biblioteca. Eu fiquei desapontada e, mais do que isso, preocupada: tinha esperado que a confissão fosse livrá-la daquele exílio autoimposto. Que, ao me contar tudo sobre o seu romance, ela pudesse encontrar o caminho de volta para nós. Mas isso não aconteceu.

Pelo contrário, ela se afastou cada vez mais de mim; passou a se vestir sozinha, me olhando de forma estranha, quase zangada, quando eu me oferecia para ajudar. Tentei convencê-la, lembrar a ela que não tinha sido sua culpa, que ela não tinha como tê-lo salvado, mas Hannah apenas me encarava com uma expressão confusa. Como se não soubesse do que eu estava falando ou, pior, como se duvidasse das minhas razões para estar dizendo aquilo.

Ela vagou pela casa como um fantasma naqueles últimos meses. Nancy dizia que era como se o Sr. Frederick tivesse voltado. Teddy ficou ainda mais preocupado. Afinal de contas, não era apenas Hannah que estava em perigo agora. Seu bebê, seu filho, o herdeiro dos Luxtons merecia coisa melhor. Ele chamou um médico atrás do outro, e todos eles, recordando a guerra, diagnosticaram trauma e disseram que aquilo era natural depois do que ela vira.

Um deles chamou Teddy depois da consulta e disse:

– É trauma mesmo. Um caso muito singular; ela perdeu completamente o contato com a realidade.

– E como podemos consertar isso? – perguntou Teddy.

O médico balançou a cabeça, desanimado.

– O que eu não pagaria para saber...

– Dinheiro não é problema – disse Teddy.

O médico franziu a testa.

– Houve outra testemunha?

– A irmã da minha esposa.

– Irmã – disse o médico, anotando isso em seu bloco. – Ótimo. Elas são muito próximas?

– Muito – concordou Teddy.

O médico apontou o dedo para Teddy.

– Chame-a aqui. Conversar: é assim que se trata deste tipo de histeria. Sua esposa precisa passar algum tempo com alguém que tenha passado pelo mesmo trauma.

Teddy aceitou o conselho do médico e convidou Emmeline diversas vezes, mas ela não aceitou. Não podia. Estava muito ocupada.

– Eu não entendo... – disse Teddy a Deborah certa noite após o jantar. – Como ela pode ignorar a própria irmã? Depois de tudo que Hannah fez por ela?

– Não se preocupe – respondeu Deborah, arqueando as sobrancelhas. – Pelo que ouvi, é até melhor ela ficar longe. Dizem que Emmeline se tornou muito vulgar. A última a sair das festas, se envolvendo com más companhias...

Era verdade: Emmeline tinha voltado à sua frenética atividade social em Londres. Ela se tornou a rainha das festas, estrelou diversos filmes, de amor, de horror; encontrou o seu nicho desempenhando o papel de *femme fatale*.

Era uma pena, a sociedade cochichava, que Hannah não pudesse reagir do mesmo jeito. Estranho que ela tivesse sentido muito mais o golpe do que a irmã. Afinal, era Emmeline quem andava com o sujeito.

Mas Emmeline também sentiu muito o golpe. Só tinha outra maneira de reagir. Ela ria mais alto e bebia mais. Dizem que no dia em que ela morreu na Braintree Road, a polícia encontrou garrafas abertas de conhaque no carro. Os Luxtons abafaram o caso. Se havia uma coisa que o dinheiro podia comprar, naquela época, era a lei. Talvez ainda possa; eu não sei.

Eles não contaram a Hannah na hora. Estella achou arriscado e Teddy concordou, já que estava quase na hora de o bebê nascer. Lorde Gifford prestou declarações em nome de Teddy e Hannah.

Teddy desceu à sala dos empregados na noite seguinte ao acidente. Ele parecia deslocado ali, como um ator entrando no cenário errado. Era tão alto que tinha que abaixar a cabeça para não bater na trave do teto acima do último degrau.

– Sr. Luxton – disse o Sr. Hamilton. – Não esperávamos...

Ele parou e se pôs em ação, virando-se para nós, batendo palmas calmamente, depois erguendo as mãos e fazendo sinais como se estivesse conduzindo uma orquestra em uma peça muito ligeira. Fizemos uma fila e ficamos parados, com as mãos para trás, esperando para ver o que Teddy tinha a dizer.

O que ele disse foi simples: Emmeline se envolvera em um acidente grave que lhe havia tirado a vida. Nancy agarrou minha mão atrás das costas.

A Sra. Townsend deu um gritinho e desabou na cadeira, com a mão no coração.

– Pobre queridinha – disse ela. – Estou tremendo.

– Foi um choque terrível para todos nós, Sra. Townsend – disse Teddy, olhando para os criados um por um. – Mas preciso pedir uma coisa a vocês.

– Se me permite falar em nome da criadagem – disse o Sr. Hamilton, com o rosto sombrio –, estamos prontos para ajudar no que for possível nesta hora terrível.

– Obrigado, Sr. Hamilton – respondeu Teddy, meneando a cabeça gravemente. – Como todos sabem, a Sra. Luxton sofreu horrivelmente com o caso do lago. Acho que seria mais gentil se escondêssemos esta outra tragédia dela por enquanto. Não vale a pena deixá-la ainda mais nervosa. Não no estado dela. Tenho certeza de que vocês concordam.

A criadagem ficou em silêncio e Teddy continuou:

– Eu pediria então que vocês não mencionassem a Srta. Emmeline nem o acidente. Que se esforçassem para não deixar nenhum jornal à vista dela.

Ele parou, olhou para cada um de nós.

– Entenderam?

O Sr. Hamilton se recuperou:

– Ah, sim. Sim, senhor.

– Ótimo – disse Teddy.

Ele meneou a cabeça diversas vezes, viu que não havia mais nada a dizer, e saiu com um sorriso amargo. Depois que Teddy foi embora, a Sra. Townsend se virou, com os olhos arregalados, para o Sr. Hamilton.

– Mas... ele está dizendo que não vai contar à Srta. Hannah?

– Parece que sim, Sra. Townsend – disse o Sr. Hamilton. – Por enquanto.

– Mas a morte da própria irmã...

– Essas foram as instruções dele, Sra. Townsend. – O Sr. Hamilton suspirou e apertou a ponte do nariz. – O Sr. Luxton é o patrão desta casa, assim como o Sr. Frederick foi antes dele.

A Sra. Townsend abriu a boca para discutir, mas o Sr. Hamilton interrompeu-a:

– A senhora sabe tão bem quanto eu que as instruções do patrão precisam ser seguidas. – Ele tirou os óculos e os limpou furiosamente. – Não importa o que pensemos delas. Ou dele.

Mais tarde, quando o Sr. Hamilton estava no andar de cima servindo a ceia, a Sra. Townsend e Nancy se aproximaram de mim na sala de jantar dos empregados. Eu estava à mesa consertando o vestido prateado de Hannah. A Sra. Townsend sentou-se de um lado, Nancy do outro. Como dois guardas que me levariam para o cadafalso.

Com um olhar na direção da escada, Nancy disse:

– Você tem que contar a ela.

A Sra. Townsend balançou a cabeça.

– Isso não está certo. A própria irmã. Ela tem que saber.

Eu prendi a agulha no carretel de linha prateada e larguei a costura.

– Você é a camareira dela – justificou Nancy. – Ela gosta de você. Você tem que contar a ela.

– Eu sei – falei baixinho. – Eu vou contar.

Na manhã seguinte, eu a encontrei, como esperava, na biblioteca. Em uma poltrona, olhando através das enormes portas de vidro para o cemitério. Hannah estava prestando atenção em alguma coisa e não ouviu quando me aproximei. Eu cheguei bem perto dela e fiquei calada, parada perto da outra poltrona. O sol entrava pelo vidro e iluminava seu perfil, dando-lhe uma aparência quase etérea.

– Madame? – chamei baixinho.

Sem desviar o olhar, ela disse:

– Você veio me contar sobre Emmeline.

Eu parei, surpresa, imaginando como ela sabia.

– Sim, madame.

– Eu sabia que você viria. Embora ele tenha dito para você não me contar. Eu conheço bem você, depois de tanto tempo, Grace. – O tom de voz dela era difícil de interpretar.

– Sinto muito, madame. Pela Srta. Emmeline.

Ela balançou de leve a cabeça, mas não tirou os olhos daquele ponto distante no cemitério. Eu esperei um pouco e, quando ficou evidente que ela não queria companhia, perguntei se podia lhe trazer alguma coisa. Chá, talvez? Um livro? Ela não respondeu logo, pareceu não ter ouvido. E então, aparentemente sem motivo, ela disse:

– Você não sabe ler estenografia.

Era uma afirmação e não uma pergunta, então eu não respondi.

Mais tarde eu descobri o que ela quis dizer, por que ela falou de estenografia naquele momento. Mas só muitos anos depois. Naquela manhã, eu ainda não sabia o papel que a minha mentira tinha desempenhado.

Ela mudou de posição, encolheu as pernas compridas sobre a cadeira. Ainda sem me encarar.

– Pode ir, Grace – disse ela, com uma frieza que fez meus olhos arderem.

Não havia mais nada a dizer. Assenti e saí, sem saber que aquela seria nossa última conversa.

Beryl nos leva para o quarto que pertenceu a Hannah, no fim. A princípio, eu me pergunto se vou conseguir continuar. Mas ele está diferente agora. Foi repintado e mobiliado com um conjunto vitoriano que não fazia parte da mobília original de Riverton. Aquela não é a mesma cama em que nasceu o bebê de Hannah.

A maioria das pessoas achou que foi o bebê que a matou. Assim como o nascimento de Emmeline tinha causado a morte de sua mãe. Tão súbito, disseram, balançando a cabeça. Tão triste. Mas eu sabia que não. Era uma desculpa conveniente. Uma oportunidade. É verdade que não foi um parto fácil, mas ela não tinha mais vontade alguma de viver. O que aconteceu no lago, a morte de Robbie e a de Emmeline, logo depois, tudo isso a matou muito antes de o bebê ficar preso em sua pélvis.

Eu estava no quarto com ela, mas, à medida que as contrações ficaram mais fortes e mais rápidas e o bebê começou a forçar a passagem, Hannah foi ficando cada vez mais delirante. Olhou para mim, com medo e raiva no rosto, e gritou para eu sair, que a culpa era toda minha. Não era incomum uma mulher perder o controle durante o parto, fantasiar coisas, o médico explicou quando mandou que eu obedecesse.

Mas eu não podia abandoná-la daquele jeito. Saí de perto da cama, mas não saí do quarto. Quando o médico começou a cortar, eu fiquei olhando da porta e vi o rosto dela. Quando descansou a cabeça, ela deu um suspiro de alívio. De libertação. Ela sabia que, se não lutasse, partiria. Estaria tudo acabado.

Não, não foi uma morte súbita; ela estava morrendo havia meses.

Depois, eu fiquei arrasada. Desolada. De certa forma, eu tinha morrido junto. É isso que acontece quando você dedica sua vida a outra pessoa. Você fica ligado a ela. Sem Hannah, eu não tinha mais função.

Eu perdi a capacidade de sentir. Estava vazia, como se alguém tivesse me aberto ao meio como a um peixe e arrancado minhas entranhas. Eu realizava algumas tarefas, porém, com Hannah morta, não tinha muito a fazer. Fiquei assim por um mês, arrastando-me de um lugar para outro. Até que um dia eu disse a Teddy que ia embora.

Ele queria que eu ficasse; quando me recusei, ele me pediu que reconsiderasse, por Hannah, pela memória dela. Ela gostava de mim, eu não sabia disso? Ela ia querer que eu fizesse parte da vida de sua filha, da vida de Florence.

Mas eu não podia. Não tinha coragem. Fiquei cega à reprovação do Sr. Hamilton, às lágrimas da Sra. Townsend. Não tinha ideia do meu futuro, só sabia que não era em Riverton.

Como teria sido assustador deixar Riverton, deixar meu emprego, se eu conseguisse sentir alguma coisa. Foi melhor para mim não conseguir; o medo poderia ter triunfado sobre o sofrimento e me amarrado para sempre à casa na colina. Pois eu não conhecia nada da vida fora do trabalho doméstico. Tinha pavor da independência. Tinha medo de ir a lugares, de fazer as coisas mais simples, de tomar minhas próprias decisões.

Mas encontrei um pequeno apartamento em Marble Arch e toquei a vida. Aceitei todos os empregos que consegui – limpar, servir mesa, costurar –, resisti a qualquer tentativa de intimidade, partia quando as pessoas começavam a fazer muitas perguntas, quando queriam mais do que eu podia dar. Passei uma década assim. Esperando, embora não soubesse disso, pela guerra seguinte. E por Marcus, cujo nascimento iria fazer o que o nascimento da minha própria filha não conseguiu: preencher o vazio deixado pela morte de Hannah.

Enquanto isso, eu pensava pouco em Riverton. Em tudo o que tinha perdido.

Deixe-me reformular: eu me recusava a pensar em Riverton. Quando me via, em um momento de inatividade, percorrendo o quarto das crianças, parada na escada que dava no roseiral de lady Ashbury, equilibrando-me na beirada da fonte de Ícaro, eu buscava rapidamente algo para fazer.

Mas eu pensava no bebezinho, Florence. Minha sobrinha, eu acho. Ela era uma coisinha linda. Tinha o cabelo louro de Hannah, mas não os seus olhos. Os dela eram olhos grandes e escuros. Talvez mudassem quando ela crescesse. Isso acontece. Mas acho que continuaram escuros, como os do pai. Pois ela era filha de Robbie, não era?

Pensei muito nisso ao longo dos anos. É possível, é claro, que, apesar de Hannah não ter engravidado de Teddy durante todos aqueles anos, isso tenha acontecido depressa e inesperadamente em 1924. Coisas mais estranhas já aconteceram. Ao mesmo tempo, esta não é uma explicação conveniente demais? Teddy e Hannah raramente compartilhavam a cama nos últimos anos do seu casamento, mas ele quisera muito um filho, no começo. O fato de Hannah não ter engravidado não sugere que houvesse um problema com um deles? E, como ficou provado com Florence, Hannah podia ter filhos.

Não é mais provável que o pai de Florence não fosse Teddy? Que ela tenha sido concebida no lago? Que, depois de tantos meses de separação, quando Hannah e Robbie se encontraram naquela noite, na casa de verão inacabada, eles não tenham conseguido resistir? O tempo, afinal, encaixava. Deborah com certeza achava isso. Ela deu uma olhada naqueles olhos grandes e escuros, e seus lábios se comprimiram. Ela soube.

Se foi ela quem contou a Teddy eu não sei. Talvez ele mesmo tenha percebido. O fato é que Florence não ficou muito tempo em Riverton. Teddy obviamente não ficaria com ela: um lembrete constante de que fora traído. Todos os Luxtons concordaram que era melhor que ele esquecesse tudo aquilo. Que se dedicasse a dirigir a Mansão Riverton, preparando o retorno da sua carreira política.

Soube que eles mandaram Florence para os Estados Unidos, que Jemima concordou em recebê-la como irmã de Gytha. Ela sempre quis ter mais um filho. Hannah teria ficado contente, eu acho; teria preferido imaginar sua filha crescendo como uma Hartford, e não como uma Luxton.

O tour termina e nós somos deixados no hall de entrada. Apesar do incentivo de Beryl, Ursula e eu não entramos na loja de suvenires.

Eu fico esperando de novo no banco de ferro enquanto Ursula vai buscar o carro.

– Não vou demorar – promete ela.

Eu digo que não se preocupe, que minhas lembranças me farão companhia.

– Vai voltar em breve? – pergunta o Sr. Hamilton, da porta.

– Não, acho que não, Sr. Hamilton.

Ele parece entender, sorri brevemente.

– Vou dizer à Sra. Townsend que você mandou lembranças.

Eu assinto e ele desaparece, se dissolve como aquarela em um raio empoeirado de sol.

Ursula me ajuda a entrar no carro. Ela trouxe uma garrafa de água e a abre para mim depois que estou com o cinto afivelado.

– Pronto – diz ela, enfiando um canudo na garrafa e apertando minhas mãos ao redor da superfície fria.

Ela liga o motor e saímos lentamente do estacionamento. Eu tomo consciência, vagamente, quando entramos no túnel escuro de árvores da entrada, que esta é a última vez que faço esta viagem, mas não olho para trás.

Viajamos em silêncio por algum tempo, até Ursula dizer:

– Sabe, tem uma coisa que sempre me intrigou...

– Humm?

– As irmãs Hartford viram o que ele fez, não foi? – Ela me olha de soslaio. – Mas o que elas estavam fazendo no lago, quando deviam estar na festa?

Eu não respondo, e ela torna a me olhar, imaginando que eu não tenha ouvido.

– O que foi que você decidiu? – pergunto. – O que acontece no filme?

– Elas o veem sair, vão até o lago atrás dele e tentam impedi-lo. – Ursula dá de ombros. – Eu procurei em toda parte, mas não encontrei os depoimentos de Emmeline e de Hannah, então tive que adivinhar. Era o que fazia mais sentido.

Eu assinto.

– Além disso, os produtores acharam que era mais emocionante do que se elas o tivessem encontrado por acaso.

Eu faço que sim.

– Você vai poder julgar por si mesma quando vir o filme – diz ela.

Eu tinha pensado em ir ao lançamento, mas sei que isso não será mais possível. Ursula também parece saber.

– Vou levar uma cópia para você assim que puder.

– Eu gostaria muito.

Ela entra com o carro em Heathview.

– Ora, ora – diz ela, arregalando os olhos, e põe a mão sobre a minha. – Está pronta para enfrentar a situação?

Ruth está parada ali, aguardando. Eu fico esperando ver sua boca contraída em uma censura. Mas não. Ela está sorrindo. Cinquenta anos desaparecem e eu a vejo menina de novo. Antes que a vida tivesse a chance de desapontá-la. Ela está segurando alguma coisa, sacudindo-a. Eu vejo que é uma carta. E sei de quem é.

Saindo do tempo

Ele está aqui. Marcus voltou para casa. Na última semana, ele veio me ver todos os dias. Às vezes Ruth vem com ele, às vezes somos só nós dois. Nem sempre conversamos. Frequentemente ele fica sentado do meu lado e segura minha mão enquanto cochilo. Eu gosto que ele segure a minha mão. É o gesto mais companheiro: um conforto desde a infância até a velhice.

Eu estou começando a morrer. Ninguém me contou, mas posso ver no rosto deles. As expressões simpáticas, suaves, os olhos tristes, sorridentes, os cochichos e olhares que eles trocam. E eu mesma estou sentindo.

Uma aceleração.

Estou saindo do tempo. As marcações que observei durante a vida inteira estão subitamente perdendo o sentido: segundos, minutos, horas, dias. Meras palavras. Tudo o que tenho são momentos.

Marcus traz um retrato. Ele me entrega e eu sei, antes de os meus olhos o fitarem, que retrato é. Era um dos meus favoritos, é um dos meus favoritos, tirado em um sítio arqueológico muitos anos antes.

– Onde você encontrou isto? – pergunto.

– Estava comigo – diz ele, envergonhado, passando a mão pelo cabelo um tanto longo, banhado pelo sol. – O tempo todo que passei fora. Espero que você não se importe.

– Eu fico feliz.

– Eu queria um retrato seu. E sempre gostei deste, quando era pequeno. Você parece tão feliz.

– Eu estava. Muito feliz.

Olho de novo para a foto, depois a devolvo. Ele a coloca na minha mesinha de cabeceira para eu poder ver sempre que quiser.

Eu acordo e Marcus está na janela, olhando para fora. Primeiro acho que Ruth está no quarto conosco, mas não está. É outra pessoa. Outra coisa. Ela apareceu há pouco tempo e não foi mais embora. Ninguém mais consegue vê-la. Ela está esperando por mim, eu sei, e estou quase pronta. Bem cedinho, hoje de manhã, gravei a última fita para Marcus. Ela está pronta e tudo foi contado. A promessa que eu fiz foi quebrada, e ele vai conhecer o meu segredo.

Marcus percebe que eu estou acordada. Ele se vira. Sorri. Seu lindo sorriso.

– Grace. – Ele sai da janela e para do meu lado. – Você quer alguma coisa? Um copo d'água?

– Quero.

Eu o observo: seu corpo magro vestido com roupas folgadas, jeans e uma camiseta, o uniforme da juventude de hoje. Em seu rosto, eu vejo o menino que ele foi, a criança que me seguia de cômodo em cômodo, fazendo perguntas, exigindo histórias: sobre os lugares que visitei, os artefatos que desenterrei, a casa grande na colina e as crianças e seu Jogo. Vejo o rapaz que me encantava ao dizer que queria ser escritor. Que me pedia para ler o seu trabalho, para dar minha opinião. Vejo o homem adulto, preso em uma teia de sofrimento, indefeso. Sem aceitar ajuda.

Eu me mexo, limpo a garganta. Tenho que perguntar uma coisa a ele.

– Marcus.

Ele olha para mim de lado, sob um cacho de cabelo castanho.

– Grace?

Eu estudo os olhos dele, esperando, acho, encontrar a verdade.

– Como você está?

Ele não me ignora. Senta-se, afofa meu travesseiro, alisa o meu cabelo e me entrega um copo d'água.

– Acho que eu vou ficar bem – responde ele.

Tem tanta coisa que eu gostaria de dizer, para confortá-lo. Mas estou fraca demais. Cansada demais. Só consigo assentir.

Ursula vem. Ela me beija no rosto. Eu quero abrir os olhos; agradecer a ela por gostar dos Hartfords, por se lembrar deles, mas não consigo. Marcus toma conta dela. Eu o escuto, aceitando o videoteipe, agradecendo, dizendo que estou feliz em vê-la. Que falei muito bem dela. Ele pergunta se a estreia correu bem.

– Foi ótima. Eu estava uma pilha de nervos, mas foi tudo perfeito. Tive até uma ou duas resenhas boas.

– Eu vi – comentou Marcus. – Uma resenha *muito* boa no *The Guardian*. "Inesquecível", não foi o que disseram? "De uma beleza sutil"? Parabéns.

– Obrigada – garante Ursula, e eu posso imaginar seu sorriso tímido, contente.

– Grace sentiu muito não poder ir.

– Eu sei – diz Ursula. – Eu também. Adoraria que ela estivesse lá. – A voz dela se anima: – Minha avó veio. Lá dos Estados Unidos.

– Uau! – exclama Marcus. – Isso que é dedicação.

– Foi poético, na verdade. Foi ela quem despertou meu interesse pela história. Ela é uma parenta distante das irmãs Hartford. Prima em segundo grau, eu acho. Ela nasceu na Inglaterra, mas sua mãe se mudou para os Estados Unidos quando ela era pequena, depois que o pai dela morreu na Primeira Guerra Mundial.

– Que bom, então, que ela veio ver o que inspirou.

– Eu não teria conseguido impedi-la de vir, mesmo que quisesse – diz Ursula, rindo. – Vovó Florence nunca aceitou um não como resposta.

Ursula se aproxima. Eu sinto a presença dela. Ela pega a fotografia na minha mesinha de cabeceira.

– Eu não tinha visto essa foto. Grace não está linda? Quem é este aqui com ela?

– Esse é Alfred. – Marcus sorri; percebo em sua voz.

Há um silêncio.

– Minha avó não é uma mulher convencional – diz Marcus, com ternura. – Minha mãe não aprovava, mas aos 65 anos ela arranjou um namorado. Era óbvio que eles já se conheciam havia tempos. Ele a procurou.

– Um romântico – conclui Ursula.

– Sim – responde Marcus. – Alfred era fantástico. Eles não se casaram, mas ficaram juntos por quase vinte anos. Grace dizia que o tinha deixado escapar uma vez e que não ia cometer o mesmo erro de novo.

– É a cara dela – diz Ursula.

– Alfred implicava dizendo que ainda bem que ela era arqueóloga. Quanto mais velho ele ficava, mais ela gostava dele.

Ursula ri.

– O que houve com ele?

– Morreu dormindo – responde Marcus. – Nove anos atrás. Foi quando Grace se mudou para cá.

Uma brisa morna entra pela janela aberta, passa por minhas pálpebras fechadas. É de tarde, eu acho.

Marcus está aqui. Ele já está aqui há algum tempo. Posso ouvi-lo escrevendo. Suspirando de vez em quando. Levantando-se, caminhando até a janela, até o banheiro, até a porta.

Agora já é mais tarde. Ruth chega. Ela está ao meu lado, acaricia o meu rosto, beija a minha testa. Posso sentir o perfume floral do seu pó de arroz. Ela se senta.

– Você está escrevendo? – pergunta ela a Marcus.

Ela fala de um jeito inseguro, com a voz tensa. Seja generoso, Marcus; ela está se esforçando.

– Não sei ao certo – diz ele. Há uma pausa. – Estou pensando a respeito.

Eu posso ouvi-los respirando. Diga alguma coisa, um de vocês.

– Inspetor Adams?

– Não – responde Marcus depressa. – Estou pensando em fazer algo novo.

– Ah, é?

– Grace me mandou algumas fitas.

– Fitas?

– Tipo cartas, só que gravadas.

– Ela não me contou. O que ela diz?

– Várias coisas.

– Ela... ela fala em mim?

– Às vezes. Ela conta dos dias dela, mas também fala sobre o passado. Ela teve uma vida incrível, não teve?

– Teve.

– Um século inteiro, de empregada doméstica a doutora em arqueologia.

Eu gostaria de escrever sobre ela. – Uma pausa. – Você não se importa, não é?

– Por que eu me importaria? É claro que não. Por que eu me importaria?

– Não sei... – Posso ver Marcus dando de ombros. – Só pensei que talvez se importasse.

– Eu gostaria de ler – diz Ruth com firmeza. – Você deveria escrever.

– Vai ser uma mudança. Uma coisa diferente.

– Não um mistério.

Marcus ri.

– Não. Não um mistério. Só uma história simples.

Ah, meu querido... Mas isso não existe.

Eu estou acordada. Marcus está sentado na cadeira ao meu lado, escrevendo em um bloco. Ele ergue os olhos.

– Olá, Grace – diz e sorri, largando o bloco. – Que bom que você acordou. Eu queria agradecer.

Agradecer? Eu ergo as sobrancelhas.

– Pelas fitas. – Ele está segurando minha mão agora. – Pelas histórias que você mandou. Eu tinha esquecido quanto gostava de histórias. De ler, de ouvir. De escrever. Desde que Rebecca... Foi um choque tão grande... Eu não conseguia... – Ele respira fundo, sorri. Começa de novo. – Eu tinha esquecido quanto precisava de histórias.

Alegria – ou será esperança? – aquece o meu peito. Eu quero incentivá-lo. Fazê-lo entender que o tempo é o senhor da perspectiva. Um senhor desapaixonado, extremamente eficiente. Devo ter feito uma tentativa, porque ele diz baixinho:

– Não fale. – Ele levanta a mão, acaricia delicadamente a minha testa com o polegar. – Descanse, Grace.

Fecho os olhos. Quanto tempo fico assim? Será que durmo?

Quando torno a abrir os olhos, digo:

– Tem mais uma. – Minha voz está rouca pela falta de uso. – Mais uma fita. – Eu aponto para a cômoda e ele vai olhar.

Ele acha o cassete ao lado das fotos.

– Esta aqui?

Eu assinto.

– Onde está o seu toca-fitas?

– Não – digo depressa. – Agora não. Depois.

Ele fica surpreso.

– Depois – digo.

Ele não pergunta depois de quê. Não tem necessidade. Ele guarda a fita no bolso da camisa e dá um tapinha nela. Sorri para mim e vem acariciar o meu rosto.

– Obrigado, Grace – diz Marcus baixinho. – O que vou fazer sem você?

– Você vai ficar bem.

– Promete?

Eu não faço mais promessas. Mas uso toda a minha energia para apertar a mão dele.

Está anoitecendo: eu sei por causa da luz violeta. Ruth está na porta do quarto, com uma bolsa debaixo do braço, os olhos cheios de preocupação.

– Não cheguei tarde demais, cheguei?

Marcus se levanta e pega a bolsa, dá um abraço nela.

– Não, não é tarde demais.

Vamos assistir ao filme de Ursula. Uma reunião de família. Ruth e Marcus organizaram tudo e, vendo-os juntos, fazendo planos, não quero interferir.

Ruth me dá um beijo, pega uma cadeira e se senta ao lado da minha cama.

Outra batida à porta. Ursula.

Outro beijo no rosto.

– Você veio – diz Marcus, satisfeito.

– Eu não perderia por nada – responde Ursula. – Obrigada por me convidar.

Ela se senta do outro lado da cama.

– Vou fechar a persiana – diz Marcus. – Prontas?

A luz diminui. Marcus arrasta uma cadeira para se sentar ao lado de Ursula. Cochicha alguma coisa e ela ri. Eu sou envolvida por uma satisfatória sensação de conclusão.

A música toca e o filme começa. Ruth aperta minha mão. Estamos vendo um carro, de uma grande distância, avançando por uma estrada no campo. Um homem e uma mulher lado a lado no banco da frente, fumando. A mulher usa lantejoulas e um boá de penas. Eles chegam a Riverton e o carro sobe a ladeira até em cima. Lá está ela. A casa. Grande e fria. Ela capturou perfeitamente sua enorme e melancólica glória. Um criado vem recebê-los e passamos à sala dos empregados. Eu sei por causa do assoalho. O barulho. Taças de champanhe. Empolgação nervosa. Subindo a escada. A porta se abre. Atravessando o hall, saindo para a varanda.

É estranho. A cena da festa. As lanternas chinesas de Hannah piscando no escuro. A banda de jazz, a clarineta gritando. Gente alegre dançando o charleston...

Há um estrondo horrível e eu desperto. É o filme, o tiro. Eu dormi e perdi o momento crucial. Não faz mal. Eu sei como este filme termina: no lago da Mansão Riverton, tendo por testemunhas duas lindas irmãs, Robbie Hunter, veterano de guerra e poeta, se mata.

E eu sei, é claro, que não foi isso que realmente aconteceu.

O fim

Depois de 99 anos, eu cheguei ao fim. O último fio que me prendia partiu-se e o vento norte está me levando. Estou finalmente desaparecendo.

Ainda posso ouvi-los. Estou vagamente consciente de que estão aqui. Ruth está segurando a minha mão. Marcus está deitado ao pé da cama. Esquentando meus pés.

Há mais alguém junto à janela. Ela se aproxima, enfim saindo das sombras, e me pego olhando para o mais lindo dos rostos. É mamãe, e é Hannah, e no entanto não é.

Ela sorri. Estende a mão. Cheia de misericórdia e perdão e paz.

Eu a seguro.

Estou perto da janela. Vejo a mim mesma na cama: velha, frágil e pálida. Esfregando os dedos, movendo os lábios, sem encontrar as palavras.

Meu peito sobe e desce.

Um ruído.

Libertação.

Ruth dá um soluço.

Marcus ergue os olhos.

Mas eu já parti.

Dou as costas e não olho para trás.

Meu fim chegou. E isso não me incomoda nem um pouco.

A fita

Testando. Um. Dois. Três. Fita para Marcus. Número quatro. Esta é a última fita que eu vou gravar. Estou quase no fim.

Dia 22 de junho de 1924. Solstício de verão e dia da festa em Riverton.

No andar de baixo, a cozinha estava uma loucura. A Sra. Townsend estava com o fogão a toda e berrava ordens para três mulheres da vila que tinham sido contratadas para ajudar. Ela alisou o avental sobre a barriga avantajada e supervisionou suas pupilas, que finalizavam centenas de miniquiches.

– Uma festa – comentou ela, sorrindo quando passei apressada. – Já não era sem tempo. – Ela empurrou com o pulso uma mecha de cabelo que tinha escapado do lenço. – Lorde Frederick, descanse em paz, não gostava de festas e tinha seus motivos. Mas, na minha humilde opinião, uma casa precisa de uma boa festa de vez em quando; isso lembra às pessoas de que ela existe.

– É verdade – concordou a mais magra das mulheres que tinham vindo da vila. – O príncipe Edward virá?

– Todo mundo importante vai vir – respondeu a Sra. Townsend, tirando um fio de cabelo de um quiche, com um ar zangado. – As pessoas desta família convivem com a nata da sociedade.

Às dez horas, Dudley tinha aparado o gramado e os decoradores tinham chegado. O Sr. Hamilton se posicionou no meio da varanda, balançando os braços como um maestro.

– Não, não, Sr. Brown – disse ele, acenando para a esquerda. – A pista de dança tem que ser colocada no lado oeste. De noite sobe um nevoeiro frio do lago e no lado leste não há proteção alguma. – Ele ficou observando, depois bufou. – Não, não, não. Aí, não. Aí vai ficar a escultura de gelo. Eu deixei isso muito claro para o seu outro empregado.

O outro homem, empoleirado no alto de uma escada, pendurando lanternas chinesas do caramanchão de rosas até a casa, não estava em condições de se defender.

Eu passei a manhã recebendo os convidados que iam passar o fim de semana, e não pude deixar de notar a empolgação deles. Jemima, que tinha vindo dos Estados Unidos, de férias, chegou cedo com o novo marido e a bebê Gytha. A vida nos Estados Unidos fez bem a ela: sua pele estava dourada e seu corpo, rechonchudo. Lady Clementine e Fanny chegaram juntas de Londres, a primeira tristemente resignada com uma festa ao ar livre em junho, que certamente lhe causaria uma artrite.

Emmeline apareceu depois do almoço com um grupo de amigos e causou enorme sensação. Eles tinham vindo em comboio de Londres e tocaram as buzinas desde o portão até a casa, dando diversas voltas ao redor de Eros e Psique. Sobre um dos capôs estava sentada uma mulher com um vestido de gaze rosa-vibrante. Sua echarpe marfim esvoaçava no pescoço. Nancy, a caminho da cozinha com as bandejas de almoço, ficou parada, horrorizada, quando percebeu que era Emmeline.

Mas havia muito pouco tempo para ser desperdiçado cochichando a respeito da decadência da juventude. A escultura de gelo tinha vindo de Ipswich; o florista, de Saffron; e lady Clementine estava insistindo em tomar chá na sala matinal, para relembrar os velhos tempos.

No fim da tarde, a orquestra chegou, e Nancy os levou para a varanda através da sala dos empregados. Seis homens altos, magros, com instrumentos pendurados nos ombros e rostos que a Sra. Townsend declarou serem tão negros quanto a aldrava de Newsgate.

– Pensar nesse tipo de gente na Mansão Riverton... – disse ela, com os olhos arregalados de empolgação. – Lady Ashbury deve estar se revirando no túmulo.

– Qual lady Ashbury? – perguntou o Sr. Hamilton, inspecionando a criadagem contratada.

– Todas elas, eu acho – respondeu a Sra. Townsend.

Finalmente, a noite começou a cair. O ar ficou mais frio e denso, e as lanternas começaram a brilhar, verdes, vermelhas e amarelas, à luz do crepúsculo.

Eu encontrei Hannah à janela da sala bordô. Ela estava ajoelhada no sofá, espiando o gramado do sul, observando os preparativos da festa, foi o que supus.

– Está na hora de se vestir, madame.

Ela levou um susto. Soltou o ar nervosamente. Passara assim o dia inteiro: assustada como um gatinho. Fazendo uma coisa, depois outra, sem terminar nada.

– Só um minuto, Grace. – Ela se demorou um pouco, com o sol batendo na lateral de rosto. – Acho que nunca notei quanto a vista daqui é bonita. Você não acha?

– Acho, sim, madame.

– Não sei por que nunca notei isso.

No quarto dela, coloquei rolos em seu cabelo, uma tarefa que foi bem difícil, porque Hannah não parava quieta, e gastei um bom tempo desenrolando-os e recomeçando.

Depois que os rolos estavam mais ou menos no lugar, eu a ajudei a se vestir. Seda prateada, alças finas formando um decote em V nas costas. O vestido era ajustado ao corpo e ia até quase 3 centímetros abaixo dos seus joelhos.

Enquanto ela ajeitava a bainha, fui buscar o sapato. A última moda de Paris: um presente de Teddy. De cetim prateado com tiras finas.

– Não – disse Hannah. – Esse, não. Eu vou usar o preto.

– Mas este é o seu sapato favorito...

– O preto é mais confortável – argumentou ela, inclinando-se para calçar as meias.

– Mas, com o seu vestido, é uma pena...

– Eu disse o preto, pelo amor de Deus. Não me faça repetir, Grace.

Eu calei a boca. Guardei o sapato prateado e peguei o preto.

Hannah pediu desculpas imediatamente.

– Estou nervosa. Não devia ter descontado em você. Desculpe.

– Não faz mal, madame. É natural estar empolgada.

Tirei os rolos e seu cabelo caiu em ondas louras sobre os ombros. Eu o reparti de lado e o escovei sobre a testa, prendendo-o com uma fivela de diamante.

Hannah inclinou-se para a frente para colocar os brincos de pérola, gritou quando espetou o dedo no fecho.

– A senhora está muito ansiosa – falei delicadamente. – Tem que colocar com cuidado.

Ela me entregou os brincos.

– Estou muito desajeitada hoje.

Eu estava enfeitando seu pescoço com fios de pérolas quando o primeiro carro chegou, fazendo ranger o cascalho da entrada. Endireitei as pérolas para elas caírem entre as suas omoplatas, cascateando até a lombar.

– Muito bem. A senhora está pronta.

– Espero que sim, Grace. – Ela ergueu as sobrancelhas, examinou-se no espelho. – Espero não ter esquecido nada.

– Não esqueceu não, madame.

Ela passou a ponta dos dedos nas sobrancelhas, endireitou um dos fios de pérolas e deu um suspiro.

De repente, o toque de uma clarineta.

Hannah levou um susto, pôs a mão no peito.

– Nossa!

– Deve ser empolgante, madame – falei cautelosamente –, ver seus planos se realizando.

Ela olhou para mim, espantada. Pareceu que ia dizer alguma coisa, mas não disse. Comprimiu os lábios pintados de vermelho.

– Eu tenho uma coisa para você, Grace. Um presente.

Fiquei atônita.

– Mas não é meu aniversário, madame.

Ela sorriu, abriu rapidamente a gavetinha da sua penteadeira e virou-se para mim com a mão fechada. Hannah ergueu o objeto pela corrente acima da minha mão e deixou-o cair na minha palma.

– Madame... É o seu medalhão.

– Era. Era o meu medalhão. Agora ele é seu.

Eu tentei devolvê-lo. Presentes inesperados me deixavam nervosa.

– Não, madame. Não, obrigada.

Ela afastou minha mão com firmeza.

– Eu insisto. Para agradecer por tudo o que você fez por mim.

Será que percebi um tom de despedida naquele momento?

– Só faço a minha obrigação – falei depressa.

– Aceite o medalhão, Grace. Por favor.

Antes que eu pudesse argumentar mais, Teddy apareceu na porta. Alto e elegante no seu smoking preto, marcas de pente na brilhantina do cabelo, a testa franzida de nervosismo.

Fechei a mão para esconder o medalhão.

– Pronta? – indagou ele para Hannah, revirando as pontas do bigode. – Aquele amigo de Deborah está lá embaixo, Cecil não sei o quê, o fotógrafo. Ele quer tirar retratos da família antes da chegada dos convidados. – Ele bateu duas vezes no batente da porta com a mão aberta e saiu andando pelo corredor, dizendo: – Onde foi que Emmeline se meteu?

Hannah alisou o vestido na altura da cintura. Eu notei que suas mãos estavam tremendo. Ela sorriu nervosamente.

– Deseje-me sorte.

– Boa sorte, madame.

Ela então me surpreendeu, se aproximando e me dando um beijo no rosto.

– E boa sorte para você, Grace.

Ela apertou minhas mãos em volta do medalhão e saiu apressada atrás de Teddy.

Olhei um instante pela janela do andar de cima. Damas e cavalheiros – de verde, amarelo e rosa – chegavam à varanda, desciam a escadaria de pedra em direção ao gramado. O som do jazz pairava no ar, lanternas chinesas balançavam ao vento, os garçons contratados pelo Sr. Hamilton carregavam enormes bandejas de prata com borbulhantes taças de champanhe, suas mãos erguidas driblando a crescente multidão; Emmeline, reluzente em cor-de-rosa, conduzia um sorridente rapaz à pista de dança.

Fiquei revirando o medalhão nas mãos, olhando para ele vez ou outra. Havia um leve chacoalhar ali dentro? Ou eu estava preocupada demais com o nervosismo de Hannah? Fazia muito tempo que não a via daquele jeito, talvez desde os seus primeiros dias em Londres, após a visita à médium.

– Aí está você. – Nancy estava parada na porta, com as bochechas enrubescidas e sem fôlego. – Uma das criadas da Sra. Townsend desmaiou de cansaço e não tem ninguém para polvilhar os strudels.

Eu só subi para o meu quarto à meia-noite. A festa ainda estava animada na varanda, mas a Sra. Townsend tinha me liberado assim que não precisou mais de mim. Parecia que o nervosismo de Hannah era contagioso, e uma cozinha agitada não é lugar para gente desajeitada.

Subi a escada devagar, com os pés doendo: os anos como camareira os tinham deixado sensíveis. Bastava uma noite na cozinha para eles ficarem com bolhas. A Sra. Townsend tinha me dado um pacotinho de bicarbonato, e eu pretendia colocá-los de molho em água quente.

Não havia como escapar da música aquela noite: ela permeava o ar, impregnando as paredes de pedra da casa. Tinha ficado mais alta com o passar das horas, combinando com o espírito dos convidados. Eu podia sentir a batida da percussão na barriga quando cheguei ao sótão. Até hoje, o jazz me deixa arrepiada.

No último patamar da escada, pensei em ir direto para o banheiro e deixar a banheira enchendo, mas resolvi pegar minha camisola e meus artigos de toalete primeiro.

O ar quente e abafado do dia bateu no meu rosto quando abri a porta do quarto. Acendi a luz e fui mancando até a janela, abrindo as venezianas.

Fiquei ali por um momento, saboreando o ar fresco e o leve aroma de fumaça de cigarro e perfume. Respirei devagar. Um banho quente, bem longo, e depois um sono profundo. Peguei o sabonete na penteadeira, depois fui mancando até a cama para pegar minha camisola.

Foi então que vi as cartas. Duas. Encostadas no meu travesseiro.

Uma dirigida a mim; a outra com o nome de Emmeline na frente do envelope.

A letra era de Hannah.

Então tive um pressentimento. Um raro momento de clarividência.

Soube instantaneamente que a resposta para o seu estranho comportamento estava ali.

Larguei minha camisola e peguei o envelope endereçado a *Grace*. Com os dedos tremendo, eu o abri. Alisei a folha de papel. Meus olhos a examinaram e meu coração quase parou.

Estava escrita em estenografia.

Eu me sentei na beirada da cama, olhando para o papel, como se, por simples força de vontade, a mensagem fosse ficar clara.

O fato de ser indecifrável só me fez ter mais certeza de que seu conteúdo era importante.

Eu peguei o segundo envelope. Endereçado a Emmeline. Passei a mão pela aba.

Só hesitei um segundo. Que escolha eu tinha?

Então, que Deus me ajudasse, eu o abri.

Eu estava correndo: esqueci a dor nos pés, meu sangue pulsava, meu coração batia nas têmporas, eu respirava no ritmo da música, desci a escada, atravessei a casa, entrei na varanda.

Fiquei ali parada, ofegante, procurando Teddy. Mas ele não estava à vista. Estava perdido no meio das sombras e dos rostos embaçados.

Não havia tempo. Eu teria que ir sozinha.

Mergulhei na multidão, rostos deslizantes – lábios vermelhos, olhos pintados, bocas gargalhando. Desviei de cigarros e taças de champanhe, passei por baixo das lanternas coloridas, rodeei a escultura de gelo e corri na direção da pista de dança. Cotovelos, joelhos, sapatos, pulsos girando ao redor de mim. Cor. Movimento. Sangue pulsando em minha cabeça. O ar preso em minha garganta.

Então, Emmeline. No alto da escadaria de pedra. Coquetel na mão, a cabeça inclinada para trás, rindo, os cordões de pérola em seu pescoço laçando o pescoço do seu acompanhante. O paletó dele pendurado nos ombros dela.

Duas teriam mais chance do que uma.

Eu parei. Tentei recuperar o fôlego.

Ela me olhou por baixo das pálpebras pesadas.

– Ora, Grace – disse ela, pronunciando cuidadosamente as palavras –, esse foi o vestido mais bonito que você conseguiu encontrar?

Ela jogou a cabeça para trás e riu.

– Preciso falar com a senhorita...

Seu acompanhante cochichou alguma coisa; ela apertou o nariz dele de brincadeira.

Eu tentei respirar.

– ... um assunto urgente...

– Estou curiosa.

– ... por favor... – pedi. – Em particular...

Ela suspirou dramaticamente, tirou as pérolas do pescoço do sujeito, apertou as bochechas dele e fez um beicinho.

– Não vá muito longe, Harry querido.

Ela tropeçou no salto, deu um gritinho, depois riu, descendo a escada aos tropeções.

– Pode falar, Gracie – disse Emmeline em uma voz arrastada quando chegamos ao pé da escada.

– É Hannah, senhorita... ela vai fazer alguma coisa... alguma coisa horrível, no lago...

– Não! – exclamou Emmeline, chegando tão perto que eu pude sentir o cheiro de gim. – Ela não vai dar um mergulho noturno, vai? Que coisa escandalosa!

– ... eu acho que ela vai se matar, senhorita. Quer dizer, eu sei que é o que ela pretende...

O sorriso dela murchou, seus olhos se arregalaram.

– Hein?

– ... eu encontrei um bilhete, senhorita. – Entreguei a carta para ela.

Emmeline engoliu em seco, oscilou, sua voz subiu uma oitava.

– Mas... Você... Teddy?

– Não há tempo, senhorita.

Então eu a agarrei pelo pulso e a arrastei pela Longa Alameda.

Os arbustos tinham crescido tanto que se encontravam no alto e a escuridão era total. Nós corremos, aos tropeções, afastando as folhas para seguir o caminho. Quanto mais nos afastávamos, mais o som da festa parecia um sonho. Lembro-me de pensar que Alice devia ter se sentido daquela forma ao cair na toca do coelho.

Estávamos no Jardim Egeskov quando o salto do sapato de Emmeline quebrou e ela caiu. Eu quase tropecei nela, parei, tentei ajudá-la a se levantar.

Ela afastou minha mão, ficou de pé e continuou correndo.

Então ouvimos um ruído no jardim e parecia que uma das esculturas estava se movendo. Ela riu, gemeu: não era uma escultura, e sim um casal namorando. Eles nos ignoraram e nós os ignoramos.

O segundo portão estava aberto, e entramos na clareira da fonte. A lua cheia estava alta no céu, e Ícaro e suas sereias brilhavam sob a luz branca do luar. Sem os arbustos, a música e o ruído da festa estavam altos de novo. Estranhamente próximos.

Com a ajuda do luar, andamos mais depressa ao longo da trilha em direção ao lago. Chegamos à barricada, na placa de entrada proibida, e, finalmente, à beirada da água.

Paramos no fim da trilha, ofegantes, e observamos o cenário à nossa frente. O lago brilhava ao luar. A casa de verão e a margem rochosa estavam banhadas com uma luz prateada.

Emmeline respirou fundo.

Eu acompanhei seu olhar.

Os sapatos de Hannah estavam sobre as pedras. Os mesmos que eu a tinha ajudado a calçar horas antes.

Emmeline arfou e correu na direção deles. Ela estava muito pálida, seu corpo magro ainda menor por causa do paletó masculino que usava.

Um barulho vindo da casa de verão. Uma porta se abrindo.

Emmeline e eu olhamos naquela direção.

Uma pessoa. Hannah. Viva.

Emmeline engoliu em seco.

– Hannah – chamou ela, sua voz uma mistura rouca de álcool e pânico, ecoando pelo lago.

Hannah parou, hesitou; com uma olhadela na direção da casa de verão, ela se virou para Emmeline.

– O que você está fazendo aqui? – perguntou ela, com uma voz tensa.

– Salvando você – respondeu Emmeline, começando a rir nervosamente. De alívio, claro.

– Volte – pediu Hannah depressa. – Você tem que voltar.

– E deixar você se afogar?

– Eu não vou me afogar – disse Hannah. Ela tornou a olhar para a casa de verão.

– Então o que você está fazendo? Arejando os sapatos? – Emmeline ergueu-os e depois tornou a colocá-los no chão. – Eu vi a sua carta.

– A carta era uma... brincadeira. – Hannah engoliu em seco. – Um jogo.

– Um jogo?

– Você só deveria vê-la depois. – A voz de Hannah ficou mais segura. – Eu tinha planejado uma brincadeira. Para amanhã. Para nos divertirmos.

– Como uma caça ao tesouro?

– Mais ou menos.

Eu fiquei sem ar. O bilhete não era a sério. Era parte de um jogo. E o que estava endereçado a mim? Será que Hannah queria que eu ajudasse? Será que isso explicava o seu comportamento agitado? Não era a festa, mas o jogo que ela queria que corresse bem?

– É isso que eu estou fazendo agora – disse Hannah. – Escondendo pistas.

Emmeline ficou parada, atônita. Seu corpo tremeu quando ela soluçou.

– Um jogo – disse ela, devagar.

– Sim.

Emmeline começou a rir.

– Por que você não me contou? Eu adoro jogos! Minha espertinha querida.

– Volte para a festa – ordenou Hannah. – E não conte a ninguém que você me viu.

Emmeline fingiu girar uma chave imaginária nos lábios. Ela deu meia--volta e foi andando sobre as pedras em direção à trilha. Lançou-me um olhar zangado quando chegou perto do meu esconderijo. Sua maquiagem estava borrada.

– Desculpe, senhorita – sussurrei. – Pensei que fosse verdade.

– Você tem sorte de não ter estragado tudo. – Ela se sentou em uma pedra, apertou o paletó contra o corpo. – Agora eu estou com o tornozelo inchado e vou perder mais tempo da festa enquanto descanso. É melhor que eu não perca os fogos.

– Vou esperar aqui com a senhorita. Vou ajudá-la a voltar.

– Acho bom mesmo – disse Emmeline.

Ficamos ali sentadas, com a música da festa soando ao longe, entremeada de gritos animados. Emmeline esfregou o tornozelo, pisando de vez em quando com o pé machucado.

O nevoeiro da madrugada tinha começado a cair sobre o lago. Outro dia quente estava chegando, mas a noite estava fria. O nevoeiro garantia isso.

Emmeline estremeceu, abriu o paletó do amigo, enfiou a mão no bolso interno. Sob o luar, alguma coisa faiscou, preta e brilhante. Presa no forro do paletó. Eu levei um susto: era uma arma.

Emmeline percebeu minha reação, virou-se para mim, de olhos arregalados.

– Não me diga: é o primeiro revólver que você vê na vida. Você é uma bobona, Grace. – Ela o tirou do paletó, revirou-o nas mãos, estendeu-o para mim. – Tome. Quer segurar?

Eu balancei a cabeça enquanto ela ria, desejando nunca ter encontrado as cartas. Desejando, pela primeira vez, que Hannah não tivesse me incluído naquilo.

– Melhor assim – disse Emmeline, soluçando. – Revólveres e festas. Não são uma boa combinação.

Ela tornou a guardar o revólver no bolso, continuou procurando, encontrando finalmente uma garrafa prateada. Ela abriu a tampa e inclinou a cabeça para trás, bebendo uma boa quantidade.

– Querido Harry – disse ela, estalando os lábios. – Está sempre preparado para tudo. – Ela tomou mais um gole e guardou a garrafa no bolso. – Vamos. Já tomei o meu analgésico.

Eu a ajudei a se levantar, baixando a cabeça para ela se apoiar nos meus ombros.

– Assim está bom. Basta você...

Eu esperei.

– Madame?

Emmeline emitiu um som de espanto e eu ergui a cabeça, acompanhando o seu olhar. Hannah estava na casa de verão, e não estava sozinha. Havia um homem com ela, com um cigarro na boca. Carregando uma valise.

Emmeline reconheceu-o primeiro.

– Robbie – disse ela, esquecendo o tornozelo. – Meu Deus. É Robbie.

Emmeline foi mancando até a beira do lago. Eu fiquei atrás, nas sombras.

– Robbie! – gritou ela, acenando. – Robbie, aqui.

Hannah e Robbie ficaram imóveis. Olharam um para o outro.

– O que você está fazendo aqui? – perguntou Emmeline animadamente. – E por que veio pelos fundos?

Robbie deu uma tragada no cigarro.

– Venha para a festa – disse Emmeline. – Vou providenciar um drinque para você.

Robbie olhou para o lago. Eu segui o olhar dele e vi alguma coisa metálica brilhando do outro lado: uma motocicleta, parada no trecho do lago que dava para os campos externos à propriedade.

– Eu sei o que está acontecendo – concluiu Emmeline de repente. – Você está ajudando Hannah com o jogo.

Hannah avançou para a claridade da lua.

– Emme...

– Vamos – chamou Emmeline depressa. – Vamos voltar para casa e arrumar um quarto para Robbie. Encontrar um lugar para você guardar sua mala.

– Robbie não vai para a casa – disse Hannah.

– É claro que vai. Ele não vai passar a noite inteira aqui, com certeza – disse Emmeline, com uma risada. – Podemos estar em junho, mas está fazendo frio, meus queridos.

Hannah olhou para Robbie, e houve alguma troca entre eles.

Emmeline também percebeu. Naquele momento, com a lua brilhando no rosto dela, vi sua animação se transformar em perplexidade, e a perplexidade se transformar em compreensão. Os meses em Londres, Robbie chegando mais cedo na Casa 17, o modo como ela tinha sido usada.

– Não tem jogo algum, tem? – indagou ela baixinho.

– Não.

– A carta?

– Um erro – disse Hannah.

– Por que você a escreveu? – quis saber Emmeline.

– Eu não queria que você ficasse imaginando para onde eu tinha ido – respondeu Hannah.

Ela olhou para Robbie, que assentiu com um leve movimento de cabeça.

– Para onde nós tínhamos ido.

Emmeline ficou calada.

– Vamos – disse Robbie com cuidado, erguendo a mala e se dirigindo para o lago. – Está ficando tarde.

– Por favor, entenda, Emmeline – pediu Hannah. – É como você disse: temos que cuidar cada uma da própria vida. – Ela hesitou: Robbie estava fazendo sinal para ela se apressar. Hannah começou a recuar. – Não posso explicar agora, não há tempo. Eu vou escrever, vou dizer onde estamos. Você pode nos visitar.

Ela se virou e, com um último olhar para Emmeline, seguiu Robbie pela margem do lago, coberta de neblina. Emmeline ficou onde estava, com as mãos enfiadas nos bolsos do paletó. Ela oscilou, estremeceu como se tivesse visto um fantasma.

– Não. – A voz de Emmeline estava tão baixa que eu mal consegui escutar. – Não! Parem.

Hannah se virou e Robbie puxou sua mão, tentou mantê-la por perto. Ela disse alguma coisa, começou a voltar.

– Eu não vou deixar você ir – disse Emmeline.

Hannah agora estava perto. Ela respondeu em voz baixa, mas firme:

– Você tem que deixar.

A mão de Emmeline moveu-se no bolso do paletó. Ela engoliu em seco.

– Não vou deixar.

Ela tirou a mão do bolso. Um brilho metálico. O revólver.

Hannah arfou.

Robbie começou a correr na direção dela.

O sangue martelava na minha cabeça.

– Não vou deixar que você fique com ele! – gritou Emmeline, a mão tremendo.

Hannah estava ofegante. Pálida sob o luar.

– Não seja estúpida, largue isso.

– Eu não sou estúpida.

– Largue isso.

– Não.

– Você não vai usar.

– Vou, sim.

– Qual de nós dois você vai matar? – indagou Hannah.

Robbie estava ao lado de Hannah e Emmeline olhou de um para o outro, com os lábios tremendo.

– Você não vai atirar em nenhum de nós, vai? – quis saber Hannah.

O rosto de Emmeline contorceu-se e ela começou a chorar.

– Não.

– Então largue o revólver.

– Não.

Eu vi Emmeline levantar a mão trêmula e apontar o revólver para a própria cabeça.

– Emmeline! – berrou Hannah.

Emmeline estava soluçando. Grandes soluços engasgados.

– Me dê isso – pediu Hannah. – Vamos conversar. Vamos resolver tudo.

– Como? – A voz de Emmeline estava embargada de lágrimas. – Você vai me devolver Robbie? Ou vai ficar com ele como ficou com todos os outros? Papai, David, Teddy.

– Não é assim – respondeu Hannah.

– Agora é a minha vez – disse Emmeline.

De repente, houve uma explosão. Um fogo de artifício. Todos pularam de susto. Um clarão vermelho iluminou os rostos deles. Milhões de partículas vermelhas derramaram-se no lago.

Robbie cobriu o rosto com as mãos.

Hannah avançou em um pulo, tirou o revólver das mãos de Emmeline e recuou apressada.

Emmeline correu na direção dela, com o rosto todo borrado de lágrimas e batom.

– Me dá o revólver. Me dá, senão eu vou gritar. Não vai embora. Eu vou contar a todo mundo. Vou contar a todo mundo, e Teddy vai encontrar você e...

Bang! Um fogo de artifício verde explodiu.

– Teddy não vai deixar você fugir, vai pegar você, e você nunca mais vai ver Robbie...

Bang! prateado.

Hannah subiu em uma parte mais alta da margem. Emmeline foi atrás, chorando. Fogos de artifício explodiram.

A música da festa ecoava nas árvores, no lago, nas paredes da casa de verão.

Os ombros de Robbie estavam curvados, ele tapava os ouvidos com as mãos. Olhos arregalados, rosto pálido.

Eu não o ouvi de início, mas pude ver seus lábios. Ele estava apontando para Emmeline, gritando alguma coisa para Hannah.

Bang! vermelho.

Robbie encolheu-se. O rosto contorcido de pânico. Continuou a gritar.

Hannah hesitou, olhou para ele, indecisa. Ela ouvira o que ele estava dizendo, e pareceu desabar.

Os fogos pararam, fagulhas choviam do céu.

E então eu também ouvi o que ele estava dizendo.

– Atira nela! – berrava ele. – Atira nela!

Meu sangue gelou.

Emmeline parou, apavorada.

– Hannah? – A voz dela soou como a de uma garotinha assustada. – Hannah?

– Atira nela – repetiu ele. – Ela vai estragar tudo.

Robbie avançou na direção de Hannah, que o olhava sem compreender.

– Atira nela! – Robbie estava histérico.

As mãos dela tremiam.

– Não posso – respondeu Hannah finalmente.

– Então me dá a arma. – Ele estava se aproximando, mais depressa. – Eu atiro.

E ele ia atirar. Eu soube que sim. Seu rosto estava estampado com desespero e determinação.

Emmeline pulou. Entendeu. Começou a correr na direção de Hannah.

– Não posso – disse Hannah.

Robbie tentou pegar o revólver; Hannah puxou o braço, caiu para trás, engatinhou para cima da margem.

– Atira! – exclamou Robbie. – Ou eu vou atirar.

Hannah chegou ao alto da encosta. Robbie e Emmeline a estavam alcançando. Não havia mais para onde fugir. Ela olhou de um para o outro.

E o tempo parou.

Dois pontos de um triângulo, sem um terceiro que os sustentasse, tinham se afastado cada vez mais. O elástico, esticado demais, chegara ao seu limite.

Eu prendi a respiração, mas o elástico não arrebentou.

Naquele instante, ele se retraiu.

Dois pontos tornaram a se juntar, em uma colisão de lealdade, sangue e ruína.

Hannah apontou o revólver e puxou o gatilho.

O desenlace. Porque sempre há um desenlace. As pessoas se esquecem disso. Sangue, muito sangue. Sobre os vestidos das duas, em seus rostos, seus cabelos.

O revólver caiu. Bateu nas pedras com um estrondo e ficou imóvel.

Hannah ficou tremendo na margem do lago.

O corpo de Robbie estava caído no chão. Sua cabeça era apenas uma mistura de sangue, cérebro e osso.

Eu fiquei paralisada, o coração batendo nos ouvidos, a pele quente e fria ao mesmo tempo. De repente, uma ânsia de vômito.

Emmeline ficou paralisada, com os olhos fechados. Não estava mais chorando. Emitia um som terrível, que eu nunca mais esqueci. Era uma espécie de ronco a cada respiração. O ar preso na garganta.

Passaram-se alguns segundos, não sei quantos, e ao longe, atrás de mim, ouvi vozes. Risos.

– É logo ali na frente. – O vento trouxe a voz. – Espere só até ver, lorde Gifford. A escada não está terminada, malditos franceses e suas greves, mas o resto, eu acho que o senhor vai concordar, é impressionante.

Limpei a boca, corri até a beira do lago.

– Teddy está vindo – falei para ninguém em particular. Eu estava em choque, é claro. Nós todas estávamos em choque. – Teddy está vindo.

– Você chegou tarde demais – disse Hannah, batendo histericamente no próprio rosto, no pescoço, na cabeça. – Você chegou tarde demais.

– Teddy está vindo, madame.

Eu estava tremendo. Emmeline abriu os olhos. Um clarão de sombra azul-prateada ao luar. Ela estremeceu, se recompôs, apontou para a mala de Hannah.

– Leve isso de volta para casa – ordenou ela com uma voz rouca. – Vá pelo caminho mais longo.

Eu hesitei.

– Corra.

Eu assenti, peguei a mala e corri na direção do bosque. Não conseguia pensar com clareza. Parei quando estava escondida e virei para trás. Meus dentes batiam.

Teddy e lorde Gifford tinham chegado ao fim do atalho e se aproximado da margem do lago.

– Meu Deus – murmurou Teddy, parando abruptamente. – O que foi...?

– Teddy querido – disse Emmeline. – Graças a Deus. – Ela se virou para olhar para Teddy e controlou a voz. – O Sr. Hunter se matou.

A CARTA

Esta noite eu morro e minha vida começa.

Estou contando para você, só para você. Você me acompanha há muito tempo nesta aventura, e quero que saiba que nos próximos dias, quando estiverem vasculhando o lago atrás de um corpo que jamais encontrarão, eu estarei a salvo.

Vamos para a França primeiro, depois eu não sei. Tenho esperança de ver a máscara de Nefertite!

Deixei com você uma segunda carta endereçada a Emmeline. É um bilhete suicida, de um suicídio que não ocorrerá. Ela deve encontrá-lo amanhã. Não antes. Cuide dela, Grace. Ela vai ficar bem. Tem muitos amigos.

Preciso pedir um último favor. É de vital importância. Aconteça o que acontecer, não deixe que Emmeline se aproxime do lago esta noite. Robbie e eu partiremos de lá. Não posso arriscar que ela descubra. Ela não vai entender. Por enquanto.

Vou entrar em contato com ela depois. Quando for seguro.

E agora uma última coisa. Talvez você já tenha descoberto que o medalhão que eu lhe dei não está vazio. Tem uma chave escondida lá dentro, uma chave secreta para um cofre no Drummonds, em Charing Cross. O cofre está em seu nome, Grace, e tudo que está lá dentro é para você. Eu sei como se sente a respeito de presentes, mas, por favor, aceite e não olhe para trás. Será que estou sendo presunçosa demais ao dizer que ele é a sua passagem para uma nova vida?

Adeus, Grace. Desejo-lhe uma vida longa, cheia de aventuras e amor. Deseje-me o mesmo...

Eu sei que você sabe guardar segredos.

Nota da autora

Embora os personagens de *A casa das lembranças perdidas* sejam fictícios, o cenário que os envolve não é. O contexto social e histórico deste romance sempre me fascinou: o século XX acabara de começar e o mundo que nós conhecemos hoje estava ganhando forma. A rainha Vitória tinha morrido e, com ela, velhas certezas foram enterradas; o sistema aristocrático começou a desmoronar, a humanidade enfrentou guerras em uma escala nunca antes sonhada, e as mulheres foram até certo ponto libertadas das rígidas expectativas preexistentes em termos de função social.

Quando um escritor busca evocar um período histórico do qual não tem experiência pessoal alguma, ele precisa, é claro, fazer uma pesquisa. É impossível listar aqui cada fonte que consultei. Entretanto, gostaria de mencionar algumas, sem as quais o livro teria ficado mais pobre: *Book of the Household Management*, da Sra. Beeton; *The Rare and the Beautiful*, de Cressida Connolly; *1939: The Last Season* e *The Viceroy's Daughters*, de Anne de Courcy; *Vita*, de Victoria Glendinning; *The Mitford Girls*, de Mary S. Lovell; *Life in a Cold Climate*, de Laura Thompson; e *The Edwardian Country House*, série televisiva que mostra a vida no campo no início do século XX.

De forma mais ampla, *The Brontë Myth*, de Lucasta Miller; *Voices from the Trenches: Letters to Home*, de Noel Carthew; *The Theory of the Leisure Class*, de Thorstein Veblen; *Paris 1919*, de Margaret Macmillan; *Forgotten Voices of the Great War*, de Max Arthur; *A History of London*, de Stephen Inwood; *What Jane Austen Ate and Charles Dickens Knew*, de Daniel Pool; "Yesterday's Britain", do *Reader's Digest*; "The Repression of War Experience", de W. H. River; "Flapper Jane", de Bruce Bliven; "Moving Frontiers and the Fortunes of the Aristocratic Townhouse", de F. M. L. Thompson; e o site firstworldwar.com, de Michael Duffy, foram todos muito úteis.

Junto com essas fontes secundárias, *Sweet and Twenties*, de Beverley Nichols; *Child of the Twenties*, de Frances Donaldson; *Myself When Young*, de Daphne du Maurier; revista *Punch* e *The Letters of Nancy Mitford and*

Evelyn Waugh, editados por Charlotte Mosley, forneceram ricas histórias em primeira mão da vida literária nos anos 1920. Eu também gostaria de mencionar o artigo de Esther Wesley, "Life below Stairs at Gayhurst House", que aparece no site da Stoke Goldington Association. Para obter informações sobre etiqueta eduardiana, eu recorri, como inúmeras jovens antes de mim, ao *The Essential Handbook of Victorian Etiquette*, do professor Thomas E. Hill, e a *Manners and Rules of Good Society or Solecisms to be Avoided*, publicado por um membro da aristocracia em 1924.

Também devo muito às preciosas informações históricas contidas e preservadas em romances e peças escritas durante o período. Especialmente, gostaria de mencionar os seguintes autores: Nancy Mitford, Evelyn Waugh, Daphne du Maurier, F. Scott Fitzgerald, Michael Arlen, Noël Coward e H. V. Morton. Gostaria de citar ainda alguns contadores de histórias contemporâneos, cujas obras alimentaram minha fascinação pelo período social e histórico: *Vestígios do dia*, de Kazuo Ishiguro, *Assassinato em Gosford Park*, de Robert Altman e, é claro, a produção inglesa para TV *Upstairs Downstairs*.

Eu me interesso há muito tempo, como leitora e pesquisadora, por romances como *A casa das lembranças perdidas*, que utilizam recursos da literatura gótica: o passado assombrando o presente; a insistência em segredos de família; a volta do que foi reprimido; a centralidade da herança (material, psicológica e física); casas mal-assombradas (especialmente assombrações metafóricas); desconfiança em relação a novas tecnologias e novos métodos; mulheres aprisionadas (seja física ou socialmente) e a claustrofobia decorrente; duplicação de personagens; a inconfiabilidade da memória e a natureza parcial da história; mistérios e o desconhecido; narrativa confessional; e textos embutidos. Eu incluí aqui alguns exemplos, caso haja leitores que compartilhem desses interesses e queiram ler mais: *O caso da escola Chatham*, de Thomas H. Cook; *Possessão*, de A. S. Byatt; *O assassino cego*, de Margaret Atwood; *Half-Broken Things*, de Morag Joss; e *A Dark-Adapted Eye*, de Barbara Vine.

Finalmente, tendo tomado a liberdade de mencionar tantas referências e interesses, afirmo que todas as inverdades e erros são meus.

Agradecimentos

Eu gostaria de agradecer às seguintes pessoas:

Em primeiro lugar, à minha melhor amiga, Kim Wilkins. Sem seu incentivo eu nunca teria começado, quanto mais acabado.

A Davin, por sua paciência, empatia e fé inabalável.

A Oliver, por alargar as fronteiras emocionais da minha vida e por me curar do bloqueio de escritor.

À minha família: Warren, Jenny, Julia e, em especial, à minha mãe, Diane, cuja coragem, graça e beleza me servem de inspiração.

A Herbert e Rita Davies, queridos amigos, por contarem as melhores histórias. Vocês são brilhantes!

À minha fantástica agente literária, Selwa Anthony, cuja dedicação, cuidado e competência são incomparáveis.

A Selena Hanet-Hutchins, por seus esforços a meu favor.

Às sf-sassies, pelo apoio profissional.

A todo mundo da Allen & Unwin, especialmente Annette Barlow, Catherine Milne, Christa Munns, Christen Cornell, Julia Lee e Angela Namoi.

A Julia Stiles, por ser tudo o que eu esperava que uma editora fosse.

A Dalerie e Lainie, por sua ajuda com Oliver (algum outro menininho já foi tão amado?) e por me darem o presente precioso do tempo.

Às pessoas encantadoras da Mary Ryan's, por adorarem livros e fazerem um ótimo café.

Por questões práticas: agradeço a Mirko Ruckels por responder a perguntas sobre música e ópera; a Drew Whitehead por me contar a história de Miriam e Aarão; a Elaine Rutherford por me dar informações de natureza médica; e a Diane Morton por seus conselhos inestimáveis a respeito de hábitos e objetos antigos, e por ser um árbitro do bom gosto.

Finalmente, eu gostaria de mencionar Beryl Popp e Dulcie Connelly. Duas avós muito amadas, que deixaram muitas saudades. Espero que Grace tenha herdado um pouco de cada uma de vocês.

CONHEÇA OUTROS LIVROS DA AUTORA

A casa do lago

A casa da família Edevane está pronta para a aguardada festa do solstício de 1933. Alice, uma jovem e promissora escritora, tem ainda mais motivos para comemorar: ela não só criou um desfecho surpreendente para seu primeiro livro como está secretamente apaixonada. Porém, à meia-noite, enquanto os fogos de artifício iluminam o céu, os Edevanes sofrem uma perda devastadora que os leva a deixar a mansão para sempre.

Setenta anos depois, após um caso problemático, a detetive Sadie Sparrow é obrigada a tirar uma licença e se retira para o chalé do avô na Cornualha. Certo dia, ela se depara com uma casa abandonada rodeada por um bosque e descobre a história de um bebê que desapareceu sem deixar rastros.

A investigação fará com que seu caminho se encontre com o de uma famosa escritora policial. Já uma senhora, Alice Edevane trama a vida de forma tão perfeita quanto seus livros, até que a detetive surge para fazer perguntas sobre o seu passado, procurando desencavar uma complexa rede de segredos de que Alice sempre tentou fugir.

Em *A casa do lago*, Kate Morton guia o leitor pelos meandros da memória e da dissimulação, sem deixá-lo entrever nem por um momento o desenlace desta história encantadora e melancólica.

O jardim esquecido

Dez anos após um trágico acidente, Cassandra sofre um novo baque com a morte de sua querida avó, Nell. Triste e solitária, ela tem a sensação de que perdeu tudo o que considerava importante. Mas o inesperado testamento deixado pela avó provoca outra reviravolta, desafiando tudo o que pensava que sabia sobre si mesma e sua família.

Ao herdar uma misteriosa casa na Inglaterra, um chalé no penhasco rodeado por um jardim abandonado, Cassandra percebe que Nell guardava uma série de segredos e fica intrigada sobre o passado da avó.

Enchendo-se de coragem, ela decide viajar à Inglaterra em busca de respostas. Suas únicas pistas são uma maleta antiga e um livro de contos de fadas escrito por Eliza Makepeace, autora vitoriana que desapareceu no início do século XX. Mal sabe Cassandra que, nesse processo, vai descobrir uma nova vida para ela própria.

A prisioneira do tempo

No verão de 1862, um grupo de jovens artistas liderado pelo talentoso e passional Edward Radcliffe segue para Birchwood Manor, uma bela casa de campo às margens do rio Tâmisa. O plano é passarem um mês isolados em uma aura de inspiração e criatividade. No entanto, ao fim do verão, uma mulher está morta e outra desaparecida, uma herança inestimável se perdeu, e a vida de Edward está arruinada.

Mais de 150 anos depois, Elodie Winslow, uma arquivista de Londres, descobre uma bolsa de couro contendo dois itens aparentemente sem conexão: a fotografia de uma mulher de aparência impressionante, vestida em roupas vitorianas, e o caderno de desenho de um artista, que inclui o rascunho de uma grande casa à beira de um rio.

Por que Birchwood Manor parece tão familiar a Elodie? E quem é a linda mulher na fotografia? Será possível, depois de tanto tempo, desvendar seus segredos?

Narrado por diversos personagens ao longo das décadas, *A prisioneira do tempo* é uma história de assassinato, mistério e roubo, de arte, amor e perda. Entremeando cada página, há a voz de uma mulher que teve seu nome apagado da história, mas que assistiu a tudo de perto e mal pode esperar pela chance de contar sua versão dos fatos.

Para saber mais sobre os títulos e autores da Editora Arqueiro,
visite o nosso site e siga as nossas redes sociais.
Além de informações sobre os próximos lançamentos,
você terá acesso a conteúdos exclusivos
e poderá participar de promoções e sorteios.

editoraarqueiro.com.br